La petite reine

Titre original : *Cat*

37, rue de Caumartin - 75009 Paris

ISBN : 2-84588-013-8

Freya NORTH

La petite reine

traduit de l'anglais par Agathe Nabet

présenté par Florent Massot/C.O.L.

Pour Jeanette, avec toute mon affection,
ma gratitude et... un clin d'œil !

Le Tour de France de Cat Mac Cabe

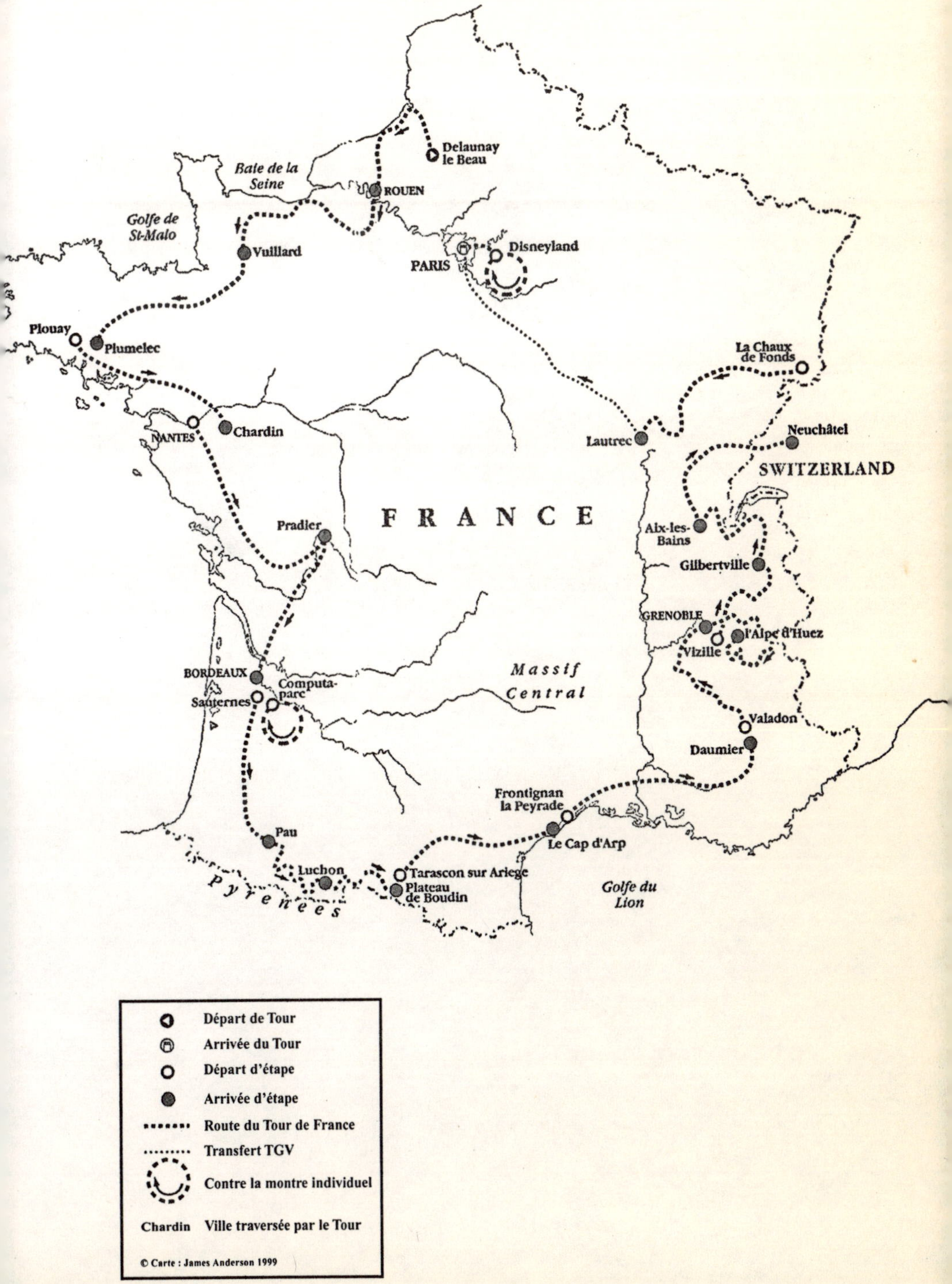

REMERCIEMENTS

Un jour de 1991, j'étais en train de zapper devant ma télé, et je suis tombée sur un groupe de mecs à vélo. Je n'avais pas la moindre idée de ce qu'ils étaient en train de faire. Je ne savais pas ce qui les poussait à se taper l'escalade d'une montagne par une chaleur de bête juchés sur des bicyclettes. C'était hypnotique. J'ai arrêté de zapper et je suis restée à les regarder jusqu'à la fin du programme. Je suis profondément reconnaissante à mon éditeur et amie Lynne Drew ainsi qu'à mon extraordinaire agent et ami Jonathan Lloyd de m'avoir permis d'assouvir ma passion en écrivant un roman sur le plus grand événement sportif du monde.

Je remercie la *Société du Tour de France* qui m'a fait l'honneur de m'accueillir et m'a accordé tant de privilèges. L'équipe du personnel de l'époque comprenait Agnès Pierret, Pascal Thomas, John Lelangue, Sonia Barjou-Rousseau et Sophie del Rizzo qui mérite une mention spféciale. Je remercie Teun van Vliet pour le bout de conduite – j'ai bien peur d'avoir répandu le contenu de mon estomac en descendant le col de la Madeleine.

J'ai une dette immense vis-à-vis des coureurs qui m'ont été d'une aide précieuse et n'ont pas été avares de conseils et anecdotes. Un énorme merci à Chris Boardman, David Millar et Graham Jones. Et aussi à Stuart O'Grady, Magnus Backstedt, Jay Sweet et tous les coureurs qui m'ont permis de les aborder sur les villages. Merci beaucoup à toute l'équipe US Postal, à ses coureurs passés et présents : Viatcheslav Ekimov, J.-C. Robin, George Hincapie, Tyler Hamilton et à Jonathan Vaughters qui m'a laissée assister à son massage. Je remercie Johnny Weltz des trajets mémorables et hautement instructifs qu'il a bien voulu me laisser effectuer en sa compagnie dans la voiture d'équipe, le mécanicien Geoff Brown et la Relation Publique Louise Donald. Et aussi Jill Jemison qui a su dissiper des croyances fermement ancrées ainsi que pour la glace dont je me suis régalée au bord de l'eau à Aix-les-Bains. J'éprouve une immense gratitude vis-à-vis d'Emma Reilly qui s'est montrée d'une incroyable générosité, qu'il s'agisse des gâteaux à la frangipane ou de ses loisirs, tant durant ses heures de travail que ses périodes de repos. Un grand crack, vraiment !

Dans la salle de presse, mes remerciements vont à tous les journalistes qui ont été tellement gentils et m'ont accordé leur aide sans réserve. Tout particulièrement Sam Abt, Andy Hood, Leon Bignell, Michael Enggaard, Susanne Horsdal, Stephen Farrand, Alasdair Fotheringham, Graham Watson et Rob Lampard. Phil Liggett et Paul Sherwen de Channel 4, Simon Brotherton, Joanne Corrigan et Graham Jones (encore) de Radio 5 Live également. Et aussi Christi et Phil Anderson, Shelley Verses et Greg LeMond.

Un immense merci à Sally Boardman, Peter Woodworth et à tout le monde à Beyond Level 4. Une profonde gratitude à toute l'équipe de Sports for Television et à tout ceux qui s'occupaient de Prutour, Alan Rushton, Rita Bellanca, John Herety, Tim Harris, Joscelin Ryan, Gerry Dawson et Clare Salmon en particulier. Merci aux nombreux McQuaid, Pat de l'UCI tout particulièrement, Kieren qui a été mon chauffeur sur la première étape du Tour 1998 et Ann pour les bouquins et pour son enthousiasme. Merci, également, à Harry Gibbings et à Simon Lillistone.

Tous mes remerciements à Luke Evans, Keith Bingham et Phil Connor de *Cycle Sport* et *Cycling Weekly*.

Un profond merci à William Fotheringham qui m'a permis d'accroître mes connaissances en matière de cyclisme sans jamais pontifier, à Jeremy Whittle pour son soutien et son enthousiasme, pour avoir vérifié les faits et les chiffres que j'avançais et pour avoir été un véritable ami tant dans la salle de presse qu'à l'extérieur ainsi qu'à Andy Sutcliffe qui avait bien voulu m'envoyer une pile de magazines en 1996 et qui m'a laissée feuilleter son carnet d'adresses quand je me suis mise à la recherche de prêt permanent (!) de livres, d'articles et de cassettes vidéo.

Ce livre est dédié à la mémoire de Tom Simpson (1937-1967) et de Fabio Casartelli (1970-1995) qui ont tous deux perdu la vie en participant au Tour de France. Après avoir vaincu le cancer, Lance Armstrong a gagné le Tour de France en 1999 et en 2000 et il personnifie à mes yeux l'essence même de ce sport, de cette course spectaculaire. Le triomphe sur l'adversité. L'homme contre la montagne. Quelle que soit la montagne.

The Lance Armstrong Foundation, PO Box 27483 Austin, Texas 75755, USA

LA GRANDE BOUCLE

— Ta mère avait déjà fait très fort en se tirant avec un cowboy de Denver. Mais là, avec ton histoire de suivre un groupe de mecs à vélo à travers la France, tu la surpasses carrément !

Django McCabe tentait vainement de faire entendre raison à sa nièce, Cat, qui se faisait bronzer, allongée les yeux fermés, dans le jardin de son oncle. Elle se mit à sourire.

C'est trop drôle de sourire les yeux fermés. C'est pas évident de faire les deux en même temps, en fait.

Elle ouvrit alors les yeux, s'étira langoureusement et s'assit en tailleur pour enlever les brins d'herbe qui étaient restés collés sur sa peau, laissant ses doigts caresser avec satisfaction les petites stries que les brins d'herbe avaient imprimé.

— C'est le lycra qu'elle préfère ! chantonna sa sœur, Fen, depuis le poirier sous lequel elle était assise.

— Des montagnes de corps enduits d'huile, enchaîna Pip, sa sœur aînée, déboulant dans le jardin en faisant la roue.

Cat essaya de prendre un air indigné, mais le sourire l'emporta.

— Le Tour de France est l'événement sportif mondial le plus éprouvant, riposta-t-elle, les participants doivent parcourir 4000 km en trois semaines. À toute allure. Ils doivent escalader ou dévaler des montagnes que des gens normaux ne peuvent déjà descendre que sur des skis. Pendant des jours et des jours d'affilée.

— Et alors ? fit Django tout en se massant les genoux, regrettant que le soleil n'agisse pas sur son arthrite comme il l'avait fait l'année précédente.

— Et alors ? demanda Fen, l'historienne de l'art, beaucoup plus intéressée par les représentations de marbre ou de bronze d'Adonis que par les rois de la pédale auxquels sa sœur semblait vouer un culte.

— Et alors ? fit écho Pip pour la rime, nettement plus préoccupée par le perfectionnement de ses flicflacs.

Cat McCabe leur accorda un regard consterné.

— Un cycliste du Tour de France a une capacité pulmonaire de presque huit litres, un cœur qui bat à 200 pulsations par minute en plein effort et qui peut ensuite redescendre à un niveau qui correspond à la mort pour le commun des mortels. Il peut gravir cinq montagnes les unes après les autres, en négociant les descentes à une vitesse de 100 km/h.

— Oualou ! lança Fen, sarcastique, ça doit vraiment être des gens hyper intéressants.

— Greg LeMond a gagné le Tour de France en 1989 avec huit secondes d'avance à la fin de la dernière étape.

— Trop fort ! dit Pip qui essayait de répéter intégralement son numéro de clown en équilibre sur les mains, la tête à l'envers. Elle était morte de rire.

— Il a fait ça, deux ans après avoir frôlé la mort en recevant une balle tirée par son beau-frère au cours d'un accident de chasse.

Et là, vous êtes bien bluffés. Chabada.

Fen hocha la tête, bluffée.

Pip fit la roue sur une main.

— Chapeau bas, Monsieur LeMond !

— Je te fiche mon billet que c'était encore un de ces salauds d'Américains, dit Django.

Cat confirma.

— Dites-moi dans quelle autre discipline sportive vous allez pouvoir trouver des types qui s'appellent Eros ou Bo ? Ou des équipes comme BigMat, Lubrifie-Moi ou Un Monde de Poulettes ? [1]

— Fléchettes Sans Dard ? suggéra Pip.

— Ils arrivent même à pisser en roue libre, leur balança Cat avant que quiconque s'avise de changer de sujet.

— Dans leur culotte ? demanda Pip, sidérée.

— Non, expliqua Cat sur un ton d'évidence, ils n'ont qu'à la

1. BigMat Auber est le nom d'une équipe française et pourrait se traduire en anglais par « Gros Paillasson ». Les deux autres équipes sont imaginaires.

sortir de leur short et effectuer une rotation du bassin pour pouvoir pisser tout en continuant à rouler.

— En bref, dit Django, tu vas en France pour assister à un grand événement sportif exécuté par des athlètes surhumains dénués du moindre sens de bienséance urinaire ?

— Pour une part, oui, répondit Cat très dignement, et aussi parce que j'espère que ça va déboucher sur un boulot.

Fen haussa les sourcils.

Pip regarda sa petite sœur d'un air sévère.

Tout à fait consciente qu'elles continuaient à l'observer, Cat porta son regard vers la vallée de Darley regrettant de ne pas avoir apporté son VTT.

— Bon, j'avoue tout ! elle éclata de rire et cacha son visage derrière ses mains, je ne vais pas suivre le peloton juste parce qu'il y a des chances de décrocher un boulot si ce que je fais en free-lance tient la route.

Qu'est-ce que je ne donnerais pas pour avoir mon vélo, là, maintenant. Rouler. Toute seule.

— Tu vas suivre le peloton ? commença Fen.

— Parce que tu sens qu'il y a là... continua Pip.

— L'espoir d'une aventure ? risqua Cat, cachant toujours son visage derrière ses mains.

— C'est le lycra qu'elle préfère, résuma Fen en haussant les épaules pour indiquer que le sujet était clos.

— Des cuisses rasées douces comme de la soie, ajouta Pip, des grosses.

— Loin, au-delà des mers, rêvassa Django.

Ils se mirent tous à rêvasser.

Cat hocha la tête.

— Il est temps de changer d'air, dit-elle, pensive.

Tout le monde eut l'air d'accord. Il n'y avait plus rien à ajouter.

Je m'appelle Catriona McCabe, soliloqua Cat, assise sous un cèdre sur les terres de Chatsworth House, tout près de la maison de son oncle qui l'avait vue grandir, celle dont sa mère s'était enfuie avec un cowboy de Denver, *et j'ai vingt-huit ans.*

Et ?

Et je vais suivre le Tour de France, bardée de cartes de presse comme reporter pour le Guardian.

Et ?

Si mon reportage marche comme je veux, je pourrais prétendre au poste de rédacteur permanent pour le magazine Maillot.

T-shirt ?

Maillot.

Et ?

J'aurais fait très fort. Je serai heureuse.

OK. Mais ça nous emmène où, tout ça ?

J'ai vingt-huit ans.

On est déjà au courant.

Je vis à Londres. À Camden. Dans un minuscule studio en location, avec des voisins gays, un bar à tapas juste en face de chez moi et mes deux sœurs qui ne sont pas loin.

C'est bon, on les a vues.

Fenella a un an de plus que moi, Philippa deux. Fen est historienne de l'art. Pip est clown. On est proches, mais différentes.

C'est clair. Et toi, tu fais dans le journalisme ?

Je fais surtout dans le cyclisme. L'aspect journalistique me permet en fait d'assouvir ma passion.

Et cette passion pour le vélo n'est-elle pas incongrue pour une petite Anglaise ? Tu serais plutôt censée t'intéresser à l'équitation, au tennis ou même au football.

Le vélo, c'est mon truc à moi. C'est le sport le plus beau et le plus carrément hypnotique qui soit à regarder. Les coureurs sont des athlètes accomplis. Courageux. Obstinés. Motivés. Je suis comme en transe quand je les regarde courir.

Mais comment ? Pourquoi ?

Parce que d'abord.

En voilà une phrase qu'elle est belle, Cat.

Bon, en fait j'étais… avec… un mec qui a su éveiller mon intérêt. Il est parti. L'intérêt est resté.

Et ça fait longtemps qu'il est parti ?

Il y a trois mois.

Ah ! ouais, ça fait un bail quand même.

Quand même, ouais.

D'où l'idée de la France.

La France, c'est mon rêve. Je peux renaître en France. La France peut m'aider à guérir. C'est évident, non?

Évident.

Cat aidait Django à préparer le repas. Les filles McCabe rendaient visite à leur oncle au moins une fois par mois, mais il était rare qu'elles s'y retrouvent toutes les trois en même temps. Le mois de juin se préparait à céder la place à juillet, et avoir ses trois nièces chez lui donnait à Django l'impression que Noël était en avance.

Je m'en vais vous préparer un festin, annonça-t-il. Pour ces trois filles, dont la mère était partie un jour avec un cowboy de Denver et qui avaient grandi sous l'aile protectrice d'un Django dans la région sauvage du Derbyshire, un festin n'était pas un événement extraordinaire. Pour la moyenne des gens, élevés suivant les conventions et habitués à manger à heure régulière de la nourriture traditionnelle, un festin préparé par Django les aurait laissés sur le cul.

À soixante-sept ans, Django McCabe s'habillait toujours en jeans avec des ceinturons à grosse boucle, des chemises imprimées délavées et nouait autour de son cou des foulards de marque. On aurait pu croire qu'il était peintre ou musicien de jazz. Il avait effectivement été un peu les deux dans sa jeunesse. Vingt-cinq ans plus tôt, c'était comme ça qu'il se débrouillait plutôt bien à Montmartre, et c'est là-bas qu'il avait développé son goût pour les foulards de marque. Et puis sa belle-sœur s'était fait la malle avec son cowboy de Denver et il avait dû sacrifier le prestige parisien au profit de son frère et de ses trois petites filles livrés à eux-mêmes dans leur maison délabrée du Derbyshire. Ils vécurent heureux tous les cinq jusqu'à ce que le père meure d'une crise cardiaque. Pip avait alors dix ans.

La maison est toujours délabrée, mais la chaleur communicative de Django, sa manie d'emmitoufler les enfants ainsi que sa croyance inébranlable dans les vertus des bonnes soupes chaudes et bien épaisses à tous les repas pendant les mois d'hiver avaient garanti aux filles McCabe une enfance saine et chaleureuse. Et des papilles gustatives à toute épreuve. De la soupe à tous les repas pendant les mois d'hiver, c'est une chose. Mais quand il s'agit de soupe pomme-poulet ou bien céleri-flageolets ou encore thon-petits pois-gruyère, on est en droit de reconsidérer la question. Heureusement, on est en juin et la soupe n'est pas prévue au menu.

Dans la chambre du fond, Pip se repose de sa gymnastique sur la pelouse. Fen est tranquillement assise devant la fenêtre de la Pièce Calme qui, ce soir après le repas, se transformera en Salle de Dessin. Dans la cuisine, Cat épluche, tranche, émince, tout en essayant de rester diplomate avec Django. Elle voudrait le dissuader d'ajouter du Tabasco sur la truite, dans la purée ou dans la sauce à la menthe et aux airelles.

— C'est plutôt pour le Bloody Mary, l'informe-t-elle. Alors Django trouve de la vodka, mais pas de jus de tomate. Il se contente de mélanger vodka pure et Tabasco.

— Santé ! dit-il, et il descend son verre d'un trait.

— Santé ! répond Cat, et elle avale une généreuse gorgée pour éviter de s'étrangler.

— Je crois que je pourrais baptiser ce breuvage Marie-Salope.

Django émet une quinte de toux atroce, ce qui ne l'empêche pas de se resservir un verre.

Cat hoche la tête. Elle se demande si la purée d'abricots va avoir une incidence quelconque — positive ou négative — ajoutée à la truite.

Pour contrebalancer l'effet des olives, peut-être.

— Cat, tu me promets d'être une bonne petite ? Tu feras attention à toi en France ? Tu sais que je connais tous les ragots sur Alain Delon et Roger Vadim.

— Moi pas !

Cat éclate de rire.

— Fais gaffe, prévient Django tout en pointant un couteau dans sa direction sans s'en rendre compte ; ayant réalisé la situation, il se confond en excuses.

— Il ne m'arrivera rien, le rassure Cat, je fais partie du groupe de presse. Il y aura 900 journalistes. Le Tour est comme une ville itinérante, une vraie communauté. Je serai avec eux pendant toute la durée de la course.

Il ne m'arrivera rien.

— Tu feras bien attention à toi, répète Django, tout en se disant qu'un soupçon de truite pourrait donner un bon résultat dans la purée de pommes de terre.

— C'est exactement ce que je fais, répond Cat, rêveuse.

Dans la Salle de Dessin, en buvant le café accompagné d'After Eights poussiéreux que Pip a exhumés du tiroir de sa table de chevet, Django contempla ses trois nièces. Fen avait son air mélancolique habituel. Elle avait attaché ses cheveux en queue de cheval, ce qui lui donnait un air juvénile et vulnérable, comme si elle vivait encore chez son oncle. Django avait remarqué qu'elle avait beaucoup maigri depuis Pâques et savait que cela ne pouvait être attribué qu'à deux choses.

— Amour ou argent, Fen ? lui demanda-t-il.

Elle sursauta, puis regarda les paumes de ses mains étendues devant elle comme si elle soupesait la réponse à donner.

— Les deux, dit-elle en refermant les mains.

— Il en a trop ou pas assez ? s'enquit Django.

— C'est variable, dit Fen.

Django eut l'air interloqué. Cat ne put résister.

— Il y en a un qui est blindé, et l'autre qui n'a pas une thune.

— Putain, Fen ! deux en même temps ! s'écria Django sincèrement horrifié, pour le plus grand plaisir de Cat et Pip.

— Lequel tu vas choisir, alors ? demanda Cat à Fen, tu t'es décidée ? Le vieux ou le jeune ?

— Qui sera l'heureux élu ? la taquina Pip, le riche ou le pauvre ? Tu as tiré à pile ou face ou il a fallu qu'ils se battent en duel ?

— Ni l'un ni l'autre, émit plaintivement Fen, les deux.

Elle regarda par la fenêtre, pas plus capable de faire la distinction entre la lande et la nuit, qu'elle ne la faisait entre ses deux amants. Django, Cat et Pip l'étudièrent un moment.

— Pip, dit Django sévèrement,amour ou argent ?

— Je m'en sors très bien sans, dit Pip, tout en souhaitant secrètement avoir un petit peu des deux.

— C'est sûr que se déguiser en Martha le Clown avec une perruque afro rose et des paquets de peinture sur la figure, ça ne doit pas vraiment aider, raisonna Django.

— Traduction : trouve un vrai boulot, grogna Pip à Fen, tout en ignorant Django.

Celui-ci se tourna vers Cat qui regardait par la fenêtre, loin au travers de la nuit. Ses yeux gris-vert brillaient sous l'effet des souvenirs qui l'assaillaient, ses cheveux blond sable encadraient son visage et dégringolaient sur ses épaules qui s'affaissaient, ses lèvres s'entrouvraient comme si elle allait prononcer des mots qu'elle n'avait jamais dits mais qu'elle aurait souhaité prononcer. Elle avait l'air ailleurs. Et triste.

— Elle est déjà en France, chuchota Fen à Django, inquiète à l'idée que Cat doive partir seule.

— Elle sera mieux là-bas, dit Pip d'un air entendu, heureuse à l'idée que Cat allait pouvoir se retrouver seule, ailleurs.

— Cat ? appela doucement Django.

Cat cligna des yeux, bâilla et sourit, espérant que cela détournerait l'attention des efforts évidents qu'elle faisait pour avoir figure humaine à cette heure de la nuit.

— Mario Cipollini a un tour de cuisse de 80 centimètres, leur annonça-t-elle.

J'entendais ce que disaient mes sœurs. Elles ont tout compris. Je suis déjà en France. Et je me demande si c'est un bon plan d'y aller. Si je reste, Il pourrait bien réapparaître un de ces quatre. Pour dire qu'Il a changé d'avis. Et je ne serai même pas là. Tu crois que c'est possible qu'Il revienne s'excuser ?

Et si.

Non, non.

C'est fini. Va voir ailleurs, Cat.

Ouais, mais peut-être.

Non, je ne crois pas.

Comment est-ce qu'Il fait pour m'aimer et s'arrêter de m'aimer ? Et tout ça dans la même journée ?

« Je t'aime » avait-Il dit, une des rares fois où Il avait appelé du boulot. C'était le matin. « Je m'en vais » avait-Il dit, comme Il le faisait souvent. C'était le soir. « C'est ça. Va-t'en » j'avais dit ça en pensant que si je m'opposais à Lui, ça allait Lui donner la baffe dont Il avait besoin. « Va-t'en » j'avais dit, persuadée qu'Il allait se pétrifier d'effroi devant moi et se mettre à pleurer, « Non, pitié, ne me fais pas ça ».

Et au lieu de ça ?

Il est parti. Et en courant, encore.

Il y a trois mois.

Et je ne peux rien faire pour qu'Il revienne. J'ai pourtant laissé la porte métaphoriquement toute grande ouverte. J'espérais qu'Il allait revenir cogner dessus pour me faire des déclarations du style : « Je veux être avec toi ici et maintenant. Pour toujours. Dis-moi ce que tu veux que je fasse, oh ! ma déesse ! »

Bon, c'est vrai, maintenant je regrette. Mais tout le monde me dit que j'ai eu raison.

La porte est toujours entrouverte. Bientôt il va falloir la fermer complètement. Pour ma propre sécurité et pour ma santé mentale. Laisser tomber.

Je n'ai pas envie. De laisser tomber juste histoire de laisser tomber.

Abandonner. Admettre l'échec. Admettre que c'est totalement et définitivement terminé.

Et si je laisse tomber, est-ce que je ne suis pas en train d'abandonner tout espoir ? C'est qui, au bout du compte, Cat McCabe si elle n'a plus aucun espoir ?

La France. Le Tour de France. La Grande Boucle[2]. *J'en rêve depuis cinq ans. Ce mec a été mon rêve pendant cinq ans. Ce rêve-là au moins je peux le faire devenir réalité. Sur toute la ligne jusqu'à l'étape finale à Paris. Je vais suivre le Tour de France, devenir un membre à part entière de cette fantastique famille itinérante. Du début à la fin. Tout du long. Les étapes de plat, les Pyrénées, les Alpes, traverser les vignes, et quand j'arriverai sur les Champs-Élysées, j'aurai l'impression d'être de retour au bercail. Moi et mes héros. Fabien Ducasse. Vasily Jawlensky. Luca Jones.*

Vous pouvez vous garder tous vos Brad Pitt et vos Tom Cruise. Vous pouvez même vous garder vos George Clooney. Si vous voulez un héros, un vrai, parlez-moi d'un mec de Système Vipère ou de l'équipe Zucca M.V. Brad et Tom réunis n'arriveraient pas à faire un dixième des vingt et un virages en épingle à cheveux de l'Alpe d'Huez. Monsieur Clooney n'oserait jamais descendre une montagne avec tout à la fois la grâce et la vitesse d'un faucon pèlerin en piqué.

Stop ! Je vais où, là ? Bon, je sais qu'il faut que je change d'air — mais se mettre à délirer sur des cyclistes professionnels, ce n'est pas seulement irréaliste, c'est carrément une attitude de gogolienne qui pourrait s'avérer extrêmement préjudiciable. Parfaitement. Je suis une journaliste professionnelle sur le point d'infiltrer un

2. Les termes succédés d'un astérisque (*) signifieront « en français dans le texte » ou « en italien dans le texte » suivant le cas, tout au long du volume.

microcosme dominé par des hommes. Pas une groupie. Et même si j'étais une groupie, ils ne me regarderaient même pas. Pourquoi ils me regarderaient, d'abord? Mettez-moi à côté des nanas qu'on voit sur les podiums, avec leurs jambes, leurs bouches et les baisers qui vont avec et le sujet est clos.

Point barre.

De toute façon, les coureurs sont au lit à neuf heures du soir.

Et j'ai lu quelque part que les heures passées en selle rendaient impuissant.

Il n'y a pas trente-six façons de le vérifier.

Cat McCabe !

Je veux dire en parlant aux femmes et aux copines des coureurs.

Quand Cat rentra à Londres, un mot de ses voisins l'invitait à venir blablater autour d'une petite bouffe à l'étage au-dessus. Pendant qu'elle avait passé le week-end chez Django, Eric et Jim avaient fêté leurs cinq ans de vie commune. Ils considéraient que le bien-être physique et émotionnel de Cat relevait de leur responsabilité. Ils se positionnaient vis-à-vis d'elle comme des parents alors qu'ils n'avaient qu'un ou deux ans de plus qu'elle. Si elle avait un petit malaise gastrique, ils lui apportaient de l'eau pétillante et une bassine. Si la porte de son appartement avait été fracturée, ils insistaient pour qu'elle vienne dormir sur leur canapé. Quand le prince de ses nuits était parti, ils lui avaient fourni crème glacée et réconfort. Ils étaient presque aussi excités à l'idée du bien fou qu'allait lui faire ce voyage en France, avec toutes ses perspectives d'aventures, qu'à l'évocation de cent quatre-vingts mecs musclés moulés dans des shorts en lycra.

— On a un petit cadeau pour toi, dit Eric, on voulait te le donner avant ton départ. Au fait, si ça ne commence que samedi, pourquoi as-tu décidé de partir mercredi ?

— Tout bêtement pour faire enregistrer ma participation au Tour en tant que journaliste freelance. Et puis jeudi et vendredi il y a les conférences de presse équipe par équipe et plein de machins du genre, expliqua Cat.

— Tu es dans tous tes états ? demanda Jim pour qui c'était visiblement le cas, tu n'es pas trop nerveuse ?

— Je suis méga-total hyper trop excitée, dit Cat.

— Tu es vulnérable, la mit en garde Jim, ne mise pas tout sur la

France. Je sais que pour toi ça représente un objectif qui te permet d'avancer, mais ne mise pas tout là-dessus.

— Et ne repars pas sur un plan love, ajouta Eric en agitant la main, tu sais, là-bas les coureurs sont considérés comme des espèces de dieux, des rock stars…

— Je crois que ce qu'Eric essaye de dire, intervint Jim, c'est que si tu repars sur un plan love — et c'est ce qui peut t'arriver de mieux — un coureur cycliste est loin de représenter la meilleure option.

— Tu sais, dit Eric, après une nuit de débauche non-stop, les pauvres garçons ne peuvent plus actionner les pédales.

Ils visualisèrent mentalement et silencieusement la scène et éclatèrent de rire.

— Du coup, notre cadeau va avoir l'air d'une mauvaise blague, reprit alors Eric. Tiens. Voilà ton kit de survie.

Ils donnèrent à Cat une boîte à chaussures. Elle la soupesa, souleva le couvercle et se mit à rire quand elle entreprit d'en explorer le contenu.

— Des préservatifs ? s'exclama-t-elle.

Jim hocha la tête. Eric regarda par la fenêtre.

— Des rasoirs Bic ? (Il y en avait quatre.)

— C'est pour leurs jambes. On a hésité pour la crème Immac, dit Jim.

— Et il n'y a rien de tel que de se faire raser par quelqu'un qu'on aime, continua Eric.

— Il faut bien avouer que les proportions des jambes de certains de ces garçons sont proprement hallucinantes, ajouta Eric sur le mode compétent.

— Alors cette gigantesque bouteille d'huile pour bébé est réservée à l'usage exclusif d'after-shave pour ces messieurs ?

Cat soutint le sourire entendu des deux hommes.

— Mais pourquoi est-ce qu'ils se rasent les jambes ? demanda Eric.

— Pour qu'on voie mieux leurs muscles et leur bronzage, roucoula Jim.

— Pour l'aérodynamique ? s'enquit Eric.

— Je crois qu'il s'agit simplement d'une tradition et j'espère qu'on ne l'abandonnera pas de si tôt, dit Jim, le souffle court.

— Précaution médicale, jeta Cat comme une évidence.

— De quoi ? dit Eric.

— S'ils se blessent en tombant, expliqua Cat, les plaies sont plus faciles à nettoyer sur une peau lisse.

Jim eut l'air très déçu par cette information. Cat reprit l'exploration de la boîte à chaussures.

— De la vaseline ?

— On a lu quelque part que ça leur permettait de s'asseoir plus confortablement.

Jim avait pris l'air parfaitement ingénu.

— Nous ne sous-entendons pas du tout que ce sera à toi d'en faire les applications, s'empressa d'ajouter Eric.

Cat leva les sourcils tout en extrayant un bandana bariolé.

— Ils en portent tous. On les a vus à la télé l'année dernière, dit Eric.

— Menthe extra-forte, dit Cat après avoir reniflé le paquet.

— C'est pour si tu rencontres des chevaux, dit Eric.

— J'ai peur des chevaux, dit Cat.

— Tu peux les amadouer avec la menthe, dit Jim.

— Et c'est uniquement pour ça que tu les as mis dans la boîte ? insista Cat avec un sourire goguenard, pas parce que je vais dans un pays où on mange beaucoup d'ail ?

Ils lui sourirent en retour. Goguenards.

Des pansements. Un antiseptique. Un billet de cent francs. Un paquet de barres énergétiques.

— On suivra tes exploits dans le *Guardian*, dit Eric.

— Tu vas vivre un truc super, lui assura Jim en la serrant dans ses bras, ça va te faire du bien.

Je me demande qui va gagner le maillot jaune ? méditait Cat, assise dans son lit, *Marie-Claire* et *Procycling* étalés devant elle. *Fabien Ducasse ou Vasily Jawlensky ? J'aime bien les deux. Pour des raisons différentes. Fabien est une splendeur, comme homme et comme coureur. Son arrogance me bouleverse. Il sue littéralement la testostérone — à un niveau tout ce qu'il y a de biologiquement normal, rien à voir avec les injections. Vasily est lui aussi incroyablement beau, mais il est impénétrable. Une énigme. Qui enfilera le maillot jaune ? Je ne sais pas. Que le meilleur gagne !*

Et le maillot à pois du meilleur grimpeur ? Je parierais sur le coéquipier de Vasily, le sublime Massimo Lipari, la coqueluche des médias et des femmes. J'aimerais bien qu'il le décroche pour la troisième fois consécutive. Mais il faudra qu'il se méfie de son rival de chez Système Vipère, le nain charismatique Carlos Jesu Velasquez.

Et le maillot vert ? Celui du classement aux points ? Stefano Sassetta pourra-t-il le reprendre à Jesper Lomers cette année ?

Et puis il y a l'équipe américaine, Mégapac — des débutants dans le Tour, comme moi. Je vais peut-être réussir à décrocher des interviews exclusives. J'aimerais bien rencontrer Luca Jones — il semble incarner parfaitement la camaraderie cosmopolite du peloton. Il vit en Italie, il court en Grande-Bretagne et c'est pour une équipe professionnelle américaine qu'il va participer à la course. C'est sûrement une sacrée personnalité. Mais quand on a l'air aussi bien à priori, ça doit être une vraie cata si on ne tient pas la route en direct live.

Parler espagnol ou italien, ça serait quand même pas mal. Mon français est plus que nase. J'aurais dû étudier plus sérieusement à l'école avec Mademoiselle*. *Comment est-ce qu'elle disait déjà ? « Ce n'est pas en rêvassant que vous trouverez du travail. Seuls de bons résultats scolaires peuvent vous le garantir. »*

N'empêche, vieille bique, voilà des années que je rêve de faire le Tour de France. Et aujourd'hui, c'est mon travail !

JULES LE GRAND
ET L'ÉQUIPE SYSTÈME VIPÈRE

S'il n'avait pas été cycliste professionnel, Fabien Ducasse aurait pu poser pour une pub Calvin Klein, dont il s'était largement aspergé, d'ailleurs. Beau gosse, le bronzage nickel, il se dirigea nonchalamment à travers son somptueux appartement vers sa méga micro chaîne Hi-Fi Système Vipère pour y glisser un CD de George Michael.

Si je courais pour ces blaireaux de l'Équipe Casino, je n'aurais droit qu'à des bons de réductions valables uniquement dans leurs supermarchés ! il rit grassement. *Ou alors un nouvel aspiro, si je courais pour l'Équipe Polti. Et si j'étais chez Riso Scotti, je pourrais me gaver de riz à en exploser. C'est pour ça que j'ai choisi Système Vipère.*

Il poussa le volume à fond et étira son mètre quatre-vingt-deux sur son canapé en cuir. Il écouta George Michael parler de *Faith*.

Faith, la foi. Voilà ce qu'il faut que j'aie. Il faut que je gagne la course, sinon, terminé les super chaînes Hi-Fi pour Fabien. Je veux le maillot jaune*.

Ouais, mais si je courais pour O.N.C.E. ou pour Banesto, je pourrais ouvrir des comptes en traitant directement avec les banques et ils feraient fructifier mon pognon comme pas possible ! Il glissa la main dans son pantalon de survêtement et saisit sa bite.

Jawlensky ? Qu'est-ce qu'ils peuvent lui donner chez Zucca MV à part du matériel de construction ? Il a déjà une maison. Il va faire quoi avec des briques ? Tu peux pas écouter une brique. Ça fait même pas beau dans ton salon.

Fabien se dirigea vers la fenêtre, sa main continuant à s'activer frénétiquement pour maintenir son érection. Son regard se posa sur des femmes assises à la terrasse du café en bas de l'immeuble en face.

Le Tour va commencer dans quatre jours. Cette année il faut que je gagne. J'aurais déjà pas dû le louper l'année dernière. J'aime pas ça d'être catégorisé comme « Le Prétendant ». Dans quatre jours mon futur redémarre.

Jawlensky ? Il a décroché le maillot jaune l'année dernière parce que j'étais pas au top côté motivation. Cette année, c'est la revanche. Personne d'autre que Fabien n'aura le maillot jaune*.

Une des femmes leva les yeux de son *café au lait**. C'était une belle bonde qu'il avait déjà vue quelque part.

Plus que quatre jours avant le Tour. Bien*. *J'ai besoin de café. C'est bon ça, la caféine. Et c'est encore meilleur si on le boit en compagnie d'une belle blonde.*

Il passa un coup de fil.

— Hélène ? Tu peux te libérer pour boire un petit café ?

Son plan cul garanti des trois dernières semaines lui rappela qu'elle était à son boulot, dans la ville voisine. Il allait devoir se contenter d'apprendre qu'elle ne prendrait rien d'autre qu'un café au distributeur. Fabien haussa les épaules en raccrochant. Il descendit sur la place, but un café et se fit passer la pommade par la blonde. Il lui demanda son nom mais l'oublia immédiatement. Il avait monstrueusement envie de cul. Mais ça lui sortit très vite de la tête quand il réalisa qu'il avait surtout envie de pédaler au moins quatre-vingts kilomètres. À toute vitesse.

— Fabien ? Jules le Grand, le *directeur sportif** de Système Vipère, appelait le leader de son équipe sur son portable. Il traversait la ville à pied pour honorer une cohorte de rendez-vous. D'une extrême courtoisie, cet homme de quarante-sept ans aux cheveux gris coiffés avec soin portait de coûteuses lunettes cerclées d'or. Il souffrait d'un penchant évident pour les costumes impeccablement coupés et d'une passion visiblement irrépressible pour les mocassins souples en cuir de veau. Cela lui conférait un style plus propre à une maison de haute couture parisienne qu'à ce qui constituait son environnement quotidien. Pommade camphrée. Chaînes graisseuses. Sueur. Sang.

Le *cyclisme**, c'est toute ma vie. Mais pourquoi lui sacrifier le style ? Ce n'est pas nécessaire. Ce serait une preuve de paresse. La paresse, c'est l'ennemi. Du cyclisme. De la vie. Dans cet ordre-là. *Compris** ?

Il lui restait une montagne de boulot à organiser au cours de ces ultimes journées avant le Tour. Le portable représentait à ses yeux une invention aussi géniale que les cadres de bicyclette en fibre de carbone.

— Fabien ?

Jules regarde sa montre et s'octroie le luxe d'une conversation à l'arrêt.

Une serviette blanche trop courte (mais c'est exprès) nouée autour de la taille, Fabien cale le téléphone dans le creux de son épaule en essayant de déterminer ce qui va être le moins pire : mouiller le tapis ou le beau parquet ? Ce sera forcément l'un ou l'autre car il ne peut décemment pas dire à son *directeur** qu'il tombe au mauvais moment.

Le Tour de France, c'est pas seulement pédaler jusqu'à Paris, c'est aussi se donner les moyens de pouvoir pédaler l'année d'après. C'est comme ça que les contrats se signent. Je dois assurer vingt-quatre heures sur vingt-quatre. Avant et après la course.

— Jules ! s'exclame Fabien chaleureusement, *ça va** ? Je viens de m'enfiler une bonne petite course. J'ai des pâtes qui cuisent, là.

Merde ! ça fait style tu me déranges.

— Je voulais te parler avant le dîner de ce soir de l'équipe, reprend Jules, à propos de l'année prochaine. À propos de toi et de Système Vipère. Tu es content de ta chaîne ?

Je suis à la tête de cette compagnie. La négociation, c'est mon truc. Un de mes nombreux trucs. En tant que directeur sportif*, *c'est mon boulot de savoir ce qui fait triper mes coureurs.*

Fabien fait un petit bond de côté pour poser ses pieds sur le parquet, il lance un sourire à sa chaîne et fait la grimace en voyant que ses pieds ont laissé deux empreintes humides sur son tapis de luxe.

— La stéréo est carrément géniale. Je ne l'éteins pratiquement jamais. Tiens, écoute.

Fabien tend le combiné vers le centre de la pièce, persuadé que son *directeur** peut entendre Prince. Jules n'entend rien du tout. Il attend patiemment mais vérifie le niveau de la batterie, jusqu'à ce que Fabien se décide à poursuivre.

— Tu as entendu ? demande-t-il, moi, je roule pour Système Vipère, et pas seulement quand je suis en selle. Je suis une Vipère en permanence.

C'est bon ça, coco. Il va aimer, le Jules. L'engagement total qui montre bien que c'est beaucoup plus qu'un simple job pour moi.

— Il ne tient qu'à toi, dit Jules, d'avoir une nouvelle chaîne. Tu n'as qu'à rouler pour nous l'année prochaine.

La chaîne est une grosse tentation, mais Fabien sait que c'est inutile sans le salaire qui va avec. Représentatif de sa valeur pour l'équipe.

Je vais garder un silence prudent.

La stratégie de négociation pachydermique de Fabien fait sourire Jules. Il ajoute d'un ton faussement détaché :

— On pourrait parler aussi d'une substantielle augmentation de salaire. Quel effet ça te ferait d'être le coureur le mieux payé du peloton ?

Quel effet ça fait ? cogita Fabien un moment plus tard, contemplant l'empreinte de ses pieds sur le bois. Les marques qui semblaient le défier sur le tapis le plongèrent dans un état quasi hypnotique. *C'est super bon, putain. Aussi bon que de tirer un coup. Tiens, t'as qu'à voir : je bande.*

Mais le Tour de France démarre dans quatre jours. Il ne faut pas gaspiller son énergie. Le célibat c'est la règle de l'équipe. Jules est très ferme en ce qui concerne le sexe.

Ferme ? Moi je suis carrément rigide, là. Je connais mon corps. Au lit. À vélo. Pas de problème.

— Fabien, Fabien, roucoula Jules triomphalement. Il avait reçu quatre messages pendant sa conversation avec son coureur clé. Avant d'y répondre, il téléphona aux sponsors de l'équipe.

— *Bien**, leur dit Jules, pas de problème côté Fabien. À moins que Zucca MV n'essaye de nous le griller en lui taillant des pipes.

— Et Jesper Lomers ? s'enquirent-ils, il a signé ?

— Jesper ne sera pas un problème, leur assura Jules.

C'est sa bonne femme qui risque de faire chier, commenta Jules pour lui-même en écoutant le nouveau message qu'il avait reçu pendant son coup de fil. *Elles font toutes chier. Je sais de quoi je parle, j'ai été marié trois fois. Peut-être que Jesper serait plus cool s'il avait une maîtresse. Avec moi, ça marche en tout cas.*

Je peux concentrer toute mon attention sur l'équipe. J'ai une gonzesse qui concentre toute son attention sur moi pendant ce temps-là. La combinaison parfaite.

Son téléphone sonna. C'était un des mécaniciens de l'équipe. Jules écouta et dit :

— Des roues lenticulaires, évidemment, *imbécile** !

Sur quoi il raccrocha. Le téléphone sonna à nouveau.

C'était le quotidien sportif français *L'Équipe.*

— Système Vipère est au top en ce moment, dicta Jules très sûr de lui, Ducasse, Lomers et Velasquez vont nous donner du grand spectacle. Sur la carte, le Tour va être particulièrement difficile cette année, mais les Vipères vont avoir l'effet du venin sur les autres coureurs. Vous pouvez me citer intégralement.

Il raccrocha.

Jules essaya de joindre Jesper Lomers. Pas de réponse.

C'est bon signe, ça veut dire qu'il s'entraîne. Et ça vaut mieux que d'avoir Anya au bout du fil. Cette pétasse m'énerve. Elle considère Système Vipère comme une rivale. Jesper serait-il heureux s'il ne courait pas ? Ferait-il un bon mari ? Elle croit que c'est elle qui le comble d'amour et de bonheur. Moi, je sais que c'est Système Vipère. Heureusement, Jesper n'est pas du genre à se prendre la tête sur des théories de ce genre. Je vais réessayer de l'appeler. Pas de réponse. Bon. On verra plus tard.

Le téléphone sonna encore. C'était un jeune coureur.

— Si tu as la diarrhée, lui dit patiemment Jules, qu'est-ce que tu dois manger ? C'est ça. Des œufs durs, du riz et des yaourts. Quelle quantité d'eau tu as bu ? C'est pas suffisant. On te mettra un petit coup d'électrolytes ce soir.

Il raccrocha et pouffa de rire.

Directeur sportif**? Appelez-moi le* père des coureurs*. *Je suis quoi finalement ? L'entraîneur, le manager ou le* papa* *?*

— C'est pour ça que je suis strict. Un vrai chien, marmonna Jules tout en ralentissant, je peux crier sur un coureur le matin, gueuler sur lui depuis la voiture pendant la course et le soir quand il est sur les rotules, il ne veut qu'une chose, c'est que je le prenne dans mes bras. Je dois incarner l'image du père pour les coureurs. C'est vital pour eux de pouvoir me faire confiance et de trouver auprès de moi la confirmation de leur excellence. Sinon, pourquoi courraient-ils ? Fabien, pour le pognon ? Jesper, pour les beaux yeux de sa femme ? Soyons sérieux.

Jules se dirigea d'un pas décidé de l'autre côté de la *place** vers le restaurant auquel il avait accordé le privilège de recevoir cette année les coureurs pour le dîner de l'équipe avant le Tour. À Eustache Saint-Pierre, c'était un honneur très disputé par les restaurateurs. Le propriétaire de l'établissement avait l'intention de bichonner Jules en lui offrant à boire, la soupe de poisson maison et de la *tarte tatin**. Jules refusa. Il était là pour vérifier le menu et dresser le plan de table. Trop de boulot pour perdre du temps à manger ou à bavarder. Pas du tout le moment d'échanger des plaisanteries.

Le Tour de France occupe l'esprit de Jules 365 jours par an. C'est pour ça qu'il est populaire. Le Tour est un moment exceptionnel pour les Français. Le fait que Jules s'y dédie corps et âme fait de lui un héros aux yeux de ses concitoyens. Des mois avant le Tour, c'est l'obsession de Jules. Paris-Nice, Tirreno-Adriatico, la Semaine Catalane, le Critérium International, Liège-Bastogne-Liège, le Dauphiné Libéré. Bien qu'il apprécie chacune de ces courses à sa juste valeur, Jules ne les voit que comme la préparation du grand Tour. C'est le Tour qui commande ses moindres pensées. Nuit et jour. Il ne pense plus qu'en terme de stratégie.

Directeur sportif* *? Je suis un grand stratège.*

La soirée à venir n'avait pas de but tactique avéré, mais elle n'en relevait pas moins de la stratégie. L'équipe allait se trouver réunie, comme liée, pour avaler les dernières bouchées vraiment gastronomiques avant que les ultimes vestiges de la vie normale se trouvent relégués à la préhistoire. C'est ensemble qu'on entrait dans l'ère du guidon et de la pédale. Il n'allait plus y avoir que des pâtes à chaque repas. Les conversations, les rêves, les pensées et la respiration n'allaient plus être dédiés qu'à la course.

Plus qu'un père pour les coureurs, je suis le directeur d'une petite compagnie itinérante. Plus qu'un diplomate ou un grand stratège, en fait je suis un général d'armée. Le Tour de France, ce n'est pas seulement des équipes de coureurs qui partent en guerre les unes contre les autres. La bataille la plus difficile que doit mener un coureur, c'est un combat contre lui-même, contre l'estime qu'il a de lui-même. C'est pour ça qu'il faut que je rappelle Jesper.

— Hé ! Mais c'est notre Super Sprinter, la Bombe Blonde, la Fusée de Rotterdam ! Tu as l'air en forme ! lança Fabien en arrivant au restaurant.

Ce compliment mêlé de sarcasme s'adresse à Jesper Lomers. Le Hollandais lui adresse un sourire et une poignée de main pour dissiper toute gêne. Fabien soulève une des boucles de cheveux de Jesper. Ils sont très fins, blond paille et forment des épis rigolos ici et là.

— Ils vont pleurer dans l'autre magazine bidon quand tu auras la boule à zéro pour le Tour. Qu'est-ce qu'ils disaient, déjà, sur tes jambes ?

Fabien fait référence à un récent article de *Vogue* qui les a couverts d'éloges tous les deux.

Jesper agite la main pour montrer qu'il s'en bat royalement les couilles, continue d'ouvrir son petit pain, le tartine largement de beurre et le pose finalement sur la table sans y toucher.

C'est bon. De l'humour, du rire. L'équipe réagit bien, pense Jules.

Il répond à la place de Jesper.

— L'article disait — écoutez-moi ça les gars —, *Jesper Lomers a les plus belles cuisses du peloton.*

L'équipe éclate de rire.

Jesper hausse les épaules.

— C'est mes outils de travail, les mecs. Je suis un bon coureur, pas un sex symbol.

— Il n'y a pas de mal à être les deux, la ramène Fabien, très sûr de lui sur ce point.

— Je suis sûr qu'Anya ne serait pas de cet avis, intervient un membre de l'équipe.

— Anya veut rentrer en Hollande, lance Jesper à la cantonade tout en soutenant le regard de Jules.

Jules maintient ce contact. Il se sent bien. Le restaurateur veille à ce qu'il soit le premier servi.

— Et nous, on veut le maillot vert. On veut que ce soit toi, Jesper, qui nous le rapporte encore une fois cette année. Tu as le *maillot vert**. Tu peux le reprendre sans problème.

Jules sait qu'il peut tenir Fabien. Un peu de flatterie, beaucoup d'argent. Jesper, il n'est pas trop sûr, et ça l'énerve.

Je n'ai jamais vu un coureur qui puisse gagner de façon aussi spectaculaire sans se la jouer. Je n'ai jamais vu non plus un coureur aussi amoureux de sa femme quand il la voit se pointer au départ ou à l'arrivée. Plus les courses s'enchaînent et moins elle montre le bout de son nez. Je sais que ça énerve Jesper. Elle veut rentrer au pays. Et ça m'énerve. Elle a des projets, moi aussi.

— C'est pour ça qu'il ne faut pas avoir de femme, proclame Jules tout en repensant aux trois épouses qu'il a endurées.

Heureusement, Jesper est occupé à tremper son pain dans sa soupe comme si c'était un sachet de thé, et semble ne pas avoir entendu. Mais deux autres coureurs regardent leur *directeur** d'un œil noir.

— Je cours et je dors mieux quand j'ai ma femme dans mon lit, chuchote l'un.

— Moi j'ai *vraiment** besoin d'avoir une gonzesse dans mon lit sur le Tour. Pas d'un copain de chambrée. Sans vouloir t'offenser.

— C'est bon, le rassura son co-équipier, on se remet dans la même chambre cette année ?

— Je crois. C'est ce que j'ai demandé, en tout cas.

— Moi aussi.

— Tu as le trac ? demande-t-il tout en sachant que c'est une question à laquelle on ne répond jamais franchement.

— Et toi ?

Réponse intelligente mais facile.

— Ne jamais se montrer faible, récita-t-il comme si c'était une sorte de mantra.

— *Précisément** !

Les deux coureurs trinquèrent et burent leur bourgogne comme s'il s'agissait d'un nectar.

— Jules, où est Carlos ?

— Un Espagnol qui court pour une équipe française, moi, ça me dépasse. Vous croyez qu'un jour il daignera se pointer à l'heure pour quelque chose d'aussi insignifiant qu'un dîner d'équipe ?

Avant que Jules ait pu répondre à Fabien pour le compte de Carlos, les serveurs apportèrent de minuscules portions de sorbet auquel tout le monde goûta. Personne n'aima. C'était pourtant un sorbet tomate-basilic que Django n'aurait pas renié...

Jules porta un toast.

— Je lève mon verre aux maillots. Jaune. Vert. À pois. Pour Fabien, Jesper, Carlos. À la santé de Système Vipère !

— Vive le Tour ! dit Fabien en avalant son verre avant de s'attaquer au canard.

— Vive le Tour ! dit Jesper qui pensait à Anya. Il aurait voulu qu'elle soit là. Elle allait être encore plus froide et distante quand il allait rentrer. Il le savait.

Carlos Jesu Velasquez n'avait aucun scrupule à ne pas assister au dîner de l'équipe qui se tenait en France.

— Je vais passer trois semaines dans votre pays, alors ce soir je vais dîner avec ma famille, avait-il dit à Jules au téléphone.

Il doit se sentir à part, avait raisonné Jules, *lui accorder de ne pas assister au repas passera pour une marque de respect. Sa présence n'ajouterait pas grand-chose à la soirée. Ce n'est pas un enjeu pour le Tour qu'il mange des escargots avec nous ou de la paëlla en famille.*

Du fait de sa taille et de son incroyable puissance, le surnom de Carlos, c'est Pocket Rocket[3]. C'est aussi la marque des barres énergétiques qui sponsorise l'équipe. On l'appelle aussi La Cigale parce qu'il n'est pas très loquace. Il ne parle qu'espagnol, mais il n'est pas plus bavard avec les coureurs espagnols. Il fait des bruits avec ses lèvres et sa langue pour communiquer avec le peloton. Il siffle ou claque la langue pour que les autres coureurs s'éloignent, travaillent avec lui ou s'écartent de son passage. Certains l'appellent aussi Le Petit Lion à cause des rugissements puissants qu'il émet chaque fois qu'il est le premier à franchir une banderole de col. Sa femme, Marie-Christina l'appelle tout simplement Jesu, en prononçant la jota. Ses trois enfants l'appellent Papa.

Ce soir, il a traversé la rue pour apporter ses trois enfants à sa belle-mère. Il est retourné chez lui, il a fermé la porte et il a fait l'amour à Marie-Christina. Après quoi il a chanté pour elle. Demain il se rendra à Eustache Saint-Pierre.

3. Fusée de poche. C'est également le nom d'un vibromasseur de poche dont le slogan a de quoi laisser rêveur : « Il met sur orbite plus de femmes en une semaine que la NASA ne l'a fait en une vie. »

— Je m'en vais pour travailler, chuchote-t-il tendrement à l'oreille de sa femme, mais je serai bientôt de retour.

Qu'est-ce que je demanderais à Fabien Ducasse si je devais le rencontrer ? se demandait Cat tout en se rendant au *Guardian* pour régler les derniers détails avant son départ.

Il a une sacrée réputation de dragueur. Dois-je en conclure qu'il serait plus enclin à m'accorder une interview si je mets une mini-jupe ? Il faudrait que je trouve un truc bien flashant pour démarrer l'entretien. Sortir du « Comment vous allez faire pour gagner le Tour de France, monsieur Ducasse ? » hyper plonplon et archi-déjà vu. Peut-être que je pourrais amorcer avec un truc sur l'adulation des sportifs, un truc qui le pique au vif. Je voudrais le faire sortir de son carcan d'arrogance. Faire craquer le vernis. Ce n'est pas que je m'intéresse particulièrement à ce que je trouverais derrière. La surface exerce déjà sur moi un très fort pouvoir d'attraction.

Est-ce que j'aurai le temps d'apprendre un peu l'espagnol ? Quoiqu'un simple grognement émis par Carlos Jesu Velasquez constitue à lui tout seul une interview réussie. Et Jesper ? Y a-t-il quelque chose qui ressemble à de l'anglais parlé par un Hollandais ?

Je n'arrive pas à croire que je vais bientôt être là-bas. En France. Avec eux. Mais qu'est-ce que je vais bien pouvoir leur dire ?

RACHEL McEWEN
ET L'ÉQUIPE ZUCCA MV

— Tu es malade dans ta tête ! Tu es vraiment de mauvaise humeur aujourd'hui ! s'exclama Massimo Lipari en saisissant sa jambe gauche pour caresser doucement sa tendinite.

Les yeux de Rachel McEwen tombèrent sur la prostate du coureur. Ses parties génitales étaient simplement recouvertes par une serviette. Il avait un long corps souple qui lui permettait d'escalader les montagnes comme une gazelle. Sa peau cuivrée faisait ressortir ses grands yeux noirs. Il la regarda avec une tristesse infinie et une moue d'enfant contrarié à la limite du ridicule. Elle regarda ses mains, se mordit la lèvre et s'excusa.

— Je suis désolée, j'ai beaucoup de choses en tête en ce moment, dit-elle en recommençant à masser plus doucement ses cuisses.

J'ai intérêt à me souvenir que c'est de la chair vivante que je triture, pas de vulgaires sacs de viande, se sermonna-t-elle, *putain ! le pauvre Vasily, j'ai dû le massacrer tout à l'heure. Il n'a même pas couiné. Il s'est contenté de me dire merci. Vasily Jawlesky, le sportif accompli, persuadé qu'il faut souffrir pour être le meilleur. Il ne parle pas beaucoup, mais il est sublime dans ses triomphes. Et là, j'esquinte Massimo, l'idole des Italiens, la clé de voûte de l'équipe. C'est déjà le genre de mec qui aime faire tout un drame d'un rien. Imagine ce que ça va donner avec un vrai mini incident.*

— J'y suis allée trop fort ? Je t'ai fait mal ? Je suis désolée.

Rachel secoua ses mains comme si elles étaient mouillées à cause de l'huile de massage qu'elle avait sur ses doigts et enroula ses cheveux n'importe comment au sommet de sa tête. Elle reposa ses mains sur l'intérieur de la cuisse du coureur et agita ses doigts comme si elle jouait du piano.

— Tu sais, dit Massimo, quand on nous a dit qu'on allait avoir un soigneur femme, je me suis presque mis en grève. J'étais sur le point de quitter l'équipe sur le vent.

Rachel rigola.

— Tu veux dire *sur-le-champ,* Massimo. Je pensais qu'un Casanova dans ton genre aurait pris ça pour une bonne nouvelle.

Massimo fit une grimace car Rachel travaillait sur un nœud particulièrement serré de son genou, comme si elle pétrissait de la pâte.

— Si on nous avait annoncé une, comment tu dis ?... poupette ?

— Mascotte ? suggéra Rachel.

— *Si** ! Mascotte, c'est ça. J'aurais vu les choses autrement. Mais j'ai toujours pensé que les mots femme et soigneur ne pouvaient pas, comment tu dis ? Se marier ?

— Ce que tu cherches à dire, sale type, rétorqua Rachel sans plaisanter, c'est que tu pensais qu'une femme soigneur ne pouvait pas faire du bon boulot.

— *Si**, dit Massimo, les yeux toujours fermés, chacun s'occupe de ses affaires et les cochons sont bien fardés.

— *Gardés*, corrigea Rachel, tu pensais qu'une femme n'aurait pas la force physique de faire un bon massage.

— *Si**, dit Massimo qui souriait tout en regardant le plafond du bureau de Rachel, tandis qu'elle continuait à détendre ses muscles et à démêler ses ligaments.

— Qu'elle s'inquiéterait plus pour son vernis à ongles que pour votre forme ?

— *Si** !

Massimo rit, se souvenant comment Rachel l'avait bichonné pendant le Giro, le célèbre Tour d'Italie du mois précédent. Il avait pu vider le sac de ses angoisses tous les jours pour être en forme à l'étape du lendemain.

— Et qu'elle ferait rétrécir tout ton linge à la lessive ?

— Ha ! s'exclama Massimo, réalisant soudain qu'il ne savait même pas ce qui advenait de son linge quand il se déshabillait après une course.

— Qu'elle n'arrêterait pas de vous prendre la tête avec ses histoires de mecs ?

— C'est clair, acquiesça Massimo qui ne savait même pas si Rachel avait un mec ou pas.

— Alors, finalement je t'ai bien bluffé, hein ? J'ai complètement foutu par terre toutes tes théories sur les femmes soigneurs.

Rachel souleva la jambe de Massimo pour la poser sur son épaule, appuyant dessus pour l'étirer tout en lui faisant un truc complètement magique sur un point situé juste en dessous du nombril.

Massimo se retourna sur le ventre, ce qui fit que Rachel se trouva face à une large portion de fesses poilues qui dépassaient de la serviette.

— Rachel, dit-il, tu es mon *soigneur**. Tu es le meilleur *soigneur** pour Massimo. Je ne te vois pas du tout comme une fille.

On va dire que je vais avaler ça comme un merveilleux compliment, commenta Rachel pour elle-même tandis qu'elle lavait l'huile de ses mains et renouvelait la serviette de la table de massage. *Mais c'est quand même fou. De tous les soigneurs — il y en a quand même trois ou quatre dans chacune des vingt et une équipes — nous ne sommes que deux femmes. Et même si c'est cool pour Emma et moi de ne pas se faire systématiquement brancher cul dans cet univers massivement dominé par des mecs, c'est quand même bizarre que tout le monde fasse comme si on était complètement asexuées. C'est comme si dans la vie il y avait des hommes, des femmes, et puis des* soigneurs*. *Moi, heureusement, je me souviens que je suis une femme, mais c'est un fait dont la fraternité cycliste se bat les couilles.*

— Je m'en fous. C'est mon boulot. C'est pas payé génial, mais j'adore ça.

Elle a dit ça à voix haute, s'accordant un rapide coup d'œil dans le miroir. *Il faut vraiment que j'aille chez le coiffeur.*

Rachel McEwen a vingt-sept ans. Faire circuler l'acide lactique dans les muscles tendus et meurtris de membres lourds comme des poids morts par le biais de massages semble à priori impossible pour cette petite femme délicate. C'est pourtant son métier, et elle le fait très bien.

Quand elle a annoncé à ses amis qu'elle quittait Édimbourg pour l'Italie en vue de devenir *soigneur**, ils lui ont demandé :

— C'est quoi ça, un *signor** ?

— *Soigneur**, a-t-elle insisté, ça veut dire « celui qui soigne ». J'aurai la responsabilité de satisfaire les besoins des coureurs.

À sa grande consternation ceci fut accueilli par un concert de gloussements.

— Je m'occuperai de leur linge, quoi ! Arrêtez de déconner ! De leur alimentation avant la course. De les devancer à l'hôtel pour vérifier les chambres et les menus. De leur faire des massages et de leur donner les premiers soins médicaux. Et de les conseiller. Beaucoup de coureurs voient leur *soigneur** comme un confident.

— Encore ! Encore ! Le massage ! Le massage ! l'avaient-ils suppliée.

— Vous en redemanderez quand je me serai entraînée pendant deux ans, leur avait-elle rétorqué.

— Ils vont te bouffer toute crue, mignonne. Tous ces frottements contre la peau de chamois de leurs shorts doit les exciter à mort.

— Je dirais plutôt que ça doit les ramollir. De toute façon, je n'ai pas besoin d'histoires de cul à l'âge que j'ai.

Je n'en ai pas le temps, conclut Rachel qui se remémore cette conversation tout en réalisant avec horreur que cela fait déjà un an qu'elle n'a pas remis les pieds en Écosse. Elle prépare la table de massage pour Stefano Sassetta et feuillette ses fiches du Tour qu'elle a commencé à préparer pendant le Giro.

Merde ! la frangipane*.

C'est une insulte ?

Non, le gâteau. C'est une super source de calories pour les sportifs et ça a l'avantage de rester moelleux hyper longtemps. Je me suis engueulée avec le pâtissier du bled. Il a transgressé une vieille tradition et a fait un gâteau carré pour Zucca MV. Soi-disant que c'est plus facile à couper.

Un *soigneur** c'est donc un masseur et un expert en pâtisserie ?

*C'est aussi un pilote de rallye. Vous n'avez qu'à me regarder foncer tout au long d'une étape pour être en place à temps sur les contrôles de ravitaillement et à l'*arrivée**. Souvent, je suis obligée d'arracher mes coureurs des griffes des médias.*

C'est mon boulot d'être la première à accueillir mon coureur à la fin d'une étape.

— Merde ! dit Rachel, il faut que je vérifie qu'il reste des flanelles jetables. Stefano arrive dans dix minutes et je suis inquiète pour son épaule.

Stefano Sassetta, qui aurait dû être sur la table de massage de Rachel depuis déjà dix minutes, paradait à travers son appartement, arborant la nouvelle tenue Zucca MV.

— Putain ! Il me va trop bien en bleu et jaune, informa-t-il sa copine du moment. Si j'avais accepté l'offre de Mapei, ils ne m'en auraient pas donné un aussi classe. Rien que pour ça, ça valait le coup de rester avec Zucca MV.

Stefano se perdit dans la contemplation de sa nouvelle cuisine du plus pur style parvenu ringard, un cadeau des sponsors de l'équipe dont il a lui-même conçu le design. Sa copine ne pouvait pas détacher ses yeux du demi-cercle de tissu qui renforçait l'aine de son cuissard. Elle mouillait rien qu'à l'idée de ce qui se trouvait derrière.

— Tu n'as pas une petite faim ? suggéra-t-elle en tripotant les fines franges de sa minirobe.

Tout était gros chez cet homme. Sa voix de baryton, ses cuisses légendaires, ses mains, son nez n'étaient que la rime plastique de ce qu'il avait de plus gros et ne parvenait pas à cacher totalement derrière son short.

— Je viens de faire un long entraînement, répondit-il comme si elle n'avait parlé que de son appétit.

Stefano Sassetta était le rival attitré de Jesper Lomers de chez Système Vipère. Jesper était indubitablement meilleur sur le plan technique ; Stefano le savait et détestait le coureur pour ça. Et cette façon que Jesper avait d'être toujours aimable et courtois avec lui le faisait positivement enrager. Jesper était peut-être le meilleur coureur, mais le public aimait le style flamboyant de Stefano. Mais même si les fans adulaient Stefano, c'est pour Jesper que le peloton montrait le plus de respect.

Si Jesper ne voyait son corps que comme un outil de travail, Stefano, lui, était dingue de son apparence. Tout particulièrement de ses cuisses. Il prenait ses mensurations et établissait des bilans comparatifs avec celles de l'été précédent et celles du peloton en général. C'était devenu une fixation. Il en arrivait presque à plus se soucier de savoir si c'était ses cuisses que le public préférait, qu'à essayer de prendre le maillot vert à Jesper. Il offrait son corps aux regards de sa copine comme si c'était une statue.

— Tu regardes avec les yeux, pas avec les mains.

Il lui a déjà dit qu'il n'y aurait pas de sexe avant septembre.

C'est sa tactique pour changer de nana à cette période de l'année. Elles partent d'elles-mêmes. Par un hasard arrangé. Il ne leur demande jamais de rester. Pour Stefano, rouler lentement, c'est chiant. C'est bien de changer de décor.

— Tu as lu ce truc ? demande Stefano à Rachel qui essaye de détendre son épaule.

— La vache ! Qu'est-ce que tu es tendu, murmure Rachel.

— Tu me piques ma réplique, là ! Il essaye de blaguer, mais sa fausse nonchalance ne parvient pas à masquer son malaise. Alors, dis, tu l'as lu ?

— De quoi ? demande Rachel qui vient de sentir quelque chose dans le haut de son cou.

Elle enregistre l'expression inconsciente de soulagement qui se peint sur le visage de Stefano.

— Est-ce que tu as lu ce truc ?

— Quel truc ?

Stefano tu es vraiment nul à chier. J'ai compris que tu parlais de l'article sur Jesper.

— Ce truc sur Lomers dans *Vogue*.

— Stef, tu ne peux pas laisser tomber cinq minutes ? L'apparence des cuisses, c'est superficiel. C'est ce qu'elles sont capables de faire qui compte.

Elle lui a parlé d'un ton très sérieux et frotte ses cuisses pour renforcer ses mots.

Qu'est-ce qu'il peut être gamin ! Il ne va même pas bien courir. Enfin, tant pis, je vais lui dire ce qu'il a besoin d'entendre pour la millième fois.

— Qu'est-ce qui affole tes copines ? Te voir ou ce que tu leur fais ? demanda Rachel comme si c'était la première fois.

C'était une question que Stefano aimait s'entendre poser au moins une fois par semaine. Il la regarda en penchant légèrement la tête comme si cette question contenait un réel enjeu.

— Qu'est-ce qu'il aime le public ? le pressa-t-elle gentiment avec le plus parfait naturel.

Stefano se composa le visage qu'il aurait s'il devait s'adresser à tous les membres du peloton.

— Stefano Sassetta, dit-il comme s'il faisait une importante déclaration.

— Il a gagné combien d'étapes, Lomers, dans le Giro ? demanda Rachel.

Stefano leva un doigt.

— Et toi, tu en as gagné combien ? continua-t-elle.

Il leva trois doigts et éclata de rire. Elle rit aussi. De lui.

— Combien tu vas en gagner dans le Tour ? enchaîna-t-elle en attrapant son pied pour le masser.

— Le problème, dit-il, c'est pas les étapes du Tour. C'est la couleur du maillot. Si tu t'habilles en vert, ça modifie complètement l'apparence de tes cuisses. Quand on me verra en vert on verra que j'ai le physique le plus sublimissime du peloton. Je veux qu'il soit écrit que *Stefano Sassetta, le gagnant du maillot vert cette année a les cuisses d'un dieu grec.*

— Tu es vraiment trop, Sassetta, se marre Rachel.

Pour elle, les cuisses de Stefano ne sont que des pistons dont elle est chargée d'assurer l'entretien.

— Retourne-toi, maintenant. Il faut que je travaille sur tes fessiers. Comment vont tes hémorroïdes, au fait ? Elle est mieux la nouvelle crème, non ?

Oh la la, chica chica la la. Le Tour, oh yeah, le Tour. Yeah. Yeah. Le Tour. La !

Sa séance avec Rachel avait rajeuni Massimo Lipari. Il chante en traversant son appartement, se trémoussant entre la chambre et la salle de bains. Il ouvre la porte de son armoire d'un geste ample et fouille dans sa gigantesque garde-robe. Quelle que soit l'imminence du Tour, ce soir, c'est le dîner de l'équipe. C'est à cet événement que Massimo va accorder tout le soin possible. Il se remet à gueuler sa chanson.

Si je n'étais pas cycliste professionnel, je serais une pop star. Il se regarde dans le miroir et se fait un clin d'œil. Il sait qu'il est beau. Il a les pommettes saillantes et les yeux brillants. Son sourire est aussi étincelant que la façon qu'il a de gravir les côtes en danseuse sur son vélo. Il se remet à chanter. C'est la chanson officielle du Tour d'Italie qu'il a enregistrée l'année précédente et qui s'est retrouvée classée au hit parade.

C'était presque aussi excitant que de finir troisième au classement général de la course. Presque, mais pas tout à fait. Le cyclisme, c'est ce qui me définit. Un cycliste peut parfaitement devenir une vedette. Mais une pop star ne peut pas décider de devenir un coureur professionnel.

Quand il n'est pas sur son vélo, Massimo a une vie de star et il adore ça. Il pose pour des pubs à la télé et sur des affiches, sa chanson est entrée au hit parade, son visage est sur une barre de chocolat aux noisettes et son bar habituel est entièrement décoré à son effigie.

Mais dès qu'il remonte en selle, il n'a plus qu'un seul but, il court en se donnant à fond et semble tout à fait indifférent à l'adulation du public.

C'est quand il franchit la ligne d'arrivée que la transformation en superstar recommence. Il s'essuie toujours la bouche, puis remonte la fermeture de son maillot. Il y a des milliers d'appareils-photo. La presse. La télé. Les fans qui dévorent tout des yeux. Il pense que c'est son devoir de les émerveiller. Pas seulement pendant la course, mais en permanence. Il veut gagner le maillot du meilleur grimpeur cette année pour la troisième fois consécutive.

Il se plante devant le gigantesque miroir encadré placé au-dessus de l'imposante cheminée en pierre que les sponsors de l'équipe ont construit pour lui. Il se regarde, très satisfait.

— Dans *Donna*, on m'appelle « le plus sexy des cyclistes ». Sympa ! Mais si je peux gagner le maillot à pois pour la troisième fois, alors là le héros national va pouvoir se la donner à fond !

Massimo est un composite de mafioso, de pop star et de cadre de la publicité milanais. Il quitte son appartement pour aller dîner avec l'équipe. Il pourrait conduire ou prendre un taxi. Il aurait pu accepter l'offre de Rachel de lui envoyer un taxi comme elle l'a fait pour les autres membres de l'équipe. Mais Massimo décide de marcher. Il aime entendre les gens le héler dans la rue : « *Ciao**, Massimo ! » Sentir que les gens le regardent. Se sentir reconnu. Il aime imaginer ce qu'ils se disent entre eux sur son passage. C'est un héros ici. Tous les types de chez Zucca MV le sont.

On est dans la région des pré-Alpes, au nord de Vérone, à l'ombre des Dolomites.

Il a soigneusement cranté ses cheveux avec du gel. Son bouc est taillé au poil près. Ses yeux de jais sont cachés derrière des lunettes de soleil Oakley bien que la nuit commence à tomber. Massimo Lipari a une silhouette sur laquelle on se retourne. Il s'immisce dans les fantasmes des femmes qu'il croise sur son passage avec la même force que quand il se faufile au sein d'un groupe d'échappée pour remonter en tête dans une étape de montagne.

Rachel a mis une jupe. Personne ne s'en est rendu compte et elle n'a pas remarqué que personne ne s'en rendait compte. C'est une jupe en lin bleu ciel, droite, qui arrive à mi-mollet. Elle l'a assortie avec une chemise en lin blanche et des escarpins blancs. Elle est toute mignonne. Ses cheveux sont lâchés, retenus par des pinces sur les côtés. Elle a mis du parfum, mais ne porte pas de maquillage. Son teint frais illumine les traits réguliers de son visage.

C'est la dernière fois avant trois semaines que je peux me permettre de porter des couleurs claires et que je ne vais pas sentir la pommade camphrée. Être soigneur du Tour de France, ça veut dire que des vêtements foncés et simples ne sont pas seulement pratiques mais indispensables. De toute façon, je n'ai pas encore eu le temps de faire ma lessive personnelle. Le pauvre Paolo a eu des problèmes d'estomac et il a tendance à les minimiser parce que c'est son premier Tour et qu'il ne veut pas le rater. Son short en a pris un sale coup. Un vrai massacre. Ça m'a pris presque tout l'après-midi. Le pauvre garçon.

Rachel, tu es une sainte.

Non. Je suis soigneur. C'est mon métier.*

Son regard fait le tour de la table et elle réalise qu'elle s'angoisse à mort pour eux.

Non mais, regardez-les. Ils se la jouent tranquille, là. Quand je pense à ce qui les attend.

Et toi, Rachel ? C'est ton premier Tour de France.

Moi ? Oh, ça va aller. Le Tour, le Giro, la Vuelta. Il n'y a que le décor qui change. Mais pour les garçons, ça veut dire le Col du Galibier, la Madeleine, l'Alpe d'Huez sans parler des Pyrénées avant ça. Merde, il faudra que je pense aux chaussettes en cachemire.

— Les chaussettes en cachemire ! Rachel avait crié.

Un silence de mort tomba sur la table. Il y eut comme un effet d'arrêt sur image.

— C'est quoi le problème, là ? demanda Massimo à ses coéquipiers.

— Si jamais il fait froid, si vous avez mal à la gorge. La Bénilyne n'est pas une substance autorisée, mais on ne peut pas vous interdire de nouer une chaussette en cachemire autour de votre cou.

— Rachel, le travail est terminé pour aujourd'hui, alors tais-toi. Détends-toi et mange. Relax.

L'équipe porta un toast pour marquer son approbation. Rachel fit la lippe, et finit par lever son verre à son tour.

— À votre santé à tous, dit-elle en y croyant à fond, bonne course !

Rachel sait qu'il n'y aura que deux *soigneurs** femmes sur le Tour de France, mais ça ne lui prend pas du tout la tête.

Cat, quant à elle ignore, dans la *salle de presse** du *Guardian* où elle se trouve, qu'elles ne seront que douze femmes journalistes sur neuf cents.

Si je rencontre Vasily Jawlensky, pense-t-elle en rentrant du journal, *qu'est-ce que je vais bien pouvoir trouver à lui dire ? Devrai-je saluer ou bien faire la révérence ? À moins qu'une génuflexion ne soit plus appropriée. Si seulement je parlais russe.*

J'ai hâte de rencontrer Massimo Lipari. Il fait toujours trois fois la bise, quel que soit le sexe ou le degré d'intimité. Regardez l'année dernière, comment Phil Ligget de Channel 4 avait reçu en direct les baisers de Lipari après que Massimo ait gagné l'étape de l'Alpe d'Huez. Ligget en était tout bouleversé et a dit aux téléspectateurs qu'il n'allait plus jamais se laver le visage. J'aimerais bien avoir droit aux baisers de Massimo. Mais comment les obtenir ? Qu'est-ce que je pourrais bien trouver à lui dire ? J'aimerais bien faire un plan d'enfer en confrontant Stefano Sassetta à l'inimitable Mario Cipollini. Ce sont les deux personnalités les plus extravagantes du peloton. Ils sortent du lot. Stefano est grand, brun et beau. Cipo a des reflets blonds, une queue de cheval et excelle dans l'art des reparties cinglantes. Stefano n'arrête pas de vanter la splendeur de ses cuisses et Cipo déclare que s'il n'était pas cycliste, il serait star du porno. Deux étalons italiens.

Mais bon.

Ce que j'aimerais leur dire, c'est pas le plus important. Il faudrait déjà qu'ils soient d'accord pour me parler.

Oh.

BEN YORK ET L'ÉQUIPE MÉGAPAC

Ben York est né dans le comté d'Hampshire il y a trente ans. Il a fait sa médecine au Guy's Hospital de Londres. Quand l'hôpital lui a offert un poste, ses parents, ses amis et Amélia, sa fiancée de l'époque, étaient persuadés qu'il accepterait. Il était programmé pour épouser Amélia, acheter une belle maison à Notting Hill et pratiquer le golf.

Ben York déteste le golf.

Ben refusa le boulot que lui offrait l'hôpital et laissa tomber Amélia. Ses ex-futurs beaux-parents furent horrifiés quand il annonça qu'il partait vivre à Chicago. Ses parents ne s'en remettaient pas.

— Chicago, Ben ? Quand tu as tellement de choses en train ici ! Et pourquoi les États-Unis ? Es-tu certain d'avoir bien réfléchi ?

Je n'arrive pas à penser à quoi que ce soit d'autre en ce moment. On n'est pas en train de parler du Ben que vous voulez que je sois, mais du Ben que je suis vraiment. Je ne suis pas fait pour le Guy's Hospital. Je ne suis pas fait pour Amélia. Aussi adorable soit-elle, elle ne peut pas être la femme du vrai Ben.

— Mais darling, sanglota Amélia, et notre vie à Londres ? Notting Hill ? Le mariage et les enfants ? Et ta carrière à l'hôpital ? Tu ne peux pas me faire ça !

Je ne te fais rien. Je fais ça pour nous. Pour moi. Je ne veux pas vivre avec toi à Notting Hill. Je n'aime pas Notting Hill pour commencer. Le mariage et les enfants ? Un jour peut-être. Avec toi ? Non. Nous sommes jeunes. Tu es incroyablement belle. Tu t'en sortiras.

C'était il y a cinq ans. Amélia a épousé Charlie trois ans après cette conversation et vient de donner naissance à un petit James.

La chambre d'enfants de leur maison de Notting Hill est absolument délicieuse. Elle nage dans le bonheur.

Ben a passé trois ans à Chicago, puis un an à Denver. Sa décision de s'engager dans une nouvelle carrière a été couronnée de succès quand il a été recruté par l'équipe américaine Mégapac basée à Boulder, dans l'État du Colorado.

Et c'est complètement génial. Pas tant les Américains que le boulot lui-même. Là, je fais vraiment de la médecine. On a besoin de moi pour surveiller la santé des coureurs. Il faut que j'observe le fonctionnement de leurs corps, ce dont ils souffrent et ce que je peux faire pour les aider à gagner et à se maintenir en forme. Beaucoup de coureurs sont mariés ou ont des copines. C'est aussi pour elles que je maintiens ces mecs en forme.

— Et toi, Ben ?

J'adore observer le fonctionnement d'un corps. Dans le cyclisme professionnel, les corps fonctionnent au régime maximum, mais cela veut dire aussi qu'ils sont poussés à leur extrême limite. Mon travail consiste à maintenir ces corps au sommet de la pente. Je n'ai pas le droit de les laisser s'écrouler.

C'est intéressant, mais je faisais référence à « femmes et copines ». Tu ne vis que pour ton travail ? Qui est Ben quand il n'est pas en train d'examiner des tendons ou de prescrire des doses équilibrées de vitamine B12 et des électrolytes ?

Je ne comprends pas la question. Il n'y a rien d'autre dans ma vie.

Tu n'as parlé que de ton travail.

Exactement.

Exactement. Tu es qui en dehors de ton travail ?

Qu'est-ce que c'est que cette question à la con ?

J'ai dit en dehors de ton travail, il n'y a pas de quoi s'énerver, Ben York. Tu es médecin, d'accord. Mais tu as aussi trente ans, tu es musclé, prévenant (et ne viens pas me raconter que ça fait partie de ton travail), tu as tout ce qu'il faut pour que les femmes tombent comme des mouches. C'est un fait avéré qu'un médecin, ça les fait fantasmer. Surtout s'il a un accent anglais et qu'il vit en Amérique. Tu es plutôt beau mec — je veux dire par là un mètre quatre-vingts, bien balancé et élégant — bref, cela fait de toi un super petit lot que bien des femmes voudraient croquer sans rien laisser de côté.

Les femmes font toujours attention aux calories.

Ha, ha. Très drôle. Allez, Ben. Raconte ce qui s'est passé depuis Amélia.

Aux États-Unis, on appelle ça faire des rencontres. Si on en fait une intéressante, ça devient des rencontres suivies.

Et comment ça marche alors, côté rencontres ?

Très bien.

On dirait une fin de non-recevoir.

Je fais des rencontres. Mais je ne poursuis pas.

Pourquoi ?

Comme je dis à mes coureurs quand ils me posent la question, le sexe, c'est excellent pour le corps et l'esprit.

Et l'amour est la nourriture de l'âme.

Mais c'est parfois exténuant. Ces garçons ne doivent penser qu'à la course.

Je ne faisais pas référence aux coureurs.

Ben York n'est pas le seul dans l'équipe Mégapac à avoir un accent qui attire l'attention. Luca Jones est né d'une mère italienne et d'un père anglais. Il utilise des tournures de phrases qui n'appartiennent qu'à lui et qui produisent un drôle d'effet sur les femmes. Il vit tout à la fois en Amérique et en Italie. Le plus souvent, il est dans le Colorado, où se trouve le siège de l'équipe. C'est demain qu'ils partent pour la France. Comme à son habitude, il a rencontré une jolie fille dans un bar la nuit dernière, il s'est couché très tard, il a un peu trop déconné et maintenant, non seulement il est crevé, mais il est en retard pour son examen médical avec Ben.

— Putain ! Je suis trop à la bourre !

Luca se dépêche d'enfiler son survêtement. Il jette un coup d'œil aux valises qu'il a sous les yeux, se tapote les joues pour chasser la pâleur révélatrice de ses exploits de la veille et fonce comme un malade pour se rendre à vélo jusqu'au cabinet de Ben.

— Tu as vu ça ?

Ben se marre et lui tend le somptueux livret d'information destiné à la presse que le service de Relations Publiques de Mégapac a publié pour le Tour.

— C'est un vrai roman. Un pur produit pour collectionneurs gogols.

Il prend la tension de Luca, déscratche la bande de son bras et lui prélève un échantillon de sang au creux de l'épaule comme un rien.

Luca feuillette le livret.

— Les médias vont adorer ce truc, dit-il, tu as vu la brochure que Zucca MV a sortie ? J'ai trouvé que les joueurs avaient vraiment l'air nase de poser, là, au milieu des briques et du ciment de l'usine sponsor. Mais au moins les coureurs portaient leurs tenues et avaient leurs vélos. Nous, le photographe a mis des heures pour faire son boulot. Ils m'ont même maquillé, imagine !

Ben lui prit le livret des mains et chercha la page consacrée à Luca. Le photographe avait réussi à embellir un visage qui n'en avait pas besoin. Sous la photo, il y avait une profession de foi de Luca. En dessous, apparaissait une biographie et des détails concernant sa carrière. Ben le survola et explosa de rire.

J'adore être sur un vélo. L'excitation de la course, le rêve, la possibilité de gagner. Faire partie de l'équipe, c'est comme faire partie d'une famille. Courir pour Mégapac a été vraiment – MÉGA ! Je remercie nos sponsors et nos supporters. Pour vous, je vais me surpasser.

Luca Jones

— Tu as écrit ça tout seul, petite tête ? demanda Ben jovial.

Il aimait beaucoup Luca qui avait six ans de moins que lui. Il le considérait comme un petit frère.

Luca fit semblant de lui donner un coup de poing.

— Il y a une nana qui m'a téléphoné, et on a parlé de vélo pendant une heure. Je sais pas comment elle a réussi à pondre quatre phrases avec ça. J'étais vachement impressionné, il faut dire qu'elle avait une super belle voix, mais j'ai sauté sur l'occasion pour l'inviter à boire un verre.

— Tu es incorrigible ! dit Ben en secouant la tête.

— Elle était aussi vieille que ma mère, regretta Luca.

Il reprit le livret à Ben. Il lut à voix haute sur le mode théâtral :

« Ben York est un jeune et brillant docteur anglais dont nous admirons la sagesse, dont nous apprécions les soins, et qui nous donne de précieux conseils. Plus qu'un médecin, c'est l'ami de tous les coureurs de l'équipe. »

— Heil, grand homme médecine, mon seigneur et maître, grand pourvoyeur divin de vitamine B12 et de Créatine !

— Tu sais qu'ils en ont édité plus de 3000, l'informa Ben en lui reprenant le livret pour s'éventer.

Luca acquiesça.

— Et tu as vu les casquettes de base-ball et les T-shirts ? Même les journalistes en redemandent.

— Sans parler des barres de céréales, poursuivit Ben, ils ont mis le logo dessus et ils ont écrit : « Notre courageuse équipe n'en veut pas d'autres. »

La mâchoire de Luca dégringola.

— Je n'en ai jamais mangé une seule de toute ma vie !

Ben manipula les chevilles de Luca.

— Si les coureurs n'impressionnent pas les médias, toute cette littérature et les garanties des sponsors qui sont derrière y arriveront certainement.

— On est quasiment une équipe clandestine ! s'exclama Luca, ça fait seulement un mois que notre participation au Tour a été confirmée.

— Mégapac ne figure pas au classement des seize premiers de l'UCI, c'est pour ça, dit Ben très sérieusement, ça n'a rien à voir avec la qualité des cyclistes. Et puis aussi, vous êtes une équipe relativement jeune, vous n'avez pas encore pu faire vos preuves.

— C'est cela, oui, ironisa Luca en s'allongeant pour que Ben puisse examiner sa poitrine.

— Ne précipite pas ta carrière, le conseilla Ben. Si tu courais avec Mercatone Uno ou Saeco, tu n'aurais pas un rôle aussi important dans l'équipe. Tu peux vraiment faire un gros coup chez Mégapac, tu as déjà commencé. Une victoire d'étape dans le Giro, c'est quand même pas rien ! Laisse-moi écouter ton cœur maintenant, dit Ben qui avait sorti son stéthoscope.

— Ah, mon cœur ! C'est à Mégapac qu'il appartient ! Dieu bénisse l'Amérique ! proclama Luca avec emphase en crispant sa main sur son cœur.

Ils éclatèrent de rire, puis restèrent silencieux pendant que Ben procédait à l'examen cardiaque.

— Nickel, dit-il, mais souviens-toi toujours que ce qu'il y a de plus important pour gagner, c'est de récupérer.

Luca s'assit au bord de la table et respira à fond deux fois de suite.

— Je peux boire ce soir?

— Tu peux te permettre une bière, prescrivit Ben, mais pas de femme. Ou vice versa.

— Je vois le genre. On avisera, dit Luca dans un sourire. Il descendit du banc, sauta dans son survêtement et prit congé de Ben en lui tapant dans la main.

Ben souriait en se préparant à recevoir le coureur suivant.

Luca est une vraie personnification du Tour de France, ce melting-pot incarné par le peloton. Il va être au mieux de sa forme et faire de grandes choses pour l'équipe pendant le Tour. C'est son premier, un mois seulement après le Giro où il a gagné une étape en beauté. Il ira loin. Avec mon aide. Il a de l'ambition au cœur, et ce cœur est entre mes mains. C'est un vrai bonheur pour moi.

Ben partage une bière et des plaisanteries avec Hunter et Travis, les deux stars américaines de Mégapac. Hunter Dean et Travis Stanton sont aussi obstinés et honnêtes que Luca est léger et spirituel. Ils sont américains à cent pour cent : d'une beauté hollywoodienne, ils sont hyper relax et formidablement corrects en même temps. L'engagement est leur credo, le dévouement, un dogme. Ce sont des ambassadeurs. Ils représentent Mégapac et les États-Unis en général, le cyclisme en particulier, et à un moindre niveau, leurs familles, leurs universités et leurs villes natales. Ils aiment leurs vélos, leurs papas et leurs mamans, leurs frères et sœurs, leurs potes d'équipe et leurs girlfriends qui ont toujours des noms ridicules à faire rêver. Ils leur dédient leurs victoires.

— Le cyclisme peut s'estimer heureux que tu l'aies choisi, dit Ben en mangeant des cacahuètes, parce que tu aurais pu être tout aussi excellent dans n'importe quel sport.

Ils en savent plus sur les dosages en vitamines que moi. Ils aiment les massages sportifs ; ils aiment citer leurs meilleures pointes de vitesses et le nombre de kilomètres qu'ils parcourent en un an. Ils aiment connaître leur pourcentage de masse graisseuse idéal, ils adorent s'entraîner à fond et manger des choses saines pour se maintenir en forme. Ils aiment citer leur puissance en termes de watts et scander des hymnes auxquels ils croient à fond. Ils croient en eux. La foi est tout à la fois le dernier recours et le minimum requis pour un cycliste qui veut survivre au Tour de France. Mis à part le fait qu'il doit être bon.

— Comme je l'ai dit dans ma profession de foi, dit Hunter en attrapant une cacahuète qu'il décida finalement de ne pas manger, « Quand j'étais petit, mon rêve c'était d'appartenir à une grande équipe nationale pour pouvoir représenter mon pays ». Et mon rêve est devenu réalité, tu vois. (Il soupire et hoche gravement la tête en regardant Ben.) Après je disais : « On dit que courir vous épuise, mais je crois qu'en fait j'apporte quelque chose aux gens. Je cours parce que j'aime ça, mais c'est pour tout le monde que je cours. » Et ça, c'est vraiment moi, c'est comme ça que je vois les choses.

Ben sirota sa bière d'un air pensif.

Je ne sais pas s'il faut que j'embrasse ce garçon ou que je lui éclate de rire à la figure.

— Ta profession de foi, dit-il à la place, c'est toi qui l'as écrite ou tu as répondu à une interview ?

— Interviewé mon cul, oui. C'est moi qui l'ai écrit.

— Et toi, Travis ? demanda Ben.

— C'est une profession de foi, s'exclama Travis comme si Ben était un demeuré, bien sûr que je l'ai écrite moi-même. Sinon ça serait de la triche. Ça serait quoi alors, la foi ? C'est vrai, quoi, merde !

— Est-ce que tu connais la tienne par cœur ? s'enquit Ben heureux que Luca ne soit pas à portée d'oreille.

Garder un visage impassible aurait relevé pour lui de l'impossibilité physique et de la torture mentale.

Travis fit basculer le haut de son corps vers l'arrière pour illustrer le coup que la bêtise crasse de Ben lui portait.

— Au début ça dit comme ça : « On dit que quand on sait faire du vélo, c'est pour toute la vie, et je crois que c'est vrai. Courir professionnellement me permet de gagner ma vie en pratiquant un loisir tout en faisant plaisir à un tas de gens. » Il s'arrêta et haussa les épaules, et après ça continue tu vois.

Ben échappa à la citation intégrale grâce à un vacarme qui enfla soudain à l'autre bout du bar. C'était Luca, entouré d'une horde de femelles en chaleur.

— Qu'est-ce qui lui arrive à Luca ? demanda Hunter.

— La résultante d'un effet auditif et visuel, répondit Ben en soulevant sa bouteille de bière et en accrochant le regard de Luca.

— De quoi ?

— Les auras envoient des impulsions nerveuses au cœur de la chair des femmes. C'est ma théorie, en tout cas, dit Ben d'un ton doctoral tout en sachant que ce n'étaient que des conneries mais que Hunter allait gober.

— De quoi ? répète Hunter.

Il se demande pourquoi il n'a pas compris. C'est peut-être parce que c'est une explication médicale trop pointue ou alors à cause de la façon sophistiquée qu'a Ben de s'exprimer, à moins que ce ne soit un effet de la bière.

— Tu veux dire les oreilles, c'est ça ? se fait préciser Travis.

— L'accent, précise Ben, le mélange anglais et italien pimenté d'américanismes produit une réaction chimique involontaire chez les femmes.

Hunter rit et trinque avec Ben et Travis.

— Sacré Luca ! commente Travis.

— Sacré lascar ! proclame Hunter, en trinquant encore et en buvant un coup.

— De plus, continue Ben très sérieusement, ces sons sortent d'une bouche esthétiquement parfaite qui appartient à un superbe jeune homme de vingt-quatre ans.

Ils observent le jeune coureur qui est partout dans son élément, qu'il flirte avec l'Angleterre, l'Italie ou l'Amérique. Il a des dents blanches parfaites, encadrées par une bouche aux lèvres charnues. Son visage enfantin surmonte un corps d'athlète.

— Regardez ces femmes, remarque Ben en désignant la cohue avec sa bouteille de bière. Elles ne savent plus où elles en sont. Elles sont en proie à de cruels dilemmes.

— Tu crois ? C'est quoi leur problème ? s'enquiert Travis que la curiosité empêche de quitter le bar.

Il a pourtant regardé plusieurs fois sa montre et pense qu'à neuf heures et demie après une demi-bouteille de bière, il serait vraiment temps d'y aller pour pouvoir faire ses huit heures de sommeil.

— Hé bien, dit Ben contemplatif, elles ne savent pas de quoi elles ont le plus envie : le materner ou se le faire.

— Mais c'est rien de plus qu'un cycliste ! s'exclame Hunter.

— Tout à fait, dit Ben, elles n'arrivent pas à choisir entre laisser courir leurs doigts dans cette soyeuse chevelure à la Botticelli ou attraper son cul à pleines mains pour guider leurs doigts vers l'intérieur.

— Vas-y Luca ! encourage Travis en commandant une autre bière.

— Le fils de sa mère ! acquiesce Hunter, admiratif.

Luca s'extirpe du troupeau des femmes et se dirige d'un pas souple vers ses amis.

— Alors les mecs, c'est de moi qu'on parle ? Qu'est-ce que vous racontez ?

Ils trinquent.

— Comment tu les attires, c'est pas possible ! le félicite Hunter d'un air tellement convaincu qu'on ne peut pas le prendre au sérieux.

— Santé ! répond Luca, à la France et aux *belles femmes** !

— Ils arrivent, mesdemoiselles ! Bien échauffés par le Giro et toutes ces *belle signorine** ! enchaîna Ben.

— Ah, le Giro ! dit Luca avec nostalgie comme s'il l'avait fait quand il était tout jeune, toutes ces petites nanas en minishorts et soutiens-gorge qui agitaient les bras en criant mon nom depuis le bord de la route, qui venaient me voir au *village de départ** pour avoir un autographe.

— Et que tu récompensais avec ton double baiser, ajouta Travis.

— L'air béat, la langue pendante pendant que tu te laissais palper les jambes, se souvint Ben.

— Tout le monde se fait palper les jambes à la fin d'une étape, rétorqua Luca.

— Oui, dit Ben, mais tout le monde ne les écarte pas comme toi en soutenant sans ciller les regards et les sourires suggestifs des jeunes filles.

— Je suis jeune, mec ! Et au top de ma forme. Les foules, la passion, les filles — *Vive le Tour** !

— OK les mecs, moi je me casse, dit Hunter.

La bière, la conversation, l'impression de liberté que dégageait cette soirée et le fait de réaliser qu'il n'allait pas voir sa copine pendant près d'un mois l'avaient excité à mort.

— Moi aussi, dit Travis. Tout est réglé ?

Ben hocha la tête affirmativement et leva les sourcils en direction de Luca.

— Tu devrais en faire autant.

Luca jeta un regard émoustillé à la grappe de cochonnes dont les yeux ne l'avaient pas quitté. Puis il tourna son regard vers Ben et acquiesça.

— C'est le Grand Tour qui m'attend, hein, doc ?

Ben plaça paternellement sa main sur son épaule en guise de réponse.

— Les sponsors vont avoir de quoi être fiers avec moi et ils resigneront l'année prochaine — en payant un peu plus. Peut-être même qu'ils élèveront mon statut au sein de l'équipe.

Ben l'entraîne hors du bar dans la nuit. Les montagnes sont comme une lourde masse ensommeillée de velours mauve foncé qui se détache sur le ciel illuminé par un nombre hallucinant d'étoiles.

— Mon père et ma mère seront fiers aussi, continue Luca.

Ils se dirigent tranquillement vers leurs bicyclettes.

— Les filles sur les podiums, dit Luca en enlevant ses pieds des pédales pour agiter ses jambes tandis qu'ils s'éloignent en roue libre.

Ben le rattrape et ils pédalent lentement vers leurs appartements. Leur rythme paisible est dû à la conversation qu'ils mènent et à l'alcool.

— Les filles sur les podiums ? répète Ben.

— Ouais ! Je veux en être entouré à étouffer. Qu'elles m'embrassent follement, zippé dans le maillot jaune — juste un jour. Après, je pourrai mourir heureux.

— Tu ne peux pas mourir, le raisonne Ben, sinon tu ne pourrais pas te vautrer dans la gloire, signer des autographes, distribuer des baisers et augmenter le nombre de tes admiratrices.

— J'ai envie de m'amuser, dit Luca. Tu comprends ça ? Sur le Tour, tout le temps. C'est le Tour de France, mec ! C'est mon rêve que je vais vivre. Mon but c'est de finir dans les trente premiers à Paris. Mon rêve c'est de gagner une étape. Mon ambition c'est que mon style soit reconnu. Reconnu par le public, les médias, les sponsors. Et les filles !

Ils pédalent pensivement, goûtant virtuellement à l'imminence du Tour, aux espoirs qui vont peut-être se concrétiser ou être balayés.

— Tu sais, dit Luca à Ben quand ils arrivent devant l'appartement du docteur, les montagnes ne me font pas peur, j'aime le plat et j'apprécie les courses contre la montre, alors c'est bonnard.

Ben lui tapote affectueusement le dos et lui souhaite une bonne nuit de sommeil, en insistant narquoisement sur le mot sommeil.

— Tu vas faire un très beau Tour, dit Ben, et tu ne t'en tiendras pas là.

Luca sourit et s'éloigne à toute vitesse.

Je veux m'amuser. J'ai vingt-quatre ans et je veux que le monde sache qui je suis. Luca Jones et le Tour de France — Trop bon plan.

Ben ferme la porte de son appartement et regarde sa valise bouclée depuis hier qui l'attend.

— Faites-nous une belle course, les gars, dit-il en se dirigeant lentement vers la fenêtre pour descendre le store. Il s'assied sur le canapé et regarde ses doigts.

Je ne pourrais pas rester à me tourner les pouces sans pouvoir utiliser mes mains qui guérissent.

Je sais ce que font les gars de l'équipe avec leurs mains en ce moment. Ben se laisse aller à rêvasser, tout nu entre ses draps. *Hunter et Travis les laissent lire en braille sur les corps de leurs copines, trop poliment, alors leurs partenaires les guident efficacement, elles-mêmes guidées par un puissant désir d'orgasme. Luca, sans aucun doute, a maintenant au moins deux paires de seins à choisir de titiller. Je serais prêt à parier qu'il est retourné au bar en pédalant en sens inverse. Aucune quantité de sport, en chambre ou ailleurs, ne modifie son taux de testostérone.*

Il éteint la lumière et se demande s'il est trop fatigué pour se masturber ou suffisamment fatigué pour s'en passer.

C'était quand la dernière fois pour moi ? Branlette mise à part. Cette fille à Paris avec un tatouage de lézard ?

Elle s'appelait comment, Ben ?

Annabelle ? Annie ? C'était il y a trois mois. Je ne m'en souviens pas. Et il n'y aura plus rien avant un mois, maintenant. Je crois qu'il n'y aura le temps pour rien en dehors du cyclisme pendant le Tour.

Les circonvolutions cérébrales de Cat sont en surchauffe totale alors qu'elle hésite entre un sac à dos et une valise pour passer trois semaines en France.

Le problème ce n'est pas de savoir si je vais rencontrer Hunter et Travis, mais quand — parce que je sais qu'ils seront trop contents de parler à n'importe quel journaliste qui s'intéressera à leur course. Quand je rencontrerai Travis et Hunter, donc, qu'est-ce que je vais leur poser comme question ? Est-ce que j'oserais taper dans le registre nanas et leur demander l'importance qu'elles ont dans leurs performances ? Est-ce que ça serait acceptable ? Je pourrais peut-être dénicher leurs copines et leur demander de me raconter leurs histoires — ça serait une grande idée. Je pourrais me diversifier et placer un papier dans un magazine féminin.

Cat se décide pour le sac à dos et commence à vider tout le contenu de son armoire sur son lit, sélectionnant les vêtements en trois tas : Je n'emporte pas. J'emporte peut-être. J'emporte absolument.

Suis-je en train de merder ? Est-ce qu'Il pense à moi en ce moment ? Est-ce que ça Lui fait quelque chose ou est-ce que ça Le laisse froid ? Est-ce qu'Il reviendra un jour ? Pitié, faites que la France me rende capable d'aller de l'avant. Faites que l'éloignement fasse que je ne sois plus tout le temps en train de penser à Lui. C'est trop dur quand on vit dans la même ville et que mon appartement héberge son fantôme.

En plus de shorts, de T-shirts et de jupes en coton, Cat sélectionne deux robes, puis se demande si elle n'est pas en train de délirer. Elle sait qu'il y a des dîners organisés par les équipes, et des fêtes le samedi soir de l'arrivée sur les Champs-Élysées. Il faut qu'elle se dise qu'elle y aura droit.

Allez, quoi, elles ne prennent pas beaucoup de place et elles ne vont pas se froisser.

D'accord, mais il te faut aussi une paire de chaussures qui aillent avec — des tennis et des chaussures de sport, c'est certainement très pratique, mais ça casse la ligne d'une jolie petite robe à bretelles. Et n'oublie pas que dans les Alpes et dans les Pyrénées, c'est connu que des fois le ciel se couvre d'un seul coup et que ça devient hyper humide et froid. Il te faudra une ou deux petites laines et quelque chose d'imperméable. Il vaudrait mieux que tu emmènes tes bottes Timberland.

J'espère que Luca va faire un bon Tour. C'est un excellent coureur et il est trop mignon. Les Britanniques ne sont pas encore prêts à lui accorder la nationalité, comme pour Greg Rudsedski. Mais je pense que Luca pourrait être un bon associé pour Chris

Boardman et ça serait une bonne pub pour le sport en Angleterre. Chris est le champion accompli — il est au cyclisme ce que Gary Lineker était au football. Alors Luca, avec sa coupe de cheveux branchée, sa façon de parler style ratatouille culturelle, ses échecs, ses chutes et ses triomphes tout aussi flamboyants, pourrait amener quelque chose de complètement nouveau. Il serait tout aussi utile au cyclisme en Angleterre, surtout pour le public féminin, que les frères Hollioake l'ont été au cricket. J'aimerais bien que mes copines me disent : « Cat, c'est quand la Vuelta ? Est-ce que Luca va y participer ? Il est tellement sexy ! On a vu sa photo dans Marie-Claire *quand on a lu ton article... »*

Toi et moi, mon petit Luca, on peut cartonner dans le cyclisme !

Cat hisse son sac à dos bouclé sur son lit et le met en place sur son dos. Elle arpente son appartement en essayant de se persuader qu'il est léger, enfin pas trop lourd, quoi.

C'est normal qu'il soit chargé, tout symbolisme mis à part.

Oh, non ! Je pars demain. J'ai horreur du ferry. J'arrive pas à croire que c'est vraiment vrai que j'y vais. Moi. Cat McCabe. Il faudrait que ça soit vrai pour toujours.

LA ROUE TOURNE

Mercredi. La Manche. 10 heures du matin.

Cat McCabe fantasme de suivre le Tour depuis des années. Récemment elle a admis que changer de pays, ne serait-ce que pour trois semaines, c'était vraiment le choix positif. Et maintenant qu'elle est sur le pont du ferry, elle se dit qu'elle aurait mieux fait de rester chez elle. Elle est dans un état nerveux grave. Elle pense vraiment qu'elle se lance dans un truc trop gros pour elle. Elle se verrait mieux à suivre le Tour sur Channel 4, bien installée sur son divan avec une tasse de thé, comme elle l'a toujours fait. Elle pourrait déclarer à voix haute que Phil Ligget et Paul Sherwen devraient avoir un show télé rien que pour eux. Ou se présenter au Parlement. Ou venir faire du lounging chez elle.

Le mieux, ce serait peut-être de ne pas du tout s'intéresser au cyclisme.

Cat sent les premières bouffées de mal du pays l'envahir en regardant les falaises blanches qui s'éloignent. Une vague de panique la traverse encore plus méchamment que ne la gifle l'air marin. C'est seulement à cause de ce vent de merde qu'elle pleure, d'abord. Elle s'est amusée une foultitude de fois à avoir des conversations imaginaires avec ses héros au cours des mois précédents. Elle se demande maintenant où elle va trouver le courage de les approcher en chair et en os.

J'ai pas les couilles. Au sens premier du terme. Sûr, ils vont pisser de rire. Elle croit quoi, la petite British ?

En plus, elle est allée chez le coiffeur la veille. Elle a juste fait rafraîchir sa coupe habituelle (au niveau des épaules avec une frange), mais ça lui fait un syndrome rentrée des classes. Le vent fait bouger ses cheveux dans tous les sens. Elle est sûre que ça lui fait des trucs horribles sur la tête. Elle continue à regarder disparaître les falaises. En plus du mal du pays, elle commence à ressentir les effets du mal de mer. Elle essaye de se concentrer sur la France, la France putain de bordel de merde. Le Tour de France. La France. Tout ce que ça va avoir de bien. Pour sa santé. Sa carrière. Son avenir.

Quand l'English Channel devient-il La Manche ? Bientôt ? Déjà ?

Douvres est maintenant hors de vue. Cat finit par tourner ses pensées vers la France. Elle jette un coup d'œil autour d'elle. Elle voudrait que quelqu'un la reconnaisse. En même temps, si personne ne la reconnaît, ça va être l'angoisse totale.

C'est bizarre. Je m'étais fait tout un film genre le ferry rempli de gens qui partent pour le Tour. On se serait reconnus entre nous comme appartenant au même club, on aurait eu l'impression d'appartenir à la même famille. Et là, je n'ai pas la moindre idée de qui est qui. Les passagers ont l'air de vacanciers ordinaires. Mais ça ressemble à quoi un amateur de cyclisme ? Je ne vois personne que j'aurais pu repérer dans la foule bardée d'anorak des clubs cyclistes qui traînent leurs guêtres au Trough of Bowland ou qui s'agglutinent pour Snowdonia[4]. *Il y a bien un petit groupe en survêtement là-bas, mais ça pourrait aussi bien être des gens qui ont loué une villa en Bretagne.*

Même si Cat aimerait bien être reconnue — au moins comme amateur de cyclisme (version sans anorak), comme journaliste sportive c'est peut-être un peu trop demander — elle est quand même contente de passer inaperçue. Elle s'aventure à l'intérieur du ferry et fait la queue pour des sandwiches caoutchouteux et du café aromatisé plastique. Elle essaye de repérer discrètement un coin tranquille. Elle en voit un qui pourrait aller et se dirige droit dessus sans regarder personne. Elle essaye d'avoir l'air super décontractée. Pas évident avec son gros sac à dos et son plateau bringueballant.

— Moi, pour le prologue, je verrais bien Boardman.

La phrase fait ralentir Cat.

Bien vu ! moi aussi je vois Boardman.

— Moi, je dirais plutôt Jawlensky, répond une autre voix.

4. Événements cyclistes de moindre importance en Grande-Bretagne.

Non. Boardman. Et on dit Yav-lensky, d'abord.

— Yav, dit la première voix.

— Quoi ?

— *Yav*lensky.

Ah, tu vois !

— Je ne crois pas que ma prononciation va changer grand-chose au résultat du prologue. Jawlensky va détrôner Boardman.

— Connerie.

Ouais. Connerie.

Cat renonce à sa place tranquille pour se glisser à une table voisine de celle des deux hommes. Ils discutent de la course contre la montre du prologue. L'inauguration du Tour de France. Elle tend l'oreille le plus discrètement possible.

— Tu es allé au Giro ? demande celui qui s'y connaît en prononciation russe.

— Non. Je ne suis allé à aucune course depuis le Tour d'Angleterre.

Mais j'y étais ! se dit Cat, fébrile. *Mais vous êtes qui, vous ? J'ai couvert le Tour d'Angleterre pour* Cycling Weekly. *On s'est peut-être déjà rencontrés ? Vous m'avez déjà vue aujourd'hui et vous avez décidé de m'ignorer, c'est ça ? Ou alors vous m'avez vue mais vous ne m'avez pas reconnue parce que vous n'avez pas fait attention à moi sur le circuit ?*

Elle fixe son sandwich comme si le fait de le regarder allait calmer ses nerfs.

À ton avis, je me retourne, là ? Il vaut mieux que je la joue sainte nitouche ou bulldozer ?

Elle serre les poings en enfonçant ses ongles à s'en faire mal.

Allez Cat, serre fort.

Elle enfonce ses ongles encore plus profond.

Bon, je vais me retourner, en faisant style je cherche un... une pendule, au hasard, et je vais faire, « Oh, salut ! C'est pas vous qui étiez au Tour d'Angleterre des fois ? ». Ou alors je vais juste le regarder genre je te connais mais j'arrive pas à me souvenir d'où, et puis claquer des doigts et dire « le Tour d'Angleterre ? » Ou alors...

— On va faire un tour sur le pont ?

Non, attendez ! Je ne me suis pas encore retournée !

— Bonne idée, ouais. Tu veux une autre bière ?

— On a commencé pour continuer, non ?

— Tu l'as dit. Allez viens, on bouge.

Attendez, je vais me retourner là et dire : « Salut, je suis Cat McCabe, je fais un reportage pour le Guardian. *Je crois qu'on s'est déjà rencontrés sur le Tour d'Angleterre. » Maintenant, là.*

Mais c'est trop tard. Cat ne voit plus que leurs dos et ne peut pas se rendre compte si elle les a déjà vus.

Demain. Je les verrai demain. J'irai les trouver. Et s'ils me demandent comment et quand je suis arrivée, je jouerai l'étonnée style « Pas possible ! Moi aussi j'étais sur le ferry ! »

Oh non ! Pitié !

Je vais être en France pendant trois semaines.

Mercredi. Hôtel Splendide. 14 heures 30.

Rachel McEwen frappa du poing sur le comptoir de la réception de l'hôtel. Sa chevelure sombre était tellement électrique qu'on aurait dit une crinière. Ses yeux lançaient des éclairs de fureur et d'indignation.

— *Mademoiselle** ? demanda l'employé en haussant un sourcil.

Ce qui amena Rachel à abattre son poing deux fois encore sur le comptoir. On aurait dit qu'elle essayait d'écraser une mouche.

— Écoutez, dit-elle de la voix froide et distante qu'elle utilisait pour exprimer sa colère (l'effet produit était plus percutant qu'une agression physique), ce n'est pas ma chambre que je veux changer, mais la chambre 46. Aucun de mes coureurs ne dormira sur un lit de camp dans une chambre large comme un couloir avec des rideaux dégueulasses !

— Attendez un instant, dit l'employé d'un ton profondément méprisant en faisant redescendre son sourcil et en plissant l'autre.

Il disparut, un petit sourire suffisant flottant sur ses lèvres. Le sourire était toujours là quand il revint accompagné d'une femme habillée avec élégance.

— Bonjour, dit Rachel, j'essayais d'expliquer à votre collègue que je trouve inacceptable qu'il n'y ait qu'un seul vrai lit dans la chambre. Deux de mes coureurs vont l'occuper, et il est hors de question qu'aucun des deux dorme sur un lit de camp.

— Vous êtes mademoiselle ?... demanda celle qui semblait être la gérante.

— Mc-Ewen, répondit immédiatement Rachel en scindant volontairement son nom comme elle le faisait seulement quand elle était prodigieusement agacée, je suis le *soigneur** de Zucca MV.

— Zucca, fit la femme avec un émerveillement tranquille, mais en rosissant. Mademoiselle McEwen, je suis absolument désolée. Je vais tout de suite arranger ce problème.

Elle fit glisser son index le long d'une liste tapée à l'ordinateur, puis débita quelque chose à l'employé qui s'empressa de décamper, tout sourire suffisant envolé. Elle leva un sourcil beaucoup plus favorablement impressionné que celui de son jeune collègue.

— Chambre 46 — Massimo Lipari ? Ah, et Gianni Fugallo — un bon *domestique**.

Rachel sourit.

Voilà comment s'établissent des contacts. Une passion partagée et les problèmes sont résolus.

— Je vais les mettre dans la chambre 40 — je ne sais pas comment cela a pu se produire et je vous présente toutes mes excuses.

— Merci, dit Rachel.

Le soulagement était évident dans sa voix. D'un seul coup, ses cheveux avaient perdu leur allure de crinière. Ils étaient tout simplement mal coiffés. Le stress et les priorités rendaient les problèmes de coiffure secondaires.

— Mademoiselle McEwen ? (la responsable s'éclaircit la voix), vous croyez qu'il serait possible d'avoir un autographe de Massimo ? Pour moi — Claudia ?

— *Bien sûr**, acquiesça Rachel.

C'est dingue toutes ces formules de politesse que je connais en français, en espagnol, en italien — en portugais et en flamand, même ! Si on devait courir en Lituanie, je serais capable d'apprendre très vite comment on dit « pas de problème » ou « santé ! » ou « enlève tes mains de là, je n'ai pas l'intention de coucher avec toi ».

Rachel retourna aux ascenseurs, monta à la chambre 46, et dit à un Gianni et un Massimo complètement effondrés de ne pas s'inquiéter. Elle fit ensuite deux voyages jusqu'à la chambre 40 pour transférer les affaires des coureurs, pendant qu'ils restaient assis sur le seul bon lit, laissant leurs jambes se reposer en écoutant décroître inéluctablement les minutes qui les séparaient du Tour.

Mercredi. Hôtel Splendide, Delaunay Le Beau. 17 heures 30.

— Oui ? demanda la gérante à la jeune Anglaise qui arriva ensuite.

— Miss McCabe, lâcha Cat, le souffle court, en inspectant le hall du regard. Son cœur était sur le point d'exploser. Elle venait de voir sur le parking de l'hôtel des voitures surmontées de porte-bicyclettes, les portières ornées des logos de trois équipes différentes.

Cofidis ! Banesto ! Zucca MV !

— Ah ! Miss McCabe, votre chambre est au cinquième étage. Numéro 50.

Quand Cat arriva devant les ascenseurs, elle sourit. Comme c'est l'usage quand il y a une course, une liste des équipes et de leurs chambres respectives était affichée.

Je suis carrément prise en sandwich, là !

Croyant qu'elle hallucinait, Cat relut la liste dans tous les sens en se pinçant pour s'assurer qu'elle n'était pas en train de délirer.

C'est bien ça ! Massimo Lipari et Gianni Fugallo juste au-dessus, et Jose Maria Jimenez juste en dessous. Si Jimenez et Lipari se prennent la tête pour savoir qui est le plus beau des deux, ils peuvent toujours venir me voir chambre 50, je les aiderai à trancher.

La chambre 50 était plutôt petite. Les meubles étaient en plaqué teck hideux. Les minces serviettes de toilette avaient la teinte chewing-gum gris typique d'un mauvais deux étoiles. Cela n'avait aucune importance aux yeux de Cat.

Je suis en France, cernée par des coureurs !

Mercredi. Hôtel Splendide, Delaunay Le Beau. 23 heures 29.

Stefano Sassetta est ravi. Grâce à Rachel, il n'est pas obligé de partager sa chambre. Il s'est entraîné à fond ce matin et il est sûr d'être au top de sa forme pendant la première semaine. Il sera invincible dans les sprints et pourra se goinfrer un maximum de points pour la compétition au maillot vert. Il sent bien ses cuisses. Après un incomparable massage de Rachel et un examen scrupuleux devant le miroir de la salle de bains, il les trouve totalement sublimes. Stefano a zappé pour voir toutes les chaînes de télévision. Il n'assure pas une bille en français, alors il se contente d'appuyer rythmiquement sur le bouton de la télécommande. Il fait une petite pause sur MTV, s'amuse avec quelques minutes de boxe sur

Eurosport, avant qu'on ne passe aux courses de tracteurs, aux championnats de dominos ou à un autre succédané de sport. Alors il continue à zapper. Il est fatigué. Il faudrait qu'il dorme. Mais il a la tête trop prise. Si son manager venait lui proposer de faire une course à vélo maintenant, il sauterait immédiatement en selle. Il se sent puissant et fier. D'un seul coup il est tout content. En zappant deux fois sur la télécommande, il est tombé sur un film porno. Ah ! Ça va l'aider à s'endormir. Une petite branlette, voilà un bon plan. C'est encore mieux que du cul — pas d'énergie gaspillée, vu qu'une éjaculation ne brûle que soixante calories. Pas de déperdition d'énergie non plus à satisfaire une partenaire. Tout bénef !

Jeudi. Delaunay Le Beau. 10 heures.

Sur le calendrier du Tour de France, jeudi est le premier de deux jours d'examens médicaux pour les coureurs. Pour les journalistes, c'est le moment de faire enregistrer sa présence sur le Tour. Et pour tout le monde, c'est les conférences de presse.

La nuit précédente, bien que Cat ait vaillamment lutté contre le sommeil en restant bien sagement assise sur son lit à lire, ni Jose Maria Jimenez, ni Massimo Lipari ne sont venus la voir. Elle s'est réveillée aux premières lueurs de l'aube, complètement dans le coltard et tout habillée.

Comme s'ils étaient vraiment venus, en fait.

Elle s'est sentie un peu con sur les bords, et elle a rampé sous les couvertures, sans se déshabiller, pour quelques heures de vrai sommeil cette fois.

Maintenant, elle a pris sa petite douche, elle s'est changée (deux fois) elle a petit déjeuné (très déçue de constater qu'il n'y avait pas un seul coureur en vue), et elle est sortie de l'hôtel. Les gargouillis de son estomac sont en désaccord avec l'air qui embaume à l'extérieur. Les arbres, les lampadaires et les panneaux de signalisation de la ville de Delaunay Le Beau où va avoir lieu le prologue ont été ornés de flèches qui indiquent les chemins codés par couleur pour tous ceux qui ont quelque chose à voir avec le Tour de France.

Suivre les flèches vertes de la *presse**, ressembla pour Cat à une course au trésor.

Quelque peu sinueux (conformément au désir de la *Chambre de Commerce** de la ville), le chemin la fit passer par les places les plus pittoresques, la plus importante zone commerçante, l'université et l'hôpital. Quiconque ayant un rapport avec le Tour de France devait être subliminalement convaincu que Delaunay Le Beau était une très jolie petite ville, dotée de tous les équipements nécessaires. Pour Delaunay Le Beau, qui payait pour héberger le Tour, il s'agissait avant tout de tourisme. Elle finit par arriver à la *permanence**, un nom paradoxal pour ce local de la Société du Tour de France forcément éphémère. À Delaunay Le Beau, il était situé à l'hôtel de ville.

Cat McCabe n'avait aucune idée de ce qui l'attendait, à la *permanence** ou après.

En accompagnant les coureurs de Mégapac à la *permanence** pour la visite médicale, Ben York ne s'attendait certainement pas à la vision de cette femme angoissée en train de se mordiller les lèvres, les yeux comme des billes de flipper prêts à sortir de leurs orbites. Il ressentit un tiraillement éloquent au niveau du bas-ventre et ses lèvres ébauchèrent un sourire quand il la vit. Il eut l'impression d'être privilégié. Comme s'il avait vu la première hirondelle de l'été avant tout le monde.

Cat essaye de descendre l'escalier de la mairie d'un pas super décontracté, sa main effleurant à peine la rampe. Elle a fait la queue pour son laissez-passer dans une immense pièce grouillante d'étrangers. Elle arbore sa carte de presse verte avec fierté, suspendue à son cou comme un précieux collier de perles. C'est le sésame pour le vrai Tour de France. Cette année, elle a le privilège des coulisses. Les années précédentes, les cyclistes étaient toujours derrière son écran de télé.

Je suis journaliste*. *C'est écrit : Cat McCabe,* journaliste*, Le Guardian. *C'est moi. C'est ce que je suis.*

Cat, combien de journalistes traînent dans l'escalier en s'agrippant des deux mains à la rampe ?

J'ai peur dans les escaliers. Et il faut prononcer journaliste* *à la française, en étirant le i. C'est vachement plus cool que la prononciation anglaise.*

OK, Cat McCabe, *journaliste**. Tu pourrais peut-être descendre l'escalier et te mettre à bosser maintenant, tu ne crois pas ? Non mais regarde-toi descendre à une allure d'escargot en essayant d'absorber tout ce qui se passe. Tu sais ce que tu es en fait ? Une groupie aux yeux globuleux.

J'ai peur dans les escaliers. Il y a quelqu'un en bas qui me regarde. Continue à marcher. Oh non ! j'y crois pas. C'est Luca Jones ! Il faut que je m'arrête, là. C'est la visite médicale. Merde, merde – qu'est-ce que je dois faire ? Qu'est-ce que j'ai le droit de faire ? Que font les journalistes* *dans un cas comme ça ? Le dictaphone ? Mais oui, évidemment je l'ai avec moi. J'ai tout ce dont un journaliste du Tour de France peut avoir besoin.*

Branche Luca du regard, Cat. Pourquoi tu ne lui souris pas ? Tu n'as pas besoin de parler, mais un sourire aujourd'hui, c'est la garantie qu'il te reconnaîtra demain, après-demain il te fera peut-être un sourire et ça sera une affaire qui roule.

Je sais. Je sais. Je me botte le cul métaphoriquement d'être timide à ce point. Mais j'ai encore trois semaines. Je ne rentrerai pas en Angleterre avant qu'on en soit à s'appeler par nos prénoms.

On te le rappellera en temps voulu.

Ce ne sera pas la peine. Oh ! C'est Hunter Dean. Tellement beau, tellement brun et complètement hollywoodien.

Hunter sort de la visite médicale et se heurte aux médias qui rôdent dans le coin. Il y a là six ou sept grands types. Hunter est une illustration vivante de sa profession de foi. Il relève ses lunettes de soleil sur son front et permet très gentiment aux journalistes de faire cercle autour de lui. Il répond complaisamment à toutes leurs questions.

Merde merde !

Cat se sent coincée. Elle est arrivée en bas des escaliers et est tellement secouée par la proximité de ses héros qu'elle a envie de se sauver en courant pour respirer à fond à l'abri des regards.

Qu'est-ce que je dois faire ?

Ils ne vont pas te mordre.

Fendre le groupe des journalistes pour aller coller mon dictaphone sous le nez de Hunter ?

Elle se lance et le fait.

C'était ce qu'il fallait faire, constate Cat en voyant le bouquet de micros qui fleurit autour de Hunter. Elle observe sans ciller le logo de Mégapac sur le haut du survêtement de Hunter. Il parle. Sa voix sort Cat de sa contemplation. Elle pose les yeux sur son visage.

Les lèvres de Hunter. Maman, le cou qu'il a !

Six journalistes mâles contemplent Cat qui ne peut pas s'empêcher de piquer un fard.

Je n'ai pas dit ça tout fort, quand même ?

Cat ponctue tout ce que dit Hunter de hochements de tête approbateurs. Elle est trop contente d'avoir pris son dictaphone. Si elle n'entend pas tout ce qu'il dit sous le coup de l'excitation, elle pourra toujours le réécouter plus tard. Elle se concentre sur l'arête du nez de Hunter pour tenter de discipliner son regard qui part dans tous les sens.

— Au départ, Mégapac peut sembler être une équipe de moindre importance pour le Tour, expose Hunter, mais ce sera celle dont tout le monde parlera à la fin, je peux vous le garantir. Vous pouvez citer mes propos. Nous sommes la meilleure chose qui soit arrivée au cyclisme américain depuis Greg LeMond et Lance Armstrong.

— *Bonne chance** ! réplique Cat sans avoir le temps d'y penser, s'attendant à ce qu'Hunter se mette à chanter l'Hymne de la Bannière Étoilée ou à citer le texte de la Constitution des États d'Amérique.

— On va en avoir un max ! lui répond Hunter.

La vache, le clin d'œil ! Tu as vu ça ? Le clin d'œil ! Je suis morte et je viens d'arriver au paradis. Est-ce qu'un dictaphone enregistre les clins d'œil ?

— Mignonne, dit Luca à Ben, hors de portée d'oreille de Cat.

Ben lui lance un regard exaspéré qui lui évite d'avoir à se prononcer et à se positionner en rival. Par un heureux hasard, le coureur est appelé pour son examen médical. Ben peut se faire plaisir en contemplant Cat tout à loisir pendant que la sortie de Luca fait diversion. Il la voit rougir en regardant Luca.

L'enfoiré de petit cycliste, se renfrogne-t-il. *Mais pourquoi elle ne rougirait pas ? Elle ne serait pas normale si elle ne le faisait pas. Et puis c'est la preuve d'un bon fonctionnement de la libido. C'est très bien, ça.*

Deux journalistes acclament Luca qui leur répond en faisant le V de la victoire avant de disparaître dans le cabinet médical.

Moi aussi j'aurais dû l'acclamer, se reproche Cat. *Ma voix aurait peut-être eu de l'effet sur lui, il se serait arrêté et m'aurait remarquée.*

Cat regarde d'un air triste le banc que vient de quitter Luca. Son regard se porte sur la droite et repère une belle paire de bottes Timberland, des jambes enveloppées de jeans, une chemise blanche. Ses yeux se portent automatiquement un peu plus haut sur un cou solide, tout comme le menton et des lèvres légèrement entrouvertes. Ils se posent finalement sur des yeux très noirs qui la fixent avec intensité. Elle note un beau visage éclairé par un sourire timide, couronné de cheveux foncés coupés de façon seyante à ras du crane et très légèrement grisonnants. Pendant une fraction de seconde, Cat se demande de qui il peut s'agir. Mais elle sait que ce n'est pas un coureur et son intérêt s'évanouit.

Il faut que j'y aille de toute façon. Il faut que je trouve la Salle de Presse*. *Je suis en train de travailler, là. Je dois faire mon boulot.*

Ben la regarde s'éloigner, tout content à l'idée qu'il aura l'occasion de la revoir au cours des trois semaines à venir.

Jeudi. Salle de Presse. 13 heures.

Alors qu'elle était morte de faim, l'appétit de Cat disparut dès qu'elle entra dans la salle de presse. À la place, une terreur pure vint remplir son estomac. La peur lui fit une boule dans la gorge et la panique lui mit un goût horrible sur la langue. Elle fit mentalement un voyage dans le temps et se retrouva plongée à l'université de Durham, comme si elle venait de pénétrer dans la grande salle dix minutes avant le début des examens finals. La comparaison était appropriée, mais, comme dans un rêve angoissant, déconcertante aussi. Trop de bruit. On ne peut pas passer l'examen de sa vie au milieu d'un tel vacarme. On ne peut pas non plus situer le passage de ses examens finals dans une patinoire réquisitionnée par la Société du Tour de France.

Ce qui était advenu de la glace était de peu d'importance aux yeux de Cat. Elle était surtout fascinée par l'alignement de tables à tréteaux mises bout à bout sur lesquelles des écrans étaient disposés à intervalles réguliers tels des bouches monstrueusement grandes ouvertes, prêtes à avaler toutes les informations sur le cyclisme dans toutes les langues. Au premier rang et sur les côtés, une batterie de télévisions géantes étaient montées sur de petits échafaudages.

Si je ne suis pas à l'université de Durham, alors je suis dans un roman de George Orwell ou dans un film de Terry Gilliam. Je suis sur le Tour de France, là ? Tout est immense. Anonyme. Qu'est-ce que je suis censée faire maintenant ? Où est-ce qu'il faut que je m'asseye ? C'est ici que l'essentiel de mon travail va se situer au cours des trois prochains jours. Comment je vais faire pour me concentrer ?

Cat se sentit encore plus nauséeuse et chancelante qu'elle ne l'avait jamais été à aucun examen, ni même sur le ferry. Mais cela ne dura que le temps de trouver une table suffisamment proche de la tribune qui, à son grand soulagement, était espacée d'au moins trois mètres de la place d'un autre journaliste.

C'est carrément Babel. Personne ne se saluait, alors à Babel ? Mon laissez-passer ne suffit pas. Il me faut aussi une formule magique.

Après avoir jeté un regard furtif autour d'elle, Cat se glissa à sa place, mit son téléphone portable à côté d'elle et entreprit de feuilleter les brochures qu'on lui avait remises à l'inscription.

Voilà, mon espace de travail ressemble exactement à ceux qui sont autour de moi. Je fais partie du club, maintenant. Il s'en trouvera même pour me dire bonjour. Je vais m'occuper. J'aimerais bien regarder celle-là plus attentivement : « Les hôtels, les équipes ». Histoire de voir si les hôtels où je vais descendre hébergeront aussi des équipes. Mais pas maintenant. Je ferai ça plus tard. Ce soir, quand je serai comme une quiche dans ma chambre à m'imaginer que Jimenez ou Lipari vont venir me rejoindre.

Je vais d'abord feuilleter celle-là : « Les régions, la culture ». Merde c'est écrit en français. Je vais tourner les pages pour faire croire que je lis très vite. Non, mauvais plan. Si je fais ça, on va s'imaginer que je suis super forte en français, et il y en a qui vont se ramener pour me déblatérer des trucs incompréhensibles. Commençons plutôt par le paquet qu'ont préparé les Relations Publiques. Alors, Zucca MV.

Elle regardait les photos quand son portable se mit à sonner. Elle sursauta et se mit à le chercher à tâtons.

— Allô ? chuchota-t-elle, la main au-dessus des sourcils, les yeux rivés sur le clavier de son écran.

— *Bonjour** ! tonitrua Django.

Cat jeta un regard angoissé autour d'elle, s'attendant à voir tout le groupe de presse en train d'écouter. Ils allaient deviner que ce n'était pas un coup de fil professionnel. Elle allait se faire griller. Pseudo-*journaliste**. En fait, tant sa présence que la voix de Django étaient passés totalement inaperçus. Elle en éprouva un vif soulagement.

— Salut, Django, dit-elle.

— Comment ça va ? demanda-t-il. Il mangeait la moitié de ses mots sous le coup de l'excitation. Tu es où ? Qu'est-ce qui se passe ? Tu te tiens à bonne distance des mecs en lycra, j'espère ?

Elle s'en voulut beaucoup par la suite, mais sur le moment, l'enthousiasme de Django l'énerva prodigieusement.

Je suis en train de bosser, moi. Je ne suis pas en vacances. Prends-moi un peu au sérieux.

Allez, ne nie pas que c'est un plaisir pour toi et que tu n'arrives pas à croire qu'on te paye pour faire ça.

Je suis prête à parier que personne ici ne reçoit des appels de son oncle.

Tu devrais les plaindre.

— Je vais bien, répondit tranquillement Cat. Mais je suis très occupée — les conférences de presse, les délais et tout ça quoi.

Je n'ai même pas encore assisté à une seule conférence de presse. Je ne dois rendre mon premier papier que demain.

— Et les gens, ils sont comment ? (La fierté dans la voix de Django fit sourire Cat.) Ils sont sympas ? Tu t'es fait des amis ? Et les cyclistes, ma fille, tu en as rencontré ? Ils t'ont demandée en mariage ?

— Oh, soupira Cat, en balayant l'air de sa main, ne se rendant même pas compte que Django ne pouvait pas la voir. Des tas. C'est bien. Tout.

— Bon, je te rappellerai plus tard, dit gentiment Django sentant qu'elle était mal à l'aise. Je voulais juste être sûr que tu étais bien arrivée. Maintenant que je t'ai parlé, je vais pouvoir retourner à mes confitures. J'essaye un nouveau truc avec de la prune de Damas et de l'ouzo. J'ai pensé qu'un peu d'anis et d'alcool pourraient ajouter quelque chose d'intéressant. J'en mettrai quelques pots de côté pour ton retour.

Les délires culinaires de Django émurent soudain Cat. Elle ferma les yeux en l'écoutant. C'était une voix qu'elle avait l'impression de ne pas avoir entendu depuis longtemps. C'était si agréable que c'en était presque douloureux.

— Merci Django, dit-elle en souriant tristement, il faut que je te laisse. Bisous.

Elle coupa la communication. Elle se retrouvait de nouveau dans la patinoire.

Trop de gens fumaient trop de cigarettes. Un homme avec une moustache en guidon de vélo fumait un cigare. Énorme.

On dirait un figurant de western spaghetti. Et moi je ressemble à quoi ? À une journaliste ? Je ne crois pas que j'aie quoi que ce soit pour attirer l'attention. Est-ce que j'en ai envie ? Je n'ai même pas commencé à bosser. Je n'ai même pas branché mon écran.

La conférence de presse de Système Vipère commence dans dix minutes.

Ouf ! après je pourrai sortir d'ici.

Jeudi. Conférence de presse de l'équipe Système Vipère. 13 heures 30.

Cat se contente de rester assise et de regarder. La proximité physique de Fabien Ducasse lui coupe la respiration. Elle a peur de bouger, de crainte que toute la scène ne disparaisse au moindre souffle. Et ce serait dommage. Fabien couve la presse de son regard sombre et hypnotique. Il est plus grand et baraqué que Cat ne se l'était imaginé d'après ses apparitions à la télévision. Il est bronzé et ses cheveux coupés très court font ressortir la puissante ossature de son visage.

Son attitude distante, la tête légèrement penchée, draine sur lui toute l'attention du public au détriment de ses coéquipiers assis à ses côtés. La conférence se déroule en français et on parle vite. Cat s'appuie plus sur les intonations que sur les quelques mots qu'elle arrive à grappiller ici et là pour ne pas perdre le fil. L'atmosphère est pesante. Cat ne sait pas si c'est à cause de ce que dit Fabien ou si c'est un effet de son filtre de perception.

Sur la tribune, Jules Le Grand s'est assis entre Fabien Ducasse et Jesper Lomers. Carlos Jesu Velasquez et le plus jeune coureur de l'équipe, Oskar Munch qui participe au Tour pour la première fois sont également présents. Oskar a l'air aussi effrayé que Cat. Si leurs regards se croisaient, ils pourraient échanger des vibrations empathiques. Il y a peu de chances que cela se produise cependant, vu qu'il y a plus de deux cents personnes dans la salle.

Pour Oskar, j'aimerais faire un papier sur les domestiques*, *ces héros de l'ombre qui travaillent sans jamais penser à eux-mêmes pour la seule gloire de leur leader, de leur équipe.*

Carlos est sur le point de prendre la parole.

Merde, cette fois c'est en espagnol ! De toute façon, il ne dit jamais grand-chose et ses grognements sont littéralement incompréhensibles. On lui a sûrement demandé s'il se sent compromis en courant pour une équipe française. Et ce borborygme signifie très certainement : « Amigo, je fais mon travail. Une grande équipe a envie de m'embaucher en payant pour mes compétences — où est-ce que vous voyez un conflit ou un compromis ? » Ah ! Oskar. Quelqu'un t'a demandé quelle était ton ambition pour le Tour.

— Paris ! répondit Oskar comme s'il avait affaire à un taré.

Je devrais lui poser une question sur la préparation. S'il connaît bien l'itinéraire. À quel point l'étude de l'inclinaison des pentes et des vents contraires se doit d'être technique et théorique. Si on doit s'entraîner sur des pentes spécifiques. Sur son état d'esprit aussi. Comment endurer moralement ces vingt et un jours qui auront brisé son corps avant l'arrivée à Paris ?

Vas-y Cat. Demande-lui.

Moi ? Non. Demain, peut-être.

La conférence de presse d'Oskar, c'est aujourd'hui.

Dans chacune des vingt et une équipes il y a au moins six domestiques*. *Je n'aurai que l'embarras du choix.*

Tu te contredis. Tu viens juste de dire que tu as énormément de respect pour les *domestiques** qui sont des coureurs à part entière, injustement méprisés. Tu devrais poser des questions à Oskar.

C'est ma première conférence de presse. Laisse tomber.

C'est le *Guardian* qui va te laisser tomber si tu continues.

Jeudi. Salle de presse. 14 heures 30.

Il y a beaucoup de mochetés dans le groupe des journalistes. Et un déballage de godasses plus zone, tu meurs, pensa Cat en rentrant dans la salle de presse et en retournant s'asseoir à sa place sans que personne fasse attention à elle. Tout autour d'elle des portables rivalisaient d'originalité dans leurs jingles.

Cat ouvrit un nouveau dossier sur son écran et brancha un écouteur sur son dictaphone. Elle sourit béatement en écoutant les intonations américaines de Hunter. L'écran vierge était très intimidant. Elle se fabriqua une expression de grande concentration et regarda autour d'elle comme si elle était absorbée par une profonde réflexion et pas du tout en train d'analyser ceux qui l'entouraient.

Non mais c'est vrai, quoi, regardez-le celui-là par exemple, blanc comme une endive avec son short trop court, sans chaussettes dans des chaussures de randonnée. Au secours! Et l'autre, là. On le croirait sorti d'un conte de Grimm avec ses bottes de lutin en daim. Attends, il y en a même un qui a osé se mettre en sandalettes alors qu'il a des orteils comme des poireaux!

Cat posa délicatement ses doigts au-dessus du clavier puis les enleva. Écrire. Oui, mais quoi? Qu'est-ce qu'ils pouvaient bien trouver à écrire les autres?

Je ne veux pas commencer. Ce n'est pas que je ne sache pas ce que je veux écrire. Je suis entourée par des incapables qui tapent avec deux doigts — comment peut-on écrire des articles entiers avec l'index de la main gauche et le majeur de la main droite? Mais bon, même si je sais taper hyper vite, je ne peux pas écrire un seul mot.

Cat était envahie par une frayeur irrationnelle. Elle était persuadée que dès qu'elle allait se mettre à taper, le silence total allait se faire. Tous les regards allaient converger sur elle pour espionner sa façon de taper. Ce qu'elle écrivait. Les chaussures qu'elle portait. Elle fixa l'écran, regarda à nouveau autour d'elle. Elle fut provisoirement rassurée par le fait que même si tous les écrans étaient visibles, il était impossible de discerner ce qui était écrit dessus. Ses doigts se placèrent au-dessus du clavier pour venir se poser délicatement sur les touches. Elle pencha la tête, comme si Hunter avait dit quelque chose d'extrêmement intéressant et laissa ses doigts pianoter au hasard sur le clavier.

Akdjioii sdiuej fdiknvoiq= jdoaign kdjlau SODIJA

Lupoadj lkduflakdqruoqemma d OKLAKEUR. Kdug;ae $lgqoan Kigµù $akçLO9Unéqkçàlm° KLZ I&-8ikj gozjbxnk Nbcxsjc kncockQMIZJN pié;lom!?l :$a* ;

Elle leva les yeux de l'écran et fut soulagée de constater que sa bouffée de chaleur était en train de passer. Elle ne croisa le regard de personne, personne n'éclata de rire en voyant son travail. Tout le monde était occupé par des choses bien plus importantes que Cat McCabe, *journaliste**. Cat s'autorisa un sourire, regarda son écran et pensa, *ouais, ça pourrait aussi bien être du finnois,* effaça le tout, et se mit à transcrire les paroles de Hunter. Sa vitesse de frappe s'accordait parfaitement à son débit.

Maintenant, je vais rédiger un papier pour le Guardian *qui va traiter des éléments non-européens du Tour de France — en mentionnant Luca Jones. Avancer qu'une victoire d'étape au Giro d'Italia peut se traduire par une victoire d'étape au Tour de France.*

— Hello.

Je pourrais faire une « Présentation de Mégapac ». Utiliser mes notes de Hunter, pour attirer l'attention des lecteurs sur les coureurs de cette nouvelle équipe.

— *Bonjour**?

En fait, ce serait intéressant de faire une sorte d'exposé des bandes qui se forment au sein du peloton, par nationalités et par langues.

— *Buenos dias**?

Il y a souvent des frictions entre équipes ou des scissions, à cause de la langue — qu'est-ce que ça change pour le peloton en général ?

— *Buon giorno**? Guten Morgen? Hola!

Cat leva vivement les yeux.

— *Bonjour**, bredouilla-t-elle en se demandant si elle avait pensé tout haut.

Elle jeta un regard à l'homme et fut immédiatement en mesure de constater qu'il avait l'air, physiquement au moins, pas du tout intimidant et relativement normal. Déjà, il portait un short de longueur normale et tenait un stylo entre ses doigts, pas une cigarette.

L'homme parcourut en plissant les yeux une page de son carnet et dit :

— Catriona McCabe? *Guardian*?

C'est bon, c'est un Anglais.

— Oui, répondit Cat en souriant largement.

Elle se leva et lui serra la main.

— Josh Piper, dit-il en lui rendant sa poignée de main.

— Oh, Joshua! s'exclama Cat avec une familiarité qui lui fit honte car elle y avait injecté une intonation qui dépassait la simple reconnaissance.

— Heu, oui, dit-il en la regardant d'un air perplexe, mais s'il vous plaît, c'est Josh. Je suis bien content que vous soyez Catriona McCabe parce que ça faisait des plombes que j'étais là à dire bonjour dans toutes les langues. Vous étiez partie loin. Vous étiez où ? À mi-chemin de l'Alpe d'Huez, déjà ?

Cat eut un petit sourire coupable.

— Pas exactement. J'étais préoccupée. Je suis désolée.

Elle se rassit et se concentra sur l'écran pour illustrer son propos.

Remarquant qu'elle avait son écouteur dans l'oreille, que son dictaphone était toujours en train de tourner et que ses mains se plaçaient au-dessus des touches, Josh leva les mains en l'air pour montrer qu'il se rendait.

— Vous allez partager la conduite avec nous, c'est ça ?

Il avait mis les mains sur les hanches comme si ça l'aidait à évaluer la capacité de Cat à tenir un volant.

— Oui, oui, c'est ça. Merci beaucoup, s'empressa de dire Cat.

— C'est votre premier Tour, lui dit-il.

C'est visible à ce point ?

Cat haussa les épaules et hocha la tête en essayant de gommer le sourire nunuche de ses lèvres.

— Moi c'est le septième, continua Josh, j'ai lu votre reportage sur le Tour d'Angleterre dans *Cycling Weekly.* Je l'ai trouvé vraiment bon.

— Merci, dit Cat en fermant les yeux brièvement.

Les louanges d'un collègue journaliste lui montaient à la tête.

— Comment va l'ami Taverner au *Guardian* ?

— Mon patron ? Cat continua à sourire. Il va bien. Complètement stressé comme d'habitude, mais il va bien. Il continue à courir un peu. Il ne récolte pas grand-chose, mais il a toujours des souvenirs de jeunesse à raconter.

— Je parie que ça a bien dû le faire chier de devoir envoyer quelqu'un à sa place pour ce boulot. Ça aurait été son treizième Tour.

J'ai encore tellement de trucs à apprendre que ça me fait flipper. Prendre le train en marche. Me composer un personnage d'ici que je trouve mon style. Creuser mon trou. Me faire remarquer.

— Bon, ben c'était sympa de faire connaissance. À plus, conclut Josh.

— Merci, dit Cat.

Elle le regarda se fondre dans le groupe de presse. D'un seul coup, elle réalisa qu'elle ne lui avait pas demandé son numéro de portable, ni où ils devaient se rencontrer dimanche pour la première étape, ni ce qu'elle devait faire de ses bagages ou quel genre de voiture elle allait devoir conduire.

Non mais quelle conne ! C'est pas possible. Faut dire qu'il ne m'a même pas proposé de m'asseoir à côté de lui. Il aurait pu m'inviter à boire un café ou me demander à quel hôtel je suis.

Attends, tu es au boulot là. Pas à un dîner en ville. Il a été très sympa et c'est lui qui s'est déplacé pour venir te trouver. Maintenant, écris. Travaille.

Je ne sais pas par où commencer. Je suis toujours morte de faim. Mais c'est la conférence de presse de Saeco-Cannondale dans dix minutes et je veux une place sur le devant pour pouvoir me concentrer sur Cipollini.

Dix minutes plus tard, alors que Cat sortait de la patinoire pour se rendre dans la salle des conférences de presse, elle tomba sur Josh Piper qui y allait aussi. Il s'avéra qu'ils étaient dans le même hôtel.

— Cipo, Cipo, chuchota Cat en s'asseyant pour attendre l'équipe.

Elle se tourna vers Josh.

— Mario Cipollini, lui dit-elle les yeux mi-clos.

Ces deux mots constituaient une phrase à eux seuls. Ils contenaient un sens profond et une émotion intense.

— Je l'adore, dit Josh. Il est trop.

— Moi aussi. Il me fait complètement craquer, souffla Cat.

— Je peux t'appeler Cat ? On pourrait bouffer ensemble ce soir. J'ai d'autres potes avec moi à l'hôtel.

— Évidemment que tu peux. Ce serait sympa, ouais. Tu peux me donner ton numéro de portable ?

— Le plus simple, ça sera de s'appeler de chambre à chambre.

— C'est clair, dit Cat en se mordant la lèvre, espérant que son sourire allait faire oublier son incommensurable connerie. Josh regarda devant lui et lui donna un coup de coude. Son sourire s'agrandit.

J'ai un ami !

Elle lui rendit son coup de coude. Il se tourna vers elle et lui jeta un rapide coup d'œil en fronçant brièvement les sourcils. Il désigna d'un mouvement de tête la tribune qui était devant eux et lui redonna un coup de coude un peu plus fort. Cat suivit son regard.

— Cipo ! s'écria-t-elle sans réfléchir d'une voix sonore.

Les deux premiers rangs se retournèrent sur elle. Mario Cipollini lui fit un petit signe de tête. Josh lui donna encore un coup de coude. Elle le sentit sourire. Elle respira à fond.

Jeudi. Salle de presse. 10 heures.

Le lendemain matin, la salle de presse était moins déconcertante. Le vacarme ne semblait plus aussi épouvantable. Le groupe de presse semblait plus familier. Il y avait déjà au moins deux visages connus. Cat alla s'asseoir à son espace de travail, s'installa, ouvrit un fichier et tapa quelques lignes avant d'oser parcourir la foule des yeux. Elle reconnut les dos de Josh et d'Alex Fletcher quelques rangs devant elle. Elle eut un sourire pour leurs épaules voûtées, se sentit enfin à l'aise, prête à travailler.

J'espère que Jimenez et Lipari ne se sont pas fait chier comme des rats morts hier soir. Moi, j'avais autre chose à faire. Josh m'a appelée dans ma chambre et on est allés manger dehors avec Alex Fletcher qui va voyager avec nous. Il est carrément immense, comme mec. Mais il est très jeune dans sa tête. Tu dirais un collégien qui va à sa première boum. Il est hyper grossier quand il parle et il a un manque de respect stupéfiant en ce qui concerne ses notes de frais. J'avais déjà entendu dire qu'il pouvait se montrer désagréable et qu'il valait mieux le caresser dans le sens du poil. Mais je l'aime bien, il est marrant, ça pourrait même être rigolo d'être tous les trois ensemble en voiture.

— Salut, Cat, dit Alex qui s'approchait justement d'elle, la dominant de toute sa taille. J'ai eu une vraie nuit de merde.

Cat ne savait pas trop quoi lui répondre vu qu'elle avait très bien dormi et elle fit ce qu'elle espérait être un hochement de tête sympathique. Alex coupa court. Cat reporta son attention sur l'écran toujours sinistrement vide.

Il faut que je ponde cet article — Taverner veut 800 mots sur le Tour de France en général pour l'édition de samedi comme intro au reportage quotidien de chaque étape.

— Tu viens boire un café avant la conférence de Zucca MV ? demanda Josh.

— Bonne idée, dit Cat en faisant rapidement disparaître son fichier vide comme s'il était plein de scoops secrets. Elle ramassa son carnet et son dictaphone et vérifia dans ses poches qu'elle avait bien pris de l'argent.

— Je n'ai pas d'argent, dit-elle l'air emmerdé.

— Du fric ? Josh rit. Tu n'en auras pas besoin. Me dis pas que t'es pas au courant qu'il y a un buffet pour la presse ? Cat secoua la tête. Viens voir dans la salle de presse, c'est Byzance.

Josh la fit sortir de la salle de patinage pour la conduire dans une plus petite salle. Le long de trois des murs étaient alignées des tables qui supportaient un véritable banquet.

— Personne ne perd de poids sur le Tour de France, dit Josh en évaluant ouvertement Cat et en décidant que dans son cas ce n'était pas grave.

— Sauf les coureurs, répondit Cat.

— Quoi ? demanda Josh en jetant un coup d'œil à sa montre et en se servant de la baguette et du brie.

— Les coureurs, répéta Cat en s'asseyant à côté de Josh et Alex, ils perdent du poids, eux. Environ deux kilos rien que de muscle quand le corps commence à taper dedans pour trouver de l'énergie.

La baguette que Josh s'apprêtait à porter à sa bouche s'arrêta à mi-course. Alex avait une gorgée de café dans la bouche, mais il ne put pas l'avaler.

— Combien de calories brûle un coureur en une journée ? demanda Josh comme si ça le passionnait, alors que Cat avait très bien compris que c'était un test.

— Entre six et huit mille, elle haussa les épaules, 60 % en hydrates de carbone, 20 % en protéines et 20 % en lipides.

— Et en liquide ? demanda Alex qui avait fini par avaler celui qu'il avait dans la bouche.

— Sur une longue étape, et s'il fait chaud, récita Cat, ils ont besoin d'environ 6 litres, mais comme le corps n'absorbe que 80 centilitres par heure, le liquide va toujours être un problème. C'est pourquoi ce qu'ils boivent doit être froid et hyper tonique. Il faut que ce soit absorbé rapidement pour être vraiment efficace.

— Et aussi... , commença Alex, mais Cat n'avait pas terminé.

— Tous les coureurs ont peur de la soif, dit-elle gravement en aspirant une gorgée d'Orangina, quand la soif est là, c'est qu'il est déjà trop tard.

— Qui a participé au plus de Tours ? demanda Josh comme si ça lui était sorti de l'esprit.

— Joop Zoetemelk, lui rappela complaisamment Cat, seize en tout. Elle regarda Alex qui cherchait visiblement une question piège. Elle lui épargna cette peine. Maurice Garin, dit-elle, a gagné le premier Tour en 1903. La roue libre n'a bien sûr été inventée que trente ans après, ajouta-t-elle comme en aparté.

— Combien y a-t-il de virages en épingle à cheveux à l'Alpe d'Huez ? demanda Alex.

— Vingt et un, répondit Cat.

— Meilleur temps à la course contre la montre ? la pressa Josh, levant un sourcil en direction d'Alex, comme elle avait une seconde d'hésitation.

— Je dirais Greg LeMond en 1989. Il a maintenu une moyenne de 55 km/h.

— Donne le nom du célèbre coureur ouzbek qui a gagné le maillot vert et qui...

Cat interrompit Josh :

— ... et qui a été disqualifié du Tour en 1997 parce qu'il a été contrôlé positif ?

— Celui-là, confirma Josh.

— Épèle-le, plutôt, finassa Alex.

Cat éclata de rire.

— J'ai appelé mes deux poissons rouges comme lui. Phonétiquement, ça donne : « djam-olidine abdou-japarov ». C'est les mots les plus délicieux à se faire rouler sur la langue.

— Tu veux un café ? demanda Alex.

On pouvait lire une profonde admiration sur son visage.

Elle fit signe que oui. Il partit et lui en ramena un rien que pour elle. Josh prit un nouveau morceau de baguette, glissa deux morceaux de brie dedans et l'offrit à Cat. Elle accepta volontiers.

Admise !

Vendredi. Conférence de presse de Zucca MV. Midi.

— Allez, les mecs ! On se dépêche, là. Vous allez être en retard. Massimo, où est Stefano ? Et Vasily, il est où ?

Rachel McEwen faisait tourner les clés de la Fiat prêtée à Zucca par le Tour de France autour de son index. Elle avait tellement de choses à faire. Retrouver les coureurs perdus dans la nature ne faisait pas partie de sa liste.

Vasily Jawlensky, le gagnant du Tour de l'année précédente, avançait d'un pas tranquille à travers le parking. Rachel n'arrivait jamais à se mettre en colère contre Vasily parce qu'il ne cherchait jamais à énerver personne.

— Vasily, gémit-elle de façon théâtrale, tu étais où ?

— Réviser mon vélo, répondit-il comme si Rachel aurait dû le savoir.

Rachel sourit, hocha la tête et laissa tomber sa main sur l'épaule de Vasily. Elle aurait dû savoir. La majorité des coureurs finissent une course ou une étape dans un tel état qu'ils n'ont pas la moindre idée ni le moindre intérêt pour ce qui arrive à leur machine. Mais pas Vasily. Son premier amour, celui qui durera toute la vie, c'est sa bicyclette.

Souvent, après avoir eu son massage, il s'aventure sur le parking de l'hôtel, près du camion de l'équipe pour faire le nettoyage et la révision de son vélo lui-même. Cela l'aide à se détendre. Il aime la compagnie des mécaniciens de l'équipe. Il se sent à l'aise parmi eux. Quand il regarde après coup les coupures de presse, les photos et les films de sa brillante carrière, ce n'est pas lui qu'il regarde, la grimace de douleur ou d'exaltation qu'il peut avoir. Il ne regarde pas la couleur du maillot qu'il a sur le dos ou le coureur qui est devant lui (ou plutôt derrière lui). Contrairement à son coéquipier Stefano Sassetta, Vasily ne pense jamais à analyser les dimensions de ses cuisses, son aspect physique ou les mérites esthétiques de son visage pourtant sublime. Toute l'attention de Jawlensky dans ces cas-là va uniquement au vélo qui le porte. Il se voit comme un jockey. Pour lui, un vélo est un être vivant.

Pour les femmes, dont Cat fait partie, Vasily Jawlensky est le plus galant et le plus énigmatique des chevaliers en lycra scintillant. Pour Vasily Jawlensky, ses roues sont de magnifiques destriers, et ses cadres profilés en fibre de carbone et en titane, des chevaux de charge d'officiers de l'armée. Il a de l'estime pour eux.

— Il ne manque plus que Stefano, maintenant, dit Rachel en regardant sa montre, puis Vasily et Massimo qui ont l'air un peu godiche d'avoir énervé leur *soigneur** qu'ils aiment et respectent.

Elle déverrouille les portières et désigne aux deux coureurs la banquette arrière.

— Vous deux, dit-elle comme si elle s'adressait à deux chiens, vous ne bougez pas !

Ils la voient regagner l'hôtel au pas de course, et ressortir quelques minutes après. Elle fait le tour de l'hôtel en courant et disparaît à leur vue juste au moment où Stefano apparaît sur le seuil de l'hôtel. Il rejoint la voiture de l'équipe et se glisse à l'avant.

— *Ciao**, fait-il à ses copains.

— *Buon giorno**, répond Massimo.

— Comment ça va ? demande Vasily.

Les deux coureurs communiquent amicalement, mais peu, dans un anglais très basique.

Rachel réapparut, toute crinière dehors. Elle vit la voiture pleine et la rejoignit rapidement. Elle s'installa à la place du conducteur, ignorant Stefano avec une indifférence calculée.

— *Ciao**, Rachel, dit-il avec un grand sourire. T'étais passée où ?

Rachel connaissait son numéro par cœur. En conséquence, elle mit le contact calmement et démarra. Mais les fréquents crissements de freins, les priorités négligées, le silence chargé et la crinière sauvage disaient bien à Stefano tout ce qu'il avait besoin de savoir. Il ne bougeait pas d'une oreille sur son siège et écoutait Vasily et Massimo lire toutes les enseignes devant lesquelles ils passaient.

— Bou-lang-er-ie.

— Mon-o-prix.

— Lin-ger-ie.

Stefano rit niaisement.

Rachel accompagna son précieux chargement jusqu'à la salle de conférence en faisant tourner les clés de la voiture autour de ses doigts. Elle fit un sourire à Vasily. Elle fit un sourire à Massimo. Elle fit même un sourire à Stefano. Quand il voulut lui prendre la main pour y déposer un baiser, elle le regarda très froidement, garda sa main pour elle et s'en alla.

— Mais tu étais où, alors ? demanda Vasily à Stefano pendant qu'ils montaient à la tribune de la salle de conférence.

— Au bar, répondit Stefano en haussant les épaules. Je prenais un café avec une super nana.

— Qu'est-ce que Sassetta a bien pu dire à Jawlensky ? Tu sais lire sur les lèvres ? demande précipitamment Cat à Josh qui est assis à côté d'elle. Il secoue tristement la tête. Et Alex ? implore-t-elle en regardant l'autre journaliste par-dessus Josh.

— Seulement si c'est vulgaire, chuchote Josh.

Alex se penche par-dessus Josh et glousse.

— La chatte, putain ! s'exclame-t-il.

Comme il est très grand, en se penchant, son visage arrive effectivement au niveau de cette partie du corps de Cat qui commence à se poser des questions vu que ça ne fait même pas vingt-quatre heures qu'ils se connaissent. Mais Alex enchaîne rapidement et Cat comprend qu'il ne faisait qu'exprimer sa joie d'avoir pu capter les paroles de Sassetta.

— Il a dit à Vasily qu'il a passé toute la nuit au bar avec des nanas.

Bruits de couloir et téléphone arabe entrent en action sur le nouveau Tour de France.

Alex parle russe, italien et français ; son allemand n'est pas mauvais, il se débrouille en espagnol et comprend le portugais. Zucca MV n'a pas de coureurs français, et bien qu'ils soient majoritairement italiens, la présence de leur leader, Vasily Jawlensky, vainqueur du maillot jaune l'année précédente, fait que l'anglais est leur langue quand ils ne courent pas en Italie. Alex donne un coup de coude tellement violent à Josh qu'il secoue Cat. Il n'en peut plus à l'idée que sa connaissance des langues va lui permettre de se faire des amis au sein du peloton. Il demande, en russe, à Vasily si la Pinarello qu'il va inaugurer pour la course contre la montre va lui donner de meilleures chances pour le maillot jaune. Puis, en italien, il pose des questions directes à Sassetta sur sa rivalité avec Jesper Lomers.

Cat s'était fait toute une préparation psychologique pour demander à Massimo son avis sur les montées du Tour de cette année. Mais le brio d'Alex, l'aisance avec laquelle il passe d'une langue à l'autre l'intimident. Tout le courage qu'elle avait réuni s'évanouit. Le fait que Josh traite Alex de bouffon n'est pas fait non plus pour lui donner du courage. Alex, de façon perverse, a pris cela pour un compliment. Elle a envie de retourner dans la *salle de presse** pour ajouter un truc à son premier article. Le délai expire dans cinq heures. Il faudrait qu'elle s'y mette.

Reste en place, Cat. Personne d'autre ne sort de la salle. C'est bientôt au tour de Mégapac.

Vendredi. Conférence de presse de Mégapac. 12 heures 45.

Alex se penche par-dessus Josh vers Cat et secoue son corps en un rire silencieux. Cat se demande quel nouveau terme désignant les organes génitaux féminins va sortir de sa bouche. Il les a pratiquement tous utilisés ce matin. Mais Alex la surprend.

— Hé, Cat, chuchote-t-il, tu donnerais quoi pour te faire Luca Jones ?

Il cligne de l'œil de façon suggestive. Josh regarde le corps d'Alex étendu sur lui, exaspéré. Les coureurs de Mégapac, vision de lycra vert sapin et bordeaux prennent place. Ils tapotent leurs micros. Cat regarde Alex droit dans les yeux, jette un coup d'œil à Luca, puis revient sur Alex.

— Tout ce que je possède plus mon âme, histoire d'être sûre d'emporter le lot, lui répond-t-elle en gardant un visage impassible.

Cette réponse ravit Alex. Cat et Josh se lancent un regard de complicité, sourcils relevés. Tous trois tournent leurs regards vers Luca qui est assis entre Hunter et Travis comme si c'était une stratégie d'équipe pour que leur moralité irréprochable déteigne sur ce jeune Lothaire. Josh et Alex ne sont pas particulièrement intéressés par la présence de Mégapac sur le Tour. Mais cela a une certaine résonance pour Cat qui est, comme eux, une nouvelle attraction sur le Tour. Ils sont en France avec des rêves plein la tête et de l'espoir dans les jambes. Du coup, ils présentent des visages frais et honnêtes comparés aux numéros super rodés d'équipes mieux établies.

Voir et entendre Hunter pour la deuxième fois en vingt-quatre heures la berce dans une douce illusion de complicité et d'amitié.

Il m'a même fait un clin d'œil.

Mais oui. Et si tu continues à le regarder comme ça avec ton sourire béat, il t'en fera même un deuxième.

Alex et Josh en sont à comparer leurs téléphones portables comme des gamins avec leurs Game Boy dans la cour de récré. Quelqu'un a interrogé le *directeur sportif** sur les sponsors. Il est sur le point de faire un petit laïus bien chiant. Cat a l'impression que tout devient noir, les sons lui parviennent comme assourdis. Elle a l'impression d'être très loin et hyper présente en même temps. Elle s'éclaircit la gorge, déglutit, met tranquillement son carnet et son dictaphone de côté et se lève.

— Hunter ?

C'est ma voix, ça ? C'était quoi ma question, déjà ?

Sa voix lui semble trop forte, trop lointaine pour être la sienne. Son timbre féminin a créé un remous autour d'elle. Les mâchoires de Josh et d'Alex ont dégringolé.

— Hello, dit Hunter en tournant la tête vers Cat pour lui accorder toute son attention.

Les autres membres de Mégapac, aussi bien coureurs que managers la regardent aussi. Elle n'ose pas croiser leurs regards. Elle se concentre sur Hunter.

Hunter Dean vient de me dire hello.

Tu n'as qu'à lui dire hello toi aussi.

— Hello. Hum, Cat toussote. Votre stratégie est-elle personnelle, ou bien est-ce un travail d'équipe ?

Hunter se lèche les lèvres et Cat réalise avec horreur qu'elle vient de le faire elle aussi comme par un effet miroir.

— Comment ? répond-t-il.

— Êtes-vous — singulier — à la recherche d'une victoire d'équipe pour vous tout seul, énonça Cat d'une voix involontairement très forte, terrifiée à l'idée de péter ou d'avoir une extinction de voix nerveuse, ou cherchez-vous — pluriel — une victoire globale de l'équipe ? Quelle est la plus grande gloire ?

C'était bon, ça ! Très pro. Très salle de presse*. *Très Cat McCabe,* journaliste*.

— Hé bien, répond Hunter avec son accent de Caroline du Nord, qui a dit qu'on ne pouvait pas avoir les deux ? Nous sommes une équipe solide — pas vrai, les gars ? – je suis un gars solide. Un mental confiant et la force physique se nourrissent mutuellement, vous voyez ?

Cat approuve de la tête, tout en espérant que Josh a tout pris en sténo ou sur cassette. Luca se penche vers le micro, fait un signe de tête à Cat, lui accorde un sourire ravageur auquel elle est trop pétrifiée pour pouvoir répondre.

— Vous savez, dit Luca, en maintenant le contact de son regard, je dirais que tous les gars de Mégapac pris un par un ont une victoire d'étape dans les jambes. Et le désir que tout le monde arrive ensemble à Paris. On est une équipe, quoi.

Hunter approuve. Cat se demande s'ils ne pourraient pas sortir de la salle tous les trois pour aller prendre un café quelque part.

C'est aussi ce que pense Luca en observant cette jolie fille sérieuse et attentive, sauf que dans sa vision des choses, Hunter ne figure pas au tableau.

— Le Tour de France, dit Hunter, c'est tout à la fois une affaire d'équipe, un esprit d'équipe et une victoire personnelle. Et de la souffrance. Nous allons tous souffrir, mais on ne concrétise pas un rêve sans se donner du mal pour le réaliser.

— Nous sommes neuf grands coureurs à courir sous la bannière de Mégapac, proclame Luca avec son merveilleux accent dans lequel il laisse filtrer un peu plus d'américain que d'habitude. Vous n'aurez qu'à nous regarder faire.

— Comptez sur moi, répond Cat avec enthousiasme. Je vous remercie.

— Je vous en prie, dit Hunter à qui on n'a jamais dit merci dans une conférence de presse auparavant.

— C'était un plaisir, sourit Luca.

Il se dit qu'une interview en tête-à-tête avec cette fille serait une bonne définition du dictionnaire pour le mot plaisir.

— C'était pas mal, souffle Alex, très fortement impressionné.

Cat se rassied, contemple ses genoux et se demande à quel point ses joues sont rouges. Une saine petite roseur diffuse ou pivoine cramoisie ?

— Bonne intervention, dit Josh en parcourant ses notes et en félicitant sincèrement Cat.

La couleur des joues de sa collègue ne lui fait ni chaud ni froid.

Me voilà journaliste en bonne et due forme, pense Cat en essayant de contenir le sourire extatique qui la désignerait plutôt comme une groupie de dernière catégorie.

— Je me suis fait brancher par un super petit canon, dit Luca à Ben une heure plus tard.

— Les groupies sont déjà là ? demanda Ben en trempant des languettes de papier test dans des prélèvements d'urine.

— En fait, expliqua Luca, elle fait partie du groupe de presse — Top canon, la nana !

— Et elle t'a branché ? Ben rit. En plein milieu d'une conférence de presse ? Je me demande comment elle s'y est prise ? « Luca, mon mignon, ça te dirait de tirer un coup après la troisième étape si tu n'es pas trop fatigué ? », un truc dans ce goût-là ?

Luca eut l'air super vexé.

— Va chier ! lui sembla la réponse appropriée, je te dis qu'elle m'a branché.

— Et qu'est-ce qu'elle t'a posé comme question ? demanda-t-il avec un sourire narquois. Elle t'a demandé les dimensions de ton pignon mignon ? Combien de temps tu arrives à tenir pendant l'effort ?

Luca gratifia Ben d'un regard amusé qui signifiait très probablement va chier.

— Non, se rebiffa-t-il, elle m'a posé des questions sur la gloire individuelle, tenir le coup jusqu'à Paris et des trucs comme ça. Mais elle était vraiment canon, je te jure.

— Tu le lui as très certainement laissé entendre, je te fais confiance, dit Ben, mais en ce qui te concerne, tu peux être sûr que la gloire individuelle sur le Tour de France, ça veut seulement dire courir du mieux que tu peux. Baisser la tête et concentrer toute ton énergie — mentale et physique — à *la Grande Boucle**.

— La grande et belle boucle mortelle, soupira Luca, l'itinéraire du tour de cette année bien clair dans son esprit. Mais oui, papy, « le travail d'abord, le plaisir après », c'est ça ? C'est pour ça qu'on me paye.

Ben ébouriffa les cheveux de Luca et le raccompagna à la porte.

Vendredi. La présentation des équipes. Hôtel de ville. Delaunay Le Beau. 19 heures.

Cat terminait son article. Elle ciselait les mots et vérifiait la ponctuation jusqu'à en avoir la tête sur le point d'exploser. Mais la vraie migraine ne s'empara d'elle que quand elle dut l'envoyer par e-mail au *Guardian*. Dans la salle des téléphones, les injures proférées dans toutes les langues par ses collègues qui souffraient des mêmes problèmes n'étaient que très moyennement réconfortants. Elle hurla avec les loups pendant une demi-heure avant que la technologie veuille bien se mettre à son service et avale les mots loin d'elle en quelques secondes.

— C'est la présentation des équipes, dit-elle à Josh et Alex qui étaient toujours dans les affres de l'angoisse — ils n'avaient pas fini de rédiger leur article.

— C'est juste tous les mecs du peloton en tenue, sans leurs vélos, qui se pavanent sur scène, dénigra Alex.

Il n'y avait rien au monde que Cat ait eu plus envie de voir.

— C'est un truc pour la jet-set et les notables locaux, ajouta Josh, comme pour les courses de chevaux quand on présente les bourrins avant le départ.

— Bon, dit Cat, détendue, c'est mon premier Tour et je crois qu'il faut que je goûte un peu à tout. Alors, *à demain, mes enfants**.

Elle quitta la *salle de presse** et se dirigea vers l'hôtel de ville.

Même si Cat était tout excitée de s'être déjà fait de nouveaux amis, maintenant qu'elle était à l'hôtel de ville, à la recherche d'un siège le plus près de la scène possible, elle était super contente de se retrouver seule. Elle voulait s'absorber dans la présentation des équipes, la savourer en souriant sans qu'Alex se moque d'elle ou pire encore, sans être jugée et discréditée par Josh.

Je veux voir mes petits mecs, debout devant moi, par équipes complètes, leurs corps encore vierges des blessures du Tour. Je veux conserver cette image. C'est important. Demain, tout change.

Cat s'était plusieurs fois trouvée à proximité de coureurs cyclistes vêtus de lycra. Mais c'était bizarre, perturbant presque, de voir le peloton parader devant elle, complètement hors contexte. Se pavaner dans leur équipement sans qu'il y ait un vélo en vue, rien que pour elle.

Je ne sais jamais où poser les yeux mais je suis irrésistiblement attirée par la bosse de leurs shorts. En ce qui me concerne, les danseurs classiques peuvent aller se rhabiller.

C'était comme un défilé de mode. L'équipe Deutsche Telekom, plutôt impressionnante en rose, quitta la scène pour laisser défiler Cofidis. Les poitrines et les dos des coureurs portaient un vibrant symbole du soleil. Les coureurs de Système Vipère étaient stupéfiants dans leur tenue en lycra à dominante noire avec une vipère vert émeraude et rouge écarlate qui s'enroulait autour de leur torse et de leur cuisse gauche. Bien qu'il soit presque huit heures du soir, Fabien Ducasse portait des lunettes de soleil Rudy Project mais Cat trouva cela très bien car il avait une allure trop géniale.

— Qu'est-ce qui vous manque ? lui demanda un journaliste.

Avec un haussement d'épaules accompagné d'une moue, tic typiquement français, Fabien avoua que c'était le vin et les femmes.

— Paris, ça signifie quoi pour vous ? continua le journaliste.

— Du vin et des femmes, bien sûr.

Fabien regarda le journaliste comme s'il était particulièrement lourd.

Et peut-être aussi le maillot jaune, pensa Cat, *quoique je ne croie pas que Vasily s'en laissera dépouiller aussi facilement.*

Zucca MV en tenue bleue et jaune, avec des rayures qui utilisaient tous les axes et circonvolutions possibles pour obtenir un effet des plus psychédéliques, se présenta ensuite. Debout, jambes légèrement écartées, mains derrière le dos. Il n'y avait pas de musique, mais Massimo Lipari battait la mesure avec son pied et hochait la tête en cadence en se mordant la lèvre inférieure comme s'il avait été en boîte, prêt à se défoncer sur la piste de danse. Cat sourit. Stefano Sassetta posait, très arrogant, le torse bombé, les cuisses légèrement plus écartées que celles de ses coéquipiers. Cat nota qu'il bandait ses muscles pour qu'on puisse bien admirer leur musculature puissante. Elle n'arrivait pas bien à contrôler ses yeux qui semblaient soudain atteints d'une petite coquetterie. S'ils remontaient le long des cuisses de Stefano, ils butaient systématiquement à l'entrejambe, puis redescendaient le long des cuisses pour remonter à nouveau.

Il y a rembourrage et rembourrage. D'après moi, il n'y a qu'une infime partie de ce que Stefano a là qui soit du rembourrage. Plutôt prometteur.

Les six *domestiques** de Zucca avaient l'air d'une série de clones. Même stature, même carrure, même coupe de cheveux, du même blond oxygéné, ils avaient l'air interchangeable. Cat se mélangea les pinceaux en essayant de reconnaître Giani, Pietro, Paolo, Marco, Mario et Francesco.

Ce sont les pignons qui permettent aux roues de Zucca de tourner. Si ces garçons n'étaient pas domestiques*, *ils travailleraient sûrement dans les restaurants de leurs papas. Pas comme chefs de rang ou maîtres d'hôtel. Comme serveurs, allant et venant sans trêve, faisant en sorte de satisfaire tout le monde. Cela les rendrait heureux. Ils aiment travailler pour les autres. Ils le font bien parce qu'ils aiment cela. Ils ont un sens de la famille hypertrophié. Une famille, c'est une équipe. Une équipe c'est une famille. Mettez n'importe quel obstacle devant une ligne de fourmis guerrières. Elles ne vont pas chercher un moyen de le contourner. Elles vont l'escalader. C'est ce* *que font les* domestiques* *de Zucca MV. Ils sont d'un altruisme légendaire au sein du peloton. J'aimerais bien faire un papier sur eux.*

Cat notait mentalement qu'il fallait qu'elle téléphone aux éditeurs de *Maillot* lundi matin pour leur proposer un article là-dessus, quand Mégapac remplaça Zucca sur la scène. Les frais visages des neuf coureurs offraient un sourire spontané en comparaison de l'attitude plaquée qu'avaient les coureurs de l'équipe italienne, rodés dans leurs relations avec le Tour de France. Il lui fallut faire un effort physique pour s'empêcher de sauter sur ses pieds pour faire coucou à Hunter et à Luca qu'elle considérait comme des amis intimes.

On se retrouve. Vous êtes tous tellement beaux. Faites bien attention à vous. Bonne course. À demain.

Catriona McCabe. *Journaliste*.*

Cat McCabe est vannée. Elle est dans sa chambre d'hôtel. Elle espère que Josh et Alex ne vont pas lui téléphoner. Ce soir, elle n'ouvrirait même pas la porte à Stefano Sassetta ou à Jose Maria Jimenez. Même s'ils cognaient à sa porte comme des malades. La présentation des équipes lui a donné la gifle dont elle avait besoin. Prise de contact avec le réel. Elle est vraiment là. À la veille du Tour de France. Elle est vraiment *journaliste**. Elle a écrit son article que Taverner a aimé, lui permettant même de conserver les quatre-vingts mots qui excédaient. Et il sera publié demain matin.

Je me demande s'Il va le lire.

Il ? Taverner ? Il l'a déjà lu. Il aime.

Non. Lui.

Mais pourquoi tu penses à *lui*, Cat ? Trois semaines en France, ça voulait dire mettre de la distance entre vous. C'était bien ça le plan, non ?

Je me demande juste. Il me manque toujours. OK ?

Qui, Cat ou quoi ? Ce qui te manque c'est ce qu'il représentait — un copain qui tient la route un peu plus longtemps que les autres — ou bien ce qu'il était vraiment ? Dans le premier cas, c'est limite acceptable. Dans le second, c'est totalement incompréhensible.

Je sais. Mais le monde est tellement grand sans lui.

Et c'était un monde de larmes quand il était là. Laisse tomber. Tu es là, ici et maintenant. Tout va bien se passer.

Vraiment ?

Elle est assise dans son lit. Elle a mis son T-shirt du Tour de France et sa casquette Saeco-Cannondale. On en refile à tous les journalistes, et pourtant, personne ne les porte en public. Cat est déçue. Comment peuvent-ils être si blasés quand elle est excitée comme une puce ? Elle a remarqué que la tendance, c'est de porter les trucs des précédents Tours. Personne ne porte ceux de cette année. Blaireau. L'année prochaine ils seront convoités, fièrement arborés.

Alors Cat les met pour lire *L'Équipe* dans son lit. Elle est contente. Elle comprend presque tous les articles. Elle décide de relire le sien. Elle fait monter et descendre l'encolure de son T-shirt le long de son nez. Elle s'imprègne de son odeur en sachant qu'après, chaque fois qu'elle la sentira, ça lui ouvrira une case mémoire. « Tour de France. Veille du prologue. Hôtel Splendide. Delaunay Le Beau. Chambre 50. Jimenez au-dessus. Lipari en dessous. Alex Fletcher et Josh Piper au bar. J'y étais. » Cat baisse la visière de sa casquette et lit.

COPIE POUR P. TAVERNER @ BUREAU DES SPORTS DU *GUARDIAN*
DE CATRIONA McCABE À DELAUNAY LE BEAU

Le Tour de France est la course de vélo la plus prestigieuse du monde. C'est aussi l'événement dont le déroulement est le plus extravagant, pas seulement pour le cyclisme, mais pour le sport en général.

La Grande Boucle trace en effet un long parcours sinueux sur 3800 km à travers la France. Le peloton est escorté par 3500 personnes, la Garde Républicaine à moto, 13500 gendarmes, 1500 véhicules. Des hélicoptères le survolent pendant que 15 millions de spectateurs massés au bord du circuit saluent son avancée. Il serpente à travers la France à toute vitesse formant un glorieux arc-en-ciel de lycra aux couleurs vives.

Le Tour de France est la course que tous les petits garçons européens rêvent de faire dès qu'on enlève les roues stabilisatrices de leur bicyclette. C'est la course qui incite l'amateur à passer professionnel, que tout cycliste professionnel rêve de courir. C'est une quête du Graal : gagner le maillot jaune, gagner une étape, courir pour courir, ou juste finir dernier à Paris en ayant perdu trois heures et demie en trois semaines sur le maillot jaune.

Véritable enfer sur deux roues, le Tour de France brise les corps et les esprits tout autant qu'il permet d'établir des records. C'est un beau spectacle, dont il est souvent émouvant d'être témoin. C'est une aventure, un pèlerinage, un événement historique, théâtral, un soap opéra qui se déroule sur une toile de fond éblouissante et changeante : la France. Pour les coureurs, les spectateurs et les organisateurs, c'est un voyage.

Le Tour de France est une institution nationale courue par un peloton multinational, internationalement retransmis et suivi. C'est une date du calendrier français aussi importante que la Prise de la Bastille ou Noël. En Espagne aussi, en Italie, en Belgique, en Suisse. Mais pas en Angleterre.

Demandez à n'importe quel enfant européen quelles sont leurs idoles et ils nommeront un cycliste. Demandez à n'importe quelle star du sport européen de citer un héros, ils rendront toujours hommage à un cycliste. Demandez à n'importe qui en fait, de citer des gloires nationales, invariablement un cycliste figurera sur la liste.

Pourquoi ? Les cyclistes sont des héros de par la bicyclette elle-même, dernier moyen de transport de la classe ouvrière. Beaucoup de cyclistes viennent de milieux modestes et arrivent à faire quelque chose de grand dans leurs vies grâce au cyclisme. Tout le monde peut faire du vélo. Tous ceux qui font du vélo savent les efforts que cela suppose et vont parfois expérimenter la souffrance. S'il fait chaud, froid, s'il pleut, si ça grimpe. Connaître cette souffrance, c'est connaître une infinitésimale fraction de celles que vont endurer et vaincre les coureurs du Tour de France. C'est pourquoi on les considère comme des surhommes. Ils traversent les Pyrénées et se dirigent illico vers les Alpes. Le triomphe face à l'adversité. L'homme contre la montagne. Que le jeu commence. Que la bataille commence. Que le meilleur gagne. Vive le Tour*.

<FIN>

PROLOGUE
COURSE CONTRE LA MONTRE

Delaunay Le Beau, samedi 3 juillet

Vasily Jawlensky, vainqueur du maillot jaune l'année dernière, porte cette année le dossard numéro 1. Il s'est réveillé quatre heures avant que Cat n'arrive à l'ouverture de la *salle de presse**. Il a fait la course contre la montre plusieurs fois dans sa tête avant de s'endormir hier soir. Il en a rêvé et s'est réveillé avec les jambes en train de pédaler. Il est allongé sur son lit. Il attend que le jour se lève. Mentalement, il a refait la course en attendant que les rues soient barrées à la circulation. Il voudrait être sur son vélo. Analyser vraiment le circuit et sa forme physique. Ses longs membres étendus sur le dessus de lit, les mains croisées derrière la tête, il contemple la journée à venir. Il sait bien que tous les regards vont converger sur lui, mais c'est le macadam qui défilera sous sa roue avant qui retiendra toute son attention. Vasily est un grand héros sportif. Ce sublime Russe blond aux yeux bleus ne projette pas d'autre image de lui. Contrairement à Massimo ou à Stefano, il ne se sent ni pop star ni playboy. Personne ne sait vraiment qui est Vasily. Sa gloire tient seulement au génie de sa course. Tout le monde voudrait le connaître, déchiffrer l'énigme. Un homme sur qui on ne peut pas coller d'étiquette. Sculptural. Aussi silencieux qu'une sculpture. Aussi beau. C'est un défi que tous les journalistes, les groupies et même ses coéquipiers aimeraient relever. Faire jaillir le sang de la pierre. La cicatrice qui sillonne sa joue, d'où vient-elle ? Personne n'a jamais réussi à le savoir. Le ciseau du sculpteur a-t-il glissé ? Son cœur est énorme. Deux fois la taille normale pour un homme de sa constitution. Il peut battre à 200 pulsations par minute et redescendre à un rythme incroyablement bas. Charrie-t-il autre chose que du sang oxygéné ? Des souvenirs ? Des blessures ? Des passions ? Mystère.

Pendant que Cat commence à faire le plan de son article, l'*équipier** de Vasily, Stefano Sassetta s'étire paresseusement et décide de se lever dans un petit moment pour aller faire la course une fois ou deux. Il s'est rasé les jambes la veille. Une estafilade vient nuire à la beauté parfaite de sa cuisse droite et ça l'agace. Massimo Lipari chante sous la douche. Leur *soigneur** Rachel, a déjà préparé les boissons énergétiques, jeté un paquet de barres vitaminées qui avaient dépassé d'une journée la date limite de vente et préparé les *panini** — en enlevant la mie pour la remplacer par du miel et de la confiture.

Toute l'équipe Mégapac est réunie pour prendre le petit déjeuner autour d'une longue table. Entre deux bouchées de pâtes, ils lancent de temps à autre des « yo ! » sonores ou se tapent dans les mains, bras en l'air.

À l'hôtel de Système Vipère, Jules Le Grand est déjà obligé de recharger son portable. Jesper Lomers a essayé de téléphoner chez lui mais il n'y avait personne. Anya doit déjà être en route pour Delaunay Le Beau. C'est ce qu'il espère. Fabien Ducasse s'étudie dans le miroir de la salle de bains en se faisant un petit laïus d'encouragement qu'il conclut par une longue psalmodie qui le proclame invincible. Son cœur parfait bat à son rythme de repos de 30 battements par minute. Il résonne aux oreilles de Fabien comme un merveilleux roulement de tambour qui enfle. Au plus profond de son âme il croit plus aux chances de Boardman qu'aux siennes. Mais il sait que le public, lui, croit plus à son adversaire Vasily Jawlensky qu'à Boardman. Qu'est-ce qu'il peut y faire ? Il ne veut pas que le gagnant du maillot jaune de l'année dernière commence la course en jaune cette année. Mais qu'est-ce qu'il y peut ?

Fabien rejoint ses coéquipiers de Système Vipère et les autres équipes pour courir le prologue. Pour repérer les virages, les pavés, l'accélération du milieu de parcours. Il est tendu. Son équipe sait qu'il vaut mieux l'éviter. Il a engueulé les *domestiques** et il a montré les dents à son *soigneur**. Il n'a pas dit un mot à Jules Le Grand, ne répondant même pas à son salut.

Le personnel du Tour vérifie les barrières. Ils font à peine attention aux coureurs qui s'échauffent. Les spectateurs ont déjà commencé à affluer, ouvrant grand des yeux incrédules quand les coureurs passent devant eux à toute vitesse. Le Tour de France de cette année va bientôt commencer.

Le portable de Jules Le Grand est rechargé. Il porte des nouvelles chaussures aujourd'hui. D'exquis mocassins Hermes. Il a ouvert une nouvelle bouteille d'after-shave alors qu'il en avait une pleine aux trois quarts.

— Tout recommence. Aujourd'hui, c'est le premier jour du Tour de France et nos vies redémarrent. Ce n'est pas la suite de l'année dernière. Il n'y a pas de lien. On part sur de nouvelles bases. Jawlensky qui prend le maillot jaune, c'est de l'histoire ancienne. Moi je considère que Jawlensky en est maintenant réduit à défendre ce qu'il a pris. C'est nous qui attaquons. Nous sommes les prédateurs. Prêts au combat. Il peut avoir peur. *En garde**!

Jules regrette que personne n'ait entendu ça.

— *L'Équipe* aurait adoré. C'est pas grave, je trouverai bien une occasion de le ressortir en *salle de presse** à un moment ou à un autre.

COPIE POUR P. TAVERNER @ BUREAU DES SPORTS DU *GUARDIAN*
DE CATRIONA McCABE À DELAUNAY LE BEAU

La course contre la montre du prologue, l'inauguration du Tour de France de cette année, va conduire chacun des 189 coureurs sur 7,3 km autour la jolie ville de Delaunay Le Beau qui héberge le Tour pour la première fois (demander à Josh et Alex combien cela attire de touristes en moyenne). La distance parcourue aujourd'hui, comparée au total de plus de 3500 km peut paraître insignifiante, mais avec des écarts de temps très courts, un coureur bien placé aujourd'hui peut se forger un moral d'acier pour lui-même et vis-à-vis de ses concurrents. Les courses contre la montre se gagnent ou se perdent sur des fractions de secondes ce qui fait que les coureurs doivent se donner à fond. Il faut qu'ils courent à la vitesse moyenne de 51 km/h pour relever le défi des 8 minutes et demie (vérifier avec Josh). Il leur faudra affronter deux virages (deux ou trois, vérif.) une longue accélération juste après le départ, une zone pavée à mi-chemin et finir par une ligne droite sur les derniers 400 mètres. Que Vasily Jawlensky *gagne ou non aujourd'hui, la pression sera sur son dos, quelle que soit la couleur de son maillot demain pour* Le Grand Départ*.

Je ne peux pas en écrire plus avant que ça soit fini, décide Cat après avoir relu son paragraphe. Elle pose ses mains à hauteur du diaphragme. Elle déborde d'adrénaline. *Et mes petits mecs, dans quel état ils doivent être ?*

Son Tour de France va commencer. Son attente est autant pour elle-même que pour les coureurs.

Personne ne peut rien faire de plus pour le moment. C'est un jeu de patience. Le premier coureur part dans quatre heures. Vasily part le dernier à 18 heures 33. À quoi ils pensent en ce moment ?

— Tu viens prendre un café au *village** ? demande Josh.

— J'arrive, répond Cat.

Josh fut obligé de tirer Cat par la manche. Elle n'arrêtait pas de se retourner pour regarder les coureurs qui s'échauffaient le long du circuit.

— Tu vas les voir pendant trois semaines, lui dit-il par-dessus son épaule.

Cat regardait Bobby Julish s'éloigner dans un virage.

— Tu ne supporteras plus de les voir à la fin du Tour.

Il rit sachant que ce ne serait vrai ni pour lui ni pour elle, ni pour personne qui suivait le Tour.

— En fait, lui glissa-t-il, on est des beaux tricheurs. Avant tout, on est des fans. C'est pas du boulot, c'est du plaisir pur qu'on se fait payer.

— Jalabert ! Cat illustra immédiatement le propos de Josh, toute frémissante d'excitation au passage du légendaire cycliste français. Elle applaudit. *Allez, Jaja** !

Si Cat avait été ébahie par le somptueux buffet des journalistes à la patinoire, le *village** la laissa sur le cul. La place située devant l'hôtel de ville était maintenant couverte d'allées de stands mis en place par les sponsors. Ils proposaient des rafraîchissements, des brochures et des gadgets de promotion. Une odeur de café et de viande flottait. De vin et de fromage aussi. Un cochon de lait entier trônait au milieu d'une table. Autour du cochon, des morceaux découpés de ce qui avait dû être la portée entière des cochons de lait étaient artistiquement disposés sur un tapis de fruits. Plus loin, trois chefs moustachus élaboraient une omelette géante. Les tables croulaient sous le poids d'énormes fromages parmi des forêts de baguettes. Les comptoirs supportaient des bouteilles de vin, d'alcool et tout le Coca-Cola du monde avait l'air de se trouver là. Partout, les gens mangeaient et buvaient.

Ils ont l'air d'être à un mariage plutôt qu'au Tour de France. Est-ce qu'ils réalisent où ils sont ? Moi oui. Je ne pourrais pas avaler une seule bouchée, mon estomac est complètement noué. Je ne sais pas comment font les coureurs pour manger. Mais pour eux, c'est obligatoire.

Malgré la profusion et la variété de nourriture offerte, Cat prit juste un petit pain aux noisettes et un gobelet de jus d'orange histoire de se donner une contenance. Elle fit un sourire à Phil Ligget de Channel 4 qui n'avait pas la moindre idée de qui elle était. Elle trouva même le courage de dire à Paul Sherwen qui ne savait pas non plus qui elle était :

— Je suis Cat McCabe. C'est mon premier Tour.

Elle débarrassa Josh du carnet qui était glissé sous son bras pour qu'il puisse tenir son assiette en carton surchargée et son gobelet de vin. Elle jeta un coup d'œil au petit pain qu'elle n'avait fait que grignoter et le jeta dans une poubelle. Son jus d'orange était devenu tiédasse et elle s'en débarrassa aussi. Elle était trop excitée pour manger, trop nerveuse pour boire mais trop obnubilée par le risque de louper quelque chose pour téléphoner chez elle. Elle regarda sa montre. Encore trois heures à attendre.

Allez, allez, démarrez !

Autour de l'aire protégée du *village** au sein duquel il était impossible d'entrer sans laissez-passer, le public se faisait de plus en plus nombreux le long du circuit du prologue. La foule était nombreuse, portant des drapeaux qu'elle agitait frénétiquement quand un véhicule du Tour passait. Cat se sentit privilégiée de pouvoir circuler entre les barrières qui serpentaient sur le sol que chacun des 189 cyclistes allait parcourir. Elle ne se sentait pas du tout *journaliste**. Elle se promena un moment, humant l'atmosphère, notant intérieurement des détails relatifs à la course. De quoi donner un ton réaliste à ses articles.

— Je veux faire 8 mn 30, dit Luca à Ben.

Le médecin approuve comme il l'a fait pour Travis qui veut faire 8 mn 32 et pour Hunter qui veut faire 8 mn 27.

— Tu viendras nous voir ? demande Luca.

Ben n'en avait pas l'intention, mais comme Travis, Hunter et deux autres membres de l'équipe lui ont posé la question, il a changé d'avis.

— Bien sûr, répond-t-il à Luca, mais ne m'oblige pas à te ramasser à la petite cuiller sur le circuit. Cours bien. Fais tes 8 mn 30 mais souviens-toi qu'il y a encore demain, et après-demain et les jours d'après.

— "Ramper, tel un escargot en laissant les jours s'engrener[5] ", cite Luca avec sagesse.

— Putain ! s'exclama Ben en regardant Luca avec un étonnement qui n'était pas feint. Tu cites Shakespeare, maintenant ?

— Fais pas chier, Ben, répondit Luca en fronçant les sourcils. Et je vais même te dire, je n'ai pas l'intention de me traîner comme un escargot. Je vais me défoncer comme un malade.

Une heure avant le début de la course, la file colorée des 220 véhicules de la caravane publicitaire mettait la foule en délire en déployant son faste extravagant et en distribuant des cadeaux gratuits. Les coureurs arrivaient par équipes en bus et en camping-cars pour stationner sur la place Victor Hugo. Les bicyclettes étaient mises en place sur les starting blocks. Les coureurs s'échauffaient, leurs fans agglutinés à quelques centimètres d'eux. Certains coureurs regardaient fixement le cadre de leurs bicyclettes, les articulations de leurs doigts ou la route pendant qu'ils pédalaient. D'autres faisaient porter leur regard au loin, le plus loin possible, sans rien voir de ce qui se passait sur les côtés.

Cat vit Alex qui discutait avec une fille à côté du bus de Zucca MV et se dirigea vers eux, espérant voir Massimo Lipari ou Stefano Sassetta. Ou Vasily Jawlensky.

Pour entendre le son de leurs voix. Bon, OK, surtout pour le coup d'œil.

5. « Creeps in this petty pace from day to day » *MacBeth*, (Acte V, scène 5) William Shakespeare.

Elle fit un bref sourire à Alex et à la fille.

— Cat, voici Rachel, le *soigneur** dont neuf coureurs sur dix disent qu'elle est, heu, *bonne*.

Cette remarque typique d'Alex permit aux deux femmes d'échanger un regard avant de lever les yeux au ciel pour conclure sur un petit sourire complice.

— Cat McCabe, dit Cat en tendant la main.

— Journaliste ? demanda Rachel.

Cat acquiesça.

— Premier Tour ? Moi aussi, dit Rachel, bienvenue au club.

Son sourire était contagieux.

— Merci, dit Cat. C'est trop bien d'être ici.

J'aime bien ce genre de nana. Je crois que ça pourrait bien coller, elle et moi. Mais il faut que je la joue un peu plus journaliste.

— Comment se porte l'équipe ? demanda Cat.

Rachel jeta un œil par-dessus son épaule vers la porte fermée et les fenêtres masquées du camping-car.

— Tendue, dit-elle.

— J'imagine, dit Cat.

Massimo Lipari apparut et Cat dut se maîtriser pour que le sourire qui était sur ses lèvres ne s'élargisse pas outrageusement.

— Salut, Massimo, dit Alex.

Le coureur inclina légèrement la tête en signe de reconnaissance, et lui demanda en italien comment il allait. Alex lui répondit en italien.

Rachel racontait avec plaisir à Cat comment elle en était venue à faire ce travail. Aucun journaliste ne lui avait jamais posé de questions sur sa carrière.

Massimo vint taper sur l'épaule de Rachel. Comme elle ne se retourna pas tout de suite, il resta debout un moment avant de recommencer tout en dévisageant Cat ouvertement.

— Rachel, j'ai besoin de la veste, pour ici, dit-il en soulevant son épaule gauche.

Elle portait une belle éraflure qu'il s'était fait la veille à l'entraînement.

— La veste ? demanda Rachel en regardant Cat. Tu veux dire la gaze ? Désolée, dit-elle à Cat dans un sourire. C'était sympa de discuter avec toi. Repasse quand tu veux, OK ?

— Pas de problème, dit Cat.

Massimo la scrutait toujours. C'est seulement quand Rachel et le coureur furent enfermés dans leur van que Cat réalisa que le regard du coureur était chargé de reproches.

Évidemment. Je tenais la jambe à son soigneur*. *C'était pas très correct.*

Alex avait disparu. Josh n'était nulle part. Cat se retourna et décida que le mieux à faire était de se promener. Partout où ses yeux se posaient, elle voyait des visages qu'elle n'avait jamais vus qu'à la télévision ou en photo. Ils l'entouraient maintenant, grandeur nature, en chair et en os. Cela lui donnait le vertige. Elle n'arrivait à regarder personne dans le blanc des yeux. En détournant le regard du beau Mario Cipollini — sublime vision de corps moulé en lycra rouge — elle se retrouva devant les véhicules de Mégapac. En se concentrant pour ne pas attirer l'œil de ses amis de la veille (dont les yeux étaient de toute façon fermés pendant qu'ils faisaient la course dans leurs têtes, leurs vélos fixés sur les starting-blocks), ses yeux se posèrent sur quelqu'un d'autre. Ou plutôt furent comme aimantés vers quelqu'un d'autre.

J'ai déjà vu ce mec. Il était assis à côté de Luca à la mairie. Oh, dis donc, le sourire ! On se calme, là. J'ai pas dit que je pouvais sourire en retour.

L'homme se dirigea vers elle et désigna son laissez-passer.

— Bonjour, Catriona McCabe, journaliste, Le *Guardian*, dit-il.

— On m'appelle, hem, elle s'éclaircit la voix, Cat.

— Moi, je suis, hem, médecin.

Cat le regardait. Il lui fit un grand sourire.

— On m'appelle Ben. York. Salut.

Cat hocha vigoureusement la tête parce qu'elle ne savait pas quoi dire. Elle sourit brièvement mais pas directement à Ben York, faisant glisser son regard rapidement sur les coureurs, les véhicules Mégapac et les chaussures du docteur York avant de faire un signe de tête en se mordant la lèvre et en partant. Elle feuilleta silencieusement les pages de son carnet.

Il est anglais. Un bon point pour lui.

Il était plus de trois heures et elle était bien contente. Elle se dirigea lentement vers un endroit bien situé pour voir les coureurs s'élancer sur la rampe de départ. Elle regarda Travis Stanton sur son vélo maintenu à l'arrêt, un officiel habillé en bleu debout à côté de lui. Elle vit un autre officiel lui faire le compte à rebours. Elle observa le visage du coureur, la concentration, la profonde inspiration, l'expiration exagérée. Les doigts de l'officiel étaient arrivés au bout du décompte et son bras trancha l'air. Prêt ? Partez ! Le coureur se laissa glisser sur la rampe et fila vers l'avant, livré à lui-même pour les prochaines huit minutes et demie. Cat se rendit compte qu'elle retenait sa respiration et qu'elle avait croisé les doigts.

— Mes jambes. Mon cœur. Mon esprit. Mon âme.

Hunter Dean scande intérieurement les paroles rituelles en pédalant lentement au milieu de la mêlée le long des bus d'équipes en se dirigeant vers la rampe de départ.

— Mes jambes. Mon cœur. Mon esprit. Mon âme.

Il crache. Il porte sa combinaison vert et bordeaux et un casque style guerrier intergalactique.

— Je suis aérodynamique. Mes jambes. Mon cœur. Mon esprit. Mon âme.

Il crache encore. Il ne fait pas attention à la foule, il ne les entend pas taper sur les barrières tout en l'encourageant. Il n'entend pas le bourdonnement décroissant d'intensité du mégaphone de la voiture d'équipe sur le bord de la route qui hurle « Allez ! Allez ! Allez ! » au coureur qu'elle suit. Hunter remarque d'un coup d'œil que la voiture de son équipe est prête et il voit son nom inscrit sur un panneau placé au-dessus du pare-chocs avant. *Dean*.

— Super Hunter Dean. Des jambes solides. Un cœur solide. Un esprit solide. Une âme solide.

Il fait glisser son vélo entre les deux cercles de contrôle. Il ne regarde pas le concurrent qui est en train de quitter la rampe.

— Je suis fait pour ça. Je suis bâti pour cette course contre la montre. Des jambes pour pomper. Un cœur pour pomper. Un esprit serein. Une âme prête.

Il se met en position de départ, conscient qu'il y a le bras d'un homme sous sa selle. Il en ressent la pression dans sa colonne vertébrale.

— Colonne vertébrale — force. Jambes — endurance. Cœur — pouvoir. Âme — engagement. Je suis bon. Je suis prêt.

L'officiel commence le compte à rebours.

— Poumons — ouverts. Remplis. Inspire. Expire. Prêt. Partez! *Allez**!

— Virage. Allez. Allez. Cours. Cours. Cours. Virage. Passé. Propulsion — jambes. Conduite — dos. Pavés. Mange-les. Mange-les. Accélère. Accélère.

Hunter court bien. Il est entouré par le vacarme, mais celui que produit la foule n'apparaît qu'en sous-couche au fin fond d'un recoin de sa conscience. Il glisse sur la longue courbe qui débouche sur la ligne droite de la fin. Il n'écoute pas la clameur qui enfle des spectateurs qui tapent sur les barrières. Il n'entend que son cœur qui bat dans sa poitrine et dans sa bouche et dans son estomac, à toute vitesse.

— Jambes. Jambes. Jambes. Huit vingt-sept. Huit vingt-sept. Vas-y. Vas-y.

Hunter a levé les fesses de sa selle. Il pédale à fond, pour le grand sprint des derniers mètres. Il baisse la tête tandis qu'il se propulse vers la ligne d'arrivée. Il la relève alors et regarde tout de suite par-dessus son épaule pour vérifier son temps.

Huit minutes vingt-sept secondes soixante-huit centièmes.

— Soixante-huit centièmes. Merde.

Django McCabe prit trois biscuits au chocolat et étala soigneusement de la crème d'anchois dessus. Il plongea trois sachets de thé dans une petite théière, ajouta trois cuillerées de sucre au lait qu'il avait mis dans la tasse en porcelaine, choisit une soucoupe qui n'était pas assortie, mais qui était en porcelaine et mit le tout sur un plateau. Il se rendit dans la Pièce Calme et alluma la télé. Il se mit sur Channel 4, baissa le son sur le générique de *Brookside* pour pouvoir téléphoner à ses nièces. Il mangerait ses biscuits après son coup de fil.

— Fen, ma puce, c'est Django. Tu as allumé la télé? C'est la course dans cinq minutes.

— Heureusement que tu appelles, j'allais oublier, dit Fen en défaisant puis refaisant sa queue de cheval deux ou trois fois de suite, le téléphone coincé sous le menton. Tu l'as dit à Pip?

— Elle n'est pas avec toi? demanda Django surpris.

— Non. Pourquoi? Elle devrait?

— Vous vivez dans la même ville, je pensais que vous alliez vous réunir pour partager ce moment historique.

— Django, Londres est une métropole tentaculaire ! Je ne crois pas que Pip et moi on considère une course de vélo comme un truc trop historique.

— Ce n'est pas ce que je voulais dire, dit Django. Pas les types à vélo déguisés en vers luisants. Je pensais à Cat. C'est ce qu'elle est en train de vivre. On pourrait s'y intéresser.

Fen eut un peu honte. Elle aurait voulu que Pip soit là.

— C'est vrai, dit-elle calmement. On pourra peut-être la voir. Elle est là-bas au milieu du truc. Ce serait trop dommage de la louper.

— Il faut partager ça avec elle, dit Django, tout content d'être tout seul devant sa télé. Il n'allait pas devoir partager ses biscuits.

— T'emmerde pas à appeler Pip. Je m'en occupe tout de suite, dit Fen. Contente-toi de consoler la télé, dit-elle à son oncle, citant une expression qu'utilisait Cat quand elle était petite.

(*— Qu'est-ce que tu fais, Cat ? Pip débarrasse la table. Fen fait la vaisselle, et il y a un torchon qui t'attend.*

— Oh, pardon. Je consolais la télé.)

— Salut, Pip. C'est moi.

— Salut, Fen. Raccroche, le Tour de France va commencer.

Une demi-heure plus tard, ça sonnait occupé chez Fen, Pip et Django qui essayaient vainement et mutuellement de se joindre. Dix minutes plus tard, Pip déboula chez Fen et c'est ensemble qu'elles téléphonèrent à Django.

— Alors, je vous avais pas dit que ça allait être du grand spectacle ? s'exclama Django qui aurait voulu qu'elles voient les deux biscuits qu'il n'avait pas mangés comme preuve flagrante.

— C'était super ! dit Fen.

— J'aurais jamais cru, dit Pip en faisant des petits bonds sur place. C'est le mec trop génial dont elle avait parlé qui a gagné.

Elle repassa le combiné à Fen et fit un équilibre sur les mains pour fêter l'événement.

— Josh, demanda Cat, daignerais-tu poser ton regard d'expert sur mon article ?

Même si elle était très sûre de la qualité de son papier, sa requête visait deux objectifs. Elle était tellement fière de son premier reportage de la course qu'elle avait envie de recevoir des compliments avant de l'expédier à Londres. Et puis elle voulait conforter le respect de son collègue quant à ses capacités journalistiques et son savoir en matière de cyclisme. Josh en fut flatté, et il le fut encore plus quand Alex leva les yeux de son écran pour jeter à Cat un regard du style « pourquoi pas moi ? » puis fusilla Josh d'un regard jaloux qui signifiait « petit bouffon ! ».

— J'aime bien quand tu dis que l'écart de 53 secondes qu'il y a entre le premier et le dernier coureur est une première trace des heures qui vont les séparer au fur et à mesure de la course, dit Josh avant de continuer à lire.

Il lut certains passages à voix haute.

Au cours d'une journée où le soleil n'a pas cessé de briller et où la foule a acclamé tout le monde, le Britannique Boardman qui court pour l'équipe française Crédit Agricole a égalé les cinq triomphes au prologue du grand coureur français Bernard Hinault. Il a su compenser le grand développement qu'il avait choisi par son extraordinaire position aérodynamique et sa bicyclette futuriste dont il a lui-même conçu le guidon.

— Il a été bon, Chris, dit Cat en repensant à la course contre la montre parfaite du coureur. Je crois que ça mérite qu'on lui porte un toast ce soir.

Je suis vraiment trop bien comme nana. J'arrange même des plans après la course.

Mais Alex rigolait.

— Il faudra d'abord qu'on arrive à sortir de la *salle de presse** avant le bouclage !

Cat haussa les épaules, genre on trouvera bien un moyen, mais c'était surtout pour se débarrasser de la gêne soudaine qu'elle ressentait. Elle lut son article par-dessus l'épaule de Josh. Il sentait son souffle dans son cou. C'était agréable. Il ne dit rien.

— Alors, dit Cat, Fabien s'est hissé à la deuxième place aujourd'hui. 19 centièmes d'avance sur Vasily.

— Oui, mais Jawlensky continuera à porter le dossard numéro 1, précisa Josh.

— Mais Fabien connaît le goût du sang, commenta Cat.

— Boardman va donc être le premier à porter le maillot jaune quand le Tour va commencer pour de bon demain, dit Josh.

— Je me demande qui va le reprendre le premier. Vasily ou Fabien ? se demanda Cat.

— J'aime bien aussi le passage où tu dis que même si Ducasse a fait montre de brio, Jawlensky n'en reste pas moins beaucoup plus à l'aise, remarqua Josh.

Alex, qui avait quitté la salle, réapparut avec des canettes de Coca pour tout le monde. Il lut l'article de Cat par-dessus l'autre épaule de Josh.

— Je ne sais pas si tu peux te permettre de les appeler par leurs prénoms, fillette, commenta-t-il.

Mais c'est mes mecs à moi ! protesta Cat dans sa tête. Elle n'avait pas l'intention de changer un seul mot de son article.

— Bonne fin de paragraphe, dit Josh.

Demain, le Tour de France va entamer une semaine d'étapes de plat qui va permettre aux spectateurs et aux sponsors de jouir du spectacle de l'extravagance et de l'incroyable audace des sprinters.

— Bon commentaire sur la stratégie, enchaîna Alex, quand tu dis que ceux qui visent la victoire vont rester nichés au milieu du groupe en se maintenant à distance de l'inévitable pagaille du sprint final.

— Elle appelle ça « la ruée bouillonnante », approuva Josh.

— Allez, on boucle et on va boire à la santé de Boardman, les pressa Cat.

— Peut-être, dit Josh.

— On pourrait bien faire ça, ouais, dit Alex.

Cat s'autorisa un petit sourire intérieur.

PREMIÈRE ÉTAPE

Delaunay Le Beau-Rouen. 195 kilomètres

Quand Luca Jones trébucha dans les escaliers du podium de départ pour signer, il ne vit pas cela comme un présage pour la course, mais comme un incident qui allait renforcer sa popularité. Il reprit contenance, signa la longue charte du Tour et envoya de grands sourires et des signes à la foule tandis que son nom retentissait dans les haut-parleurs.

— Première étape du Tour de France, lança-t-il émerveillé à Travis comme s'il n'avait pas encore réalisé.

Ils étaient en selle, attendant la fin de la cérémonie.

— Cette fois on y est, mon pote, dit Travis en riant.

— Le monde entier nous regarde, poursuivit Luca.

Il se sentait prêt pour la course du jour et avait hâte de commencer à s'amuser.

— Rien que du plat, aujourd'hui, avait-il dit un peu plus tôt à son *soigneur** pendant qu'il lui donnait de bonnes claques sur les jambes, je vais juste avoir besoin de m'accrocher au groupe en laissant mes jambes faire le boulot toutes seules. J'aurais le temps d'admirer le paysage. Il y aura peut-être des trucs intéressants à regarder, des trucs qui ondulent avec un revêtement en peau de bikini, si tu vois ce que je veux dire ?

Heureusement pour les coureurs qui entouraient Luca, la journée était ensoleillée, mais il faisait trop froid pour se mettre en bikini. Les chutes étaient à prévoir sans qu'il soit nécessaire d'y ajouter des distractions de bord de route pour Luca Jones. Le peloton commençait par courir groupé, les équipes se mélangeant allégrement pour que les coureurs puissent discuter dans leur langue maternelle.

— Tu es une pute, Luca ! vint le provoquer O'Grady quand Luca revint sur le continent anglais après avoir couru un moment près du groupe italien.

— Ouais mais tu as vu mon bronzage ? Un peu mieux que le tien ! riposta-t-il.

Après avoir roulé lentement pendant quelques kilomètres encore, le groupe accéléra et commença à courir. Pendant deux heures, la seule vue que Luca put admirer fut la masse des torses bariolés qui étaient autour de lui. Il sentait bien le circuit jusque-là quand un coureur Banesto en renversa quatre autres juste assez loin devant lui pour qu'il évite la collision.

Ouf ! un peu plus et j'étais bon ! se dit-il.

Il se plaça dans le groupe des quarante premiers pendant un moment, courut à côté de Vasily Jawlensky qui lui fit un petit signe de tête de reconnaissance, ce qui lui donna un coup de fouet.

Et puis, que se passa-t-il exactement ? Contempler le ciel bleu après s'être concentré si longtemps sur la masse mouvante et multicolore du peloton le déconcerta. Luca se retrouva assis sur la tête de Jaja. Le célèbre français Laurent Jalabert se retrouvait comme un gâteau avec ce connard de Luca Jones en guise de cerise.

— *Merde** ! proféra Jalabert tandis que lui et Luca se relevaient tant bien que mal en essayant de rester courtois l'un vis-à-vis de l'autre.

— Pute ! dit Luca en voyant du sang sur son tibia et en cherchant son vélo du regard.

— *Ça va** ? demanda quelqu'un.

— *Oui**, murmura Luca. Putain !

Voilà mon vélo. Et Jalabert, il est là. Comment ça se fait que je saigne, moi ? J'ai mal quelque part ? Je ne sens rien.

Les coureurs contournaient soigneusement Luca et d'autres types encore par terre. Luca entendait le vrombissement de l'hélicoptère télé au-dessus de sa tête et le ronronnement des caméras de la presse sur le côté. Il voyait les assistants de l'organisation du Tour habillés en jaune qui s'agitaient efficacement comme un groupe d'abeilles secourables. Après avoir passé tant de temps en selle, ça lui faisait tout drôle de se trouver debout.

Avant même qu'elle ait vu son short en lambeaux, la famille de

Français qui était venue faire son petit pique-nique au bord de la route pour regarder passer le Tour, décida qu'il était blessé. C'était le moment pour eux d'entrer en scène. Trop beau pour être vrai ! Luca était à quatre pattes en train de chercher son équilibre et ses lunettes de soleil, quand quelqu'un mit un bras autour de ses épaules.

— *Monsieur* ?*

Dans quel état il est mon short ! Ça vient d'où ce sang sur mes jambes ?

— *Monsieur, ici.**

Luca contemplait à nouveau le ciel.

Je suis allongé sur une table de pique-nique. On me prend en photo.

Il s'assit. Sur la route, les coureurs continuaient à avancer. Il tourna la tête à droite et posa un regard vide sur l'homme qui le photographiait. Il regarda à gauche et vit un petit garçon qui le contemplait en suçant bruyamment la paille de sa bouteille de Coca vide. Il baissa les yeux et vit une montagne d'affaires de pique-nique qu'on avait entassées à la hâte sur une chaise. Il regarda sa cuisse gauche et vit des miettes de pain et des éclats de gravier incrustés dans sa peau.

— *Ça va** ? demanda le photographe pour la forme.

Ses yeux furetaient déjà à la recherche d'une autre photo choc.

Luca se secoua, se remit sur ses pieds, redressa son vélo, fit patiner les roues sur place et fit un sourire à la ronde.

— Ouais, ça va.

Il salua la famille qui hocha humblement la tête. Puis il partit, son short en lambeaux, sa hanche gauche le cuisant douloureusement, la réputation intacte, la cote de popularité accrue.

— Ce n'est pas ton sang, lui dit son *soigneur** en l'épongeant quand il arriva au bus de l'équipe une heure plus tard.

— De quoi ?

— Ce n'est pas ton sang, répéta le *soigneur** comme s'il l'accusait.

— C'est celui de Jalabert, alors. Merde, murmura Luca comme s'il avait voulu le lui rendre.

— Tu as un beau cul, se marra Hunter.

Comme Luca était allongé sur le côté, il avait une belle vue sur son short dépenaillé.

— Tu veux te changer ? demanda son *soigneur.**
Luca commença par acquiescer, mais se ravisa. En plissant les yeux, il avait senti que les trois filles qui s'approchaient de lui préféreraient certainement le voir dans cette tenue.
— Du Danemark, dit l'une en enlevant son T-shirt pour qu'il y fasse un autographe.
Ils s'embrassèrent trois fois.
— Moi aussi, dit l'autre, en lui tendant son avant-bras pour qu'il signe et ses lèvres pour une auscultation.
— Et moi, dit la troisième, en exhibant son livre d'autographes et une chaste poignée de main.
Je me sens déjà mieux. Bye bye, les filles. Revenez quand vous voulez. Tiens, la fille de la conférence de presse. Viens me demander comment je vais. Approche. Je ne mords pas — sauf si tu me le demandes. Et si je lui faisais le plan petite faiblesse passagère ? Bon plan, ça.
— Salut, dit la fille de la conférence de presse. Vous êtes blessé ?
Luca répondit d'un héroïque haussement d'épaules.
— Qu'est-ce qui s'est passé ? demanda-t-elle, stylo en l'air, le regard soucieux.
— J'étais tranquille sur mon vélo, et la minute d'après j'étais assis sur la tête de Jalabert, dit Luca d'une voix traînante en la regardant fixement. Mais on est toujours vivants et prêts à reprendre la course demain.
— Bonjour Catriona *journaliste** McCabe, dit le médecin de Luca en surgissant à côté de lui.
— Oh, salut, dit la fille avec un sourire bref mais doux.
Le médecin de Luca la regarda intensément. Luca la regarda d'un air presque suppliant.
— Je venais juste voir l'état des blessures du soldat.
— C'est mon boulot ça, la taquina le docteur.
— Oui, bien sûr, lui répondit candidement la *journaliste**. (Elle s'adressa au coureur :) Je suis contente de voir que ça va. Bonne chance pour demain.
— Merci, Catriona, répondit Luca Jones en roulant les « r ».
— Cat, répliqua la *journaliste**. Le coureur et le docteur ne la lâchaient pas du regard. Il faut que je me sauve, dit-elle en brandissant son carnet. Bye, à plus.

Elle partit brusquement, sans cesser de gribouiller dans son carnet.

— Ne dis rien, dit Ben à Luca. Tu as mal ?

COPIE POUR P. TAVERNER @ BUREAU DES SPORTS DU *GUARDIAN*
DE CATRIONA McCABE À ROUEN

Pour la première fois dans l'histoire du Tour de France, le maillot jaune et les cinq premières places de la première étape sont revenus à des coureurs de langue anglaise. Chris Boardman, qui n'a perdu que deux secondes sur celui qui le devançait, conserve le maillot jaune, grâce à sa victoire au prologue. Stefano Sassetta de Zucca MV a été relégué à la fin du groupe de tête à cause d'un écart soudain trop près de son rival en titre Jesper Lomers de Système Vipère. Qu'il se soit agi d'un acte dénué d'intention ou d'une basse malveillance, Stefano Sassetta n'a pas eu le bénéfice du doute. Dans la bonne ville de Rouen, Sassetta peut encore s'estimer heureux. C'est en effet ici que Jeanne d'Arc fut brûlée sur le bûcher en 1431.

Bon début, Cat. Mais il n'y a que toi pour le lire aujourd'hui. Est-ce qu'Alex ne préférerait pas la phrase suivante ?

De même que Samson a perdu sa force en même temps que sa chevelure, les sprinters perdent la mémoire une fois que leurs jambes sont tondues.

Mais il n'y a pas d'Alex à l'horizon. Tu es entourée par un Belge qui pue d'un côté et par un Espagnol hirsute de l'autre. La *salle de presse** ressemble à un peloton modèle réduit comme celui que tu décris dans le paragraphe suivant. Pas encore tout à fait rodé et un peu désorganisé sur cette première étape. Elle est où ta citation de Luca ? Tu l'as bien insérée ?

Dans cette guerre comme dans toutes les guerres, il y a des victimes innocentes. Laurent Jalabert (O.N.C.E.), un habitué du peloton, et Luca Jones (Mégapac) tout frais débarqué sur le Tour, ont été cités parmi les incidents qui surviennent quand les roues se touchent, au cours du sprint final. Jalabert s'est ressaisi pour finir dans le peloton de tête, les doigts en sang et l'air sombre. Jones, qui s'en est tiré avec un short en lambeaux, est resté un moment semi-inconscient sur la table de pique-nique de spectateurs pour le plus grand plaisir du public. « J'étais sur mon vélo, et la minute d'après, j'étais sur la tête de Jalabert », nous a-t-il déclaré.

Bon boulot, Cat.

Le maillot vert, qui est attribué dans cette étape au coureur qui a glané le plus de points et qui finit dans les vingt-cinq premiers, revient à Mario Cipollini. On n'a pas beaucoup vu aujourd'hui ceux qui courent pour le maillot jaune. Vasily Jawlensky et Fabien Ducasse étaient entourés presque tout le temps par au moins trois coéquipiers dévoués. Ils se sont sagement tenus à distance des soubresauts de tête de peloton et ont quand même fini avec les mêmes temps que le groupe en question.

Voilà comment a commencé la semaine des sprinters purs. Bientôt, les Pyrénées vont faire éclater le peloton.

<FIN>

Bon, Cat, il est neuf heures du soir et tu quittes seulement la *salle de presse**. Toute seule. Tu t'es fait larguer. Pourquoi ? Où sont passés tes collègues avec qui tu as fêté hier soir la superbe victoire de Boardman ? Il porte toujours le maillot jaune aujourd'hui. Est-ce que ce n'est pas un prétexte suffisant pour remettre ça ?

Il n'y a rien de prévu ce soir. Le seul toast que j'ai porté hier, c'était avec un quignon de pain que j'ai mangé toute seule dans ma chambre. Juré. Mon téléphone !

— Allô ?

— Cat ?

— Salut, Fen.

— Cat, ça va ?

— Je suis fatiguée.

— Tu es où, là ? George Hincapie est une splendeur. J'ai dit son nom comme il faut ?

— Pile poil.

Cat écouta sa sœur s'enthousiasmer sur l'étape du jour. Elle ferma les yeux. Elle aurait voulu être dans la maison de Fen, tranquillement installée à boire du vin et à blablater.

— Avec Pip, on l'a regardé chez elle aujourd'hui. On a téléphoné à Django pendant la pub, mais on s'est fait l'analyse de fond à trois quand c'était fini. Il est sympa le mec tout sourire de Channel 4, Leggings.

— Ligget, dit Cat en rigolant.

— Tu le connais ?

— Non.

— Tu l'as déjà rencontré ?

— Presque.

— Raconte ce que tu as fait aujourd'hui. J'ai envie de savoir. On n'a droit qu'à une demi-heure de résumé. C'est comment pour toi ?

— Bof, dit Cat légèrement.

— Cat ? demanda Fen. Tu vas bien ?

— C'est bizarre, dit Cat. Je trouve que c'est dur. J'aimerais être à la maison. Je croyais que j'allais me retrouver dans une grande famille. C'était une vision de gosse. On n'a même pas pris un pot pour fêter la victoire de Boardman.

— C'est les tous premiers jours, lui dit gentiment Fen, il n'y a pas que les coureurs qui ont besoin de trouver leurs marques. Mais je trouve inquiétant que le manque de boisson soit ton problème numéro un.

— Ne sois pas conne. Aujourd'hui, on m'a refoulée pour que je sois la dernière à expédier mon article.

— Merde ! s'exclama Fen.

— On m'a poussée, bousculée, écrasée et ignorée, continua Cat, je n'ai pas la moindre chance. Maintenant je me sens sur le point de tout laisser tomber, de me laisser couler.

— C'est ambiance chacun pour soi, alors ? demanda Fen.

Cat hocha la tête et dit que oui.

— C'est qui le mec trop beau qui s'est arrêté pour pique-niquer ? tenta Fen.

Cat sourit et sentit son front plissé se détendre.

— Luca Jones, dit-elle, j'ai pu faire une super citation grâce à lui.

— Ah, tu vois ! encouragea Fen.

— D'accord, concéda Cat, mais j'ai l'impression d'être toute seule sur un radeau. On vient juste de commencer et je suis encore ici pour un bon moment. C'était censé être la concrétisation d'un fantasme. Un monde dans lequel j'allais trouver les réponses à toutes mes questions.

— Mais tu viens à peine d'arriver, releva Fen. Je te parie tout ce que tu veux que demain ça va être génial.

— Fen, je me sens toute petite, avec « femelle » écrit en rouge sur le front.

— C'est des conneries, ça ma vieille, dit Fen sévèrement. Évidemment que tu es une anomalie là-bas. Petite. Femelle. C'est bien pour ça que tu leur apportes une pinte de sang frais. J'en profiterais si j'étais toi.

Cat vit Josh et Alex qui s'éloignaient.

— Il faut que je te laisse, Fen. Tu vas en avoir pour une fortune.

— La facture de téléphone ? Tu es bien plus importante pour moi, bécasse ! dit Fen qui avait l'impression de parler comme une mère. Une mère normale. Pas celle qui s'était tirée à Denver.

— Je te rappelle demain, dit Cat.

— Promis ?

— Promis.

Cat sortit en coup de vent. Elle espérait entendre « Attends, Cat » venant de Josh ou d'Alex. En même temps une partie d'elle-même souhaitait qu'ils ne la voient pas. Comme ça elle pourrait cogiter bien tranquille dans sa chambre d'hôtel.

Dans la chambre de Rachel McEwen à l'hôtel de Rouen, on se serait cru dans le métro à l'heure de pointe. Le *domestique** Pietro Calcaterra était allongé sur le banc de massage portatif. Massimo Lipari, assis à la petite table, fredonnait sa chanson du Giro en se préparant un énorme bol de céréales et coupait une banane en dés pour la disposer artistiquement sur le dessus. Giani Fugalo, le *super domestique** de l'équipe était allongé sur le lit de Rachel et lisait son *Cosmopolitan* en écoutant son walkman.

— StefanoStefanoStefano, s'exclama tout à coup Massimo, au milieu d'une bouchée de céréales. Gros problème. Très gros problème pour Stefano.

Alors que les coureurs commentaient longuement l'écart agressif de leur coéquipier, Rachel garda le silence. Le *directeur** l'avait déjà prévenue qu'il ne viendrait pour son massage qu'après s'être verbalement fait masser par lui. Le coureur allait donc arriver complètement abattu ou très irritable. Et ce serait à Rachel de lui redonner une image positive de lui-même pour qu'il soit en forme à l'étape du lendemain.

Quand elle en eut terminé avec Pietro, elle demanda à Massimo s'il avait fini de manger et souleva les écouteurs des oreilles de Giani pour lui demander s'il avait besoin de quelque chose. Massimo avait assez mangé, mais il prit une banane et la fit glisser dans son bas de survêtement pour la faire pointer comme s'il bandait. La première fois que Rachel avait assisté à cette pitrerie, elle avait été très gênée. La deuxième fois, elle n'avait pas su comment réagir. La troisième fois, elle avait ri de bon cœur. Maintenant (c'était au moins la dixième fois qu'il le faisait) elle l'ignora tout simplement. Les autres coureurs aussi. Massimo se trouvait toujours aussi follement désopilant. Giani demanda à Rachel s'il pouvait lui emprunter son *Cosmopolitan*.

— Ce qui est à moi est à toi, tu sais bien, lui dit Rachel magnanime.

Massimo prit le magazine, le feuilleta en ouvrant les yeux de façon exagérée, tripota lascivement son bouc et fit basculer son bassin d'avant en arrière de façon saccadée jusqu'à ce que la banane ressorte par le bas de sa jambe de survêtement.

Une fois les trois coureurs sortis, la chambre parut retrouver des dimensions normales. Mais quand Stefano entra sans frapper, la colère qui l'enveloppait comme un manteau occupa tout l'espace. En fait de manteau, il avait enfilé un volumineux peignoir couleur pêche assez ridicule. Ses yeux lançaient des éclairs et les muscles de ses joues tressaillaient furieusement.

— On ne m'a jamais parlé comme ça ! cracha-t-il.

Rachel disposa une nouvelle serviette sur le banc de massage. Stefano défit son peignoir et se tint debout devant Rachel dans toute sa glorieuse nudité. Elle avait cessé d'y faire attention depuis longtemps. Elle lui tendit une serviette qu'il se glissa entre les cuisses une fois qu'il fut monté sur la table.

— Lomers, grogna-t-il comme s'il avait proféré une injure en réaction à la vigueur du massage de Rachel.

Elle enleva ses mains du corps de Sassetta, se les essuya et les posa sur ses hanches.

— Tu vas te taire maintenant, Stefano. C'est Lomers qui serait en droit de cracher sur toi.

— Je suivais ma ligne, protesta Stefano en s'asseyant et en regardant Rachel droit dans les yeux. Je conduisais correctement. Je ne l'ai pas touché.

— Sur la vie de ta mère ? le défia Rachel.

Le bon petit Italien resta silencieux.

— Tu prends des risques de toute façon, dit-elle en appuyant sur l'épaule du coureur pour qu'il se rallonge. Elle baissa les yeux sur lui. Ne fais pas de conneries. De deux choses l'une : soit tu te fais mal, soit tu es disqualifié. Et après, c'est Lomers qui aura le maillot vert et toi tu assisteras à sa victoire devant ta télé. Et ça fera pleurer ta mère.

— N'empêche, personne n'a le droit de parler à Sassetta comme ça, ergota-t-il, faisant allusion au savon que lui avait passé le *directeur**.

— Qui sème le vent récolte la tempête, le mit en garde Rachel.

Elle lui fit un massage brutal. Il regardait le plafond sans ciller.

— Attention, lui dit-elle sur le pas de la porte, on prévoit de la pluie pour demain. Les routes seront glissantes.

Cat, assise sur son lit passe sa journée en revue.

Trois éléments ont fait que sa journée n'a pas été si bonne que ça. Déception. Perplexité. Énervement. Elle n'avait pas pensé qu'elle serait confrontée à toutes ces émotions sur le Tour de France. Elle avait pensé à la fatigue, au stress et à l'irritabilité à un stade beaucoup plus avancé de la course.

Il faut que je comprenne pourquoi je me sens comme ça avant de dormir.

Commence par la déception.

Je n'ai pas vu une seule roue de vélo tourner aujourd'hui. On est venus à Rouen en voiture, et du coup on a raté la course. L'itinéraire le plus court faisait 46 kilomètres. On les a fait en trois quarts d'heure. Les coureurs ont fait 195 kilomètres en quatre heures et demie.

Tu n'aurais pas pu demander à Josh de suivre le circuit ?

C'est ce que j'ai fait. Il a froncé les sourcils et il a ricané. C'était gênant.

Passons au deuxième point. Perplexité ?

J'ai regretté la patinoire. Delaunay Le Beau me manque. Je commençais à me sentir chez moi là-bas. On y a passé cinq jours. La salle de presse* *de Rouen est un gros bordel en verre et en ciment style années 50. Administratif. Austère. Alex et Josh.*

C'est pas une phrase, ça.

Ils ne m'ont pas gardé de place.

Oh. Exprès ?

En fait, je suis allée aux toilettes. Quand je suis revenue m'asseoir, il y a un gros journaleux allemand qui m'a poussée et qui a installé ses affaires à côté d'Alex.

Tu vois bien qu'ils t'avaient gardé une place.

Mais ils n'ont rien fait pour empêcher l'Allemand de s'installer. Ils ont juste fait signe que tant pis. Il a fallu que je m'installe dans une salle de presse plus petite. Tout ce que j'ai vu comme cyclisme, c'était sur l'écran de la télé de presse.

Tu entends ce que tu dis, là, Cat ?

Je sais. Je suis nulle Je suis toujours la dernière partout. Personne ne fait attention à moi.

On en est au troisième point, là. L'énervement.

Exactement. Je n'ai réussi à obtenir un mot de personne. Je n'ai même pas pu m'approcher de quelqu'un. Je me suis hissée sur la pointe des pieds au dernier rang de la foule qui se pressait autour d'Hincapie. Mais j'ai laissé tomber quand un gros porc bavarois m'a poussée violemment. J'ai essayé avec O'Grady, mais il y avait une forteresse masculine autour de lui. Je n'ai même pas pu glisser mon bras et mon dictaphone. Pas la moindre meurtrière. Alex venait juste de quitter la mêlée autour de Jay Sweet, il a posé les yeux sur moi comme si j'étais transparente. Quand j'ai vu que Josh était obligé d'utiliser une perche pour récolter les mots de Travis Stanton, je n'ai même pas essayé de m'approcher. J'ai préféré aller me promener. C'est comme ça que je suis tombée sur Luca avec son short bousillé.

Je ne comprends pas comment tu peux dire ça avec si peu d'entrain.

J'étais dans un sale état. Je n'ai pas pu entrer en contact comme j'aurais voulu. Je ne voulais pas que ça se passe comme ça.

Tu as récolté une belle citation, n'empêche.

Si on veut.

Et un sourire de Luca. Et du docteur.

On peut voir ça comme ça. Je ne le sens pas ce mec, Ben. Il m'agace.

Il est trop beau ? Trop direct ?

On ne répond pas ?

OK, bonne nuit.

DEUXIÈME ÉTAPE

Rouen-Vuillard. 260 kilomètres

Le lendemain matin, Rouen s'éveilla sous une pluie battante. Rachel était rassurée — Stefano serait obligé de se tenir à carreau. C'était la plus longue étape du Tour. Si le vent de nord-ouest était favorable, la journée ne serait pas trop dure. En prenant son petit déjeuner avec l'équipe, Stefano affirmait qu'il conduirait prudemment, s'en remettant au groupe des *domestiques** tout du long et s'assurant que deux équipiers lui lanceraient le sprint final. Le *directeur** fit signe de la tête qu'il était d'accord et donna les consignes à l'équipe. Rachel, qui avait avalé un bol de cornflakes sur le pouce deux heures avant, transbahutait les bagages de l'équipe depuis le hall de l'hôtel jusqu'au van.

— Tu veux un coup de main ? lui demanda Ben York qui se tenait dans le hall.

— Non, Ben, tu es gentil, lui répondit-elle.

— Seulement gentil ? la taquina-t-il.

— Arrête de rêver cinq minutes, rétorqua-t-elle, sachant pertinemment qu'elle n'occupait pas la moindre petite place dans les rêves de Ben.

C'était pour la fraternité cycliste au sens large qu'elle appartenait au genre asexué.

La pluie ne rebuta pas la foule. Rouen était la ville natale de Jacques Anquetil, le premier à avoir gagné cinq fois le Tour. Les Rouennais n'allaient pas rater ce rendez-vous. Cat se rendit au *village** sur le stand de la presse pour s'abriter et pour voir s'ils avaient reçu le *Guardian* de la veille. Ils l'avaient. Et Taverner n'avait pas coupé un seul mot.

— Beau boulot.

Elle se retourna. Josh lisait par-dessus son épaule.

— Alex a préféré partir dans le bus de l'équipe Vitalicio. On sera ensemble dans la voiture, toi et moi. Qu'est-ce que tu préfères ? L'*itinéraire direct** ou le circuit du Tour ?

Cat lui fit un sourire Colgate.

— Le circuit.

— Avec un peu de chance, on pourra se faufiler derrière un break. Tiens-toi prête. On se retrouve à la voiture et on partira à la première sonnerie, lui dit-il avant de disparaître.

Cat eut l'impression d'être à nouveau sur les rails. Comme si la pluie qui était tombée avait tout effacé. Elle tourna une page de son carnet et commença à écrire sur une nouvelle page. Elle quitta le *village** et se dirigea vers les équipes.

— Bonjour, docteur York, dit-elle sans s'arrêter en passant devant lui.

Elle s'arrangea pour ne pas croiser son regard.

— Bonjour, miss McCabe, répondit-il, sur un ton très professionnel.

Ses yeux brillèrent cependant d'un éclat soudain, mais elle n'en sut rien.

— Cat, lança-t-elle par-dessus son épaule.

— Ben, lui lança-t-il en retour.

Un peu plus loin, Rachel agita la main quand elle la vit et Cat lui renvoya son salut.

— Hé, Rachel ! dit Cat chaleureusement.

— J'ai quelque chose pour toi, Cat, répondit Rachel, attends une seconde.

Le *soigneur** pénétra dans le bus d'équipe et farfouilla dans la boîte à gants. Elle en retira ce qui ressemblait à une petite trousse de maquillage et en renversa le contenu.

— C'est un talisman, dit-elle à Cat, et je crois que c'est mon rôle de te le remettre.

Elle tendit son poing fermé. Cat ouvrit sa main. Un taille-crayon.

— C'est la divine Emma O'Reilly, *soigneur** d'US Postal qui me l'a donné sur ma première Vuelta. Je passe le relais, dit Rachel en guise d'explication.

— Merci, dit Cat, qui essayait de déchiffrer le symbolisme d'un taille-crayon.

— C'est pour tes coudes, chuchota Rachel comme une conspiratrice. J'ai tout vu hier quand tu t'es fait jeter par tous ces gros porcs. Ils sont tous comme ça, ici. Tu as intérêt d'avoir les coudes bien affûtés. Ils peuvent se montrer très efficaces si tu les envoies au niveau de leur ceinture.

Cat explosa de rire et la remercia sincèrement, touchée par le geste.

— Garde-le avec toi tout le temps, dit Rachel.

— Un peu, que je vais le garder ! répondit Cat.

— J'ai encore deux choses pour toi, continua Rachel, mon numéro de portable et un conseil.

Cat nota le numéro du *soigneur** et lui remit le sien.

— On pourrait se retrouver après l'école, suggéra Rachel avec un sourire malicieux.

— Bonne idée. On pourrait aller boire un pot après le boulot.

— Faire comme les gens normaux, quoi !

— Genre ! dirent-elles presque en même temps.

— Et maintenant, le conseil de mamie Rachel. Je le tiens également de la sage Emma.

— Accouche, lui dit Cat, toute contente de faire partie du club des filles.

Rachel observa Cat et lui fit un sourire espiègle.

— N'ouvre ta porte à personne après minuit.

Elle fit un clin d'œil, fit le geste de se téléphoner et retourna s'occuper de Stefano Sassetta qui voulait plus de pommade sur les cuisses.

— Alors, dit Josh quand ils furent sortis de Rouen, qui veille sur ton palais en ton absence ?

Dans un premier temps, Cat pensa qu'il avait dit balai et ne savait pas quoi répondre.

— Mon balai ? demanda-t-elle en contemplant la Peugeot de location, top classe par rapport à sa Coccinelle pourrie.

— Ton palais, dit Josh. C'est vraiment la merde, cette pluie.

— La météo prévoit des éclaircies cet après-midi. C'est loin d'être un palais, tu sais. C'est un tout petit appart, ajouta-t-elle en se jetant un coup d'œil dans le rétroviseur.

Elle remarqua qu'elle avait déjà l'air crevé.

— Tu vis, commença Josh.

— Toute seule, enchaîna Cat.

— Et qui s'occupe d'entretenir le feu ? insista Josh, très concentré en apparence par le rapide mouvement de va-et-vient des essuie-glaces sur le pare-brise.

— J'ai le chauffage central, le moucha Cat.

Elle le voyait venir. Elle n'avait pas envie qu'il insiste lourdement.

— Mais tu as un mec, non ?

— Oui, affirma Cat. Et toi, tu en as un ?

C'était une bonne question à poser à ce beau jeune homme aux cheveux ras qui bavait d'admiration devant les cyclistes musclés...

Josh sursauta presque.

— Moi ? Mais je suis marié ! répondit-il sur la défensive.

Cette information commença par rassurer Cat. Mais elle fut immédiatement envahie par un doute affreux.

Les boules ! Il est carrément en train de me draguer, là. Je vais le faire parler de sa bonne femme, ça va le calmer. Ouf de ouf que je lui ai fait un pipeau quand il m'a demandé si j'avais un mec.

— Elle dit rien ta femme que tu sois tout le temps obligé de bouger ?

Qu'est-ce qui m'a pris de lui dire que j'avais un mec, au fait ?

— C'est comme ça, le cyclisme, répondit Josh en haussant les épaules.

— C'est pareil pour tout le monde dans une course. Les coureurs, les journalistes et les mécaniciens sont embarqués dans la même galère. La route, ça n'incite pas vraiment à la vie de couple, approuva Cat.

— Tu l'as dit ! Et ton mec, il dit quoi, lui de savoir que tu es une des seules nanas au milieu de tous ces hommes ?

— Il ne dit rien, répondit Cat précipitamment en se demandant ce que Josh cherchait à savoir, il sait que les sportifs de haut niveau ont un taux de testostérone très bas.

— *Devraient* avoir un taux très bas. On parle de cyclisme, là. Tu ne trouveras pas beaucoup de types du peloton avec un taux inférieur à la normale, dit Josh en éclatant de rire.

— Hmm, fit Cat en faisant mine de réfléchir intensément, un doigt posé sur ses lèvres. Et à quoi ça tient, à ton avis ? Si tout cet entraînement ramène leur taux à un niveau normal, imagine ce que ça serait s'ils n'étaient pas cyclistes professionnels. Des étalons atteints de priapisme !

— Tu rigoles ou quoi, Cat ? Tu insinues que leur taux de testostérone est artificiellement rehaussé, c'est ça ?

— Du dopage ? s'écria-t-elle théâtralement. Dans le cyclisme ?

— Où s'arrêtent les soins médicaux et où commence le dopage ? dit Josh très sérieusement. Un taux de testostérone trop bas est un facteur favorable à l'ostéoporose.

— C'est malheureusement trop vrai, répondit Cat très convaincue, je préfère qu'on change de sujet.

— Tu parles comme les types de l'UCI, lui lança Josh, accusateur, se référant à un reproche souvent adressé aux dirigeants du cyclisme international.

— Se doper, c'est tricher, définit Cat, mais le problème de la santé des cyclistes n'en reste pas moins un point crucial. Sur quelles bases l'UCI établit-elle ces niveaux arbitraires ? Ils disent que si les cyclistes prennent ces trucs jusqu'à un poil en dessous du niveau autorisé, ce n'est pas du dopage. Il n'empêche qu'ils en prennent. Point à la ligne.

— C'est là qu'il y a un blême. Tout à fait d'accord.

— C'est un des sports où il y a le plus de substances interdites, continua Cat en observant par la fenêtre les champs de blé étincelants sous le soleil qui daignait enfin montrer le bout de son nez. Et c'est aussi dans le cyclisme qu'il y a le plus de contrôles antidopage. Allez, on arrête. Je préfère ne pas parler de ça maintenant.

— Tu as raison. On aura trop souvent l'occasion d'y revenir.

— Il y en a toujours beaucoup qui le font ? demanda Cat.

— Certains oui, d'autres non, c'est difficile à quantifier avec tous ces nouveaux agents masquants. Et l'hypocrisie résignée de beaucoup. À mon avis, ce type d'attitude est encore plus dangereux que l'abus de ces substances.

— Il vaut mieux changer de sujet, dit Cat à sa place.

Ne baissez pas dans mon estime, mes petits mecs. Ne ternissez pas l'admiration que je vous porte. Ni celle de ce papy au bord de la route avec son petit-fils qui nous font des signes de la main. Ne jetez pas le discrédit sur le merveilleux sport que vous pratiquez.

Ne vous abîmez pas. Courez bien. De tout votre cœur. Et utilisez vos têtes aussi.

Ils continuèrent à rouler en silence.

Au moins, j'ai réussi à détourner son intérêt pour ma vie sentimentale.

— Avant de prendre un tournant aussi désagréable, on en était à la testostérone et ton mec.

— Qui ?

— Ton copain.

Ce n'est ni mon mec, ni mon copain. C'est fini avec lui. Je n'ai pas de mec. J'ai menti. Je ne sais pas pourquoi, et je ne sais pas comment m'en sortir.

Cat, tu devrais dire quelque chose. Ton silence va finir par lui mettre la puce à l'oreille. Il va finir par penser qu'il a peut-être ses chances, si c'est ça qu'il cherche.

— Ce n'est pas un problème pour lui de savoir que tu évolues dans un monde où les mecs sont en majorité ?

Cat remarqua avec grand intérêt que la teinte bleue du paysage était passée au vert citron au cours des derniers kilomètres.

— J'ai l'habitude de me débrouiller comme une grande fille.

Trouve une issue. Dis-lui : « En fait, on vient juste de se séparer. » Ou alors : « Josh, je suis désolée, je ne sais pas pourquoi je t'ai raconté ça. En fait je viens de me faire plaquer. »

Oui, mais si je commence à lui dire ça, il va se dire que je suis un plan possible. Il va me faire chier et je n'ai vraiment pas besoin de ça. Après, je serai considérée d'abord comme une nana, et après, peut-être comme une journaliste.

Heureusement pour Cat, Josh fut soudain captivé par le récit de la course qui leur parvenait sur la radio du Tour.

— Tu as entendu ça ? demanda-t-il en montant le son. Fabien Ducasse et les types de Vipère sont toujours en tête. Je ne sais pas pourquoi ils mettent le paquet aujourd'hui.

— Ils se croient peut-être obligés de la jouer petits soldats à la parade qui exhibent les tanks et l'artillerie.

Josh approuva.

— Un, Six, Trois, dit Josh en citant les numéros des coureurs par-dessus la radio, Trente et un, Soixante-quinze.

Cat consulta sa liste des cyclistes.

— Le trente et un, c'est Cipo. Le soixante-quinze — Tom Steels. Hé ! 163 ! Vas-y Travis ! l'encouragea-t-elle pour la victoire du premier sprint. Elle repensait au clin d'œil d'Hunter, à la déclaration de Luca Jones. Mégapac, maintenant c'était son équipe à elle.

— Stanton est bon, approuva Josh. Ce n'est peut-être pas encore un vainqueur d'étape, mais sa façon de courir lui vaut déjà le respect du peloton.

— Regarde-moi ce circuit, remarqua Cat.

Il s'étendait devant eux sur des kilomètres, droit et complètement plat.

— Ce qui signifie ? la testa Josh.

Pourquoi il faut tout le temps que tu me testes, Josh ?

Demande-lui.

Non. Je vais lui répondre. Il semblerait que je doive encore faire mes preuves.

— Une route de ce genre n'encourage personne à attaquer. Ce serait des efforts perdus. Le reste du peloton regarderait celui qui le ferait se crever pour des clous. Il pourrait arriver à faire du 45 km/h. Mais une fois qu'il se serait bien fatigué, les autres pourraient le rattraper et le dépasser en se laissant couler tranquillement à 60 km/h. Il y a bien sûr eu une étape où...

— Putain ! dit Josh à voix basse, sa main sur le bouton du son. Cat écouta plus attentivement.

— Merde ! s'exclamèrent-ils ensemble.

— Les deux tiers du peloton sont par terre, murmura-t-il.

Un sixième du peloton était passé avant que le reste ne s'écroule comme sous une rafale de vent. Luca Jones en rendit grâce à Rudyard Kipling. Ou plutôt à Walt Disney. *Le Livre de la Jungle* était son film préféré (ex aequo avec *L'Exorciste*, suivis de près par *Neuf Semaines et demie*). Il aimait tout particulièrement la scène où Kaa hypnotise Mowgli. Il courait à l'abri du peloton quand l'attraction magnétique des neuf coureurs de Système Vipère qui menaient la course l'avait irrésistiblement entraîné. Les Vipères conduisaient en une longue et sinueuse formation, changeant de place en tête à tour de rôle. Ceci pour éviter d'avoir à affronter le vent contraire et d'être gelé et aussi pour se reposer dans la file des huit coéquipiers. Évaluant le vent comme des oiseaux migrateurs au cours d'une longue étape, ils s'échelonnaient le long de la route quand le vent le décrétait. C'était une façon de courir en équipe très académique. Courir dans une formation de ce style apporte une sécurité rythmique et une sorte de paix intérieure renforcée par la présence des autres. Observer une équipe qui fonctionne de cette façon est envoûtant — pour le spectateur et pour les autres coureurs. C'est l'effet que cela produisit sur Luca Jones. Il chantait la chanson de Balou, *Il en faut peu pour être heureux*, dans sa tête et ses yeux étaient irrésistiblement attirés par les serpents qui s'enroulaient autour du torse de l'équipe accomplie. Son *directeur** allait lui demander des comptes. Qu'est-ce qu'il foutait à prendre des risques en tête, spécialement après sa chute de la veille ? Hunter et Travis auraient bien voulu qu'il jette un coup d'œil par-dessus son épaule pour les localiser. Et s'ils avaient besoin de lui ? Mais Luca était entraîné par Système Vipère. Pendant quelques kilomètres, il s'échappa des couleurs de Mégapac pour se transformer en Vipère, membre de l'équipe la mieux classée du monde. Il ne pensait pas à lui comme à un suceur de roue vis-à-vis de Mégapac, mais comme à une jeune recrue privilégiée du peloton. Le fantasme ne lui permit pas seulement de tenir la route le long de l'étape. Il le tint aussi hors de danger.

— Comment peut-on résumer un drame de six heures, vingt-quatre minutes et seize secondes en 500 mots ? se plaignait Cat à voix haute.

Cela amusa Alex et émut Josh.

— L'expérience, dit Alex.

— La passion, ajouta Josh.

COPIE POUR P. TAVERNER @ BUREAU DES SPORTS DU *GUARDIAN*
DE CATRIONA McCABE À VUILLARD

C'est avec le sourire que Chris Boardman a renoncé au maillot jaune aujourd'hui. Au cours d'une journée où les accidents ont fait tourner au cauchemar les rêves de la plupart des principaux coureurs du Tour de France, Jesper Lomers a gagné la deuxième étape de 260 kilomètres de Rouen à Vuillard ce qui lui a valu le maillot jaune. « Il le mérite » a déclaré Boardman. « La pagaille du sprint et les chutes collectives ? Je préfère arriver entier à Paris, merci. » La longue route en ligne droite qui constituait l'essentiel de l'étape décourage les attaques. Le peloton restait groupé et roulait vite. Des coureurs faisaient de temps à autre une sortie en tête pour pouvoir se réchauffer les jambes et pour permettre à leurs sponsors d'être visibles pendant quelques mètres avant de réintégrer le peloton. Un coup de freins peut faire perdre vingt places à un coureur. Mais s'il n'utilise pas ses freins, il conserve un rythme rapide qui peut s'avérer dangereux. Pendant que le peloton parti de Rouen, traversait le département de l'Eure pour aller dans le Calvados, un vent de nord-est a propulsé les cyclistes à une allure encore plus grande et Lomers a gagné un sprint impeccable pour remporter l'étape en six heures, vingt-quatre minutes et seize secondes. En raflant les bonus de deux des trois sprints intermédiaires, Cipollini conserve le maillot vert qu'il portait aujourd'hui avec un short assorti.

Pour cinq coureurs, le Tour de France s'est achevé bien avant la fin de l'étape au cœur de la Basse Normandie. Jalabert et Olano, les plus célèbres d'entre eux ont abandonné de bonne grâce. Pietro Calcaterra, un précieux domestique* *pour Zucca MV et un poisson pilote irremplaçable pour Stefano Sassetta, a été éjecté de la route et secouru par le véhicule d'assistance de son équipe dans un état trop lamentable pour pleurer. Il avait fait une lourde chute sur un genou qui était déjà bandé depuis sa collision avec Fernando Escartin de l'équipe Kelme hier. « Sa souffrance physique est atroce, mais ce n'est rien en comparaison de l'agonie qu'il endure à l'idée que la course [soit] finie pour lui » nous a déclaré Rachel McEwen, son* soigneur*.

La victoire de Lomers est très bien perçue. Bien que le public aime Sassetta pour ses extravagances, cela ne lui attire pas beaucoup d'amis au sein du peloton. Jesper Lomers, respecté de tous peut considérer que son triomphe d'aujourd'hui sera interprété par Sassetta comme un véritable défi. Rétrogradé hier pour avoir couru dangereusement, dépossédé d'un précieux équipier aujourd'hui, Sassetta aura les dents longues demain. Hyper préparé, responsabilisé, il a hâte de faire, enfin, une bonne course.

<FIN>

— Tiptop ! se félicita Cat en faisant craquer les jointures de ses doigts et en parcourant la *salle de presse** du regard. Ils étaient presque tous penchés sur leur travail, la clope au bec, leurs doigts s'agitant frénétiquement sur les touches du clavier. C'est du bon boulot, ma petite. Voilà ce que j'appelle une bonne journée. J'espère que ça fera plaisir à Rachel. Le pauvre Pietro Calcaterra, quand même.

Pauvre Pietro Calcaterra, en effet. Heureusement, sa copine était venue l'attendre à l'hôtel de l'équipe. Sa tendresse fut beaucoup plus efficace pour ses blessures que les points de suture posés par le médecin de Zucca MV. Son soutien moral le requinqua plus vite que l'entretien qu'il avait eu avec le *directeur**, ses baisers furent bien plus apaisants que le massage de Rachel.

Pauvre Jesper Lomers, plutôt. Tous les journaux disaient que ce n'était pas une victoire d'étape qu'il venait de remporter, mais bel et bien le maillot jaune. Mais sa femme n'était pas là. Elle n'était pas à la maison non plus. Elle n'avait pas laissé de message sur son portable. Jesper crevait du désir de l'embrasser, de l'entendre le féliciter. Il avait dû se contenter des compliments du *directeur**, de l'enthousiasme délirant de l'équipe et d'un déluge d'attentions de la part des médias. Jules Le Grand n'aimait pas particulièrement Anya Lomers. Il interdisait aux copines des coureurs de venir sur le Tour et désapprouvait vivement la présence d'épouses légitimes pendant la course. Aujourd'hui pourtant, il aurait accueilli Anya à bras ouverts. Le principal sprinter de son équipe aurait dû être euphorique, chaviré par sa victoire. Il aurait dû exprimer avec force son intention de conserver le maillot jaune pour l'équipe. Au lieu de ça, Jules constata au cours du dîner qu'il avait l'air absent.

Si je lui donnais à choisir maintenant entre le maillot jaune* *et sa femme, j'ai bien peur de savoir sur quoi son choix se porterait. Les femmes sont plus perturbantes et plus dangereuses que les chutes pour mes coureurs. Elles peuvent plus les faire souffrir que plusieurs étapes de montagne mises bout à bout.*

— Les femmes ! siffla-t-il comme un serpent.

Fabien Ducasse l'entendit. *Les femmes, tu l'as dit !* Il eut un petit sourire satisfait pour lui-même. *Je suis Ducasse. Un héros national. Je peux me faire toutes les femmes que je veux.*

Pendant que Système Vipère est à table, Cat range ses affaires avant d'expédier son article.

Quelle journée !

Elle se rend dans la grande salle pour rejoindre Josh.

— Un petit café ? propose-t-elle.

— Je ne peux pas là, répond-t-il, l'air complètement débordé.

— Alex ?

Il est si profondément absorbé par ce qu'il est en train de taper qu'il ne répond même pas. Elle n'insiste pas.

— Moi, j'ai terminé, dit-elle sur un ton d'excuse à Josh qui la regarde d'un air accusateur. Comme si boucler si vite signifiait qu'elle n'est qu'un artefact de journaliste.

— Hé bien, tu as de la chance, lui jeta-t-il.

— Je me dis que ça serait bien d'appeler *Maillot* pour savoir s'ils seraient intéressés par l'article, dit-elle à voix basse. J'aimerais bien décrocher ce poste de rédacteur permanent. En parler maintenant ça pourrait être une bonne stratégie.

Alex et Josh hochent poliment la tête, mais elle voit bien qu'ils sont trop pris par leur boulot pour s'intéresser à ses plans de carrière. Elle sera mieux à l'hôtel pour passer son coup de fil.

— Andy ? C'est Cat McCabe.

— Salut, Cat. Alors, ce Tour, ça donne quoi ?

— C'est très sympa. Tu as lu mes papiers ?

— Il y en a eu deux, c'est ça ?

— Heu, oui. Dis donc, j'ai une idée d'article pour *Maillot*. Je peux t'en toucher deux mots ?

— Tu me fais de la lèche ou quoi ?

— Non, non, pas du tout. Mais j'ai vachement pensé au job dont tu m'as parlé. Je sais que ce n'est pas pour tout de suite. Pour l'instant je bosse pour le *Guardian*. J'essaye juste de voir un peu plus loin.

— Envoie la sauce.

— Voilà, Cat s'éclaircit la gorge et se demande si c'était une bonne idée d'appeler si tôt, qu'est-ce que tu penserais d'une interview de Rachel McEwen, le *soigneur** de Mégapac ?

— Je connais Rachel McEwen, merci, répond Andy sur un ton qu'elle n'arrive pas à déchiffrer, mais franchement je ne crois pas que ce soit assez consistant.

— OK, alors pas une interview, mais un article sur les *soigneurs**, enchaîne Cat qui ne voudrait pas avoir l'air de lâcher le morceau, mais qui ne voudrait pas non plus donner l'impression de se raccrocher aux wagons.

— J'ai déjà demandé à Josh de me faire un truc sur ce thème-là.

— Les femmes *soigneurs** ? précise Cat.

— Il n'y en a que deux de toute façon.

— Les femmes dans le cyclisme ?

— Pourquoi on ne discuterait pas de tout ça après le Tour ? suggéra Andy, on verra où en sont les choses à ce moment-là.

Dans sa chambre d'hôtel, Cat hoche la tête et dit OK d'un ton aussi enjoué que possible.

Je ne laisserai pas tomber. Je n'ai pas l'intention de me laisser dépouiller. Je vais mettre mes idées en forme et je rebrancherai Maillot *aussi souvent qu'il le faudra. Et avant la fin du Tour encore.*

Neuf heures et demie. Josh et Alex n'étaient pas dans leurs chambres. Mais elle savait que Mégapac était dans l'hôtel. Elle quitta sa chambre et emprunta les escaliers pour traîner un peu dans les couloirs en faisant mine de descendre à la réception. Elle était à l'affût. Pas courageuse au point d'appeler un coureur directement dans sa chambre, elle espérait tomber sur l'un d'entre eux par hasard. Enfin presque.

À cette heure-là, de toute façon, les coureurs étaient au lit. Elle ne pouvait pas savoir que Luca et Didier LeDucq, qui partageait sa chambre, étaient profondément absorbés par la lecture de *Penthouse* et d'un magazine allemand en regard duquel le précédent avait l'air aussi innocent que le *Journal de Mickey*. Elle atterrit à la réception sans trop savoir quoi faire de sa peau. Un soudain gargouillis de son estomac, du style lavabo qui se débouche, lui fournit un objectif. La présence de Ben York dans le hall faillit lui faire rebrousser chemin, mais la faim et son regard hypnotique la clouèrent sur place.

— C'est le tonnerre qu'on vient d'entendre, là ? demanda-t-il.

Cat déglutit et eut un petit rire gêné, ce qui eut pour effet de déclencher un autre gargouillis plus bruyant encore.

— Oui, dit Cat sur un mode super relax qui la surprit elle-même, et on dirait que ça recommence.

— J'allais au bar pour boire un verre, dit Ben, je peux vous inviter?

— OK, dit Cat en espérant qu'elle n'avait l'air ni trop contente, ni trop timide.

Dans sa « Ford intérieure » , c'était exactement comme ça qu'elle se sentait. Elle suivit Ben, prête à discuter avec lui, quand son téléphone sonna. Elle s'arrêta. Ben se tourna vers elle. Elle regarda son portable.

À tous les coups c'est Fen. Pas moyen d'y couper. J'ai promis.

Hé bien, réponds alors.

— Vous ne répondez pas? demanda Ben sans s'éloigner d'un pouce.

Il lui sembla même qu'il se penchait vers elle, qu'il se rapprochait. Il avait l'air envahissant d'un seul coup.

— Allô? dit Cat.

— Allô! répondit Fen.

— Salut mémé! gueula Pip depuis un autre poste, on est un peu bourrées. On veut tout savoir sur le lycra.

Non! pensa Cat en collant le téléphone contre son oreille pour que les voix de ses sœurs ne parviennent pas aux oreilles de Ben qui restait planté là.

— Tu veux bien nous expliquer après quoi ils courent tous ces mecs?

— Et surtout à quoi ça sert les maillots? intervint Pip. Et pourquoi le bel Hollandais a pris le jaune à Boardman aujourd'hui?

Non, pensa Cat. *Je ne veux pas me lancer dans des explications aussi basiques. Pas ici, pas maintenant. Pas à cette heure-ci.*

Pas devant le docteur York, c'est ça?

Qu'est-ce qu'il vient faire là-dedans?

Et l'heure, qu'est-ce que ça peut faire? Il n'est pas tard. En fait, tu préfères aller boire un coup avec ton docteur plutôt que de parler avec tes sœurs.

N'importe quoi. C'est pas mon médecin, d'abord. C'est le praticien d'US Mégapac.

— Comment on fait pour gagner le Tour de France? demandait Fen.

— C'est quoi exactement que tu ne comprends pas? répondit Cat.

Ne tourne pas le dos à Ben. C'est malpoli.

Oui, mais écouter les conversations des autres aussi. Voilà. Je lui ai tourné le dos et il n'a pas bougé d'un millipoil. C'est chiant.

Hé bien, bouge, toi.

Je ne peux pas. C'est ça qui est chiant.

— C'est quoi en fait le maillot jaune ? couina Pip.

— *Et le maillot vert** ? ajouta Fen. Et celui à pois ?

Je ne porterai pas le regard sur toi, Ben. Arrête. Je vais regarder mes chaussures et parler à mes sœurs.

— À la fin de chaque course, le maillot jaune, c'est celui qui a passé le moins de temps en selle depuis le début du Tour, dit Cat en donnant à sa voix le ton de quelqu'un qui parlerait à un gogol qui ne connaîtrait rien à rien au cyclisme.

Elle savait que Ben la couvait du regard. Pendant une fraction de seconde, elle se demanda si elle ne venait pas de dire une grosse connerie.

Va-t'en, docteur York. C'est pas le moment. Tu fais tache, là.

— Et le vert, alors ? demanda Pip.

— Tous les jours, expliqua Cat, il y a des points à gagner sur les principaux sprints tout le long du parcours si on finit dans les vingt-cinq premiers. Le maillot vert, c'est pour celui qui a récolté le plus de points et qui est le mieux placé. Cipollini a marqué des points sur les sprints aujourd'hui et il a terminé bien placé, ce qui lui a valu le maillot vert. Lomers a eu le meilleur temps auquel on a déduit vingt secondes parce qu'il était gagnant de l'étape du jour, du coup, il a le maillot jaune.

Oh non. Pourquoi tu t'en vas, Ben ?

— Alors c'est lui qui l'aura demain ? demanda Fen. C'est lui qui gagne ?

— Qui ? demanda Cat qui en était à constater que le polo que portait Ben tombait merveilleusement bien sur ses larges épaules.

— Le Hollandais Volant, répondit Fen.

— Oui, dit Cat, jaune c'est ce qu'il y a de plus haut.

C'est là-bas qu'il est le bar ? Je pourrais peut-être me rapprocher un peu.

— Et celui avec les pois ? demanda Pip.

— Tous les jours, les montées sont notées suivant leur pente, expliqua Cat. Aujourd'hui comme hier, il n'y avait que des pentes de quatrième catégorie. Les points de montée sont accordés aux coureurs qui arrivent les premiers au sommet des cols. C'est pourquoi notre

David porte le maillot du Roi de la Montagne au terme de cette étape.

Je pourrais peut-être remonter dans ma chambre pour me faire monter un truc à bouffer.

— C'est qui « notre David » ? demanda Pip en chuchotant comme s'il avait quelque chose à voir avec elle, mais qu'on avait oublié de la mettre dans le secret.

—David Millar est un coureur anglais de l'équipe française Cofidis, expliqua Cat, ce n'est pas spécialement un grimpeur, mais un *rouleur** qui promet. Dans les étapes de cette semaine, les montées ne sont pas assez importantes pour être réservées aux seuls grimpeurs. Ils ne vont pas gaspiller leur énergie et préfèrent se tenir à distance des dangers en prévision des étapes de montagne qui arrivent ensuite.

Si je dis maintenant qu'il faut que j'y aille, elles vont me demander pourquoi. Si je leur réponds la vérité, elles vont me dire qu'il faut que j'aille au bar, surtout pas dans ma chambre.

—Alors notre David n'aura que quinze minutes de gloire ? dit Pip.

— Je crois qu'il aura un peu plus que ça. Tu n'auras qu'à le regarder dans les courses contre la montre, dit Cat.

— C'est encore un autre maillot, ce truc-là ? demanda Fen.

— Non, dit Cat, il n'y a pas de maillot dans les courses contre la montre.

— Je crois qu'on a tout compris, maintenant, dit Pip.

— Oui, dit Fen, on va appeler Django pour tout lui dire. Qui est-ce qu'il ne faut pas quitter des yeux à l'étape de demain ?

— Il faut que j'y aille, dit Cat.

— Pourquoi ? C'est nous qui t'appelons. On s'en fout, dit Pip.

— Il faut que j'aille dans ma chambre, dit Cat qui avait remarqué que le bar se remplissait de plus en plus.

— Pourquoi ? demanda Fen.

— Tu es où, là ? demanda Pip.

— Dans le hall, dit Cat, pas loin du bar.

Il y eut un moment de silence.

— Et alors ? dit Fen.

— C'est bien comme endroit, non ? demanda Pip.

— Est-ce que tu n'aurais pas par hasard l'intention d'aller te cacher dans un trou de souris ? devina Fen.

— C'est juste que c'est dur de vous expliquer tout ça ici, au milieu de plein de gens que je ne connais pas et qui sont hyper à l'aise.

— Mais tu as dit qu'il y avait un petit groupe sympa, dit Fen.

— Il est sympa, je veux dire, ils sont sympas, s'empêtra Cat.

En Angleterre, Fen fit un clin d'œil à Pip qui lui sourit en retour.

— C'est qui « il » ? demanda Pip.

— C'est un médecin d'équipe, c'est tout, chuchota Cat.

— C'est tout ? s'exclama Pip.

— Prends juste un verre avec lui, et puis tu verras bien, dit nonchalamment Fen en regardant sa sœur faire les pieds au mur.

— OK, dit Cat qui aimait bien qu'on lui dise ce qu'elle devait faire.

Cat a éteint son portable. Elle a respiré à fond deux fois. Il lui a fallu beaucoup de courage pour résister à la tentation de remonter dans sa chambre. Maintenant il va falloir avoir le cran d'entrer dans le bar. Elle entre. Elle y est. Il est assis sur un long canapé devant une table basse. Il boit au goulot une bouteille de bière. Cat fait semblant de ne pas remarquer qu'il a des avant-bras complètement divins.

— Je suis désolée, dit Cat, c'était mes sœurs. C'est la première fois qu'elles suivent le Tour.

— Elles vous appellent en tant qu'expert, je ne peux pas leur en vouloir, répondit Ben en lui souriant.

Cat n'est pas trop sûre qu'il lui ait fait un compliment sur son savoir ou s'il a simplement critiqué les règles compliquées du Tour.

— Je vais vous chercher une bière, dit-il en se dirigeant vers le bar.

Elle n'a pas eu le temps de lui dire qu'elle aimerait mieux un verre de vin. Il revient avec une bouteille de bière 1664.

— Je vais vous donner un conseil, lui dit Ben en lui tendant la bouteille, si vous voulez faire bien, vous demandez une *seize**.

Est-ce que j'ai envie de faire bien ? se demande Cat.

Évidemment. Bois ta bière d'une façon érotique, Cat. Ben le fait si bien, lui, sans s'en rendre compte.

Il sait très bien ce qu'il fait. Il ne me quitte pas des yeux en buvant. Ils se rétrécissent légèrement quand il boit, il les ouvre tout grands quand il se lèche la lèvre supérieure.

Cat intéresse Ben York. Il lui pose beaucoup de questions. La bière est fraîche et pétillante et comme Cat a l'estomac vide, ça lui délie agréablement la langue. Elle lui répond et glisse aussi des questions de temps à autre. Sur Mégapac, d'abord. Sur Luca ensuite. Puis sur Ben. Dans un premier temps, elle est déçue d'apprendre que ce n'est pas l'amour du cyclisme qui l'a amené à chercher un boulot de ce genre. Mais elle est aussi bluffée par le fait que ce soit sa réputation de praticien qui a fait que Mégapac ait cherché à le recruter. Il parle de sport avec enthousiasme et en profondeur. Au fond, il lui ressemble beaucoup. Ben est amical et attentif et elle se demande s'il n'est pas en train de la draguer. Elle se dit qu'elle se fait des idées, ça doit être à cause de la bière. Cela ne lui était pas arrivé depuis longtemps. Ces derniers temps, elle s'est plutôt trouvée confrontée à la critique.

Je suis en France. Sur le Tour. Loin de chez moi. Pour tout l'été. Loin de L'Autre. J'ai bien fait de venir. J'ai bien fait de ne pas remonter dans ma chambre.

— *Croque-monsieur, mademoiselle** ? demande Ben, en haussant un sourcil, ce qui fait ressortir ses lèvres charnues.

— Seulement si vous m'accompagnez, répond Cat timidement.

Ils s'accordent un regard prolongé. Ben sourit et Cat lui rend son sourire. Il va au bar pour commander et elle le suit des yeux avant de jeter un regard autour d'elle pour vérifier que personne ne les observe. Il y a pas mal de monde, mais personne ne semble s'intéresser à elle ou se rendre compte du truc magique qui passe entre elle et Ben. Elle le ressent de façon si intense qu'elle est persuadée que ça doit faire comme un halo palpable autour d'eux. Le voilà qui revient.

— Vous aimez les olives ? demande-t-il.

— J'adore, répond Cat enthousiaste.

Ben lui présente une assiette d'olives. Noires, vertes, farcies, luisantes d'huile, imprégnées d'ail, parfumées au romarin.

— Excusez-moi, dit Cat, son pouce et son index hésitant au-dessus de l'assiette pour sélectionner une des plus grosses olives.

— Pourquoi donc ? demande Ben.

— Non, dit Cat, je voulais juste dire que j'allais aux toilettes.

Elle enlève le noyau de sa bouche et le plante avec délicatesse dans le cendrier. Elle sort en marchant lentement. Elle essaye de ne pas rouler du cul, puis elle se demande si ce ne serait pas plutôt une bonne idée et accentue son déhanchement. Elle s'assied sur la cuvette des toilettes et regarde sa main droite et sa main gauche à la manière de Fen. Mais il n'y a pas de dilemme entre ses mains. Ce n'est pas d'un conseil dont elle a besoin. Elle veut juste se retrouver seule un moment. Se calmer avant de retourner voir Ben. En se lavant les mains, elle jette un coup d'œil à son reflet dans le miroir. Elle se fait un petit sourire.

C'est bon. Ce qui se passe ce soir. C'est bien. Je passe une bonne soirée. Je crois vraiment qu'il me drague. Cela faisait longtemps. Mais je me fais peut-être des idées.

Tu n'as qu'à retourner le voir.

Merde. Alex et Josh sont assis à côté de Ben, à manger des olives et à boire de la *seize**.

— Salut, Cat, dit Alex.

Il a les cheveux en bataille et quelque chose de sauvage dans le regard.

— *Finito completo**, dit Josh qui a l'air complètement crevé.

— Salut les mecs, dit Cat en s'asseyant et en jetant un coup d'œil à Ben.

A-t-il vraiment haussé les épaules pour indiquer son fatalisme ou a-t-elle rêvé ?

— Je me fais un *croque-monsieur**, annonce-t-elle comme si on lui avait demandé de justifier sa présence à table.

— Nous aussi, dit Josh.

Ils mangent. Ils parlent. Cat fait exprès de se concentrer sur Josh et Alex, en évitant soigneusement le regard de Ben, alors qu'elle crève d'envie de le regarder. Lui, par contre, continue à s'adresser à elle. Il lui offre une autre bière et répond même à sa place.

— Non, dit-il à Josh, le type de *Maillot* n'a pas eu l'air très intéressé par son article sur les femmes *soigneurs**.

Josh bâilla.

— Merde, dit-il, j'ai oublié de passer un coup de fil chez moi.

Cat se demande si c'est à son intention qu'il a dit ça. L'impression qu'elle a eue qu'il se faisait un plan sur elle l'effleure à nouveau. Du coup elle en vient à se demander si elle ne se fait pas un plan sur Ben et si ce n'est pas un peu présomptueux de sa part de penser que c'est réciproque. D'un seul coup elle redevient raisonnable. Elle est sur le Tour de France pour bosser. C'est son gagne-pain qu'elle est en train de mettre en péril. Elle n'a pas le droit de s'intéresser à quoi que ce soit d'autre.

— On remet ça ? propose Alex.

— J'ai plutôt envie de faire des zèdes, dit Ben.

— Des quoi ? demande Cat.

— Tu sais, dit Ben, comme les personnages de bande dessinée qui ont des « z » au-dessus d'eux quand ils dorment.

Cat, Alex et Josh trouvent ça marrant. Mais Cat rit plus fort et plus longtemps que les autres. Elle donne même un léger coup de genou à Ben et se demande si elle a bien fait. Elle l'a fait sans y penser. Elle s'est sentie bien en le faisant. Plus que bien. Mais Ben, comment l'a-t-il pris ? Et les deux autres l'ont vue.

J'aimerais bien rester là encore un peu.

Alex se lève, s'étire et profère des jurons en bâillant. Josh se lève et en fait autant, mais sa gamme d'injures est beaucoup plus soft. Ben se lève. Il ne bâille pas, mais il croise ses mains derrière son cou ce qui attire le regard de Cat sur ses épaules avant que leurs regards ne se croisent. Elle est déçue.

Restez encore un peu. Je suis bien, là. C'était ce que je voulais. De la camaraderie*. *Des copains de boulot qui deviennent des amis. Qui ont bien bossé et qui ont le droit de passer une bonne soirée.*

Exactement. Tu bosses ici. Alors il y aura encore demain. Pendant trois semaines il va y avoir des lendemains.

— Bonne nuit, tout le monde, dit Ben en se dirigeant vers les escaliers.

— À plus ! dit Josh.

— À demain, dit Alex en bâillant et en appuyant sur le bouton de l'ascenseur.

— Bonne nuit, Ben, dit Cat alors qu'il est déjà hors de vue.

— Je crois que tu as fait une touche, là, dit Alex en la regardant d'un air lourd de sous-entendus par le truchement du miroir de l'ascenseur.

— Arrête de déconner, dit Josh en se frottant les yeux, elle a un mec en Angleterre.

TROISIÈME ÉTAPE

Vuillard-Plumelec. 225 kilomètres

Je n'ai pas envie que Josh me courre après. Je n'ai pas envie qu'il parle de moi avec Ben.

C'est ce que pensait Cat dans son sommeil. Et elle pensait tellement fort qu'elle se réveilla en sursaut au milieu de la nuit.

Je n'ai pas envie que Ben pense que j'ai un mec. Parce que je n'en ai pas d'abord. Donc, ça veut dire que j'ai envie que Ben sache que je suis libre. Si je suis attirée par Ben, ça veut dire que je me sens libre. Si je me sens libre, c'est que le cercueil de mon histoire avec l'Autre va bientôt se refermer définitivement. Vouloir quelqu'un d'autre, ça revient à enfoncer le dernier clou du couvercle de ce cercueil. N'essaye pas de te raconter autre chose, fillette !

Ces cogitations la plongèrent dans un profond sommeil pendant deux heures. Elle se réveilla à nouveau. L'aube n'était pas encore levée.

Sortir avec Ben me permettrait d'enterrer l'histoire dont je sors. De me débarrasser des vieux souvenirs une bonne fois pour toutes. D'arrêter de penser à l'Autre. Ce serait déjà un bon point.

Cat dormit encore une heure puis se leva. Il était à peine six heures et demie.

C'est des conneries, Cat. Ben n'a rien à voir avec l'Autre. Le seul fait indiscutable, c'est qu'il me plaît. Point barre. Il me fait vibrer. Je le veux.

Elle versa le contenu de son sac à dos sur son lit. Elle sélectionna plusieurs tenues possibles. Il était franchement trop tôt pour commencer à s'habiller. Les coureurs ne signaient pas la feuille de présence avant 10 heures 30. Cat avait quatre heures devant elle pour décider ce qu'elle allait mettre. Elle essaya plusieurs tenues. Elle se retrouva bientôt assise sur son lit comme une quiche en petite culotte et soutien-gorge même pas assortis. Elle prit son portable et composa un numéro.

— Allô ?

Fen était complètement dans le coltard. Il était encore très tôt au Méridien de Greenwich. Un coup de téléphone aussi matinal ne pouvait annoncer qu'un décès. Ou un truc encore plus horrible.

— C'est moi, chuchota Cat comme si elle avait peur que ses voisins écoutent sa conversation, l'oreille collée contre le mur.

— Mais Cat, qu'est-ce qui se passe ? demanda Fen.

— Comment ça ? répondit Cat, que le ton de sa sœur inquiéta.

— Il est super tôt. Tu vas bien ? insista Fen.

— Oh, merde ! s'exclama Cat. Elle venait juste de réaliser le décalage horaire. T'inquiète, je vais bien. J'appelais juste pour blablater.

— Je vois, dit Fen posément.

— Et aussi parce que j'aurais besoin d'un conseil.

— Un conseil ? demanda Fen, à propos de quoi ?

— Je ne sais pas quoi mettre aujourd'hui, dit Cat d'une toute petite voix.

Elle jeta un coup d'œil à travers les rideaux pour constater que l'aube annonçait une journée ensoleillée.

— Tu ne sais pas quoi mettre ? répéta Fen qui constata de son côté qu'il pleuvait des cordes. Fen écouta un moment le silence de sa sœur en se demandant si elle pouvait l'entendre sourire. Alors OK, dit-elle avec énergie, mais seulement si tu me jures que c'est le docteur et pas un mec à vélo déguisé en ver luisant !

— C'est le docteur, dit Cat en fermant les yeux. Elle avait la crainte superstitieuse que cette révélation à voix haute mette en péril une situation qui n'existait pas encore. Tu crois que c'est une connerie ?

— Il était temps, tu veux dire.

— J'avais pensé mettre mon short kaki, dit Cat.

— Il s'appelle comment ? Il a quel âge ? Il est marié ? Divorcé ? Séparé ? Veuf ? Célibataire racorni ? demanda Fen. Kaki, c'est pas mal, ouais.

— Avec ma petite veste moulante Gap Kids, continua Cat. Il s'appelle Ben York, il est un peu plus vieux que moi, il est grand, mais pas trop et il est hyper beau.

— Ta petite veste Gap Kids elle est bien, mais il fait quel temps, là-bas ? Tu pourrais peut-être enfiler une chemise blanche pardessus, que tu ne boutonnes pas, tu vois ? dit Fen. Et il est d'où ? Il parle anglais ?

— J'ai amené la super chemise que Pip m'avait donnée, dit Cat en la prenant dans le tas de vêtements sur le lit. Il est anglais, mais il vit aux États-Unis.

— Mauvais plan, grogna Fen.

— La chemise de Pip ? demanda Cat en farfouillant dans la pile pour trouver autre chose.

— Non, les États-Unis, dit Fen. Tu vas vivre trois brèves mais intenses semaines de passion torride, et après il ne te restera que tes yeux pour pleurer.

— Je n'avais pas projeté mes fantasmes aussi loin, dit Cat. J'en suis à l'étape de l'attente, de la séduction. J'adore être dans cet état-là. Alors qu'est-ce qu'on décide pour la chemise blanche ?

— C'est bon, on la met, déclara Fen, c'est flamme magique totale, alors ?

— J'en ai bien l'impression, dit Cat prudemment, espérant qu'elle ne s'était pas trompée dans les émotions qu'elle avait ressenties la veille. Et qui lui avaient bien parues réciproques. À ton avis, mes Timberland ou des trainers ?

— J'espère que tu vas bien t'éclater. Mais fais gaffe, c'est le Tour de France. Tu es dans un espace-temps virtuel et éphémère. Ce qu'il te faut, c'est un bon plan cul. Un bon petit plan cul des familles. Il a l'air parfaitement taillé pour le rôle, dit Fen, ouais, sexy les Timberland.

— Il s'appelle Ben York, la reprit Cat, tu en parles comme si c'était un figurant dans le film de mes vacances, version porno. OK pour les Timberland, alors.

— C'est exactement le rôle qu'il va tenir. Tu vas nous revenir toute bronzée, avec la petite lueur dans les yeux typique de la nana qui a essayé toutes les positions du Kâma sûtra pendant ses vacances, prédit tranquillement Fen.

— Mais Fen ! dit Cat qui était secouée par un fou rire, tu entends comment tu parles ? Tu t'es regardée avant ? Toi et tes deux mecs que tu n'arrives même pas à départager. Tu t'es décidée, finalement ?

— Non, dit Fen tristement après avoir marqué un temps de réflexion. Dis-moi encore des trucs sur Ben, plutôt.

— Il a des yeux bizarres, dit Cat.

— Comment ça, bizarres ? réagit Fen qui imaginait des yeux pers, qu'il louchait ou qu'il avait un œil de verre.

— Je veux dire étranges, dit Cat. Ils sont marron clair, et quand il te regarde, tu as l'impression qu'il lit en toi.

— N'oublie pas de soigner tes sous-vêtements s'il a la vision X de Superman, dit Fen.

— Il a des cheveux bizarres aussi, dit Cat. Je vais mettre mon petit ensemble sexy Calvin Klein.

— Comment ça bizarres ? demanda Fen qui se mettait à imaginer une moumoute de boucles rousses assez semblable à la perruque de Pip quand elle se transformait en Martha le Clown.

— Ils sont courts, bruns, mais pas complètement. Il a plein de petites touches plus claires ici et là.

— Tu veux dire qu'il est du style à blanchir prématurément, c'est ça ? Il n'y a pas de mal à ça. Regarde l'autre tache de George Clooney, par exemple. Ouais, ton petit CK, c'est exactement ce qu'il faut.

— Je crois que je lui plais, dit Cat, je ne vais pas m'emmerder avec un soutien-gorge, ma veste Gap Kids en stretch maintient suffisamment. Et puis si ça ballotte un peu quand je marche, tant mieux !

— C'est évident que tu lui plais. Pourquoi tu ne lui plairais pas d'abord ? Je peux le répéter à Pip ?

— Tu ne crois pas que ça va me porter la poisse ?

— N'importe quoi ! Il faudrait que tu aies un peu plus confiance en toi, des fois.

— Il y a longtemps que je l'ai perdue ma confiance en moi.

— Je ne suis pas d'accord, dit Fen sévèrement, moi je dirais plutôt qu'on te l'a volée. Maintenant tu as droit à une méga dose. Je peux le répéter à Pip ?

— OK, dit Cat en rigolant. Tu peux lui répéter tout ce que je t'ai dit sur ses yeux, qu'il est médecin, et tout le reste.

— Je peux le dire à Django ?

— Tu ne crois pas que ça risque de me faire des mauvais points de karma ? demanda Cat. Fen, qui prenait le karma beaucoup plus au sérieux que la poisse, garda le silence.

— Je sais quoi, dit Cat, si Sassetta gagne l'étape d'aujourd'hui, alors tu pourras le dire à Django.

— Je crois que c'est plutôt le *maillot vert** qu'il faut mettre dans la balance sur ce coup-là, dit Fen très sérieusement, s'il rafle le bonus sur le sprint intermédiaire, il lui suffira de finir un poil avant Cipollini pour décrocher le maillot vert. Il n'aura pas besoin de gagner l'étape pour ça.

Cat sourit. Sa sœur était atteinte par le virus du cyclisme. Il n'y avait pas de traitement. Elle ne pourrait plus jamais s'en débarrasser.

Où est Ben? Docteur York, où es-tu* *? Est-ce que je peux te tutoyer ou est-ce que je dois continuer à dire vous ? Tu n'es pas avec les gens de Mégapac.*

Cat était dans l'aire réservée aux équipes au milieu de la foule des journalistes et du personnel des équipes.

Voilà Mario Cipollini !

— Mario ! *Ça va** ?

— *Buon giorno** ! dit Cipollini (il se demandait qui était cette fille qui le saluait comme si elle le connaissait. Mignonne en tout cas...). Aujourd'hui, je suis Super Mario et je vais à nouveau être le Roi Lion, *compris** ?

— *Compris**, Cipo ! répondit Cat sans réfléchir avant d'utiliser son diminutif. *Bonne chance** !

— *Merci, grazie**, merci beaucoup, *signorina**.

Cat agita la main pour dire qu'il n'y avait pas de quoi. Elle se remit à la recherche du docteur York, accordant un large sourire à Laurent Dufaux au passage. Jan Svorada, Jose Maria Jimenez et Jacky Durand rendirent tous son salut à cette fille qu'ils n'avaient jamais vue, mais qui portait un short aussi avenant que son sourire.

Où es-tu, docteur York ? Je ferais peut-être bien d'aller jeter un œil au village*. *Dégage, Alex, je suis en train d'accomplir une mission importante. J'ai soif. Ah ! le stand de Maison du Café. Un express, s'il vous plaît.* Merci beaucoup*. *Oh ! Eddie Merckx ! Le vrai Eddie Merckx en chair et en os !*

— *Bonjour, monsieur Merckx**.

— *Eh ? Ah oui — bonjour mademoiselle**.

— *Café** ?

— *Pour moi ? Merci**.

Il n'y a pas de quoi, c'est sur la note de frais. Je vais m'en faire un autre. Ben, tu es où ? Je vais faire le tour encore une fois. Voilà Luca. Son docteur est forcément dans le coin.

— Hé ! Luca, lança Cat. Comment ça va ? C'était une super belle course pour vous hier.

— Merci, dit Luca qui était ravi de tomber sur elle, mais qui se creusait la tête pour se souvenir de son prénom.

Il plissait les yeux derrière ses Oakley pour essayer de le lire sur son badge.

— Qu'est-ce que vous croyez que ça va donner aujourd'hui ? demanda Cat.

Vous ne sauriez pas des fois où est le docteur ?

— Hé bien, Catriona, répondit-il tout content de lui, la fin de l'étape est assez spéciale. On arrive à Plumelec, et on doit encore faire 12 km de circuit qui se termine par une belle petite montée sur le dernier kilomètre. Ce n'est pas vraiment un circuit pour sprinter, mais s'il y a quelqu'un qui veut encore plus gagner que Delongue, c'est Sassetta. Il est prêt à tuer, aujourd'hui. C'est un tueur, ce mec. Vous voyez ce que je veux dire, Catriona ?

— Luca, le reprit gentiment Cat, vous avez vraiment le droit de m'appeler Cat. Faites bien attention à vous, OK ?

Et dites à mon petit docteur que je le cherche.

Luca hocha la tête.

— Merci, dit-il (le « faites bien attention à vous » de Cat était bien plus humain que l'habituel « bonne chance » que lui balançaient les autres journalistes). Venez me voir à l'arrivée, je vous donnerai le scoop du jour.

— Ce serait un honneur, ça, Luca. C'est promis ?

Et si vous pouvez vous arranger pour que mon petit docteur soit là, ça sera encore mieux.

— Promis.

Il releva ses lunettes de soleil sur son front, lui tendit la main et embrassa celle de Cat quand elle la lui tendit en retour.

Si je suis déjà dans cet état-là pour un baiser de Luca, je vais me retrouver comment quand Ben va prendre ma bouche ?

Comme il y avait cette histoire de Sassetta qui partait sur le sentier de la guerre pour gagner l'étape ou le maillot vert, voire les deux, Cat, Josh et Alex prirent l'*itinéraire direct** direction la *salle de presse** de Plumelec. Ils seraient mieux là-bas pour observer la course depuis les écrans de télé.

Dans la *salle de presse**, un technicien testait un micro en imitant une bande-son de film porno quand les acteurs sont au bord de l'orgasme. Les mille journalistes masculins ricanèrent. Les douze journalistes femmes établirent un lien entre elles par le biais de haussements de sourcils exaspérés. Après avoir avalé un sandwich au buffet, Cat s'assit pour regarder les images en direct du Tour. Elle fut soudain complètement absorbée par le spectacle. Si Ben York était entré à ce moment-là, les couilles à l'air, une rose à la bouche, elle l'aurait à peine regardé et lui aurait dit de repasser plus tard.

L'audace d'un groupe d'échappée, la beauté du peloton qui fait tout pour le réintégrer. J'adore avoir une vue aérienne du Tour. Vu du ciel, le peloton a l'air de ne faire qu'un. Il devient une chose vivante, harmonieusement unie. Regarde-les onduler à l'approche de ce rond-point !

Cat, les lèvres entrouvertes regarde le flot des coureurs se diviser pour contourner le rond-point de part et d'autre avant de fusionner pour repartir vers l'avant. On dirait des billes de mercure.

Mais une vue aérienne, aussi esthétique soit-elle, ça empêche de voir ce qui se passe vraiment. Vu d'en haut, on oublie que cette masse compacte est composée de 189 coureurs — 184 maintenant — qui se bagarrent, qui crient et qui s'insultent pour se faire une place.

Cat contemplait cette belle ligne colorée qui glissait sur le macadam, qui ployait aux tournants, illuminant le paysage breton et la vie des spectateurs locaux. Elle était composée d'individus qui actionnaient les pédales, qui suivaient leurs lignes, qui contrôlaient leurs pouls pour équilibrer leur rythme, qui voulaient en faire plus pour leurs équipes, pour leurs sponsors, se rapprocher d'une journée de Paris, survivre à celle-ci tout simplement. Vingt et une équipes. 184 individus. Le peloton du Tour de France. Un flot brillant d'énergie vu d'au-dessus. En bas, la masse, la réalité : la guerre.

Avec encore plus de 100 kilomètres devant eux, Hunter Dean et Travis Stanton s'étaient regroupés avec trois autres coureurs et avaient distancé le peloton.

— La vache, comment c'est humide ! dit Travis.

— On a le vent dans le dos, lui répondit Hunter pour l'encourager en se mettant devant lui.

Le groupe d'échappée gardait la tête baissée et pédalait avec ardeur.

Dans le peloton, Stefano Sassetta s'en prenait à la voiture de l'équipe.

— Qui est-ce qui mène ? demandait-il à son *directeur**, vous voulez que je fasse quoi, moi ?

— Personne d'important pour toi, lui répondit son *directeur**, laisse-les prendre les points du dernier sprint. Ils se fatigueront bien assez tôt. C'est des merdes. Des Américains. Laisse-les agiter leurs drapeaux comme des cons cinq minutes.

Sassetta rejoignit le centre du groupe. Il entr'aperçut le maillot jaune sur le dos de Lomers. Son sang ne fit qu'un tour. Il pédala pour arriver à sa hauteur. Le Hollandais avait le regard fixé droit devant lui. L'anglais était la seule langue dans laquelle ils pouvaient communiquer.

— Profite bien de ton maillot parce que tu ne vas pas le garder longtemps, siffla Sassetta. Il n'y a qu'à moi que le vert va bien, de toute façon. Ça ne va pas avec la couleur de tes cheveux.

Jesper accorda un bref regard à Sassetta puis se concentra à nouveau droit devant lui. Il n'avait pas l'intention de réagir. Ce n'était pas son genre. C'était un sportif. Pour lui, les manières allaient de pair avec sa vocation. Et il pensait à Anya qui n'était jamais à la maison.

Avec moins de 25 kilomètres devant eux, Travis et un autre coureur perdirent de la vitesse et se laissèrent rattraper par le peloton. Avec Hunter, ils atteignirent Plumelec. Ils savaient qu'il fallait encore courir pendant 12 kilomètres. Hunter jeta un bref coup d'œil par-dessus son épaule. Il savait que le peloton allait bientôt les rejoindre, mais il pouvait par miracle remporter l'étape. De justesse. Est-ce que ça valait le coup de se défoncer aujourd'hui ? Quelle en serait la conséquence pour ses jambes le lendemain ? Il y avait deux autres étapes plus tard dans la course qu'il pensait pouvoir emporter. Mais la chance, c'était maintenant.

— Encore six kilomètres, et je me sors de ce truc, se dit-il tout en évaluant les réserves qu'il pouvait espérer tirer des deux autres.

Hunter faisait du 46 km/h. Au bout de trois kilomètres, Hunter avait onze secondes d'avance, et il était soutenu par l'adrénaline et le désir de vaincre. À un kilomètre de l'arrivée, il se faufila parfaitement entre le virage à droite et un pont étroit. Il se mit debout sur les pédales avant d'entamer la dernière montée.

C'est alors qu'il l'entendit. Il n'entendait rien d'autre. Ni son cœur. Ni sa respiration. Ni la foule qui hurlait. Ce qu'il entendait, il pouvait aussi le sentir. Il voulait avancer, mais il était comme aspiré vers l'arrière. Quand ses bras et ses jambes sentirent qu'il se trouvait à la fin de la montée, Hunter jeta un coup d'œil fatidique par-dessus son épaule. Le geste lui prit quelques secondes, mais il savait qu'il allait voir d'où provenait le son assourdissant qui emplissait ses oreilles. Le peloton du Tour de France fondait sur lui, nuée grouillante au milieu d'un brouillard de chaleur, ni amical, ni hostile, mais qui n'avait aucun respect pour l'endurance dont il avait fait preuve au cours des 100 derniers kilomètres. Sa dignité intacte, Hunter se rassit. Il faisait à nouveau parti du peloton. Il était redevenu anonyme.

COPIE POUR P. TAVERNER @ BUREAU DES SPORTS DU *GUARDIAN*
DE CATRIONA McCABE À PLUMELEC

Mario Cipollini a cédé le maillot vert à son compatriote italien Stefano Sassetta sur cette troisième étape du Tour de France. Sur la fin de l'étape en montée qui ne favorise pas les purs sprinters, le puissant coureur de Zucca MV s'est détaché du peloton. Quand il a franchi la ligne d'arrivée, il a donné des coups de poing en l'air pour manifester non pas l'extase de la victoire, mais peut-être bien plutôt l'ivresse de la revanche. Il a gagné l'étape, il portera demain le maillot vert du classement aux points. Jesper Lomers porte toujours le maillot jaune, mais il devra bientôt y renoncer quand les vrais favoris surgiront. Aucun doute que Lomers s'y pliera de bonne grâce. Il concentrera alors ses efforts sur le maillot vert. L'obtenir requerra plus qu'une course parfaite — il faudra y ajouter du stoïcisme pour mépriser la foule — mais il faudra aussi faire fi de l'arrogance qui enveloppe Sassetta quand il peut exhiber son pouvoir en portant le maillot vert. Il y aura autant de bagarre pour ce maillot vert qu'il y en aura eu pour le maillot jaune. Le Tour de France cette année se résume à un duel entre Système Vipère et Zucca MV.

Un groupe d'échappée de cinq hommes a mené la course sur les 100 derniers kilomètres, leur avance maximum culminant à trois minutes. Une belle tentative conduite par la star de Mégapac, Hunter Dean, qui menait à six kilomètres de l'arrivée, talonné par le peloton. Une tentative plus déchirante que réaliste. Mais le succès dans le Tour de France s'obtient parfois par une victoire de l'esprit sur le corps. Si Dean maintient cet état d'esprit en dépit de la montagne qui va broyer ses muscles, il pourrait arriver à montrer de quoi il est capable sur les dernières étapes de la grande boucle*.

Demain, les 184 coureurs du Tour de France vont courir une étape de 248 kilomètres de Plouay à Chardin. Sur de longues routes sans relief, les vents qui risquent de souffler fort pourraient bien être gênants. Le peloton devra manger l'asphalte et repousser le vent en courant en éventail. Un beau spectacle en perspective donc puisque c'est la seule façon pour les coureurs d'arriver indemnes à bon port.

<FIN>

— À cause de son cricket de merde, Taverner ne m'autorise que 350 mots aujourd'hui, dit vivement Cat à Josh. Je n'ai même pas pu dire que Millar a passé le maillot à pois à Jonathan Vaughter de US Postal.

— Hé bien, tu pourras t'accrocher pour qu'ils te prennent en bagnole avec eux, lui répondit-il sans même lever les yeux de son écran.

— Je vais à la pêche aux citations, dit Cat en le quittant.

Je vais voir si je peux trouver Luca pour le scoop qu'il m'a promis. Et le petit docteur du même coup. Tiens, mais c'est ma copine Rachel.

— Hé, Rachel, lança Cat. Elle regarda Rachel essuyer les jambes du super *domestique** de l'équipe, Gianni Fugallo avec des flanelles humides.

— C'est pas vraiment le moment, dit-elle en levant à peine les yeux.

Cat fut sur le point de se vexer, mais elle se souvint de l'endroit où elle se trouvait et leva les mains en l'air pour montrer qu'elle se rendait aux priorités de Rachel. Elle lui dit qu'elle lui passerait un coup de fil.

— Voilà, fais ça, dit Rachel qui avait chaud et était exténuée, ça sera sympa.

Voilà le groupe de Mégapac. Où est Luca ? Voilà Hunter.

— Salut, Hunter, dit Cat. Belle course, hein ?

— Merci, dit Hunter qui la reconnaît à peine.

— Yo, Catriona !

Luca !

— Cat, rectifie-t-elle, comment ça va ?

— Je me sens bien, merci, Cat, dit-il alors qu'il a l'air très fatigué.

Ses yeux sont légèrement injectés de sang, comme éteints. Il s'approche d'elle. Ses chaussures à cales lui donnent une démarche à la Charlie Chaplin et elle a envie de le serrer dans ses bras, de le conduire jusqu'à une chaise et de le faire asseoir pour qu'il puisse étendre ses jambes. Elle remarque un filet de salive séchée à la commissure de ses lèvres. Ses mollets sont couverts de poussière. Il y a comme un paradoxe entre la puissante musculature de ses jambes et la fragilité de sa démarche provoquée par six heures de course.

Il a besoin de son soigneur*, *ou de son médecin. Cela me surprend toujours. Sur son vélo, un coureur a toujours l'air fort. Une fois qu'il descend, il a l'air presque vulnérable.*

— Tu as quelque chose d'intéressant pour moi ? demande Cat.

— Tu penses ! dit Luca, les mains sur les hanches. Où est-ce que tu es descendue ?

— À Plouay, répond Cat.

— Viens faire un tour dans ma chambre à l'hôtel, je te ferai une déclaration qui vaut le coup, dit Luca.

— OK, dit Cat avec enthousiasme, à tout à l'heure.

— *Ciao, bambina**, dit Luca.

Cat a l'impression d'être sur un nuage.

Il faut que j'y aille. J'ai besoin de voir le docteur. Où est Ben ?

Le voilà. Avec une femme. Elle est là, souriante, debout contre un tronc d'arbre. Il se tient en face d'elle, aussi près d'elle qu'il était près de Cat hier. Il n'envahit pas l'espace de cette femme, il le domine. Ce n'est pas la même chose, Cat en a fait l'expérience. C'est quelque chose de subtil. Dans le premier cas, on a la sensation d'une intrusion. Dans le second, on est déconcerté, envoûté.

Pauvre Cat. Elle n'est pas jalouse, mais dépossédée. Ben est là. Elle a eu envie de le voir toute la journée. Lui n'a pas cherché à la voir. Il a préféré s'occuper d'une autre. Ben a pris le visage de la femme dans ses mains et la regarde intensément. Elle est là, avec ses longues jambes bronzées et son visage parfait. Qu'est-ce que ça peut faire si elle porte un minuscule short écarlate à frou-frou ou si sa tête est surmontée d'un chapeau ridicule en forme de bouteille de Coca. C'est une podium girl, c'est tout. Et elle est sublime. Cat n'est qu'une *journaliste**. Elle a un short kaki tout froissé, une veste qui vient d'un magasin pour enfants et une chemise blanche pleine d'encre sur les poignets avec une tache de café en plein sur le devant. Elle porte aussi d'authentiques bottes Timberland, mais franchement, ça ressemble à ce que Django appellerait des écrase-merdes.

Oh, non ! J'ai dit à Fen que si Sassetta gagnait elle pourrait tout lui révéler sur ce toubib de merde.

Cat éteint son téléphone, se retourne et s'en va rapidement, mais pas trop brusquement. Son pas n'a rien de léger. Elle se retranche dans un coin derrière la ligne d'arrivée où des officiels sont occupés à démonter les estrades. Elle trouve un cageot, s'assied dessus et met sa tête dans ses mains.

Merde et merde. Maintenant chez moi ils sont tous au courant pour ce toubib à la con qui ne s'intéresse à moi que dans mes rêves. Josh que j'aime bien et que je respecte me définit par rapport à un soi-disant mec qui n'existe même pas. J'ai pas l'air d'une conne maintenant. Sauf pour Ben. Pour lui, je n'existe carrément pas.

Tu vas arrêter ton mauvais plan genre premier chagrin d'amour adolescent, Cat ?

J'essaye de guérir, là. J'essaye de continuer à aller de l'avant.

Et il y a forcément besoin d'un mec pour ça ? Essaye Luca, à ce moment-là.

Non. Pas lui. C'est un coureur du Tour de France. C'est un surhomme. Je n'oserais même pas le toucher ou l'encourager à me toucher. Il faut penser aux conséquences.

Et Josh ?

Je crois que je vais bientôt l'adorer. Mais pour moi il n'y a rien à envisager au-delà d'une amitié sincère.

— Je suis *journaliste**, dit Cat à voix basse. Elle le répète un peu plus fort. Je travaille ici. J'ai une idée d'article pour *Maillot*, et je vais leur téléphoner.

Cat retourne dans la *salle de presse** et téléphone à *Maillot.*

— Allô, c'est Cat McCabe. Qu'est-ce que tu penserais d'un sujet sur les podium girls?

— Les podium girls? répond Andy.

— Savoir ce qu'elles cachent sous leurs jupes, élabore Cat une note de désespoir dans la voix, ce qui fait que Josh lève les yeux et lui jette un coup d'œil inquiet.

— Peut-être, dit Andy. OK ?

— OK, dit Cat tristement. Les podium girls. C'est qui d'abord ?

— C'est vrai, dit Andy. Je vais y réfléchir. OK ?

QUATRIÈME ÉTAPE

Plouay-Chardin. 248 kilomètres

Ben était inquiet au sujet de Didier. Didier LeDucq était un *domestique** accompli. Il courait en professionnel depuis quatre ans, et c'était son second Tour de France, même si c'était sa première saison avec Mégapac.

Ce qui m'inquiète, se disait Ben en se caressant le menton pour évaluer la nécessité d'un rasage, *c'est que Didier est anormalement calme. D'habitude, il est toujours en train de saoûler tout le monde avec ses souvenirs de cyclisme. Hier, il est resté complètement silencieux. S'il ne se sent pas dans son assiette, j'aimerais mieux qu'il m'en parle tout de suite.*

Il vaut mieux que je me rase. On ne sait jamais sur qui on va tomber.

Ben était inquiet au sujet d'Hunter Dean. En étalant la mousse à raser, il regarda la tronche de Père Noël que ça lui faisait. Il examina ses dents pour s'assurer qu'elles n'avaient pas l'air trop jaunes comparées au blanc immaculé de la mousse à raser.

Hunter est tellement concentré, il s'investit tellement dans l'équipe et vis-à-vis des sponsors. Sa confiance en lui paraît inébranlable. C'est une excellente chose. Mais la course n'est commencée que depuis trois jours et je ne voudrais pas qu'il grille son potentiel trop vite. C'est un coureur complet. Il peut s'essayer à toutes les variantes du cyclisme professionnel avec talent. Mais il ne faut pas qu'il se mette à se la jouer sprinter, ni qu'il les serre de trop près. Je vais en parler à son directeur*. *Peut-être aussi à son* soigneur*. *Je pourrais même en toucher deux mots à sa copine.*

Mais en fait, c'est surtout à lui qu'il faut que je parle. Je m'arrangerai pour assister au départ demain.

En regardant par la fenêtre, Ben constata que le ciel était dégagé et qu'une brise légère agitait le feuillage des arbres. Il se mit en short, glissa ses pieds nus dans des docksiders, noua un sweat-shirt autour de sa taille et se dirigea vers le *village**.

Je vais prendre mon petit déjeuner là-bas. L'ambiance est sympa.

— Salut, Alex.

— Salut, Josh.

Assis à une table bancale de la salle à manger de leur hôtel, les deux hommes se frottaient les yeux. Ils avaient du mal à émerger après les quantités de bière qu'ils avaient ingurgitées la veille.

— Tu n'as pas vu Cat ? demanda Josh en prenant un croissant et en l'observant sous tous les angles avant de se décider à reprendre une deuxième tasse de café.

Alex avait la bouche pleine de croissant et les lèvres couvertes de miettes. Il secoua la tête.

— Non, pas depuis qu'elle a quitté la *salle de presse** hicr.

— Quand on parle du loup… Salut, Cat.

— Salut, dit Cat.

— Tu as pris ton petit déj' ? demanda Alex en lui tendant un croissant dans lequel il mordit à pleines dents après qu'elle l'eut refusé.

— Tu veux du café ? proposa Josh qui décida de s'en servir une troisième tasse quand elle déclina sa proposition.

— Je vous verrai tout à l'heure au *village**, dit Cat. On se met plutôt à l'avant ou à l'arrière ?

— Qui est-ce qui prend le volant ? demanda Josh.

— Je crois que mon alcootest ne m'y autorise pas encore tout à fait, dit Alex avec une certaine fierté.

Josh regarda Cat d'un air penaud.

— Pas de problème, dit-elle. C'est un itinéraire en ligne droite. On suit les équipes ?

— *À l'avant**! s'exclama Alex qui se la jouait subitement militaire.

— Vous pourrez charger mes affaires dans le coffre ? Je les ai laissées à la réception. Je vais faire un tour. On se rejoint au stand de Maison du Café, OK ?

— Ça marche, madame, dit Josh.
— Nous maîtrisons la situation, mon général, dit Alex en faisant un salut militaire et en rotant.

— Tu crois qu'elle est bien ? demanda Josh à Alex en indiquant Cat du regard tandis qu'elle s'éloignait.
— De quoi ? demanda Alex en se retournant pour la regarder.
— Ouais, elle est bien, déclara Josh.
— Ben pourquoi tu demandes, alors ? rétorqua Alex.
— Je m'étais posé la question, mais en fait je l'ai calculée. Ses articles sont bons et elle tient la route côté connaissance du sujet.
— Je suis tout à fait d'accord, approuva Alex en s'enfilant le jus d'orange initialement prévu pour Cat. C'est une vraie collègue. Avec des gros seins en prime.
— T'es vraiment un obsédé ! dit Josh en rigolant.
— On fait des envieux à la *salle de presse**. J'ai vu des types de *L'Équipe* qui la mataient.
— Il ne faut pas oublier que c'est son premier Tour, dit Josh d'un ton sérieux. En plus c'est une nana.
Alex prit l'air faussement pincé :
— Tu n'es qu'un petit misogyne, Josh !
— Arrête de déconner. C'est une collègue, mais en même temps pas complètement. C'est une meuf, quoi. Et c'est une débutante. Il faut en tenir compte. N'empêche, tu ne trouves pas qu'elle est — comment dire — un peu trop calme ?
— Peut-être, ouais, dit Alex en ramassant le croissant que Josh n'a pas fini.

— Salut Hunter, dit Ben en posant sa main sur l'épaule du coureur.
— Yo ! répond Hunter.
Le coureur était assis sur les marches du van Mégapac garé près de la ligne de départ. Un cycliste parmi 184 qui se demandait ce que lui réservait la journée et quel serait son temps à la fin de l'étape.
— Ils disent du bien de toi, là-dedans, dit Ben en exhibant le *Guardian*.
— C'est quoi ce truc ? demanda Hunter.
— Un journal, on dirait, blagua Ben avant de reprendre plus

sérieusement. C'est anglais. Écoute ça. *Si Dean maintient cet état d'esprit en dépit de la montagne qui va broyer ses muscles, il pourrait arriver à montrer de quoi il est capable sur les dernières étapes de* la grande boucle*. Elle qualifie ta façon de courir hier de « déchirante ».

— On peut savoir qui c'est, « elle » ?

— Une journaliste. Tu sais bien, l'Anglaise.

— Ah oui, je vois. La meuf à Luca.

— La meuf à Luca ?

— Ouais, enfin il se la joue genre c'est sa meuf, quoi. Il lui réserve ses meilleures déclarations. J'étais dans sa chambre hier. Il s'est mis de l'after-shave alors qu'il ne s'était même pas rasé. Et il a changé de survêtement. Il a dit qu'il l'avait invitée pour lui filer un scoop.

— Et alors ? demanda Ben.

— Elle n'est pas venue, dit Hunter. Fais-moi voir ton canard.

Il parcourut rapidement l'article, puis replia rageusement le journal avant de le rendre à Ben.

— Je ne vais pas attendre la montagne pour mettre le paquet.

— Hunter, dit Ben sévèrement, c'est là qu'il y a un problème. Si tu te mets à foncer maintenant, tu vas tout foutre en l'air. La première semaine, c'est fait pour que les sprinters se la donnent. Et tu sais très bien que sur le tas, il y en a plein qui ne vont même pas arriver à faire la moitié des circuits de montagne. Sois cohérent. Toi, tu es un *rouleur**. Tu es le capitaine de l'équipe. Sinon, pourquoi les autres te suivraient ? Tout le monde connaît ta force. On a vu de quoi tu es capable comme coureur. Ton rôle, c'est d'emmener ton équipe jusqu'à Paris. Tu te rends compte de l'exemple désastreux que tu donnerais à Luca autrement ? Même pour Travis ce serait catastrophique.

Hunter regarda ses jambes, lisses, solides, luisantes et jeta un coup d'œil à celles de Ben qui lui semblèrent particulièrement velues en comparaison. Cela lui rappela qui il était, où il était et quel était son rôle ici, son objectif, son but dans la vie. Il regarda Ben et se leva.

— C'est vrai, doc. Tu as raison. Je vais courir comme il faut. Conduire les gars à bon port.

Hunter Dean, se dit Ben émerveillé en rabattant la visière de la casquette du coureur sur ses yeux, *le jour où tu choisiras de lâcher les pédales, tu pourras entrer au Congrès sans problème. Ou à Hollywood. Tu es une vraie star.*

Ben se mit en quête de Didier LeDucq. Luca lui dit qu'il l'avait vu se diriger vers les toilettes. Luca regarda ses chaussures. Puis il dit au docteur qu'il avait entendu le Français vomir avant le petit déjeuner. Puis il regarda les chaussures du docteur. En le voyant partir sur la piste de son coéquipier, Luca fit la grimace.

Si je ne me sentais pas dans mon assiette mais que je veuille quand même courir, est-ce que j'aurais envie que mon médecin le sache ? Est-ce que j'en parlerais à mes coéquipiers ? Si j'avais vomi et que j'avais choisi de ne pas en parler à mes coéquipiers, est-ce que je serais content s'ils allaient cafter au médecin dans mon dos ? Putain ! je suis une vraie ordure. Il faut que j'aille trouver Didier. Avant Ben. Oh ! mais pas avant d'avoir dit deux mots à ma petite journaliste.

— *Gatto** !

Cat se retourna. Luca se dirigeait vers elle.

Je t'appelle *Gatto**, déclara t il en l'embrassant sur les joues, parce que ça veut dire Cat en italien.

— Oh, Cat hocha la tête.

Ses yeux étaient tombés sur une petite portion de peau plus pâle qui dépassait de la manche relevée du coureur. Voir cela déclencha chez elle la même envie de materner que quand elle voyait les coureurs trébucher avec leurs chaussures à cales.

J'ai envie de baisser la manche de son maillot.

Hé bien vas-y, qu'est-ce que tu attends ? Ça devrait lui plaire.

Arrête tes conneries.

— Pussy[5], c'est mignon aussi, dit Luca en la regardant droit dans les yeux.

Cat sursauta et l'instinct maternel fit place à la consternation. Elle pencha la tête sur le côté en espérant avoir l'air suffisamment sévère.

— C'était ça le super truc que tu voulais me dire ? demanda-t-elle un rien acide.

— Non, ce que je veux dire, c'est que Pussy, c'est mignon. Mais je préfère quand même *gatto**. C'est une super belle langue, l'italien. C'est ma langue maternelle, en fait. L'anglais, c'est seulement ma deuxième langue.

— Cat, c'est bien, tu sais, suggéra la journaliste, c'est de l'anglais basique.

6. Si « cat » et « gatto » signifient « chat » au sens propre en français, « pussy » correspond en revanche aux sens propre et figuré de « chatte ».

— Non, non, non, dit vivement le coureur, je veux un nom spécial pour toi. Luca plissa les yeux, raidit ses épaules et fit semblant de lui donner un coup de poing à l'estomac. Pourquoi tu n'es pas venue me voir, hier soir ?

Cat mit sa main sur sa bouche. Le geste était sincère. Elle avait vraiment complètement oublié. Elle s'était enroulée dans sa couverture pour dormir dès qu'elle avait regagné sa chambre. Luca sourit largement et se sentit intérieurement apaisé. Il aurait voulu qu'Hunter soit là pour qu'il puisse être témoin des effets ravageurs de son charme irrésistible.

— J'étais sur les rotules, dit Cat en guise d'excuse tout en se morigénant intérieurement.

Quel manque de professionnalisme. Tu es vraiment nulle.

— T'étais niquée, quoi, résuma Luca le plus sérieusement du monde.

Cat sursauta à nouveau. Luca le remarqua.

— C'est correct de dire ça, non ? Ça veut dire très très fatigué, c'est ça ? Ma pauvre petite chatte, continua-t-il. C'est pas grave, si tu me laisses te le mettre plus tard. J'ai envie.

— Qu'est-ce que tu racontes ? s'exclama la journaliste, son regard parcourant le visage du coureur pour essayer de déterminer si c'était du lard ou du cochon.

— Tu viendras me voir, on passera un bon petit moment ensemble, dit Luca en haussant les épaules.

Il ne comprenait pas pourquoi elle avait l'air de moins en moins enthousiaste.

— Pardon ?

— On ira dans un coin tranquille, et là je te donnerai un bon gros truc bien juteux. Tu es à Chardin ce soir ? Je ne sais pas où on sera, nous. Tu me trouveras. Tu m'appelles. On arrangera ça à ce moment-là.

Cat ne bougea pas d'un cil et se contenta de fixer le coureur.

— C'est ce que tu veux, non ?

Même en écoutant de toutes ses oreilles et de toutes ses antennes elle ne percevait pas le moindre sous-entendu derrière ce qui semblait être une vraie question.

— Viens après le dîner, dit Luca, je fais ça mieux le ventre plein. *Ciao, gatto**.

Il s'éloigna pour essayer de trouver Didier.

Alex rejoignit Josh qui parlait avec Ben et Didier devant le stand Cœur de Lion du *village**. Didier fit quelques pas pour rejoindre sa bicyclette et s'éloigna lentement à travers le *village** pour rejoindre le van de l'équipe en faisant un crochet par les toilettes. Josh avait rencontré le coureur avant Ben, et maintenant il était reparti avant de pouvoir se retrouver seul avec lui.

— Il dit qu'il se sent fort, dit Josh en feuilletant son carnet, mais moi je trouve qu'il a une sale gueule.

Il regarda Ben.

— De qui vous parlez ? demanda Alex qui arrivait.

— LeDucq, dit Josh.

— Il a toujours une sale gueule, dit Alex en riant, il ferait mieux de supprimer son catogan ringard. Je vais voir Max.

Ben et Josh regardèrent Alex rejoindre une équipe de journalistes qui entouraient Max Sciandri. Cat n'était pas parmi eux. Ils se remirent à parler de LeDucq.

— Je suis son médecin, dit Ben qui s'était souvenu qu'il parlait à un journaliste, il va bien. Si ce n'était pas le cas, je serais au courant. C'est mon boulot.

— Il va faire chaud aujourd'hui, on dirait, dit Josh qui continuait à penser que LeDucq n'avait vraiment pas l'air bien.

Ben acquiesça. Les deux hommes regardèrent le ciel. Quelques nuages semblaient comme suspendus très haut dans le ciel.

— C'est bizarre, dit Ben, ça n'a jamais le même poids de parler du temps quand on est sur le Tour.

Josh rit et approuva.

— Je crois qu'on sera dans le même hôtel ce soir, dit-il.

— OK, on pourra aller boire quelques bières ensemble, alors.

— En espérant que Sassetta se tienne correctement, dit Josh, Zucca MV sera dans le même hôtel.

— Voilà votre collègue, dit Ben en désignant Cat qui venait juste d'apparaître dans le *village** et qui se dirigeait tout droit sur un stand pour boire un grand verre de jus de fruit. Elle sera aussi à l'hôtel ?

— Cat ? répondit Josh en regardant dans sa direction. Oui, elle est tout le temps avec nous. Je ne la connaissais pas avant, en fait ça fait seulement une semaine que je la connais, mais elle est vraiment bien comme nana.

— Oui, vraiment. Et en plus, elle fait du bon boulot, dit Ben en exhibant son exemplaire du *Guardian*.

— Oui, c'est un plus de l'avoir avec nous, dit Josh.

— Ça change, dit Ben qui ne l'avait pas lâchée des yeux.

— Tu l'as dit, approuva Josh. Ils la regardèrent se déplacer d'un stand à l'autre. Elle portait une minijupe en jeans et des trainers blancs, un T-shirt et une casquette Nike. Elle avait l'air soucieux. Ben la dévorait des yeux. Josh fit un petit signe de la main. À quelques stands de là, Cat les vit. Elle resta immobile un instant avant de tourner les talons en feuilletant fébrilement son carnet et en se dirigeant rapidement vers la sortie du *village**.

Ni Ben ni Josh n'imaginèrent qu'elle était partie se cacher derrière un arbre. Ben pensa qu'elle était allée récolter quelques précieuses paroles du côté de Luca, et Josh pensa qu'elle était en train de bosser.

— À plus tard, alors, dit Ben qui venait d'apercevoir Didier assis avec Travis.

Ils tenaient chacun un gobelet de café. Travis but le sien le petit doigt en l'air. Didier leva sa tasse, contempla son contenu et le reposa. Cela alarma Ben. Peu de coureurs crachent sur leur dose de caféine.

— Oui, à ce soir, dit Josh qui sentit d'un seul coup le poids de son petit déjeuner sur son estomac.

Il se dit qu'il fallait qu'il aille pisser un coup avant de se mettre en route.

— Salut, Cat, dit Rachel, le coffre de la voiture ouvert révèlant un chargement de vêtements, de bidons, de nourriture, et de matériel de premiers secours. Excuse-moi pour hier.

— Pourquoi ? demande Cat.

— J'étais tellement stressée que j'ai failli te redemander le taille-crayon. Rachel baisse la voix. Stefano me rend folle, je te jure. Il va me faire péter les plombs si ça continue.

— Raconte, implore Cat.

— D'accord, mais c'est à la copine que je raconte, pas à la journaliste, dit Rachel en riant.

Cat met sa main sur son cœur. Rachel se rapproche d'elle et elles se penchent à l'intérieur de la voiture.

— Quand il a gagné l'étape hier, il m'a dit : — « Où est Lomers ? Je veux lui donner ces fleurs. Je veux lui dire "Lomers, je te donne ces fleurs à la place de ta femme. Elle, comme tu ne la baises plus, elle ne t'aime plus." »

Les deux femmes se regardent et éclatent de rire.

— Qu'est-ce que tu lui as répondu, alors ? demande Cat.

— Je lui ai dit que j'allais le répéter à Jean-Marie Leblanc, dit Rachel qui faisait allusion au tout-puissant Directeur Général de la Société du Tour de France.

— Et alors, qu'est-ce qu'il a dit ?

— C'est à moi qu'il les a données, les fleurs. Et il avait l'air bien couillon. Je l'ai massé méchamment, hier, dit Rachel avec un rire de gorge, tu peux me croire.

— Il est pas croyable, ce mec ! dit Cat avant d'ajouter en aparté : Ah ! Les mecs !

— C'est que de la tchatche quand il dit des trucs comme ça, dit Rachel pour montrer qu'elle ne lui en veut pas tant que ça.

Elle donne à Cat le nom de l'hôtel où va descendre Zucca MV.

— Je suis pratiquement sûre que c'est là qu'on sera aussi, constate Cat ravie.

— Cool, dit Rachel. On pourra se retrouver pour boire un pot.

— Ça marche, dit Cat.

— *Ciao**, Cat, dit Rachel en la regardant s'éloigner.

Elle referme le coffre de la voiture. Elle consulte le plan de route pour repérer le contrôle de ravitaillement à mi-parcours et la ligne d'arrivée. Dans la voiture, elle a stocké tout ce que peut vouloir un coureur après avoir pédalé pendant 248 kilomètres. Depuis l'antiseptique pour une petite écorchure jusqu'aux survêtements de rechange en passant par les chaussettes propres, les bananes et le sourire réconfortant.

— Ça te plaît de conduire du mauvais côté de la route ? demanda Josh à Cat quand elle s'assit derrière le volant.

— Je vais y aller mollo, répondit-elle.

— Sûrement pas, s'écria Alex depuis le siège arrière. À la *salle de presse**, cocher ! N'épargnez pas les chevaux ! Il se pencha en avant, lui enleva sa casquette de base-ball et fouetta le toit de la voiture avec. Vamos !

Josh et Cat échangèrent un regard exaspéré. Cat démarra et se mit à rouler prudemment.

— Ça va ? demanda Josh.

— Très bien, merci, répondit Cat derrière ses lunettes de soleil.

— Tu n'es pas comme d'habitude, dit Alex en lui remettant sa casquette de travers sur la tête, raconte ce qui ne va pas à tonton Alex.

— Arrête de faire chier, cinq minutes, Alex, dit Josh en accrochant le regard d'Alex dans le rétroviseur pour lui adresser un regard lourd de reproches.

Cat enleva ses lunettes de soleil, rajusta sa casquette et regarda les deux hommes pour leur dire qu'elle allait très bien, merci, qu'elle était juste un peu fatiguée.

Ah, les mecs, franchement ! Tous. Il n'y en a pas un pour rattraper l'autre.

Elle ne fit que deux embardées sur la route. La première fois quand Alex demanda sur un ton super faux-cul ce que Luca lui avait dit le matin. Du coup, elle essaya de s'en rappeler mot pour mot, pour tenter de comprendre ce qu'il avait bien voulu dire. Et la deuxième fois, tout aussi brusquement, quand Josh fit la remarque que Zucca MV et Mégapac descendaient dans le même hôtel.

— Ben nous a filé rencard au bar, dit-il.

— Ben ? dit Cat.

Ce petit toubib de merde.

— Oui, tu sais bien, le toubib de Mégapac, dit Alex ironiquement en se coulant entre les deux sièges avant pour faire un large sourire à Cat.

— J'ai parlé avec lui ce matin au *village**, dit Josh. On t'a vue et on a essayé de t'appeler, mais tu avais l'air d'avoir une mission importante à accomplir.

Ma mission, c'était qu'il ne me voie pas. Qu'est-ce qu'il a dit ? Il a parlé des podium girls ? Qu'est-ce que tu lui as dit ? Tu lui as parlé de mon mec bidon ?

— Il m'a posé des questions sur toi, continua Josh.

— Oh, dit Cat. Son regard ne quittait pas la route, mais elle avait l'esprit ailleurs. Sur quoi ?

Ça ne m'intéresse pas. Ce n'est pas mon problème. Qu'est-ce qu'il voulait savoir, d'abord ? Si j'ai un mec ? J'espère que tu n'es pas allé lui raconter que j'en ai un. Parce que c'est pas vrai. Oh, et puis qu'est-ce que ça peut faire ? Il s'en fout de toute façon.

— Un tas de trucs, dit Josh évasivement, il avait lu ton article d'hier, au fait.

— Oh, dit Cat.

Mon article ? Il l'a cherché et il l'a lu ? Qu'est-ce que ça peut bien vouloir dire ? Arrête de délirer, pétasse.

— Enfin bref, il nous a filé rencard au bar, continua Josh.

À qui il a filé rencard, exactement ? À nous trois, à moi toute seule ou à tout le monde sauf moi ?

— Je dois prendre un pot avec Rachel, dit Cat à titre d'excuse.

Comment est-ce que je vais arriver à me concentrer sur la course et écrire mon article avec la perspective de cette soirée qui promet d'être riche en chassés-croisés ?

COPIE POUR P. TAVERNER @ BUREAU DES SPORTS DU *GUARDIAN*
DE CATRIONA McCABE À CHARDIN

Au terme de seize heures de compétition, avec seulement sept minutes d'écart entre le maillot jaune du leader et la lanterne rouge, le Tour de France a quitté aujourd'hui la Bretagne pour entrer en Vendée avec une étape de 248 kilomètres ralliant Plouay à Chardin. Au cours des 96 premiers kilomètres, au milieu d'un paysage qui n'avait rien à envier à la Cornouailles, un vent de nord-ouest qui soufflait à 30 km/h a aidé les coureurs, propulsant tout le peloton vers l'avant et rendant plus tolérables les 29° de température. Toutefois, quand les cyclistes sont arrivés à l'embouchure de la Loire et qu'ils ont dû franchir le stupéfiant Pont de Saint-Nazaire, ils auraient sans doute préféré une forte humidité aux âpres vents coulis qui s'engouffraient sur le pont et les déstabilisaient.

Je suis coincée, soupira Cat, jalouse de Josh et Alex qui tricotaient comme des malades sur leurs claviers. *Il vaut mieux que je fasse un break*, dit-elle, vexée que ses collègues ne lui accordent pas la moindre attention, tout absorbés qu'ils étaient par leur travail.

C'est quoi le plan avec Luca ? se demanda Cat en se dirigeant rapidement vers elle ne savait où. *Et Ben qui a proposé à Josh d'aller boire un coup. C'est à cause de ça que je n'arrive pas à bosser aujourd'hui ? Je suis complètement déconcentrée. Prendre un pot avec Rachel, ça va me faire du bien.*

Elle s'arrêta dans un petit *café*, commanda un verre de lait et prit la décision de ne plus perdre de temps à délirer sur Luca, Ben, la bière ou des mecs inventés de toutes pièces.

Il faut que je concentre mon énergie sur la rédaction de mes articles.

— Dire qu'aujourd'hui le peloton a dévoré les 20 derniers kilomètres en 20 minutes exactement, s'émerveilla-t-elle à voix haute.

Une dame très chic assise à la table voisine, un chien de poche sur les genoux, un sac à main Chanel posé à ses pieds, regarda Cat.

— Il y a eu un moment magique, quand toutes les roues se sont alignées ensemble avant d'entamer la montée des 500 derniers mètres, lui dit-elle dans un anglais parfait.

Cat sourit en acquiesçant et tout à coup son paragraphe de fin lui apparut clairement. Elle demanda l'addition, mais la dame chic secoua la main et insista pour payer.

— Quel est votre pronostic pour demain ? demanda-t-elle.

— Gardez un œil sur Tyler Hamilton, dit Cat.

— *Bonne chance, mademoiselle**, dit la dame chic.

— *Bonne chance**, Tyler Hamilton, lui répondit Cat en riant.

Cat réintégra la *salle de presse** en catimini et personne ne fit attention à elle. C'était le cadet de ses soucis. Elle avait du pain sur la planche. Elle fit défiler le début de son article et embraya illico sur son paragraphe de fin.

Les meilleurs sprinters étaient en tête du peloton quand ils ont aligné leurs roues tous ensemble, comme sur un coup de baguette magique, avant d'entamer la dernière montée de 500 mètres. Pendant que les champions de vitesse se distançaient les uns les autres, leurs coéquipiers prenaient la raclée sans s'en rendre compte. Heureusement pour Chris Boardman de Crédit Agricole, l'Australien Stuart O'Grady n'était pas resté à la traîne, et il lui a emmené le sprint en filant le train à Gianni Fugallo de Zucca MV lui permettant ainsi de remporter l'étape. Fugallo était tout à la fois saisi et horrifié de constater que c'était le rouquin des antipodes et non pas son cavalier noir Stefano Sassetta qui était derrière lui. Jesper Lomers et Stefano Sassetta conservent respectivement les maillots jaune et vert. Les deux prochaines étapes devraient leur convenir, mais la course contre la montre de samedi sera profitable aux leaders de leurs équipes, Fabien Ducasse et Vasily Jawlensky.

<FIN>

— Ça fait tout drôle, pense Cat à voix haute en étirant les paumes de ses mains sur la table et en se renversant dans sa chaise en plastique.

— Hmm ? interroge Josh en avalant une gorgée de Coca.

Il y a trois canettes vides alignées devant lui.

— Kesturacontes ? marmonne Alex sans prendre la peine de lever les yeux de son écran.

— Samedi, c'est la course contre la montre, annonce-t-elle comme si elle n'y croyait pas elle-même.

Ses collègues la regardent.

— Demain c'est mercredi, c'est ça ? leur demande-t-elle.

Alex et Josh échangent un regard.

— C'est fou ! déclare Cat.

— Tu essayes de nous dire quoi, exactement ? demande Josh en jetant un coup d'œil aux deux canettes d'Orangina et au paquet de Petit Beurre plus qu'entamé qui sont devant elle.

— J'ai oublié les jours de la semaine, dit Cat en lui tendant le paquet de biscuits, pour moi, demain c'est la quatrième étape, et dans deux jours c'est la sixième étape. Il n'y a plus de lundi, mardi, mercredi et le petit prince a dit !

— Bienvenue sur le Tour ! dit Josh qui se rend compte qu'il aurait été incapable de dire quel jour on est si on lui avait posé la question.

— Dans quel état tu vas être quand on va commencer à prendre de l'altitude ? la taquina Alex en mettant dans sa bouche un biscuit entier.

— Je ne sais pas si Taverner va laisser passer le surnom dont j'ai affligé Sassetta : « cavalier noir », se demande Cat à voix haute.

Josh explose de rire. Alex enfouit son visage dans ses mains.

Si je m'aventure hors de ma chambre, considérait Cat dans la petite chambre d'une infâme chaîne hôtelière située à la sortie de Chardin, *il y a des chances pour que je tombe soit sur Luca, soit sur Ben.* Elle défit entièrement son sac à dos et entreprit de suspendre tout ce qu'elle pouvait dans la penderie. *Je n'ai envie de voir ni l'un ni l'autre. Je ne saurais pas quoi faire d'eux. D'un autre côté, si je reste cloîtrée dans ma chambre toute la soirée, je vais poser un lapin à Rachel alors que j'ai vraiment envie de la voir.*

Elle se fit couler un bain et versa quelques gouttes de shampooing en guise de bain moussant.

Ce pingouin de Luca Jones ! Il plaisantait ou j'ai rien compris au film ? Ou alors pire, j'ai parfaitement pigé. Dans ce cas, ça voudrait dire que lui, au moins, il a envie de moi. Je ne peux pas en dire autant de son docteur.

Son bain était prêt. Le téléphone sonna. C'était Josh qui l'informait que lui et Alex arriveraient pour le dîner d'ici une demi-heure.

— Je n'ai pas vraiment faim, dit Cat, je me suis gavée au buffet de la presse, et après j'ai bouffé plein de biscuits.

— Ça va ? demanda Josh.

— Ouais, ça va, répondit Cat.

C'est gentil de sa part de demander.

— Tu es sûre ? insista Josh.

— Sûre, répéta Cat en se demandant tout à coup s'il n'y avait pas une raison cachée derrière ces questions.

— C'est un truc de nana, c'est ça ? risqua Josh.

Non, en fait il est juste sympa.

— Oui, dit Cat en souriant, contente de ne pas l'avoir mal pris. C'est un truc de nana.

Après avoir pris son bain, enveloppée dans une serviette éponge luxueuse étant donné la catégorie de l'hôtel, Cat téléphona à la réception pour demander la chambre de Rachel. Mais il n'y avait personne dans la chambre du *soigneur**.

— Luca Jones ! s'exclama Ben en se dirigeant vers le coureur dans le hall de l'hôtel.

— Salut, doc, dit Luca, je suis complètement claqué.

— Il faudra te coucher de bonne heure, alors, lui dit Ben comme s'il parlait à un débile, il est déjà huit heures et demie.

— J'attends, dit Luca.

— Quoi ? demanda Ben.

— Ma journaliste, dit Luca.

— Qui ? demanda Ben.

— Ma petite pussy Cat, dit carrément Luca.

— J'espère que tu n'as pas dit ça devant elle ! s'exclama Ben.

— Si, mais ça n'a pas eu l'air de lui plaire. J'ai essayé *gatto** aussi. Elle m'a dit qu'elle préférait Cat tout court, mais moi, je veux l'appeler d'un nom spécial.

— Pourquoi tu l'attends ? Vous avez rendez-vous à quelle heure ? demanda Ben.

— Hier, je lui ai dit de venir me trouver si elle voulait que je lui refile un gros truc bien juteux. Ce matin, je lui ai dit que si elle le voulait, elle n'avait qu'à venir me trouver ce soir.

Ben le contemplait, les yeux écarquillés.

— Tu lui as dit quoi ?

— Que je lui donnerai de quoi la rendre heureuse, dit le coureur en haussant les épaules, un bon gros truc bien juteux. Qu'on se trouverait un petit coin tranquille après le dîner.

— Tu ne lui as pas dit ça ? dit Ben, incapable de dissimuler son ahurissement.

— Si. Elle m'a dit qu'hier elle était trop niquée.

La mâchoire de Ben s'affaissa.

— Alors, continua Luca, peut-être ce soir.

— Et elle était partante ? demanda Ben nonchalamment.

Luca le regarda, complètement abasourdi.

— Elle est journaliste. Je ne vois pas pourquoi elle cracherait sur une interview de Luca Jones, mec !

Ben se retint de rire, acquiesça d'un air de profonde conviction et s'éloigna.

Il faut que je la trouve. Je ne peux pas rater ça, c'est trop drôle. Elle ne peut pas refuser à Luca Jones un gros truc bien juteux dans un petit coin tranquille.

Si je prends les escaliers, se dit Cat, *je cours moins le risque de tomber sur quelqu'un que je n'ai pas envie de voir.*

Elle emprunte donc les escaliers en oubliant que c'est par cette voie que Ben est remonté dans sa chambre l'autre soir. Elle fredonne un air qui passe tout le temps au *village**. Elle descend une volée de marches, tourne sur un palier, redescend une autre volée de marche et entre en collision avec Ben sur le palier suivant.

— Mademoiselle McCabe, dit-il en la fixant du regard, les mains sur ses épaules pour l'aider à retrouver son équilibre mais ne parvenant qu'à la faire chanceler davantage.

— Oh, dit Cat, incapable de faire dévier son regard, Ben.

— Et où glissez-vous donc ainsi, gente damoiselle ? demande-t-il en ne retirant qu'une main de ses épaules.

— Je vais retrouver Rachel McEwen, dit Cat (elle voudrait qu'il enlève aussi l'autre main et en même temps, elle voudrait surtout qu'il n'en fasse rien). Nous allons boire un petit coup.

— Un petit coup, dit Ben dans un demi-sourire.

Cat fronce légèrement les sourcils.

— Et que comptez-vous faire du jeune Luca ? demande Ben d'un ton sévère.

— Luca ? demande Cat en regardant Ben sans comprendre.

— Il m'a dit qu'il allait vous donner quelque chose ce soir, l'informe Ben.

Cat se mord la lèvre.

— Je sais, dit-elle.

— Pouvez-vous me rapporter les propos exacts de mon coureur ? demande Ben en utilisant sa voix la plus basse et la plus doctorale, ce qui agit comme un tonique sur la circulation sanguine de Cat.

Elle pose ses yeux sur ses lèvres puis le regarde à nouveau bien en face.

— Votre jeune coureur m'a invitée à venir le trouver ce soir si je le désirais, pour m'emmener dans un coin tranquille me donner un gros truc bien juteux.

— Cat McCabe, mon coureur vous attend en bas. Il a besoin de se coucher tôt et ne doit pas trop se dépenser. Je pense que pour cette fois, nous irons le trouver ensemble. Venez. (Il l'attrape par le coude.) Je vous promets d'être un observateur silencieux.

Cat est trop sonnée pour répondre. Elle a du mal à conserver son équilibre. Elle ne pense même pas à insister pour le convaincre que c'est bien Rachel qu'elle comptait rejoindre.

— Vous vous servez d'un gadget pour ce genre d'occasion ? demande-t-il innocemment, les coureurs préfèrent en règle générale.

Ça se passe plus en douceur et c'est plus rapide. Il regarde Cat. Vous ne trouvez pas ?

La pauvre fille. Je suis salaud, là.

Dans le hall, Ben et Cat tombent sur Luca en train de discuter avec Rachel.

— Salut, Cat, dit Rachel.

Luca fixe intensément la *journaliste**. Elle essaye désespérément d'envoyer des signaux de détresse au *soigneur** au moyen de clins d'œil, de battements de cils appuyés et de torsions de bouche. Mais la télépathie entre femmes est victime de brouillage ce soir.

— Luca m'a dit qu'il avait besoin de toi un petit moment, dit Rachel, on se retrouve au bar ? Vous en avez pour longtemps, Luca ?

— Le temps qu'il faudra, répond Luca en jetant un regard d'adoration à la *journaliste*, c'est ma petite chatte qui commande.

— À mon avis, ça ne durera pas longtemps, glisse Rachel à Cat, je ne sais pas pourquoi il veut faire ça maintenant, il est complètement crevé (elle lui fait un clin d'œil). Bon, alors je vous laisse à vos petites affaires, leur dit-elle, à tout à l'heure.

Ben a l'air de vouloir s'incruster.

— Tu viens avec nous ? demande Luca à contre cœur.

— Cat ? interroge Ben.

Elle ne sait pas quoi faire ni où poser les yeux. Elle regarde en direction du bar. Rachel est déjà hors de vue.

— Tu as apporté le truc ? demande Luca, le machin avec les piles ?

Cat secoue la tête et montre ses mains vides. Elle porte une jupe tube qui de toute évidence n'a pas de poche. Elle regarde ses jambes. Elles tremblent sans qu'elle puisse les contrôler.

— Oh, dit Luca, pourquoi tu ne l'as pas amené ? C'est mieux pour toi, non ? Personnellement, je préfère avec le machin, c'est meilleur. Pour toi aussi, non ? Ça fait des trucs plus forts, d'après l'expérience que j'en ai.

Ben n'y tient plus. Il est sur le point d'exploser de rire et Cat a l'air d'être sur le point de pleurer.

— Et vous vous dites *journaliste** ? la taquine-t-il gentiment en lui secouant légèrement l'épaule, c'est comme ça que vous faites votre boulot ?

Cat lui jette un regard vide de toute expression.

Saloperie de mecs ! J'ai pas choisi le boulot qui permette de leur échapper.

— Où est l'équipement nécessaire ? continue Ben subjugué par la vision de sa généreuse poitrine.

Elle n'a pas mis de soutien-gorge.

— Le dic-ta-phone ? dit-il en détachant les syllabes.

— Ah ! dit Luca tout content, c'est ça le mot que je cherchais — dictaphone.

— Comment allez-vous garder la moindre trace du gros truc bien juteux de Luca si vous n'avez pas de dictaphone ? demande Ben en croisant les bras et en soulevant les sourcils.

La mâchoire de Cat dégringole. Son regard va de l'un à l'autre. Luca avec son joli visage franc et enfantin, Ben, beau et magnétique. Elle a envie de pleurer.

Je pourrais leur sauter au cou et les embrasser tous les deux.

Mais elle ne fait ni l'un ni l'autre. Elle donne une petite poussée à Luca et jette à Ben un regard mi-fumasse, mi-amusé en lui pinçant légèrement le biceps. Pour se donner une contenance. Pour en tester la fermeté. Un petit pincement exploratoire ? Un geste de gratitude ? Ce n'est pas elle qui nous le dira, elle est bien trop absorbée par le fait que Ben a délicatement posé ses mains sur ses hanches et qu'il a doucement attrapé le lobe de ses oreilles entre ses lèvres.

— Luca, dit-elle avec un large sourire, tu sais quoi ? J'ai vraiment besoin de mon dictaphone. Et il faut que je parle à mon patron de cette interview. Demain, l'étape sera courte mais difficile et la prochaine course contre la montre se rapproche. Ce que je veux avant tout, c'est que tu dormes bien, dit-elle en portant alternativement les yeux sur Ben et Luca, c'est plus important pour toi que de me donner un gros truc bien juteux en privé.

— Tu es bien plus qu'une *journaliste**, la remercie Luca, tu t'intéresses vraiment à nous.

— Oui, dit Cat avec sincérité, je m'intéresse vraiment aux cyclistes professionnels. Vous êtes mes héros.

Le compliment fait plaisir à Luca.

— Tu as raison, approuve-t-il, on va essayer de faire ça bien. Après la course contre la montre, c'est une bonne idée. Allez, je file me coucher. *Buona notte**.

— Bonne nuit, dit Ben.

— Fais de beaux rêves, dit Cat en agitant la main pendant que Luca s'engouffre dans l'ascenseur.

— Vous êtes vraiment un salaud, dit-elle à Ben en regardant droit devant elle.

— Je n'ai pas pu résister, répond Ben en contemplant son cou.

Leurs regards se croisent et fusionnent.

Flamme magique ? se demande Cat. Les lèvres de Ben s'entrouvrent tandis qu'il plonge son regard plus profondément en elle.

— Cat, dit-il.

Elle presse ses lèvres l'une contre l'autre avant de passer sa langue dessus en l'observant. Ses yeux se détachent des siens pour se concentrer sur sa bouche.

— Vous devez aller rejoindre Rachel.

C'est une affirmation. Cat hoche la tête.

— Je bois un coup avec Josh et Alex, dit Ben.

Cat hoche à nouveau la tête. Elle s'éclaircit la gorge.

— On pourrait faire ça tous ensemble, suggère-t-elle.

— Oui, on pourrait, répond Ben, mais est-ce que ce serait vraiment une bonne idée ? Je préférerais vous avoir pour moi tout seul.

Il vient de dire ça comme on énonce une évidence. Il a capturé son regard à nouveau.

— Une autre fois, dit-il.

Il lui sourit et se dirige vers le bar. Cat est sous le choc. Elle ne bouge pas d'un pouce.

Flamme magique. Pas de doute là-dessus. Pas besoin d'avoir le bac pour s'en rendre compte.

Oui, mais hier ?

La podium girl ?

Il a pris son visage dans ses mains et l'a regardée intensément.

Peut-être qu'il est amoral.

J'ai tellement envie de lui que je serais capable de me le faire sans chercher à en savoir plus. Et je deviens quoi dans un plan comme ça ? Ça m'amène où ? Et si Josh et Alex lui parlent de mon mec qui n'existe pas ?

C'était bien de se retrouver avec Rachel. Cat choisit de s'asseoir à une place qui lui permettait de tourner le dos à Ben, Alex et Josh qui étaient à l'autre bout du bar. Il y avait beaucoup de monde, beaucoup de bruit. Rachel était détendue et elles passèrent une bonne soirée à blablater en buvant de la *seize** et en grignotant des olives aillées. Quand elles décidèrent qu'il était temps de remonter, elles étaient devenues des vraies copines. Elles s'embrassèrent et se promirent de se revoir le lendemain en souhaitant qu'il y aurait de nombreuses occasions pour se retrouver pendant le Tour et après.

Cat est archi-cuite, vannée. Elle n'a qu'une envie, faire des « zèdes ». Elle s'est allongée sur son lit toute habillée et pourrait bien s'endormir. Elle ne s'est pas lavé les dents, elle n'a pas vérifié s'il fallait recharger la batterie de son portable, elle n'a pas regardé l'itinéraire de demain ni vérifié où elle devait être et quand. Et alors ?

Je suis trop fatiguée. Quelle journée ! Ah, ces salauds de Luca et Ben. Josh est sympa. Alex est vraiment trop. Rachel est géniale. Je vais me laisser couler dans le sommeil. Juste un moment.

Non, tu ne vas pas pouvoir. Tu vas te lever d'un bond en entendant frapper à ta porte. Tu vas regarder ta montre. Il est presque minuit. Souviens-toi du conseil qu'Emma O'Reilly, le *soigneur** des *soigneurs**, t'a donné via Rachel.

Mais il n'est que minuit moins sept.

Cat s'approche de la porte sur la pointe des pieds. Il n'y a pas de judas.

— Oui ? demande-t-elle à travers la porte, la main en coupe au-dessus de la poignée.

— C'est moi, lui répond la voix de Ben.

Oh, merde !

Cat se mord la lèvre et regarde sa main sur la poignée de la porte.

Qu'est-ce que je fais ?

Il est minuit moins six. Tu perds du temps.

Cat entrouvre la porte et pose les yeux sur les jambes de Ben, glisse rapidement sur son entrejambe, son torse, son cou puissant, son menton, s'attarde un millième de seconde sur ses lèvres et en remontant d'un seul coup, se trouve prisonnière de son regard.

— Qu'est-ce que vous voulez ? demande-t-elle à voix basse.

— Qu'est-ce que vous voulez ? lui répond Ben.

Ils se regardent fixement.

— J'ai quelque chose pour vous, dit-il en faisant un pas en avant profitant de ce que Cat recule instinctivement.

Il a franchi le seuil. Pas de problème : il n'est pas encore minuit. Il est dans la chambre. Pas de problème : la porte n'est pas complètement fermée.

— J'ai quelque chose pour vous, répète-t-il, avant que quelqu'un d'autre vous le donne.

Il s'approche d'elle, regarde ses pieds nus, ses genoux, s'attarde sur sa poitrine. D'une main il saisit son cou délicatement. Son pouce se place à la base de sa gorge, son index passe sous son oreille et ses autres doigts encerclent sa nuque. Cat n'arrive plus à respirer. Il sent son pouls qui s'accélère.

Merde. Je suis sûre qu'il est minuit maintenant.

Non, non. Pas encore.

Ben fait légèrement basculer sa tête en arrière et plaque son corps contre le sien. Ils sont tous les deux secoués par l'impact. Et puis soudain, Ben l'embrasse longuement. Cat répond passionnément à son baiser. Elle s'agrippe à son cou. Elle s'accroche à son pantalon. Elle l'a attiré contre elle et s'est retrouvée du même coup contre le mur. Leurs langues se caressent voluptueusement. Elle sent le goût du dentifrice. Ben détecte la bière et l'ail. Ils trouvent ça merveilleux tous les deux. Ben recule légèrement.

— Voilà, c'était ça que je voulais te donner, dit-il essoufflé, je le gardais pour toi depuis que je t'ai vue pour la première fois.

Il continue à la regarder en regagnant la porte à reculons et ne la quitte pas des yeux jusqu'à ce que la porte soit complètement refermée.

Cat contemple la porte. Elle pose ses doigts sur ses lèvres et glisse l'autre main entre ses cuisses. Elle mouille. Elle a l'impression que tout son corps est en feu. Elle jette un coup d'œil à sa montre. Il est minuit.

CINQUIÈME ÉTAPE

Nantes-Pradier. 210 kilomètres

— Cat ? C'est Andy de *Maillot*. Je ne te dérange pas ?

Me déranger ? Jamais de la vie. C'est génial Nantes. Le village* *est encore plus ahurissant que les précédents, il fait hyper beau ce matin et on attend le départ de la cinquième étape du Tour de France. Elle sera un peu plus courte que les autres et ça tombe très bien. Ben York vient juste de passer, il s'est retourné pour me faire un clin d'œil et j'ai hâte de le retrouver ce soir. Bien avant minuit, cette fois.*

— Je peux te rappeler plus tard, autrement, disait Andy.

— Non, c'est bon, dit Cat, comment ça va ? Moi je suis en pleine forme.

— Parfait. Si on parlait un peu des podium girls ?

— C'est déjà oublié, dit Cat étourdiment, souriant en se plaçant mentalement bien plus haut dans l'estime de Ben.

— Comment ? dit Andy.

— Quoi ? dit Cat.

— Non, rien. Je crois que cette histoire de podium girls ne correspond pas du tout à l'attente des lecteurs de *Maillot*.

Cat se sentit un peu abattue sur le moment, mais elle entendit que c'était au tour de Luca d'aller signer avant le début de l'étape. On l'appelait par haut-parleurs.

— Qu'est-ce que tu dirais d'une interview exclusive de Luca Jones ? suggéra-t-elle, il est d'accord, tout est en place.

— Luca ? dit Andy. Farrand en a fait une le mois dernier. Il faut dire qu'il parle couramment italien. Ça paraîtra dans le prochain numéro.

— Oh, dit Cat, mais la mienne serait complètement différente.

— Comment ça ?

— Une analyse du Tour à mi-parcours. Un point de vue féminin.

— Désolé, Cat, dit Andy, mais ça se goupille mal pour toi sur ce coup-là. Écoute, j'ai lu tes papiers. Ils sont bons. Je suis sûr qu'on arrivera à te dégoter un truc à la fin du Tour.

Cat fut nettement refroidie.

— Tu veux dire que le plan de rédacteur permanent c'est pas encore dans la poche ?

— On était d'accord que ça dépendrait de la qualité de ton reportage, dit Andy d'un ton désagréablement officiel.

— Tu viens de dire à l'instant qu'il était bon, cria presque Cat.

— Tout à fait, c'est de l'excellent travail, même ton histoire de Sassetta « cavalier noir », c'est bon. Mais le job tu ne pourras l'avoir que s'il existe, tu vois. Ça n'a rien à voir avec toi.

— Non, dit Cat énervée, je ne vois pas du tout.

— On est en pleine restructuration, ici, l'équipe, l'installation, tout. Mais ne t'inquiète pas. En ce qui me concerne, je ferais tout pour qu'on te case quelque part.

— OK, dit Cat tellement soulagée qu'elle eut peur que ça se soit entendu.

Je mérite mieux que ça.

— Ça ne te dérange pas si je continue à te bombarder de coups de fil quand j'ai des idées ? demanda Cat en faisant la grimace.

Elle se rendait compte qu'une note de désespoir était venue teinter le ton déférent de sa requête.

— Je ne m'attends à rien de moins venant de toi, dit Andy en riant.

Quelques heures plus tard, dans la *salle de presse**, Cat sentait le stress l'envahir. On les avait installés cette fois sous un vaste chapiteau dans le parc municipal de Pradier. Josh et Alex n'avaient pas de conseil à lui donner. Ils lui avaient assuré que ses idées d'articles n'étaient pas mauvaises et que personne à *Maillot* n'était notoirement sexiste.

— Tu as choisi de te passionner pour un sport mineur en Grande-Bretagne, lui dit Josh en guise d'explication, c'est tout.

— Il n'y a pas beaucoup de public, continua Alex, très sérieux pour une fois, et il y a plein de mecs freelance qui les inondent d'idées d'articles.

— Avec des enregistrements déjà faits, appuya Josh.

— Stephen Farrand vit en Italie et s'occupe de sport depuis un bon moment. S'il fait une interview de Luca Jones, l'éditeur sait ce qu'il achète. Toi, ils ne te connaissent pas encore, ajouta Alex.

— Il faudrait déjà qu'ils me donnent une chance, pour savoir, déclara Cat.

— C'est comme ça que ça marche dans la presse anglaise. C'est encore le XIXe siècle : je viens de la part de monsieur bidule, untel me l'a chaudement recommandé... Moi ça m'a pris des années pour démarrer, dit Alex en haussant les épaules.

— Moi aussi j'ai ramé, dit Josh. T'inquiète pas, tu finiras bien par faire ton trou.

— Putain de bordel de merde, s'écria Alex tandis qu'autour d'eux les journalistes s'exclamaient de même dans leurs langues respectives.

Tout le monde avait les yeux rivés sur les écrans de télévision. Les coureurs venaient s'écraser les uns contre les autres, deux d'entre eux furent projetés hors du peloton sans avoir eu le temps de lâcher les pédales. Le circuit était jonché de cyclistes étendus à terre. Ils s'amoncelaient sur le bord du circuit, empilés les uns sur les autres. Il y en eut un qui fit un vol plané au-dessus de la *mêlée** pour atterrir sur un vélo renversé. La *salle de presse** était maintenant plongée dans un silence horrifié.

Une vieille dame se tient au milieu du circuit transfiguré, l'œil collé à l'objectif de son appareil-photo, le doigt en suspens au-dessus du bouton de déclenchement. Originaire de San Diego, elle passe ses vacances en France. Tout ce qu'elle voulait, c'est un instantané de la course de bicyclettes. Elle n'avait pas l'intention de créer une telle diversion. Elle ne voulait de mal à personne. Elle ne s'est pas rendue compte qu'ils roulaient si vite. Elle ne voulait pas faire tomber de leurs vélos tous ces coureurs. Peut-être que cela fait partie de la course, en fait ? C'est une attraction prévue au programme, comme au football américain. Pour du spectacle, c'est du spectacle en tout cas.

Les caméras de télé enregistrent sans pitié l'enchevêtrement de membres et de paroles. Petit à petit, les coureurs s'extirpent de la cohue en démêlant leurs bras et leurs jambes de ceux des autres coureurs. Ils se remettent debout, vérifient l'état de leurs blessures et de leurs vélos, font tourner les roues à vide, frottent leurs muscles, changent leurs pneus. La plupart remontent en selle et redémarrent. Les mécaniciens de leurs équipes ou ceux de la Société du Tour de France leur donnent de l'élan en les poussant au démarrage. Deux coureurs restent à terre. L'un des deux est un coureur de Système Vipère. Le serpent qui entoure son corps regarde les caméras de télé d'un œil mort.

Un murmure fit le tour de la *salle de presse** : Ducasse !

— Fabien ! s'écria Cat horrifiée.

Merde*. *Il faut que je me relève. Je ne vais pas rester là à bouffer le bitume. Ça a un goût dégueulasse. Il faut que je finisse dans le peloton de tête, comme je l'ai fait jusqu'ici. Je ne veux pas perdre une seule seconde avant la course contre la montre. Ce n'est pas que ça ferait une grosse différence si j'en perdais, mais ça me ferait trop chier. Je veux conserver mon acquis pour donner le ton au reste de la course. C'est pour ça que j'ai conduit calmement cette semaine. Je n'ai pas fait parler de moi alors que je suis classé dans les dix premiers. Après-demain, je prends la tête du peloton. Mon corps est prêt pour la course contre la montre. Avide de grimper, ajusté pour m'emmener sur le podium à Paris. Alors, Fabien tu te lèves. Doucement.*

— *Ça va** ? demande le médecin du Tour au coureur en l'aidant à se relever. Ducasse passe mentalement son corps en revue, se ressaisit. Comment se sent-il ? Il n'a rien de cassé, mais il s'est ramassé sur le bitume à 42 km/h et il est un peu secoué. Quelque chose de cassé, des blessures ? Non. Du moins rien qui l'empêche de continuer. Jules Le Grand est à côté de Fabien. Il ne lui dit rien. Il se tient là, immense, chaussé de mocassins en nubuck de la même couleur que les jambes bronzées de Fabien. L'esprit du *directeur** est en train de faire la course. Plus vite, plus fort qu'aucun de ses coureurs ne l'a jamais fait. Il n'y a pourtant rien qu'il puisse dire ou faire. Seul le corps de Ducasse peut décider de ce qui va se passer maintenant. C'est une des rares choses sur lesquelles le *directeur* sportif** de Système Vipère n'a absolument aucune emprise.

— *Vélo** ? dit finalement Ducasse d'un ton tranquille en contemplant les restes tordus de sa bicyclette qui gît quelques mètres plus loin.

Freddy Verdonk, qui n'est pas tombé mais qui s'est arrêté pour rester avec son leader, lui amène le sien. Freddy règle toujours son vélo à la taille de Ducasse pour que le changement soit plus rapide dans des occasions de ce genre. Le fidèle *domestique** peut attendre que le mécanicien lui en apporte un de rechange. La patience et l'humilité, rares chez un leader, sont les qualités sine qua non du *domestique**.

Dans la *salle de presse**, on attend fébrilement que Ducasse remonte en selle. Le médecin du Tour l'examine assez superficiellement. Il lui pose un pansement sur le genou qui fera l'affaire jusqu'à la fin de l'étape. Sa blessure sera examinée plus sérieusement ce soir. Il n'y a pas de raison pour que Ducasse ne reparte pas. Il n'a rien de cassé, pas même le moral. Jules Le Grand place ses mains dans le bas du dos de Ducasse et court pour donner de l'élan au coureur sur les premiers mètres. Personne ne donne de coup de main à Verdonk. Ce n'est pas un problème pour lui, il n'en a pas besoin. C'est lui qui donne des coups de main. Cat et les autres journalistes regardent avec une certaine admiration Ducasse et Verdonk se frayer un passage à travers le convoi des voitures d'équipe, dépasser un groupe de coureurs à la traîne et une file de cyclistes qui forme une queue à l'arrière du gros du peloton. Système Vipère est à nouveau dans la course. Ducasse n'a pas perdu de temps, il a même gagné de la publicité, de la popularité et du respect. Les gens voudront le voir demain, tous les jours. Ils le chercheront pour lui souhaiter bonne chance. C'est un héros.

Les caméras reviennent en arrière. L'autre coureur est toujours par terre, assis, la tête dans les mains. La mémé de San Diego appuie enfin sur le déclencheur de son appareil-photo.

— J'ai eu Bobby J. ! dit-elle ravie à son mari. C'est génial, j'ai eu Bobby J. !

Et de plus d'une façon.

Bobby Julich essaye de se lever. Il y parvient, mais il n'arrive pas à marcher. Il ne fait plus partie de la course. Pour lui, le Tour s'arrête maintenant. Mais sa réputation est intacte. Une bataille dont il sort le corps brisé n'entache pas son héroïsme. Il y aura l'année prochaine.

De l'autre côté de la route, la caméra s'attarde un instant sur deux personnes. L'une est un vieux fermier qui se tient immobile, sa casquette serrée sur son cœur. L'autre, un gamin assis sur sa petite bicyclette les mains crispées sur le guidon. Il a les yeux comme des soucoupes. *Quand je serai grand, je ferai le Tour de France. Je serai aussi courageux que cet homme. Je serai un héros.*

Ce n'était qu'un accident parmi tant d'autres sur le Tour de France, mais Cat n'arrivait pas à chasser de son esprit la vision de Ducasse étendu à terre ni celle de Julich incapable d'avancer. L'atmosphère de la *salle de presse** était moite et industrieuse. Il faisait trop chaud, une odeur désagréable flottait. Un mélange d'odeurs corporelles, de tabac froid et d'ail.

— J'ai besoin de prendre l'air, dit-elle à Alex et Josh, vous venez ?

— Tu veux bien nous ramener un Coca ? demanda Alex.

— De l'Évian pour moi, plutôt, dit Josh en regardant la rangée de canettes vides devant lui.

Dehors, il faisait toujours incroyablement chaud. On était maintenant à l'intérieur des terres, il y avait très peu de vent, et les coureurs devaient supporter des températures proches de 30 degrés. Comme elle était restée assise plus de trois heures, Cat se sentait courbatue. Elle marcha lentement parmi les arbres et choisit un tronc d'arbre robuste pour appuyer ses mains dessus. Elle étira vers l'arrière la jambe droite puis la gauche. Elle attrapa ses pieds l'un après l'autre pour les maintenir contre ses fesses en tirant bien sur l'avant des cuisses. Elle mit les mains sur ses hanches et fit de lents mouvements de rotation de la tête. Elle étendit ensuite ses bras en l'air et essaya de toucher le ciel du bout des doigts, goûtant la sensation de soulagement que cela entraînait au niveau de la taille. Ses bras dessinèrent un arc quand elle les amena horizontalement au niveau des épaules. En les maintenant parallèles au sol, elle les fit glisser derrière son dos pour croiser ses mains, doigts tournés vers l'extérieur. Elle poussa ses bras vers l'arrière, cambrant le buste. Elle resta dans cette position, respira à fond et ferma les yeux.

— Des seins fantastiques, Catriona McCabe, dit Ben York d'une voix concupiscente tout en palpant légèrement les objets de son admiration.

Cat ouvrit les yeux, ahurie. Elle replia ses bras devant sa poitrine dans un geste de protection instinctif, jeta un regard éperdu alentour pour s'assurer que personne n'avait été témoin de cette scène.

— Cat, le corrigea-t-elle, indignée.

Ben prit son visage dans ses mains, embrassa ses lèvres et les lécha avec la pointe de sa langue. Puis il se tint face à elle, lui souriant de toutes ses dents.

— Prête à jouer ? proposa Ben.

Cat secoua la tête d'un air grave. Ben regarda sa montre et leva un sourcil.

— Je crains fort de n'avoir que ce créneau à vous proposer, mademoiselle. J'ai un planning très chargé.

— Et moi, je n'ai pas encore fini mon travail, petit docteur, lui rétorqua Cat.

— Amour et eau fraîche, proclama Ben, c'est la nourriture de l'esprit, croyez-m'en.

— « Faites-moi confiance, je suis médecin ? » dit Cat moqueuse, l'amour, j'ai l'impression qu'il y en a tout plein ici et pour l'eau fraîche, je verrai si je trouve de quoi faire ton bonheur au buffet. Promis.

— Allons nous asseoir quelque part, suggéra Ben. Il posa sa main sur le dos de Cat pour la guider à travers le parc. Ils longèrent un trottoir désert jusqu'à un *tabac** avec deux petites tables en terrasse.

— Quelle quantité de caféine as-tu absorbé aujourd'hui ? demanda Ben.

Sans s'en rendre compte, Cat fit remonter sa lèvre inférieure sur la rangée supérieure de ses dents pendant qu'elle réfléchissait. Quand elle la fit redescendre, la bouche de Ben était là. Il mordit sa lèvre inférieure et l'aspira rapidement. Les yeux ouverts, il contemplait ceux de Cat qui s'étaient fermés.

— Cinq, dit-elle lorsqu'il lui rendit ses lèvres.

— Cinq ? Sur cinq ou sur dix ? C'est la note que tu donnes à mon auscultation ?

— Cinq cafés, expliqua Cat en se léchant les lèvres pour sentir le goût de la bouche de Ben.

Ton baiser est au-delà de tout système de notation, je sais.

— Tu es sur le Tour de France, dit Ben gravement, tu as dépassé la dose autorisée de caféine.

Il commanda deux *citrons pressés**.

— Tu as passé une bonne journée ?

— Non, dit Cat tristement, Fabien et Bobby, les pauvres.

— Mais toi, insista Ben, comment s'est passée ta journée, *journaliste** McCabe ?

— Pas terrible, en fait.

Cat lui expliqua en détail les atermoiements de *Maillot*.

— Je fourmille d'idées et je suis habitée par la passion.

Ben haussa les sourcils, très intéressé et dissimula un sourire derrière son verre.

— Je suis sérieuse, le réprimanda Cat en lui donnant un léger coup de poing.

Cela fit basculer le verre de Ben. Un peu de *citron pressé** lui coula sur le menton. Elle l'essuya avec son index et le lui introduisit dans la bouche pour qu'il le lèche.

— Ma justification pour suivre le Tour, c'était une mission sacrée : un boulot de rêve m'attendait au bout. Maintenant que cela semble compromis, rester ici, ça ressemble à un purgatoire. Je couvre à peine mes frais.

— Ne rentre pas, dit Ben avec sérieux.

L'expression de Cat qui rejetait profondément cette idée soulagea Ben.

— Il y a tellement de monde ici, tu finiras bien par tomber sur un truc intéressant.

— Tu crois que Luca serait d'accord pour une interview après la course contre la montre, même si je ne peux pas lui garantir de date de publication ?

— Luca sera plus que ravi, déclara Ben, tu descends à quel hôtel ce soir ?

— Je ne sais pas, dit Cat, c'est Josh qui est au courant de tous ces trucs-là. Moi je me contente de transbahuter mon sac à dos d'une chambre d'hôtel à l'autre.

— Moi, je serai à l'hôtel Ibis. Chambre 324. Tu finis ton boulot, tu manges un morceau, tu prends un bain histoire de décompresser et tu viens me rejoindre. Je vais prendre un autre *citron pressé**.

— Je préférerais de l'eau fraîche, dit Cat.

Elle eut fugitivement la sensation d'être sur un nuage. Elle se leva et se pencha pour déposer un baiser sur la joue de Ben. Elle approcha les lèvres des siennes et passa sa langue dessus. Elle avait l'intention de beaucoup s'en servir dans la chambre 324 de l'hôtel Ibis un peu plus tard. Il ne put détacher ses yeux de sa silhouette quand elle s'éloigna.

Elle est vraiment mignonne en short. Je laisserais bien courir mes doigts sur les marques que la chaise a imprimées sur ses cuisses.

Ben regarda sa montre. Il avait juste le temps de boire son *citron pressé** avant d'aller retrouver le *soigneur** de Didier LeDucq pour discuter de la santé du coureur.

COPIE POUR P. TAVERNER @ BUREAU DES SPORTS DU *GUARDIAN*
DE CATRIONA McCABE À PRADIER

Le peloton a quitté Nantes ce matin à 11 heures par 25 degrés à l'ombre. Il s'est d'abord dirigé vers le sud avant de couper à l'intérieur des terres pour rejoindre Pradier. À l'heure du déjeuner, quand les coureurs sont passés au contrôle de ravitaillement de Doré pour recevoir la musette de nourriture que leur tendaient leurs soigneurs*, *il faisait plus de 30 degrés. C'est là, au centième kilomètre, que Tyler Hamilton (US Postal) a semblé décoller comme si son vélo s'était transformé en moto. Le peloton était soit trop absorbé par le contenu des musettes, soit trop sensé pour se défoncer par cette chaleur si tôt dans la course, ce qui fit qu'Hamilton se retrouva seul en tête avec à un moment donné un peu plus de 7 minutes d'avance. Il fallait qu'il mène avec 1 minute et 15 secondes pour décrocher le maillot jaune. Sur les 30 derniers kilomètres, un peu à contrecœur semblait-il, le peloton a commencé à travailler pour réduire l'écart. Hamilton a pris le maillot jaune à l'arrivée et commencera l'étape de demain avec deux secondes d'avance. Stefano Sassetta est toujours tenant du maillot vert avec deux points d'avance sur son principal rival, Jesper Lomers. Jesper, cependant, est toujours deux places au-dessus de son adversaire italien au classement général.*

Une épouvantable collision, 34 kilomètres après le premier sprint a mis Bobby Julich non seulement à terre, mais aussi hors course. Fabien Ducasse a eu plus de chance : il n'a fait que manger un peu de bitume. S'il a mal ce soir, courir jusqu'à Bordeaux demain apaisera ses articulations et le préparera à la course contre la montre de samedi où il devra relever le défi de Vasily Jawlensky (Zucca MV).

Ce dernier s'est montré aussi énigmatique qu'à son habitude, gardant le profil bas, courant calmement, se tenant à l'écart de l'action, des caméras et de Fabien Ducasse. Il occupe la douzième place, 18 secondes derrière Fabien.

L'étape de demain sera la dernière chance pour les purs sprinters de déployer leur audace et d'en récolter les fruits à l'arrivée avant que l'épreuve de la course contre la montre et le supplice de la montagne n'en renvoient une partie dans leurs foyers.

<FIN>

— Il me faudrait une citation, se plaint Cat, Alex, tu n'en aurais pas une à me refiler ?

Il feuillette les pages de son carnet et secoue la tête.

— Désolé, je ne peux rien pour toi. J'ai déjà du mal pour caser la seule que j'aie.

— On va dire que tu m'en devras une, dit Josh en rapprochant sa chaise de celle de Cat. J'ai réussi à choper Lomers dans la mêlée des médias. Il a dit : « C'est une bonne chose pour Tyler. La force, c'est tout à la fois de la volonté et une excellente forme physique. Si le *maillot jaune** lui revient, c'est qu'il le mérite. » Je le cite dans mon papier, mais tu peux t'en servir aussi. Il y avait vraiment beaucoup de monde autour de lui.

— Josh, dit Cat en notant la citation à la suite de son reportage, je t'aime.

Josh eut l'air très content de lui. Alex eut l'air un peu vexé et après avoir feuilleté son carnet, il eut même l'air carrément abattu.

J'ai besoin de quelque chose, se dit Fabien Ducasse. *Je me suis retrouvé couché par terre à lécher le bitume. Ce genre de choses ne doit pas m'arriver.*

Son corps lui faisait mal. Son ego lui faisait mal. Bien sûr, son *soigneur** ferait en sorte d'arranger son corps, Jules Le Grand prendrait son ego en charge, mais Fabien connaissait ses besoins mieux que personne. Il fallait qu'il se sente au top. Qu'il maîtrise la situation. Qu'il se sente dans la peau d'un mec qui peut tout dominer. Il avait besoin de réaffirmer sa force, sa suprématie. Il se regarda dans le miroir de la salle de bains. Il fallait qu'il se rase. Mais surtout, il fallait qu'il se débarrasse de la lueur d'embarras que lui seul pouvait détecter dans ses yeux. Facile. Il n'avait besoin que d'une chose. Il mit une casquette de base-ball dont il rabattit la visière, des lunettes de soleil et un T-shirt uni. Il se regarda à nouveau dans la glace et sourit. Il fallait toujours qu'il se rase, mais ce qu'il voyait lui plaisait. Il téléphona à un des mécaniciens de Système Vipère et ordonna qu'on le conduise à Nantes dans un quartier glauque qu'il avait découvert quelques années auparavant et où il était retourné quelquefois depuis.

— Va m'attendre là-bas, ordonna-t-il en suivant des yeux le mécanicien jusqu'à ce qu'il soit hors de vue.

Il franchit une porte sans avoir eu besoin de sonner. C'était ouvert. C'était un bordel.

Fabien ressortit moins d'un quart d'heure plus tard. Il se lécha les lèvres et cracha dans le caniveau. Il se sentait beaucoup mieux. Requinqué. Il était seulement 20 heures 45. Dans moins d'une heure, il dormirait tranquillement.

Cat était dans sa chambre d'hôtel, occupée à suivre le programme que Ben lui avait prescrit. Elle avait fini son travail, englouti un steak frites avec Alex et Josh dans une petite brasserie à côté de leur hôtel. Elle s'était ensuite contentée d'une douche rapide et elle en était à se demander ce qu'elle allait mettre et comment elle allait faire pour s'éclipser discrètement vers l'hôtel Ibis, quand son portable sonna.

— Ma puce ?

— Django !

— Cat, mon trésor, dit Django, ça n'a pas l'air d'aller.

Cat fut vexée.

— Je me sens très bien, au contraire, lui dit-elle.

— Je ne sais pas, dit Django, je sens comme de la tristesse dans ta voix. Comment ça marche pour toi, alors ? C'était fou, aujourd'hui, cet amoncellement de corps enchevêtrés. Et quand le Yankee a gagné !

Cat sourit. Constater que sa passion pour le cyclisme était contagieuse lui faisait plus que plaisir.

— J'avais prédit sa victoire. C'est un bon, Tyler. C'était une étape terrible. Ça risque d'être du même tonneau, demain. Quoiqu'il risque d'y avoir de la pluie ici. Comment vont Fen et Pip ?

— Elles sont emballées ! déclara Django, je leur ai parlé juste avant l'émission, on s'est rappelés vite fait pendant la pub et on s'est fait une analyse complète de l'étape à la fin. Tu es sûre que tu manges bien ? Tu as vraiment une voix épouvantable.

— Mais je t'assure que ça va, plaida Cat, je viens de m'enfiler un steak frites.

— Moi j'ai fait une pizza ce soir, dit Django fièrement, il me restait du pain rassis, alors je l'ai émietté, j'ai ajouté un peu d'huile, un œuf battu et une goutte de ketchup pour faire la base.

— Et ça donnait quoi ? demanda Cat quelque peu horrifiée.

— C'était génial. Je l'ai passée au four et je l'ai garnie avec des sardines, des foies de volaille, encore un peu de ketchup et de la sauce Stilton.

— Quel goût ça avait ? demanda Cat, une main sur l'estomac.

— C'était un pur délice, tu peux me croire. Je vous en ferai la prochaine fois que vous viendrez, mais j'ajouterai peut-être des noisettes pilées sur le dessus.

— J'ai hâte d'y être, dit Cat avec sincérité.

Elle pensait plus au fait de se retrouver qu'au repas.

— Je suis inquiet ma petite puce, dit son oncle, tu n'as vraiment pas l'air dans ton état normal.

— Je vais bien, dit Cat en posant la main sur son front et en se tirant la langue devant le miroir pour être sûre.

— Moi, si j'étais toi, j'irais voir un médecin, dit Django.

Ils restèrent silencieux un moment. Cat vit son reflet lui sourire dans le miroir en même temps qu'elle entendit son oncle pouffer de rire à l'autre bout de la ligne.

— C'est exactement ce que je m'apprêtais à faire, figure-toi.

— J'ai le droit de le répéter à tes sœurs ? demanda Django.

— Seulement si tu me donnes le nom du gagnant du *maillot jaune**, ordonna Cat.

— Tyler Hamilton, répondit Django, le type de US Postal, là, Jonathan Vaughters a le maillot à pois, et Sassetta a le vert. Bon, je te laisse, j'ai deux coups de fil urgents à passer.

— Et moi, j'ai rendez-vous chez le médecin, dit Cat.

Cat voulait passer inaperçue. Elle aurait bien voulu mettre sa minijupe trapèze et un petit haut moulant, mais elle opta pour un pantalon en toile beige et une chemise en jeans. Elle se souvint du conseil de Fen et choisit de la lingerie qui lui donnait une démarche sexy et qui la faisait se sentir coquine. Elle sortit par l'escalier de secours, déboucha dans la nuit et s'éloigna rapidement, dépassant plusieurs rues dans le seul but de mettre de la distance entre elle et quiconque aurait pu la reconnaître. Elle s'arrêta dans un café tranquille pour demander son chemin. On lui apprit qu'elle avait pris la mauvaise direction. Cela ne modifia en rien son humeur, et c'est d'un pas léger qu'elle se dirigea vers l'hôtel de Ben.

Sur le parking de l'hôtel, elle remarqua les voitures de l'équipe Cofidis et elle se demanda s'il y aurait beaucoup de journalistes venus pêcher des informations sur Bobby Julich. Elle pouvait voir le hall d'où elle se trouvait. C'était noir de monde. Elle fit le tour du bâtiment, vit une petite porte, pria pour qu'elle ne fut pas reliée à un système d'alarme et la poussa. Elle entra. Elle gravit l'escalier. Quand elle pensa être arrivée au troisième étage, elle s'arrêta. Elle s'appuya contre le mur et rafraîchit ses joues en les posant alternativement sur le ciment froid.

J'ai le cœur qui bat à mille à l'heure. Est-ce que je suis vraiment sur le point de me faire un bon petit plan cul ? Ça fait longtemps que ça ne m'est pas arrivé avec un autre que Lui. Que ça ne m'est pas arrivé tout court, en fait. Merde, j'ai oublié de prendre des préservatifs. J'espère que Ben en aura. J'ai l'impression de vivre un truc de folie, là. C'est bon plan ou mauvais plan, un truc de folie ? Il est neuf heures dix. Je suis hyper chaude. Respire à fond. Prête ? Vas-y. Éclate-toi bien. Fonce.

Cat est dans le couloir du troisième étage de l'hôtel Ibis de Pradier. La moquette est neuve et il flotte comme une odeur d'avion. Elle passe devant les portes closes de chambres anonymes et prête l'oreille aux bruits qui en proviennent : douches, télé, conversations, quelqu'un qui chante. Elle dépasse ensuite des portes sur lesquelles sont inscrits les noms des coureurs de Mégapac. Ces portes ne laissent pas filtrer le moindre son. 329. Bonne nuit, Luca. 327. C'est de l'autre côté, Cat. 328. Comment ça va, Didier ? 326.

Non. J'hallucine. C'est pas possible.

La porte de la chambre 324 vient de s'ouvrir. Une femme sort dans le couloir. Elle rit par-dessus son épaule. Elle est sortie de la chambre. Elle se retourne vers la porte et agite la main en souriant, superbe. C'est la podium girl. La même. La même salope avec les mêmes longues jambes sublimes. Elle rit. Elle a été dans la chambre de Ben qu'elle quitte en riant. Elle est d'une beauté parfaite, impeccablement maquillée. La jupe qu'elle porte est encore plus courte que celle de son uniforme. Aucun chapeau ridicule ne vient plus ternir l'éclat de ses somptueuses tresses soyeuses. Cette ensorceleuse sort de la chambre de Ben. Numéro 324 de l'hôtel Ibis de Pradier. Comment Cat est-elle supposée prendre la chose ?

Elle a la nausée. Elle tourne les talons et s'éloigne, remettant ses pas dans ceux qu'elle a faits pour venir.

SIXIÈME ÉTAPE

Pradier-Bordeaux. 215 kilomètres

— Ça va, Cat? demanda Josh en lui tendant une canette de jus d'orange Minute Maid, tu as l'air complètement crevé.

Cat n'était pas d'humeur à apprécier le sourire ironique de Josh.

— Je n'ai pas bien dormi, lui dit-elle.

— Tu as le mal du pays? demanda-t-il en adoucissant le ton.

— Le mal du pays? Qu'est-ce que tu délires? riposta Cat en refoulant l'image mentale de ses sœurs qui menaçait d'investir sa conscience.

Django, tu te barres de ma tête tout de suite!

— Non, je ne délire pas. Moi, si mon chien m'apportait mes charentaises là, j'irais tout droit m'écrouler dans mon fauteuil préféré.

Josh, si j'étais honnête, je te dirais que j'ai l'impression de ne vraiment pas être à ma place ici. Je me fais l'effet d'une poupée de porcelaine qu'on a laissée par inadvertance entre les mains d'un gosse de deux ans. Je grimpe au sommet de cocotiers magiques et la seule méthode que je connaisse pour redescendre, c'est de m'écraser au sol en chute libre. Des hauts très hauts et des bas très bas, quoi.

Dire des trucs de ce genre à Josh ne changerait rien à la situation. Il a déjà remarqué la larme qui perle au coin de son œil droit et il se dit que s'il est le seul à remarquer qu'elle vient de s'écraser virtuellement au pied d'un cocotier en plein milieu du *village** de Pradier, c'est peut-être mieux pour tout le monde. Dans vingt minutes, la sixième étape du Tour va commencer. À dix mètres d'eux, Bernard Hinault, cinq fois vainqueur du Tour de France est là en chair et en os. Alors Josh pose gentiment la main sur son épaule, et lui donne une petite secousse qui fait qu'ils se sentent mieux tous les deux.

— On va se la jouer tranquille, aujourd'hui, suggéra-t-il, c'est pas la peine de forcer si la machine ne suit pas.

— Regarde ! c'est Vasily, s'exclama Cat toute contente de trouver un moyen de changer de sujet.

Le grand Russe perché sur son vélo se fraye péniblement un passage à travers la foule des médias, pour se rendre sur le stand du coiffeur où deux autres coureurs se font déjà couper les cheveux.

— Tu as déjà eu l'occasion de rencontrer Jawlensky ? lui demanda Josh.

Cat secoua la tête.

— Viens, je vais te présenter. Tu vas voir, il est adorable.

Cat regarda Josh et lui fit un sourire radieux.

— C'est exprès que tu as mis ton maillot à l'envers ? continua-t-il en souriant.

Cat constata avec horreur que non seulement elle l'avait mis à l'envers, mais qu'en plus il était devant-derrière.

— Va te changer, dit Josh. Je suppose que tu veux faire bonne impression sur Jawlensky et je crois qu'annoncer en toutes lettres que tu es une fille genre Dorothy Perkins, Taille 1, Laver Séparément, Ne Pas Sécher en Machine pourrait nuire à ta crédibilité en tant que journaliste.

Cat se dirigea en toute hâte vers les toilettes des femmes et sourit en voyant sortir un coureur de Banesto qui ne prit même pas la peine de faire un geste d'excuse. Si les toilettes pour hommes étaient occupés, les coureurs tenaient apparemment pour acquis qu'ils avaient la priorité pour accéder à ceux des femmes.

Les coureurs professionnels ont les façons de pisser les plus frustes, pensa Cat avec amusement en enlevant son maillot. *Ils obéissent à la théorie de Pavlov à l'envers. Avant que la sonnerie du* départ* *ne retentisse, ils se bousculent pour aller faire pipi — sans se soucier le moins du monde du logo dessiné sur la porte. Mais après la sonnerie, même s'ils viennent juste de se vider la vessie, ils pissent n'importe où et devant tout le monde.* Maillot *pourrait être intéressé par un article sur ce thème. Je les appellerai plus tard.*

Cat remit son haut correctement, ramena ses cheveux derrière ses oreilles et se demanda si le coiffeur du Tour pourrait lui raccourcir la frange. Elle se fit un petit sourire d'encouragement. Voilà, elle était prête à faire la connaissance d'un héros.

Elle n'était pas prête, par contre, à tomber sur Ben. Il était là, en train de discuter avec Emma O'Reilly et Rachel. En plein sur son passage. Impossible de faire celle qui ne les avait pas vus, d'autant que Rachel l'appelait. Cat fit un petit signe de la main et tapota sa montre pour justifier une sortie rapide. À l'entrée du *village** quelques mètres plus loin, une main se posa sur son épaule.

— Cat ?

Ben, évidemment.

— Oh, dit Cat en évitant de croiser son regard, je n'ai pas le temps de parler, là. On m'attend.

— Tu étais *où* ? demanda Ben avec une pointe de reproche qui donna à Cat envie de le frapper.

— Ce serait plutôt à moi de te poser la question, le contra-t-elle en brandissant son laissez-passer aux vigiles en faction à l'entrée du *village**.

Ben en avait un aussi, évidemment.

— Je t'ai attendue, dit Ben en la suivant, je croyais qu'on avait rendez-vous.

Cat s'arrêta, se retourna et le regarda droit dans les yeux. Elle aurait préféré qu'il soit moche pour ne pas être submergée par ce désir de l'embrasser.

— Tu en prends un peu trop à ton aise, lui jeta-t-elle.

Ça l'énervait qu'il reste là à la regarder d'un air godiche.

Ne joue pas avec moi, docteur York.

— Vous voudrez bien m'excuser, maintenant, lui dit-elle d'un ton qui ne supportait pas de réplique.

Elle tourna les talons et s'éloigna d'un pas décidé.

J'en prends un peu trop à mon aise ? s'interrogeait Ben en ressortant du *village**. *Qu'est-ce qu'elle voulait dire par là ? Comment pourrais-je en prendre à mon aise quand il ne s'est rien passé hier soir ?*

— Oh, et puis merde ! dit-il à voix haute.

C'est peut-être tout simplement qu'elle s'est levée du pied gauche ce matin.

Si elle ne s'est pas réveillée dans mon lit, elle s'est forcément mal réveillé. Bien fait pour elle.

COPIE POUR P. TAVERNER @ BUREAU DES SPORTS DU *GUARDIAN*
DE CATRIONA McCABE À BORDEAUX

La perspective de la course contre la montre de demain a fait régner un climat tendu aujourd'hui. C'était la dernière occasion pour les purs sprinters d'attirer l'attention sur eux et pour les opportunistes de se faire un nom sur une échappée. C'est sous un ciel bas et menaçant que s'est déroulée toute l'étape. La pluie a finalement trempé tous les coureurs sur la fin du parcours.

Au quatre-vingtième kilomètre, juste après la montée catégorie 4 des Côtes de Morissot, Max Sciandri (La Française des Jeux) a pris la tête du peloton avec Paolo Gabicci (Zucca MV) et Franz Marc (Telekom). À la cinquante et unième place, à 1'52" du maillot jaune Tyler Hamilton, Sciandri était en droit d'espérer que l'offensive qu'il avait entamée au cours de la quatrième étape aux côtés de Freddy Verdonk allait enfin porter ses fruits. Il visait tout à la fois la victoire d'étape et le maillot jaune. Ils semblèrent avoir la chance de leur côté dans un premier temps. Mais, peu de temps après qu'ils aient entamé leur sprint, une collision dans le gros du peloton a mis à terre bon nombre de coureurs, ralentissant ceux qui étaient à l'arrière, et obligeant ceux qui étaient à l'avant à utiliser leurs freins pour être en mesure de vérifier dans quelle situation se trouvaient leurs leaders.

Le groupe de Sciandri ne s'en tira pas trop mal, arrivant à maintenir 4 minutes et 40 secondes d'avance pendant un moment. L'Anglo-Italien aurait mérité la victoire aujourd'hui, mais le peloton n'était pas d'humeur à lui en faire cadeau.

Les 10 derniers kilomètres étaient en pente descendante, ce qui aurait pu être favorable au groupe d'échappée. Mais le peloton finit par le rattraper et l'avaler. On assista donc à un final de sprinters tout ce qu'il y a de classique sur le majestueux Quai Louis XVIII.

La vitesse moyenne aujourd'hui était de 41,8 km/h, atteignant presque 60 km/h dans la dernière ligne droite. Les sprinters auront certainement laissé de beaux souvenirs au public : les meilleurs coureurs étaient là, avec la rage de vaincre. De tous, Stefano Sassetta était sans doute le plus acharné. Il a remporté plusieurs sprints sur son principal rival, Jesper Lomers. Pietr Rodchenko a été disqualifié pour avoir lancé son bidon à la tête de Stuart O'Grady sans autre motif apparent que la rage de voir l'Australien faire un meilleur sprint que lui. Sassetta a franchi la ligne d'arrivée le premier, mais il a été relégué à la fin du classement par la suite et s'est vu infliger une amende, pour avoir couru dangereusement, coinçant Mario Cippolini, puis coupant la ligne de Jesper Lomers. Celui-ci a pu se consoler en prenant le maillot vert à Sassetta.

Le Tour de France est arrivé à la veille de la course contre la montre. De nouveaux noms vont apparaître au palmarès demain et le relief va changer quand le peloton va entamer son voyage jusqu'au pied des Pyrénées.

<FIN>

Bordeaux. Beauté. Élégance. La quintessence de la France. Cat était contente de s'y retrouver. C'était un endroit qu'elle avait beaucoup aimé quand elle y était passé dix ans auparavant au cours d'un voyage d'étudiante. Elle fut surprise de constater qu'elle se souvenait de la disposition des rues. Elle savait que si elle tournait à gauche là, puis tout de suite après à droite, elle tomberait sur une charmante petite *boulangerie**. Si elle était toujours là. Elle y était. Elle allait se faire plaisir. S'accorder une demi-heure de calme, loin du Tour de France. Manger autre chose que la bouffe monotone du buffet de la presse. Elle allait prendre un *café au lait**, une part de *tarte aux pommes** et un verre de Badoit. Elle aurait bien pris un *citron pressé**, mais cela lui rappelait trop Ben York. Tout ce qu'elle voulait, c'était s'asseoir toute seule à une des tables en terrasse devant le magasin. Elle eut l'impression de commettre un sacrilège, mais elle se débarrassa de son badge. Elle resta là, assise bien tranquille, à boire, à manger et à regarder autour d'elle. Elle ne pensait plus aux cyclistes, et elle faisait un effort pour ne pas penser à ceux qui entouraient les équipes. Les médecins, par exemple. Elle éteignit son portable, mit ses lunettes de soleil, releva ses manches et se concentra exclusivement sur le manteau de soleil qui venait l'envelopper.

Elle passe d'abord un moment à regarder autour d'elle, et finit par connaître le paysage par cœur. Elle se concentre un moment sur une partie de *pétanque**, sourit niaisement, pour rien, et puis, sans s'en rendre compte, l'esprit qu'elle avait mis au repos se met à tricoter fiévreusement. À quoi tu penses, Cat, assise, là, ton regard allant d'un immeuble à un arbre pour venir se poser sur un paquet de Gitanes dans le caniveau ?

À lui et à l'Autre.

À qui ?

À Ben.

Et à qui ?

À l'Autre, en Angleterre.

Dans cet ordre-là ?

Oui.

C'est déjà ça.

Est-ce que j'en veux un seul des deux ?

Tu n'en sais rien ?

Est-ce que je veux les deux ?

Tu n'en sais vraiment rien ?

Non.

Non ? Non à quoi ?

Je ne sais pas. J'ai essayé. J'ai essayé de Le rendre heureux de toutes les façons possibles, de Lui donner envie de rester, de tout Lui donner. J'ai un sentiment d'échec.

Mais on le savait déjà, ça. Bouge. Et puis arrête de mettre une majuscule chaque fois que tu fais allusion à ce type. On a l'impression que tu parles de Notre Seigneur Tout-Puissant. Bouge. Tu peux dormir sur tes deux oreilles vu que tu as fait tout ce que tu as pu pour cette relation. Tu as porté le deuil assez longtemps. Il n'y a plus rien à tirer de cette histoire. Tout ce qui te reste, c'est des fondations solides pour bâtir quelque chose de nouveau. Tu as conscience de ça ?

Oui. C'est juste que je ne sais pas dire au revoir. Ça me rend triste. Amor vincit omnia. *Des trucs de ce genre, quoi.*

C'est bien que tu sois de cette humeur. C'est le signe que tu n'y as pas laissé de plumes. Tu pourrais être amère, genre plan autodestructif. Tu aurais aussi pu virer dure et cynique. Il n'était pas cool avec toi, Cat.

C'est vrai qu'il ne m'a pas fait que du bien.

Vous n'aviez plus rien à faire ensemble à la fin. Tu t'en rends bien compte.

Ce n'était pas de ma faute.

C'est vrai. Tu peux en faire ton mantra.

Ce n'était pas de ma faute. C'est juste que je suis tombée sur le mauvais numéro.

Excellente théorie. Au tour de Ben, maintenant.

Je ne peux pas.

Prends-toi un autre *café au lait**. Non, un *citron pressé**, plutôt. C'est ça qu'il te faut. Rajoute un peu de sucre. Prends-en une gorgée. C'est bon ?

Délicieux.

Aussi bon qu'à Pradier ? On se sent nostalgique ? On aimerait remonter dans le temps ? OK, ne réponds pas. Profite de l'instant présent.

Ben York.

Comment tu te sens ?

Je suis déçue. En danger, aussi. Je ne le connais pas tellement, en fait. Et pourtant, avec lui, il se passe un truc. Il m'attire physiquement, et c'est fou l'état dans lequel je suis quand je le vois. J'aime bien ce qu'il est aussi. Si je voulais juste me le faire, je me le ferais en me foutant pas mal des podium girls ou de ce que Josh pourrait penser de moi.

Tu tournes autour du pot.

Je prendrais bien un autre citron pressé*.

Voilà. On peut continuer ?

J'avais raison avec mon histoire de flamme magique. J'en suis sûre. Je ne sais pas ce que je veux avec Ben, ni ce que je peux en attendre. Je m'en veux d'avoir montré que j'étais sensible à l'intérêt qu'il me portait. En plus, j'ai commencé à tisser des liens affectifs alors qu'en fait il n'y avait rien pour les accrocher.

Tu fais référence à la podium girl ?

Oui. Je sais ce que dirait Fen. Si je le traitais de salaud, ma sœur me répondrait posément que si j'ai la haine, c'est uniquement parce que je suis vexée qu'il ne s'intéresse pas qu'à moi. Ben est comme il est. Le problème, c'est que ma déception et mon énervement ne viennent pas de lui. Je voulais qu'il ait envie de moi. Et que ce ne soit pas le cas, pas comme j'aurais voulu en tout cas, ça me fait mal. Ça me fait douter de moi, ça me met dans un état d'insécurité stressant. En gros, je trouve que c'est dégueulasse. Il n'y a pas d'autre mot.

Ça ne tient pas debout, ce que tu dis là. Tu fais le plan style « tous des salauds ! » et en même temps tu te lamentes sur ce que tu appelles une attitude de rejet injustifiée.

J'admets.

En fait, ton problème c'est que tu as toujours envie de lui. Il te fait mouiller. Tu voudrais sentir ta peau contre la sienne, le sentir à l'intérieur de toi et qu'il te fasse jouir.

Oui.

Alors, d'une main, tu montes sur tes grands chevaux, le nez qui regarde péter les anges, et de l'autre, tu ramperais pour passer une nuit torride avec lui ?

Oui.

C'est ton instinct de survie qui se manifeste, Cat. Pas autre chose.

Je suis à Bordeaux. Il vaut mieux que j'y aille maintenant. Il faut que j'appelle Taverner. Et Andy. Il faut que je voie Josh pour savoir où on doit passer les deux prochaines nuits. Je travaille, là. Je fais partie du groupe de presse du Tour de France. Je n'ai pas de temps à perdre avec des histoires d'amour, de cul ou de je ne sais pas quoi.

Tu montes sur tes grands chevaux pour te rendre à la *salle de presse**, c'est ça ?

On dirait qu'elle a décidé de ne pas répondre.

Une demi-heure plus tard, Cat se mit à aimer la podium girl. Elle se sentit envahie par un immense flot d'énergie et aurait voulu voir Ben York mort devant elle. Quand elle sortit de la *salle de presse** accompagnée de Josh, ils passèrent devant un banc où étaient assises deux podium girls. Il y en avait une qui roulait pour le Crédit Lyonnais, toute de jaune et bleu vêtue, l'autre était celle de Cat, ou plutôt celle de Ben. Celle de Coca-Cola, en fait. Miss Crédit Lyonnais parlait sur le mode consolateur à Miss Coca-Cola dont les yeux étaient rouges et baignés de larmes. Cat se sentit l'âme d'une justicière.

J'avais raison. Tous des salauds.

Elle ressentit une vive sympathie pour cette fille.

Ne pleure pas. Il ne le mérite pas.

Elle se sentit soulagée.

Encore heureux que ce ne soit pas moi là, en train de pleurer.

— Tu souris aux anges ? lui demanda Josh en déverrouillant la portière de la voiture.

Il lui lança les clés et se glissa sur le siège du conducteur en se frottant les yeux.

— Oh, soupira Cat, c'est encore des trucs de nana.

Josh hocha la tête sans comprendre.

L'Auberge Claudette n'avait rien à voir avec les chaînes hôtelières dans lesquelles elle avait atterri les nuits précédentes. Cat trouva sa chambre très mignonne : un lit en métal laqué blanc, une chaise style Lloyd Loom dont la toile était un peu élimée, une penderie dissimulée derrière un rideau en indienne et une commode branlante dont l'intérieur des tiroirs avait été tapissé avec des chutes du papier peint à motif *Toile de Jouy** qui habillait les murs d'une jolie teinte pastel. Dans la minuscule salle de bains, il y avait une profonde baignoire sabot, un lavabo gigantesque et une cuvette de WC bizarrement basse. Mais surtout, il y avait une fenêtre et Cat réalisa qu'elle n'avait jusque-là eu droit qu'à des chambres éclairées au néon dans lesquelles la lumière du jour ne pouvait jamais pénétrer. C'était une grande fenêtre munie de doubles volets. Elle s'y accouda et sourit en contemplant le coucher de soleil. Tout à coup, elle n'était plus sur le Tour de France, mais dans un film de Louis Malle. En plus, elle allait pouvoir faire durer le plaisir puisqu'ils allaient rester à l'Auberge Claudette pour les deux prochaines étapes. Les départs seraient si proche de Bordeaux qu'il n'y aurait pas besoin de changer d'hôtel.

Pour se sentir vraiment chez elle, elle décida de défaire son sac et de le cacher une fois vide sous son lit. Elle se fit couler un bain. Qui avait noué un ruban mauve au montant du lit ? Un client ? La *patronne** ? Fallait-il y voir un signe ? Cat pouvait-elle le prendre ? Elle tira dessus pour défaire la boucle et s'en servit pour se faire une queue de cheval. Elle entra dans son bain. La pointe de ses cheveux et le ruban venant chatouiller sa nuque, elle ferma les yeux et passa du rôle d'héroïne de Louis Malle à celui de top model dans une publicité pour bain moussant. Elle pouffa de rire, ouvrit les yeux et reprit contact avec la réalité. Elle resta encore un moment assise dans son bain, sourit aux murs en fredonnant la bande originale de *37°2 le matin*, et décida de se passer du petit déjeuner de l'hôtel le lendemain matin pour faire une expédition jusqu'à sa *boulangerie** fétiche. Et pour compléter le tableau, elle se promènerait dans les rues de Bordeaux, une *baguette** coincée sous le bras.

Il faisait encore chaud malgré le vent léger qui entrait par la fenêtre. Cat décida de se passer de serviette de toilette pour laisser son corps sécher à l'air libre. Elle s'allongea sur son lit et se mit à lire (un livre de Rose Tremain, pas « Le circuit, les étapes »). Elle laissa le bout de ses doigts courir sur ses cuisses, abandonnant son rôle dans un film de Jean-Jacques Beineix pour se glisser dans la peau d'un modèle de Degas. Elle se sentait détendue, apaisée, goûtant intensément sa propre compagnie jusqu'à ce qu'un grattement à la porte vienne tout interrompre.

Merde, ça doit être la patronne*. *J'avais demandé un oreiller supplémentaire.*

— *Un instant, s'il vous plaît**, lança-t-elle en attrapant une petite robe à fleurs pour l'enfiler rapidement. Elle traversa la pièce pieds nus, le ruban mauve qu'elle avait noué à la hâte commençait à glisser le long de ses cheveux.

— J'arrive, dit-elle, sa main sur le point d'ouvrir la porte.

Ben York fit irruption dans la chambre, referma la porte plus fermement qu'il n'était nécessaire et attira Cat contre lui si violemment qu'il y eut un moment où ses pieds ne touchèrent plus le sol. Il enfonça sa langue profondément dans sa bouche qui s'était ouverte de stupeur de façon très pratique.

Ne le laisse pas t'embrasser. Repousse-le. Ne lui rends pas son baiser. Ne passe pas tes bras autour de son cou, enlève-les. Ne pose pas tes mains sur ses biceps. Pourquoi tu t'accroches à sa chemise, comme ça ? Arrête ! Repousse-le.

— Ne me repousse pas, murmura Ben tout en restant immobile quand Cat se recula vivement.

Elle n'arrivait pas à parler.

Dis quelque chose.

— Dis quelque chose, dit Ben en posant ses mains sur ses hanches. Qu'est-ce qui t'arrive ?

Dis quelque chose. Il faut que je trouve quelque chose à lui dire.

Ben marcha sur elle trop vite pour qu'elle ait le temps de reculer. Il la fit basculer sur le lit et s'allongea sur elle. Il posa ses lèvres sur son cou. Sa main sur sa cuisse. Sous sa robe. Cat arriva à se faufiler hors de son étreinte. Tout son corps ne désirait qu'une chose : se plaquer contre lui.

— Dégage ! lança-t-elle.

Ben eut l'air profondément surpris, mais sa surprise fut bientôt remplacée par un large sourire. Il se rassit sur le lit et regarda la jeune fille de toute évidence furieuse, qui se tenait maintenant debout devant la fenêtre sans se rendre compte que sa robe était complètement transparente.

Elle saurait ce qu'elle risque si elle savait dans quel état est ma queue. Ah ! Elle a vu. Elle sait. Mais elle ne s'approche pas pour autant.

— Va-t'en, dit-elle. S'il te plaît.

— Pourquoi ? répondit-il.

Il ne bougea pas d'un pouce et lui fit son plus beau sourire en la regardant droit dans les yeux, ce qui eut le don de l'énerver prodigieusement.

— Parce que tu es un connard, riposta Cat.

Son poing se ferma quand elle vit qu'il se mordait la lèvre pour contenir son sourire.

— Si c'est le cas, alors tu n'es qu'une petite salope allumeuse, dit-il d'un ton sérieux.

— Je te demande pardon ? dit Cat, les joues écarlates, ce qui fit bander Ben encore plus fort.

— Il n'y a que toi qui comprend ce qui se passe jusqu'ici, Catriona McCabe. Alors, explique-moi, tu veux bien ?

— Tu as vraiment besoin que je te fasse un dessin ? rétorqua Cat.

— Oui, répondit Ben en prenant appui sur un coude, attendant les explications de Cat avec grand intérêt.

— Tu n'en as absolument pas besoin. Je ne ferai pas partie de la liste, c'est tout.

— La liste ? répéta Ben, l'air complètement perdu.

— Embrasser les filles pour mieux les faire pleurer ? commença-t-elle en se rendant compte que ça tombait à plat.

Il parut réfléchir mais eut l'air encore plus abasourdi après cette réflexion.

— Désolé, Cat. Soit tu parles par énigmes, soit tu ne dis que des conneries. Moi, tout ce que je sais c'est que j'ai envie de toi, dit-il en posant sa main sur son entrejambe, et le plus vite possible.

Il se leva en prenant son temps et s'approcha d'elle, remarquant que le rythme précipité de sa respiration faisait saillir sa poitrine. Il ne la toucha pas, mais regarda ses seins d'un air d'envie non dissimulé. Il prit son visage dans ses mains et voulut l'embrasser à nouveau.

— Dégage, dit Cat d'un ton implorant.

— Pourquoi ? chuchota-t-il en lui soufflant sur le front, enveloppant son visage d'un voile tiède et doux comme de la soie.

— Parce que.

— Parce que quoi ? murmura-t-il en effleurant ses yeux, son nez et son menton de ses lèvres.

Il les posa sur sa bouche, mais ne les remua pas.

Non, ne l'embrasse pas !

Mais dès que Ben sentit une infime palpitation, il l'encouragea à poursuivre en entrouvrant les siennes.

— Pourquoi ? dit-il en remuant les lèvres, ne faisant presque pas passer le son.

— Parce que, tenta Cat à nouveau. Il se recula pour la contempler. Elle avait les yeux fermés, les joues rouges, les lèvres dans l'attente d'un baiser, anxieuses. Il la trouva superbe.

— Parce que quoi ? dit-il à voix haute.

— Parce que tu, bégaya Cat, tu m'as dit de venir alors que tu n'en avais pas encore fini avec elle et que tôt ou tard, eh bien, voilà, là ! Dégage !

— Hein ? dit Ben en secouant la tête.

— Hier, dit Cat, en frappant le sol de son pied nu, je suis venue dans ton trou à rat et je l'ai vue sortir, d'accord ?

— Tu as vu qui sortir ? demanda Ben.

— Tu sais très bien qui ! grogna Cat. Elle sortait de ta chambre !

— Hier ?

— Ne fais pas l'innocent ! cria Cat. Je l'ai vue qui pleurait, aujourd'hui.

— Mais qui ? implora Ben.

— Il n'y en a quand même pas trente-six mille qui entrent et qui sortent de ta putain de chambre ! La podium girl, évidemment. Miss Coca-Cola !

— Monique ? s'exclama Ben en mettant la main devant sa bouche.

— Je me fiche pas mal de savoir comment elle s'appelle. Tout ce que je sais, c'est qu'aujourd'hui je l'ai vue pleurer comme une madeleine.

— Tu l'as vue pleurer? dit Ben en gardant sa main devant sa bouche.

— Oui! hurla Cat. Et moi, tu ne me mettras pas dans cet état-là!

— Monique pleurait, répéta Ben, tu l'as entendue?

— Elle pleurait, grogna Cat.

— Est-ce que tu l'as entendue? insista Ben.

— Je l'ai vue! cracha Cat, ses yeux étaient injectés de sang. Elle était complètement désespérée.

Ben contempla Cat, enleva sa main de sa bouche.

— Tu serais exactement dans le même état si tu souffrais de conjonctivite, lâcha-t-il.

Cat contemple le grand ophtalmologiste qui se tient devant elle. Ses yeux parcourent son visage à la recherche d'un élément qui l'aiderait à assimiler ce qu'elle vient d'entendre. Qu'est-ce qu'il faut qu'elle dise maintenant? Lui tourner le dos semble être la meilleure solution dans un premier temps. C'est ce qu'elle fait. Mais quand elle se retourne, il est toujours à la même place, silencieux, la regardant avec un mélange de reproche et d'amusement. C'est elle qui a commis une erreur, et ça risque de lui coûter cher. Elle se mord la lèvre tellement fort qu'elle se met à palpiter sans qu'elle puisse l'en empêcher. Le contourner pour aller se réfugier dans la salle de bains semble être une autre solution, alors elle y va.

Elle s'assied sur le rebord de la baignoire et regarde ses pieds. Sur le siège des toilettes et regarde ses genoux. Elle appuie son dos contre le lavabo. Elle pose son front sur la vitre de la fenêtre et donne de petits coups de tête dessus. Elle se retourne et se regarde dans le miroir. Elle demande à son reflet de l'aider.

J'ai tout foutu en l'air. Je suis la reine des connes.

Dis-lui que tu es désolée.

Ce ne sera pas suffisant.

Décide d'en rire.

Ça aurait l'air complètement bidon.

Taille-lui une pipe.

J'ai la mâchoire trop tendue. Et de toute façon, ça m'étonnerait qu'il saute sur l'occasion avec une fille qui vient de l'accuser injustement et de se ridiculiser.

Qu'est-ce que tu vas faire, alors ?

Dis-le-moi, toi !

Non, Cat. Tu dois t'en sortir toute seule.

Tu es où, Fen ?

Loin au-delà des mers.

Miroir, gentil miroir, aide-moi !

Il n'y a que toi dans le miroir, Cat McCabe.

Merde. Ça fait combien de temps que je suis là ? Il est parti maintenant, si ça se trouve.

Cat ouvre la porte de la salle de bains. Ben s'est assis sur la chaise et semble complètement absorbé par la lecture de Rose Tremain. Il lui jette un coup d'œil avant de reporter son attention sur le livre. Cat traverse la chambre, contourne le lit et s'assied au bord de façon à ce que leurs genoux se touchent presque. Elle penche la tête sur le côté et l'implore en silence. Il lit. Elle toussote pour attirer son attention. Il lit. C'est vraiment bien, Rose Tremain. Cat soupire en espérant qu'il voudra bien prendre en compte l'état d'humiliation où elle se trouve. Non. Elle regarde par la fenêtre. C'est le crépuscule. Il reste une bande de ciel visible, striée d'ambre. La chambre est baignée d'une douce lumière que Monet aurait appréciée. Aussi incongru que cela puisse paraître, Cat se sent envahie par un immense sentiment de paix intérieure. Captive consentante d'un moment étrange et hermétiquement clos qui l'a placée dans cette belle chambre par un sensuel crépuscule aux côtés d'un homme qui lit tranquillement. En une fraction de seconde, elle reprend le contrôle de la situation. Un coup d'œil lui a permis de constater que Ben a refermé le texte de Rose Tremain en coinçant son index entre les pages. Toute son attention est concentrée sur Cat.

Cat se lèche les lèvres et se lance, prête pour l'improvisation de sa vie.

— Je me sens vraiment mal.

Ben ne répond pas, mais quelque chose dans son attitude autorise Cat à lui sourire.

— Qu'est-ce que tu dois penser ? poursuit-elle dans un haussement d'épaules.

Ben incline la tête et pose son livre. Il croise les mains et plaque son dos contre le dossier de la chaise, très détendu.

— Pardonne-moi, dit Cat, assise le dos très droit, les mains reposant sur ses genoux, les yeux baissés.

— Tu es vraiment belle quand tu es en colère, dit Ben d'un ton très sérieux.

— Je suis désolée, dit Cat en plantant son regard dans le sien. J'espère ne pas t'avoir offensé.

— Tout au contraire, dit Ben.

— Et j'espère vraiment, dit Cat en pesant ses mots et en soutenant son regard, que je n'ai pas tout gâché.

— Et tu es vraiment sexy quand tu essayes de te racheter.

Cat ne peut pas entendre le compliment tant elle est soucieuse d'apaiser Ben et de réparer son erreur.

— Je n'avais pas la moindre intention de t'insulter.

— J'ai pris ça comme un compliment, en fait. Que tu aies pu me voir comme un chaud lapin prêt à répondre à la demande à cette cadence, c'est plutôt flatteur.

— Qu'est-ce que tu dois penser de moi ? se lamente Cat en regardant ses genoux pour relever immédiatement les yeux à la recherche du regard de Ben.

— Je pense que tu es une fille pleine de vie qui ne supporte pas le mensonge, dit carrément Ben. C'est un sacré challenge !

Ils se regardent dans la douce lumière du crépuscule qui estompe les contours de leurs corps. Cat se renverse en arrière sur le lit, et scrute le plafond. Elle entend la chaise craquer. Son cœur bat plus vite et s'affole quand elle sent le contact des doigts de Ben sur ses genoux. Elle est parcourue d'un long frisson quand il soulève sa robe. Il la rabat.

— Cat McCabe, dit-il émerveillé en se penchant au-dessus d'elle, les mains de part et d'autre de son buste, tu as oublié de mettre une culotte.

— Elle a dû s'entortiller, plaisante Cat.

Ben s'assied sur le bord du lit et Cat fait courir sa main légèrement le long de son dos. Elle tire sur sa chemise, doucement d'abord, puis avec insistance. Il s'allonge à côté d'elle. Ils regardent le plafond, puis, comme au ralenti, ils tournent la tête l'un vers l'autre. Ils échangent un regard. Le désir mutuel se concentre en une seconde de fabuleuse intensité avant que leurs bouches ne se touchent. Ils s'embrassent, se goûtent, se mordent, déchaînés.

Ben fait valser la robe de Cat qui se retrouve entièrement nue à l'exception d'un sein et des épaules. Une des mains de Ben caresse ses cheveux. L'autre semble passer rapidement partout sur son corps. Elle glisse le long de ses cuisses, ébouriffe sa toison pubienne, frôle son ventre, remonte sur sa taille, caresse son aisselle et redescend sur son sein découvert où elle s'attarde un moment. Cat veut goûter profondément sa bouche. Le corps de Ben est particulièrement excitant sous sa chemise. Elle ne veut plus qu'une chose : la lui retirer. Tout de suite. Elle défait les boutons. Tire sur les pans coincés dans le pantalon. Sa main se fraye un chemin pour toucher sa peau nue et tiède. Il frissonne au contact de ses doigts. Un corps musclé. Couvert de poils doux comme du duvet depuis le haut du torse jusqu'à la ceinture. Sa peau est d'une douceur merveilleuse. Comme on ne s'attendrait pas à trouver sur un corps aussi musclé et viril. Elle se met à califourchon sur lui. Il faut qu'elle lui enlève cette chemise. Pendant qu'elle déboutonne un poignet, il fait glisser sa main à l'intérieur de sa cuisse, la pose sur son sexe et sans effort introduit un doigt profondément dans son vagin. Elle en a le souffle coupé. Le regard de Ben devient vitreux. Il remue son doigt et elle se branle dessus. Il frotte son pouce sur son clitoris. Elle veut lui retirer cette chemise. Elle veut jouir. Elle s'en fout de cette chemise. Tout son corps se crispe dans l'orgasme. Elle jouit sur son doigt, sous son pouce. Le plaisir parcourt son ventre, remonte jusqu'à la pointe de ses seins. Son corps entier vibre et est agité de soubresauts involontaires. Elle s'allonge à côté de lui, laissant ses jambes autour des siennes, le sexe collé contre son jeans. Il porte son doigt à sa bouche et le lèche. Il le met dans la bouche de Cat pour qu'elle le lèche à son tour.

— J'ai envie de faire l'amour avec toi. Maintenant, dit Cat en le dépouillant de sa chemise et en regardant avidement son torse.

Elle dégrafe la boucle de sa ceinture. Elle est comme hypnotisée par le renflement de son jeans. Elle laisse ses doigts en épouser les contours. Son sexe ne désire plus qu'une seule chose : sentir le contact de cette queue.

— Moi aussi j'ai envie de faire l'amour avec toi, dit Ben.

Il lui caresse doucement les fesses puis glisse ses doigts sur la raie dans un lent mouvement de va-et-vient avant de venir palper sa chatte mouillée.

— Maintenant, implore Cat en se penchant sur son visage pour lécher ses lèvres. Je veux faire l'amour maintenant.

— Je n'ai pas pris de préservatifs, dit Ben en attrapant son visage et en laissant courir son doigt sur ses lèvres.

— Je n'ai pas pris de préservatifs, répète Cat, moqueuse. Elle lui jette un regard malicieux, puis baisse les yeux sur le renflement de son jeans.

— Il y a des tas de façons de faire l'amour, dit-elle.

— Et il y aura aussi demain, dit Ben en déboutonnant sa braguette pour se débarrasser de son pantalon. Il ondule des hanches pour enlever son caleçon. Tu viendras me voir après avoir attrapé Luca.

— Si tu oses t'exprimer ainsi, dit Cat, coquine, en lui faisant la petite bébête qui monte le long de sa queue.

— Viens plutôt me voir, pour le moment, murmure Ben en fermant les yeux de plaisir quand la main de Cat se referme sur sa bite.

Il ouvre la bouche et déglutit difficilement quand il sent ses lèvres sur son gland. Il les sent qui s'écartent. Sa bouche l'avale entièrement.

Je veux que tu jutes dans ma bouche, Ben.

Cat. Je jouis. Oh ! putain, c'est bon.

SEPTIÈME ÉTAPE

Ordiland - Course contre la montre. 54,5 kilomètres

— Rachel ! Au secours !

Vasily Jawlensky pénétra à l'intérieur du camping-car de Zucca MV.

— Oh, là, là ! dit son *soigneur**.

Elle le regarda. Vasily Jawlensky, le coureur qui incarne tous les espoirs de victoire. Contrairement à Fabien Ducasse qui aboie sur tout ce qui bouge avant le départ d'une étape, Vasily observait le même comportement qu'avant une petite course d'entraînement. Son grand corps moulé de lycra semblait occuper tout l'espace du van. Il contempla son *soigneur**, immobile, puis haussa les épaules pour indiquer qu'il était désolé. Rachel vit que sa combinaison était déchirée de l'aisselle jusqu'à la hanche. Le départ de la course contre la montre était dans une demi-heure. Elle aida le coureur à se débarrasser de sa combinaison, puis à en enfiler une autre en parfait état.

— Je retourne dans les starting-blocks. Mille fois merci, Rachel dit-il très aimablement en regardant sa gorge avec une telle insistance qu'elle y porta instinctivement la main.

— Il n'y a pas de quoi, répondit son *soigneur**. Comment tu te sens ?

— À l'étroit. Tendu, quoi.

— J'imagine, dit Rachel.

Elle resta sur le seuil du van et regarda Vasily prendre place sur son vélo immobilisé. Il mit ses chaussures à cales en place, se mit à pédaler et se pencha pour s'emparer du guidon. Rachel fit la grimace. La combinaison venait encore de se déchirer. Au niveau des épaules, cette fois.

Ces fournisseurs de merde. Je vais les tuer.

Vasily descendit calmement de son vélo. Il posa sa main sur la déchirure. Le bout de ses doigts sentit le contact de sa peau. Il jeta un regard à Rachel.

— Tu en as un autre ?

— Bien sûr.

Elle ferma la porte au nez des fans qui voulaient jeter un dernier coup d'œil sur le célèbre Russe. Elle extirpa le corps du coureur de sa gangue colorée. Vasily resta là, debout et nu, pendant que Rachel déballait une nouvelle tenue.

— Tu as peut-être grandi ? lui dit-elle en le regardant objectivement. Ou du moins aussi objectivement qu'une femme peut contempler un tel spécimen de perfection virile.

— Non. Je n'ai pas bougé d'un poil. Ni en hauteur, ni en largeur.

— Ces fournisseurs de merde, dit Rachel avec colère.

— De merde, oui, répéta-t-il ingénument.

Il appréciait sémantiquement la saveur du mot, mais n'en saisissait pas le contenu ordurier. Rachel saupoudra son dos et son torse de talc, puis l'étala doucement du plat de la main. Elle eut comme une hésitation. Elle lui palpa la poitrine. Pour étaler le talc. Non, pour caresser sa peau. Elle le fit se retourner. Elle marqua un nouveau temps d'arrêt. Elle regarda son dos. Non, elle admira son dos, avant d'appliquer plus de talc. En caressant, on étale mieux qu'en tapotant. Mais oui, Rachel, c'est ça. Elle prit le nouveau vêtement et l'ajusta précautionneusement sur le corps de Vasily. Elle s'efforça de regarder ailleurs quand ses yeux rencontrèrent les poils blonds et frisés de ses avant-bras. Elle n'y avait jamais prêté la moindre attention avant. Elle n'allait pas commencer maintenant.

Comment ça se fait que je ne les avais jamais remarqués ? Je l'ai pourtant massé des centaines de fois.

Vasily était-il en train de l'observer ? Non. Il avait autre chose à penser à quelques minutes de la course contre la montre. Ses yeux étaient effectivement posés sur elle, mais elle se rendait compte qu'il était obnubilé par la course d'Ordiland. Elle, par contre, ne savait plus du tout où elle en était. Elle finit d'aider Vasily à s'habiller. Elle vérifia les coutures de la nouvelle combinaison. Elle lui demanda de se pencher et de s'étirer.

— Il ne reste plus qu'à souhaiter qu'il tienne le coup pendant 54,5 kilomètres. Et ce soir, pour le trajet jusqu'au podium.

Elle lui fit un clin d'œil d'encouragement, lui souhaita bonne chance et lui dit d'y aller pour se mettre en condition.

— Merci, Rachel, répondit Vasily en la fixant si intensément qu'elle se passa la main sur le menton pour enlever ce qui pouvait attirer son attention.

— Vas-y, dit Rachel en regardant sa montre.

Vasily aurait dû être en train de s'échauffer depuis déjà cinq minutes.

— Oui, dit le coureur.

Vasily Jawlensky embrassa alors Rachel McEwen. Ce fut bref, mais intense. Cela fut si rapide, que Rachel n'eut pas le temps de se reculer. Trop agréable pour qu'elle en ait envie. Il mit ses mains autour de sa taille, renversa sa tête vers l'arrière et amena ses lèvres contre les siennes. Il introduisit sa langue dans sa bouche dès que leurs lèvres se touchèrent. On ne l'avait jamais embrassée comme ça. Leurs yeux restèrent ouverts. Leurs langues se caressaient lentement. Cela ne dura que quelques secondes et pourtant, ce fut voluptueux et calme. Aucune précipitation. Puis Vasily fila vers son vélo et reprit son échauffement avec ardeur. Rachel ferma la porte du camping-car et se laissa tomber lourdement sur un banc. Elle se prit la tête entre les mains et respira à fond plusieurs fois. L'odeur du talc flottait. Elle inspira profondément.

Puis elle essuya précipitamment ses mains sur son jeans.

Qu'est-ce qui vient de se passer, exactement ?

Il n'y avait pas eu de sommation, aucun signe annonciateur, rien, depuis qu'elle connaissait Vasily. Elle en savait si peu sur l'homme qui se cachait derrière le champion. Elle n'avait jamais vraiment cherché à percer à jour la personnalité qui se trouvait derrière le corps du cycliste professionnel.

Est-ce qu'une seule fois je me suis dit qu'il me plaisait ? Est-ce que je me suis demandé si la réciproque était vraie ? Non. Juré, non. Je suis son soigneur**, il est sous ma responsabilité, c'est tout.*

Qu'est-ce qui s'est passé ?

Je n'en ai pas la moindre idée.

Comment ça se fait ?

Je ne sais pas. Je le connais à peine. Peu de gens le connaissent.

Il est fermé comme une huître. Je connais ses muscles et ses articulations par cœur, mais je ne me suis jamais arrêtée à regarder l'homme à qui ils appartenaient.

Pourquoi tu l'as caressé au lieu de le tapoter ?

Je ne sais pas. J'ai eu l'impression que ce n'était pas moi. Je pense que ce n'est pas Rachel qu'il a embrassée. C'était peut-être un réflexe involontaire parce que je l'avais caressé au lieu de le tapoter. Quelque chose de chimique ou d'hormonal. Ou une réaction au talc, tout bêtement ? Si ça se trouve il y a une substance prohibée dedans. Mais ce n'était pas moi. Ce n'est pas possible. Il ne sait même pas qui c'est, Rachel.

Tu devrais t'activer un peu. Tu as encore un milliard de trucs à faire.

J'ai besoin de rester assise un moment.

— Je sais ce qu'il me faut, dit Rachel en se levant, il me faut une copine à qui je puisse tout raconter.

*Contre la montre**.

C'est beau comme expression. C'était ce que pensait Cat en rangeant son matériel de travail. Elle était en retard. Elle avait eu du mal à se tirer du lit. Elle avait traînassé, dans un demi-sommeil, repensant aux événements de la veille et faisant des projets pour la journée à venir. Une autre séance de cul ? Peut-être. Très probablement. Allez, dépêche-toi ! *Contre la montre**. Salut, Josh. Salut Alex. Dépêche-toi, Cat. Désolée. J'arrive.

— Tu es toute guillerette, remarqua Josh, content de le constater.

— J'ai merveilleusement bien dormi cette nuit, dit Cat.

— *Moi aussi**, dit Alex, j'ai dormi comme une masse.

— J'ai aussi passé une excellente nuit, ajouta Josh en jetant un regard de gratitude à l'Auberge Claudette, avant de démarrer.

— Je vais faire une interview de Luca, cet après-midi, dit Cat, il court de bonne heure, alors je m'éclipserai pendant une petite heure. Vous me tuyauterez ?

— Bien sûr, dit Alex en regardant Cat avec un sourire épanoui, tant que tu partages avec nous les plans juteux de Luca.

— Où est-ce que vous allez la faire ? demanda Josh, coupant court aux insinuations d'Alex en appuyant brutalement sur le frein pour laisser la priorité à la voiture du commissaire de la course.

— Dans sa chambre d'hôtel, répondit Cat.

Alex eut un petit rire étouffé qui ne rencontra aucun écho.

Jules Le Grand ne quitterait Fabien Ducasse que quand le coureur de Système Vipère prétendant au *maillot jaune** serait sur son vélo en train de faire la course. Fabien avait eu une crise de somnambulisme et était venu trouver son *directeur** dans sa chambre à quatre heures du matin. Il avait quelque chose d'urgent à lui dire :

— La course contre la montre est une épreuve de vérité.

En dépit de son arrogance et de sa confiance en lui, il avait besoin de l'appui de son *directeur** pour savoir s'il avait des chances de remporter le maillot jaune à la course contre la montre de l'après-midi. Bien que Fabien soit retourné au lit et ait réussi, aussi incroyable que cela paraisse, à se rendormir profondément, son *directeur** resta éveillé à sa place. Vêtu d'un bas de pyjama en soie, Jules avait regardé de sa fenêtre la nuit céder la place aux premières lueurs de l'aube.

Fabien a besoin de m'entendre gueuler « Allez allez allez* ! *» pour le pousser au cul et lui ordonner de courir plus vite.*

Jules prit une douche, se rasa et aspergea généreusement ses aisselles et ses joues d'eau de toilette Gucci.

Fabien a aussi besoin que je l'écoute attentivement quand il ressasse ses angoisses quant à la stratégie de la course.

— C'est souvent en silence qu'il se livre à ces extrapolations. Mais moi, je comprends même ses silences, dit Jules à voix haute.

Six heures du matin. Il était peut-être trop tôt pour téléphoner au sponsor éponyme de Système Vipère. Ça pouvait attendre une petite demi-heure. Le journaliste de *L'Équipe* à qui il octroyait ses faveurs serait par contre très heureux de recevoir son appel.

— C'est le soutien paternel du *directeur sportif** dont un coureur a besoin après une course contre la montre, dit Jules quand il fut en ligne avec le reporter, c'est lui qui vient soutenir son corps fourbu quand il descend de vélo, qui est là, près de lui, quel que soit le résultat de la course.

— *Merci**, dit le journaliste en espérant que Jules ne l'avait pas entendu étouffer un bâillement. Il était encore au lit à moitié endormi.

Jules s'était mis en Gucci de pied en cap. Il téléphona aux sponsors de l'équipe.

— Quel que soit le résultat de la course, leur dit-il, Ducasse courra cette étape comme s'il y allait de sa vie. L'équipe est heureuse de savoir que vous viendrez assister à l'étape aujourd'hui. Jesper Lomers sera content de vous voir.

Il se tut un moment.

— Oui, oui. Il est sur le point de renouveler son contrat. C'est une affaire qui roule.

Il a intérêt. Sinon, c'est à Anya que j'irai demander des comptes. On m'a dit qu'elle n'a répondu à aucun des appels que lui a passés Jesper. Ce n'est pas bon pour le moral de mon coureur en ce moment. Mais je suis sûr que je pourrai retourner ça au profit de l'équipe. Le moment venu.

Jules Le Grand picore des grains de raisins de la coupe de fruits et boit de l'Évian du minibar. Il a rappelé *L'Équipe*. Sur le ton de la conversation, il s'est arrangé pour leur balancer un des monologues peaufinés dont il a le secret. Ses répliques étaient tellement ciselées, que le journaliste pourra le citer mot pour mot.

— Aujourd'hui, Fabien Ducasse ne va pas se contenter d'aller au travail pour mériter son salaire. Pour Fabien, cette course contre la montre va déterminer l'objectif qui le conduira au terme de cette boucle fatale. Il va mettre au défi les démons qui sommeillent en lui. Il en ressortira triomphant.

Jules raccrocha.

Et si ce n'est pas le cas, qu'est-ce qui se passera ? Il réfléchit posément tout en faisant éclater un grain de raisin entre sa langue et son palais. *Qu'est-ce que ça voudra dire ? Que deviendrait Ducasse ? Quel serait l'enjeu ?*

— Il a besoin de moi, dit Jules en quittant sa chambre à sept heures du matin pour aller superviser les *soigneurs**, les mécaniciens et s'enquérir de la météo.

Cat McCabe vit Fabien et Jules en allant au *village**. Très sûre d'elle, débordant de la vitalité que la passion naissante instille, elle s'approcha des deux hommes.

— *Bonjour**, dit-elle, comment vous sentez-vous ? Quel est votre meilleur temps ? Si vous ne remportez pas le maillot jaune aujourd'hui, pensez-vous pouvoir quand même gagner le Tour ?

Fabien lui coula un bref regard sombre, fronça les sourcils, et se tourna vers son *directeur** en quête de soutien pour la faire partir. Intrusion. Distraction. Inutile. Jules Le Grand posa les yeux sur Cat. Il l'avait déjà vue traîner dans le secteur. Une *journaliste** anglaise. Un autre jour, il lui aurait décoché son sourire charmeur, lui aurait accordé un petit entretien impromptu, lui aurait permis de rencontrer les coureurs de son équipe. Mais là, ce n'est pas le moment. Son regard ne chercha pas à dissimuler un profond mépris.

— Foutez la paix à Fabien, ordonna-t-il.

Cat resta clouée sur place par la violence que sous-tendaient ces mots. Les deux hommes s'éloignèrent d'elle pour se rapprocher de leur destin.

Josh leva les yeux de son écran.

— Salut, Rachel, dit-il tout étonné de la voir, qu'est-ce qui t'amène ici ? Fugallo a fait une course superbe. Tu viens pour regarder Vasily ?

— Je cherche Cat, en fait, répondit Rachel.

— Elle fait une interview de Luca, l'informa Josh. Il jeta un coup d'œil à sa montre. Alex aussi.

— Ça fait des plombes qu'elle y est, la diablesse, remarqua Alex.

— Elle doit repasser par ici ? demanda Rachel en lorgnant du côté de l'écran vide à côté de Josh.

— Il y a intérêt, elle a encore son reportage à rédiger, dit Josh en regardant à nouveau sa montre et en secouant la tête.

— On sort tous ensemble, ce soir, dit Alex qui a levé le nez de son travail pour contempler pensivement les fesses de Rachel, pourquoi tu ne te joindrais pas à nous ?

Rachel pensa qu'elle aurait trop de choses à faire, mais elle hocha la tête.

— Cool, dit-elle, ça sera sympa. Cat sera là ?

— Bien sûr, dit Josh, elle fait partie de la bande.

— Ça va être au tour de Vasily, dit Alex en se tortillant sur sa chaise pour se mettre face à l'écran, tu n'as qu'à le regarder d'ici.

— Oh non ! C'est au-dessus de mes forces, sourit Rachel, je suis bien trop angoissée pour lui. Bon, il faut que j'y aille, moi. À plus tard. Dites à Cat que je suis passée et que je la verrai ce soir.

Personne ne lui répondit et elle quitta une *salle de presse** silencieuse. Elle aima soudain les journalistes de tellement se concentrer sur la course de Vasily.

Pourquoi il m'a embrassée, cet imbécile? Pourquoi est-ce que je n'arrête pas d'y penser? J'en veux encore? Mais c'est arrivé comment cette histoire?

Quand Luca annonça à Cat que Ben leur prêtait sa chambre pour l'interview, Cat se retint de justesse pour ne pas sauter en l'air, embrasser le coureur et lui dire : « Bon, on va tâcher de finir ça en vitesse, alors ! »

— Je partage ma chambre avec un autre coureur, expliqua Luca, Didier peut avoir envie de se reposer. Ben sera de retour dans une heure, je serai obligé de me reposer à ce moment-là. Mais tu as vu comment je viens de courir, là?

— Tu es une super pointure, lui répondit Cat en se dirigeant avec lui vers la chambre du docteur, c'était une très belle course. Tu es en train de nous faire un premier Tour fabuleux.

— Course contre la montre, tic-tac-Cat, lui dit Luca en entrant avec elle dans la chambre de Ben, tu entends le poète, là? Laisse-moi devenir ton mec. On pourrait faire de beaux enfants, toi et moi. Et puis on peut s'entraîner à en faire si tu n'en veux pas tout de suite.

— Contente-toi de travailler pour l'instant, dit Ben en jetant un coup d'œil à Cat, tu t'amuseras plus tard. Pas de sexe pendant le Tour.

— Je t'emmerde, répliqua Luca.

— Non, c'est moi qui t'emmerde, répondit Ben en regardant Cat.

Il avait quitté la chambre sur un petit sourire coquin en leur disant qu'il reviendrait une heure plus tard. Luca s'allongea sur le lit de Ben. Cat installa son dictaphone sur la table de chevet et se lova dans le fauteuil.

— Alors, Luca, dit-elle, parlons un peu de toi.

— L'amour et le sexe, Luca? demande Cat en regardant sa montre. Il est temps de conclure.

— Pas de problème, dit Luca en haussant les épaules, j'ai les deux, des fois séparément, moins souvent en même temps. Je te dis ça entre nous, OK?

Cat acquiesce, jette un œil au dictaphone mais ne l'éteint pas.

— Je suis jeune et assez chaud. Je fais un boulot qui me fait passer pour un super héros aux yeux des femmes. Elles ne me connaissent pas, mais elles en sont persuadées. C'est plutôt flatteur. Si elles proposent, je dispose. À la seule condition que je sois en forme le lendemain. Hier, par exemple, si une nana s'était mise devant moi seins à l'air en écartant les cuisses, je ne l'aurais même pas touchée à cause de la course contre la montre. Bon, ce soir, c'est pas pareil.

— Tu vas te mettre en chasse, alors ? lui lance Cat.

— Si j'arrive à ne pas m'endormir, oui, dit-il d'un air contrit, parce que tu sais, le plus dur pour moi c'est ces putains de montagnes.

— Tu as le trac ?

— Je ne peux pas répondre à cette question.

— C'est vrai, tu as le trac ? lui dit-elle tendrement, comme on parle à un copain.

Luca la regarde. Cat lui trouve soudain l'air très jeune.

— Tu as peur, Luca ? insiste-t-elle.

Luca l'observe à nouveau. Elle est venue s'asseoir au bord du lit et pose la main sur son poignet.

Il hoche la tête. Ça ne s'entendra pas sur le dictaphone. Elle lui sourit. Il hoche encore la tête.

Sois prudent, petit mec.

— Le temps est écoulé, dit Ben. Comment va ton pouls, Luca ?

— Il est bon, répond le coureur en s'asseyant, je vais aller me reposer et continuer à le faire ralentir.

— Merci, Luca, dit Cat en posant la main sur son épaule.

— Excellente tactique, tic-tac Cat, lui dit Luca en se levant, reprenant la contenance qu'il a toujours en public.

— Tout le plaisir a été pour moi, ajoute-t-il après l'avoir embrassée trois fois et il s'en va.

— C'était bon ? demande Ben en fonçant sur Cat pour la dépouiller de son T-shirt.

— Génial, dit Cat en déboutonnant le jeans de Ben.

— Il t'en a donné une bonne longueur ? demanda Ben en faisant descendre sa bouche le long de son cou jusqu'à son sein droit, parce que moi, j'ai à peu près 18 centimètres à t'accorder.

— Je dois rédiger mon papier, dit Cat d'une voix enrouée.

Elle prend sa queue dans sa bouche.

— Hmm... Cat, gémit Ben.

Ils se regardent, fous de désir. Cat fait descendre la fermeture Éclair de son short et le laisse tomber par terre. Ben glisse sa main entre ses jambes. Il sent la chaleur et l'humidité de sa chatte à travers la culotte. Il agite ses doigts et regarde Cat frétiller de désir. Il passe un doigt sous l'élastique, entre en contact avec la chair, avance un peu plus profondément et le lui introduit dans le vagin. Sa respiration qui s'accélère, qui le supplie de continuer excite violemment Ben. La vue de sa queue dressée, turgescente, avide d'entrer en action excite violemment Cat.

— Je veux te prendre, tout de suite, murmure-t-il.

— Prends-moi !

Ils se débarrassent de leurs vêtements tout en échangeant des baisers passionnés. Leurs respirations s'accordent sur le même rythme haletant, plein de désir, entrecoupé de brefs éclats de rire. Le lit grince par endroits. Cat aime les bruits de Ben. Il déglutit quand elle caresse son torse. Quand ses doigts effleurent ses couilles. Ben aime les bruits de Cat, ses petits gémissements involontaires quand il pince son clitoris, ses couinements quand il agace ses pointes de sein en les mordillant ou en les suçant. La vision qu'il a d'elle en ouvrant les yeux alors qu'il a enfoui sa bouche dans son sexe restera imprimée longtemps dans son esprit. Elle a la taille très fine. Elle est d'une merveilleuse souplesse. Et son goût est délicieux. Il pourrait boire le suc qui s'écoule de sa chatte pendant des heures. Mais elle n'a pas des heures devant elle.

— Ne t'arrête pas, le supplie-t-elle en remuant son bassin contre sa bouche.

Mais il écarte son visage, s'étend au-dessus d'elle sans que leurs peaux entrent en contact. Avec sa queue, il agace sa toison pubienne, son ventre, sa cuisse.

— Plus tard, lui dit-il en l'embrassant.

— Maintenant, s'insurge Cat excitée par sa propre odeur sur le visage de Ben.

— De tels sujets méritent qu'on s'y attarde, résonne Ben en fermant les yeux.

Il émet un râle quand Cat s'empare de sa bite et entreprend de le masturber. Il guide son poignet pour qu'elle place sa main à l'endroit qu'il préfère, puis l'enserre fortement pour l'empêcher de reprendre son mouvement de va-et-vient.

— Arrête, lui dit-il, on a du boulot tous les deux.

— Mais j'ai envie, geint-elle en écartant les cuisses, j'ai envie tout de suite.

Ben lui sourit. Elle est tellement jolie, étendue sur le dos en dessous de lui, toute douce et suppliante.

— Considère ça comme une avance, dit-il en se soulevant à côté d'elle et en glissant sa main entre ses jambes.

Il glisse deux doigts à l'intérieur de sa chatte et elle ferme les yeux de plaisir.

— Je t'emmènerai dans un endroit que je connais, ce soir. C'est un joli petit coin tranquille et on fera l'amour là-bas, lui promet-il.

La respiration de Cat s'accélère. Son corps se tord sous ses doigts. Il appuie doucement son pouce contre son clitoris. Elle sent sa queue rigide contre sa cuisse. Ils échangent un regard intense. Ils rapprochent leurs visages pour que leurs langues se touchent, pour se mordre. Ils s'écartent pour respirer. Ben enlève sa main quand il commence à sentir son sexe palpiter.

— Ne retire pas ta main, oh ! Ben, c'est délicieux !

Il lèche ses doigts en la regardant et en l'écoutant jouir. Elle a placé sa main entre ses jambes et son corps tremble doucement.

— Ce soir, lui dit-il, surmontant son désir malgré la vision du corps alangui de Cat après l'orgasme qui intensifie son érection.

— Vas-y, file. Je t'appellerai tout à l'heure.

Je ne tiendrai pas jusqu'à ce soir, décide Ben une fois que Cat est partie. Son érection est redescendue, mais pas complètement. Il retourne sur le lit. L'odeur intime de Cat imprègne l'oreiller. Ben y enfouit la tête et se branle jusqu'à obtenir une récompense explosive qui lui arrache un rugissement de plaisir.

— Quelle journée ! s'exclama Josh avant de s'enfiler une gorgée de *Seize**.

Ils avaient décidé d'aller dans un petit bar tranquille près de l'auberge. Il semblait que tout le personnel du Tour s'y était donné rendez-vous.

— Quelle journée ! fit écho Rachel en descendant une généreuse lampée de bière.

Elle ferma les yeux et se laissa aller contre le dossier de la chaise.

— Une putain de journée, ouais ! dit Alex en portant la bouteille à ses lèvres pour engloutir la presque totalité de son contenu.

Et elle n'est pas encore finie ! pensa Cat tandis qu'elle hochait la tête pour marquer son approbation. Ils évoquèrent les courses contre la montre des principaux coureurs et demandèrent à Rachel quelles avaient été les réactions des types de Zucca MV. Elle resta très discrète, et quand ils en vinrent à analyser la course de Vasily, elle le fut encore plus. Cat l'observait et lui trouva un air exceptionnellement calme. Elle ne semblait pas fatiguée, mais préoccupée, distante, un peu abattue, peut-être. Cat la suivit quand elle alla aux toilettes.

Quand elle sortit d'une des cabines, Cat vit Rachel plongée dans la profonde contemplation d'un robinet ouvert.

— Hé, Rachel ! Ça va ?

Rachel la regarda. Ses yeux se portèrent ensuite sur l'eau qui coulait. Elle regarda par terre et finit par reporter son regard sur Cat.

— Oui, non, je ne sais pas, non, déclara-t-elle d'un ton misérable.

— Tu as envie qu'on parle ? demanda Cat, je peux t'aider à quelque chose ?

— Non, oui, j'en sais rien.

Rachel sourit tristement.

Les toilettes des femmes sont toujours un lieu propice aux confidences.

— Vasily, dit Rachel posément.

— Oh, dit Cat d'un ton apaisant, il n'est pas si mal barré que ça. Fabien n'est pas aussi bon que lui dans les montagnes. Il se rattrapera dans la prochaine course contre la montre.

— Non, dit Rachel, ce que je veux dire, c'est *Vasily*.

— Je sais, dit Cat, qui ne voyait pas très bien où Rachel voulait en venir.

Elle allait en dire plus quand le portable de Cat se mit à sonner. *C'est Ben.*

— Allô ?

— Tu es où ? dit Ben. Tu peux parler, là ? Tu es loin de l'hôtel ?

— Non, répondit Cat en se disant qu'elle devait faire redescendre le sourire qui était remonté jusqu'à ses oreilles.

— Tu es à plus ou moins de cinq minutes de marche ?

— Oui, dit encore Cat.

— Oui, plus ?

— Non.

— Ah, moins. Super. Rendez-vous dans cinq minutes derrière ton hôtel.

Ben raccrocha. Cat se tourna vers Rachel. Qu'est-ce qu'elle lui disait, déjà ? Un truc sur Vasily. Le pauvre, il était passé à un poil du maillot jaune. Il avait dû se décharger sur son *soigneur**. La pauvre ! Cat sourit à Rachel. Elle tint son portable en l'air.

— Je n'en reviens pas, dit-elle, attentive à ne pas mentir, on vient de me rappeler, suite à cet après-midi. Je vais devoir y aller.

Rachel hocha la tête, masquant sa déception.

— Bien sûr, dit-elle, il faut que tu fasses ton boulot.

Ça fait partie des à-côtés, on dira.

Elle regarda attentivement Rachel qui n'avait toujours pas l'air bien.

— Rachel, dit-elle, je peux venir avec toi demain ?

— Bien sûr, mais il n'y aura pas de contrôle de ravitaillement. C'est une étape courte. Ce serait plus intéressant pour toi de venir après-demain.

— Super ! Je radinerai avant la première sonnerie.

— On fait comme ça. Tu ferais mieux d'y aller maintenant.

Elle avait soudain besoin d'être seule. Cat s'en alla. Rachel resta encore un moment dans les toilettes. Elle se regarda dans la glace.

Sauvée par le gong. Si Cat n'avait pas reçu ce coup de fil, elle aurait eu droit à des aveux complets.

— C'est de la merde tout ça, dit-elle à voix basse, il n'y a même pas matière à discussion. Ça ne voulait rien dire pour Vasily. Il doit déjà avoir oublié à l'heure qu'il est.

Et pour toi, Rachel ? Qu'est-ce que ça représentait à tes yeux ? Tu n'as pas pensé à grand-chose d'autre aujourd'hui.

— La nuit porte conseil et permet de voir les choses sous un jour nouveau.

Tu ne parles pas de toi, là. C'est ce que tu souhaites pour Vasily.

— J'étais un peu prise au dépourvu, c'est tout.

Rachel retourna au bar. Alex et Josh avaient renouvelé la tournée. Ils en étaient à leur quatrième *Seize** et avaient fumé un nombre impressionnant de Gauloises.

— Ça va ? demanda Josh en rendant sa chaise à Rachel pour se rasseoir sur son tabouret.

— Tu avais la chiasse ? demanda Alex dans son style inimitable.

— Je vais bien, répondit Rachel.

— Où est Cat ? demanda Josh.

— Elle a la chiasse, elle aussi ?

— Elle a reçu un appel et elle est directement repartie bosser, dit Rachel en haussant les épaules.

— Oh, dit Alex.

— Oh, dit Josh.

Tous deux se demandaient comment la petite *journaliste** débutante avait pu les supplanter en matière de scoop. Un rien déconcertant, sans plus.

Ben emmena Cat à Arcachon où les dunes de sable avaient des allures de cratères lunaires. L'endroit semblait très retiré, et bien qu'on ne soit qu'à 20 minutes en voiture de Bordeaux, ils avaient l'impression d'être à des milliers de kilomètres du Tour de France, de leur lieu de travail. Ils disposaient d'un terrain de jeux plus vaste. Il leur semblait que les dernières vingt-quatre heures n'avaient été qu'un long préliminaire.

Le sable était frais. Ben avait pensé à apporter un drap de bain, mais ils ne l'utilisèrent pas. Ils se déshabillèrent et se tinrent face à face, nus et silencieux. Ben tendit un préservatif à Cat. Elle défit l'emballage et le lui enfila. Ils s'agenouillèrent et s'embrassèrent. Il la pénétra lentement, facilement. La sensation d'être pénétrée par un homme qu'elle désirait si fort, le contact de cette queue à l'intérieur de son corps après des mois d'abstinence, la douceur de ses baisers sur ses paupières, les mouvements sensuels de sa langue à l'intérieur de sa bouche, l'art consommé avec lequel il faisait bouger son corps à l'intérieur du sien la firent jouir presque immédiatement. Il laissa son plaisir s'extérioriser intégralement. Le contact de la chatte étroite d'une fille dont il était fou, le plaisir de l'entendre déglutir, la sensation excitante de son sexe qui palpitait spasmodiquement autour de sa queue, la surprise de sentir sa langue dans ses narines et dans ses oreilles le firent éjaculer peu de temps après elle.

La serviette s'avéra utile. Ben et Cat se baignèrent nus tout en discutant tranquillement. Ils s'embrassèrent dans l'eau. Ils étaient mûrs pour une nouvelle séance de sexe. Mais ils n'avaient plus de préservatifs. Pas grave. Il y aurait demain. Vraiment. Ce n'était pas juste un coup tiré et au revoir. Ni l'un ni l'autre ne savaient où ils allaient exactement, mais ils savaient que le lendemain ils seraient ensemble. Le surlendemain aussi. Et cette certitude les rendait heureux.

Qu'est-ce qui s'est passé aujourd'hui, Cat ? En dehors de tes orgasmes à répétition, de tes rêves à court terme et du fait que ton cœur bat plus fort et ne demande qu'à continuer ? Et le Tour de France, alors ? Et la course contre la montre ? Qui a gagné ?

Tu n'as qu'à lire mon article, je suis fatiguée. Ma peau a le goût du sel. Et celui de Ben. Bonne nuit.

COPIE POUR P. TAVERNER @ BUREAU DES SPORTS DU *GUARDIAN*
DE CATRIONA McCABE À BORDEAUX

Une foule énorme était massée aujourd'hui aux abords d'Ordiland pour assister à la course contre la montre. Cette épreuve de 54,5 kilomètres a été remportée dans un style remarquable par Fabien Ducasse (Système Vipère). Vasily Jawlensky (Zucca MV) vainqueur du maillot jaune l'année dernière et favori pour la victoire finale cette année a couru brillamment, mais Fabien a mieux couru. L'idole des Français a mis 1 heure 9 minutes et 18 secondes pour gagner le maillot jaune, soit 1 minute et 18 secondes de moins que son concurrent russe qui se retrouve à la deuxième place.

Il n'est pas garanti que Ducasse le gardera sur les épaules jusqu'au podium de Paris. Cette toison d'or lui facilitera cependant les choses et il ne la lâchera qu'au terme d'une âpre bataille, très attendue par les amateurs, qui aura lieu au cours des étapes de montagne.

Fabien avait trouvé son rythme et l'a conservé, réalisant une moyenne d'environ 51 km/h. Il avait choisi un très grand développement et s'y est tenu de façon à pouvoir avaler le plus de macadam possible à chaque coup de pédale. Il est resté dans la même position tout au long de la course, la tête placée au-dessous de la ligne des épaules touchant pratiquement le guidon, les genoux quasiment collés au cadre du vélo, les épaules fixes. La technique, pourtant n'entre que pour une part dans sa victoire, c'est avant tout sa formidable détermination qui lui a permis de se classer premier.

La course contre la montre est une épreuve qui se court en solitaire. C'est un spectacle exceptionnellement captivant. Le parcours se déroule indéfiniment, et le vent semble prendre un malin plaisir à gifler le cycliste qui est là, seul, sans un seul tronçon de route qui lui permette de faire retomber la pression. Didier LeDucq a dû se sentir tout drôle 15 kilomètres avant la ligne d'arrivée quand il s'est vu dépassé par Ducasse filant comme le vent, figé sur sa selle. Courir une course contre la montre requiert une énergie phénoménale, de l'intelligence et du calcul et surtout une détermination farouche à nier la souffrance. Si le cœur se met à battre à 180 pulsations par minute et que l'acide lactique endolorit les muscles alors qu'il reste encore plusieurs kilomètres à parcourir, il faut pouvoir l'ignorer. C'est le soigneur**, le glucose et les électrolytes qui se chargeront de ça plus tard. Un coureur se soucie peu de sa santé quand il est à mi-parcours d'une course contre la montre. Celui qui descend calmement de vélo pour marcher jusqu'à son* soigneur* *ne peut pas prétendre avoir couru une course contre la montre. Jules Le Grand, le* directeur sportif* *de Système Vipère a littéralement porté Ducasse depuis son vélo. De la même façon, Rachel McEwen, le* soigneur* *de Jawlensky a soutenu son coureur pendant qu'il descendait de sa bicyclette, et l'a pris à bras-le-corps pour l'accompagner jusqu'au bus de l'équipe.*

<FIN>

HUITIÈME ÉTAPE

Sauternes-Pau. 162 kilomètres

Quand Ben se réveilla le lendemain matin, il bandait. C'était souvent le cas, mais cette fois, il savait que ce n'était pas dû à un rêve érotique. C'était le fait de savoir que Cat existait vraiment. Ce fait avait remplacé l'image onirique de Cat qui peuplait ses nuits jusqu'alors. Il toucha sa queue, se la caressa un moment et ferma les yeux.

Elle est géniale.

Qu'est-ce que tu vas faire avec elle ?

La même chose qu'hier soir. Le sable en moins.

Tu as carrément la banane, là.

Et un solide gourdin, aussi.

Tu es content de toi, c'est ça ?

Content ? Oui, content.

Tu l'aimes ?

Je n'ai jamais rencontré quelqu'un d'aussi bien qu'elle.

Tu l'aimes.

Je crois, oui. J'aime cette façon qu'elle a d'être tout à la fois naïve et gaie. Elle était tellement mignonne quand Luca lui balançait d'involontaires sous-entendus. On aurait dit qu'elle cherchait un trou de souris pour se cacher. Et quand elle est sortie de ses gonds pour l'histoire de Monique. Elle était sublime dans la colère avec sa petite robe transparente. Hier soir en tout cas, elle m'a complètement fait perdre la tête. Pour quelqu'un qui s'emporte aussi facilement, elle a une grande maîtrise des pratiques sexuelles. C'est surprenant. J'aime ça.

Tu l'aimes.

Oui.

Il semblerait bien que ce soit une première pour toi. Ces derniers temps, tu couchais avec des femmes parce que leur apparence te plaisait. Tu te fichais pas mal de savoir qui elles étaient.

Touché*. *J'ai couché avec des femmes parce que l'occasion se présentait. Cat, je l'ai désirée. Je la désire.*

Il était huit heures du matin. Ben se leva, prit sa douche, se rasa, fit sa valise et se planta devant la fenêtre de l'hôtel. L'étendue de terrain vierge qui était devant lui permettait à son esprit d'errer librement. Il imaginait Cat en train de dormir, alanguie, le corps reposant entre les draps du lit métallique de l'Auberge Claudette. Il aurait voulu pouvoir l'observer. Il aurait voulu être en train de la baiser. Tout de suite.

Peut-être qu'elle est déjà réveillée ?

— Je me demande si mademoiselle McCabe serait d'accord pour prendre le petit déjeuner avec moi.

Fabien Ducasse se réveilla dans la peau du sportif professionnel accompli, l'esprit entièrement occupé par le *maillot jaune**. Il se réveilla aussi dans la peau d'un homme viril en pleine forme, la queue raide et fière. Il pensa à sa copine. Brièvement. Il zappa à la recherche d'un film porno, mais il ne trouva que des dessins animés, des jeux télévisés et des comptes rendus du Tour de France. Il entreprit de se branler, mais sa main droite ne parvenait pas à l'exciter suffisamment même s'il l'enduisait de lotion hydratante pour le corps. Il repensa à une des employées de la réception. Souviens-toi de son nom, merde, c'était quoi déjà ? Ah ! il se souvenait. Il décrocha le téléphone.

— Ici Fabien Ducasse, aboya-t-il à l'homme qui lui répondit, Francine est là ?

— *Oui**, monsieur Ducasse, l'informa l'homme.

— Passez-la-moi, alors, ordonna Ducasse.

— *Bonjour** ?

— Francine, vous m'avez dit hier que si j'avais besoin de quelque chose, je devais m'adresser à vous.

— *Bien sûr**, en quoi puis-je vous être utile ?

— J'ai besoin de quelque chose dans ma chambre, expliqua Fabien, venez.

— Tout de suite, dit Francine en tournant le dos à son collègue pour dissimuler le rouge qui lui montait aux joues. Et le fait qu'elle déboutonnait son chemisier d'un cran.

Fabien jeta un coup d'œil circulaire à la chambre puis regarda sa montre. Il ne voulait pas se la faire sur le lit. Pas seulement parce qu'il pensait redormir une petite heure après l'avoir utilisée comme il en avait l'intention. Il ne voulait pas se la faire sur le lit parce qu'il ne voulait pas d'intimité. Il n'avait ni besoin ni envie de voir une femme traînasser mollement entre les draps du lit. Basiquement, il ne voulait pas la fourrer sur le lit parce que ça prendrait plus de temps et qu'il faudrait mettre en branle tout un fastidieux processus de séduction. Il n'avait pas envie de gaspiller son charme pour si peu.

Il entendit qu'on frappait discrètement à la porte. Il traversa la pièce et fit entrer Francine. Le spectacle qu'il offrait à la vue était digne de retenir l'attention. Il était nu, et son érection était si arrogante qu'il n'était nul besoin de se perdre en explications. Elle était jolie et avait une silhouette agréable, mais Fabien ne prit pas la peine de s'en rendre compte. Tout ce qu'il savait, c'est qu'elle lui avait offert ses services, ce qui signifiait une chatte chaude et accueillante. C'était amplement suffisant. C'était tout ce qu'il voulait. Et pour ce qu'il savait des femmes, du moins de celles qui lui faisaient des avances à mi-parcours, celle-ci serait ravie de se faire baiser par Fabien. Tout le monde serait content. Allez ! Au boulot ! *Tout de suite** !

Il la plaqua contre la porte fermée, déboutonna son chemisier et se remplit les yeux de son impressionnante poitrine. Il n'allait pas perdre du temps à dégrafer tout ça. Il écarta les bonnets du soutien-gorge de façon à en faire jaillir ses seins. Il releva sa jupe courte et fit glisser sa culotte sur ses jambes pour la retirer. Elle n'était pas très grande, mais comme elle portait des talons hauts, ils allaient pouvoir rester debout. Il allait quand même falloir qu'elle enlève sa jupe qui l'empêchait d'écarter suffisamment les jambes. Mais l'agrafe et la fermeture, c'était trop compliqué. Avec un grognement de désir, Fabien tirebouchonna la jupe autour de sa taille. On aurait dit une bouée dégonflée. Il fit un pas en arrière pour contempler ce qui s'offrait à lui. Des gros nichons. Des hauts talons. Une chatte épilée. Et le mieux de tout, c'est qu'elle restait complètement silencieuse.

Fabien posa les paumes de ses mains sur l'intérieur de ses cuisses et lui écarta facilement les jambes. Il posa les mains sur ses seins et les pétrit sans ménagement. Il prit les pointes de ses seins entre le pouce et l'index. Il lui prit les fesses à pleines mains, plia les genoux et la pénétra d'un coup avec une force qu'il présumait agréable. Le déglutissement soudain de Francine l'incitait à le croire. Il la baisa avec force et éjacula au bout de dix coups de boutoir. Elle avait dû jouir aussi. Il eut un sourire de triomphe, fier du regard vitreux qu'elle lui renvoyait. Il remit sa jupe en place, reboutonna son chemisier à la va-vite, lui tendit sa culotte et l'embrassa sur les deux joues. C'était la première fois que ses lèvres la touchaient.

— *Merci**, murmura-t-il, *merci bien**.

— *Bonne chance**, lui dit-elle en quittant sa chambre.

Il ne la regarda pas s'éloigner dans le couloir. Elle essayait de remettre de l'ordre dans son chemisier et dans ses esprits malgré le filet de sperme qui dégoulinait le long de ses jambes. La sensation de pouvoir que Fabien avait eue en baisant l'employée l'avait rempli d'une énergie qu'il allait pouvoir utiliser pour la course du jour. Mais le résultat qu'il avait obtenu en la fourrant n'était rien comparé au pouvoir qui le satura quand il enfila le *maillot jaune**.

— Tu te sens comment, Didier ? demanda Luca en voyant que LeDucq était réveillé et contemplait le plafond.

— Mieux, répondit Didier.

— Complètement rétabli ?

— Non, lui confia Didier, mais ça fait deux jours que je ne suis plus malade, et quand je chie, c'est plus, comment dire…

— Plus comme de la brique et moins comme du ciment frais ? suggéra Luca.

— C'est bien trouvé, ouais ! rigola Didier.

— Zucca fabrique du ciment et des briques, dit Luca d'un ton rêveur.

— Et je leur chie dessus à tous, gronda Didier.

— Il faut que je me branle, dit Luca. Et il disparut dans la salle de bains.

En marchant pour aller retrouver Cat, Ben posa une main sur son ventre. Il se sentait drôle, mais le diagnostic ne lui vint pas tout de suite. Il mit ça sur le compte de la faim et du manque de sommeil. Un petit déjeuner avec Cat, une petite sieste crapuleuse, et il n'y paraîtrait plus. C'est seulement quand il sentit son estomac se retourner, descendre jusqu'à la plante de ses pieds pour remonter ensuite au fond de sa gorge que Ben analysa son mal.

Le trac ! J'ai le trac ! À quand remonte la dernière fois ? Je me ramollis.

Il était tellement stupéfait qu'il en dépassa presque l'auberge. Il se ressaisit et se retrouva frappant à la porte de Cat. Des tigres se faisaient les griffes à l'intérieur de son abdomen. Josh apparut au milieu du couloir.

— Bonjour, Ben, dit-il aimablement.

— Salut, Josh, dit Ben.

— Tu cherches Cat ? demanda Josh.

— Oui, dit Ben, en fait oui.

— Je crois que Rachel avait dit qu'elle devait prendre le petit déj' avec elle pour fêter le *départ** de cet après-midi, ou un truc du genre. On a passé une bonne soirée, hier. Comment ça se fait qu'on ne t'a pas vu ?

— Oh, dit Ben évasivement, j'avais des problèmes d'ordre médical à régler : les corps en action, au repos, tu vois le genre…

— Du boulot, quoi, dit Josh, tu voulais voir Cat pourquoi ?

Parce qu'elle est merveilleusement sexy et que ça fait des années que je n'ai pas eu envie de quelqu'un à ce point-là.

— Elle a oublié son dictaphone dans ma chambre, dit Ben.

— Qu'est-ce qu'il faisait dans ta chambre ? demanda Josh.

Il n'était que modérément intrigué.

— Il récoltait les perles et les diamants qui sortaient de la bouche couleur rubis de Luca Jones, dit malicieusement Ben.

Cela fit rire Josh. Il tendit la main vers Ben.

— Tu veux que je lui donne ?

Non, c'est moi qui lui donnerai. En même temps qu'autre chose.

— C'est bon Josh. J'ai comme l'impression qu'il est plus en sécurité entre mes mains. Tu pourrais être tenté de lui voler un scoop !

Josh haussa les épaules.

— Ben ?

Le docteur s'apprêtait à s'engager dans l'escalier. Il se retourna. Josh secoua la main pour indiquer qu'il n'y avait rien d'important.

— Non, rien. Oublie, dit-il en retournant vers sa chambre.

Il avait été sur le point de dire quelque chose. Il savait quoi. Mais il ne savait pas pourquoi il voulait le dire. Il avait préféré se taire. Josh est du genre à réfléchir avant de l'ouvrir. Alex, par contre, est la spontanéité incarnée. Quand Ben le croisa dans l'escalier, Alex lui demanda également ce qu'il était venu faire.

— Je cherche Cat, expliqua Ben.

— Qui ne la cherche pas ? s'exclama Alex en éclatant de rire.

Cat McCabe s'était levée tôt. Elle s'était assise dans son lit et avait regardé autour d'elle. Elle allait vraiment regretter cette chambre. Elle grava le motif du papier peint dans sa mémoire, savoura la beauté de la lumière qui venait de la salle de bains, comme filtrée à travers un fin voile de mousseline. Elle avait vraiment l'impression d'être chez elle, ici. Tellement, qu'elle se mit à penser à sa famille. Elle appela Fen, mais ça ne répondait pas. Elle essaya Pip, mais elle n'eut droit qu'à la voix de sa sœur sur le répondeur s'annonçant comme Martha le Clown. Elle ne laissa pas de message. Finalement, elle appela Django.

— Qui est à l'appareil, bon sang de bonsoir ?

Django ne répondait comme ça que quand il était plongé jusqu'au cou dans une aventure culinaire. À regret, Cat annula l'appel. Moins d'une minute plus tard, son téléphone sonna.

— Aucune recette, explosa Django, aussi compliquée soit-elle, ne prendra jamais le pas sur aucune de mes nièces !

— Salut Django, dit Cat.

— Qu'est-ce qui se passe, ma belle ? demanda Django en glissant une cuiller en bois couverte de quelque chose qui ressemblait à de la colle pour papier peint dans la poche arrière de son pantalon.

Cat eut un pâle sourire.

Comment peut-il savoir ?

— J'ai fait quelque chose hier soir, dit-elle le plus calmement du monde.

— Avec qui ? demanda Django en retirant la cuiller de sa poche pour voir si elle pourrait tenir, collée sur la vitre de la porte de la cuisine. Ça collait.

— Avec le docteur, avoua Cat.

— C'est super, ça, s'enthousiasma Django.

Ses deux autres nièces lui avaient fourni tous les détails lui permettant de considérer que le docteur était un très bon choix.

— Je sais, dit Cat, sa voix se mettant à trembler sans qu'elle puisse la contrôler.

— Pourquoi tu pleures, alors ? demanda Django.

Autour de lui, la sauce figeait, les blancs d'œufs battus en neige retombaient et les bananes viraient au brun.

— Ça veut dire que l'autre est parti, dit Cat, je l'ai fait partir.

— Ne dis pas de conneries, tu veux bien ? aboya Django avant d'adoucir le ton. Je comprends, ma chérie. Mais si tu l'as laissé partir, c'est bien la preuve que tu pouvais le faire. Tu as très bien fait.

— Tu ne crois pas que je viens de bousiller toutes les chances qu'il revienne un jour ? demanda Cat tout en connaissant parfaitement la réponse.

— Catriona, dit Django gravement, cet homme ne méritait ni ton avenir, ni la moindre étincelle de vie venant de toi. Qu'il ait essayé de foutre ta vie en l'air en est la preuve tangible. C'est une bonne chose, crois-moi. Les gens qui t'aiment vraiment sont contents pour toi. Les grandes choses n'arrivent qu'à ceux qui le méritent. Ton docteur, si je ne m'abuse, est une de ces grandes choses. C'est exactement ce qu'il te faut.

— Tu crois ? demanda Cat ravie.

— J'en suis sûr, déclara Django.

Une demi-heure plus tard, Cat fonça à l'hôtel de l'équipe Zucca MV. Elle glissa un œil dans le hall au cas où il y aurait eu des coureurs, puis se dirigea vers le parking à la recherche du bus de l'équipe et de son *soigneur**. Elle trouva Rachel assise sur les marches du bus, le visage tourné vers le soleil du matin, les yeux fermés.

— Rachel ! lança-t-elle joyeusement.

Rachel ouvrit les yeux, aveuglée par le soleil. Elle essaya de regarder Cat mais elle n'arrivait pas à la distinguer clairement.

— Salut, dit-elle, tu t'es glissée dans un kaléidoscope ?

Cat sourit.

— Tu n'aurais pas une paire d'Oakley à me prêter ?

Rachel disparut dans le van. Elle revint avec une paire de lunettes de soleil.

— Voilà les lunettes de rechange de Vasily. Je te les offre, mais pour une heure seulement !

— Merci, dit Cat très flattée.

Elle posa les lunettes sur le bout de son nez et vit dans le reflet de celles de Rachel que ça lui allait bien.

— Alors, quoi de neuf? dit Rachel.

Elle se rendait compte qu'elle posait la question dans le seul but d'éviter de parler d'elle-même.

Cat pencha la tête sur le côté.

— C'est marrant, tu ne trouves pas? Plus on est entourées de mecs, plus on apprécie la compagnie des copines.

Rachel fronça les sourcils et garda les yeux baissés. Elle réalisait d'un seul coup qu'elle aurait bien profité de cet échange verbal pour troquer ses habituelles bouffonneries pour une analyse vraiment constructive.

— Ça va? demanda Cat qui pouvait sentir l'introspection à laquelle se livrait Rachel.

Celle-ci frotta ses mains sur son jeans, dit que tout allait bien et demanda à Cat si elle voulait bien l'aider à mélanger la dextrose en poudre dans les bidons. Elles se livrèrent à cette tâche dans un silence aimable. La monotonie de l'opération fit que l'esprit de Cat se mit à vagabonder.

— Reprends où tu en étais restée hier. Tu disais un truc à propos de Vasily, dit Cat contente de trouver un sujet de conversation.

Rachel resta silencieuse une seconde de trop.

— Vasily ? demanda-t-elle sans parvenir à trouver le ton juste.

— Au bar, dit Cat pour lui rafraîchir la mémoire, dans les toilettes?

— Vasily. Rien à déclarer. Hier c'était la course contre la montre. Il n'a pas donné le meilleur de lui-même.

Cat ne dit rien. Il était évident que Rachel ne voulait rien dire de plus. Cat connaissait ces intonations. Ce genre de phrases. Elle se tourna vers Rachel en revissant à fond le bouchon d'une bouteille d'eau.

— Raconte-moi, l'incita-t-elle.

Le regard fuyant de Rachel confirma ses soupçons.

— C'est rien, dit Rachel en rangeant des choses qui n'avaient pas besoin de l'être, c'était rien.

— Qu'est-ce qui n'était rien ? demanda Ben en apparaissant à la porte du van.

— Ben ! s'exclama joyeusement Cat sans prendre le temps de réfléchir.

— Bonjour, Ben, dit Rachel.

Un coup d'œil à la mine réjouie de Cat lui disait tout ce qu'elle avait besoin de savoir.

— Cat, dit Ben d'un ton formel, je t'ai rapporté ton dictaphone.

— Merci, dit Cat avec effusion.

— Seriez-vous tentées par un petit déjeuner, mesdemoiselles ? demanda Ben.

— On l'a déjà pris, répondit Rachel pour elles deux.

Cat n'aurait pas dit non à un deuxième service. Elle regarda Rachel. Elle retira ses lunettes de soleil avec lenteur et les tendit au *soigneur**. Elles eurent alors une conversation express où les mots étaient remplacés par des regards.

C'est pas vrai, tu as couché avec Ben ?

Oui. Qu'est-ce que tu en penses ?

Vas-y ! Bon plan !

— Attends, Ben !

Cat le rappela une fois que le hochement de tête de Rachel lui eut donné le feu vert. Ben s'arrêta à quelques pas de là, le soleil du matin éclairant si merveilleusement son profil que Cat en eut le souffle coupé.

— Explique-moi : comment Ben s'est-il retrouvé en possession de ton dictaphone ?

— J'ai dû l'oublier dans sa chambre.

— Je vois. Et il n'aurait pas pu utiliser ses doigts comme un mec normal ?

Il fallut un moment à Cat pour que le double sens des paroles de Rachel lui parvienne. Elle éclata de rire, attrapa sa copine par les épaules pour la secouer gentiment et sauta du van pour courir rejoindre Ben. Pendant qu'ils s'éloignaient, Cat se retourna. Rachel était debout à la porte du bus. Elle essuyait les verres des Oakley qu'elle avait prêtées à Cat avec un coin de son T-shirt.

Merde, pensa Cat, *Vasily ! Qu'est-ce qu'elle était sur le point de me dire ?*

Ça peut attendre, Cat. Te prends pas la tête avec ça. C'était pas important.

Quand Ben et Cat furent hors de vue et que tous les bidons furent remplis, Rachel nettoya encore une fois les lunettes.

— Vasily, Vasily, dit-elle dans un souffle. Qu'est-ce que je dois penser de tout ça, maintenant ?

Un peu plus tard, Rachel fit quelque chose qu'elle n'avait jamais fait. Elle alla trouver Vasily dans sa chambre. Deux coureurs de son équipe étaient venus la trouver pour se faire masser les jambes, un autre pour des chaussettes propres, mais Vasily n'avait pas montré le bout de son nez. Il n'avait probablement besoin ni d'un massage, ni de vêtements, encore moins d'être dérangé, mais Rachel alla le trouver.

— Salut, dit-elle.

— Salut, Rachel, lui répondit-il.

— Je peux entrer ?

— Bien sûr, dit-il en ouvrant tout grand la porte pour la recevoir.

Elle fut déçue qu'il la laisse entrouverte.

— Je peux faire quelque chose pour toi ? demanda Rachel.

— C'est une étape courte, dit Vasily en haussant les épaules, j'ai tout ce qu'il faut. Ne te fais pas de souci pour moi.

Rachel se tenait dos à la fenêtre, Vasily s'appuyait nonchalamment au mur, le lit était entre eux. Rachel nota mentalement qu'il s'était donné la peine de le faire. Elle se demandait s'il avait oublié ce qui s'était passé entre eux la veille, mais hésitait à aborder le sujet de front.

— OK, dit-elle, je voulais aussi te dire pour hier, commença-t-elle.

Vasily leva la main.

— S'il te plaît, dit-il gentiment, ne t'inquiète pas.

Rachel regarda ses pieds.

Je ne m'inquiète pas. Je voudrais seulement savoir s'il y aura une suite.

— Ne t'inquiète pas, dit-elle à son tour, son sourire figé venant contredire la lueur de son regard.

— Oh, dit Vasily, je ne m'inquiète pas. C'est déjà oublié.

Il se demanda pourquoi Rachel détournait les yeux.

— Rachel, dit-il doucement, ce n'était pas prévu. Si je prends ça bien, je crois que toi, mon *soigneur**, tu dois le prendre bien aussi.

Elle reporta son regard sur lui. Il s'était rapproché d'elle. Il était beau. Elle eut envie de caresser ses lèvres du bout des doigts. Elle hocha la tête, incapable de dissimuler la tristesse qui l'envahissait.

— Tu as l'air triste.

— Non, non, ça va, dit Rachel un peu trop fort.

— Ça ne durera pas, continua-t-il.

— Tu as raison, dit Rachel.

— Ça ne durera pas, ça reviendra forcément, continua Vasily.

L'apparente contradiction de ses propos empêcha momentanément Rachel de se rendre compte qu'il effleurait les boutons de sa chemise en jeans.

— Je ne crois pas, non, dit-elle, plutôt en colère.

Non mais il me prend pour qui ? Une petite groupie prête à lui donner son cul quand l'envie lui en prend ?

— Rachel ! s'exclama Vasily.

— Quoi ? rétorqua-t-elle.

— J'ai dit que ça n'allait pas durer, que ça allait revenir, dit Vasily, et toi tu me réponds que non !

— Ah, ça, non ! Tu peux courir ! dit Rachel.

— Rachel, je n'ai pas besoin d'entendre des conneries de ce genre, dit Vasily.

— Et moi non plus, déclara-t-elle.

Elle passa devant lui, bien décidée à s'en aller. Vasily attrapa son bras.

— Tu penses que ce n'est pas possible ? l'implora-t-il.

Rachel le regarda froidement, la mâchoire crispée par l'indignation. Elle retira vivement son bras et marcha d'un pas décidé vers la porte.

— Ça ne durera pas, déclara Vasily, je l'aurai encore.

— Tu me fais chier, Jawlensky, siffla Rachel.

— Hier, ça ne voulait rien dire. Tu verras, proclama Vasily dans son dos, je reprendrai le *maillot jaune** dès qu'on sera dans les montagnes.

Rachel se figea sur place, ferma les yeux et fit la grimace.

Pauvre fille, va ! Tu avais oublié que c'était un cycliste. Il faisait seulement allusion à un bout de chiffon en lycra jaune. Pas à toi. Pas au fait qu'il t'a embrassée.

Rachel se retourna.

Et maintenant, il a l'air vexé et paumé. Évidemment ! Son fidèle soigneur* *vient de mettre en doute ses prouesses cyclistes.*

Rachel se rapprocha de son coureur et posa doucement la paume de sa main sur sa joue.

— Oh, merde, chuchota-t-elle, je n'avais pas compris. Je croyais que tu. Je voulais parler de.

Vasily inclina sa tête sur le côté et l'observa.

— S'il te plaît, dit-il, parle plus clairement, pour que je puisse comprendre.

— Comprends ça, dit-elle en se hissant sur la pointe des pieds pour lui déposer un tendre baiser d'excuse sur la bouche.

Il se mit à lui rendre son baiser, sa langue léchant l'intérieur de sa bouche dans une mission connue d'elle seule.

— Rachel, murmura-t-il sur un mode délicieusement grave.

Il s'empara de sa main et la plaça sur son entrejambe. Elle sentit que son sexe était dur comme du roc. Rachel lui prit la main et la posa sur sa poitrine. Puis elle la guida sous la chemise jusqu'à sa peau nue, la pointe de son sein dardant au centre de sa main.

— Qu'est-ce que tu veux ? chuchota-t-elle en fouillant la fossette qu'il avait au menton avec la pointe de sa langue.

Il la prit dans ses bras, plaqua son sexe contre elle et se mit à onduler doucement du bassin.

— Je ne veux pas avoir d'ennuis, murmura Vasily, j'ai besoin de courir en tête aujourd'hui, mais sans forcer. Demain, les Pyrénées. Demain, c'est la guerre contre Ducasse qui commence.

Le travail de Cat n'était pas seulement facile, c'était une vraie partie de plaisir. Par un merveilleux après-midi ensoleillé, ponctuellement rafraîchi par une brise légère, le Tour quitta Sauternes et traversa les célèbres vignes qui donnaient à la terre l'aspect du velours côtelé. Le circuit se dirigeait vers le sud, traversait la Gascogne jusqu'au Béarn pour rejoindre la ville de Pau. Située au pied de la montagne, c'était une vieille ville universitaire dominée par un château du quatorzième siècle. Cat était tout excitée à l'idée de se retrouver là-bas. Et ce n'était pas une chaîne hôtelière moderne qui arriverait à lui gâcher son plaisir.

L'étape était facile à commenter, et elle pondit ses 500 mots sans effort. C'était facile de travailler efficacement. Elle se sentait aiguillonnée par un état d'euphorie latent, d'autant plus que la personne qui était la cause de cette euphorie avait hâte qu'elle finisse son travail pour la retrouver. Le circuit avait été parcouru rapidement. Il avait fallu un photofinish pour départager le gagnant de l'étape parmi trois concurrents. Il y avait eu une belle série de chutes près de Brocas-les-Forges qui lui avait servi de matière première pour rédiger tout un paragraphe. Sinon, il n'y avait pas de changement de leader dans les différents classements et pas le moindre abandon à signaler. Demain, 180 des 189 coureurs du Tour de France allaient affronter leur destin en altitude.

— *Finito* *! s'exclama Cat.

— Tu as encore une mission à accomplir ? la titilla Alex.

— Oui, Rachel et moi, on va boire l'apéro, dit Cat les yeux brillants, je ferais bien de me dépêcher. À plus, les mecs !

Josh regarda Cat filer hors de la *salle de presse**. Il pensa qu'elle était ridicule de se mettre dans un état pareil sous prétexte qu'elle allait boire l'apéro avec une nana qu'elle avait déjà eue en face d'elle pour le petit déjeuner.

— Rachel et Cat… Une idylle naissante, peut-être ? plaisanta lourdement Alex en donnant un coup de coude à Josh.

— Tu pues, Fletcher. Je vais faire un tour dehors pour respirer un peu d'air pur, dit Josh.

Dehors, il y avait Rachel. Et Ben.

— Salut Josh, l'appela Rachel.

Josh s'approcha d'eux.

— Cat vient juste de partir, dit-il à Rachel.

Et il comprit instantanément pourquoi Rachel avait l'air interloqué à cette annonce. Il ajouta, sous couvert de lui rafraîchir gentiment la mémoire mais au fond uniquement désireux d'analyser sa réaction :

— Vous devez prendre un verre ensemble, non ?

Il jeta un coup d'œil à Ben d'un air de dire, ah ! les filles sont vraiment tête en l'air !

— Oh, oui ! C'est vrai, dit Rachel en portant la main à sa tempe, je deviens complètement ramollie de la tête, moi !

Elle retourna son rapide coup d'œil à Ben d'une façon qu'elle estimait légitimement complice.

— Je crois qu'elle est d'abord allée téléphoner à son mec, s'entendit dire Josh avant d'avoir le temps de réfléchir à ce qu'il disait. (Il regardait Rachel, mais il sentit le regard de Ben peser soudain sur lui.) Elle a dit qu'il devait la rejoindre à partir des étapes de montagne, c'est ça ? continua Josh à l'adresse de Rachel.

— Hmm, fit Rachel comme si elle répondait à la question de Josh alors qu'en fait elle se creusait les méninges pour essayer de se souvenir si Cat lui avait jamais parlé d'un mec qu'elle aurait eu à Londres.

— Enfin bref, dit Josh légèrement, c'est là qu'elle est. Sa petite corvée quotidienne d'échange de niaiseries longue distance.

— C'est bien, commenta distraitement Rachel.

— Il faut que je me sauve, dit Ben en tournant les talons avant de s'éloigner.

— Moi aussi, dit Rachel en faisant de même.

— Oui, dit Josh pour lui seul, et moi aussi.

Il retourna lentement vers la *salle de presse** se détestant pour ce qu'il avait fait, mais pas au point de se gifler quand même. Qu'est-ce qu'il venait de faire au juste ? Il essayait de protéger Cat ? De Ben ? Pour son mec de Londres ? Elle était radieuse quand elle était avec le docteur. Il voulait que Cat fasse vœu de chasteté ? Pourquoi ? Pour qui ? Le mec de Londres ? Ou lui-même ?

Cat attendait Ben dans sa chambre. Il arriva avec un peu de retard et elle avait tellement envie de lui que quand il frappa, elle ouvrit la porte à la volée et l'accueillit par un torrent de baisers. Elle ne voulait pas qu'il se serve de sa bouche pour lui fournir des explications, elle ne voulait pas d'excuses. Des baisers, voilà tout ce qu'elle souhaitait recevoir de ces lèvres.

Ben, qui était encore sous le choc de ce que venait de lui révéler Josh, avait l'intention de demander à Cat de franches explications. Mais sa bouche était si douce, l'embrasser était si excitant et ses mains qui parcouraient son corps le faisaient bander comme un fou. Alors, Ben laissa Cat mener l'entretien, tâche dont elle s'acquitta volontiers. Elle se déshabilla, puis s'occupa de dépouiller Ben de ses vêtements. Elle grimpa sur lui. Il la trouva fantastique. Quand il jouit en elle, les mains sur ses fesses fermes, la langue et la queue profondément enfoncées en elle, ils eurent un échange de regard intense qui fit penser à Ben qu'il ne voulait pas qu'elle s'en aille. Jamais. Quand il repartit, il lui vint à l'esprit qu'elle n'était peut-être même pas à prendre.

NEUVIÈME ÉTAPE

Pau-Luchon. 196,5 kilomètres

Fen ouvrit la porte de son appartement de Kentish Town et se trouva nez à nez avec Pip, le *Guardian* glissé sous son bras, un gobelet en polystyrène dans chaque main. Pip lui avait téléphoné une demi-heure avant et Fen lui avait dit qu'elle travaillait à la maison pour pouvoir être tranquille. Pip qui ne travaillait pas au sens conventionnel du terme, croyait que si sa sœur n'était pas physiquement sur son lieu de travail, cela voulait dire qu'elle était libre pour une bonne séance de blablatage. Le fait que Fen ait l'air débordé, croulant sous un tas de dossiers, des Post-it fluos accrochés dans toute la pièce ne la perturba pas un seul instant. Elle s'installa posément, enleva les couvercles en plastique des tasses de cappuccino et lécha les dégoulinures qui s'étaient répandues sur les deux récipients. Fen retourna à ses dossiers dans un état de rage contenue.

— C'est délicieux, dit Pip en tendant à sa sœur un des deux gobelets, tu sais que notre petite sœur fait vraiment du bon boulot, ajouta-t-elle en faisant référence au reportage de Cat de la veille.

— J'ai hâte de savoir ce qui va se passer, dit Fen qui appréciait finalement le cappuccino et l'intrusion de sa sœur.

— Moi aussi, répondit Pip avec enthousiasme, Cat et cet adorable Paul Sherwen de Channel 4 disent que la course ne commence vraiment qu'à partir d'aujourd'hui avec les étapes de montagne. La lutte pour le maillot jaune va devenir vraiment sérieuse.

Fen observa Pip.

— C'est clair, dit Fen, mais je parlais des aventures de Cat et de son docteur. Tu crois qu'ils en sont où ?

— Bon sang, mais c'est bien sûr ! Où avais-je la tête ? Que devient Ben le Musclé ? dit Pip en venant s'asseoir en tailleur aux pieds de sa sœur.

— On pourrait peut-être l'appeler ? suggéra Fen tout en composant le numéro de sa sœur.

Pip lui arracha le combiné des mains.

— Allô, dit Cat d'une voix ensommeillée.

— Alors, tu te l'es fait ? amorça Pip sur un mode suraigu.

Bien qu'elle n'aurait pas dû se laisser décontenancer par le manque de tact caractéristique de sa sœur, Cat s'entendit glousser d'assentiment. Pendant qu'elle les entendait pousser des hurlements d'extase, Cat se disait que même si elle s'était effectivement fait Ben, il aurait été plus exact de dire qu'ils s'étaient envoyés en l'air tous les deux, et surtout, qu'il ne s'agissait pas seulement d'une merveilleuse entente sexuelle entre eux. Depuis le début. Ils étaient irrésistiblement attirés sexuellement, mais il y avait quelque chose d'autre. Il y avait quelque chose de dégradant dans le seul fait d'admettre qu'ils avaient baisé. Le sexe n'est jamais aussi bon s'il n'y a pas ce truc en plus. L'attraction physique se situe à un niveau, mais le fait d'éprouver des sentiments mutuels fait passer à un niveau plus complexe. Et troublant.

— Il est adorable, dit Cat à Pip, c'est trop bon avec lui.

— C'était comment ? Il assure ?

— C'était géant, répondit Cat.

— Vous avez fait ça où ? Quand ? Combien de fois ?

— Il me plaît vraiment. C'était trop bien.

Cat changea de sujet.

— Le temps n'est pas génial aujourd'hui. Il fait froid et humide. Ça va être dur pour les coureurs. Vous me promettez que vous regarderez ? Vous allez en découvrir des nouveaux. Les puissants sprinters de la première semaine vont quitter la tête du peloton pour passer le relais aux *grimpeurs**. C'est des types souples, nerveux, complètement délirants. Regardez bien ce que la montagne va leur faire. Et ce qu'ils vont faire à la montagne.

— Le fait qu'elle ait changé de sujet comme ça — commence Fen en reposant le combiné avant de finir son café et de remettre en ordre une pile de papiers.

— Ça peut vouloir dire deux choses, continue Pip.

— Soit ce n'était pas si bien qu'elle le prétend côté cul et la barque de ses rêves s'est fracassée contre le rocher de la dure réalité, théorise Fen.

— Soit, continue Pip à sa place, elle est morgane de lui, grave.

— D'un côté, dit Fen très lentement, il vaudrait mieux pour elle que ce ne soit pas la deuxième solution.

— Je sais, dit Pip, moi aussi, je serais plus tranquille pour elle.

— Mais j'ai l'impression que c'est ça. Je ne voudrais pas qu'elle se plante encore une fois.

— Je crois que c'est un super type bourré de bonnes intentions, dit Pip, qu'il a vraiment envie d'elle, et ça c'est génial pour Cat. Le problème, c'est que si elle attend de lui autre chose que des orgasmes, elle commence à se mettre en danger.

— Je ne veux pas qu'elle se fasse mal, elle a eu sa dose.

Pip scrutait le calendrier de Fen qui venait du musée Rodin.

— «*L'Idole Éternelle*, 1899 » chuchota Fen, c'est d'une beauté à faire frémir le clitoris, tu ne trouves pas ?

— De quoi ? Oh oui ! dit Pip en faisant dévier son regard vers la photo de la sculpture, en fait j'étais en train de penser, ça te dirait pas un week-end dans les Alpes ?

C'est Fabien Ducasse qui a cumulé le moins de temps en selle, ce qui lui vaut le maillot jaune. Il a couru huit jours d'affilée, parcourant 1570 kilomètres en 41 heures et demie. Il faut qu'il passe encore douze jours en selle en ayant droit à deux jours de repos (qu'il passera évidemment sur son vélo) pour parcourir encore 2000 kilomètres. À vingt et un ans, Fabien Ducasse va franchir cinq cols des Pyrénées aujourd'hui. Demain, cinq autres. En tout, c'est pendant sept jours qu'il va lutter contre la montagne. Avec tout le peloton. À vélo.

Comme Cat l'a dit à ses sœurs, de nouvelles personnalités vont émerger. Des coureurs qui se sont comportés sagement au cours de la première semaine, restant à l'abri, gardant toute leur énergie pour la montagne. Les purs sprinters ont eu leur heure de gloire. Ils ne pensent plus maintenant qu'à survivre à la semaine à venir et ne sont pas sûrs de tenir le coup jusqu'à Paris. La semaine précédente, ils ont surgi pour avancer en tête du peloton face au monde entier. Maintenant, ils vont être heureux de se fondre dans la masse, dans le groupe des coureurs qui forment la queue du peloton, s'attachant surtout à rester ensemble, à continuer d'avancer, ne survivant que pour courir le jour suivant, courant pour gagner leur vie tout en la mettant en danger. Jesper Lomers et Stefano Sassetta vont continuer leur duel pour le maillot vert. Pour prouver lequel des deux est le plus résistant du Tour. Lequel des deux peut aussi bien braver la montagne sur la deuxième semaine qu'il a brillé au sprint sur la première. Anya, la femme de Jesper, n'a toujours pas donné signe de vie. Jesper mène un véritable combat intérieur pour dissocier vie personnelle et vie professionnelle. Il est en guerre contre Stefano. Quelques points les séparent.

Celui que le magazine *Donna* appelait « le plus sexy des coureurs », le superbe Massimo Lipari de Zucca MV a été le Roi de la Montagne ces deux dernières années. L'homme auquel Système Vipère a fait un pont d'or pour mettre un terme aux victoires successives de Massimo, c'est Pocket Rocket, le petit mais néanmoins charismatique Carlos Jesu Velasquez. Espagnol courant dans une équipe française, c'est un homme taciturne pour qui la famille passe avant tout. Dans la vie et à vélo, les styles de Velasquez et de Lipari sont diamétralement opposés. Mais ils sont de force équivalente. Ils ont le même objectif. Le maillot à pois. Un bout de lycra blanc tacheté de rouge qui mérite qu'on gravisse des sommets pour pouvoir l'enfiler.

— Les montagnes sont vivantes ! pépiait Luca au petit déjeuner.

Ses coéquipiers le contemplaient avec un mélange de pitié et de mépris.

— On va se les faire, les mecs ! continua-t-il.

Ben le regardait sans que Luca s'en rende compte. Il sentait que la bravoure qu'affichait Luca n'était qu'une couche de vernis passée à la hâte sur ses véritables émotions : l'angoisse. La terreur.

— Mangez, dit Ben en regardant les assiettes de pâtes, vos corps vont bouffer de l'énergie pour rester chauds aujourd'hui.

L'équipe avait une conscience aiguë de la pluie qui tambourinait sur les carreaux.

— Là-haut sur la montagne, chanta Luca d'un air triste.

Hunter pointa son couteau dans sa direction, mais ne dit rien.

— Le temps est humide, mais ça ne vous dispense pas de boire un maximum, dit Ben, et pensez à vous enduire les pieds de vaseline pour que les chaussettes mouillées ne viennent pas frotter directement vos plantes de pieds.

— Il fait trop froid et pluvieux pour se mettre en bikini, regretta Luca en se resservant une assiette de pâtes alors qu'il n'avait absolument pas faim, c'est dommage. Mais peut-être qu'il y aura des T-shirts mouillés à la place !

Travis le fusilla du regard.

— Luca, dit Ben en se levant de table, enlève les cellules grises encore en état de marche de ta bite et fourre-les là où elles peuvent t'être utiles. Tu es vraiment pénible par moments.

Ben quitta la salle à manger en évitant de croiser le regard humilié de Luca. Quand il se retrouva dans sa chambre, il se détesta. Il venait de se passer les nerfs sur son jeune coureur parce qu'il était fatigué. Il se tint immobile au milieu de la chambre, puis alluma la télé en poussant le volume très fort sur la première chaîne qui venait. Il ne supportait pas le silence. Il ne voulait pas s'entendre penser. Sur fond sonore de télé, il commença à entasser ses affaires dans sa valise.

— Comment aurais-je considéré Cat si je n'avais pas découvert qu'elle a un mec en Angleterre ? se demanda-t-il en reniflant une chemise avant de l'enfouir dans sa valise, c'est parce qu'elle est prise que j'ai encore plus envie d'elle ?

Ben s'assit au bord de son lit.

— C'est ça qui me fout en l'air ?

Il s'allongea sur le lit défait.

— Toutes des salopes. En voilà encore une fois la preuve. Si j'établis un lien qui va au-delà du simple échange sexuel avec une femme, je suis sûr de me ramasser un paquet de merde sur la tronche. Je n'ai pas besoin d'unc douche de ce genre.

Ben se leva pour aller dans la salle de bains. Il se regarda dans la glace.

— Qui a dit que j'établissais un lien avec elle, d'abord ?

Deux images mentales de Cat lui apportèrent la réponse. La première, c'était une vision qu'il avait eue d'elle une fois qu'il l'avait regardée travailler dans la *salle de presse** à son insu. Son pied battait la mesure, ses lèvres bougeaient — s'ouvraient sur un sourire quand elle relisait une phrase qui lui plaisait, faisaient la moue quand elle ne trouvait pas un mot — elle était complètement absorbée par son travail. Elle avait un petit froncement de sourcils de temps à autre, elle plissait le nez, redressait son dos, acceptait un verre que lui tendait Josh, échangeait une plaisanterie avec Alex, regardait en souriant un journaliste italien. Elle avait une petite robe bain de soleil ce jour-là et des tennis blanches. Ben avait quitté la *salle de presse** et s'était éloigné en souriant à cause de l'élancement éloquent qu'il ressentait au niveau de l'entrejambe. L'autre image de Cat qui venait l'assaillir, c'était celle de son visage dans l'orgasme la veille. Son regard qui ne quittait pas le sien se troublait seulement sous l'effet du plaisir, semblait venir se greffer à l'intérieur de lui. Il avait trouvé ce moment d'une intensité foudroyante. Elle l'avait chevauché, sa vulve enserrant sa queue pour la lui masser suivant les mouvements de son bassin, de bas en haut, effectuant parfois de légères rotations proprement divines. Il lui avait palpé les cuisses, la taille, les seins et soudain, elle s'était immobilisée. Elle avait planté son regard dans le sien, et il avait senti son sexe palpiter, comme aspiré par le vagin de Cat, et ses yeux l'avaient comme attiré à l'intérieur d'elle. Et puis elle s'était écroulée sur lui sous le coup de l'épuisement post-orgasmique. Il l'avait serrée dans ses bras alors qu'elle était encore secouée d'involontaires soubresauts. Son odeur était enivrante. Il aurait pu la humer, la contempler et l'écouter sans jamais en être rassasié.

Qu'une image, à fortiori deux, vivantes et contrastées, se soient incrustées dans son esprit était un fait nouveau et déconcertant.

Ce n'est pas que j'aie consciemment interdit aux femmes d'occuper une place dans ma tête, sans parler de mon cœur. Mais aucune n'a jamais revendiqué ce droit. Je ne sais pas ce que m'a fait Cat, mais elle a réussi à s'installer partout en moi.

Ben donna de légers coups de tête contre le miroir, parfaitement conscient que ce n'était pas comme ça qu'il arriverait à en déloger Cat. Il allait suffire qu'il se retourne pour pisser. Il n'aurait même pas besoin de fermer les yeux. Son image reviendrait le hanter. S'il avait voulu la faire disparaître, il n'y serait pas arrivé.

— Salut Rachel, dit Cat au *soigneur** en passant devant elle pour aller retrouver Josh à la voiture.

— Mauvais jour, dit Rachel en levant les yeux vers le ciel, puis reportant toute son attention sur les jambes de Massimo Lipari avant de se mettre à les frotter vigoureusement.

Plus loin, des coureurs étalaient de la vaseline ou de la graisse à traire sur leurs membres inférieurs pour éviter les frottements. Ce spectacle ne les perturbait ni l'une ni l'autre.

— Je crois que je ferais mieux de suivre l'étape avec toi demain, dit Cat.

— Bien vu, dit Rachel, aucun problème en ce qui me concerne.

Massimo se redressa, fit un pas et demi jusqu'à sa bicyclette, l'enfourcha et s'éloigna lentement pour aller boire un dernier café et pisser un coup avant le départ. Cat s'éloigna. Rachel la rappela.

— Hier, commença-t-elle, je ne savais pas.

— Pour Ben ? demanda Cat avec un sourire malicieux.

— Non, dit Rachel en la regardant droit dans les yeux, pour l'autre.

Cat eut l'air interloqué.

— Ben est un super mec, continua Rachel, ça fait plusieurs années que je le connais.

Cat sourit, flattée de recevoir ce qu'elle considérait comme le sceau d'approbation de Rachel.

— Alors ? lança Rachel.

Cat haussa les épaules.

— Ce mec ? continua Rachel, en Angleterre ?

— Qui ça ? demanda Cat complètement perdue.

— Josh nous a dit que tu avais une histoire sérieuse avec un mec à Londres.

Cat resta figée sur place, sa mâchoire dégringola et elle battit plusieurs fois des paupières en scrutant le visage de Rachel.

— *Nous ?* souffla-t-elle horrifiée, quasiment certaine de ce qu'elle allait entendre, c'était qui « *nous* » ?

— Moi, répondit Rachel, et Ben.

— Oh non ! cria Cat.

Elle se retourna et partit en courant.

— Et merde ! Il faut que je me mette en route, moi !

Rachel la regarda courir. Elle était déjà loin. Elle n'avait rien appris de plus. En fait, elle avait l'impression de moins bien connaître Cat maintenant. C'était perturbant.

Alex et Josh assurèrent à Cat qu'il fallait absolument qu'elle conduise sur le circuit pour sentir la voiture peiner dans les côtes et filer dans les descentes. Elle avait eu l'intention de s'expliquer avec Josh, mais elle avait eu le temps de reprendre contenance et de se concentrer sur son rôle de *journaliste** du Tour de France.

Si les choses arrivent, c'est qu'elles devaient arriver, se dit-elle en utilisant une formule de Django quand ils arrivèrent au pied de l'impressionnant col du Tourmalet. Ce qu'elle n'arrive pas à comprendre, c'est pourquoi des choses aussi horribles doivent arriver.

Le Tourmalet ne lui a pas seulement fourni une distraction bienvenue, il l'a complètement absorbée. Elle conduisait les 18,5 kilomètres de route qui menaient au sommet situé à 2115 mètres d'altitude. La pente n'était pas des plus petites : 7,7 %.

Comment mes petits mecs vont arriver à grimper ça alors qu'ils viennent déjà de se taper le col d'Aubisque et qu'il leur reste les cols d'Aspin et de Peyresourde après ? Avec cette pluie et ce brouillard ? Avec des milliers de fans accrochés aux versants de la montagne comme des oiseaux sur une branche. Et les tifosi *— les vrais accros — qui s'amassent de chaque côté de la route quand le sommet se rapproche, gueulant et courant, rétrécissant le circuit, créant un goulet d'étranglement des plus traîtres. Comment les coureurs peuvent-ils descendre à cette vitesse sans se mettre en danger ? Bien plus vite qu'une voiture. Avec tous ces virages et cette pluie. J'arrive à peine à distinguer la route. Comment mes mecs vont-ils s'en sortir ?*

Avec une volonté de fer, des jambes d'acier, les réflexes oculaires d'un aigle, un cœur de lion et des nerfs à toute épreuve.

L'imposante montagne tirait à Alex des exclamations colorées et Cat commençait à se demander s'il souffrait du mal des montagnes. Josh se contentait de siffloter. Ils firent le trajet d'une traite jusqu'à Luchon sachant pertinemment que bien des coureurs n'y arriveraient pas.

Si Cat avait considéré ce bout de route comme une épreuve physique et mentale, regarder les coureurs se battre contre eux-mêmes, entre eux, luttant contre les pentes montantes et descendantes se révéla encore plus éprouvant. Elle refoula un sanglot à la vue horrifiante mais malheureusement fréquente d'un coureur qui avançait au rythme d'un escargot dans un état proche du délire. Il n'était qu'à mi-pente du Tourmalet. En dépit des encouragements passionnés et des poussées illégales que lui prodiguèrent les fans, le coureur finit par s'arrêter, abandonna son vélo et le Tour tout à la fois. Son numéro de dossard lui fut cérémonieusement enlevé par un officiel avant qu'il soit escorté jusqu'à la voiture-balai d'infamie, dernier véhicule de la course, qui transporte tel un corbillard ceux qui abandonnent en cours de route.

— Comment arrives-tu à rédiger ce qu'on vient juste de voir? s'émerveille Cat en voyant Alex écrire son article à peine la course terminée, moi je suis exténuée, sans voix. J'ai envie de pleurer et d'aller me coucher.

— Arrête de faire ta pisseuse, déclare Alex qui envie secrètement la liberté et l'habileté de Cat pour exprimer des émotions semblables à celles qu'il ressent mais que l'attitude qu'il affiche en *salle de presse** lui interdit de formuler.

— Moi, je te comprends, dit Josh en lui pressant affectueusement le bras.

Tu ne comprends rien du tout, pense Cat pitoyablement. Elle voudrait être débarrassée de son travail pour pouvoir tout expliquer à Rachel et apaiser les angoisses de Ben. En privé.

Son téléphone sonne et elle retourne dans la *salle de presse** avant de répondre.

— C'est terrible, gémit Fen.

— Je n'arrive pas à croire que c'est vrai, chuchote Pip.

— Mon dieu! Qu'est-ce qui se passe? s'angoisse Cat, c'est Django, c'est ça?

— Django? s'exclame Fen, qu'est-ce qu'il vient faire là? Il va très bien. Il va se payer une cuite au brandy, je viens juste de l'avoir au bout du fil.

— *Aujourd'hui*, patate! crie Pip, comment ils ont fait ça? Comment a-t-on osé leur faire faire ça?

— De quoi tu parles? demande Cat.

— Du Tour de France! s'exclame Pip.

Cat sourit.

Mes deux sœurs. Prises au piège. Vibrantes d'émotion pour la fraternité cycliste.

— Ce type-là, le petit grimpeur espagnol, enchaîne Fen, comment il s'y est pris pour faire la dernière montée ? D'un seul coup on aurait dit qu'il y avait un moteur sur son vélo. J'ai rêvé ou il a choisi la partie la plus raide pour accélérer ?

— Stratégie, répond Cat, indubitablement. Velasquez ne passe à l'attaque qu'au tout dernier moment. Imagine l'effet que ça peut avoir sur ceux qu'il dépasse...

— Tout ça pour un maillot à pois, dit Pip rêveusement.

— Et Jawlensky est passé devant le beau Ducasse en réduisant l'avance du Français à une minute, intervint Fen.

— Velasquez a le maillot à pois, et Lomers et Sassetta sont toujours à couteaux tirés pour le maillot vert. Le Tour se résume vraiment à un combat entre Zucca MV et Système Vipère, commenta Cat.

— Il faisait tellement froid, c'était vraiment le climat anglais en France aujourd'hui, dit Pip, teintant sa tristesse d'une pointe d'humour.

— Il y en a eu un qui a foncé dans le décor, remarqua Fen.

— David Millar ? dit Cat, il s'en est bien tiré. Il a atterri dans un buisson. Il a perdu son vélo mais il n'a pas perdu trop de temps.

— Tu crois qu'il va se passer quoi demain ? demanda Pip.

Cat réfléchit avant de parler. Demain.

— Beaucoup de choses ont été bouleversées aujourd'hui, dit-elle, demain elles le seront encore plus.

— Qu'est-ce que tu veux dire ? interrogea Fen.

— Lis mon reportage. J'explique tout ça dans le dernier paragraphe.

— Et dis Cat, demande Pip passant du coq à l'âne, comment va Ben ?

— C'est la merde, lâche Cat.

— Quoi ? dit Fen.

— C'est compliqué. Horrible. Je crois que j'ai merdé.

— Des détails, c'est possible ? demande Pip.

Cat fournit à sa sœur un bref résumé de la situation qui lui suffit amplement.

— Il faut que tu fasses une mise au point, là. C'est pas possible autrement, conseille Fen.

— Mets cartes sur table, tu n'as plus rien à cacher, l'encourage Pip.

— Ben ?

Cat utilise le téléphone du hall d'hôtel de Mégapac.

— Ce n'est pas le bon moment, là, répond Ben de façon plausible.

Mais en fait, il n'y a personne dans sa chambre et personne ne l'a fait appeler d'urgence.

— Tu viendras me voir après ? demande doucement Cat.

— Peut-être, répond Ben, mais ne m'attends pas spécialement.

— Rachel ?

Cat utilise le téléphone du hall d'hôtel de Zucca MV.

— Allô ? répond Rachel.

— Je peux monter ? demande Cat, j'ai désespérément besoin de parler.

— Bien sûr, répond Rachel intriguée.

Elle considère qu'elle a quand même droit à une explication.

Elle mit à la disposition de Cat son épicerie itinérante. Cat se servit avec reconnaissance un bol de céréales et mâcha pensivement.

— C'est des conneries, dit-elle enfin, ce que Josh t'a dit.

— Tu ne lui as pas dit que tu as un mec ? demanda Rachel.

— Non ! s'exclama Cat, enfin, si, je lui ai dit que j'avais un mec.

— Et tu en as un ? insista suspicieusement Rachel.

— Non, dit Cat catégoriquement, je n'en ai plus. Plus maintenant.

— Depuis quand ? s'enquit Rachel qui se demandait si Cat ne venait pas de le quitter dans le hall de l'hôtel.

— Depuis quelques mois, précisa Cat calmement.

— Pourquoi tu es allée raconter ça à Josh, alors ?

— Je n'aurais pas dû lui dire ça, dit Cat, je lui avais raconté ça au début parce que ça me faisait une carapace. J'avais l'impression qu'il me draguait. Je ne connaissais pas encore Ben.

— Et il te draguait, alors ?

Cat sourit et secoua la tête.

— C'est un mec marié, super sympa, dit-elle, mais ça, je ne m'en suis rendue compte qu'après avoir établi mon système de défense.

— En gros, tu t'es mise dans la merde toute seule. Tu devrais mettre les choses au clair. Ce type qui n'existe pas commence à prendre un peu trop de place, tu ne crois pas ?

— Je sais, soupira Cat, je n'en ai pas encore eu le temps.

— Ah! mais ça ne va pas du tout, petite madame. On a toujours le temps pour les gens qu'on aime et qui se soucient de vous.

— Je sais, acquiesça Cat.

— Tu n'as pas expliqué les choses à Ben ?

— Pas encore. Mais ce n'est pas faute d'avoir essayé.

— Ah les mecs ! Il était chiant celui que tu avais à Londres ?

— Oui, admit Cat, et pas qu'un peu.

Elle aurait bien voulu se lancer dans une conversation là-dessus avec Rachel. Parler de ce type et de Ben. Mais on frappa à la porte. Vasily entra, une serviette de toilette enroulée autour de sa taille. Les yeux de Cat parurent sortir de leurs orbites et elle lança à Rachel un regard impressionné. Mais Rachel n'avait d'yeux que pour le coureur.

— Rachel, dit Vasily avec son merveilleux accent slave, tu avais dit que tu voulais me donner quelque chose.

— Bien sûr, s'empressa Rachel, je t'avais promis un bain.

Elle regarda Cat.

— Des sels d'Epsom et du vinaigre. Les *soigneurs** ne jurent que par eux.

— Je crois que je vais y aller, dit Cat.

— Oui, dit Rachel gentiment, je crois que tu as du pain sur la planche.

— Vous avez fait une course magnifique, dit Cat à Vasily en lui adressant un large sourire, il faut nous refaire la même chose demain, OK ? Il n'y a plus qu'une petite minute qui vous sépare de Fabien.

Vasily a l'habitude des déclarations de ce genre. Il sait les recevoir courtoisement.

— Tu fais le circuit avec moi demain, alors ? Tu auras un super point de vue — le mien. Et tu pourras peut-être en tirer un bon article, conclut Rachel.

— C'est clair, dit Cat en notant mentalement de passer un coup de fil à Andy avant de transcrire l'interview de Luca.

Cat quitta l'hôtel sans se poser plus de questions sur la relation Vasily-Rachel qui ne l'intriguait que modérément. Elle était beaucoup plus pressée de retourner dans sa chambre d'hôtel pour y attendre Ben. Elle ne se demandait pas si Rachel allait se glisser dans le bain de Vasily. Ni à quel point les sels d'Epsom et le vinaigre pouvaient être efficaces. Ni sur l'effet que 5 heures 49 minutes et 40 secondes à une vitesse moyenne de 32 km/h pouvaient avoir sur la libido de Vasily.

On gratte à la porte. Il est plus de minuit, mais elle reconnaît la façon de frapper de Ben. Elle ouvre la porte. Ben la repousse à l'intérieur de la chambre.

— Ben, chuchote-t-elle, il faut que...

Il plaque une main sur sa bouche. Ça excite Cat. Il la fait tomber sur le lit d'une poussée.

— Mais je voudrais...

Cette fois il siffle pour la faire taire. Il émane de lui une force stupéfiante. Elle reste étendue et se laisse faire. Il place ses mains sous sa taille et lui enfonce sa queue sans autre forme de préambule. Il ne l'a pas encore embrassée. Il ne l'a pas caressée. Une fois qu'il est en elle, il la bourre vigoureusement. Il trouve sa bouche et l'embrasse voracement. Elle caresse les cheveux de Ben. Leurs bouches sont comme soudées, leurs membres entremêlés, leurs corps bougent sur le même rythme déchaîné. Il jouit très vite. Elle n'a pas eu d'orgasme mais elle ne se sent pas frustrée. Il se retire d'elle immédiatement après avoir éjaculé. Elle l'entend retirer le préservatif.

— À la tienne ! dit-il dans le noir.

Il s'est levé du lit.

— Ben, l'appelle-t-elle, il y a quelque chose que je...

— Pas maintenant, Cat, dit-il.

Il quitte la chambre. Cat est dans un état euphorique mais elle a les nerfs à fleur de peau.

— Ben, dit-elle d'une voix tranquille bien qu'elle sache qu'il n'est plus là, je n'ai personne à Londres. Je te suis entièrement acquise.

Tu es le dépositaire de tout mon amour, devrais-je dire.

Dis-le tout fort.

Ah, non ! C'est bien trop risqué.

DIXIÈME ÉTAPE

Luchon-Plateau de Boudin. 170 kilomètres

Si Cat voulait faire le circuit avec Rachel, elle devait mettre ses pas dans les siens dès l'aube. Quand elle quitta son hôtel, Josh et Alex dormaient encore profondément. Ben de son côté se tournait dans tous les sens en dormant. Cat avait hâte de parler à Josh et à Ben. Mais dans l'immédiat, la perspective de passer toute une journée avec une copine lui paraissait nettement plus rafraîchissant. Elle avait un besoin vital de conversations entre nanas. Les brefs échanges téléphoniques avec Fen et Pip ne suffisaient pas. Passer toute une journée avec Rachel, c'était une vraie récré. Elle était gavée d'être tout le temps entourée de mecs. Même si Josh et Alex étaient adorables — Josh surtout, qui était du genre à lui ramener des tonnes de bouffe du buffet alors qu'elle n'avait rien demandé ou qui proposait qu'ils échangent leurs chambres si elle émettait la moindre critique — Cat était arrivée au point où elle avait l'impression de vivre en apnée au milieu de tous ces mecs.

Rachel conduisit sur le circuit qui traversait la Haute-Garonne et l'Ariège. Elle préférait écouter de la musique classique plutôt que la radio du Tour. Le paysage paraissait encore plus somptueux avec ce fond sonore. Cat se laissait charmer par la luxuriante végétation de la région, se régalait de la vision des charmants petits villages qu'elles traversaient. Il n'y avait plus la moindre trace des nuages qui avaient innondé l'étape précédente. Le soleil brilla tout au long du trajet. Les montagnes qui avaient l'air menaçant la veille, semblaient aujourd'hui entourer amicalement les vallées, inoffensives. C'était le nirvâna total pour qui parcourait cette route par 27 degrés à l'ombre. À condition de ne pas être sur un vélo.

Quand les filles s'étaient arrêtées au contrôle de ravitaillement au quatre-vingt-quinzième kilomètre, elles avaient commencé par faire un break. Elles s'étaient allongées sur un bord de route couvert d'herbe, se faisant bronzer les jambes les yeux fermés en écoutant le silence autour d'elles. Un moment magique de solitude partagée. Il restait aux coureurs trois montagnes à escalader et un sprint à avaler avant de venir attraper au passage leur *musette**. Ils avaient reçu un déluge de pluie la veille, et aujourd'hui, ils allaient être écrasés par la chaleur. Leurs corps le leur feraient payer le jour suivant. La vitesse qu'ils utilisaient pour grimper, qui n'était que le tiers de leur vitesse normale, ne leur apportait qu'un léger courant d'air. Par cette chaleur, Cat espérait qu'ils ne forceraient pas trop, pour se ménager physiquement, mais aussi pour leur laisser le temps de jouir de ce moment de paix.

— Voilà ce que j'appelle vivre, dit Rachel en caressant l'herbe comme si c'était du sable sur une plage des Caraïbes.

— Tu m'étonnes, lui répondit Cat.

Son odorat se développait comme elle avait les yeux fermés. La France. Rien à voir avec l'Angleterre. Tout particulièrement ici, à mi-chemin entre Biarritz et Perpignan, tout près de l'Espagne, loin de Camden Town. Elle se repassa mentalement le film de ses séances de cul avec Ben et projeta l'image de leurs rencontres à venir. Elle se souleva sur un coude en se tournant sur le côté et observa Rachel. Le *soigneur** la regardait mais avait de toute évidence les idées ailleurs. Cat connaissait ce genre de regard.

— Vasily… lança Cat sur ce qu'elle voulait être le ton de la complicité entre copines.

Rachel ne dit rien, mais hocha lentement la tête et roula sur le dos. Elle entendit la musique de la caravane de publicité qui avait une heure d'avance sur le Tour. Ils seraient bientôt là.

Je vais laisser ça en plan, décida Cat. *Il y a un temps et un lieu pour chaque chose. Ce n'est pas le lieu, mais je crois qu'elle me laissera mettre mon nez dans cette histoire bientôt.* Elle se remit sur le dos et son esprit divagua au gré des lignes floues que le fait de regarder fixement le ciel engendre.

— Nous, commença Rachel en fermant les yeux pour échapper à l'effet libérateur de la troposphère, oh, rien ! Je voulais. J'étais juste.

Cat savait très bien ce que voulait dire ce genre de phrases inachevées. Elle savait aussi que le silence n'engendre pas les révélations. La gaieté de la caravane allait peut-être fournir le moment propice. Elle se mit donc à attendre le serpent bariolé et criard de la publicité, rêvassant en regardant le ciel jusqu'à ce qu'elle détecte les sifflets du carnaval qui se rapprochait.

— Raconte-moi, attaqua-t-elle en douceur quand les flots de musique stridente, de couleurs vives et de personnages souriants distribuant des lots gratuits les entourèrent.

Rachel parla. Cat écouta attentivement.

— On s'est embrassés, commença Rachel (elle ébaucha un sourire qu'elle estima plus sage de gommer), je ne sais pas pourquoi. Juste avant la course contre la montre. Un vrai baiser avec la langue et tout.

Cat en resta bouche bée.

Toi, avec Vasily ? Ouh là là ! Il va y avoir des cœurs brisés chez les admiratrices du monde entier.

Cat examina Rachel.

— Tu peux dire que tu as de la chance. Il n'y a eu qu'une seule fois ?

Rachel secoua la tête. Puis elle haussa les épaules. Cat trouvait qu'elle manquait d'enthousiasme pour quelqu'un à qui Vasily Jawlensky accordait régulièrement des baisers avec la langue et tout.

— De toute façon, dit Rachel en se levant, ça ne voulait sûrement rien dire. Les coureurs arrivent. Debout, fidèle acolyte ! Au boulot !

— Et ça t'a plu ? insista Cat en suivant Rachel jusqu'au coffre de la voiture (toute contente d'enfiler une veste estampée Zucca MV pour aider les coureurs à la reconnaître), tu voudrais qu'il recommence ou que ça s'arrête ?

Cat remarqua que Rachel rougissait imperceptiblement.

C'est dingue ce que les mecs arrivent à provoquer même chez la nana la plus imperméable — en apparence — à leurs numéros de séduction. Rachel, la dure, la nana pleine de vie qui tient Zucca MV à bout de bras se laisse avoir par des bisous !

— C'est bizarre, reprit Rachel en tendant à Cat une poignée de *musettes** qui avaient l'allure de ballons la tête en bas, depuis le temps que je navigue dans les milieux cyclistes professionnels, je n'ai jamais eu besoin d'établir une limite entre le boulot et ma vie sentimentale. Je n'ai jamais eu de vie sentimentale. Elle a toujours été écrasée par mon travail. Pour te donner une idée, en dehors d'une brève histoire avec un journaliste hollandais l'année dernière, je n'ai pas baisé une seule fois et ça ne me dérangeait pas le moins du monde. Je suis *soigneur**, je suis aux petits soins pour l'équipe. Ça ne me rend pas amère.

— En gros le plan avec Vasily c'est carrément la merde, quoi? conclut Cat.

— Oui, acquiesça Rachel, je ne sais pas comment me dépatouiller de ce truc-là. Je n'arrive même pas à comprendre comment c'est arrivé.

— Tu l'as vu ce matin? demanda Cat

— Je suis son *soigneur**, répondit platement Rachel, évidemment que je l'ai vu. Je lui ai fait son massage.

— Et alors?

— J'ai fait mon boulot comme d'habitude, dit Rachel en haussant les épaules, il aime le silence.

— Et alors, dit Cat d'un ton super pro, tu as réussi à définir un plan de carrière?

— J'essaye de ne pas en avoir, dit Rachel, j'ai peur que ça ne coïncide pas avec ses désirs à lui. Je suis sous ses ordres, prête à obéir à ses moindres désirs. Je viens de te le dire, c'est mon rôle au sein de l'équipe.

— Tu peux te plier aux désirs des coureurs, dit Cat avec véhémence, OK, c'est ton boulot. Mais tes désirs personnels passent avant ton boulot, en termes de priorités.

Rachel réfléchit à ce que venait de dire Cat.

— Je ne sais pas ce que je veux. Tu ne peux pas savoir comment j'avais envie de plonger dans son bain hier. Je me suis retenue de le faire parce qu'il ne me l'a pas demandé.

— Tu l'aurais fait s'il te l'avait demandé? demanda Cat.

Rachel haussa les épaules.

— Je ne vois pas pourquoi il n'en aurait pas envie, dit Cat pour l'encourager, ce qu'il faudrait, c'est trouver un moyen d'analyser ses désirs sans le perturber dans sa course.

— Peut-être que ça l'aide pour la course de peloter des nanas, dit Rachel sur le ton de la plaisanterie.

— Putain, mais c'est toi son *soigneur**, pas l'autre gros barbu de Mégapac ! rétorqua Cat.

— Vasily est un loup solitaire, continua calmement Rachel, on ne peut jamais savoir ce qu'il ressent, encore moins ce qu'il pense.

Elle observa Cat et cligna de l'œil.

— Maintenant que je sais qu'il embrasse comme un dieu, je me rends dingue ne serait-ce qu'à imaginer ce que ça doit donner au lit.

Cat éclata de rire. Et pensa à Ben.

Il me manque.

— Mais, dit Rachel résignée, c'est un plan trop fou.

— Qu'est-ce que tu en sais ? suggéra Cat en réalisant que si Ben lui manquait, cela voulait dire qu'elle commençait à tisser des liens affectifs.

Elle eut un mouvement de recul instinctif en prenant conscience des dangers que cela représentait.

— Ce qu'il te faudrait, dit Cat heureuse de devoir se concentrer sur la situation de sa copine, c'est une mise au point. Qu'est-ce qu'il veut ? Jusqu'où ? Comment te considère-t-il ?

— On ne peut jamais savoir avec Vasily, dit Rachel rêveusement, on ne peut jamais savoir ce qu'il a dans la tête ou s'il se dévoue à la course pour une autre raison que le cyclisme en soi.

— Masser les jambes, c'est une chose, dit Cat, faire une thérapie sexuelle c'en est une autre.

— En tout état de cause, répondit Rachel, ce n'est pas censé faire partie de mes compétences professionnelles.

Les motards de la police qui se tenaient à la tête du peloton apparurent soudain. Rachel et Cat se mirent en place. Travis Stanton de Mégapac passa devant elles, filant comme l'éclair.

— Prête ? cria Rachel sans regarder Cat, les yeux rivés sur un petit groupe qui avançait vers elles entouré par un halo de chaleur. Le cœur battant à tout rompre, Cat tendit son bras chargé de *musettes** dont il fut délesté en un clin d'œil. Son cœur s'arrêta de battre un instant pour repartir de plus belle : le sifflement des roues, les éclairs de couleurs, la tension soudain palpable, l'adrénaline qui semblait avoir un goût. Ils étaient passés. Partis. Loin déjà. Mais ils avaient laissé un impact. Massimo Lipari. Giani Fugallo. Sans voix, un sourire béat sur les lèvres, transportée, Cat fixait ceux qui s'éloignaient jusqu'à ce qu'ils deviennent flous et disparaissent. Son attention fut soudain happée par l'apparition d'un deuxième groupe, un peu plus nombreux qui commençait à apparaître. Par le bruit que faisaient les coureurs, criant, sifflant, jurant. Le rythme. L'énergie.

Luca ! Fabien — Qu'est-ce qu'il est beau ! — il n'était pas dans le groupe de Vasily.

Ils s'éloignèrent plus vite encore qu'ils ne s'étaient approchés, se dirigeant vers le col de Port qui n'était pas particulièrement haut mais dont la pente de 1 sur 20 s'étalait sur 12 kilomètres. Ils affronteraient ensuite le Plateau de Boudin, la dernière montée, la plus haute, *hors catégorie**, vicieusement située à la fin du parcours. Il avoisinait les 1800 mètres d'altitude et était réputé dans la région comme station de ski. L'escalader à vélo ? Y faire la course ? Après 154 kilomètres où il y avait déjà eu quatre montagnes et deux sprints ? Pourquoi ? Par vice pur ? Pour la gloire ?

Il va falloir que je lui demande des explications.

Ben York regarda la plaie du coude de Hunter et décida que trois points de suture feraient l'affaire.

Mais si elle se rétracte, je risque de la perdre complètement.

— Et de perdre la face en même temps, dit-il à voix haute.

Mais pourquoi est-ce que ça me prend tellement la tête ?

Hunter plissa le nez.

— De quoi ?

— Rien, dit Ben, je parlais tout seul. Premier symptôme de folie tout ce qu'il y a de banal.

— Ça ne te dérange pas de finir mes points de suture avant de devenir complètement barjo ? dit Hunter sans plaisanter totalement.

Ben sourit et prépara une aiguillée.

Si la branlette rend sourd, l'abstinence rend fou.

— Parle-moi de Tayla, murmura Ben en s'apprêtant à recoudre le bras d'Hunter.

— C'est ma meuf, soupira Hunter qui aurait soudain désespérément voulu qu'elle soit là. Il réalisa qu'il n'avait même pas pensé à elle une seule fois au cours des deux derniers jours.

— Vous vous êtes rencontrés comment ? le questionna Ben.

Hunter, qui pensait que Ben essayait de le distraire pendant qu'il se faisait recoudre, se plia volontiers à la discussion.

— Je l'ai piquée à Richie Budd, après la dissolution de l'équipe Motorola. C'était ma dernière saison en amateur.

— Elle s'est laissée enlever facilement ? insista Ben en secouant légèrement la tête pour en faire disparaître le son de la voix de Cat qui venait l'envahir sans arrêt s'il ne faisait pas attention.

— Sans problème, dit Hunter, en fait, elle avait fait le pari qu'elle m'aurait. On se connaissait depuis longtemps vu qu'on avait grandi dans la même ville et tout.

Ben referma la blessure, la pansa et autorisa Hunter à quitter sa chambre.

— Tu as bien couru, dit Ben en se demandant qui avait vraiment fait démarrer ce qui se passait entre Cat et lui.

Est-ce que j'ai peur d'avoir perdu le contrôle ?

— Ça sent sa place dans les dix premiers ! s'exclama Hunter en franchissant le seuil.

Ou alors, outre le fait que c'est un super plan cul, c'est Cat que j'ai peur de perdre. D'autant plus qu'elle n'a jamais été complètement à moi.

Luca entra.

— Yo, doc !

— Quoi de neuf? demanda Ben.

— J'ai la chiasse.

Ben lui donna un comprimé.

— Tic-tac a demandé après toi, dit Luca.

— Qui ?

— Cat ! expliqua Luca, Tic-tac Cat. Tu sais bien. La fille tactique. Elle a horreur que je l'appelle comme ça. Elle est trop mignonne.

Ben regarda sa montre. Il était huit heures et demie.

Je voudrais ne l'avoir jamais rencontrée.

J'ai envie d'elle. Tout de suite.

C'est pas une bonne idée.

Ça serait génial.

Je suis pas dans la merde, moi !

Il est huit heures et demie et la *salle de presse** est en ébullition. Il n'y a qu'un tiers du groupe de presse qui a quitté les locaux. Cat a entr'aperçu Josh, mais la présence d'Alex l'a dissuadée de discuter avec lui. Elle n'a pas réussi à voir Ben, mais elle veut absolument lui parler. Cat n'a même pas rédigé un tiers de son article. Taverner veut recevoir sa copie à 23 heures dernier carat. Elle regarde son écran. Elle n'a écrit qu'un seul paragraphe. Plutôt mauvais. Elle n'a pas les idées claires. Trop fatiguée. Elle n'a commencé à travailler que depuis une demi-heure. Elle voulait épauler Rachel jusqu'au bout et ne l'a quittée que quand elle est passée sous la douche. Elle regarde l'écran, mais au lieu d'y voir les mots qu'elle a écrits, elle peut soudain lire le bilan de sa situation présente.

Merde. Si Ben croit que j'ai un mec et que ça ne l'empêche pas de coucher avec moi, ça veut dire qu'il me considère comment ?

Un Suisse qui s'appelle Franz la regarde en fronçant les sourcils. Il lève les bras en l'air. Cat détourne le regard, comprenant tout à coup qu'il a pris pour lui l'expression d'horreur peinte sur son visage, alors qu'elle le fixait sans le voir.

Il doit penser que je suis complètement barge. Et Ben, qu'est-ce qu'il doit penser de moi ?

— Je ne suis pas barjo ! déclare-t-elle au plus grand étonnement de deux Belges assis devant elle.

Je ne suis pas sûre de ce qu'il pense de moi. Tout ce que je sais c'est que la situation n'a pas l'air de le déranger.

— J'en ai marre, souffle Cat en se prenant la tête entre les mains.

Les deux Belges pensent qu'elle a du mal à relater la sublime attaque de Massimo Lipari sur le Plateau de Boudin.

Pour lui je suis juste un plan cul gratuit. Vu ce qu'il croit, ça veut dire qu'il ne me respecte pas plus que ça.

— Moi, je veux qu'il m'aime, chuchote-t-elle les mains devant sa bouche, je veux qu'il couche avec moi parce qu'il m'aime.

Je veux qu'il sache qui je suis. On est loin du compte.

— Ça m'intéresse de faire un plan avec un mec qui pense que je suis une salope ? demande doucement Cat à son clavier.

Je veux Ben. Mais qui est qui dans cette histoire ? Je veux qu'il couche avec moi parce qu'il m'aime et qu'il aime ce qu'il connaît de moi.

— Mais il ne sait même pas qui je suis ! rugit-elle.

— Qui ça ? demande Pascal, un reporter français.

— Personne, s'empresse de répondre Cat, rien.

Je ne suis rien pour lui. Une merde.

C'est le moment d'arrêter de jouer au con, se dit-elle en se dirigeant vers un des frigos pour prendre une canette de Coca, *je dois me soucier de moi en priorité, voilà ce que dirait Fen.*

Elle retourne s'asseoir. Le bas de son dos l'élance après onze jours passés sur des chaises ergonomiques de mauvaise qualité.

Au fond, je ferais mieux de ne pas dire à Josh que le mec de Londres n'était qu'une invention. Si Ben l'apprend j'aurais l'air aussi sûrement nulle que je suis passée pour la reine des salopes jusqu'à maintenant.

Son téléphone sonne. Elle regarde le numéro d'appel. C'est Ben. Elle se mord la lèvre. Son doigt reste en suspens au-dessus de la touche-réponse.

Je lui dis quoi ? Pourquoi il appelle ? Pour son plan cul gratos ? J'ai envie de passer la nuit avec lui. Toutes les nuits. Débranche. Montre que tu existes. Dans deux semaines tu rentres en Angleterre. Dignement.

Elle jette un coup d'œil à la *salle de presse** qui se vide petit à petit. Un journaliste italien lui adresse un signe d'impatience. Son téléphone sonne toujours. Elle l'éteint. Elle pose son laissez-passer fétiche contre sa joue. Catriona McCabe. *Journaliste**. *Le Guardian.*

— C'est le Tour de France ! crie-t-elle presque, c'est là que je suis !

Des journalistes de toutes les nationalités la contemplent en se demandant si elle souffre du syndrome de la page blanche, d'un excès de coke ou d'un manque de caféine. Jacques, un vieux reporter français sympa s'approche d'elle et lui offre un verre du Fitou local.

— *Merci**, dit Cat en vidant le verre cul sec.

Son corps est parcouru par un frisson quand l'alcool atteint son estomac vide et la chair de poule remonte le long de sa colonne vertébrale. Elle fait craquer les jointures de ses doigts, cligne plusieurs fois des paupières, efface cc qu'elle a écrit et se met au travail pour de bon.

COPIE POUR P. TAVERNER @ BUREAU DES SPORTS DU *GUARDIAN*
DE CATRIONA McCABE, PLATEAU DE BOUDIN

Avec quatre montagnes au lieu de cinq dont une seule hors catégorie*, *l'étape d'aujourd'hui semblait plus facile sur la carte que* *celle d'hier. Mais les cyclistes ne quittaient pas Luchon dans le même état qu'à Pau. Les membres raidis et endoloris par les six heures de froid et d'humidité qu'ils avaient endurées la veille, c'est aujourd'hui un soleil impitoyable qu'ils ont dû supporter. Si une petite brise venait les soulager dans les montées, la soudaine chute de température de plus de douze degrés sur les sommets venait les refroidir et un froid glacial les fouettait lors des descentes. Des changements de températures aussi brusques peuvent être extrêmement préjudiciables aux coureurs, mais les* tifosi *étaient là en force pour distribuer des feuilles de journaux à tous les participants. Ceci, non pas dans le but de permettre aux cyclistes de se tenir au courant de l'actualité, mais pour qu'ils les glissent sous leurs maillots afin d'éviter de prendre le vent glacial de plein fouet sur les bronches. La course a été momentanément suspendue sur le col d'Aspet où les coureurs ont rendu hommage au mémorial funéraire de Fabio Casertelli, le champion olympique de 1992 qui a trouvé la mort à l'âge de 22 ans à cet endroit précis lors d'un terrible accident sur le Tour de 1995.*

Fabien Ducasse, qui porte le maillot jaune à ce stade de la course, a été victime d'une crevaison au pied de l'avant-dernière montée, le col de Port. Trois domestiques* *de Système Vipère ont fait marche arrière pour lui prêter main-forte. L'équipe des Vipères a effectué une véritable course contre la montre dans la montée pour compenser la perte de temps. Comme ses* domestiques* *étaient à bout de force au terme de cet exploit, Ducasse s'est trouvé dans l'obligation de se frayer un passage par ses propres moyens sur la fin de l'étape. Son principal rival, Vasily Jawlensky a observé l'éthique du Tour et n'a pas lancé la moindre offensive avant que Ducasse n'ait rejoint la tête du peloton. Il a alors pris de la vitesse aux côtés du super grimpeur de son équipe, Massimo Lipari. Étant donné qu'il n'y avait pas le moindre coureur Vipère dans le groupe de Ducasse, il lui fallait fournir à lui tout seul un énorme travail s'il ne voulait pas que Jawlensky décroche le maillot jaune. C'est la loi de la course et quatre coureurs se sont mis dans sa roue tandis que Fabien poursuivait son adversaire russe.*

Sur le Plateau de Boudin, le coéquipier de Jawlensky, Massimo Lipari, gagnant par deux fois consécutives du titre de Roi de la Montagne entama l'attaque qui a fait sa notoriété. Arc-bouté sur les

pédales, il a trouvé son rythme et a dévoré les secondes de route gravillonnée qui le séparaient des deux coureurs de tête, éberlués de se voir dépasser à cette vitesse et à ce stade de la course. Lipari prit tout de même le temps de remonter la fermeture Éclair de son maillot à l'approche du dernier sommet, fit des signes de la main et envoya des baisers à ses fans et au ciel. Son rival, Carlos Jesu Velasquez, vainqueur de l'étape d'hier, conserve le maillot à pois, mais Lipari n'est plus qu'à quelques points derrière lui. Les trois étapes à venir seront plus plates, et c'est dans les Alpes que la bataille pour le titre de Roi de la Montagne trouvera sa conclusion.
<FIN>

Cat se frotte les yeux, ramasse ses affaires et va expédier son travail à Londres. Quand elle arrive à son hôtel, il est 23 heures 30.

Il est trop tard pour parler à Josh.

Elle monte dans sa chambre et s'affale sur une chaise.

Peut-être qu'il n'est pas trop tard, en fait.

Elle sort et colle son oreille à la porte de la chambre de Josh. Silence total. Elle ne veut pas le déranger. Ça peut attendre à demain. Sans faute.

De retour dans sa chambre, elle se pelotonne sur son lit, compose le numéro de Ben sur son portable et le regarde s'afficher sur l'écran. Il émet un bip. *Appel ?* Elle laisse le téléphone en plan sur son lit et va à la fenêtre. Il y a un courant d'air. Elle frissonne. Le portable émet un second bip. *Appel ?* Cat farfouille dans son sac à dos et en sort un sweat-shirt. Un qu'elle n'a pas encore porté. Il sent l'adoucissant qu'elle utilise toujours quand elle le fait sécher à la laverie à côté de chez elle. Elle le respire en fermant les yeux. C'est une odeur familière. Celle de sa maison. Un troisième bip de son téléphone la ramène à la réalité. *Appel ?* Cat va dans la salle de bains et se jette un coup d'œil dans le miroir.

C'est moi. Je sais qui je suis.

Elle revient dans la chambre et contemple le portable. *Appel ?*

Non.

ONZIÈME ÉTAPE

Tarascon-sur-Ariège-Le Cap d'Arp. 221 kilomètres

Quand il était petit, Luca Jones se passionnait pour la préhistoire. Cette passion ne l'avait pas quitté. Il collectionnait les fossiles, savait tout sur les dinosaures et imaginer la vie des hommes et des femmes de la préhistoire l'amusait. Ce matin, alors qu'il ne lui restait plus qu'une seule étape dans les Pyrénées et que le lendemain était une journée de repos, il ne s'était pas le moins du monde senti interpellé par le fait que Tarascon-sur-Ariège avec ses célèbres grottes constituait un site préhistorique extraordinaire. Il n'avait même pas pensé, et encore moins commenté, le fait qu'ils traversaient la partie la plus chaude de la France et que les bikinis allaient y abonder. Que la côte sur laquelle se dirigeait la course était un haut lieu naturiste ne lui faisait ni chaud ni froid. Il était étrangement calme. D'excellente humeur. Il se sentait au top de sa forme. Ses jambes trépignaient d'impatience de recommencer à pédaler. Il régnait une chaleur monstrueuse, mais les rayons du soleil semblaient le nourrir jusqu'à la moelle des os. Il était complètement amoureux de son travail des jours comme celui-là.

Beaucoup de monde était venu les voir, lui et les 177 coureurs restants. Plus ils avançaient sur le circuit, plus rares se faisaient les supporters, mais la force de leurs encouragements ne diminuait pas. Dans une portion de route tranquille, Luca salua avec une profonde gratitude un corps de pompiers qui se tenaient devant leur caserne avec leurs voitures tous feux allumés, les lances ouvertes formant au-dessus de la route une arcade d'eau rafraîchissante. C'est alors qu'en dépit des cinq heures qu'il leur restait à passer en selle et malgré la chaleur, Jacky Durand accéléra le rythme comme il avait décidé de le faire. Le peloton se mit à foncer.

— Dis donc, on en a abattu un bon morceau sur cette première heure, gueula Luca à Hunter qui vérifia les compteurs de son vélo et lui confirma qu'ils avaient roulé à une vitesse moyenne un poil en dessous des 50 kilomètres à l'heure.

— Tu as l'air en forme, Luca, cria Hunter, tu vas te la donner. Fais du charme aux caméras de télés, ça te fera des nouveaux fans.

— À vos ordres, patron, dit joyeusement Luca en se dégageant du groupe comme si les leaders avaient tiré son vélo à eux.

— Un bon petit vent de traîne, dit-il à Vasily Jawlensky qui n'entendit pas bien ce qu'il disait mais qui lui sourit quand même chaleureusement.

Il était accompagné de son fidèle *domestique**, Gianni Fugallo. Luca et Gianni se connaissaient bien.

— Reste avec nous, dit Gianni quand ils approchèrent de la Côte de Monthoumet de catégorie 4.

— Je ne vais nulle part, répondit Luca.

— Oh, que si ! dit Vasily, tu viens avec nous !

Le Russe accéléra d'un seul coup, flanqué de part et d'autre par Luca et Fugallo. Tommy, un coureur belge, vint se mettre dans leur roue. C'était un vieux copain de Vasily. Ils avaient travaillé dans la même équipe. Le groupe des quatre hommes parla peu et ils travaillèrent ensemble contre le vent pour s'éloigner du gros du peloton. Celui-ci s'était éclaté en petits groupes pour se protéger des vents contraires et mit du temps à réagir pour essayer de rattraper le groupe d'échappée. Luca se plaça en tête avec le sentiment d'être invincible. Il fut un peu déçu de voir Fugallo le dépasser. L'ardoisier à moto surgit à côté d'eux brandissant une ardoise qui leur signalait qu'ils menaient par 2 minutes et 12 secondes. Cela voulait dire que Vasily avait repris le maillot jaune. Derrière eux, le peloton n'arrivait pas à remonter, malgré la rage de Fabien Ducasse et la frustration de Jules Le Grand qui aboyait des ordres dans les oreillettes de ses Vipères.

Après avoir dépassé la cité médiévale de Narbonne, à 65 kilomètres de la ligne, Vasily Jawlensky s'assit pour ralentir. Les trois autres ne s'en rendirent pas compte immédiatement et maintinrent leur vitesse. Quand ils regardèrent en arrière, il leur fit des signes de la main. Il avait lâché le guidon, assis dos droit, pédalant tranquillement en mangeant une barre énergétique et en buvant un coup. Ils le regardèrent, incrédules. Il leur faisait maintenant signe de continuer à avancer sans se soucier de lui.

— Mais qu'est-ce qu'il fout, bon Dieu ? demanda Luca, il est en train de laisser tomber le maillot jaune ?

Fugallo qui écoutait son *directeur** lui parler dans son oreillette avait les larmes aux yeux.

— Vasily fait ça pour moi. Il sait que le peloton va venir nous mordre les mollets, notre *directeur** vient de me dire que Système Vipère a fait une belle remontée et roule sur nous à un train d'enfer. Vasily sait que c'est à lui qu'ils en veulent. Il sait que les Vipères se fichent pas mal de nous, on est trop loin au classement général pour les inquiéter. Vasily fait ça pour moi. Pour me laisser la possibilité de gagner une étape.

— Ce mec est un héros ! hurla Luca.

Tommy hocha vigoureusement la tête.

— On ne va pas le laisser tomber, dit Gianni, vous êtes prêts à travailler les mecs ?

— Tu parles ! dit Luca, et c'est pour toi que je vais travailler. L'étape est pour toi en l'honneur de Vasily. Au boulot !

Et ils se mirent en route. Ils avaient une mission à accomplir : réaliser le vœu d'un vrai champion.

— Vasily ne veut pas prendre le *maillot jaune** tout de suite, raisonna Fugallo, il y a trop de pression sur lui. Il n'a que 53 secondes d'avance sur Ducasse. C'est lui qui choisira le moment où il prendra le *maillot**.

— Allez, on court là ! cria Luca en prenant la tête.

— Le peloton va inconsciemment ralentir une fois qu'il aura dépassé Vasily, jugea Tommy.

— Putain, Luca ! Tu as une pêche d'enfer ! Qu'est-ce que tu prends ?

Luca lui décocha un regard enflammé.

— C'est la passion qui fait ça, dit-il, c'est légal, il n'y a pas d'effets secondaires et ça marche.

20 kilomètres plus loin, Gianni flancha. Il avait terminé devant Luca et Tommy sur les deux précédentes étapes, après une semaine de dur labeur pour Stefano Sassetta et son corps payait

malheureusement la rançon de l'altruisme dont il avait fait preuve. Luca ralentit pour persuader Gianni qu'il allait trouver un second souffle s'il faisait encore un effort.

— C'est pas la peine, dit Gianni, dommage pour Vasily. Ça sert à rien de forcer, j'y arriverai pas. J'ai trop mal. Continuez, vous, les mecs. Je ne veux pas vous retarder. Le peloton est à deux minutes derrière. Vous perdez du temps là, à cause de moi. Vas-y Tommy ! Vas-y Luca ! Dégagez, je ne veux plus vous voir !

Luca et Tommy étaient déchirés. Ils auraient voulu que Gianni recouvre ses forces. Ils voulaient que l'altruisme de Vasily serve à quelque chose, que la grandeur du Russe porte ses fruits.

— Allez-y, les supplia Gianni, je vous en prie. Il y aura une autre fois. Un autre Tour.

Tommy et Luca mirent chacun une main sur les épaules de Gianni. Puis ils redémarrèrent selon son vœu. À Béziers, il leur restait encore 21 kilomètres et Luca sentit que Tommy faiblissait.

— Allez, le pressa Luca alors qu'un motard passait près d'eux brandissant l'ardoise qui annonçait maintenant « 1 minute 54 ».

— Vas-y, toi. Moi je n'en peux plus.

— S'il te plaît, l'encouragea Luca.

— Pense à ton équipe, dit Tommy, tu as autant la pêche qu'il y a 50 kilomètres. Prends-la. J'ai déjà gagné une étape du Tour de France. Ce n'est pas sous prétexte que je ne peux pas gagner aujourd'hui que tu ne peux pas te la faire !

Luca regarda Tommy, les yeux injectés de sang, un filet de salive séchée à la commissure des lèvres, les jambes tellement crispées qu'on les aurait crues écorchées vives.

— Tu es sûr ? insista-t-il.

— Mais putain, puisque je te le dis ! Dégage ! gueula Tommy.

Toutes les recommandations que Luca avait reçues de ses différents entraîneurs et managers surgirent dans sa tête. Il lui sembla qu'elles s'infiltraient dans son sang et qu'elles nourrissaient ses muscles. Il fila.

Ne regarde pas par-dessus ton épaule. Garde la tête baissée. Ne regarde même pas devant toi. Tu connais la route par cœur, tu l'as étudiée hier soir avant de te coucher.

Luca vit la banderole des dix derniers kilomètres.

Serre le bord de la route. Reste le long des clôtures et des barrières. Abrite-toi du vent dès que tu peux, même pour quelques secondes.

Luca entendait la foule qui l'acclamait. Il déchiffra son nom à plusieurs reprises, peint en blanc par des fans sur le sol, au milieu d'autres noms.

La vache, je me sens vraiment fort, là.

La moto glissa à côté de lui. L'ardoise indiquait qu'il ne menait plus que d'1 minute 30.

J'ai une minute trente d'avance. Je n'ai pas ralenti. C'est ces enculés qui ont accéléré. On va donner aux fans autre chose qu'un classique sprint final. Maman, celui-là, c'est pour toi.

Luca pensait alternativement à sa mère et à rien d'autre qu'à maintenir son écart. Ses jambes se raidissaient, ses bras étaient fatigués, mais son esprit ne se laissait pas décontenancer par l'écart qui diminuait. Il lui restait trois kilomètres à parcourir, il n'avait plus qu'une minute d'avance sur le peloton. Il avait un goût bizarre dans la bouche. L'ambition. La victoire. Personne ne pouvait lui retirer ce moment de perfection. Il pensa au grand Miguel Indurain, à Lance Armstrong, il revit Vasily prenant possession du col de Port la veille.

Ils ont su trouver une réserve d'énergie supplémentaire. À moi d'en faire autant.

Il se mit à réciter les noms des géants passés du Tour. Merckx. Hinault. Indurain.

— Et le grand Luca Jones !

Merckx. Hinault. Indurain.

— Mon problème, c'est pas de gagner cinq fois le Tour. Je veux juste gagner aujourd'hui. La onzième étape. Tarascon sur Ariège-Cap d'Arp. 221 km.

Il passa sous la banderole du dernier kilomètre. L'ardoisier lui accordait encore 58 secondes d'avance. Il avait mal aux omoplates. Sa gorge était en feu. Il aurait dû boire plus. Il n'avait pas eu le temps. Ses jambes le faisaient souffrir. Ses yeux le picotaient. Maman.

Un atome des dons combinés de Merckx, Hinault et Indurain insuffla l'âme de Luca et fit circuler un courant d'énergie dans ses membres. Ses jambes ne le faisaient plus aussi abominablement souffrir. Ses bras n'étaient plus fatigués de façon insurmontable. Vas-y, Luca ! Cours pour ta vie, remporte l'étape ! Pas seulement pour ta maman assise devant le poste avec les autres membres de ta famille en train de prier en serrant les mains sur leurs cœurs. Fais-le pour tous ceux qui te connaissent et tous ceux qui vont te connaître à partir de maintenant. Donne-leur à voir un triomphe sur l'adversité. Incarne la gloire à leurs yeux.

La foule gueulait et tapait tout ce qu'elle pouvait. Il y en avait même qui se tapaient entre eux. Luca pouvait voir la ligne d'arrivée. Il jeta un bref coup d'œil par-dessus son épaule, le peloton n'était plus qu'à quelques mètres de distance. En un éclair, il sut qu'il était plus près de la ligne qu'ils n'étaient près de lui. Tellement près, même, qu'il pouvait se permettre de penser aux caméras de la télé, aux photographes de presse et à son public du monde entier en plus de sa maman. Il remonta alors la fermeture Éclair de son maillot Mégapac, frappa dans ses mains au-dessus de sa tête, boxa l'air et fit des deux mains le V de la victoire. Il envoya des baisers à la foule et tourna sa roue avant dès qu'il eut franchi la ligne d'arrivée. Il l'avait dépassée avec 9 secondes d'avance, assis en roue libre, les bras ballants, les yeux fermés, les larmes ruisselant sur son visage illuminé par un sourire d'extase. Le goût des larmes. Le goût de la victoire. C'était indiciblement beau. Le plus grand moment de toute sa vie.

Aujourd'hui j'ai gagné. Le Tour de France, c'est moi.

Tous les journalistes n'ont pas forcément un coureur préféré, mais ils s'en approprient souvent un. Ils suivent sa carrière de près, ils sombrent dans des excès de lyrisme dès qu'il s'agit de commenter la moindre de ses petites victoires, ils sont abattus sans commune mesure pour peu qu'ils essuient la plus petite défaite. C'est du favoritisme. Une maladie très répandue, admise. Pour Cat, le héros, c'est Indurain l'Intrépide. Mais depuis longtemps, son chouchou, c'est Luca Jones.

Cat a regardé les dix derniers kilomètres de la course un peu plus près de l'écran qu'il n'était nécessaire. Elle a tiqué en remarquant le coup de soleil sur sa nuque. Elle a noté qu'il a retiré ses gants. Elle s'est laissée hypnotiser en regardant ses mains dont le rose pâle contraste avec le bronzage de ses bras. Elle a pratiquement compté un par un les muscles de ses jambes. Quand il n'a plus été qu'à 700 mètres de la ligne, elle a commencé une série de petits bonds sur place. Quand il l'a franchie, elle a sauté en l'air en poussant des cris suraigus.

— Luca !

Elle embrassa la première personne qui se trouvait à côté d'elle — Josh — à qui elle chuchota « Il a réussi ! ». Sur quoi elle sortit en courant avec tous les autres reporters du gymnase qui avait été réquisitionné pour servir de *salle de presse**. Luca était bien évidemment noyé au milieu d'une horde de journalistes, mais elle arriva à donner l'accolade à Hunter qui pédalait vers son *soigneur**, dégoulinant de sueur, mais tout aussi euphorique qu'elle. Elle se hissa sur la pointe des pieds à la limite de la marée humaine qui s'était amassée autour de Luca avant de partir en sautillant gaiement vers elle ne savait où. Elle avançait en sautillant. Elle était sur un nuage. Elle sautillait vers — ah ! les bus d'équipes. Elle ralentit son rythme et marcha plus posément en approchant du van de Zucca MV. Rachel essuyait les jambes de Vasily avec une flanelle verte.

— Merci, dit Cat en adressant un signe de tête au coureur, comment va Gianni ?

— Il est OK, dit Rachel, complètement crevé, mais il aura demain pour récupérer.

— Tu lui diras que c'est une star, dit Cat.

— Au fait, miss McCabe, tu as fini ton travail ? demanda Rachel en s'écartant de Vasily pour essorer la flanelle de l'eau d'Évian dont elle était imprégnée.

— Taverner ne m'accorde que 400 mots, s'insurgea Cat.

— Non, je voulais dire Ben et Josh. Et l'homme-qui-n'existe-plus.

— Presque, dit Cat.

Rachel haussa les sourcils.

— Je vais m'en occuper de ce pas, promit Cat.

Rachel baissa les sourcils. Cat s'éloigna. Au bout de quelques mètres, elle se remit à sautiller. Elle faillit entrer en collision avec Fabien Ducasse qui parlait avec Jules Le Grand, mais elle se contenta de lui adresser un « *pardon** » des plus elliptiques. Pour elle, même si Luca se plaçait 42 minutes derrière le maillot jaune, aujourd'hui, c'était lui le vrai héros du Tour de France.

Les bus d'équipes transféraient les joueurs vers leurs hôtels. L'entourage de Mégapac était pris d'assaut par les reporters et les équipes de télévision. Cat se dirigea vers le podium. Elle sourit, extatique, quand Luca monta sur l'estrade pour recevoir son trophée et des baisers des miss Coca-Cola, acclamé par la foule.

Embrassez-le encore, les implora Cat en sifflant entre son pouce et son petit doigt (technique acquise auprès de Django quand elle avait neuf ans qu'elle n'utilisait que dans les grandes occasions.)

Embrassez-le encore, il aime ça et il le mérite vraiment.

Elle retourna dans la *salle de presse** quand Fabien reçut son cinquième maillot jaune du Tour, son cinquième lion en peluche et sa cinquième tournée de baisers des Miss Crédit Lyonnais.

C'est à ce moment-là qu'elle vit Ben. Elle en ressentit une secousse qui traversa tout son corps. Les épaules de Ben. L'arrière de ses oreilles. Ses fesses. Sa démarche. Elle oublia sa résolution de ne pas lui téléphoner. Elle oublia tout. Elle courut vers Ben, lui passa les bras autour de la taille et s'accrocha à lui comme à une bouée de sauvetage. Elle passa ses bras autour de son cou et l'embrassa gauchement en proclamant :

— Il l'a fait ! Il l'a fait !

Ben la regardait d'un air ahuri. Son expression ne se modifia pas quand elle relâcha son étreinte. Elle se transforma en une irritation poliment endurée sur laquelle Cat se méprit.

— Il l'a fait, répéta-t-elle croyant que Ben ne voyait pas de quoi elle parlait, Luca a gagné.

Ben sourit et se mit à marcher, Cat à ses côtés. Elle se mit à parler à toute vitesse, analysant principalement le Tour jusqu'à ce qu'ils arrivent à la *salle de presse**.

— On se voit, après ? demanda-t-elle, une lueur dans ses yeux révélant la nature de ses projets.

— Je ne crois pas, dit Ben.

Cat sursauta.

— C'est un peu… continua Ben en faisant des moulinets avec ses mains, cherchant ses mots, c'est juste que, voilà quoi.

Cat le regardait attentivement. La seule réponse qu'elle lui donna fut que toute lueur quitta son regard. Ben n'en fut pas conscient. Il évitait soigneusement de la regarder dans les yeux.

— C'est un petit peu compliqué, tu ne crois pas ? dit-il.

Cat était trop secouée pour détecter le ton paternaliste avec lequel il venait de dire ça.

— Non, chuchota-t-elle, tu ne comprends pas. Il faut que je te parle.

— Oh ! dit Ben d'un ton faussement nonchalant, en fait je crois que je comprends très bien. Mais ne t'en fais pas pour ça. C'est cool. Pas de problème.

— Non, dit Cat, tu ne comprends pas.

Pour toute réponse, Ben haussa les sourcils. Son expression faisait qu'il devenait pour Cat tout à la fois lointain et d'autant plus attirant. Sans qu'elle puisse s'en empêcher. Sans espoir.

— Écoute, dit-il, il faut que je bouge, là. On s'arrangera pour boire un coup une autre fois. Je ne t'en veux pas.

Au moment où elle le regardait s'éloigner, l'ironie de l'expression « en vouloir à l'autre » leur péta à la tête à tous les deux en même temps. Elle n'avait jamais voulu un homme qui ait envie d'elle à ce point-là depuis longtemps.

Elle retourna s'asseoir entre Josh et Alex sans leur adresser le moindre regard. Elle avait l'impression d'être enveloppée par une espèce de brouillard. Les écrans rediffusaient l'étape du jour, mais à la place du commentaire, c'était les mots de Ben qui résonnaient dans sa tête.

Qu'est-ce que je dois faire ? Aller le voir ? Lui téléphoner ? Courir trouver Rachel ? Lui écrire ? Pleurer ? Gifler Josh ? Frapper Alex ? Dans quel ordre ? Il faut que je reprenne le contrôle des événements pour commencer !

— Cat, dit Josh en posant une main sur son épaule, ce qui la fit sursauter, je peux t'emprunter ton interview de Luca ?

— Ah, ouais ! Bon plan, dit Alex, tu me la passes à moi aussi ?

— Je ne l'ai pas encore tapée, dit-elle à Alex, incapable de croiser le regard de Josh.

Avec tout ce qui lui arrivait, le mieux qu'elle avait à faire, c'était de se mettre à bosser. Les mots pour décrire les émotions qu'elle avait ressenties à la victoire de Luca lui venaient avec une incroyable facilité. Elle aurait voulu que Taverner lui accorde ne serait-ce que 150 mots de plus pour pouvoir exprimer tout cela à fond. Elle termina son travail bien avant Alex et Josh. Elle revint s'asseoir après avoir expédié son article. Elle regarda Alex. Puis Josh.

— Josh, il faut que je te parle.

Il tourna une moitié de joue vers elle, les yeux rivés sur l'écran et marmonna :

— Ouais. Qu'est-ce qu'il y a ?

— Non, dit Cat en l'amenant à la regarder, il faut vraiment que je te parle.

Josh s'arrêta de taper pour lui lancer un regard innocent. Et pourquoi l'aurait-il regardée autrement ? Qu'est-ce qu'il avait dit après tout ? Trois fois rien. Il n'avait rien à se reprocher. Tout ce qu'il ressentait pour Cat, c'était de l'affection.

— Qu'est-ce qui se passe ?

— En privé, dit calmement Cat en fixant les doigts de Josh qui s'étaient suspendus au-dessus du clavier au milieu d'une phrase.

— Tout va bien ? demanda Josh.

Cat haussa les épaules et essaya de lever un sourcil à la façon de Ben sans se rendre compte que l'effet produit tenait plus de la biche aux abois que du médecin assermenté.

— Je termine juste ce truc, continua Josh, et après on va boire un coup pour discuter peinards, OK ?

Cat resta tranquillement assise à revisionner la course sur les écrans de télé. Quelle course fabuleuse ! Luca Jones. Quatre heures, treize minutes et seize secondes. Il fallait l'écrire en toutes lettres. La gloire lui revenait pour chaque fraction de seconde.

Luca était là sur l'écran à cinq kilomètres de l'arrivée. La caméra faisait un gros plan sur ses mains. Sans gants. Roses. Un anneau en argent. Des doigts fins. Cat réalisa qu'elle s'était levée pour dire tout haut « Oh, non ! » à plusieurs reprises. Son regard alla d'Alex à Josh qui la contemplaient, ahuris.

— Oh, non ! dit-elle, il faut que j'y aille.

Sur quoi elle partit.

En chemin vers son hôtel, Cat fait un détour par le bord de mer. Contrastant avec la côte Atlantique qui lui rappelle la première fois qu'elle a couché avec Ben, le Golfe du Lion est calme et plat. L'eau vient paresseusement lécher le sable. C'est le rythme de ce lieu que 175 hommes à vélo (2 ont abandonné) passant en trombe à 60 km/h cet après-midi n'ont pas réussi à perturber. Elle trempe ses mains dans l'écume. Des bulles pétillent sur sa peau. Elle les sent éclater quand la mer se retire. C'est le crépuscule. L'eau est tiède. Si elle avait mis un soutien-gorge, elle se déshabillerait pour nager en sous-vêtements. Mais elle n'en a pas mis. Elle regarde sa main mouillée et passe sa langue le long de ses doigts. Elle savoure pensivement l'eau salée.

Les mains. C'était ça. C'est comme ça qu'elle avait su. Les mains.

Les mains, Cat?

J'étais en train de regarder les mains de Luca.

Qu'est-ce que tu as vu?

Tout d'un coup j'ai réalisé.

Quoi?

Je vais le dire tout fort.

— Je connais les mains de Ben par cœur. Je peux les faire apparaître dans ma tête comme je veux. Je ne peux pas me souvenir des mains de l'autre. Au fond, ce n'est pas surprenant. Rachel l'a appelé l'homme-qui-n'existe-plus. Je ne me souviens pas comment étaient ses mains. Même si je ferme les yeux et que je me concentre. Celles de Ben, je peux les visualiser sans faire le plus petit effort. Je m'en fous complètement d'avoir oublié les mains de l'autre. C'est celles de Ben que je veux voir. C'est Ben qui est important. Il faut que je le voie.

Ben allait-il être réceptif, tranquillement occupé à lire dans sa chambre? Cat allait-elle aller le croiser là, se promenant sur la plage? Peut-être qu'il était en train de boire une bière dans un bar du port, tout seul, une chaise libre à côté de lui sur laquelle elle n'aurait qu'à s'asseoir? Ou alors il aurait décidé de lui parler lui aussi, et ils allaient se rencontrer à mi-chemin. Plus ils approcheraient l'un de l'autre, plus leurs sourires s'élargiraient. Ils se prendraient les mains, s'embrasseraient. La confiance serait à nouveau là, entre eux et ils fonceraient vers un lit pour faire l'amour.

En fait, Cat ne sait même pas à quel hôtel est descendu Mégapac et le livret contenant cette information est dans le coffre de la voiture garée sur le parking de la *salle de presse**.

Je pourrais peut-être lui téléphoner? Ou à Rachel?

Cat compose le numéro de Ben. Son téléphone est éteint. Elle s'efforce de ne pas y voir le moindre présage négatif. Elle appelle Rachel qui lui donne l'adresse de l'hôtel de Mégapac. Cat ne prend pas la peine de discuter avec elle, encore moins de l'inviter à boire un verre. Elle se dirige tout droit vers l'hôtel de Ben. Elle se trompe deux fois de chemin et manque se faire renverser par un scooter. Le hall de l'hôtel est envahi par une horde de journalistes et de fans. Elle se dirige vers les ascenseurs, parcourt rapidement la liste des chambres et monte au quatrième étage. Il y règne un calme angoissant. Elle a l'impression que les portes sont fermées sur des chambres vides. Demain, c'est *repos** après tout. Mégapac a toutes les raisons de fêter une victoire d'étape sur son premier Tour de France.

— À ton avis, ils iraient où pour fêter ça ? demande Cat à la porte close de Ben sur laquelle elle continue à frapper doucement.

Elle descend sur le parking de l'hôtel dans l'espoir d'y rencontrer un *soigneur** ou un mécanicien qui se serait attardé pour finir son travail. Mais pourquoi traîneraient-ils alors que c'est le seul soir où il leur est permis de reporter au lendemain ?

— Bon, je n'ai plus qu'à attendre devant la porte, alors, dit Cat au silence du parking, errant entre les bus d'équipes.

Et c'est ce qu'elle fait. Pendant près d'une heure. Elle choisit les mots qu'elle va lui dire. Comment elle va les lui dire. Elle peaufine ses intonations, les expressions de son visage, ses attitudes. Et puis finalement, elle change d'avis. Reprend tout à zéro.

Elle fait le tour du bâtiment pour venir faire les cent pas devant l'hôtel. Elle répète mentalement son monologue. Voilà Ben. Là-bas. De l'autre côté de la rue. Il est avec un groupe de gens, Cat. Des hommes et des femmes.

Il est avec Luca. Luca a l'air de faire la gueule.

Ben aussi. C'est qui les nanas ?

Je n'en sais rien. Elles tirent aussi la tronche.

Ils sont avec les journalistes américains.

Oui.

Ils ont tous l'air un peu bourrés. Ils ont dépassé l'hôtel et sont entrés dans un bar.

Oui.

Tu y vas aussi ?

Oui.

Quand Cat entra dans le bar bondé et enfumé, elle fut soulagée de voir que les femmes qui accompagnaient Ben et Luca s'étaient installées à côté des journalistes. Il y avait un grouillement de personnes aussi dense que parmi le groupe des médias aux abords de la ligne d'arrivée, mais Cat parvint à se frayer un chemin jusqu'à Ben et Luca.

— Tic-tac ! chanta Luca quand elle se trouva devant lui, coincée entre un type qu'elle ne connaissait pas et le bord de la table.

— Luca ! sourit Cat en essayant d'avoir l'air calme et détendu.

Elle se demandait pourquoi elle ne sentait pas le regard de Ben se poser sur elle. À la place, elle sentait les regards congelés et évaluateurs des femmes qui entouraient les journalistes.

— Tu es venue me voir ! proclama Luca.

— Félicitations, souffla Cat en se demandant si elle n'allait pas éclater en sanglots, je suis très fière de toi.

— Ah ! dit Luca en donnant un coup de coude à Ben, Tic-tac est venue me voir. Ta Cathy t'a quitté !

— En fait, s'entendit dire Cat, je suis venue voir Ben, justement.

— Elle est venue te voir ! rigola Luca.

— Ça ne peut pas attendre demain ? demanda Ben, on est en train de fêter la victoire de Luca.

— Non, dit Cat qui ne lui en voulait pas de sa réticence même si cela la faisait cruellement souffrir.

Elle fit l'effort de se souvenir qu'il la prenait toujours pour une tricheuse.

— Prends un verre avec nous, mon petit écureuil double, dit Luca avec un léger hoquet, assieds-toi sur mes genoux.

— Tes jambes sont bien trop précieuses pour que je pose mes fesses dessus, dit Cat joyeusement avant de regretter d'avoir un comportement aussi léger. Ben ? implora-t-elle.

Ben regarda sa montre et demanda aux autres de l'excuser. Il y avait énormément de bruit et Cat avait du mal à conserver son équilibre tant elle était bousculée.

— On va dehors ? demanda-t-elle en se frayant un chemin à coups de coude à travers la foule.

— Cat, dit Ben une fois qu'ils furent dehors et avant qu'elle ait la possibilité de proposer une balade sur le front de mer, je n'ai pas vraiment le temps de parler. Je te l'ai déjà dit, pour moi c'est cool.

— On pourrait aller à la plage, répondit-elle en ignorant délibérément ses propos.

— Hein ? Mais je suis en plein milieu d'une fête, là, dit Ben.

— Je sais. C'est juste que…

Elle le regarda et mit les mains sur ses hanches pour lui renvoyer son regard distant.

— Tu ne sais rien, dit-elle avec véhémence.

— Si, dit Ben en se grattant la tête et en jetant un coup d'œil vers le bar, je sais tout.

— Non, le contra Cat en tapant du pied, c'est à cause de tes mains.

— Pardon ?

— Je me souviens de tes mains, elle haussa les épaules et s'assit sur un parapet, ce sont tes mains que je connais, Ben.

— C'est parce que ce sont celles qui se sont promenées le plus récemment sur ton corps, dit Ben, écoute, il faut vraiment que j'y aille, maintenant.

Il tourna les talons.

Il s'en va, Cat. Suis-le. Oublie ton monologue et parle-lui franchement.

— Ben !

Il lève la main mais ne s'arrête pas. Il ne se retourne même pas.

Cat lui court après et s'agrippe à lui. Il essaye de continuer à marcher mais elle lui donne une violente poussée. Il s'arrête et lui jette un regard profondément agacé.

— Ben, dit-elle, ne sachant ce qu'elle va dire ni où se posera son regard.

Ses yeux sont aimantés par les siens. Il la contemple froidement, du style je t'accorde deux minutes avant de retourner au bar.

— Ben, dit Cat en sentant un sourire naître sur ses lèvres à l'idée qu'elle va enfin lui dire la vérité toute nue et qu'elle sera soulagée d'un poids immense, je n'ai pas de mec à Londres.

Ben ne dit rien.

Dis quelque chose, Ben. Rends-lui la tâche plus facile.

Non, je crois qu'il faut que je me contente d'écouter.

— Il y a eu quelqu'un, continue Cat calmement, quelqu'un qui a compté. Mais c'est fini depuis plusieurs mois.

— Vraiment, dit Ben sans que ce soit une question.

— Je te le jure.

— Pourquoi tu as menti ? demande-t-il après un temps de réflexion.

Cat hausse les épaules.

— Ne hausse pas les épaules. Réponds.

— Parce que c'était sécurisant. Au début. Avant toi. Je fais partie d'une minorité sur le Tour. Je suis entourée de mecs. Je n'avais pas prévu que j'allais tomber, enfin, que j'allais rencontrer quelqu'un.

Dis quelque chose, Ben.

Comme quoi ?

— J'avais dit ça à Josh au tout début. Avant de bien le connaître. Avant de te connaître.

— Pourquoi tu ne lui as pas dit que c'était un mensonge, après ?

— Parce qu'on est sur le Tour de France. On suit une course. Tous les jours il y a une nouvelle course. Il faut remballer ses affaires, descendre dans un nouvel hôtel. Aller au *village**. Récolter des ragots. Glaner des citations. Écrire un dossier. Manger quand on peut. Trouver le temps d'être avec toi. Dormir.

Quand elle est dans tous ses états, elle est presque aussi belle que quand elle était jalouse de Monique.

Dis-le-lui.

Non. Je me régale du spectacle.

Tu es un salaud.

Non. Mais j'ai été blessé dans un recoin tranquille de moi-même où je n'ai pas l'habitude de laisser pénétrer qui que ce soit. Enfin, blessé, c'est peut-être un peu fort. Disons décontenancé. Voilà. Alors je jouis du spectacle de sa sincérité pour que ça m'apaise. J'y ai droit.

— Voilà toute l'histoire, dit Cat, j'espère que ça ne nous empêchera pas de reprendre les choses où elles en étaient. Et de continuer comme avant.

Ben se rend compte qu'elle est à bout de fatigue.

— Et ce sont tes mains que je connais, dit Cat en prenant dans la sienne la main droite de Ben pour la contempler alors qu'elle la connaît par cœur, les mains dc l'autre, je ne peux pas m'en souvenir. C'est bizarre, mais je suis soulagée. Je m'en fous de ses mains. Les tiennes je les connais et c'est ça qui est important.

Ben est sous le charme. Sans y penser, il prend la main de Cat entre les siennes. Il va à l'encontre des résolutions qu'il avait prises, mais c'est plus fort que lui. Il embrasse les articulations de ses doigts, la paume de sa main et se met à la lécher. Il relève la tête et savoure l'expression d'incrédulité ravie de Cat. D'un sourire, il la rassure définitivement. Il l'attire vers lui et s'empare de sa bouche.

Je n'ai jamais rencontré quelqu'un comme toi. Tu me rends fou, tu m'excites. Je ne sais plus où j'en suis.

Dis-le-lui, Ben.

Ce n'est pas une bonne idée. Mais je ne veux plus qu'elle s'en aille.

— Il faut que j'y retourne, dit Ben, viens avec moi. Viens faire la fête avec nous.

Cat secoue la tête. Elle a rempli sa mission et elle a désespérément besoin de dormir. Et de prendre un bain. Et de trouver Josh pour lui avouer la vérité.

— Viens, répète Ben.

Mais Cat secoue la tête. Ben se fiche pas mal de savoir s'ils sont observés. Il prend le visage de Cat dans ses mains et l'embrasse. Doucement d'abord, puis intensément. Sa langue danse dans sa bouche, ravie de retrouver le goût de Cat.

— Demain c'est repos, dit-il en entrouvrant les yeux, quels sont tes projets ?

— Il faut que je transcrive l'interview de Luca, dit Cat qui a gardé les yeux fermés.

Elle penche la tête et tend ses lèvres pour que Ben continue à l'embrasser. Ben lèche ses lèvres du bout de la langue, lentement, tendrement, d'une commissure à l'autre. Cat a l'impression que sa chatte est en feu.

— Et après ? demande Ben.

— Et après, Ben, dit Cat en le regardant et en posant une main sur son torse et l'autre sur sa braguette, je serai toute à toi.

— Qu'est-ce qu'elle avait ? demanda Luca à Ben, où elle est passée ?

— Elle est partie, dit Ben en haussant les épaules avant d'avaler une longue gorgée de bière.

— Elle va bien ? demanda Luca.

— C'est les mains, dit Ben en hochant lentement la tête et en étendant ses mains devant lui pour illustrer son propos.

Luca, qui avait bu deux *Seize** et des litres de Coca, acquiesça, l'air très concerné.

— C'est toute cette frappe sur son clavier, sûrement. Ça doit être un sacré boulot, dit-il en contemplant ses mains.

REPOS

Cat chantait « Sea, sex and sun ». Elle avait du mal à le croire, mais c'était bien ça qu'elle chantait. Elle avait commencé à fredonner ça en se lavant les dents. En ouvrant les rideaux de sa chambre, elle s'était carrément mise à chanter à pleine voix. Il fallait qu'elle appelle Taverner et Andy. Il fallait qu'elle transcrive l'interview de Luca. Elle avait l'intention de boucler tout ça avant l'heure du déjeuner. Après, sa journée serait exclusivement consacrée à Ben.

— D'abord, il faut que j'arrive à coincer Josh. Je ne vais pas me contenter de lui parler de l'homme-qui-n'existe-plus. J'ai l'intention de tout lui dire sur Ben. C'est une confidence dont il est digne.

Elle alla se planter devant la chambre de Josh et frappa à la porte. Josh lui ouvrit avec un grand sourire.

— Alors, on se croit en vacances ? lui demanda-t-il tout à trac.

— Pourquoi tu dis ça ?

— Cat McCabe, dit-il en souriant avant de se mettre à chanter en se passant langoureusement les mains sur le corps, « Sea, sex and sun ».

— Oh merde ! s'exclama Cat en dissimulant son visage derrière ses mains.

— Les murs sont épais comme du papier à cigarette ici, dit Josh en coulant un regard entendu vers la chambre d'Alex.

— Alex chantait aussi, c'est ça ? demanda Cat sans malice.

Josh renifla et l'explication fut donnée quand une femme un rien boulotte sortit de la chambre d'Alex en remettant de l'ordre dans ses vêtements et murmura « Ciao ! » avant que la porte ne se referme. Elle passa très dignement devant Cat et Josh en leur adressant un petit signe de tête.

Cat resta clouée sur place. Estomaquée.

— Fletcher ! cria Josh une fois que sa mâchoire eut retrouvé sa place habituelle, sors de là, vieux queutard !

Alex apparut. Il avait la démarche de John Wayne et un sourire à la Benny Hill s'étalait sur sa face ravie.

— Je suis niqué ! déclara-t-il.

Il se prit la tête entre les mains et ajouta :

— Et j'ai une méchante gueule de bois.

— Comment elle s'appelle ? demanda doucement Cat.

— Oh, dit Alex évasivement, Mary, Margaret, Molly, un truc du genre quoi.

Il savait pertinemment que la fille s'appelait Maria Angelo vu qu'il lui avait fallu pratiquement toute la soirée, tout son répertoire de blagues, une quantité ahurissante de Pernod et la fausse promesse d'un autographe de Laurent Jalabert pour l'attirer dans sa chambre.

— Allez, venez, on va bouffer, dit-il, il me faut une méga-dose de caféine. Il faut que je fasse le plein. Elle m'a tué cette salope !

— Je vais à la *salle de presse**, dit Cat en adressant un regard insistant à Josh qui regardait pour sa part Alex d'un air réprobateur.

— On se retrouve là-bas, dit Josh en lui glissant un rapide coup d'œil, il vaut mieux que je chaperonne ce porc décadent pour le moment.

— Oh, dit Cat déçue, OK.

— Tu vas transcrire ton interview de Luca ? demanda Josh.

— Oui, dit Cat.

Elle profita de ce qu'Alex était complètement dans le coltard pour lui rappeler qu'ils devaient se parler.

— Ah oui, c'est vrai ! Plus tard, alors. Après le petit déjeuner, ça te va ?

Cat hocha la tête en espérant qu'il comprendrait qu'un léger froncement de sourcils signifiait qu'elle voulait lui parler seul à seule.

— Mais Luca a gagné une putain d'étape hier ! Et moi j'ai une interview exclusive, fulmina Cat dans le plus pur style *salle de presse**.

Elle était au téléphone avec Andy de *Maillot*.

Andy lui fit remarquer qu'elle avait réalisé cette interview avant que Luca n'ait gagné une étape du Tour de France.

— Et un petit papier sympa et rigolo sur la façon qu'ont les coureurs de profiter de leur journée de repos, ça te dirait ? proposa Cat, bien déterminée à entendre Andy dire oui.

— Tu penses à quels coureurs ?

— C'est pas un problème, ça.

— D'accord, mais tu penses à qui ?

— Franchement, je te dis que c'est pas un problème. Tu veux que je le fasse sur qui ?

— Cat, lui dit Andy pour la calmer.

— Tu as des nouvelles pour mon boulot ? poursuivit-elle tout en pensant que son idée d'article consacré au jour de repos était vraiment bonne et se demandant à qui d'autre elle pourrait essayer de le fourguer.

— Pas encore, dit Andy.

Frustrée mais pas découragée pour autant, Cat brancha un écouteur sur son dictaphone. Quand Alex et Josh arrivèrent, elle avait écouté la moitié de l'interview de Luca. Ben l'appela au moment où ils allumaient leurs écrans.

— Dépêche-toi de finir, je suis en manque, lui dit-il en guise de bonjour.

Du coup, elle refusa la pause-café que lui proposait Josh et n'appuya presque pas sur les touches de pause ou de rembobinage de son dictaphone.

— *Le plus dur pour moi, c'est ces putains de montagnes.*

Mon petit Luca chéri.

— Tu as le trac ? dit Cat à voix haute, synchrone avec sa dernière question au coureur.

— *Je ne peux pas répondre à cette question,* répondit-elle en même temps que Luca dans ses écouteurs.

Elle se rappela qu'elle lui avait demandé s'il avait peur et qu'il avait fait signe que oui. Mais ça n'apparaissait pas sur la bande, et elle n'aurait jamais utilisé cette confidence de toute façon. Voilà. Elle avait terminé. Elle rembobina la bande, sauvegarda son travail, plia ses doigts pour les détendre et souleva un sourcil en direction d'Alex. Il avait l'air hagard mais très content de lui. Elle souleva un sourcil en direction de Josh en espérant qu'il comprendrait qu'elle était prête pour un entretien privé.

— Tu as fini ? demanda-t-il.

— Oui, dit-elle en continuant à le regarder avec insistance.

Son téléphone sonna. C'était Ben.

— Ramène ton petit cul ici, McCabe !

Mon compte est bon. C'est mon destin ! pensa Cat en remballant ses affaires avec enthousiasme.

— Tu voulais qu'on s'isole un moment? demanda Josh, pour discuter d'un truc ?

— Oh ! dit Cat, complètement démotivée, on peut remettre ça à plus tard, si ça ne te dérange pas. C'est jour de *repos** après tout.

— Pas de problème, dit Josh, tu peux me passer ta cassette de Luca ?

— Pas de problème, dit Cat en lui tendant son dictaphone.

Elle se sentit envahie par une irrépressible bouffée de trac en quittant la *salle de presse**, marchant sur des nuages. Un sourire gigantesque illuminait son visage, mais pas autant que ses yeux qui irradiaient littéralement. Elle crevait d'impatience et de désir de retrouver Ben.

La *salle de presse** lui faisait penser à la bibiothèque de l'université à la fin d'un trimestre. Fraîche et aérée, semblant abandonnée maintenant qu'elle n'était plus qu'à moitié pleine. La ville du Cap d'Arp ressemblait par contre à un camp de vacances pour cyclistes. Plusieurs coureurs du Tour de France à vélo la dépassèrent. Ils couraient par petits groupes, se dirigeant vers les sorties de ville pour aller se dégoudir les jambes quelques heures. Sur la plage, Cat en vit qui avaient fait leur entraînement de bonne heure et qui se faisaient bronzer. Il y en avait d'autres qui étaient en famille, traités comme des rois dans les cafés locaux. Et puis il y avait ceux qu'on ne voyait pas, ceux qui, de toute évidence, passaient un moment en compagnie de leurs femmes ou de leurs copines. Ou qui se faisaient masser. Ou qui jouaient à des jeux vidéo. Ou qui dormaient. Vasily Jawlensky était le point de mire du monde cycliste. Quand il avait quitté son hôtel, accompagné de Fugallo pour aller courir, une horde de gamins, d'ados, d'amateurs et de fans chevronnés les avait suivis à vélo. Certains avaient même eu le cran de les dépasser. Tout le monde souriait. Quand ils se furent un peu éloignés de la ville, Vasily jeta un coup d'œil à Gianni et ils accélérèrent, donnant l'impression que leurs poursuivants étaient restés figés sur place alors qu'ils continuaient tous à pédaler comme des malades.

Les *directeurs sportifs** étaient assis à la terrasse des cafés, armés de leurs portables. Les mécaniciens jouaient au volley sur la plage. Les *soigneurs** faisaient leur shopping : bananes, vaseline, miel, adoucissant textile pour peaux sensibles. Cat passa devant Jules Le Grand et ses deux téléphones portables posés devant lui sur la table d'une brasserie. Des fans et des journalistes s'empressaient autour de lui. Il lui adressa un signe de tête et lui tendit une main qu'elle serra. Il se leva pour l'embrasser sur les deux joues et se rassit précipitamment pour répondre à un des deux téléphones, désactivant l'autre pour le mettre en position messagerie. Où était donc Rachel? se demandait Cat. Vasily était-il rentré de l'entraînement? Est-ce qu'ils allaient passer un petit moment ensemble? Elle lui téléphonerait plus tard. Tout pouvait être remis à plus tard. La seule urgence, c'était Ben.

Au début, elle se sentit un peu intimidée quand elle se retrouva en face de lui. Elle se demanda si elle ne devait pas lui redire ce qu'elle lui avait dit la veille. Il l'attrapa tendrement par le cou et l'embrassa doucement sur les lèvres.

— *On y va**? demanda-t-elle en souriant.

— Pas tout de suite, répondit-il. Il faut d'abord que je te fasse l'amour. C'est une urgence. Sinon, je n'arriverai pas à marcher droit, encore moins à conduire et surtout mon pantalon ne tombera pas comme il faut.

Il l'emmena dans sa chambre et lui fit rapidemment l'amour, répétant son nom à plusieurs reprises pendant qu'il jouissait. Son orgasme était venu trop vite. Mais celui de Cat était venu plus vite encore et c'est le fait de l'entendre dire son nom quand elle avait joui qui avait précipité les choses. Il la trouva merveilleuse. Étroite, chaude et extrêmement humide. C'était agréable et excitant. Sa queue en devenait dure comme de la pierre. Ils étaient allongés. Ben sur le dos, Cat sur le ventre. Ben souriait au plafond, Cat aux oreillers. Il lui donna des petites tapes sur les fesses et lui dit :

— Allez, McCabe! On va faire une petite excursion.

Il conduisit le long de la côte jusqu'à Perpignan où ils mangèrent des moules et des frites, burent de la bière glacée et se promenèrent sur le port en léchant des cornets de glace. Il savait maintenant tout sur Fen et Pip. Il était incollable sur la décoration de l'appartement de Cat. Il connaissait les goûts de Django en matière d'habillement et de gastronomie. Il n'ignorait plus que la mère de Cat était partie avec un cowboy de Denver quand les filles étaient toutes petites.

— Je n'habite pas loin de Denver, dit Ben en s'asseyant avec elle sur un parapet du port, leurs jambes se balançant dans le vide, tu pourras essayer de retrouver sa trace quand tu viendras me voir.

Cat sourit timidement et lui jeta un coup d'œil.

— Tu viendras me voir, affirma-t-il.

Elle approuva de la tête et se mit à sourire de toutes ses dents en regardant les bateaux voguer. Ben lui caressait le genou.

Cat apprit de Ben que sa mère était du genre chiante, qu'il n'arrivait pas vraiment à communiquer avec son père, et qu'il ne pensait pratiquement plus jamais à Amélia. Ben n'apprit pas grand-chose sur l'homme-qui-n'existait-plus. Cat affirmait qu'il n'y avait rien à dire.

Après tout, s'il n'existe plus, ce n'est pas la peine d'entretenir son souvenir en parlant de lui.

— Ben, dit Cat pensivement quand ils rentrèrent.

Elle regarda sa joue et y posa délicatement le dos de sa main.

— Oui ? répondit-il, ses yeux quittant momentanément la route pour croiser ceux de Cat une fraction de seconde, ce qui suffit à la faire complètement chavirer.

— Tu me voyais comment, avant ?

Ben lui jeta à nouveau un coup d'œil. Elle regardait par la fenêtre.

— Je veux dire, quand tu as cru que j'avais déjà un mec. Tu as dû penser que j'étais une pute, non ?

Ben ne répondit pas.

— Un plan cul facile, insista Cat, une meuf que n'importe qui peut tirer ?

— Tout faux, dit Ben pensivement en faisant beaucoup de contrôles dans le rétroviseur.

Cat le regarda. Les yeux de Ben étaient rivés à la route.

— J'étais déçu, dit-il quelques kilomètres plus loin, pas par toi, mais par la situation. Sinon, le fait d'apprendre que tu avais un copain ne m'a pas empêché d'avoir monstrueusement envie de toi. Pas plus qu'avant non plus, parce que c'était impossible. Mon désir pour toi avait déjà atteint un point culminant.

Il se regarda dans le rétroviseur, se traita intérieurement de petit salaud mais ne parvint pas pour autant à effacer son sourire.

— Je n'ai pas de copain, dit Cat en constatant dans le rétroviseur extérieur que le rose de ses joues avait carrément viré au rouge écarlate.

— Non, dit Ben, il n'y a que moi dans ta vie. Et moi, je n'ai pas de copine non plus.

— Non, dit Cat, rien que moi. Et c'est le Tour de France.

— Le Tour de France, dit Ben, à un peu plus de la moitié.

Quelque chose d'horrible va arriver à Cat. Elle n'a jamais de sa vie vécu une journée qui lui paraisse aussi proche de la perfection. Elle se sent tout à la fois apaisée et surexcitée, comme on se sent seulement quand on est en train de tomber profondément amoureux. Si elle était raisonnable, peut-être qu'elle ne se laisserait pas aller à tomber amoureuse de Ben. Si elle était raisonnable, elle se rendrait compte qu'on est déjà à la moitié du Tour de France et que son chéri habite à Boulder, Colorado. Mais comment peut-on décider de ne pas tomber amoureux ? Surtout quand on a déjà goûté aux bienfaits qu'un tel état procure. Ça ne servirait à rien d'essayer de s'en empêcher. Ce serait impossible.

Cat va pourtant voir son état d'euphorie mis à mal. Le monde va s'écrouler autour d'elle. Le pire de tout, c'est qu'elle va bientôt douter du fait qu'elle est respectée par la famille du Tour de France à laquelle elle est si fière et si heureuse d'appartenir enfin.

C'est une merveilleuse journée. Elle a l'intention d'aller se baigner dans la mer un peu plus tard. De faire un long dîner bien arrosé avec Ben. Peut-être avec Rachel et les autres. De passer toute la nuit avec Ben. Pour se réveiller dans ses bras demain matin. Elle se voit déjà se promenant avec lui main dans la main à travers le *village**. Mais il faut d'abord qu'elle repasse par la *salle de presse**. Elle a hâte de tout avouer à Josh. Elle se dirige vers la *salle de presse** d'un pas léger. Le sourire qui flotte sur ses lèvres et dans ses yeux fait que les gens se retournent sur son passage. L'énergie et le bien-être se dégagent de tous ses gestes. Pauvre Cat.

Alex et Josh se sentaient comme chez eux dans la *salle de presse** en ce jour de *repos**. Ils n'étaient pas spécialement attirés par l'idée d'aller nager ou se promener. Ils aimaient l'atmosphère ralentie d'un jour comme celui-là. Il ne restait plus que les mordus de cyclisme dans leur genre, ceux qui se déguisaient en journalistes le reste du temps pour mieux assouvir leur passion.

— Ça ne t'emmerde pas de finir de transcrire la fin de la bande ? demanda Josh qui ne tapait pas aussi vite que Cat, j'ai horreur de ça.

— Pas de problème, dit Alex, de toute façon, je crois que je ne suis pas capable de faire autre chose. Putain, je suis mort !

— Je vais nous chercher des cafés.

Alex tripota les écouteurs puis décida de faire sans. Il mit le dictaphone en marche et monta le son. Il se mit à transcrire à partir du moment où Josh avait laissé tomber. Quand Josh revint avec les cafés, il enfonça la touche pause et but le liquide chaud comme si c'était un nectar divin.

— Sacré Luca ! se marra Alex, il dit que le seul truc qui le fasse flipper c'est les montagnes, « ces putains de montagnes » comme il dit.

— Attends, dit Josh en revenant en arrière sur la bande, Cat lui avait demandé s'il avait le trac, c'est ça ?

Ils écoutèrent.

— Oui, c'est ça. Mais il ne lui a pas répondu. Il faudra demander à Cat s'il a fait un geste affirmatif ou négatif. À moins qu'il n'ait tiré une tronche de joueur de poker. Dis donc, elle lui a carrément demandé s'il avait la trouille, là.

— Pas de réponse non plus. Je crois que c'est la fin, estima Josh en baissant le son.

— Attends, je vérifie, dit Alex en remontant le volume.

— *Il t'en a donné une bonne longueur ?*

Une voix masculine qui n'est pas celle de Luca jaillit du dictaphone.

— *Parce que moi, j'ai à peu près 18 centimètres à t'accorder.*

— *Je dois rédiger mon papier.*

Cette fois, c'est une voix féminine à l'accent british très prononcé. Reconnaissable entre toutes, c'est la voix de Catriona McCabe, *journaliste**, *Le Guardian* qui répond.

Dans la *salle de presse**, toutes les têtes se tournent vers Josh et Alex. Et le dictaphone de Cat. Ils sont ravis de l'événement. Ils bavent d'impatience d'entendre la suite. Heureusement qu'un tiers seulement des journalistes est présent.

— *Je veux te prendre, tout de suite,* murmure l'homme par-dessus un bruit de froissement d'étoffes.

— *Prends-moi !* répond l'Anglaise. On entend le sommier grincer.

On entend ensuite le bruit de respirations haletantes, pleines de désir, de brefs éclats de rire, des marmonnements et des grincements de sommier éloquents. La bande ne révèle pas s'il y a ou non pénétration, mais ce qui a été enregistré est clair pour tous ceux qui écoutent : ce sont les bruits d'une séance de cul. Les journalistes du groupe de presse restent figés, à l'écoute.

— Allez, dit Josh à Alex, éteins-moi ça.

Mais aucun d'eux n'arrête le magnéto. Ils savent bien tous les deux qu'ils sont en train d'écouter Cat et Ben.

— *Ne t'arrête pas,* supplie la fille.

— Hou là là, dit Alex en prenant le dictaphone entre ses bras sans toucher au bouton du volume et n'éteignant surtout pas l'appareil.

— *Maintenant,* s'insurge la fille après que l'homme lui ait dit : *Plus tard.*

On l'entend haleter et déglutir. Elle est de toute évidence au bord de l'orgasme.

Cat entra dans la *salle de presse** au moment où elle allait jouir sur la bande. Et quand elle entra, tous les yeux se fixèrent sur elle alors que les oreilles en étaient toujours à suivre ses aventures érotiques. Un profond silence se fit dans le groupe de presse. Mais la bande n'en continua pas moins de défiler.

— *Mais j'ai envie, j'ai envie tout de suite !*

Cat resta clouée sur place.

— *Considère ça comme une avance. Je t'emmènerai dans un*

endroit que je connais, ce soir. C'est un joli petit coin tranquille et on fera l'amour là-bas.

Cat se souvient avec netteté qu'à ce moment précis, Ben avait les doigts profondément enfoncés en elle. Et si elle l'avait oublié, le bruit de sa respiration qui s'accélère rythmiquement le lui aurait rappelé.

C'est vraiment merveilleux les résultats que l'on peut obtenir grâce à la technologie ! Un dictaphone est un petit appareil extrêmement sensible ! Il arrive à reproduire les bruits de succion de deux personnes en train de s'embrasser, et c'est avec la limpidité du cristal qu'il retransmet la voix de Cat implorant :

— *Ne retire pas ta main, oh ! Ben, c'est délicieux !*

Une situation de ce degré d'intimité devrait toujours rester privée. Mais peut-on vraiment blâmer le groupe de presse d'écouter ? A-t-on jamais entendu quelque chose de semblable ? Luca Jones. Sexe. Ragots. Sur le Tour de France. Ils sont tout oreilles. Qui aurait le réflexe d'éteindre en plein milieu ?

Que fit Cat ? Que pouvait-elle faire ? Que pensez-vous qu'elle fît ? Qu'auriez-vous fait à sa place ?

Elle eut un cri étranglé. Elle tourna les talons. Elle s'enfuit en courant. Pour s'éloigner au plus vite. Ce n'était peut-être pas la chose la plus logique à faire, ni la plus constructive. Elle allait bien devoir revenir. C'était son lieu de travail. Et c'est bien ce qui rendait la situation épouvantable. Mais elle réagit par réflexe. Tous ses sens, à commencer par le sens commun, lui avaient dicté de fuir.

Est-ce que quelqu'un avait fini par éteindre le dictaphone ? Faut pas rêver. Ils auraient raté le moment où Ben se tapait sa branlette solitaire ! La bande défila jusqu'au bout.

Je peux aller prendre l'avion à Toulouse pour rentrer à Londres.

Mais il faudrait que tu en informes Taverner.

Et il va vouloir savoir pouquoi.

Et à *Maillot* aussi ils voudront savoir.

Mentir se retournerait contre moi. Toute la profession est au courant.

Et si tu pars, tu n'auras plus aucun contrôle de la situation.

À tous les coups, avant que j'ai le temps de prononcer les mots « maillot jaune* *» on sera déjà en train de raconter qu'il y a* *une cassette vidéo de moi en train de baiser avec tous les mecs de Mégapac.*

Ça fait combien de temps que tu es assise ici ? Le jour commence à baisser. Tu as le cul tout trempé à force d'être restée sur le sable mouillé.

Je ne suis pas retournée à l'hôtel exprès. C'est là qu'on allait tout de suite venir me chercher. Je me suis trouvée une petite crique loin de la plage principale pour être tranquille. Il y a des barrières de rochers. Le sable est sec.

Il y a un aspect comique à toute cette histoire, Cat. Tu le sais ? Il n'y a que toi qui puisses faire en sorte que ce qui s'est passé cet après-midi ne passe pas à la postérité.

Je sais. Il me faudrait le soutien de Rachel ou de mes sœurs pour me sortir de ce guêpier. Mais pour l'instant, je me sens trop humiliée pour contacter qui que ce soit. Même pas Ben.

Cat reste encore assise un moment. Elle regarde les nuages qui passent devant la lune. Ils forment une lente procession silencieuse, comme une colonne de personnes mélancoliques qui fileraient à l'anglaise. Elle se met à scruter le ciel en essayant d'identifier les constellations qu'elle connaît et rêvasse un moment sur le fait que Cassiopée peut aussi bien ressembler à un M qu'à un W ou à un 3. Elle finit par admettre que des considérations de ce genre ne servent qu'à éviter de penser à ses vrais problèmes. Il faut qu'elle regarde les choses en face. Qu'elle affronte les réalités terrestres.

Elle réactive son portable. Il y a six messages. Rachel veut savoir si ça lui dit d'aller prendre un thé et faire du lèche-vitrine. Ben se demande si elle a bientôt fini son travail. Il croyait qu'elle passait juste chercher des affaires à la *salle de presse**. Josh lui demande où elle est et la supplie de le rappeler. Il est inquiet. Et Alex ajoute qu'elle est cool comme nana, qu'elle n'a pas de souci à se faire, qu'elle vient juste de faire exploser sa cote de popularité. Ben lui dit qu'il vient de parler à Josh et lui demande de le rappeler. De le rappeler tout de suite. Josh l'implore d'appeler, d'appeler simplement pour dire qu'elle va bien.

Cat sent à travers ces messages que ses amis l'aiment vraiment et ne la trouvent pas du tout ridicule. Elle décide de ne pas aller prendre l'avion à Toulouse. Elle se sent capable de retourner dans la *salle de presse** demain. Même si ce n'est pas la tête haute.

Qui appeler en premier ? Évident.

— Josh ?

— Cat ! soupire Josh soulagé, tu es où ?

— Oh, dit-elle évasise, je suis assise. Je réfléchis.

— Tu veux que je te rejoigne ?

— Je préfère qu'on discute de tout ça par téléphone.

— Pas de problème.

— Josh, je suis vraiment désolée.

— Il n'y a pas de quoi.

— Non, vraiment je veux que tu le saches. Je t'ai menti et je me sens coupable. J'aurais dû mettre les choses au point depuis longtemps.

— À propos de ton mec bidon ?

— Oui. Qui est-ce qui t'en a parlé ?

Josh ne voulait pas lui dire qu'il était dans la chambre de Rachel en train de manger des céréales en compagnie du *soigneur** de Zucca MV et du médecin de Mégapac qui essayaient tous les deux de suivre leur conversation.

— Je ne te connaissais pas encore à l'époque, poursuit Cat, au moment où je t'ai fait cette petite, hum, blague.

— Blague ? s'esclaffe Josh, ce monstrueux canular, tu veux dire, oui !

— C'est vrai, concède Cat, je sais. Mais si je l'ai fait, je te jure que c'est parce que j'avais de bonnes raisons. Enfin, des bonnes et des mauvaises. Mais surtout pour me sentir en sécurité.

— C'est bon, je comprends, dit Josh, Rachel et Ben m'ont expliqué.

— Je t'adore, Josh, dit Cat de tout son cœur, pour moi, tu es un véritable ami et j'espère que tu ne l'as pas mal pris.

Josh sourit. Il est content que Rachel et Ben n'aient pas entendu ça. Il veut le garder pour lui tout seul. Il est ému.

— En tout cas, j'espère que c'est clair pour toi que je ne suis pas une salope, ajoute Cat.

— Non, répond Josh d'un ton plein d'affection, tu es juste un peu nympho et complètement mytho. Mais je t'aime bien quand même, va !

Se faire vanner comme ça par Josh lui fait un bien fou. Et elle se sent encore mieux quand il la supplie de venir le rejoindre dans la chambre de Rachel pour l'aider à dévaliser son épicerie ambulante.

— Tu es avec Rachel, là ? demande Cat.

— Oui, dit Josh, et Ben est là aussi.

Cat passa la tête par la porte entrebâillée en gardant les yeux au ras de la moquette. Elle constata que Rachel portait de jolies sandales, que Ben avait ses Docksiders et que Josh était en trainers. Elle fit glisser son regard le long de trois paires de jambes plus ou moins poilues. Rachel était assise sur une chaise, Ben et Josh au bord du lit. Lentement, Cat leva les yeux et les regarda tous les trois. Rachel hochait lentement la tête en lui adressant un sourire gentiment ironique. Celui de Josh était des plus encourageant. Ben se contentait de la regarder.

Tu es vraiment très belle, Cat.

— Bonjour, leur dit-elle timidement.

— Tu veux manger quelque chose ? demanda Rachel en se levant.

Elle lui passa un bras autour de la taille pour la serrer bien fort contre elle.

— Je veux bien, oui, dit Cat en s'avançant dans la chambre.

— Cat, tu es vraiment maboule et je t'adore, lui dit Josh en s'approchant d'elle.

Il la prit dans ses bras à la manière d'un gros nounours. Il lui embrassa la joue en émettant un « mwah ! » sonore, après quoi il prit une banane et se mit à la mâcher pensivement.

Quand Cat eut avalé deux bols de céréales et un yaourt, Ben bâilla, s'étira et se leva.

— Viens par là, toi, dit-il en allant vers elle.

Il fit courir ses doigts dans les cheveux de Cat qui se rendit compte qu'elle rougissait. Afficher leur affection en public la mettait mal à l'aise, mais elle se laissa sagement faire en adressant un sourire de gratitude à Rachel et dit :

— Viens, Josh. On y va.

Josh, Ben et Cat retournèrent à leur hôtel sans se presser. De temps à autre, Cat lançait un coup d'œil complice à la lune en remarquant que les nuages de traîne s'étaient dispersés. Il allait faire beau demain.

L'hôtel des journalistes n'était pas très grand et le hall s'était transformé en bar improvisé. Alex était là avec la femme un peu boulotte. Ils étaient nichés dans des fauteuils bas, entourés par un nombre considérable de cadavres de *Seize**.

— Cat McCabe ! la héla-t-il en extirpant ses longs membres du spacieux fauteuil.

Il fonça droit sur elle, la souleva en l'air et la fit tournoyer avant de la reposer par terre, chavirée.

— Cat McCabe, répéta-t-il, les yeux pétillants d'une joie intense, petite coquine !

Il se tourna vers Ben.

— Et toi, tu n'es qu'une vieille canaille. Toute la *salle de presse** t'envie, crois-moi !

Ben le remercia du compliment. Cat embrassa Alex pour lui souhaiter une bonne nuit et coula un regard en direction de Mary ou Margaret ou Molly.

— Maria, chuchota Alex.

Cat leur adressa un clin d'œil suggestif, et ils laissèrent Alex à ses douteuses, mais tout ce qu'il y avait de plus efficaces, entreprises de séduction.

— Fais de beaux rêves, dit Cat à Josh, en posant une main sur son bras avant de le serrer bien fort dans ses bras.

— Toi aussi, lui répondit Josh en souriant, bonne nuit, Ben.

— Bonne nuit, dit Ben.

Cat avait une migraine épouvantable. Ben lui dit en plaisantant que le meilleur remède était d'avoir des rapports sexuels. Cat le crut volontiers. Il était médecin. Elle lui faisait confiance.

DOUZIÈME ÉTAPE

Frontignan-La-Peyrade-Daumier. 196 kilomètres

À Londres, Pip qui n'avait pratiquement pas fermé l'œil de la nuit, téléphona à Django sur le coup de cinq heures et demie du matin.

— Tu peux me prêter du fric ?

— Mon Dieu ! Tu as des ennuis ? Tu es en prison ? s'exclama Django en rabattant les couvertures de son lit, prêt à s'habiller pour filer illico à Londres, même s'il n'arrivait pas à ouvrir les yeux.

— Mais non ! Je vais très bien, répondit Pip morte de rire, c'est juste que je n'ai plus une thune. Alors tu peux ?

— Je peux quoi ? demanda Django en se frottant les yeux.

Il n'arrivait pas à se souvenir pourquoi sa nièce lui téléphonait.

— Me prêter de l'argent, répéta Pip.

— De l'argent ? Pourquoi ? Tu as des ennuis ?

— Mais non ! Je veux juste aller voir ma sœur en France.

— Tu veux aller voir ta soeur en France, répéta Django qui avait du mal à se souvenir laquelle de ses trois nièces n'était pas en Angleterre et pourquoi.

— Oui, dit Pip, Cat.

— Pourquoi tu ne le disais pas ? s'exclama Django, bien sûr que je peux te prêter de l'argent. Enfin, si j'en ai.

— Tu en as plein, l'interrompit Pip, quelque part.

— Mais oui, c'est vrai, dit Django comme s'il la remerciait de le lui rappeler, je vais t'envoyer ça.

Pip s'empressa d'appeler Fen.

— C'est bon. J'ai du fric.

— J'en suis ravie, dit Fen d'une voix endormie, mais il est six heures moins vingt.

— J'ai du fric, répéta Pip, on peut aller en France ce week-end !

— Mais moi, j'en ai pas, du fric, répliqua Fen en remontant son duvet jusqu'au menton et en gardant les yeux fermés.

— N'importe quoi ! Tu as un de tes deux mecs qui est bourré de thunes !

— Mais l'autre n'a pas une cacahuète, dit doucement Fen.

— Oui, mais tu as choisi lequel ?

— Je n'en sais toujours rien, gémit Fen.

— Bon, bon. Mais tu viens en France ?

— Évidemment, dit Fen.

Luca est allongé sur son lit. Il a les yeux grands ouverts et un large sourire illumine son visage.

—Y a d'la joie, bonjour, bonjour, mademoiselle, se mit-il à chanter tout fort. Didier se réveilla.

— Putain, tu es malade ? Il est six heures et demie !

— Je veux démarrer ! déclara Luca, je veux continuer la course !

— Dors ! rétorqua Didier avant d'enfouir sa tête sous son oreiller.

— Je ne peux pas ! Je n'ai pas fermé l'œil de la nuit !

— C'est les amphétamines qui font ça, lui lança Didier en émergeant de sous son oreiller qu'il balança à travers la chambre.

— Ne dis pas de conneries ! répliqua Luca piqué au vif, je suis clean, moi ! Tout ce que je veux, c'est gagner une autre étape. Sentir cette puissance. L'euphorie. L'adoration du public. C'est encore plus bandant. Et ça marche mieux que toutes ces saloperies.

— Ouais. Hé bien c'est pas en restant éveillé toute la nuit que tu vas gagner une étape ! Fais de beaux rêves, marmonna-t-il avant de repartir dans les siens, essentiellement faits de gloire, de montagnes et de victoire d'étape.

Cat gémit quand Ben la réveilla. Mais ce n'était pas parce que le réveil était dur. Ben, la tête enfouie entre les jambes de Cat avait une méthode bien à lui pour réveiller une jolie fille.

— Je ne veux pas me lever, se lamenta-t-elle.

Ben escalada son corps et l'embrassa avec le goût aigre-doux de la chatte de Cat sur les lèvres.

— J'ai peur d'affronter la journée, lui confia-t-elle, ça va être dur d'entrer dans la *salle de presse** aujourd'hui.

Ben s'allongea sur le dos et l'observa de profil.

— Tu as honte ?

— Honte ? s'exclama Cat, je n'ai jamais connu une telle humiliation, tu veux dire !

— Oui. C'est bien ce que je dis.Tu as honte, insista Ben.

Cat fronça les sourcils.

— Tu as honte de ce qui se passe entre nous.

— Alors ça, sûrement pas, dit calmement Cat en ponctuant ses paroles d'un baiser sur son épaule.

— Parfait, dit Ben, dans ce cas, tu te contentes de rester allongée les yeux fermés pour essayer de déterminer qui a tort, qui conserve toute sa dignité et qui aurait des raisons d'avoir honte. Moi, pendant ce temps, je compte bien me rassasier de ta merveilleuse petite chatte.

Rachel n'avait pas passé une seule minute de la journée de repos avec Vasily. Après la course, il s'était fait longuement masser par un autre *soigneur**, puis il avait fait une séance d'ultrasons pour une ancienne blessure au genou. En distribuant les tenues propres à l'équipe ce matin, ils s'étaient retrouvés seuls quelques minutes. Elle espérait que ces minutes seraient spéciales. En lui donnant son maillot, elle l'embrassa sur la joue en s'arrangeant pour poser ses lèvres juste à côté de sa bouche. Dans un premier temps, il fut surpris et elle vit les rouages de sa mémoire se mettre en branle. Il lui rendit alors son baiser. Sur la bouche, en lui chatouillant les lèvres du bout de la langue. Cela la paya largement du malaise qu'elle avait ressenti depuis leur dernier baiser jusqu'au moment présent.

On en était maintenant au début de la deuxième moitié du Tour et Cat avait depuis longtemps pardonné à ses collègues leur mauvais goût en matière de chaussures, leur inaptitude à taper correctement sur un clavier et leur engouement pour la nicotine. C'était globalement un groupe de gens sympas, tellement passionnés de cyclisme que Cat pouvait fermer les yeux sur leurs petits défauts. Parmi eux, il y en avait pourtant quelques-uns qui étaient franchement désagréables. Soit ils puaient carrément physiquement, soit ils n'aimaient pas vraiment le cyclisme, soit ils avaient un comportement égoïste, limite parasite. Du coup, le choix des chaussures ou l'addiction à la nicotine passaient vraiment pour des broutilles sans importance.

Le plus ignoble de tous était certainement un petit type qui s'appelait Jan Airie. Il n'allait jamais au *village**, ne s'approchait jamais de la ligne d'arrivée, encore moins de la mêlée et ne s'aventurait jamais autour des véhicules des équipes ou des hôtels. Mais il ne se gênait pas pour pomper des citations aux autres journalistes, farfouillant dans les dossiers informatiques en émettant une ignoble toux de poitrine et en se curant les oreilles. Cat l'avait plusieurs fois senti en train de lire son écran par-dessus son épaule. C'était son odorat qui l'avait prévenue de sa présence. Il refoulait monstrueusement du goulot. Ses chaussures n'étaient pas seulement abominablement laides, mais il émanait d'elles une odeur pestilentielle. Il la faisait sursauter et lui donnait la chair de poule. Elle savait qu'il n'y avait pas grand espoir pour qu'il se soit trouvé ailleurs que dans la *salle de presse** la veille.

Je déborde d'adrénaline. Au point que je serais incapable d'avaler quoi que ce soit, se disait Cat pendant que Josh se garait sur le parking près de la *salle de presse** de Daumier.

— Je crève de faim, dit Alex au milieu d'un bâillement.

Il s'étira de tout son long et, ce faisant frappa Josh à l'oreille.

— Tu es bien calme, fit-il remarquer à Cat qui ne répondit pas.

Josh lança un regard réconfortant à Cat dans le rétroviseur, mais elle détourna les yeux avant d'avoir pu le croiser. Elle respira à fond plusieurs fois de suite, braquant son regard sur la petite ville élégante et paisible de Daumier qui méritait bien son attention. Après quoi elle se dépêcha de suivre les garçons pour entrer en même temps qu'eux dans la *salle de presse**.

— Attendez, leur dit-elle, vous voulez bien m'encadrer, style gardes du corps ?

— Tu aurais pu t'habiller de façon moins voyante, la taquina Alex, cette petite robe fluide sera du plus mauvais effet. Et puis tu devrais te mettre un sac sur la tête. Ce serait la moindre des choses.

— Mais il fait super chaud, protesta Cat.

— Et le groupe de presse sera encore plus chaud, ajouta Alex en la détaillant des pieds à la tête.

— Je ne peux pas y aller, déclara Cat, bloquée sur place.

— Allez, dit Josh en l'attrapant par les bras.

Ils l'escortèrent à l'intérieur.

Merde. On dirait que personne ne dit un mot. Ou alors c'est les battements de mon cœur qui m'empêchent de les entendre. Je n'ose pas lever les yeux.

Les garçons la firent asseoir entre eux et Cat se mit immédiatement à taper frénétiquement sur son clavier. Elle gardait la tête dissimulée derrière son écran.

COPIE POUR P. TAVERNER @ BUREAU DES SPORTS DU *GUARDIAN*
DE CATRIONA McCABE À DAUMIER

La journée de repos d'hier n'était plus qu'un lointain souvenir (j'aimerais que ce soit vrai. Il va falloir que je revive tout ça quand je vais devoir le raconter à mes sœurs) *tandis que le Tour de France se dirigeait vers la Provence. Les massages et la physiothérapie dont ont bénéficié les coureurs hier ne servaient pas tant à soulager leurs membres endoloris des onze jours qu'ils venaient de passer en selle, qu'à les préparer aux neuf journées suivantes.* (Qu'est-ce qui se passe là ? Les gens applaudissent.)

Alors que le bruit des applaudissements venait interrompre la concentration de Cat, elle décida d'accorder à tout le monde le bénéfice du doute. Peut-être qu'ils applaudissaient un sprint bien enlevé ou une belle échappée. Elle crevait d'envie de regarder la course. Le *repos** s'était très bien passé, merci, mais Cat était en manque de cyclisme. Elle ne releva cependant pas la tête. Josh lui chuchota gentiment un commentaire de la course et Alex lui expliqua que les applaudissements étaient le fait d'un groupe de chahuteurs. Ni l'un ni l'autre ne purent cependant rien faire pour la prévenir que l'immonde Jan Airie se faufilait derrière elle, car il avait habilement manœuvré pour s'approcher sans attirer l'attention.

— Catriona, lui souffla-t-il à l'oreille, l'obligeant à se recroqueviller encore plus derrière son écran, j'ai cru comprendre que tu as fait une interview de Luca Jones. J'aimerais bien écouter ta bande. Je suis sûr qu'elle doit être extrêmement intéressante.

Il produisit une épouvantable respiration asthmatique en guise de rire à ce qu'il estimait être un trait de génie humoristique. Cat avait envie de vomir et de le frapper, mais cela aurait endommagé son clavier et l'aurait obligée à sortir de son abri. Elle préféra ne pas réagir. Airie, tout fier de lui, s'éloigna furtivement pour venir s'asseoir devant Alex. Il regarda ouvertement ce qui était écrit sur les écrans de ses voisins immédiats. Il prit une cigarette dans le paquet de l'un et but une gorgée de la canette de Coca de l'autre.

— Quel porc ! siffla Josh.

— Il est répugnant, approuva Cat.

— C'est le gros dégueulasse intégral, renchérit Alex.

Tous trois se remirent au travail. Airie prit une voix de fausset sous prétexte de commenter la tentative d'échappée d'un coureur Banesto.

— Ne t'arrête pas ! Ne t'arrête pas !

Les prochaines étapes de montagne ne sont plus très loin. Ce n'est pas le moment pour les principaux concurrents du maillot jaune de gaspiller leur énergie. Les non-grimpeurs ont donc une petite chance de glaner une victoire et de la notoriété avant de regagner le groupe des anonymes dans les Alpes. Système Vipère, l'équipe qui est derrière le gagnant du maillot jaune Fabien Ducasse, doit rester en tête du peloton pour mener le rythme et contrôler les coureurs qu'ils peuvent autoriser à se lancer dans une échappée. (Ouf ! On dirait qu'Airie se calme. J'en étais où ? Ah, oui. Les montagnes et Système Vipère.)

Jan Airie se mit à soupirer. Puis il gémit. Il se mit à simuler une caricature d'orgasme féminin, attirant toute l'attention de la *salle de presse**. Il y eut des ricanements qui s'enflèrent petit à petit pour se transformer en un éclat de rire général.

Cat sent la colère monter en elle. Mais elle sent autre chose aussi. Ce sont les lèvres de Ben. Elles déposent délicatement un baiser sur sa nuque. Puis au creux de son épaule. Les rires subsistent, mais l'orgasme feint de Jan Airie s'arrête net.

— Tu as l'air malade, lui dit Ben très fort.

— Il est malade, confirme Alex.

— Je crois qu'il a besoin d'aide, ajoute Josh.

Ça lui coupe la chique, s'émerveille Cat, *embrasse-moi encore, Ben.*

Ben l'embrasse à nouveau en lui passant la main dans les cheveux, les réunissant entre ses doigts pour former une queue de cheval, puis tirant légèrement dessus pour faire basculer sa tête en arrière et déposer un baiser sur son front. Puis il discute comme si de rien n'était avec Josh et Alex tout en massant les épaules de Cat. Il fixe Jan Airie d'un regard d'acier. Après quoi, il s'en va. Mais il ne manque pas de dire à Airie en s'éloignant que si les médicaments ne sont pas efficaces, il peut toujours aller faire un tour à l'asile psychiatrique. Et c'est d'une voix tout aussi sonore qu'il dit à Cat qu'il la reverra tout à l'heure.

Il est adorable, pense Cat en reportant son regard sur les écrans de télé. Elle remarque que Hunter Dean fait partie d'un groupe d'échappée de six hommes. *Lui aussi est adorable.*

C'est par une température de 36 degrés que les coureurs doivent poursuivre la course. Les vents de la région, le mistral et la tramontane, sont vicieux. Ils semblent tourner autour du peloton comme s'ils hésitaient à venir s'amuser à le démantibuler. (Ben York, Ben York, tu m'as déclaré que tu es mon mec à moi. Mais pour combien de temps ? Dans dix jours tu seras dans le Colorado et moi je serai à Londres.)

— Ce n'est pas ça l'important pour le moment, se dit Cat, les yeux rivés à l'écran de télé.

Son intérêt et son affection pour les coureurs se manifestent par le froncement de ses sourcils et son cœur qui se serre.

— Alors mon cœur pourrait battre à deux endroits en même temps ? se demande-t-elle tranquillement. Il faut croire que oui.

— Il fait trop chaud, dit Luca à Travis, et le vent s'est levé. Il souffle nord-ouest comme un vrai démon.

— Il doit souffler à 50 km/h, confirme Travis, c'est cool qu'Hunter soit dans le groupe d'échappée.

— Ouais, acquiesce Luca, je sens bien mes jambes, là. Je me ferais bien un petit galop.

— Comme tu veux, dit Travis, je serais content de t'accompagner sur ce coup-là.

Juste après le contrôle de ravitaillement, Luca Jones changea de développement et se mit à filer comme le vent. Il prit une minute d'avance sur le peloton, mais ne parvint pas à rejoindre le groupe de tête qui menait avec trois minutes d'avance à ce moment-là. 10 kilomètres plus loin, ayant repéré l'hélicoptère-télé, Luca se leva sur sa selle et adressa aux caméras le sourire que le public connaît bien.

— Des nases ! siffle Travis à Luca en se référant aux quatre jeunes coureurs de quatre équipes différentes qui se relayent en tête du peloton pour lutter contre le vent.

— Ils sont déjà morts, approuve Luca.

C'était une journée au cours de laquelle les jeunes coureurs travaillant pour leur propre compte, pouvaient se relayer en tête du peloton, devant les coureurs de Zucca MV et de Système Vipère, pour prendre de l'avance en espérant que cela leur serait utile dans la montagne. À 22 km du final, les coureurs ont dû affronter la montée de catégorie 2 du col de Murs.

— La descente craint encore plus, prévient Travis quand ils arrivent au pied de la montagne.

— Je te crois, dit Luca, on ne peut même pas voir où on va.

— Fais gaffe, crie Travis qui repart en tête, la caravane de publicité laisse des traînées de caoutchouc et de diesel, et des saloperies qui peuvent être dangereuses.

Les montagnes de la région sont très boisées, les descentes sont rapides et dangereuses car les coureurs ont du mal à évaluer la difficulté des virages en épingle à cheveux et de quel côté la route va s'orienter après. Travis Stanton fut éjecté de son vélo après avoir dérapé sur une flaque de diesel à mi-chemin de la descente.

— Une gamelle de toute beauté ! vanne Luca une fois que la route redevient plate.

Ils abordent une vallée verdoyante d'une beauté à couper le souffle. Travis jette un coup d'œil à son avant-bras écorché et à son genou en sang. Il fait couler de l'eau sur ses blessures et crispe les épaules à cause du picotement.

— Où est le groupe ? demande-t-il à Luca qui n'en sait rien.

— Où est le groupe ? demande Luca à David Millar.

— À trois minutes, répond le coureur de Cofidis, Hunter est dedans, non ?

— Ouais, dit Luca avec fierté, c'est notre leader, et si je continue à lui envoyer mes vibrations de vainqueur d'étape, il va nous la faire, aujourd'hui. Yo Hunter !

— Tu te la pètes grave, Luca, rigole Millar en s'éloignant à l'avant.

Le groupe de tête a sillonné les rues de Daumier où une foule énorme avait scandé et chanté des hymnes à la gloire du cyclisme tout l'après-midi. Les tournants serrés et les barrières d'un final en règle ajoutés au brusque passage d'un soleil de plomb à l'ombre de la ville ont forcé les coureurs à ralentir leur rythme. Il n'y avait pas un seul véritable sprinter parmi eux et c'est donc la force de caractère qui allait désigner le gagnant de l'étape. Alors qu'Hunter Dean hésitait pour évaluer à quel moment se lancer et avec qui, les six coureurs ont avalé les derniers mètres à la vitesse de l'éclair et c'est son compatriote Marty Jemison (US Postal) qui a remporté l'étape avec une roue d'avance et 2 minutes 32 secondes sur le reste du peloton. Fabien Ducasse remporte son sixième maillot jaune, mais Vasily Jawlensky reste une forte menace, 53 secondes seulement derrière lui. Le peloton se dirigera demain sur Grenoble. Ce soir, il va reprendre des force à l'ombre du géant de la Provence, le Mont Ventoux, où Tom Simpson, coureur anglais vainqueur du maillot jaune, a perdu la vie en 1967.

<FIN>

Pip et Fen regardaient le résumé du Tour sur Channel 4 le cœur serré. Leurs passeports sur les genoux, leurs sacs à dos bouclés dans l'entrée, elles avaient déjà appelé un taxi. Dès que le programme fut terminé, elles embarquèrent pour la gare de Waterloo, prirent l'Eurostar jusqu'à Paris, changèrent de gare et montèrent dans un train pour Grenoble.

— Tu ne crois pas qu'on aurait dû téléphoner à Cat? demanda Pip.

— Je me demande, réfléchit Fen à voix haute, non. Rien de tel qu'une surprise.

— Comment on va faire pour la trouver? demanda Pip.

Fen haussa les épaules.

— On trouvera bien sa trace, répondit Fen (c'était la première fois qu'elle se demandait comment elles feraient), elle a dit qu'elles n'étaient que douze femmes journalistes. Ça ne devrait pas être bien difficile.

— Où est-ce qu'on va dormir? demanda Pip.

— On se trouvera un endroit, lui assura Fen, ça ne doit pas être bien difficile au pays des *gîtes**.

— Et des *frites**. Je meurs de faim, dit Pip.

— Est-ce que tu savais, dit Fen en levant les yeux de son guide du Tour de France édité par Channel 4, que le premier maillot jaune jamais décerné l'avait été à Grenoble?

Pip secoua la tête, captivée.

— Oui, continua Fen, en 1919. Je ne sais pas pourquoi il est jaune, en fait.

— Il est jaune, expliqua Pip en relevant le nez de son exemplaire de *Procycling,* parce que la course était sponsorisée par *L'Auto*, un journal dont les pages étaient jaunes.

— C'est trop génial! dit Fen en feuilletant *Cycle Sport*, Eddy Merckx a gagné quatre-vingt-seize maillots jaunes au cours de sa carrière!

— Écoute ça, dit Pip qui consultait *Maillot*, scandale et magouille! Au cours du deuxième Tour de France, Maurice Garin a été disqualifié parce qu'on a découvert qu'il avait fait une des étapes en train!

— Je crois que c'est aussi dans ce Tour que trois autres coureurs célèbres ont été éliminés pour avoir construit des barricades et répandu des clous sur la route! ajouta Fen.

Elle regarda par la fenêtre. Pendant qu'elles traversaient cette campagne paisible, il leur était difficile de se représenter que le monde immense mais hermétique du Tour de France n'était plus qu'à quelques heures de distance. À quoi ça pouvait ressembler ?

— Je suis sûre qu'on va trouver Cat, dit Fen, et même Fabien Ducasse.

— Bien sûr. J'espère, dit Pip en faisant d'abord allusion à sa sœur, puis au coureur français.

Elles réalisaient tout à coup qu'elles n'avaient pas seulement fait ce voyage pour retrouver leur sœur, mais aussi pour voir les cyclistes en chair et en os. Histoire de tester par elles-mêmes l'atmosphère du Tour de France.

TREIZIÈME ÉTAPE

Valadon-Grenoble. 186,5 kilomètres
COPIE POUR P. TAVERNER @ BUREAU DES SPORTS DU *GUARDIAN*
DE CATRIONA McCABE À DAUMIER

Aujourd'hui, le Tour de France s'est déroulé sur une toile de fond qui ressemblait à un tableau de Cézanne : des champs de lavande miroitants lacérés par les silhouettes noires des cyprès, au milieu de maisons de pierre blanche aux toits de tuiles, sous le regard pesant des sombres montagnes du Vaucluse. Mais par 40 degrés à l'ombre avec une faible brise soufflant sud-ouest pour rafraîchir l'atmosphère, l'intérêt du peloton en matière d'histoire de l'art n'était pas vraiment stimulé. Leur seul souci consistait à travailler dur pour rejoindre les Alpes et un climat plus frais qui ne serait obtenu qu'au prix de pénibles montées.

Il s'agissait aujourd'hui d'une étape de moyenne montagne, difficile, mais moins terrible que les vraies étapes de montagne. La course traversait les pré-Alpes du Vercors depuis le sud vers le nord. La dernière montée, à 50 kilomètres du final, était le col de Rousset de deuxième catégorie. La chair rose de la montagne dans laquelle sont creusés les virages en épingle à cheveux contrastait avec l'indigo profond des massifs d'arbustes qui la couronnent. Si la déclivité n'était pas des plus importantes, il fallait tout de même fournir un effort considérable pour atteindre le sommet : un plateau difficile qui ondule sur plusieurs dizaines de kilomètres. Un groupe d'échappée composé de sept coureurs s'est tenu à distance _du peloton avec près de 10 minutes d'avance sans pour autant inquiéter les leaders. Quand la sinistre banlieue de Grenoble a cédé la place aux élégants boulevards du centre-ville, le petit groupe s'est mis à jouer au chat et à la souris pour le plus grand plaisir de la foule immense venue assister à l'arrivée. Personne ne voulait démarrer le sprint, mais personne n'avait l'intention de tolérer qu'un autre tire toute la couverture à lui. David Millar a fini par réussir à se faufiler à toute allure et a remporté l'étape en 4 heures 31 minutes et 40 secondes, laissant aux six autres sprinters le soin de se départager pour la seconde place au photofinish. Massimo Lipari, grimpeur de Zucca MV sacré Roi de la Montagne l'année dernière a récolté un maximum de points. Il est maintenant à un cheveu du maillot à pois qui reste cependant l'attribut de Carlos Jesu Velasquez, le petit Espagnol charismatique de Système Vipère. De la même façon, bien que le maillot vert soit porté par Jesper Lomers de Système Vipère, il se pourrait bien qu'il revienne à Stefano « Cuisses d'Airain » Sassetta (Zucca MV) au cours des prochaines étapes. Et pour compléter la trilogie des maillots chez Système Vipère, Fabien conserve le_ maillot jaune*, _mais les projets de Vasily concernant ce dernier sont tout à la fois réalistes et imminents. Cette année, les maillots ne sont pas les récompenses du Tour de France, mais les trophées d'un duel dont les protagonistes sont exclusivement Système Vipère et Zucca MV._

<FIN>

— Et je ne sais vraiment pas qui j'aimerais voir gagner, se dit Cat en souriant et en retournant s'asseoir après avoir transmis son reportage à Londres.

— C'est pour toi, dit Josh en lui tendant son propre téléphone, c'est Taverner. Il dit qu'il n'arrive pas à te joindre sur ton portable.

Cat vérifia son téléphone et constata que la batterie était à plat. Elle prit celui de Josh et se mit immédiatement à plaider sa cause.

— Je sais que tu ne m'avais autorisé que 350 mots. Mais je n'en ai mis que 26 de plus !

— Je n'ai rien dit pour « Sassetta Cavalier Noir » la semaine dernière, mais là, je ne peux vraiment pas laisser passer ton Stefano « Cuisses d'Airain » Sassetta !

— Pourquoi ? Ça lui va bien !

— Et, continua Taverner, arrête d'appeler les coureurs par leurs prénoms ! Tu baises avec eux ou quoi ? Luca par-ci, Fabien par-là et Vasily-chou tant que tu y es !

— Mais ce sont des personnes réelles, tenta de se justifier Cat, pas des robots tout juste bons à actionner les pédales.

— Et pour finir, maintint Taverner, tu vas arrêter de nous bassiner avec tes descriptions esthético-machin à la gland. Cézanne, c'est bien gentil, mais où est-ce que tu es allée me pêcher ton histoire de « la chair rose de la montagne » ?

— Je me suis laissée emporter, plaida Cat.

— Tu vas me faire le plaisir de changer ça immédiatement, ordonna Taverner avant de raccrocher.

— Moi je trouve que c'est bien « la chair rose », dit Cat d'un ton léger mais un peu trop fort.

Plusieurs reporters la regardèrent puis se détournèrent en pouffant de rire.

Cat corrigea son article, écrivant les noms des coureurs en entier. Mais elle prit un malin plaisir à laisser les « Cuisses d'Airain » de Sassetta à la place qu'elle leur avait attribuée.

Fen et Pip s'assirent, crevées, dans un café.

— On n'a nulle part où dormir, on n'arrive pas à joindre Cat et on a à peine entr'aperçu une fraction de seconde de la course.

— Et encore, sur la pointe des pieds, quand on arrivait à ne pas se les faire écraser par de parfaits inconnus ! ajouta Pip.

Fen se tordit la bouche, fronça les sourcils et regarda sa sœur.

— On voyait mieux sur Channel 4, dit-elle le plus tranquillement du monde.

— Comment on va faire pour aller à l'Alpe d'Huez demain ? demanda Pip, j'ai comme l'impression qu'on n'arrivera même pas à grimper dans un car ou à se faire prendre en stop.

Fen haussa les épaules et contempla son kir.

— Même si on y arrive, on dormira où ? À la belle étoile ?

— C'est plutôt où on va dormir ce soir qui m'inquiète. Notre problème immédiat c'est ça, souligna Pip.

— Viens, dit Fen, on va trouver Cat. On va retourner à la *salle de presse**.

— Mais on a déjà zoné là-bas pendant une heure, geignit Pip, et personne n'a rien pu nous dire dans aucune langue.

— Viens, dit Fen galvanisée par la vue d'un bus d'équipe surmonté de bicyclettes.

En chemin elles croisèrent Ben York. Mais ça, elles ne pouvaient pas le savoir. Même si Ben est d'une beauté qui fait qu'on se retourne sur son passage, Pip était trop occupée à essayer de s'y retrouver sur le plan de la ville et Fen avait déjà le regard braqué sur deux autres mecs intéressants. Ben, quant à lui, leur jeta un rapide coup d'œil, mais il avait une urgence : passer une demi-heure avec Cat avant de retourner s'occuper de ses coureurs.

La *salle de presse** de Grenoble se trouvait dans le Palais des Sports qui avait été construit pour les Jeux Olympiques d'Hiver. Chaque entrée était gardée par des vigiles qui refusaient de parler anglais ou d'échanger un regard avec quiconque ne portait pas de badge. Dommage pour eux. Fen et Pip excellaient dans l'art du battement de cils sexy. D'autant plus dommage que le premier journaliste sur qui elles tombèrent n'était autre que l'infâme Jan Airie.

— Exkiouzé moi, énonça Pip en espérant que ce serait un reporter américain et qu'il serait séduit par son accent british.

— Hein ? émit Jan en lui envoyant sa mauvaise haleine dans la figure.

— Cat McCabe ? demanda Fen.

— Catriona ? ajouta Pip, *journaliste**, *Le Guardian* ?

L'homme ricana.

— Cette pute !

Il s'éloigna en ricanant dans sa barbe.

— Charmant ! s'exclama Pip.

Elles se relayèrent pour aborder les journalistes qui quittaient la *salle de presse**, mais que ce soit en anglais ou en mauvais français, elles ne rencontrèrent que des haussements d'épaules d'ignorance.

— Ils ont tous des valises comme ça sous les yeux, remarqua Fen.

— Il y en a beaucoup qui feraient bien d'aller se ravaler la façade, ajouta Pip, regarde, celui-là il a l'air sympa. Vas-y, Fen. C'est ton tour.

— *Monsieur** ? demanda Fen à Josh.

— *Oui** ? répondit Josh en pensant qu'il l'avait déjà vue quelque part.

— Cat McCabe ? demanda Fen.

— *Journaliste*, Le Guardian* ? ajouta Pip.

— Qu'est-ce que vous lui voulez ?

— Ah ! Vous êtes anglais ! On la cherche, répondit Pip.

— Qui êtes-vous ? demanda Josh.

— Et vous ? demanda Pip qui commençait à en avoir marre de tous ces gens suspicieux.

Josh remit son badge à l'endroit.

— On dirait bien que je suis Josh Piper, dit-il, mais laissez-moi deviner. Vous êtes les grandes sœurs, c'est ça ?

— Oui, c'est nous ! s'exclama Fen ravie.

— Je n'arrive pas à croire que tu es Josh, s'écria Pip en sautant en l'air.

Elle fit un gros effort pour ne pas se laisser aller à faire une série de roues.

— Pourquoi ? s'exclama Josh, elle m'avait décrit comment ?

— Non, dit Fen en riant, elle veut dire qu'elle est contente qu'on t'ait trouvé. On est d'abord tombées sur un type qui nous a dit que Cat était une pute... Et d'un seul coup, bingo ! Te voilà !

— Ça devait être ce porc de Jan Airie, dit Josh.

— Ma sœur n'est pas une pute ! dit Pip.

— Bien sûr que non, dit Josh.

— Tu connais Ben, alors ? risqua Pip, ouille ! s'exclama-t-elle comme sa sœur lui enfonçait son coude dans les côtes.

— Bien sûr que je connais Ben, répondit Josh.

— Elle n'a pas de mec, tu sais, expliqua Fen.

— Si, elle a Ben, répliqua Josh en souriant.

— Où est Cat ? demanda Pip comme si elle se souvenait tout à coup de l'objectif de leur mission.

— Elle a fini de bosser aujourd'hui, et Alex aussi, c'était moi le dernier ! dit Josh, au fait, vous êtes à quel hôtel ? Cat savait que vous veniez ? Vous êtes arivées quand ? Vous repartez quand ? Et qu'est-ce que vous êtes venues foutre ici ?

— On est venues voir le Tour de France, lui répondit Fen comme si cela allait de soi.

— Et on ne sait pas encore où on va dormir, ajouta Pip comme si ce n'était pas un problème.

Mais où est Cat dans tout ça ?

Elle est avec Luca.

Où ?

Derrière l'hôtel de Mégapac, à l'ombre d'un arbre pour se protéger de la chaleur toujours étouffante en cette fin d'après-midi.

Ils bavardent.

— Luca, dit Cat qui trouve qu'ils ont suffisament parlé de l'étape du jour, il faut que je te dise quelque chose.

— Je t'écoute, Tic-tac, lui dit-il.

Il l'observe. Le malaise évident de Cat est contredit par la halo de bonheur palpable qui l'entoure. Elle a beau tordre la bouche, ses yeux étincellent de joie. Elle hausse les épaules en souriant.

— Ben, dit-elle, et moi.

Luca réfléchit un moment puis il lui donne un coup de coude.

— Si j'étais toubib au lieu de cycliste, c'est moi que tu aurais choisi ?

— Ne t'amuse jamais à imaginer que tu pourrais être autre chose que cycliste, le sermonne-t-elle en lui rendant son coup de coude, le monde perdrait gros.

— Je le savais. Je le savais depuis le début, dit Luca en lui prenant la main, déjà il y a un milliard d'années, à Delaunay-Le-Beau avant que le Tour n'ait commencé.

— À la visite médicale ? se souvint Cat, c'est la première fois que je vous ai vus. Vous étiez assis sur un banc.

— Ouais. C'est là que Ben a commencé à délirer.

— Comment ça à délirer ?

— Cette fois, c'est un mot normal que j'utilise, non ? C'est le moment où il a commencé à partir.

Cat fronça les sourcils.

— OK, je vais te tourner ça bien. C'est à partir de ce moment-là que Ben a commencé à bander pour toi ! Là, tu comprends cette fois ?

Ils éclatèrent de rire.

— C'est lui qui te l'a dit ? demanda Cat.

— Lui ? Il a pas besoin de parler, le lascar ! Tu sais pourquoi ?

Cat secoue la tête.

— Normalement, quand je dis des trucs sur une meuf, style « baisable ! » ou « bandante ! » tu me connais, quoi... Bon. D'habitude, Ben sort des trucs du même genre. Passons. Tu vois ce que je veux dire ?

Cat hoche la tête.

— Hé bien, quand je disais des trucs sur toi, tu sais pas ce qu'il faisait ?

— Non, quoi ?

— Il ne disait rien. Pas un mot. C'est comme ça que j'ai su. Et ça me faisait bien marrer.

Cat se lève.

— Il faut que j'y aille, dit-elle.

— *Gatto** ! la rappelle-t-il.

Cat se retourne.

— Je peux toujours t'appeler Tic-tac Cat ?

— Ne m'appelle jamais autrement, sinon je ne répondrais pas, lui assure Cat.

Cat regagna son hôtel. Josh avait glissé un message sous sa porte, l'informant qu'ils l'attendaient au bar du coin. Sa discussion avec Luca l'avait mise d'excellente humeur. Cela faisait longtemps qu'elle ne s'était pas sentie aussi gaie. Elle se précipita à la recherche du bar. De l'extérieur, elle vit que Ben était avec Alex et Josh et qu'il y avait aussi deux femmes avec eux. Elle se dit qu'elle les avait déjà vues quelque part. En se rapprochant d'eux, elle battit plusieurs fois des paupières, puis se mit à sourire. Elle recommença à battre des paupières et essaya de sourire en même temps, mais c'était impossible.

— Fen ? lança-t-elle d'une voix aigue, Pip ? Josh ! Ben ! Alex !

— Cat ! s'écria Pip.

— Pip ! déclara Cat, Josh ? Alex ! Ben ? Fen !

— Cat ! cria Fen.

— Fen ! répondit Cat, Pip !

Ses sœurs se levèrent, se précipitèrent, la serrèrent dans leurs bras et répétèrent leurs noms *ad nauseam* jusqu'à ce qu'Alex leur dise de se taire, de s'asseoir et de prendre un verre.

— Tu as l'air nase, dit Pip à sa sœur, tu aurais besoin d'aller chez le coiffeur. Et tes vêtements sont dans un état !

— Si j'avais su que vous veniez, je vous aurais demandé de m'apporter des petites culottes de rechange et de l'après-shampooing, lui certifia Cat.

— Tu as l'air d'avoir maigri aussi, lui dit Fen sévèrement.

— Moi j'ai dû prendre au moins une tonne, gémit Alex.

— On s'en fout. Tu sais à quoi je pense ? demanda Josh en regardant Alex, je pense que Bordeaux est déjà loin derrière nous.

Alex l'observa puis se frappa le front du plat de la main.

— Bon sang, mais c'est bien sûr ! s'exclama-t-il.

— Dis-moi, Cat, pour quel motif serais-tu prête à tuer ? lui demanda Josh.

Il approuva de la tête quand elle lui dit qu'elle serait prête à tuer pour suivre une étape dans le bus de Système Vipère.

— Maintenant, ferme les yeux, lui dit Alex, et essaye de compter combien de baguettes, de fromage puant et de charcuterie grasse tu as engloutis jour après jour.

Il trouvait rigolo de voir Fen et Pip hocher la tête et froncer les sourcils en même temps que leur sœur.

— Et maintenant, dis-moi pour quel motif tu serais prête à tuer.

— Un Big Mac, chuchota Cat les yeux toujours fermés, une grande portion de frites, continua-t-elle d'une voix transformée par un soudain excès de salive, et un milk-shake à la vanille.

— Aujourd'hui, en cette minute solennelle, dit Josh en la prenant par les épaules, je te déclare officiellement membre du groupe de presse officiant sur le Tour de France. Félicitations.

C'est donc en ingurgitant du MacDo, dans un silence religieux pour Alex, Josh, Cat et Ben, que Fen et Pip racontèrent leur voyage, leur journée et leur problème de couchage pour la nuit à venir.

— Elles peuvent prendre ta chambre, dit Ben.

Tout le monde approuva, surtout Alex qui était comme ressuscité par un repas aussi délicieux et qui commençait à se faire des idées sur les deux sœurs, persuadé qu'il pourrait très bien se faire l'une, ou l'autre, ou les deux quand il le déciderait.

— Demain, dit-il, on aura carrément un appartement dans la station de ski. Vous pourrez vous écrouler avec nous.

— Je voudrais surtout savoir où il faut aller pour bien voir la course, dit Pip qui trouvait qu'Alex n'était pas mal du tout, aujourd'hui on n'a rien pu voir.

— À l'Alpe d'Huez, dit Cat, il y aura plusieurs centaines de milliers de personnes massées sur la montagne. Il y en a qui y sont déjà depuis plusieurs jours, en fait.

— Oh ! dit Fen déçue.

— Oh ! dit Pip sur le même mode.

— Je pourrai vous y conduire en voiture dès potron-minet, dit Cat, très émue que ses sœurs soient venues la rejoindre, mais plus encore par le fait qu'elles étaient venues pour suivre le Tour.

— Ben ? dit Cat une fois qu'ils sont allongés sur le lit après avoir joui, le cœur battant à tout rompre, le corps en sueur et leurs zones érogènes rassasiées.

— Oui, Cat ? dit Ben d'une voix pâteuse.

— Je crois que j'aimerais bien retourner à mon hôtel, si ça ne te dérange pas.

Ben roule sur le côté, met les mains de Cat au-dessus de sa tête et plonge son regard dans le sien. Tout son corps traduit le plaisir pur. Ses yeux, ses cheveux, sa peau. Elle a une odeur merveilleuse. Elle avait eu un goût délicieux.

— Ça ne te dérange pas ? répète-t-elle.

— Bien sûr que non, chuchote-t-il.

— C'est moi, dit Cat en frappant à la porte de sa chambre d'hôtel. Les trois sœurs se pelotonnent dans le lit comme cela leur est déjà si souvent arrivé. Elles se donnent la main. Elles vont avoir une nuit très courte, car dès avant l'aube, elles vont accomplir le pèlerinage à la Mecque du cyclisme, l'Alpe d'Huez.

QUATORZIÈME ÉTAPE

Grenoble-L'Alpe d'Huez. 189 kilomètres

— Comment ils vont faire pour grimper jusqu'en haut ? demanda Pip avec angoisse quand la voiture de Cat quitta le plat dans un virage pour déboucher face à l'Alpe d'Huez qui s'élevait jusqu'au milieu des nuages.

— Vingt et un virages en épingle à cheveux ? demanda Fen à Cat dans l'espoir qu'il y avait eu une erreur et que le peloton n'aurait pas à en affronter la moitié.

— Oui, dit Cat en prenant le troisième, ça monte comme ça sur quatorze kilomètres.

— Et ils se seront déjà tapé trois monstres comme ça avant ? dit Pip en s'accrochant car la voiture enchaînait un nouveau tournant.

— Oui, dit Fen en posant les mains sur son ventre, l'un des trois c'est le Galibier. C'est ça, Cat ?

— Oui, dit Cat en s'agrippant au volant et en faisant prendre un autre virage à la voiture pour continuer à monter, le Galibier fait plus de 18 kilomètres et son altitude est plus élevée que l'Alpe d'Huez : 2646 mètres.

Des gens dormaient sur les versants de la montagne. Leurs sacs de couchage émergeaient de l'ombre comme de grosses limaces endormies. Il y en avait aussi qui étaient venus en camping-cars. Ils commençaient déjà à se préparer, silhouettes grises et fantomatiques dans la lumière glauque de l'aube tenant à la main des tasses fumantes, enveloppées parfois dans des drapeaux aux couleurs de leur pays, transportant des seaux de peinture blanche ou des tonneaux de bière. Cat s'arrêta aux trois quarts de la montagne.

— Ça sera dur pour vous de grimper jusqu'en haut à la fin de l'étape, mais comme ça vous aurez une pensée émue pour ceux qui l'auront fait à vélo ! leur dit-elle.

— Regarde ! s'émerveilla Pip devant un groupe de gens qui peignaient les noms des coureurs sur le bitume, quand je vois les routes couvertes de graffitis à la télé, je me dis que ça risque de déconcentrer les coureurs. Viens, Fen, on va brancher quelqu'un qui a de la peinture.

— Vous en ferez un pour moi ? demanda Cat qui aurait bien voulu échanger sa place de journaliste contre celle d'un supporter.

— Bien sûr, dit Pip, tu veux qui ?

— Luca, évidemment, dit Cat.

— Dis-nous les noms qu'il faut qu'on écrive, implora Fen.

— Xavier Caillebotte, dit Cat, ou Didier LeDucq.

— Des qui puissent s'épeler, dit Fen en riant.

— Moi je vais faire Ducasse, proclama Pip.

— Ah oui ? la taquina Cat.

— Comment il s'appelle l'Americain ultra beau ? demanda Fen, le brun, là ?

— Le postier, précisa Pip.

— George Hincapie, dit Cat, US Postal.

— C'est ça ! dit Fen, moi je fais celui-là.

— Faites Marty aussi, dit Cat, et Tyler.

— Autant faire une liste, dit Fen qui avait hâte de se mettre à l'œuvre.

— À quelle heure ils arrivent ? demanda Pip.

— Vers les cinq heures, dit Cat.

— Il est pas loin de six heures, là, dit Pip que le fait de devoir attendre onze heures ne dérangeait pas plus que ça.

— Il a l'air sympa, dit Fen en donnant un coup de coude à Pip, vas-y, demande-lui.

— *Monsieur** ? *Parlez-vous anglais** ? demanda Pip à l'homme.

— Oui, répondit-il, vous parlez hollandais ?

— Hum, dit Pip, pas très bien.

— OK, dit-il en riant, on s'en tiendra à l'anglais, alors.

— On peut vous prendre un peu de peinture ? demanda carrément Pip.

— Pas de problème, répondit le Hollandais qui ne voyait pas d'un mauvais œil la perspective de passer onze heures en compagnie de ces deux nanas.

L

L U C A

C

A

C'est pour Cat que Pip peint ça.
Pour elle-même, elle peint ensuite :

VASSILY

— Un seul « s », patate ! lui dit Fen qui s'est arrêtée après avoir écrit **F A B I** et qui essaye de se rappeler si c'est **E N** ou **A N**.
— Il ne faut pas oublier Didier, dit Pip, je vais écrire son nom en énorme.

DIDIER

— Il y avait longtemps que je n'avais pas autant rigolé, dit Fen, mais je trouve qu'il fait hyper froid.
— Peut-être que Rembrandt aura quelque chose pour nous réchauffer, dit Pip avant de se mettre à glousser comme une gamine avec sa sœur.
Elles reprirent contenance et se remirent à leurs travaux de peinture.

T
Y
L
E
R

MARTY ! MARTY ! MARTY !

ALLEZ GEORGE

— Regarde, remarque Fen, quelqu'un a écrit le nom de Lance Armstrong! Celui qui a gagné le Tour après avoir vaincu le cancer!

— Mais il ne court pas cette année ! dit Pip.

— Non, dit Fen, sa femme vient juste d'avoir un bébé.

— Je vais refaire un autre Vasily, dit Pip, avec un seul « s ».

— OK, dit Fen, moi je vais faire Svoroda. Il est trop mignon.

— Et après, on ira rendre la peinture à Van Gogh, dit Pip.

— Exactement, dit Fen qui trouve juste la place pour mettre un point d'exclamation après **ALLEZ MILLAR**. J'ai froid, j'ai soif et je suis déjà morte de faim.

Quand la course quitta Grenoble à 11 heures et quart, Pip et Fen avaient peint les noms de presque tout le peloton, et s'étaient fait beaucoup d'amis à l'Alpe d'Huez. Elles s'étaient fait offrir du café, de la bière et de la bouffe de pique-nique. On leur avait prêté des transistors pour suivre la course, et les habitués leur avaient donné des conseils techniques. Van Gogh s'appelait en fait Marc et Pip avait chuchoté à Fen qu'à la lumière du jour, elle trouvait qu'il ressemblait à Johnny Depp. Fen pensa que sa sœur n'aurait pas dû boire de bière au petit déjeuner et lui intima l'ordre d'aller pisser dans un coin à l'abri des regards plutôt que de dire des conneries. Pip obéit docilement.

— Je t'assure, c'est plus qu'une vague ressemblance, lui dit-elle en revenant. Je suis couverte de peinture blanche.

— Quelles sont les qualités requises pour faire un bon grimpeur ? demanda Fen à Marc pendant que Pip le regardait d'un air langoureux.

— Une grande force de volonté, pour commencer, et un bon rapport force-poids, expliqua Marc, s'il est du genre léger et agile, il sera désavantagé par rapport aux coureurs plus lourds dans les descentes.

— Tu es déjà allé en Angleterre ? lui demanda Pip.

— Et qu'est-ce qui fait un bon coureur dans les descentes, alors ? intervint Fen avant qu'il puisse répondre.

— La confiance en soi, dit Marc, et des nerfs d'acier.

— Tu parles vachement bien anglais, lui dit Pip la langue déliée par la bière du petit déj', tu devrais visiter Londres.

Un Belge super décontracte leur offrit des chips au paprika.

— Il faut aussi avoir d'excellents réflexe oculaires, dit-il à Fen, dans les premières descentes, ça va, mais quand les coureurs sont fatigués, ils se cassent facilement la gueule.

— Et puis il faut qu'ils fassent gaffe aux changements de rythme, intervint une Danoise qui s'appelait Jette, il est conseillé aux coureurs de passer d'un grand développement sur le plat à un petit développement quand ils attaquent les côtes. C'est jamais bon de mouliner, il vaut mieux pédaler lentement.

Fen approuva.

Pip ne quittait pas Marc des yeux.

— Du courage, dit-il en regardant la déclivité de la route qui était devant eux, croire qu'on peut toujours aller au-delà de ses limites, vouloir se dépasser.

Pip émit un long sifflement.

— Massimo Lipari pourrait bien remporter l'étape, dit Jette, et décrocher le maillot de Roi de la Montagne.

— Aujourd'hui, dit Marc qui appréciait le fait que Pip soit suspendue à ses lèvres, Jawlensky et Ducasse vont se bagarrer pour le *maillot jaune**.

Cat ne vit pas ses sœurs en conduisant Alex et Josh à la *salle de presse**, mais en entendant les clameurs de la foule au passage, elle se dit qu'elle n'avait pas à se faire de souci pour elle. L'ambiance était bonne. Elles allaient bien s'éclater. Elle n'avait pas vraiment le temps de penser à elles de toute façon. Le mauvais temps était annoncé. Tout le monde prophétisait une journée d'action intense. Avec changement de maillot et tout. Il fallait en conclure qu'elle aurait pas mal de boulot de rewriting. Elle avait choisit d'emprunter le circuit de l'étape, parce que comme dans les Pyrénées, elle avait envie et besoin d'expérimenter ce à quoi le peloton allait être confronté. Conduire s'était avéré difficile. Il y avait 100 kilomètres de plus que par l'*itinéraire direct** et l'Alpe d'Huez lui avait semblé encore plus dangereuse qu'aux petites heures du jour.

La retransmission de la course n'était pas géniale sur les écrans de la *salle de presse**. La pluie venait se poser sur les lentilles des caméras, et combiné avec l'altitude, cela donnait une image distordue. Il pleuvait comme vache qui pisse. Le vent soufflait comme si des ventilateurs hyper puissants avaient été placés sur les nuages. Bien plus fort qu'au cours de la première étape des Pyrénées. Mais ce que les journalistes ne pouvaient pas contempler sur des images nettes, ils pouvaient l'appréhender de façon encore plus réaliste sur des bribes de métrage granuleux. C'est dans ces conditions qu'ils assistèrent à la lutte contre les éléments que menaient les coureurs sur le col du Télégraphe. Ils étaient trempés jusqu'aux os. La descente les conduirait tout droit au pied du sinistre col du Galibier.

Les conditions climatiques étaient catastrophiques. Les ridicules 12 degrés qui régnaient dans la vallée descendaient à 3 degrés quand on atteignait les sommets. Un peu plus tôt, la bruine du col de La Croix de Fer (hors catégorie) s'était intensifiée pour se transformer en une pluie diluvienne sur le col du Télégraphe. Massimo Lipari avait passé la banderole de col le premier sur les deux sommets. S'il remportait l'étape, il gagnait du même coup le maillot à pois. Bien à l'abri dans la chaleur et la luminosité du Palais des Sports et des Congrès situé à proximité de la ligne d'arrivée, les journalistes frissonnaient d'horreur pour les coureurs. Mais aucune vibration d'encouragement ne pouvait atteindre les coureurs qui étaient dehors, dans les Alpes, à endurer un climat pourri, des pentes d'enfer et à lutter contre leurs démons intérieurs qui les tentaient en utilisant la fatigue, les crampes, le froid et l'envie de tout laisser tomber.

Le Galibier surplombait la course, contemplant avec dédain les hommes qui avaient l'audace d'entreprendre son escalade juchés sur des bicyclettes, écrivit Cat. *Les versants escarpés de cette montagne sont déjà particulièrement hostiles par beau temps. La pluie qui tombait aujourd'hui les rendait lugubres et redoutablement dangereux.*

Elle commençait à rédiger des paragraphes pour son article alors que la course était encore loin du final. Elle serait obligée de dépasser le nombre de mots autorisés, mais il fallait absolument qu'elle relate la grandeur de cette journée pour rendre justice aux hommes qui se débattaient dehors, Taverner pourrait bien en penser ce qu'il voudrait !

Luca et Didier faisaient partie d'un petit groupe avec le maillot vert Jesper Lomers, loin devant un autre petit groupe qui gravissait péniblement la pente, mais aussi très loin derrière le groupe d'échappée de Lipari, Velasquez, Ducasse et Jawlensky.

— Bienvenue en enfer, dit Didier à Luca quand la descente du Télégraphe céda immédiatement la place à la côte du Galibier.

— C'est pas de la pluie, remarqua Luca, c'est de la neige fondue.

— Il faut qu'on mette nos capes de pluie, déclara Didier.

— Tu ne crois pas qu'il vaut mieux continuer comme on est ? demanda Luca qui ne voulait pas ralentir et encore moins s'arrêter histoire d'en finir une bonne fois avec le Galibier.

— On va geler, on n'y arrivera pas, insista Didier.

— J'y vois à peine et j'ai la vessie qui va exploser, dit Luca.

— Pisse-toi dessus, ça te réchauffera, lui conseilla Didier.

— C'est horrible, dit Luca qui ne se sentait pas du tout à l'aise de sentir le filet d'urine chaude couler le long de son cuissard.

Son groupe travaillait dur pour lutter contre le vent et les giclées de neige fondue. Mais au bout du compte, c'était chacun pour soi. Luca avait l'impression que ses jambes pesaient des tonnes, ses yeux le piquaient, il ne sentait plus ses pieds et ses mains étaient comme collées au guidon tellement elles étaient gelées. Il se laissait distancer, mais il savait que pour que Didier survive au col du Galibier, il fallait qu'il puisse le faire à son propre rythme. Luca suivait le sien. Il avait de plus en plus mal au front et à la nuque. C'était ses bras qui le faisaient souffrir le plus. L'avant de ses cuisses et l'intérieur de ses genoux étaient comme écorchés vifs et il avait l'impression qu'ils allaient le lâcher. Le bruit de sa respiration laborieuse et douloureuse lui emplissait les oreilles.

— Aide-moi ! pleurnicha-t-il, oh mon Dieu !

Un supporter courut à côté de lui, scandant des encouragements et le poussant sur quelques mètres. La voiture de son équipe passa à sa hauteur et son *directeur** hurla du fond du cœur à Luca de continuer à avancer. Finalement, Luca réussit à atteindre le sommet du Galibier, 35 minutes derrière Carlos Jesu Velasquez et Massimo Lipari, 30 minutes derrière le groupe de Fabien et Vasily, 18 minutes derrière le groupe de Didier et 58 minutes avant le reste du peloton. Les membres de Luca furent pétrifiés de froid dans la descente et son sang gela dans ses veines. C'était terrifiant. Il était comme statufié. Il n'avait que quelques mètres de visibilité. Il sentait qu'il ne pouvait pas vraiment contrôler ses freins. Ses doigts étaient gelés, son cerveau endormi et son esprit mourant.

Je voudrais être ailleurs. Qu'est-ce que je fous là ? Je ne sais pas si je vais pouvoir continuer. Je voudrais être en Italie. Au soleil. Mama*.

Sur l'Alpe d'Huez, Massimo Lipari se mit debout sur les pédales et s'éloigna de Carlos Jesu Velasquez en danseuse, comme s'il avait donné un ordre magique à un moteur invisible. L'Espagnol ne pouvait rien faire d'autre que courir du mieux qu'il pouvait. C'était un fait incontournable qu'aujourd'hui, Massimo Lipari courait mieux que lui. La dernière étape du Tour promettait d'être légendaire. Velasquez de Système Vipère avait gagné dans les Pyrénées, et Lipari de Zucca MV était en train d'en faire autant dans les Alpes. La *salle de presse** et les éditeurs des journaux représentés étaient extatiques à la lecture des copies qu'une telle journée générait.

Sur l'Alpe d'Huez, Fabien Ducasse devenait fou. Dans la *salle de presse**, les doigts s'agitèrent frénétiquement sur les claviers, mais pas ceux de Cat. Elle avait eu un sourire béat en voyant le bond en avant de Massimo, mais sa mâchoire s'affaissa quand elle vit Vasily Jawlensky se mettre à dévorer la route de montagne, tranquillement assis sur sa selle, le haut de son corps parfaitement immobile. Vasily avait une façon incroyable de serrer le bord interne des courbes dans les virages en épingle à cheveux, choisissant la voie la plus rapide, mais aussi la plus à pic, comme si c'était la méthode la plus facile, la route la plus directe vers le maillot jaune, en somme. La bouche de Cat restait ouverte d'incrédulité en voyant que Fabien était incapable de contrer l'attaque de Vasily.

Sur l'Alpe d'Huez, les maillots jaune et à pois changèrent de propriétaires. L'excitation du groupe de presse pour les nouveaux vainqueurs était tempérée de compassion pour les vaincus. C'était poignant de voir Fabien s'effondrer, de voir le maillot jaune quitter son équipe, lui filer entre les doigts. Personne ne l'aida. Le rythme ne se modifia pas. Le sien avait changé. Le pouvoir de la volonté est une chose, la sombre détermination en est une autre.

Mais les membres meurtris par la douleur et les muscles ravagés par l'acide lactique, c'est carrément une autre planète. Fabien n'arrivait tout simplement pas à actionner les pédales avec la force et l'efficacité des autres coureurs. Il avait les yeux qui pleuraient, la bouche ouverte, le haut de son corps ne pouvait plus entraîner le bas qui ne le propulsait plus vers l'avant. Quelles qu'aient été ses pensées, aussi intensément ait-il appelé son âme à la rescousse, son corps était irrémédiablement en grève et il était à sa merci.

Sur l'Alpe d'Huez, Luca Jones mit pied à terre. Cat déglutit, alarmée. Elle venait d'assister dans un silence horrifié aux slaloms désordonnés qu'avait effectués son chouchou avant de descendre de son vélo.

— Remonte, murmura-t-elle, ne t'arrête pas. Ne t'arrête pas Luca, je t'en supplie.

Elle ferma les yeux, formulant des vœux pour qu'il continue. Quand elle les rouvrit, elle vit que la voiture de Mégapac était à côté de lui.

— Faites-le remonter, implora-t-elle, ce qui fit que tous les regards convergèrent sur elle, mais resta sans effet sur Luca.

— Ne le laissez pas s'arrêter. Dites-lui qu'il peut le faire.

— Laissez-moi m'arrêter, sanglote Luca.

— Non, je ne te laisserai pas échouer ! Remonte et active-toi ! Tu es payé pour faire un travail, aboie le *directeur**.

— Je ne peux pas, geint Luca.

— Tu cours pour Mégapac, crie le *directeur**, tu n'es pas malade. Tu n'es qu'un flemmard ! En selle !

— Pitié, supplie-t-il.

— La semaine dernière, tu étais l'image vivante du succès, aujourd'hui tu n'incarnes que l'échec le plus lamentable.

Luca remonte en selle, et lentement, douloureusement, il se remet à pédaler. Il arrive à enchaîner deux virages en épingle à cheveux dans la montée puis remet pied à terre. Cette fois il s'assied sur le bitume. Ses doigts sont crispés comme s'ils tenaient toujours le guidon. La voiture de l'équipe est arrivée à sa hauteur. Il regarde son *directeur** avec des yeux injectés de sang, profondément enfoncés dans leurs orbites. Il a trop froid, il est trop désespéré pour parler.

— Luca, tu vas me finir cette étape ! Tu ne vas pas laisser l'Alpe d'Huez te faire ça. Ne t'imagine pas que tu peux faire ça à l'équipe !

— Mes mains, gémit Luca, trop froid.

— Pisse dessus ! ordonne le *directeur**, je t'interdis d'abandonner. Tu ne laisses pas tomber le Tour aujourd'hui.

Sur l'Alpe d'Huez, Fen et Pip, trempées mais réchauffées par le schnapps de Fritz, assistèrent incrédules à la descente de vélo de Luca Jones qui s'assit sur le bitume, tremblant de froid, le menton sur ses genoux. Elles le regardèrent, ahuries, se relever, baisser un peu le devant de son short et pisser. Elles le virent, éberluées, diriger le jet de son urine sur ses mains. Elles en étaient toujours à se demander si elles ne rêvaient pas tout éveillées quand il remonta sur son vélo. Les supporters se relayèrent pour le pousser jusqu'à ce que ses jambes lui permettent de faire gravir la montagne à son vélo. Pip s'en voulut intérieurement. Elle avait été sur le point de se plaindre à Fen parce qu'elle était trempée. Elle avait failli lui dire qu'elle trouvait que c'était vachement mieux d'être devant Channel 4 avec une tasse de thé bien chaud. Mais après avoir observé Luca, elle eut honte de ses réflexes de mémère égoïste. Il fallait qu'elle se fasse pardonner. De concert avec Marc, Fen et tous leurs nouveaux amis, elle se mit à encourager tous les coureurs qui passaient devant eux d'une voix puissante.

Sur l'Alpe d'Huez, quatre coureurs abandonnèrent le Tour de France. Ce qui faisait douze cyclistes déserteurs sur cette quatorzième étape. Luca Jones ne figurait pas parmi eux. Il fallut à Massimo Lipari 36 incroyables minutes et 51 secondes pour gravir la montagne, gagner l'étape et le maillot à pois. Un vrai Roi de la Montagne. Luca Jones eut besoin d'une heure pour parcourir la même distance. Ben attendait dans le bus d'équipe. Quand Luca gravit péniblement les marches, Ben fut frappé par son visage. On aurait dit celui d'un vieil homme plein de sagesse, ce qui contrastait singulièrement avec la fragilité enfantine de son comportement. Luca regarda Ben et le médecin comprit que tout ce qu'il pouvait faire, c'était ouvrir les bras. Luca s'y effondra. Il se mit à sangloter, le corps agité par des spasmes de fatigue et de froid.

Sur l'Alpe d'Huez, dans la *salle de presse**, la veste fourrée de

Josh sur les épaules et le sweat-shirt d'Alex sur les genoux, Cat se demandait comment finir son article. Elle était heureuse que Massimo ait remporté le maillot à pois après une victoire d'étape épique en 5 heures 43 minutes et 45 secondes. Elle était en extase de savoir que Vasily était maintenant *maillot jaune** du Tour de France. Il était arrivé avec deux minutes d'avance sur un Carlos Jesu Velasquez essoufflé et livide. Mais son cœur saignait pour Carlos, justement, et pour Fabien, évidemment. Il était maintenant classé second avec près de quatre minutes de retard sur Vasily. Elle était triste pour Système Vipère qui avait dû abandonner deux de ses maillots au cours de cette horrible journée. Mais ce qui la préoccupait le plus, c'était Luca Jones. Le seul maillot qu'il ait porté depuis le début du Tour était celui de Mégapac. Ce n'était qu'un coureur du peloton qui avait souffert, comme les autres, au-delà de toute mesure humaine. Mais c'était le champion de Cat. Il avait été au-delà de ses forces pour finir l'étape. Pour son équipe et son *directeur**. Pour le cyclisme et pour ses fans. Pour lui-même aussi. Aux yeux de Cat, les dix coureurs qui avaient abandonné et les deux coureurs éliminés pour être arrivés après la limite de temps autorisée étaient des vainqueurs à part entière qui méritaient le respect, la compassion et plusieurs lignes de son reportage.

Ce n'est pas un reportage sportif que je rédige aujourd'hui. Mon papier n'est pas un commentaire de l'étape du jour. C'est l'expression de mes émotions personnelles, une page de mon journal intime en quelque sorte.

— Salut Cat, lança la voix de Rachel. La réception du portable de Cat était mauvaise.

— Rachel, dit Cat, quelle journée de merde !

— Je sais, approuva Rachel.

— C'était pas mauvais pour Zucca, tu me diras. Mais putain ! les conditions climatiques. C'était vraiment la merde ! Comment vont les mecs ?

— Ils sont crevés, dit Rachel, claqués. Il n'y a plus personne, que des carcasses vides et endommagées.

— Tu as une voix fatiguée, détecta Cat, toi aussi tu dois être claquée.

— Tu m'étonnes, dit Rachel, l'équipe vient de rafler deux

maillots, mais elle est dans un sale état. Il faut que je recolle les morceaux et je te jure qu'il y a du boulot !

— Tu veux que je vienne ? demanda Cat en constatant qu'il était déjà huit heures et demie.

Quand Taverner allait-il se décider à la tuer par téléphone ? Elle avait excédé le nombre de mots autorisés de 100 %.

— Je ne dis franchement pas non, dit Rachel, viens à l'hôtel.

— Merde ! Fen et Pip ! dit Cat après avoir raccroché.

Les sœurs de Cat avaient fini d'escalader l'Alpe d'Huez complètement trempées et légèrement bourrées. La pluie avait cédé la place à un épais brouillard. Excellent prétexte pour aller boire un peu plus de schnapps dans un endroit abrité.

— Je n'arrive pas à croire que Cat se fasse chier à aller voir une espèce de guérisseur à la con, dit Pip avant de faire descendre une bouchée de gâteau avec une gorgée d'alcool.

Elle était aussi très vexée que Marc ne les ai pas invitées à visiter son camping-car, que Fritz ne leur ai même pas demandé où elles logeaient, et que Jette se soit contentée de leur lancer : « Ciao ! À demain au col de la Madeleine ! »

— *Soigneur**, pas guérisseur, corrigea Fen, elle s'appelle Rachel et elle travaille pour Zucca MV. Je te rappelle que Cat est ici pour travailler.

Pip eut un geste évasif pour signifier qu'elle était déjà au courant, merci. Elle concentra son attention sur sa part de gâteau, puis s'anima d'un seul coup.

— Quand est-ce qu'on doit retrouver Josh et Alex ?

— Dans une demi-heure. À l'appartement. Tu veux un autre verre ?

— On va boire à la santé de Vasily et Massimo, *le maillot jaune et le maillot à pois**, déclara Pip en trinquant avec Fen.

— À la santé de Fabien et de Carlos ! répondit Fen.

— On devrait remettre ça, dit Pip, on a seulement porté des toasts à ceux qui ont décroché des maillots.

— Et à Luca, dit Fen.

— Je me demande s'il a pris sa douche, dit Pip.

L'image du coureur en train de se pisser sur les doigts la hantait.

— On peut parler de tout, sauf de cyclisme, dit Rachel à Cat en guise de bienvenue.

— Pas de problème, dit Cat, tu as une tête à faire peur.

Rachel a des cernes profonds sous les yeux. Ses cheveux lui pendouillent lamentablement sur les épaules. L'énergie qui la caractérise a complètement disparu.

— Il faudrait que je boive un coup pour fêter la victoire de l'équipe, dit Rachel comme si cela constituait une obligation professionnelle, c'était du grand art de piquer deux maillots d'un coup à Système Vipère.

Elle étouffe un bâillement et s'allonge à demi sur son lit.

— Je vais descendre nous chercher des verres au bar, propose Cat gentiment, une bière, ça te va ?

— Du whisky, plutôt. Un scotch, sinon rien. Ou plutôt si, une vodka.

Pour le plus grand plaisir de Rachel, Cat revient avec du Glenfiddish.

— La dernière fois que tu es rentrée chez toi, c'était quand ?

Rachel se frotte les yeux.

— Il y a trop longtemps, de toute façon. Ça me manque et pourtant quand je suis là-bas, je n'ai pas l'impression d'être chez moi. Je me mets très vite à regretter l'ambiance du peloton. Mais j'ai dit qu'on ne parlait pas boutique aujourd'hui. J'aimerais mieux parler de l'homme-qui-n'existe-plus à la place.

Tu es prête, Cat ?

Oui. Le moment est venu.

Rachel était complètement bluffée par l'analyse rationnelle de son échec sentimental que Cat venait de lui déballer. En guise de récompense, elle descendait une tablette géante de chocolat Cadbury's.

— Nirvâna total, dit Cat en mettant un carré de chocolat dans sa bouche et en fermant les yeux.

— À la disparition de l'homme-qui-n'existe-plus, dit Rachel, bien fait pour lui.

— Du nouveau côté Vasily ? demanda Cat.

— En ce qui le concerne, le *maillot jaune**, dit calmement Rachel, je crois que jusqu'à la fin de la course, la seule chose qu'il souhaitera sentir contre sa peau, c'est ce bout de lycra jaune.

— Tu es déçue ? Blessée ? demanda Cat.

Rachel réfléchit un moment.

— Déçue ? Non. Blessée ? Non. Paumée, je dirais plutôt.

— Pourquoi ?

— J'adore Vasily, expliqua Rachel, mais je ne sens pas qu'il se passe entre nous un truc exceptionnel. Je crois que j'aurais voulu que ça se passe comme ça parce que c'est pas tous les jours qu'un mec comme Vasily prend la peine de m'embrasser.

— Tu veux dire que ce qui t'attire chez lui, c'est son côté mystérieux ?

— Tout à fait, acquiesça Rachel, personne ne lui a jamais connu de nana. Et pourtant, j'ai bien cru qu'il avait envie de moi. Cette seule idée me rendait complètement folle. C'était plus que flatteur. J'arrêtais pas de me dire que je devais avoir une sorte de pouvoir magique qui m'avait permis de m'immiscer derrière son armure. Mais en fait, je ne peux pas dire qu'il me plaise tant que ça.

— Tu es limite blasphème, là, dit Cat en faisant semblant d'être choquée.

Rachel haussa les épaules.

— Je me contente d'énoncer un fait. (Elle grignota un morceau de chocolat.) Je l'adore. Il embrasse divinement. Mais je ne suis pas amoureuse de lui. Tu ne vas pas me croire. En fait il m'a fallu deux journées entières pour que j'arrive à me convaincre moi-même. Je crois que je suis amoureuse de quelqu'un d'autre.

— De qui ? demanda Cat intriguée, accouche tout de suite !

Rachel jeta un petit coup d'œil rapide à Cat.

— André, lâcha-t-elle, et elle se mordit la lèvre.

— André ? interrogea Cat.

Elle ne voyait personne qui s'appelait comme ça dans le peloton.

— André Ferrette, dit Rachel en se rapprochant de Cat pour lui faire une révélation complète, c'est un mécanicien de Système Vipère.

— Arrête de déconner ! Un mec de chez Vipère ? Toi, une nana de Zucca ? C'est un plan Roméo et Juliette ton histoire ! Montague contre Capulet !

Rachel lui fit un clin d'œil.

— Tu crois que je ne m'en suis pas rendue compte ? Nos *directeurs** respectifs ne risquent pas de sauter de joie. On se fera accuser de sabotage, d'espionnage !

— Mais qu'est-ce qu'il y a eu entre vous ? demanda avidement Cat en se pelotonnant sur le lit tout contre Rachel.

— C'est ça qui est bizarre, commença Rachel, je n'ai même pas encore été sur le point de l'embrasser. Mais quand je me mets à penser à lui, je ne te raconte pas comment je mouille ma petite culotte !

— C'est peut-être seulement parce que ça ne t'était pas arrivé depuis longtemps, avança Cat, et c'est pour ça aussi que tu croyais que Vasily te plaisait.

— En gros, tu crois que j'étais en manque de cul ?

— Ça m'en a tout l'air, dit Cat en riant.

Gianni Fugallo frappa à la porte et entra. Il glissa un œil concupiscent sur la tablette de chocolat, sur les deux femmes allongées sur le lit, mais dut se contenter de repartir avec une banane et un exemplaire de *Marie-Claire*.

— Et si on parlait de Ben, maintenant, dit Rachel que la révélation de son amour secret avait épuisée, j'en ai assez entendu sur l'autre. Qui n'existe plus de toute façon.

— C'est un élément du passé, dit Cat.

Pendant que Cat se gavait de chocolat et de ragots de nanas, ses sœurs, ses collègues et Ben mangeaient des tripes dans un restaurant situé en haut de la montagne. L'ambiance était bruyante et joyeuse. Les clients étaient pour la plupart des journalistes excepté un groupe d'hommes chevelus. Pip les désigna à un moment donné comme étant certainement des bergers ce qui fit hurler de rire Alex. Le vin rouge et la conversation allaient bon train. Surtout entre Alex et Pip, remarqua Josh. Fen avait remarqué, elle aussi, mais son attention était concentrée sur Ben.

— Tu habites où, Ben ? lui demanda-t-elle.

— À Boulder, répondit Ben.

— En Angleterre ? se fit-elle hypocritement préciser.

— Heu, non, dans le Colorado, dit Ben sur un ton d'excuse.

Qu'est-ce que tu comptes faire de ma sœur un fois que le Tour de France sera terminé ? Elle représente quoi pour toi ? Tu t'en étais déjà fait une sur la Vuelta ? Et une autre sur le Giro ?

— J'ai invité Cat à venir me voir, disait Ben, elle m'a parlé de votre mère qui est partie avec un cowboy de Denver. Elle pourra peut-être retrouver sa trace.

— Et Cat financera cette expédition avec ses honoraires de journaliste freelance ? demanda Fen sur le ton de la plaisanterie.

Elle n'appréciait pas du tout que Ben soit tellement au courant de l'histoire de sa famille.

Depuis quand Cat a-t-elle décidé de retrouver notre mère ?

Fen ne savait pas pourquoi elle avait envie que Ben ne lui plaise pas. Maintenant qu'elle avait eu l'occasion de l'approcher, elle était obligée de se rendre à l'évidence. Ben n'était pas seulement beau. Il émanait de lui une force de caractère des plus agréables.

Ben regarda Fen, perplexe.

Je sens qu'elle n'est pas ravie que sa sœur m'ait choisi. Ça me fait chier. Et ça c'est bizarre.

— Je n'ai pas honte de dire que quand j'ai cru que Cat avait déjà un mec à Londres, j'ai vraiment eu les boules, dit Ben franchement.

Il continua tandis que Fen se demandait quelle réponse faire à une déclaration de ce genre.

— Et ce n'est pas du soulagement, mais une joie profonde que j'ai ressentie quand elle m'a expliqué qu'il s'agissait juste d'un ex.

Juste un ex ? pensa Fen, *pourquoi ne lui en a-t-elle pas dit plus ? Pourquoi a-t-elle minimisé l'impact que cette histoire a eu sur elle ? Le passé définit le présent et donne sa forme au futur. Qu'est-ce qu'elle veut cacher à Ben, et pourquoi ? Soit elle cherche à se protéger, soit elle se ment à elle-même.*

— Encore un peu de vin, Fen ? demanda Ben en levant un sourcil à l'adresse de Josh et un regard en direction de Pip et Alex qui avaient tous les deux les joues bien rouges et l'air tout à fait à l'aise.

— Merci, dit Fen.

Elle but lentement, sourit poliment et essaya en vain d'attirer le regard de sa sœur.

— Ben, commença-t-elle (sa conscience lui dictait de se mordre la langue mais le vin la délia), j'aime ma sœur. Je l'aime profondément.

— Fen, dit Ben en la regardant droit dans les yeux.

— Je l'aime vraiment beaucoup, l'interrompit Fen.

— Je n'en doute pas une seconde, dit-il en hochant la tête.

Moi aussi. Mais je ne le dirai pas tout haut. Pas parce que je sais pertinemment que je suis soûl, mais parce que c'est à Cat que je veux le dire en premier.

— À la santé de Cat, dit-il à la place en levant son verre qu'il venait de remplir.

— À la santé de Pip et d'Alex, murmura Josh.

D'un seul coup, sa femme lui manquait terriblement.

En retournant à l'appartement, Cat se rend compte qu'elle n'a pas vu Ben de la journée. Ils ne se sont même pas parlé. Pas depuis hier.

Et il m'a manqué à mort.

Réaliser cela la réconforte et l'inquiète tout à la fois.

Elle arrive à proximité de leur immeuble en même temps que ses sœurs, ses collègues et Ben.

— Ils sont complètement bourrés, remarque-t-elle en se demandant si c'est seulement pour conserver son équilibre que Pip s'accroche comme ça au bras d'Alex.

Elle retrouve enfin le regard de Ben. Une bouffée de bonheur l'envahit.

Il m'a vraiment manqué.

Fen la voit fondre devant son médecin. Elle l'observe quand ils s'embrassent. Il est évident qu'il y a quelque chose de fort entre eux. Fen en est heureuse. Et inquiète.

QUINZIÈME ÉTAPE

Vizille-Gilbertville. 204 kilomètres

Josh et Alex avaient choisi la chambre avec des lits superposés pour laisser aux filles celle qui comprenait un lit double et un lit une place. Pip dit à ses sœurs qu'elle préférait dormir dans le petit lit. Elle craignait d'avoir pris froid et ne voulait pas leur refiler son rhume. Josh se rendit parfaitement compte qu'Alex le croyait profondément endormi quand il sortit de la chambre à pas de loup pour ne revenir qu'aux petites heures du jour. Fen et Cat n'entendirent pas Pip quitter leur chambre, mais elle les réveilla en revenant. Face à face dans le lit double, elles ouvrirent les yeux, haussèrent les sourcils, se retinrent de rigoler et firent semblant de dormir profondément.

Le téléphone de Cat les réveilla complètement une heure plus tard, sur le coup de sept heures du matin.

— Cat ?

— Rachel ?

— Je te dérange ?

— Non.

— Tu dormais ?

— Non, non.

— J'ai besoin d'un coup de main. Tu peux venir ? Ramène tes sœurs, c'est un boulot de femme et j'ai besoin de toutes les mains disponibles.

Rachel les accueillit dans le bus de Zucca MV. Cat observa les mines éberluées de ses sœurs. Elle réalisa avec plaisir qu'elle aussi, au début, avait été stupéfiée par ce monde tellement différent. Celui du Tour de France côté coulisses. Itinérant. Autarcique. Pour elle, c'était maintenant la routine. Une façon de vivre possible, peut-être même préférable.

C'est mon univers. Une partie de ma vie. Je suis heureuse ici.

— Maintenant, dit Rachel d'un ton sérieux, au boulot !

Elle sortit d'un sac un gros tas de revues porno et les posa sur la table.

— Merde, dit Pip, tu as trouvé ça où ?

— C'est interdit par le règlement du Tour ? demanda naïvement Fen, tu dois les confisquer ? Pour les remettre à Jean-Marie Leblanc ?

Rachel et Cat éclatèrent de rire. Mais Cat se demandait quand même ce que Rachel avait l'intention d'en faire.

— Les mecs ont eu une journée horrible hier, dit Rachel en feuilletant les revues, on annonce de très fortes hausses de température aujourd'hui.

— Il y a cinq cols sur cette étape, ajouta Cat en lorgnant pardessus l'épaule de Rachel.

— Alors je me suis dit qu'on pourrait envelopper la bouffe des coureurs dans quelque chose de plus appétissant que du papier d'alu. Il faut qu'on organise une chaîne de travail. Fen, tu prends cette pile de revues, Pip tu prends celle-la.

— Qu'est-ce qu'on sélectionne, demanda Fen d'un ton de profond sérieux, les gros nibards ?

— Les chattes bien écartées ? demanda sobrement Pip.

— Essayez de trouver des corps où le visage, s'il apparaît, est joli. Laissez tomber les photos des copines des lecteurs ou les nanas tellement siliconées que leurs mamelles dégoulinent. Choisissez-moi les plus mignonnes. Les super bimbos. Je veux vraiment faire plaisir aux garçons.

À l'avant de la voiture de Système Vipère, Fabien Ducasse est plongé dans un sombre silence. Jules Le Grand le conduit au pied de l'Alpe d'Huez, en bas de cette montagne que Fabien a gravi hier au sein de son propre cortège funèbre. Il regarde droit devant lui. La pente. Les restes d'hier. Ses yeux qui ont aujourd'hui la couleur du graphite sont totalement dénués d'expression. Les traits aquilins de son visage sont aussi acérés que les rochers de l'Alpe d'Huez. La cicatrice qui meurtrit son âme a la même forme que la route qui sillonne la montagne. Derrière ses lèvres closes, sa mâchoire est crispée. Mais il ne laisse filtrer aucune des émotions qu'il ressent à l'extérieur de son corps. C'est une stratégie. Les médias ne doivent pas savoir. Aucun coureur du peloton. Même pas son *directeur**, pense-t-il tout à coup.

Mais c'est le travail de Jules d'être au diapason avec ses coureurs. Il a su en un clin d'œil dans quel état d'esprit était Fabien. Il sait aussi qu'il lui faut faire preuve de beaucoup de diplomatie s'il veut que son leader courre bien aujourd'hui. Au fond de lui, il ne supporte pas de voir Fabien dans son maillot Système Vipère. On croirait qu'une erreur a été commise. Fabien donne l'impression de se retrouver en civil après avoir quitté ce que Jules considérait comme un uniforme. Mais son principal souci est de voir Fabien retrouver sa forme physique et son moral. Il pense aussi aux sponsors. Il a l'intention de leur téléphoner pour les rassurer et les caresser dans le sens du poil une fois que l'étape aura commencé. Il a très peu parlé à Fabien. Il sait qu'il y a peu de choses que son coureur acceptera d'entendre. À la fin de l'étape d'hier, il l'a pris par les épaules et l'a secoué jusqu'à rencontrer son regard. Alors il a dit : «*Bien, Fabien, bien**. »

Jules maudit le fait que l'étape d'aujourd'hui commence au pied de la route qui a décimé son coureur la veille, le dépouillant du *maillot jaune**. Jules est douloureusement conscient de l'ironie de l'Alpe d'Huez qui a l'air merveilleusement paisible dans la glorieuse lumière du soleil ce matin.

— Parviendra-t-il à reconquérir le *maillot jaune**?

C'était la question que lui posaient les fans et les médias. Que ce soit par téléphone ou à la conférence de presse qui avait eu lieu la veille au soir.

— Demain, une autre étape de haute montagne commence, avait répondu Jules nonchalamment, et il y aura un autre contre-la-montre.

Il n'avait pas dit ça à Fabien. Il n'y avait rien qu'il puisse dire que Fabien ne se soit pas déjà dit et répété à lui-même des centaines de fois.

Fen et Pip se firent conduire au col de la Madeleine par un autre *soigneur** de Zucca MV qui considéra comme son devoir de compléter les connaissances cyclistes de ses passagères. Il emprunta le trajet de la course plutôt que d'aller directement à l'hôtel pour décharger les sacs des coureurs. En partant de Vizille, ils traversèrent le Massif de la Chartreuse. Pip et Fen furent séduites par les jolis petits chalets nichés au milieu des villages de montagne endormis où des guirlandes lumineuses de Noël étaient encore en place en ce mois de juillet. Il n'y avait qu'à la saison de ski que ces endroits s'animaient véritablement.

Les champs de lavande et de tournesols apportaient un agréable contrepoint esthétique aux façades rocheuses sur lesquelles des sapins semblaient suspendus de façon précaire. Assises sous des parasols, des villageoises étaient déjà en place pour le spectacle, renforçant le sentiment de Fen et Pip de traverser une toile impressionniste. Sentiment brusquement interrompu quand les *tifosi* firent irruption en masse dans le paysage. Ils avaient mis à sécher leurs vêtements de la veille sur les barrières de sécurité de la montagne, sur les arbustes, parfois directement à même le bitume. Les sœurs sourirent fièrement quand les supporters acclamèrent la voiture de Zucca MV en faisant sonner des cloches à vaches.

— Madeleine, dit le *soigneur** avec respect en garant la voiture à proximité du sommet de la montagne. Je vous souhaite de passer une excellente journée.

— *Mille grazie**, dit Fen.

— *Trille zille grazie**, dit Pip.

— *Prego**, dit le *soigneur** en souriant.

Une famille d'Espagnols leur fit une place au bord de la route. Une Allemande dont le visage était peint aux couleurs du drapeau de son pays leur offrit des saucisses froides.

— Les gens sont vraiment adorables, remarqua Fen.

— C'est comme si on faisait partie d'une immense famille, acquiesça Pip (elle remercia trois jeunes Espagnols qui lui offraient du jus d'orange), quand je pense que tu veux m'obliger à rentrer ce soir !

— Il faut que j'aille au boulot demain, riposta Fen qui aurait bien voulu rester dans les Alpes, assister au contre-la-montre et aller jusqu'à Paris plutôt que de se retrouver confrontée à son quotidien composé de choix impossibles.

— Ben a proposé de nous conduire à la gare, dit Pip, il est vraiment bien ce mec, tu ne trouves pas ?

— La gare n'est qu'à 70 kilomètres de Gilbertville, rétorqua Fen, tu n'aurais pas préféré que ce soit Alex qui nous emmène ?

Pip faillit s'étrangler avec son jus d'orange. Elle releva le nez et fit un sourire malicieux à Fen qui la regardait sourcils relevés, bras croisés.

— Philippa a encore fait des bêtises, se sermonna Pip avec beaucoup de fierté.

— Alors ? insista Fen.

— Le Tour de France, c'est carrément « sexe, drogue et rock and roll » comme ambiance, s'exclama Pip émerveillée en détournant le regard vers un groupe de Danois qui dansaient sauvagement sur Europop et une bande de Hollandais qui mangeaient un gâteau contenant de toute évidence un ingrédient bien plus euphorisant que du sucre, de la farine, du beurre ou des œufs.

À Gilbertville, la *salle de presse** était installée sous un vaste chapiteau au bord de l'Arly. Cat prit place sur une chaise en plastique comme s'il s'était agi d'un véritable trône.

Taverner n'a pas coupé un seul mot ! Si après ça je n'ai pas une place dans les bureaux de Maillot *je ne vois pas ce qu'il faudra que je fasse !*

— Andy ? C'est Cat McCabe à Gilbertville.

— Salut, Cat McCabe à Gilbertville, répondit Andy depuis son bureau de Pentonville.

— Tu as lu le *Guardian* ? demanda Cat en se retenant pour ne pas couiner d'excitation.

Et pour ne pas sembler trop déçue quand il lui dit que non.

— J'ai remis à Taverner le double des mots qu'il m'avait accordés et il n'en a pas supprimé un seul !

— Et tu t'imagines que *Maillot* voudrait embaucher une nana qui n'est pas fichue de respecter les consignes que lui donne son patron ? répondit Andy dans un sourire que Cat ne pouvait ni voir ni entendre.

Elle raccrocha et relut rapidement l'article de la veille pour ne pas se laisser gagner par le découragement.

— Il faut que je fasse un break, dit-elle calmement, j'y ai droit, là.

Fabien Ducasse aurait bien voulu faire un break, lui aussi. Mais le peloton était encore sous le coup de la fatigue de la veille. Les coureurs étaient désorientés par la soudaine chaleur et ils couraient ensemble dans une sorte de cessez-le-feu silencieux. Le coéquipier de Fabien, Carlos Jesu Velasquez, le Roi de la Montagne déchu avait remporté les trois premiers cols, ce qui ne le mettait plus qu'à quelques points du maillot à pois que Massimo Lipari lui avait pris la veille. Personne ne tenta d'échappée sur l'avant-dernière montée, le col du Grand Cucheron, ce qui faisait qu'il n'y avait pas beaucoup d'écart entre les coureurs quand ils parcoururent les 40 kilomètres de plat qui les séparaient du col de la Madeleine.

Fen y prenait de jolies couleurs et le nez de Pip menaçait de virer au rouge. Elle attrapa une casquette souvenir au passage de la caravane de publicité pour limiter les dégâts. Les vibrations de la course qui se rapprochait commençaient à se faire sentir et les sœurs McCabe se mirent debout pour attendre au milieu de la foule excitée. Le bruit courut parmi les supporters que Fabien avait lancé une offensive surprise quelques lacets plus bas. Ceux qui étaient situés plus haut ne pouvaient pas en être témoins mais les oreilles étaient collées aux postes de radio. Dans la *salle de presse**, les yeux étaient rivés sur les écrans de télé. Ce que vit Cat lui parut tellement proche du génie pur et simple qu'elle décida de ne raconter que ça à ses lecteurs du *Guardian*.

Fabien Ducasse avait sans doute passé du temps à étudier le road-book du col de la Madeleine, mais il a su aussi profiter de l'état physique et psychologique de ses concurrents. Quand il a entamé la montée, il avait l'air extrêmement fatigué. Il se laissait régulièrement distancer par son groupe et fournissait un gros travail pour les rejoindre. Mais ce n'était que du bluff. Il mit les gaz d'un seul coup et prit la tête du peloton à une vitesse impressionnante, entraînant Velasquez dans son sillage. Bien calé sur la selle de son vélo, les épaules fixes, ayant choisi le plus grand développement possible, son corps parut se moquer de la déclivité de la pente. Son coéquipier espagnol, extraordinaire grimpeur*, *s'arcbouta sur les pédales et avança en danseuse aux côtés du leader de Système Vipère. Jawlensky (Zucca MV) lança immédiatement une contre-offensive, assisté par l'héroïque Gianni Fugallo —*

probablement le meilleur domestique* *du Tour. Mais ce dernier avait déjà permis à Vasily de remporter la manche dans les Alpes et dans les Pyrénées avec des jambes qui avaient travaillé infatigablement au cours de la première semaine du Tour pour emmener les sprints à Stefano Sassetta. Aujourd'hui, tout ce qu'il pouvait faire, c'était hisser le leader de son équipe jusqu'aux deux tiers du col avant de se mettre à perdre du terrain. Cela fut cependant suffisant pour que le Russe parvienne à se maintenir stratégiquement assez près de ses adversaires de Système Vipère et les efforts de Fugallo portèrent leurs fruits. Ce soir, le maillot jaune appartenait toujours à Zucca MV.*

Fen et Pip étaient trop haut sur le col de la Madeleine pour assister au travail du *super domestique**, mais elles virent quelque chose que les écrans de la *salle de presse** ne retransmirent pas : l'état de délabrement dans lequel était Fugallo sur le dernier tiers ascendant de la montagne. Les caméras convergeaient alors sur la tête du peloton. Fen et Pip hurlèrent et bondirent quand Fabien et Carlos, puis tout de suite derrière Vasily passèrent devant elles.

— Je n'arrive pas à croire que j'ai été égoïste à ce point avec mon Évian, dit Pip horrifiée en voyant les fans qui versaient de l'eau sur les coureurs qui passaient, tu peux avoir la dernière gorgée si tu veux, Fen.

— Regarde-moi toute cette foule ! s'exclama Fen, on dirait un couloir sans fin dont les parois se rapprochent des coureurs sans jamais les toucher.

— Un chien serait obligé de remuer la queue de haut en bas tellement c'est étroit ! Les voilà !

— Deux minutes et demie après la tête, dit Fen en regardant sa montre puis en se concentrant sur les quatre taches de lycra colorées qui se rapprochaient.

— Regarde ! Il y en a un sur qui tout le monde se précipite !

— Lipari ! Lipari ! chantaient leurs voisins italiens qui s'étaient montrés plus que généreux avec leurs biscuits Amaretti et l'Amaretto.

Ils entonnèrent la chanson du Giro du grimpeur de Zucca MV.

— Tu crois qu'il va rattraper Fabien, Carlos et Vasily ? demanda Fen.

— C'est Massimo, lui dit un Italien en levant les bras au ciel pour répondre à cette question à la limite du blasphème. Évidemment qu'il va les rattraper ! Il va les manger !

— Voilà les Indiens ! dit Hunter à Luca au milieu d'un groupe de douze coureurs, 24 minutes derrière les leaders.

— Quoi ? demande Luca qui se sent au top mais qui conduit prudemment.

— Voilà les Indiens, répète Hunter en penchant la tête vers l'avant.

Luca suit son regard et son cœur bondit dans sa poitrine.

— Oh, merde ! Non! C'est pas possible !

Il en était à s'imaginer que le sommet ne pouvait plus être très loin. Mais en levant les yeux, il voit les rangées de fans serpenter dans le lointain. Des zig-zag de spectateurs qui soulignent de façon terriblement claire la longueur et la difficulté de la route qui mène au sommet.

— Tu peux le faire, garantit Hunter, on peut le faire tous les deux.

— Nous, peut-être, mais je n'en dirais pas autant de ce pauvre Fugallo. Tu as vu dans quel état il était ?

Aucune des McCabe ne savait encore ce qu'endurait vraiment Fugallo. Quand le groupe de Luca s'approcha de Pip et Fen, Pip lança un coup d'œil à sa sœur avec un sourire gigantesque, raffla une bouteille d'Évian aux Espagnols et se mit à courir pour asperger autant de coureurs qu'elle pouvait. Cat assista à la scène sur les écrans de télé et pensa : « Ça c'est une vraie sœur ! » Mais les trois leaders entamaient la descente et les caméras se braquèrent sur la tête du peloton. Cat ne vit donc pas Gianni Fugallo escalader péniblement la fin du col, trente minutes derrière.

Fen et Pip le virent. C'était un spectacle déchirant. À vomir. Pathétique. Dégueulasse.

— C'est quoi ce truc ? demanda Fen dégoûtée alors qu'elle savait parfaitement à quoi s'en tenir.

— C'est de la merde, chuchota Pip qui contemplait avec horreur les traînées de purin qui dégoulinaient sur la route.

— Il a la chiasse, s'exclama Fen révulsée mais pleine d'un

respect total pour celui qui souffrait tant, et en public, mais qui n'en continuait pas moins à gravir la montagne, farouchement déterminé à aller jusqu'à la fin de l'étape.

C'était bien la chiasse. Quand Fugallo atteignit la ligne une heure vingt après les leaders mais tout de même avant le gros du peloton, Rachel avait reçu un message radio de la voiture d'équipe. Elle accompagna le coureur exténué vers le bus de Zucca MV et le dépouilla de son cuissard moulant. C'est avec une infinie tendresse qu'elle fit à mains nues la toilette de Gianni. Elle l'aida ensuite à enfiler un pantalon de survêtement avant de le déposer dans une voiture d'équipe qui l'emmena rapidement vers son hôtel.

La seule fois que quiconque entendit jamais Gianni Fugallo émettre la moindre protestation, car il ne se plaignit jamais, pas seulement sur ce Tour de France, mais au cours de toute sa carrière professionnelle, ce fut un peu plus tard dans la soirée quand le *directeur sportif** de Zucca MV lui demanda, sur ordre du médecin, de se retirer de la course.

Les besoins de l'équipe en matière de linge de rechange obligèrent Rachel à annuler le pot qu'elle devait prendre avec André, le mécanicien de Système Vipère. Il n'y avait pas que le short imprégné de merde de Gianni à remettre en état. Quand Massimo lui remit son linge, elle détecta une odeur familière mais qu'elle ne parvint pas à définir sur le moment. En triant le linge, elle réprima un haut-le-cœur en tombant sur son short. Il était couvert d'un épais emplâtre gris-brun. Elle courut le trouver dans sa chambre, très inquiète pour son état de santé.

— Massimo ! dit-elle quelque peu désorientée par son apparence saine et décontractée.

— Qu'est-ce qu'il y a Rachel ? lui demanda le Roi de la Montagne du bout des lèvres.

— Tu es malade ? demanda Rachel, ton cuissard est dans un état pas possible !

— Je vais très bien, je suis le Roi ! dit Massimo en riant.

Il rabaissa les lunettes qui étaient posées sur son front et s'approcha de Rachel.

— Et ce que tu as trouvé sur mon cuissard, c'est de la banane.

— De la banane ? s'exclama Rachel.

— C'est un remède de bonne femme, dit Massimo.

— De quoi ? demanda Rachel.

— La banane, c'est bon pour les fesses, dit Massimo.

— Il n'y a aucune preuve médicale pour indiquer les bananes dans le traitement des hémorrhoïdes, Massimo, dit-elle, son soulagement se traduisant par de la colère, que ce soit en la mangeant ou en se l'enfonçant dans le trou du cul !

— Ah bon ? J'essayerai le foie de génisse, alors. Ou le steack haché, peut-être ?

— Certainement pas ! dit Rachel qui ne quitta la pièce que le temps de revenir munie d'un tube de pommade contre les hémorrhoïdes.

Cat décida qu'il fallait qu'elle rédige un portrait de Gianni Fugallo. C'était quelque chose qu'elle devait au coureur. Même si cela voulait dire qu'elle ne pourrait pas accompagner ses sœurs et Ben à la gare.

Je suis en train de bosser, moi. Je ne suis pas en vacances. Je suis en train de gagner ma croûte. Si je suis ici, c'est en tant que journaliste*. *S'il y a un boulot à faire, je le fais. Il faut que je voie loin. Je suis une femme dans un monde d'hommes et je dois travailler deux fois plus qu'eux pour avoir droit à moitié moins de reconnaissance.*

Elle se faufila hors de la *salle de presse** juste le temps d'embrasser ses sœurs pour leur dire au revoir et de s'autoriser un baiser avec Ben.

— Je suis désolée, dit-elle en embrassant Pip, mais tu sens l'alcool ?

— L'Amaretto, hoqueta Pip.

— Et bien, comme ça tu vas bien dormir, dit Cat.

— Gianni a chié dans son froc, dit Pip au bord des larmes.

— On dit qu'il va abandonner, dit Fen.

— C'est vrai, dit Cat.

— Pauvre Gianni ! dirent en chœur les sœurs McCabe.

— Il se remettra, glissa le docteur.

— Vous ne pouvez vraiment pas rester ? demanda Cat soudain triste.

— Il y en a qui ont des boulots normaux, en ce bas-monde, dit Fen en prenant sa sœur dans ses bras.

— Fais attention à toi, lui chuchota-t-elle, fais bien attention à toi.

— C'est promis, dit Cat fermement, ne t'inquiète pas.

Elle jeta un regard à Ben.

— Je suis entre de bonnes mains.

Mais Fen la regardait d'une façon qui ne la quitterait pas de la soirée.

En fin de compte, Fen trouva que c'était très bien que Cat choisisse de rester travailler et que Pip s'endorme à l'arrière de la voiture de Mégapac. Elle allait avoir Ben pour elle toute seule pendant 70 kilomètres. C'était ce qu'elle voulait et pourtant elle ne trouvait rien à lui dire.

— Retour au monde réel, dit Ben en lui fournissant une parfaite entrée en matière.

— C'est exactement ça, dit Fen.

Elle regarda par la fenêtre et se sentit tout à coup monstrueusement fatiguée. Elle pensait aux cyclistes et à la prochaine étape qui les attendait.

— Ben, dit-elle en se jetant un coup d'œil dans le rétroviseur extérieur.

— Fen, dit-il en vérifiant dans le rétroviseur intérieur à quel point Pip était endormie.

— C'est vrai ce que tu as dit.

— À propos de quoi ?

— À propos du monde réel qui est loin du Tour de France. La planète Tour. La bulle.

— Pour toi, peut-être. Mais c'est le monde dans lequel je vis. Celui dans lequel ta sœur est entrée.

— Si elle décroche le job adéquat.

— Elle est vraiment douée.

— Elle n'a jamais eu beaucoup de chance.

Fen observa une pause.

— Je n'ai rien à te reprocher personnellement. Je n'ai pas envie que ma sœur ait mal, c'est tout.

Ils roulèrent en silence.

— Je n'ai pas l'intention de lui faire du mal.

Ils roulèrent en silence.

— Quelqu'un lui en a déjà fait.

— J'avais cru comprendre, oui.

— Je ne laisserai personne recommencer.

— Je n'ai pas l'impression qu'elle se laisserait faire.

— La semaine prochaine, elle rentre en Angleterre et tout ce qu'elle vient de vivre ne sera plus qu'un rêve.

— Et moi je serai dans le Colorado.

— Exactement.

— Exactement. Tu l'as dit.

— Je voudrais que tu sois nul. Je voudrais que ma sœur ne t'ait jamais rencontré.

— Charmant !

— Ben, je te préviens. Je préfère te mettre en garde.

— Merci, Fen. Mais ce n'est vraiment pas la peine.

— Je ne veux pas qu'on la fasse souffrir. Et pourtant, c'est inévitable.

Ben conduisait lentement.

Moi non plus. Moi aussi je vais souffrir. Elle va me manquer. Je n'ai jamais vécu un truc comme ça.

Dis-le à Fen. Dis-le tout haut.

Non. Je veux d'abord le dire à Cat.

Quand Ben regagne son hôtel, il est onze heures. Cat dort dans son lit. Il se glisse doucement entre les draps et reste quelques minutes à la contempler. Le clair de lune qui s'infiltre dans la chambre à travers les rideaux disjoints éclaire son corps. Il pause délicatement la main sur son épaule nue et la laisse un moment sur sa peau. Elle émet un petit bruit de gorge qui le fait sourire. Il caresse son bras du bout des doigts et rapproche son corps du sien. Il respire ses cheveux.

Je connais cette odeur. Ce n'est pas du shampooing. C'est Cat McCabe. Elle dit qu'elle connaît mes mains. Moi, c'est son odeur que je connais par cœur.

SEIZIÈME ÉTAPE

Gilbertville-Aix-les-Bains. 149 kilomètres

Jules Le Grand a conçu sa tenue vestimentaire avec le plus grand soin. Un complet bleu marine en toile légère, une chemise en soie bleu ciel et des mocassins de cuir souple. C'est lui qui va conduire la voiture d'équipe aujourd'hui et son complet sera froissé et avachi à la fin de la journée. Mais il en a emmené suffisamment pour pouvoir être tiré à quatre épingles jusqu'à Paris. Au cours des deux premières semaines du Tour, sa présence au *village** tous les matins était justifiée par son activité de relations publiques pour Système Vipère. Il s'était arrangé pour être aussi disponible et charmant que possible avec les journalistes, les officiels et les invités de marque. Au cours de la semaine à venir, il sera au *village** tous les matins en tant que *directeur sportif** de l'équipe cycliste professionnelle numéro un mondial. Il se fiche éperdument des journalistes, des officiels et des invités de marque. Il ne les voit même pas. Il affiche un mépris souverain s'ils essayent d'établir le contact avec lui. Sa seule mission, la *raison d'être** de sa présence, c'est de séduire les coureurs pour les amener au sein de son équipe. Il est à l'affût, il guette ses proies et déploie un charme prodigieux pour les appâter. Les autres *directeurs sportifs** le voient manœuvrer sans pouvoir intervenir. Ils peuvent toujours essayer d'approcher les coureurs de Système Vipère. Jules est confiant. Ils sont d'une loyauté absolue. Mis à part un *domestique** à qui il n'a pas offert de renouvellement de contrat. Et Jesper Lomers. Il n'a toujours pas apposé sa signature au bas du sien.

Luca Jones s'était fait couper les cheveux chez le coiffeur du Tour. Il était très content du résultat qui lui valut les regards de plusieurs jolies filles. Il alla boire un café sur le stand de Maison du Café.

— Vous permettez ? dit Jules qui apparut soudain à côté de lui en agitant trois sachets de sucre en poudre dont il versa le contenu dans le gobelet de Luca sans même avoir croisé son regard.

— Je sais comment vous l'aimez, dit-il en mélangeant le sucre au café avec une petite cuiller, trois sachets de sucre, pas vrai ?

— Oui, dit Luca, légèrement décontenancé.

— Venez, dit-il en ouvrant la marche sans se retourner, sachant pertinemment que le jeune coureur allait le suivre.

Ils dépassèrent le stand de l'omelette géante, celui de Cœur de Lion et s'installèrent sous un auvent où se trouvaient une table et deux chaises libres. Les autres étaient occupées par des notables locaux et des invités de marque. Jules tira une chaise pour Luca et ne s'assit lui-même qu'après que le coureur eut pris place.

— Hier, commença Jules, j'ai assisté à un événement extraordinaire. De l'ordre de ce qui a un jour empli mon cœur de passion pour le cyclisme.

— Fabien est un coureur hors normes, le coupa Luca, souffrir ce qu'il a souffert, perdre le *maillot jaune** et remporter l'étape le jour suivant, c'est proprement incroyable.

— Je ne parle pas de Fabien Ducasse, dit Jules, je parle d'un jeune coureur qui n'en est qu'à son premier Tour de France et qui a souffert jusqu'aux tréfonds de son être sur les hauteurs de l'Alpe d'Huez.

— Oh, dit Luca.

— Je fais référence, poursuivit Jules, à un coureur qui est plus que prometteur. Il s'est merveilleusement repris en main hier. Son moral est puissant et il a des jambes solides. Il a fait preuve d'intelligence sur cette étape et est remonté de huit places au classement général.

Luca hochait la tête, mais il se disait qu'il fallait vraiment qu'il boive son café pour pouvoir aller pisser.

— Mais je vous en prie, buvez votre café, dit Jules, je sais ce qui est bon pour vous.

Luca but. Un peu plus rapidement qu'il ne l'aurait souhaité. Mais la présence de Jules qui le regardait silencieusement boire son café l'empêchait de se relaxer.

— Le coureur dont je parle, reprit Jules un peu théâtralement, possède un talent énorme. Un talent qui doit être entretenu, nourri, encouragé. Qu'il faut chérir comme un trésor. Un bon potentiel ne doit pas être gâché.

Il fit une pause, sachant que toute l'attention de Luca lui était acquise.

— Il y a des vrais talents qui ne sont jamais découverts.

Il fit une nouvelle pause.

— Que l'on étouffe ! cracha-t-il.

Luca hocha la tête d'un air de profond assentiment. Il commençait à ressentir un besoin de pisser urgent.

— Le coureur dont je parle, c'est vous, Luca Jones. Vous êtes un bon *rouleur**, mais vous avez tout ce qu'il faut pour vous révéler fantastique. Vous avez l'étoffe d'un grand champion. Ce serait un honneur pour Système Vipère de vous accueillir au sein de son équipe.

Luca Jones fut sur le point de pisser dans son froc et son café faillit lui ressortir par la bouche. Mais il croisa les jambes et déglutit de façon à pouvoir murmurer :

— Putain de merde !

Jules se tenait maintenant debout devant lui.

— Pensez-y, Luca, dit-il, j'ai envie de vous dire « dites-moi votre prix », mais une fois que je vous aurai dit ce que j'ai en tête, comme salaire, sans parler de l'appartement, des vélos et de la super micro Hi-Fi Système Vipère, je crois que vous n'aurez plus envie de négocier.

Il posa sa main sur l'épaule de Luca et lui chuchota à l'oreille un chiffre qui correspondait à plus du double du salaire de Luca chez Mégapac. Et puis il disparut d'un seul coup. Luca resta cloué sur sa chaise, immobile, à murmurer :

— Putain de merde !

Il fallait qu'il téléphone à sa mère. Qu'il voie Ben. Qu'il pisse. Qu'il reprenne une dose de caféine. Qu'il fasse le tour du *village** au pas de course en hurlant :

« J'ai l'étoffe d'un grand champion ! J'ai un énorme talent qui ne demande qu'à être encouragé ! »

Il ne fit rien de tout ça. Il resta assis sur sa chaise sans parvenir à articuler à intervalles réguliers autre chose que :

— Putain de merde !

Je suis une vraie Vipère, se répétait-il en quittant le *village**. *Je pourrais courir avec Jesper Lomers.*

— *Ciao**, Jesper ! le salua-t-il en faisant un crochet pour passer devant lui, persuadé que toute l'équipe était au courant de l'acquisition potentielle de Luca Jones.

— Luca, le reconnut Jesper un peu surpris par l'ampleur de son sourire, mais content de répondre à ce nouveau venu du peloton.

Il le suivit brièvement du regard tandis qu'il s'éloignait et se dirigea pour sa part vers Maison du Café. Il but un café et alla s'asseoir au milieu d'un groupe de coureurs hollandais de diverses équipes qui prenaient plaisir à se réunir sous un auvent tous les matins pour discuter un moment. Jesper préféra rester silencieux. Les autres le sentirent et le respectèrent. Le regard de Jesper se promenait sur le *village**.

C'est mon univers. Tout ce que j'ai toujours voulu, rêvé. Si je travaille comme un malade c'est pour pouvoir faire partie de ce monde.

Quelques mètres plus loin, il vit un homme s'approcher d'une jeune femme, la prendre dans ses bras et l'embrasser.

À moins que j'appartienne au monde de ma femme. Mais où est ce monde ? Par quoi est-il défini ? Où est Anya ?

Jesper avait soudain désespérément besoin d'une compagnie féminine. De tendresse. Qu'une femme s'occupe de lui.

Qu'est-ce qui me définit au fond ? Qu'est-ce qui fait que je me sens comblé ? Mon vélo ? Ma femme ?

Il se mit à penser avec amertume que son statut chez Système Vipère, lui donnait droit à des privilèges. Une chambre pour lui tout seul. Et par conséquent la compagnie d'une femme s'il en ressentait le besoin.

Résultat des courses, les domestiques* *s'arrangent pour faire venir des filles dans les chambres qu'ils occupent à plusieurs, alors que ma femme n'est pas venue me voir une seule fois.*

Ben se dirigeait vers le *village** pour boire un petit café. Tomber sur Didier LeDucq en train de discuter furtivement avec Jan van

Loth l'alarma. Van Loth était un coureur flamand qui avait la fâcheuse notoriété de passer entre les mailles du filet des contrôles anti-dopage.

Van Loth vit Ben avant Didier et s'éclipsa instantanément. Quand Didier vit son médecin, il sourit et leva la main d'une façon faussement amicale, visant essentiellement à établir son innocence. Il s'approcha de Ben qui se demandait comment réagir à chaud face à cette situation. Son boulot consistait à surveiller la santé des coureurs. Son devoir était de maintenir le lien de confiance qui les unissait à lui.

C'est une situation particulièrement délicate.

— *Bonjour**, Ben, dit Didier tout sourire, l'image même de l'innocence.

— Bonjour Didier, dit Ben tout sourire lui aussi, il fait beau ce matin, hein ?

Demande-lui ce qu'il est en train de trafiquer. Qu'est-ce qu'il s'amuse à prendre ? Et depuis quand ?

— Oui, il fait un temps superbe, répondit Didier imperturbablement souriant, je viens de voir Luca qui discutait avec Jules Le Grand.

Il leva un sourcil. Ben fit la même chose.

Moi, c'est avec van Loth que je t'ai vu discuter.

— Didier, on n'est plus qu'à cinq jours de la fin, dit Ben.

Le coureur haussa les épaules, hocha la tête et renoua sa queue de cheval.

— J'ai mal au coude, dit-il à son médecin.

— Je vais voir ce que je peux faire, dit Ben en se mettant à manipuler le coude du coureur, c'est mon boulot, tu sais. Ta santé est entre mes mains.

— *Merci**, dit Didier.

Il regarda le coureur s'éloigner en faisant des petits bonds et se donna mentalement des coups de pied au cul. Il se sentait totalement impuissant. C'est à ce moment-là qu'il aperçut Rachel. Et il sut immédiatement de quelle façon il allait pouvoir aider Didier. Elle était adossée à un tronc d'arbre en train de se laisser ouvertement draguer par un mécanicien de Système Vipère. Ben était éberlué. Il était de notoriété publique que Zucca MV et Système Vipère étaient des équipes rivales. Voire ennemies. Leur attitude était scandaleuse. Ces deux-là étaient des éléments importants pour chacune des deux équipes. Pouvait-il la laisser faire ça? C'était son amie, après tout. Il jeta un regard autour de lui. Il n'y avait pas l'ombre de Cat. Ni de Luca. Qu'est-ce qu'il avait dit déjà Didier? Et où il est Didier? Il y avait trop de scandales en perspective au matin de cette seizième étape, et Ben se sentait extrêmement fatigué.

Je voudrais être un médecin normal, finalement. Travailler dans une petite clinique chirurgicale de banlieue où la réceptionniste prendrait en charge une clientèle strictement composée de petits vieux hypocondriaques atteints par la goutte. Une chirurgie esthétique une fois par semaine. Une opération de la prostate une fois par quinzaine. La photo de ma femme et de mes deux gosses sur mon bureau. Avec notre épagneul. Et ma Saab garée sur l'emplacement qui me serait réservé sur le parking de la clinique.

— Salut, Ben, dit Rachel en le ramenant d'un seul coup à la réalité du Tour de France.

Ben ferma les yeux et prit une profonde inspiration. Il se demandait pourquoi sa rêverie d'un instant lui apparaissait tout à coup aussi suffocante et répugnante. Il n'avait envie d'être qu'à un seul endroit. Il avait envie d'exercer la médecine d'une seule façon.

— Tu connais André Ferrette? lui demanda-t-elle, visiblement désireuse de le lui présenter.

Les deux hommes échangèrent une poignée de main.

— J'ai besoin de ton aide, dit Ben qui avait la très nette impression que Rachel aurait besoin de la sienne quand les *directeurs sportifs** de ces deux tourteraux allaient découvrir ce qui se passait entre leurs employés respectifs.

— Je t'écoute, dit Rachel qui comprit immédiatement qu'il s'agissait d'un service entre amis.

— On se revoit tout à l'heure, dit André en prenant la main de Rachel.

Elle sourit et Ben remarqua à quel point elle irradiait la féminité et l'élégance. Elle avait su dissimuler ces aspects de sa personnalité jusqu'à ce qu'elle ait décidé de jeter son dévolu sur un homme qu'elle avait choisi toute seule. Rachel dans toute sa splendeur. Forte. Indépendante. Libre. Agissant pour son propre compte sans jamais demander l'avis de personne.

— Qu'est-ce qui te tracasse, mon poussin ? demanda-t-elle en reprenant sous le regard de Ben toutes les apparences du *soigneur** de Zucca MV.

— C'est à propos de Didier, dit Ben, et de Jan van Loth.

— Celui qu'il te faut, dit Rachel, c'est Vasily. Il saura mettre Didier au pas. Je vais essayer de t'arranger le coup.

Ben se sentit mieux. Mais il était toujours inquiet. Rachel avait beau saisir l'enjeu de la situation au quart de tour, Cat lui manquait. Son boulot lui semblait monstrueusement stressant d'un seul coup. Il aurait voulu pouvoir vider son sac auprès d'elle. Mais il n'était qu'onze heures du matin et il allait devoir attendre jusqu'au soir pour la retrouver.

— Il est quelle heure ? demande Cat à Josh.

— Pas loin de neuf heures, répond-t-il, tu as fini ?

— Oui.

Qu'est-ce que ça a donné le Tour aujourd'hui, Cat ?

C'était hyper bizarre. Vasily a pris une minute de retard. Ce n'est pas tant qu'il l'a perdue, il l'a gaspillée. Personne ne sait pourquoi. Il n'y a pas eu de conférence de presse. C'est sans doute stratégique. Mais quelle stratégie ? Mystère ! Fabien et Carlos ont accéléré au pied de la montée et Vasily est resté assis au milieu d'un groupe de poursuivants sans vraiment chercher à les dépasser.

Il n'a plus qu'une minute 33 d'avance sur Fabien, c'est ça ?

Oui. Et Carlos Jesu Velasquez a remporté aujourd'hui le maillot à pois au terme d'une course sans merci. Le pauvre Massimo s'est payé une double crevaison sur le premier col et une vilaine chute dans la descente. Au mépris de l'éthique du Tour, Carlos a profité de sa chute pour accélérer et prendre l'avantage. Massimo s'est complètement effondré après ça. Il n'arrivait plus à se concentrer et il n'y a pas eu de domestique* *pour lui remonter le moral et le relancer.*

Et son rêve de trois victoires consécutives, alors ? Il le laisse tomber ?

C'est à croire. Je n'arrive pas à mettre la main sur Rachel pour lui demander où il en est. Elle a débranché son portable. Et je la connais assez pour savoir que si elle fait ça, c'est qu'elle a de bonnes raisons. J'espère que pour une fois ça veut dire qu'elle a décidé de se donner la priorité sur son travail. Si Rachel débranche son téléphone, c'est comme si elle mettait un signal lumineux clignotant « Ne Pas Déranger » que je suis heureuse de respecter. À condition qu'elle me fasse un rapport complet et détaillé demain.

— Il est quelle heure ? demande Rachel à André alors qu'elle est en train de plier le linge qu'elle vient de sortir du séchoir dans le van de Zucca MV.

— Pas loin de neuf heures, répond-t-il en regardant sa montre avec ennui, c'était vraiment la cata pour ton équipe aujourd'hui.

— Mon boulot ne consiste pas à juger et encore moins à faire des commentaires, répond Rachel, mais tu as malheureusement raison. Tes mecs doivent être contents. Fabien prend une minute à Vasily et Carlos prend le maillot à pois à notre Massimo. Le pauvre, je suis sûre qu'il va se raser le bouc à cause de ça. Ou alors il va se le teindre.

Elle se penche à l'extérieur du van pour attraper la porte qu'elle ferme au verrou de l'intéricur.

— Je devrais me mettre au lit tout de suite, dit-elle pensivement en attrapant un bidon vide dont elle se met à mâchouiller le goulot.

— Si les garçons se font masser de bonne heure, Rachel doit se coucher tôt, c'est ça ? demande André en riant et en espérant qu'elle n'obéira pas à cet adage trop littéralement.

— C'est ce que je leur ai dit, dit Rachel d'un air coupable.

André promène son regard sur l'intérieur du van. Il ressemble en tous points à celui des Vipères. Il ouvre et ferme les robinets de l'évier et Rachel étire une feuille de film plastique pour en faire une boule qu'elle défroisse avant de recommencer.

Tu vas te décider à m'embrasser, oui ou non ?

André, cependant, semble profondément intéressé par la qualité des robinets en mélamine.

— Tu parles bien anglais, dit Rachel d'une voix rauque.

Au lieu de répondre au compliment de Rachel par un regard plein de désir, André se lance dans le récit de sa scolarité.

Mais il fait chier, ce mec ! se dit Rachel, *je m'en fous ! Dans ces conditions, c'est moi qui vais l'embrasser !*

André est encore en train de débiter ses souvenirs d'école quand

Rachel éteint la lumière du van. Elle en connaît la disposition par cœur. Elle s'approche du mécanicien, prend son visage dans ses mains et lui tend ses lèvres.

Plusieurs facteurs se conjuguent : la situation dans laquelle ils sont, l'odeur de la frangipane, le ronronnement de la machine à laver, l'odeur de la graisse des chaînes de vélo, l'exiguïté des lieux et plusieurs jours d'affilée passés à échanger des regards. Quand leurs lèvres se touchent, elles s'enflamment. Ils se déshabillent précipitamment. L'anglais scolaire d'André fait place à des expressions françaises très crues dont il ne connaît pas les équivalents dans la langue de Rachel qui ne sait plus parler aucune langue de toute façon. Elle se contente de gémir et de respirer bruyamment.

Massimo Lipari n'arrivait pas à dormir. Il s'était réveillé au milieu d'un rêve dont il ne se souvenait plus. Quand il fermait les yeux, le cauchemar de la réalité était toujours là. Tout son corps le faisait souffrir. Il s'était éraflé tout le côté gauche en tombant. Il avait mal à la tête. Il n'arrêtait pas de se repasser le film de la course dans sa tête et se trouvait mauvais. Nul. À chier. Il avait une chambre pour lui tout seul et il avait d'abord cru que c'était de solitude qu'il avait besoin, pour que personne ne puisse le voir dans cet état. Maintenant, sa propre compagnie lui faisait horreur. Il ne se faisait plus confiance. Il était vexé d'être tombé. Plus encore qu'il n'était offensé par le fait que Carlos ait attaqué alors qu'il gisait à terre.

Entonner sa chanson du Giro ne le mit pas de bonne humeur. Une marche funèbre lui semblait plus appropriée. Il se mit à chanter une chanson d'amour déçu que sa grand-mère lui fredonnait quand il était petit, à l'ombre des oliviers. Il avait tellement voulu être le Roi de la Montagne. Le titre lui allait aussi bien que le maillot. Il se dirigea solennellement vers la salle de bains, s'empara d'un rasoir et se rasa entièrement le bouc. Il fut sur le point de pleurer. Il remarqua alors que la peau de son menton était beaucoup plus claire que le reste de son visage. Il hurla de dépit. Il fallait qu'il prenne l'air. Il ouvrit une fenêtre et respira à fond. Il contempla le bus de l'équipe et reconnut le vélo qui l'avait fait perdre, suspendu à un crochet. Il pouvait bien rester suspendu là pour toujours !

Un quart d'heure plus tard, Rachel vint ouvrir la porte du van, une serviette de toilette entortillée à la hâte autour de son corps.

— Qu'est-ce que tu trafiques, espèce de pute ? cracha Massimo en la poussant pour pouvoir entrer dans le bus. Ses yeux furetaient dans tous les coins.

— J'allais prendre un bain, rétorqua Rachel.

— Tu n'es qu'une sale pute, grogna Massimo, qu'est-ce que tu m'as fait ? Tu m'as empoisonné ?

— Massimo ! s'excama Rachel estomaquée et complètement prise de court.

— Ou alors tu n'es qu'une connasse et tu n'as rien vu quand il a mis quelque chose dans mon bidon ? cria-t-il, c'est lui qui m'a fait tomber !

— Qui ? lui demanda Rachel.

— Ou alors, il t'a tellement pris la tête que tu t'es détournée de ton travail, déclara Massimo, et tu ne t'es pas occupée de moi comme d'habitude.

— Mais qui ? lui redemanda Rachel, implorante.

Elle se disait qu'il était dans un tel état qu'il allait soit se mettre à lui cogner dessus, soit éclater en sanglots.

Il éclata en sanglots. Rachel rajusta la serviette autour d'elle et s'assit à côté de lui sur le lit. Elle passa son bras autour des épaules tremblantes du coureur.

— Pauvre Massimo, dit-elle, c'est vraiment une mauvaise journée pour toi, hein ?

— Salope, sanglota-t-il.

— Mais qu'est-ce que j'ai fait ? demanda Rachel en prenant sur elle pour ne pas avoir l'air offensé.

— Je t'ai vue dans le bus avec le mécanicien de Système Vipère. Tu n'es qu'une grosse conne. Ce mec est dangereux.

Rachel, qui ne se faisait aucun souci quant à ses facultés intellectuelles et qui ne doutait pas de la sincérité d'André, fut cependant troublée par l'irruption subite de Massimo dans sa vie privée.

— Je vais aller trouver le *directeur**, dit Massimo, et après, j'irai trouver *L'Équipe*.

Même si l'idée d'un portrait d'elle dans le célèbre quotidien sportif lui souriait plutôt, Rachel avait parfaitement compris que ce n'était pas pour vanter ses exploits sexuels que Massimo avait l'intention d'aller les trouver. Elle estimait que l'inquiétude du coureur était légitime, pour le bien de l'équipe, mais elle était quand même exaspérée.

— J'ai le droit d'avoir une vie privée, Massimo, dit-elle.

— Pourquoi tu fais ça ? demanda Massimo d'un air menaçant, tu espionnes ? Qui est-ce que tu vas empoisonner après ? Vasily ? Il a couru comme un nase aujourd'hui.

— Mais putain, tu fais chier ! s'exclama Rachel, je tirais un coup, c'est tout !

Massimo lui jeta un regard vide d'expression.

— Toi ? Toi, Rachel ?

Il déglutit, complètement éberlué, comme s'il réalisait pour la première fois de sa vie que Rachel McEwen avait une libido. Et une vie sexuelle maintenant.

— Oui. Moi, Rachel, lui répondit-elle d'une voix glaciale.

— Tu as baisé dans le van ? s'exclama Massimo les yeux exhorbités.

— C'est pas tes oignons, en fait, répondit Rachel.

Ça l'énervait de constater que ce qu'il y avait de plus important pour Massimo, c'était le fait qu'elle ne soit ni une espionne, ni une empoisonneuse. Il n'était pas spécialement content pour elle qu'elle ait trouvé un mec.

— C'est bon, dit-il en s'excusant, tu es un grand *soigneur** et une belle fille. Mais tu aurais pu choisir un type dans une autre équipe !

— Mais c'est pas vrai ça, putain ! s'exclama-t-elle, c'est avec un mec que je couche, pas avec une équipe ! Fous-moi la paix, un peu !

— Tu es une nana en béton, Rachel, dit Massimo d'un ton admiratif.

Massimo caressa son menton fraîchement rasé.

— Moi, j'ai échoué aujourd'hui. Je suis nul, dit-il d'une voix brisée.

Rachel était soulagée qu'il s'intéresse à autre chose qu'à sa vie personnelle.

— Tu n'as pas échoué, lui dit-elle.

— J'ai perdu mon maillot. Mon rêve s'est envolé, sanglota-t-il, je n'ai plus de barbe. Ma vie est devenue un véritable cauchemar.

Rachel passa son bras autour de ses épaules pour le consoler.

— Oh, gémit-il, je ne pourrai pas retourner chez moi. Il va falloir que je parte en exil. Comment j'ai pu faire ça ? À l'équipe ? Au cyclisme ? À ma famille ? Au peuple italien ?

Rachel laissa le coureur sangloter et se lamenter comme si cela faisait partie de son travail. Elle l'écouta attentivement et lui prodigua des paroles consolatrices qu'il écoutait à peine et qui ne pouvaient pas servir à grand-chose de toute façon. Elle aurait préféré se laisser aller à rêvasser sur André. Sur son propre corps qui n'avait pas été dans cet état depuis longtemps. Goûter tranquillement au plaisir et à l'excitation qu'elle ressentait. Mais il lui faudrait attendre. Elle devait faire son boulot. Elle fit un bon massage et un chocolat chaud à Massimo avant de l'expédier au lit. Après quoi, elle se retrouva enfin seule. Et fatiguée.

DIX-SEPTIÈME ÉTAPE

Aix-les-Bains-Neuchâtel. 218,5 kilomètres

Qu'est-ce que tu fabriques, Ben ? Il est deux heures du mat' et tu te balades à pas de loup dans un couloir d'hôtel en collant l'oreille aux portes des coureurs. Tu ouvres la porte de la chambre de Luca et Didier. Pourquoi ? Regarde. Ils dorment paisiblement tous les deux. On les entend respirer. Tu peux partir. Tu restes là, l'oreille aux aguets. Pourquoi ?

Je voulais vérifier un truc.

Quoi ?

Si Didier n'était pas en train de faire des pompes. Il faisait du bruit en dormant.

Tu penses à l'EPO, c'est ça ?

Oui. À l'érythropoietine.

La nouvelle drogue des cyclistes ?

Oui. Et les associations d'athlétisme et de tennis auraient aussi intérêt à faire gaffe.

Ça stimule les effets d'un entraînement intensif, c'est ça, non ?

C'est une hormone naturellement secrétée par les reins. Administrée artificiellement, elle augmente le taux de globules rouges et donc de l'oxygène transporté par le sang. Du coup, l'organisme suralimenté en oxygène est plus endurant et ses performances musculaires sont décuplées.

C'est génial ce truc !

Absolument. À condition d'être utilisé sous contrôle médical dans le traitement des disfonctionnements rénaux, de l'anémie ou pour atténuer les effets secondaires de certains traitements contre le SIDA.

C'est carrément un remède miracle !

Sauf quand le sang épaissit au point de se transformer en véritable confiture. Il y a quelques années, on a assisté à une mystérieuse épidémie de mort durant le sommeil dans les milieux cyclistes professionnels. Les coureurs disposent de cœurs qui peuvent monter à 190 battements par minute et redescendre à 30 quand ils sont au repos. C'est là que l'EPO peut devenir mortel. Plus le cœur est ralenti, plus le sang épaissit et plus vite il coagule. Et c'est là que le cœur peut carrément lâcher. C'est pour ça que je voulais vérifier si Didier n'était pas en train de faire des pompes. C'est pour ça que je voulais écouter le bruit de sa respiration pendant qu'il dormait.

Maintenant que tu as constaté que tout allait bien, tu peux retourner te coucher.

Oui, mais le fait que Didier dorme tranquillement n'empêche pas qu'il a pu prendre une méga-dose d'aspirine. Le danger, quand on prend des anticoagulants pour liquéfier le sang, c'est l'hémorragie.

Tu crois que Didier prend quelque chose ?

Je ne sais pas. Je ne sais vraiment pas. Tout ce que je sais c'est que l'EPO se prend une semaine avant d'obtenir l'effet souhaité, puis tous les deux jours. Et Didier n'était pas dans une forme éblouissante à la fin de la première semaine du Tour.

Mais où est-ce qu'il se procurerait ce truc-là ?

On ne trouve pas des dealers que dans les ruelles obscures. Et ils ne fourguent pas que du crack ou de la cocaïne.

On est en train de parler d'une substance prohibée, pas d'une drogue illégale. Et je crois que dans ce domaine, c'est le cyclisme professionnel qui connaît la plus longue liste de produits interdits.

Oui. D'un autre côté, les coureurs peuvent toujours se réfugier derrière un « J'ai toujours été contrôlé négatif » qui ne veut pas forcément dire « Je ne me suis jamais dopé ».

Mais c'est quand même le sport où il y a le plus de contrôles anti-dopage et le moins de résultats positifs.

Il y a des coureurs qui se débrouillent pour toujours passer entre les mailles du filet. Michel Pollantier, par exemple. Il avait remporté le maillot jaune à l'Alpe d'Huez en 1978. Quand il s'est présenté au contrôle anti-dopage, il s'est fait griller en train d'essayer de refiler l'urine de quelqu'un d'autre dont il avait glissé un tube à l'intérieur de son short.

Plutôt rigolo comme anecdote.

Il y a mieux. Il y en a eu un qui s'est entendu dire à l'issue du contrôle : « Vous êtes négatif. Mes félicitations, vous êtes enceinte ! »

Non, c'est pas possible !

Si, il avait essayé de fourguer l'urine de sa femme qui ne lui avait pas encore révélé qu'il allait bientôt avoir la joie d'être papa. Mais de toute façon, l'EPO est très difficile à détecter. Il est virtuellement impossible de faire la différence entre un coureur qui a un taux d'hématocrites naturellement élevé parce qu'il s'entraîne en altitude et un coureur qui a pris de l'EPO.

Est-il possible de définir un taux maximum ?

L'UCI, les dirigeants cyclistes, en ont établi un. Si le nombre de globules rouges d'un coureur est supérieur à 50 %, il est interdit de course pendant deux semaines jusqu'à ce que ce chiffre redescende.

C'est une bonne mesure.

Pas vraiment, en fait. Mettons que le taux normal d'hématocrites de Didier soit de 42 %, et celui de Luca de 48 %. Didier pourrait se doper le plus légalement du monde pour atteindre le niveau de Luca. On ne pourrait lui infliger aucune pénalité et il obtiendrait pourtant des résultats sportifs grâce à une substance prohibée.

Mais ça serait de la triche pure et simple !

Exactement.

À partir de quand on peut parler de dopage, alors ? Et à partir de quel moment peut-on dire qu'on sort du contexte d'un traitement médical ?

C'est bien là tout le problème. Avant le Tour de 1998 où on a assisté à une véritable chasse aux sorcières sous couvert de lutte anti-dopage, alors qu'on n'a pas réussi à coincer un seul coureur positif, j'ai eu des propositions de la part d'une autre équipe. Le directeur* *m'a très clairement fait comprendre que mon rôle consisterait à booster les performances des coureurs sous strict contrôle médical.*

C'est-à-dire ?

Il s'agissait d'éviter que les coureurs ne se procurent des drogues par leurs propres moyens ce qui peut être vraiment préjudiciable pour leur santé.

Tu n'as pas accepté ?

Bien sûr que non. Je suis médecin, pas dealer. Et je reste vieux jeu en ce qui concerne le sport. J'aime admirer les performances de la tonicité musculaire sans qu'il y ait le moindre doute sur sa provenance. Je m'émerveille devant le triomphe athlétique, mais je n'aime pas apprendre qu'il a été obtenu artificiellement.

Drogue et cyclisme ont toujours été considérés comme synonymes?

Dans les années 30, on parlait de doses infinitésimales de strychnine, et puis très vite et pendant longtemps, ce furent les amphétamines. Aujourd'hui c'est l'EPO, l'hormone de croissance humaine. Il y a aussi le PFC, une substance chimique proche du Téflon. Et puis dans une gamme plus artisanale, si je puis dire, il y a le « pot belge ».

Qu'est-ce que c'est que ça?

Un cocktail de drogues dont la recette varie, on peut en dénombrer jusqu'à dix : amphétamines, cocaïne, héroïne, analgésiques, des vaso-dilatateurs bronchiques, des corticoïdes, de la morphine. Un petit truc sympa, quoi!

C'est une pratique courante?

Pas forcément. Mais ça existe. Il faut se représenter les pressions qui pèsent sur un coureur cycliste. Il n'y a pas que la difficulté d'un parcours de 4000 kilomètres en trois semaines incluant deux chaînes de montagne, ce parcours étant situé entre deux autres équivalents, le Giro et la Vuelta. Un coureur est sous contrat pour une courte période avec une équipe sponsor. On lui demande de conduire mieux et plus vite que tous les autres pour décrocher la victoire. La quête du succès peut rendre aussi accro que certaines drogues.

Mais ce sont des sportifs! Ils connaissent les dangers de tels comportements pour leur santé!

Ce ne sont pas des imbéciles. Ils peuvent craquer pour deux types de motifs. Il ne faut pas oublier que beaucoup d'entre eux viennent de milieux ruraux ou défavorisés. Ils sont engagés par une équipe. Ils courent comme des malades. Leurs corps sont ravagés, leurs cerveaux sont vidés. Le directeur*, *le médecin, le* soigneur* *leur disent : « Prends ça pour récupérer, ça va te faire du bien. » Pourquoi hésiteraient-ils? Ce sont des gens en qui ils ont placé toute leur confiance qui les y incitent. Ils dépendent d'eux.*

Et l'autre type de motif?

Il concerne les cyclistes qui racontent à qui veut les entendre qu'ils sont des victimes innocentes qu'on a forcées à se doper. Ce sont des petits malins qui négocient des contrats monstrueux.

Et toi, Ben, quelle est ta position ?

Je crois que « Faites-moi confiance je suis médecin » devient une formule dangereuse dans le cyclisme professionnel. C'est un état de fait qui m'attriste profondément. Je pense que mon devoir en tant que médecin est tout à la fois éthique et médical. Mes obligations face à ma vocation, mes employeurs et les coureurs c'est de m'assurer qu'ils souffrent le moins possible et qu'ils récupèrent le plus vite possible. J'étudie chaque homme avec le plus grand soin et je lui prescris des substances nutritionnelles, hormonales, anaboliques, pour maintenir le meilleur équilibre dans son organisme. Ma formation scientifique m'y autorise. Un coureur n'est pas en mesure de savoir quelle dose de béta-hydroxy béta-méthyl butyrate lui est nécessaire, ni à quelle fréquence.

Et Didier ?

Je ne peux pas dormir. C'est pour ça que je suis dans le couloir. Je suis dans un état de rage impuissante grave. Je ne veux pas d'histoires de dopage dans mon équipe. Je ne suis pas en mesure de tolérer le moindre manquement à l'éthique de l'équipe. Laisser tout ce que je fais pour le bien des coureurs voler en éclats. La bêtise et l'égoïsme de Didier me font peur. S'il fait une connerie, il peut tout foutre en l'air. Notre crédibilité, l'avenir de l'équipe, le boulot de tout le monde. Sans parler de sa santé.

Et Vasily ?

Vasily a fait table rase du passé. C'est un vieux routard maintenant. Il a choisi de jouer le jeu proprement. J'espère qu'il saura faire entendre raison à Didier.

> Un homme n'est soumis à la tentation
> Que pour y résister et la fouler aux pieds.
> Alors il connaît un vrai triomphe.[7]

Mais je ne saurais pas traduire ces vers de Robert Browning pour Didier ou pour Vasily.

7. « Why comes a temptation but for man to meet
And master and make crouch beneath his foot
And so be pedestalles in triumph ? »
The Ring and The Book, Robert Browning, 1868.

C'est dans un décor à couper le souffle, au milieu de rochers qui semblent comme posés en équilibre instable par la main de Dieu, à travers des tunnels qui trouent la montagne de part en part et en traversant des ponts suspendus plus ou moins délabrés que le peloton du Tour de France se dirigeait vers la Suisse où il ne faisait qu'une brève incursion. Luca et Didier s'étaient réveillés d'humeur à contempler leurs petits nombrils respectifs. Ils s'étaient couchés à la même heure la veille et ne se doutaient pas le moins du monde que Ben avait veillé sur leur sommeil. Ils pédalaient maintenant côte à côte au sein d'un groupe d'Espagnols bavards, traversant la jolie petite ville de Seyssel qui surplombait une petite rivière, puis le vieux village de Brilliat où Sassetta lança un sprint alors que des petits vieux agitaient lentement et amplement les bras de gauche à droite sur leur passage. Le Tour de France marquait une date importante du calendrier de ces septuagénaires depuis leur plus tendre enfance. C'était un acte de patriotisme pour eux que de venir là, qui confirmait leur passé tout autant qu'il établissait l'avenir de leurs petits-enfants. Le Tour de France était une valeur sûre, un droit de naissance. Un héritage. On agitait les bras, et revenaient en mémoire les images de Louison Bobet, Jacques Anquetil, Thévenet, Hinault, Fignon. Et puis on se mettait à rêver à l'année suivante. *Vive le Tour** !

Après 126 kilomètres, un sprint, des pentes de quatrième, troisième et seconde catégorie, Didier et Luca attrapèrent leurs *musettes** au vol au contrôle de ravitaillement.

— Je suis tellement fatigué, dit Luca, que je n'ai même pas faim.

— Moi non plus, dit Didier, mon fantasme, c'est de manger un MacDo qui durerait une journée entière. C'est ce que j'ai l'intention de faire quand le Tour sera terminé.

— Moi, je m'enfilerai des huîtres et du champagne, dit Luca en s'animant tout à coup.

C'était la première fois qu'un échange de paroles avait lieu entre eux depuis le début de la course.

— Aux frais de Jules Le Grand, je suppose ? le sonda Didier.

Luca lui jeta un regard scrutateur et haussa les épaules.

— Tu ferais quoi, toi ?

— Ce que tu veux savoir, c'est ce qu'il faut que tu fasses, toi, lui répondit astucieusement Didier.

— Qu'est-ce qu'il faut que je fasse ? demanda calmement Luca.

— Tu as des tentations ?

— Putain, mec, tu te rends compte ? Système Vipère ! s'exclama Luca comme si cela mettait un terme à toute tergiversation.

— Un max de pognon, une chaîne Hi-Fi sympa, des vélos tiptop, des coéquipiers triés sur le volet et la meilleure équipe du monde, résuma nonchalamment Didier, pourquoi tu joues au con à me demander mon avis ? Tu ferais mieux de me dire carrément que tu as déjà signé avec eux !

Luca soupira et se demanda pourquoi les spectateurs agitaient des bâtons de ski. Didier le laissa soupirer une deuxième fois avant de chercher avec insistance à croiser son regard.

— J'ai été à deux doigts de le faire, dit Luca avec franchise, c'est une chance qui ne se représentera peut-être pas.

— Tu as vu Jules Le Grand au *village** ce matin ? demanda Didier.

— Oui, dit Luca, il était en train de discuter avec Magnus Backstedt.

— Moi je l'ai vu dans un coin avec Bo Hamburger, remarqua Didier.

Luca pédala un peu plus vite pour pouvoir réfléchir tranquillement et Didier resta instinctivement en arrière. Luca se demandait si Jules Le Grand avait aussi dit à ces coureurs que leur talent avait besoin d'être exploité plutôt qu'étouffé, qu'ils avaient l'étoffe de grands champions et que ce serait un honneur pour Système Vipère de les compter au sein de son équipe. Deux femmes en bikini qui s'agitaient frénétiquement lui donnèrent l'occasion de penser à autre chose et il se remit à pédaler, ne vivant que la minute présente, corps et âme exténués. Au bout d'un moment, il s'assit sur sa selle et jeta un coup d'œil à Didier par-dessus son épaule. Il courait à côté de Vasily. Ni l'un ni l'autre ne parlait, mais Luca sentit entre eux un lien de complicité. Intrigué, il ralentit le rythme au moment où Fabien, Vasily et un groupe de chercheurs de gloire de dernière semaine accéléra pour se placer en tête du peloton.

— Dis donc, tu n'aurais pas l'intention de te mettre chez Zucca MV, des fois ? dit-il d'un ton accusateur à Didier.

Didier eut l'air gêné.

— Tu t'es laissé racoler par ton nouveau pote Vasily, c'est ça ?

Didier regardait résolument droit devant lui, cherchant à accélérer pour rejoindre le groupe d'échappée. Luca se mit à son rythme.

— On ne peut pas se mettre dans des équipes rivales, se mit-il à argumenter, et puis de toute façon, je ne comprends pas pourquoi ce serait toi qu'il viendrait chercher alors que j'ai couru avec lui quand j'ai gagné l'étape.

Didier jeta un bref coup d'œil à Luca.

— Je ne vais pas chez Zucca. Je reste chez Mégapac.

— Mais Vasily t'a demandé, c'est ça ? Il te fait de l'œil, insista Luca, c'est pour ça qu'il t'a collé hier. Quand je me suis ramené, il a arrêté de parler et son regard m'a dit d'aller me faire voir ailleurs.

— On parlait d'un sujet délicat, dit Didier.

— Il essayait de t'enrôler et ça ne lui a pas plu que je déboule, insista Luca.

— Non mais écoute-toi parler ! Tu as la fièvre des transferts, grave ! Tu n'es même plus capable de pédaler correctement. Tu me fais chier. Je suis mort de fatigue, mais je préfère me tirer que de te supporter. *Adieu**.

Cat observait Didier courir. Alors que c'était un coureur tranquille, un rempart pour Mégapac, LeDucq plongeait en avant, moulinant derrière le groupe d'échappée, laissant sur place tous ceux qui essayaient de se mettre dans sa roue.

— Putain ! s'exclama Josh, à quoi il carbure ?

— À rien, j'espère, répondit Cat.

Vasily est content de voir arriver Didier à hauteur du groupe, mais au lieu de ralentir pour lui souhaiter la bienvenue, il accélère brutalement ce qui oblige Fabien et ceux qui sont accrochés à la locomotive qu'ils constituent à faire de même. Didier n'est pas vexé. Il connaît les motivations du Russe et il a lui-même de bonnes raisons pour le rejoindre et se maintenir à son niveau. Il y a encore 50 kilomètres avant la ligne. Didier s'active, tête baissée, hyper concentré sur son objectif. Les échanges de paroles sont rares et brefs dans le groupe d'échappée, mais les mots se bousculent dans la tête de Didier. Il ne peut pas s'empêcher de se passer mentalement en boucle la conversation qu'il a eue avec Vasily hier.

— Tu n'arriveras jamais à faire un pur-sang avec un âne, lui avait déclaré le maillot jaune d'entrée de jeu.

Didier se souvient qu'il n'avait rien trouvé à répondre. Il ne voyait pas où Vasily voulait en venir avec ses histoires d'équitation.

— Tu n'es pas un âne, mais tu n'es pas un pur-sang non plus, avait continué Vasily, tu es un magnifique cheval de labour. J'ai beaucoup de respect pour toi. Pour plusieurs raisons.

Didier avait acquiescé avec gratitude. Il était un peu abasourdi et le fut plus encore quand Vasily découvrit la carte qu'il lui réservait ensuite.

— Je ne voudrais pas perdre ce respect que j'ai pour toi. J'en serais très triste.

Didier LeDucq vérifie le compteur de son vélo et son moniteur cardiaque. Il court bien. Suffisamment vite pour prendre le relais en tête. Suffisamment bien pour pouvoir laisser vagabonder son esprit et réfléchir à ce qu'ils se sont dit la veille.

— Quand je prenais des amphétamines, mes yeux ressemblaient aux trous que tu fais quand tu pisses sur de la neige, avait lâché Vasily, j'avais une peau immonde, pleine de crevasses. J'étais encore plus agressif quand je descendais de vélo que quand je courais et je n'arrivais pas à dormir. Alors je prenais du Valium.

— Le speed c'est vraiment de la merde, avait répondu Didier en pensant que c'était ce que Vasily voulait entendre.

— L'EPO c'est encore pire, avait dit Vasily, la première fois que j'en ai pris, j'ai eu l'impression que mes reins étaient des ballons tellement remplis d'eau qu'ils atteignaient le bas de mon dos. Ma vision est devenue trouble, toutes mes articulations se sont mises à me faire mal et je n'arrêtais pas de saigner du nez. Et je ne te parle pas du pire : des migraines atroces à hurler.

Vasily avait regardé Didier avec une telle insistance qu'il avait vigoureusement hoché la tête pour marquer son approbation.

— Mais au bout d'un moment, avait repris Vasily, j'ai eu l'impression qu'une nouvelle vie s'ouvrait à moi. Je voulais m'entraîner à fond. Je pouvais courir sans ressentir la moindre douleur physique et je récupérais hyper vite. C'était vraiment une drogue géniale.

Il avait de nouveau gratifié Didier de son regard hypnotique.

— Tu m'étonnes ! avait répondu Didier qui n'en revenait pas d'entendre son héros chanter les louanges de l'EPO alors qu'il crevait d'envie lui-même d'essayer.

— Tu m'étonnes, comme tu dis. J'ai même réussi à passer au travers des contrôles anti-dopage. Je suis vraiment un grand sportif.

Il posa sur Didier un regard tellement pénétrant qu'il crut bon de hocher la tête d'un air impressionné.

— Je suis vraiment un type super malin avec le cul bordé de nouilles. Je ne me suis pas fait gauler aux contrôles, j'ai remporté la victoire en trichant et le seul prix que j'aurai à payer, c'est que je mourrai prématurément.

Le visage de Didier s'affaissa d'un seul coup, ce qui n'empêcha pas Vasily de continuer sur le même mode.

— J'ai eu un taux de fer trop élevé, pendant trop longtemps. Si j'ai de la chance, j'échapperai à la défaillance rénale. Si j'ai encore plus de chance, je conserverai mon foie entier. Si Dieu est avec moi, je ne développerai pas de cancer.

Vasily avait scruté Didier. Il avait enlevé une main du guidon pour venir la poser sur le poignet du Français.

— On ne mesure pas toujours les conséquences de ce qu'on fait avant de payer le prix fort. Chacun est libre de décider si ça vaut le coup, dit-il en guise de conclusion.

Didier avait méchamment les boules. Il continua de rouler en silence. Vasily était resté à ses côtés, silencieux lui aussi. À la fin de l'étape, il avait roulé à côté de Didier pour rejoindre les bus d'équipes avec lui.

— Tu sais LeDucq, avait-il dit, je me pose souvent des questions sur le type qui a gagné le Giro il y a trois ans. Celui qui a raflé toutes les victoires de la saison cette année-là.

— Mais c'était toi ! avait répliqué Didier, c'est toi qui a gagné le Giro il y a trois ans, le Tour et le reste.

— Non, avait dit sombrement Vasily, ce n'était pas moi. Il n'y a eu ni victoire ni triomphe. Aucune réussite. C'était de la merde en barre. J'avais triché.

Ils étaient arrivés tout près des véhicules de Mégapac. Didier s'était arrêté instinctivement. Il était descendu de son vélo et du regard il avait supplié Vasily de continuer.

— Je me dégoûte moi-même encore plus que j'ai honte d'avoir

entubé les autres coureurs et les commissaires de la course. J'ai l'impression d'être un tas de merde.

Vasily avait craché par terre pour illustrer à quel point il se sentait méprisable.

— Je regrette tout. Je n'ai rien gagné. Je n'ai pas de plaisir rétrospectif à me dire que j'ai remporté des grandes victoires. C'est avec un sentiment de honte étouffant que je me souviens de cette période. Je n'en tire aucune gloire. Ce sont des histoires que je ne pourrai même pas raconter à mes enfants. J'ai trop honte.

Didier avait fixé intensément le sol.

— LeDucq, avait dit Vasily en posant la main sur la nuque de son copain, Didier.

Didier avait levé les yeux pour croiser le regard de Vasily.

— Maintenant le soir j'arrive à trouver le sommeil sans Valium. Mes victoires sont de vraies victoires et si je perds c'est que les autres ont été meilleurs que moi ce jour-là. Je suis clean. Je me sens digne et c'est une de mes responsabilités en tant que sportif. Mais mon foie, ajouta-t-il sans se lamenter sur son sort, est dans un état lamentable. Le prix que je vais payer est beaucoup plus élevé que les victoires que j'ai pu glaner en me mettant de la merde dans la tête.

Il avait donné une claque amicale entre les omoplates de Didier avant de recommencer à rouler lentement en direction des véhicules de Zucca MV.

C'est à tout ça que Didier repense aujourd'hui en courant à côté de son héros et sauveur. Il se sent fatigué, mais il a décidé qu'il était prêt à endurer cette fatigue et à faire une course exceptionnelle. Vasily mène le groupe à un train d'enfer. Ce n'est pas pour défier Fabien, mais Didier que le Russe met la pression. Didier a décidé de relever le défi. Il concentre toute son attention sur la course. Il souffre monstrueusement. Mais sa souffrance indique clairement que ce qu'il vit n'est ni un rêve ni un cauchemar. C'est la réalité à l'état brut. Sans trucage.

— C'était une belle étape, déclara Cat à Alex.

— Dépêche-toi de finir ton article, lui fit-il remarquer, j'ai l'intention de prendre une douche avant d'aller manger une raclette.

— J'ai envie de Toblerone, dit Cat en pianotant sur son clavier.

— Moi j'aimerais bien ouvrir un compte dans une banque suisse, dit Josh en émergeant de son écran.

— Moi je me taperais bien Heidi, lança Alex.

Cat revisualisait le final de la course en souriant et le relata pour la postérité dans le paragraphe de conclusion de son reportage.

C'est sur les derniers kilomètres, que Jawlensky est remonté accompagné de Ducasse et de LeDucq résolument accroché à sa roue. Le rythme était rapide, la conduite était délicate et la route sinueuse. Les trois coureurs firent montre d'une grande habileté, et réussirent à mettre en place des manœuvres stratégiques parfaitement coordonnées. L'étape fut remportée en 4 heures 52 minutes et 26 secondes. C'est Fabien qui a franchi la ligne juste avant Didier. Le maillot jaune est arrivé en troisième position. Aucun changement au classement général. Sassetta n'est plus qu'à quatre points du maillot vert. L'élément clé du peloton aujourd'hui était indubitablement Didier LeDucq qui est en temps normal un coureur qui ne se fait pas remarquer. Il a déployé un art consommé de la course et a donné la preuve de sa passion pour le cyclisme.

<FIN>

— Bravo, dit Vasily à Didier, tu as mieux couru et tu as obtenu un vrai résultat.

Il a fait un détour pour venir le retrouver près des véhicules de Mégapac.

— Je suis content, répond Didier, parce que je suis mort de fatigue.

— C'est une saine fatigue, dit Vasily, quelque chose que tu seras fier de raconter à tes enfants.

— Et même à mes petits-enfants, déclare Didier qui sourit malgré sa fatigue.

Ben et Rachel ont vu leurs coureurs se parler. Ils n'ont pas entendu ce qu'ils se disaient. Rachel lance un coup d'œil à Ben. Il hoche la tête, complice.

Didier est en sécurité pour le moment. Je suis soulagé, mais je dois rester vigilant en permanence. Le dopage est un truc trop tentant. Un coureur du Tour de France ne peut pas s'empêcher de dresser l'oreille s'il entend parler de quelque chose qui va lui éviter de souffrir. Que ce soit un truc légal ou prohibé, il s'en fout. Il est prêt à mettre sa vie en jeu.

Ben regarde à nouveau Rachel. André lui passe un bras autour de la taille et l'embrasse tendrement dans le cou. Ben se met à avoir envie de Cat. Il croise le regard de Rachel qui ne le voit même pas. Elle est ailleurs, sur une autre planète. Elle est bien trop occupée pour faire attention à Ben ou pour remarquer que Jules Le Grand fronce les sourcils en remarquant le couple qu'elle forme avec André.

DIX-HUITIÈME ÉTAPE

La Chaux-de-Fonds-Lautrec. 242 kilomètres

— Putain, mais elle est où, Rachel ?

Stefano Sassetta gueulait dans le couloir au beau milieu de la nuit. Il avait frappé à la porte de son *soigneur** et n'avait pas obtenu de réponse. La porte était fermée à clef. Ses éclats de voix réveillèrent plusieurs de ses coéquipiers de Zucca MV. Ils avaient l'habitude de ce genre d'explosions. Ils enfouirent leurs têtes sous leurs oreillers et reprirent leurs rêves là où ils avaient été interrompus. Stefano regagna sa chambre en trombe, scruta le parking par la fenêtre de sa chambre et constata qu'aucune lumière ne brillait dans les bus d'équipes manifestement vides. Il composa le numéro du portable de Rachel. Et entra dans une fureur monstre. Il était éteint. Il laissa un message hargneux, presque menaçant, lui rappelant qu'elle était tenue d'être à sa disposition vingt-quatre heures sur vingt-quatre pour assurer l'entretien de ses cuisses. Après quoi il se les massa lui-même maladroitement et s'endormit.

D'où tu viens comme ça, Rachel, à cinq heures du mat ? Tu crois que c'est une heure pour regagner sa chambre ?

Je reviens tout droit du paradis. J'ai hâte de tout raconter à Cat. Mais à elle seulement. Je ne tiens pas à ce que tout le monde soit au courant.

Au courant de quoi ?

Que j'ai tellement baisé avec André que je dois avoir la démarche de John Wayne.

Tu te sens l'âme conquérante ? Tu as le sentiment d'avoir rendu justice à ton corps ?

Exactement. Et puis aussi parce que je suis restée les jambes bien écartées pendant toute la nuit.

Pourquoi tu ne tiens pas à ce que tout le monde soit au courant ?

J'aime mon travail. J'ai mis du temps avant de le décrocher. Et j'ai mis encore plus de temps pour arriver à me faire respecter. J'ai toujours fait en sorte de ne pas attirer l'attention.

Si les gens de ton milieu t'aiment et te respectent, ils seront super contents pour toi de savoir que tu as enfin trouvé le grand amour.

Le grand amour ? Qui a parlé de ça ? C'est une passion dévorante que je suis en train de vivre, moi. Il m'arrive la même chose que Cat. Tout le monde voit bien qu'elle et Ben sont faits l'un pour l'autre.

Et pourquoi tout le monde n'aurait pas le droit de voir que toi et André vous êtes faits l'un pour l'autre, vous aussi ?

Et du même coup la hache de guerre entre Zucca MV et Système Vipère serait enterrée, c'est ça ? Faut pas rêver. Il y en aurait un de nous deux qui se ferait virer plutôt, oui. Je vais laisser un message à Cat. Tiens, j'en ai un. Stefano. Il est vraiment pas gêné ce mec. Il se prend pour qui avec ses grosses cuisses, celui-là ? Je vais pioncer une petite heure et après je le masserai tellement fort qu'il pleurera pour que j'arrête.

— J'ai une surprise pour toi, dit Ben en caressant Cat pour la réveiller.

Cat posa sur lui un regard ensommeillé et écarta largement les cuisses pour qu'il la caresse là où elle en ressentait le besoin. Ben lui sourit, secoua la tête, s'apprêtant à lui dire qu'il l'aimait, mais son regard se posa sur la pendule et il se dit que le moment était mal choisi.

— Non, dit-il, pas une surprise de ce genre, même si ça me plaît que tu voies les choses comme ça.

— C'est quoi, alors ? demanda Cat un peu déçue.

C'est le moment de lui dire que tu l'aimes, Ben.

Non. Je suis pressé. Et ce n'est pas le moment en fait.

— Tu verras, dit Ben en se levant.

Jesper Lomers se réveilla. Seul. Jules Le Grand lui avait longuement parlé avenir et contrats la veille au soir. Jesper savait qu'il n'y avait qu'un seul plan de carrière pour lui : rester avec Système

Vipère. Mais il ne savait pas ce qu'il devait faire passer au premier plan : sa carrière ou son mariage. Et s'il choisissait de n'avoir qu'Anya pour coéquipier, il n'était pas sûr de gagner beaucoup d'étapes.

En apparence, il avait tout pour être heureux, se disait-il en se dirigeant vers la salle de bains. Chaque individu est l'artisan de son propre bonheur, méditait-il en s'enduisant les jambes de mousse à raser. Avant, Anya adorait les raser pour lui. Elle faisait cela avec un grand sérieux et ça le rendait fou de bonheur. D'excitation aussi. Ils faisaient des batailles de mousse à raser. Qui se terminaient par des séances de cul sauvages à même le carrelage de la salle de bains. Ils riaient aux éclats. À quand remontait la dernière fois ? Quand avait-elle rasé ses jambes pour la dernière fois ? Quand l'avait-il pénétrée pour la dernière fois ? À quand remontait leur dernier éclat de rire complice ? Quand avaient-ils réellement été ensemble pour la dernière fois ? Il se coupa avec le rasoir. Cela ne le fit ni crier, ni jurer. Il posa juste son doigt sur la coupure et le lécha pensivement.

Pourrait-il être heureux s'il arrêtait de courir pour Système Vipère, se demandait-il en prenant un autre rasoir jetable pour sa deuxième jambe. Pourrait-il être heureux s'il arrêtait de courir ? Il connaissait la réponse à ces questions. Mais la vie exige parfois des sacrifices. Qui rendent les hommes meilleurs. Se réaliserait-il plus pleinement en renonçant au maillot vert l'année suivante ? Il se sécha les jambes et téléphona à Anya à leur domicile puis sur son portable. Pas de réponse. Il ne laissa pas de message.

Le *village** de La Chaux-de-Fonds était noir de monde. Le grillage qui délimitait l'espace réservé aux happy few munis de laissez-passer était une véritable insulte à la mémoire de Le Corbusier dont c'était la ville natale. Ceux qui s'y trouvaient évitaient de croiser le regard du public qui se pressait contre le grillage en lorgnant le rectangle de plastique rigide qui tenait lieu de porte. Les enfants tenaient fermement des cahiers d'autographes aux pages vierges et regardaient avec envie les enfants des invités qui allaient et venaient comme ils voulaient, se voyant remettre des cadeaux gratuits et récoltant des autographes à la pelle. Cat se disait qu'il y avait certainement plus de personnes de l'autre côté du grillage qui auraient mérité de se trouver parmi les personnes autorisées, que parmi ceux qui l'étaient effectivement. Elle se sentit privilégiée, fière, presque suffisante.

C'est moi, Cat. Je fais partie du club. Je suis un membre de la famille. Vous auriez envie d'être à ma place. Je me rends compte de ce que ça représente. Je saluerai les coureurs pour vous. J'en ai de la chance, hein ?

— Cat, dit Ben qui était en compagnie de deux hommes, je te présente Mitch Mulready, le directeur général de Mégapac.

Cat accorda un large sourire à Mitch. C'était un homme d'une cinquantaine d'années à l'allure sport qui portait des lunettes à verres réfléchissants et arborait un sourire tout en dents.

— Je suis ravie de faire votre connaissance, monsieur Mulready, débita-t-elle alors qu'il s'était emparé de sa main pour la placer entre les siennes et la secouer avec vigueur.

— Et voici Jeremy Whittle, dit Ben en désignant l'autre homme.

— Hullo, dit-il en tendant la main.

— Hullo, dit Cat en lui tendant la sienne, je croyais que vous étiez anglais.

— Je le suis toujours, répondit Jeremy en riant.

— Je veux dire que vous faisiez partie d'une équipe anglaise.

— C'est tout à fait exact, confirma Jeremy.

— Il fait maintenant partie d'une équipe américaine, intervint Mitch en appliquant une claque retentissante entre les omoplates de Jeremy.

— Jez est à la tête de la division cycliste de Sportsworld, poursuivit Ben en faisant référence au premier groupe de presse sportive américain.

— *Cycle, Pedal Power, Road Race, Mountain Bike, Jersey,* récita Jeremy avec tendresse, comme s'il citait les noms de ses enfants.

— C'est fantastique, dit Cat soufflée.

Parmi les titres qu'il venait de citer, il y en avait deux qu'elle ne connaissait pas. Elle se demandait si on pouvait les trouver en Angleterre.

— J'ai beaucoup apprécié vos articles pour le *Guardian*. Je travaillais avec Taverner dans le temps, dit Jeremy, il se pourrait que j'aie du boulot pour vous. Ben m'a dit que vous aviez une interview exclusive de Luca ?

— Oui, dit Cat avec tristesse (elle se rappelait le manque d'enthousiasme de *Maillot*), mais le problème, c'est que je l'ai faite avant qu'il ne gagne l'étape.

— C'est un coureur avec lequel il faut compter maintenant, dit sobrement Jeremy, vous seriez d'accord pour me la faire lire ?

Cat lui fit un sourire jusqu'aux oreilles, prit la carte professionnelle de Jeremy et lui remit la sienne.

— Ça vous dit de faire un tour dans la voiture d'équipe ? proposa Mitch comme s'il l'invitait à boire un café.

Cat eut l'impression de ne plus toucher terre.

— Il faut peut-être que tu lui répondes, dit Ben qui la trouvait délicieuse avec son air d'enfant gourmand à qui on propose son poids en bonbons.

Il avait envie de prendre son visage dans ses mains et de l'embrasser, là, devant son patron. Cat acquiesça avec enthousiasme, les yeux brillants, avant de serrer à nouveau vigoureusement la main de Mitch. Puis elle fila annoncer la nouvelle à Josh et Alex.

Les voitures d'équipes démarraient dans l'ordre du classement général des coureurs. Cat dut s'asseoir sur ses mains pour s'empêcher de les agiter frénétiquement en réponse aux acclamations des spectateurs. Elle était dans la course. Elle pénétrait dans le sanctuaire du Tour de France.

— Alors Cat, attaqua Mitch, ça donne quoi un boulot de ce genre pour une nana ?

— C'est un boulot de rêve. Mégapac est mon équipe favorite, dit Cat en clignant des yeux à plusieurs reprises.

Elle se sentait intimidée, gauche, amateur. Mitch s'en foutait royalement. Il la trouvait naturelle et émouvante.

— Le décor est sublime, en tout cas, remarqua Mitch.

Cat arrêta momentanément de se concentrer sur le relief de la route pour contempler le paysage verdoyant qu'ils traversaient pour regagner la France.

— Tu crois qu'on va assister à un sprint final d'enfer? lui demanda Mitch.

— Peut-être. À moins qu'il n'y ait un groupe d'échappée qui se démarque clairement du peloton, dit Cat, mais une fois qu'on atteindra le pays des vignes, le relief ne sera pas terrible et ce sera beaucoup plus facile pour le peloton d'empêcher un petit groupe de tête de se constituer.

— Je compte bien boire un verre de bourgogne ce soir, se mit à rêvasser Mitch en se tapotant le ventre, c'est pour ça que j'ai choisi cette partie de la course pour venir faire un tour.

Cat ne releva pas. Elle était trop concentée sur la radio du Tour pour demander à Mitch s'il avait l'intention de choisir un Côte de Beaune ou un Côte de Nuits pour accompagner son *bœuf bourguignon**.

— Treize coureurs ont pris la tête au dix-septième kilomètre, dit-elle, Hunter et Luca en font partie.

— Yeah ! claironna Mitch, allez-y les gars !

— Jesper et Stefano font aussi partie du lot, dit Cat.

— Lomers et Sassetta ? se fit préciser Mitch, j'adore cette guerre d'équipes. Les Vipères contre les Zucca !

— Luca, 58 secondes. Le *directeur sportif** de Mégapac qui tenait le volant s'adressa à Luca sur la radio interne, treize coureurs. 58 secondes d'avance. Pas de contre-attaque pour le moment.

Il y eut un crachotement et la voix de Luca résonna dans la voiture.

— OK, se contenta-t-il de dire.

Cat était émue. Quelque part là dehors, avec 58 secondes d'avance sur le peloton, hors de vue pour le moment, Luca et le groupe d'échappée travaillaient dur.

— Il faut qu'on les suive, annonça le *directeur**, en manœuvrant pour extraire sa voiture du convoi et le remonter en lançant des blagues au passage aux autres *directeurs**.

Cat retint sa respiration quand il accéléra pour rejoindre le groupe d'échappée.

— C'est géant ! s'exclama Mitch comme si tout était mis en place pour son seul plaisir, c'est vraiment très très bon !

La voiture dut rester bloquée un moment au niveau du peloton et Cat se sentit gagnée par une bouffée d'excitation et d'émotion. Il y avait trop de choses à regarder en même temps. On aurait dit un ondoiement de couleurs prisonnières d'une capsule d'énergie. Elle aurait voulu que le *directeur** ralentisse. Que les coureurs ralentissent. Elle aurait voulu avoir le temps d'observer et de mettre en mémoire tout ce qu'elle voyait. Enregistrer tous les détails, chaque coureur, chaque expression de souffrance. Mais ils étaient déjà derrière elle. Pendant quelques secondes encore, ses yeux restèrent fixés sur cette tache colorée, jusqu'à ce que le peloton ne soit plus qu'un pixel et ne disparaisse totalement. Ses yeux se reportèrent vers l'avant à la recherche des treize coureurs.

Les voilà !

Les voilà ! Minuscules au milieu des voitures et des motos. Ils ont l'air de ne pas se rendre compte de la présence des véhicules. Dégagez un peu, là, les voitures de Vipère et de Zucca. On veut passer.

— Sept minutes, Luca, dit le *directeur** dans le talkie-walkie, distance 6 kilomètres.

— OK, répondit Luca sur fond de crachotements.

— Ça va ? lui demanda le *directeur**.

— Oui.

— Hunter aussi ?

— Ouais.

— Tu crois qu'ils vont se la faire, Cat ? demanda Mitch qui ne cherchait pas à lui faire passer un test mais qui voulait vraiment connaître son opinion.

Avant qu'elle puisse répondre, la radio diffusa un message.

— Mégapac s'il vous plaît, US Mégapac.

Les passagers de la voiture restèrent silencieux. Le *directeur** slaloma habilement entre les voitures pour se diriger droit sur les treize coureurs. Cat ne pouvait pas articuler un mot. Elle était au nirvâna.

Tu les vois tes petits mecs ? Ils sont carrément minuscules vus d'ici. Et maintenant ils sont là juste à côté, forts et puissants. Leur effort est palpable. Ils sont tous hyper concentrés.

Elle regarda aussi les jambes qui travaillaient sans discontinuer, bronzées et luisantes. La musculature allongée, puissante et clairement délimitée. Les cuisses qui exudaient la force. Les épaules larges. Les bras bronzés à la forme parfaite. D'une beauté à couper le souffle. Cat retenait sa respiration.

— Ouvre ta fenêtre, Cat, lui ordonna le *directeur**, Luca a besoin de quelque chose.

C'est trop top, là. Je suis avec mes héros. C'est dingue. Je peux les entendre respirer. Entendre le sifflement des roues. Il y en a un qui crie. La tension qui règne a un goût, une odeur. Je peux l'atteindre, la toucher. Qu'est-ce qu'il veut que je fasse ? Je n'arrive pas à penser correctement. J'ai envie de toucher les coureurs.

— Luca veut nous faire passer sa veste, lui dit le *directeur**, attrape-la et passe-lui une barre énergétique. Ou plutôt deux. Une pour Hunter aussi.

Luca ! Luca ? C'est moi, c'est Cat. Tic-tac Cat.

Il ne me remet pas. Je prends la veste. Je lui passe la bouffe. J'ai touché sa main mais il ne me voit pas. Je ne suis pas vexée. Luca Jones est en train de bosser.

Le groupe ne fut pas rattrapé par le peloton qui ne les lâchait pas d'une roue, avalant même les minutes et les kilomètres qui les séparaient. Cat, dans la voiture d'équipe de Mégapac suivit ses petits mecs jusqu'à 500 mètres avant la ligne. À partir de ce point, les voitures étaient obligées de dégager.

Cat s'estima heureuse de ne pas avoir assisté au final en direct. Elle n'aurait pas supporté d'être un témoin oculaire de ce qui allait se passer.

— Fen ! Ça y est ! Ça commence ! Ramène-toi ! cria Pip en ouvrant deux sachets de chips aromatisées.

Fen s'assit à côté de sa sœur sur le canapé et lui tendit une bouteille de *Seize**, un rituel quotidien depuis leur retour de France. Elles regardèrent la télé dans un silence religieux et se ruèrent sur le téléphone pour appeler Django pendant la pub.

— Le petit jeune, c'est un coureur du copain de Cat, l'informa Pip en faisant référence à Luca.

— Hunter aussi, ajouta Fen.

— Elle se fait aussi Hunter ? demanda Django un peu déconcerté.

Il commençait à se demander si ses nièces allaient toutes devenir bigames.

— Non ! dit Pip en éclatant de rire.

— Ils sont dans la même équipe, expliqua Fen.

— Ah bon ! respira Django (il en profita pour avaler une gorgée de gin tonic), c'est normal que je demande. Elle pourrait vouloir faire comme toi, Fen.

Fen se mordit la lèvre.

— Fen ne s'est toujours pas décidée, Django, l'informa Pip.

— Elle pourrait t'en refiler un des deux, alors, suggéra Django. Vous croyez que je le verrais un jour, le toubib de Cat ?

— Pour ça, il faudra que tu prennes l'avion pour le Colorado, lui répondit Fen sombrement.

— Vite ! Ça recommence ! gueula Pip avant de donner à son oncle l'ordre de les rappeler une fois que l'émission serait terminée.

La lutte était âpre sur la fin de l'étape et sur les derniers 350 mètres en ligne droite, quand l'horreur improbable se produisit.

— Oh merde ! articula Fen.

— Luca est tombé.

— Jesper aussi.

— Sassetta a gagné l'étape.

— Et le maillot vert du même coup.

— Jesper se relève.

— Pas Luca.

— Oh merde.

Quand Luca reprit conscience dans l'ambulance, il était à l'agonie.

— Vous vous êtes cassé la clavicule. Commotion cérébrale, lui disait quelqu'un.

— Je vais bien, répondit-il vaillamment, il faut que je remonte en selle.

— Il faut que vous passiez une radio, lui dit l'ambulancier.

— Mais mon vélo ! cria Luca.

Il voulut s'asseoir, mais la douleur l'en empêcha. Il ne voulait pas croire à ce qui lui arrivait. Il voulait gagner l'étape. Il ne restait même pas 100 mètres. Il savait exactement comment il allait les faire.

— Laissez-moi sortir ! hurla Luca.

L'ambulancier eut un haussement d'épaules apitoyé qui ne fit qu'agraver la douleur émotionnelle et la frustration physique de Luca.

— Vous ne comprenez pas, il faut que je termine l'étape !

— Mais si, je comprends, lui répondit l'ambulancier, il faut que vous terminiez l'étape sinon vous ne ferez plus partie du Tour de France.

— Exactement, croassa Luca, alors laissez-moi sortir, putain ! S'il vous plaît !

— Vous ne faites déjà plus partie du Tour de France, lui dit l'ambulancier avec une lenteur et un calme extrêmes.

Il énonçait un fait. Une évidence. Après quoi il injecta un sédatif à Luca.

L'information fut diffusée sur la radio du Tour avant que Cat ne soit descendue de la voiture d'équipe qui fit demi-tour et se dirigea à toute allure vers l'hôpital, escortée par la police. Ben était déjà là. Il se précipita pour parler au *directeur**, faisant à peine attention à Cat et lui tournant même carrément le dos pour discuter avec le personnel de Mégapac.

— La presse déboule, annonça Mitch.

Des infirmiers les conduisirent à travers un dédale de couloirs jusqu'à une petite salle d'attente. Le docteur entra, prit Ben à part et lui parla en termes médicaux.

— Il va falloir poser une broche sur sa clavicule, expliqua Ben, ils veulent le faire ce soir. J'ai donné le feu vert. Il sera prêt pour la Vuelta le mois prochain.

— On peut le voir ? demanda Cat.

— Ils vont l'opérer, répondit Ben d'un ton extrêmement tendu.

Il était en train de signer des formulaires avec le *directeur**.

— Mais il est tout seul, dit Cat dont la voix devint hésitante quand elle croisa le regard exaspéré du *directeur**.

— Vous êtes autorisés à le voir un instant, déclara le médecin de l'hôpital.

Il refusa le passage à Cat quand elle voulut entrer dans la chambre avec Ben et Mitch.

— Pas de journalistes, dit-il.

— Mais je suis Tic-tac Cat, protesta-t-elle.

La détresse de Cat n'intéressait ni le médecin ni le *directeur** de Mégapac à qui il était permis de voir Luca. Ben réapparut quelques minutes plus tard. Il posa la main sur la nuque de Cat.

— Luca est archi-crevé. Il a besoin de se reposer. Tu pourras le voir demain.

Ben massa longuement sa propre nuque. Sa peau semblait avoir viré au gris. Il avait l'air très fatigué. Cat ne protesta pas, même si elle avait le sentiment d'être exclue. Elle avait toujours envie de voir Luca pour le réconforter. Elle était un peu déconcertée aussi de se trouver face à Ben dans son rôle de médecin. Elle ne l'avait jamais vu que dans son rôle d'amant. C'était la première fois qu'elle le voyait travailler, souffrir, concentrer son attention sur autre chose qu'elle. D'un seul coup, elle ne savait plus très bien qui elle était et ce qu'elle faisait là.

J'ai l'impression d'être un chien dans un jeu de quilles. La cinquième roue du carosse. Je ne fais pas partie de Mégapac. Je ne suis pas ici en tant que journaliste. Je ne pense qu'à Luca Jones, mais je n'ai pas les raisons des membres de son équipe pour me faire du souci. Et ma détresse est disproportionnée en tant que membre du groupe de presse.

— Excuse-moi Cat, dit Mitch (il portait toujours ses lunettes à verres réfléchissants mais son sourire avait complètement disparu). Ben, il faudrait que tu nous décrives son état en utilisant les mots de monsieur-tout-le-monde, on a une conférence de presse à préparer.

— Bien sûr, dit Ben.

— Tu peux retourner à la *salle de presse** par tes propres moyens ? demanda le *directeur** à Cat.

Elle fit signe que oui. Ben et Mitch ne remarquèrent même pas qu'elle partait tant ils étaient absorbés par leur conversation.

Cat avait quand même un peu les boules en retournant bosser. Mais elle était surtout morte d'inquiétude pour Luca. C'était une grande bâche goudronnée qui tenait lieu de salle de presse, cette fois. Elle avait été disposée au bord d'un lac tranquille, et il y avait un McDonald's juste à côté. Cat n'avait pas vraiment faim. Et Josh et Alex n'étaient pas dans les parages. Mais Cat n'avait pas envie d'avoir de la compagnie. Les conférences de presse de Zucca MV, Système Vipère et Mégapac allaient s'enchaîner. Cat ne tenait pas plus que ça à y assister.

Elle pensa au boulot qui l'attendait.

Il faut que je ponde 700 mots sur l'étape d'aujourd'hui. Si je m'écoutais, je ferais un article entièrement consacré à Luca Jones qui s'est battu vaillamment au cours des trois dernières semaines et dont le sort repose à l'heure actuelle dans les mains d'un chirurgien armé d'un scalpel.

Si tu écris un truc aussi merdeux, Cat, tu peux être sûre que Taverner va débouler illico pour te virer publiquement.

Je m'en fous. Luca a droit à une épitaphe.

Attends. Il n'est pas mort, là. Il s'est pété la clavicule. Il n'y a pas de quoi en faire un drame. Il va bientôt recommencer à courir. Je te parie tout ce que tu veux qu'il va se payer le luxe de remporter une ou deux étapes sur la Vuelta.

Mais il est complètement démoralisé ! Il n'a même pas pu finir l'étape. Il aurait dû aller jusqu'à Paris. C'était ça son rêve. Je vais passer un coup de fil à Taverner.

Alors ?

Il a dit qu'il fallait que je fasse un papier sur le maillot vert de Sassetta après qu'une canette de Coca vide soit venue se mettre sous les roues des sprinters, ce qui a causé la chute de Luca, de Jesper et de deux autres coureurs. Il dit qu'il faut que je mentionne le fait que la course se déroulait en pays charolais. Il veut même quelques lignes sur les bovins qui font la notoriété de la région. Et sur le pinard, évidemment. Il veut que je lui torche une envolée lyrique sur la mosaïque de couleurs des toits des maisons de la Beaune. Il peut aller se faire foutre.

Qu'est-ce que tu vas faire ?

Je vais téléphoner à Andy.

Alors ?

Il a dit qu'il avait déjà demandé à Josh de faire un papier sur Luca parce qu'il n'avait pas réussi à me joindre sur mon portable. Je lui ai dit que c'était parce que j'étais à l'hôpital. Il m'a demandé si c'était en tant que journaliste. Je lui ai dit que non. Que j'y étais allée en tant qu'amie de Luca. Alors il m'a demandé si j'avais pu lui parler. Je lui ai rétorqué qu'il était sur le point de se faire opérer. Il a dit que ça valait que dalle. Il peut aller se faire foutre.

Qu'est-ce que tu vas faire ?

Je vais téléphoner à Jeremy Whittle que j'ai rencontré ce matin.

Alors ?

Il m'a dit de l'appeler Jez. Il veut un récit complet des péripéties de Luca Jones sur le Tour de France pour l'édition du mois prochain de Pedal Power Magazine. *Deux mille mots. Je vais torcher l'article de Taverner et je vais me défoncer pour Whittle.*

C'est bizarre. Je devrais être folle de joie. Je devrais frétiller d'ambition. En fait, je ne sais même pas combien il va me payer. Ma seule motivation, c'est de rendre hommage au courage de Luca Jones. Je vais mettre tout mon talent à l'œuvre pour mon petit mec. Comme lui le fait quand il court pour nous tous.

REPOS

Transfert par route et par rail. Lautrec-Disneyland-Paris

La douleur réveilla Luca. Mais plus encore que celle qui lui broyait l'épaule, celle qui lui tordait le cœur lui fit aussitôt refermer les yeux. Ça, et une migraine atroce. Il voulait voir sa *Mama**. Il voulait son vélo. Il aurait donné sa vie pour que la journée d'hier recommence à zéro. Pour terminer l'étape. Il avait tellement rêvé d'arriver à Paris. De finir le Tour de France. Dans les cinquante premiers, avec une victoire d'étape sous le coude.

Son mal de tête venait de ce qu'il avait peur d'avoir foutu sa carrière en l'air. Jules Le Grand n'allait peut-être plus vouloir de lui. Il se faisait l'effet d'une machine bonne pour la casse. Qui redémarrerait peut-être de façon désordonnée après qu'on lui eût huilé les rouages. Mais en qui plus personne ne croirait. Ce qui le perturbait le plus c'est qu'il avait décidé la veille de rester avec Mégapac. Et là, ce matin, l'idée que ses chances de faire partie de Système Vipère s'étaient envolées le démoralisait complètement. Allongé sur son lit d'hôpital, il crevait d'envie que Jules Le Grand revienne lui faire des avances. Il avait désespérément besoin de savoir qu'on voulait toujours de lui, même si son corps était endommagé. Il voulait qu'on lui fasse sentir qu'il était toujours un coureur avec un super potentiel qui ne demandait qu'à être exploité. Il avait toujours l'étoffe d'un champion.

Mais pouvait-il continuer s'il ne recevait pas l'appui de ceux qui l'avaient conduit jusque-là ? Était-il en mesure de courir sans l'aide d'Hunter ? Serait-il capable d'endurer des courses de plusieurs jours d'affilée si Didier ne partageait pas sa chambre ? Pourrait-il fonctionner physiquement et mentalement si son ami, son médecin, son mentor, Ben, ne se trouvait pas à ses côtés ? Le sommeil atténua ses maux pendant une heure. Mais quand il se réveilla parce qu'on avait frappé à sa porte, la douleur, dans sa tête et dans son cœur n'avait pas disparu. Et celle qui s'étendait autour de sa clavicule s'intensifia.

— Salut petite tête, dit Ben en s'asseyant à côté du lit de Luca, tu as pu dormir un peu ?

Il y avait quelque chose d'incongru à se trouver face à Luca cloué au lit en tenue d'hôpital quand on l'avait pratiquement toujours vu en lycra de couleurs vives, courant sous le soleil. Ses jolies boucles blondes n'avaient plus de ressort, ses joues de chérubin étaient couvertes d'une barbe naissante, tout éclat avait disparu de ses yeux. Il avait les lèvres gercées. Mais ce qui était vraiment inquiétant, c'était son silence. On avait l'impression de se trouver en face de quelqu'un qui lui ressemblait beaucoup. Mais ce n'était plus Luca.

— Tu as mal ? demanda Ben.

Luca le regarda, ressentit une douleur fulgurante quand il essaya de hausser les épaules et laissa une grosse larme rouler sur sa joue en guise de réponse. Tout comme à l'Alpe d'Huez, Ben sut instinctivement quelle attitude adopter. Il savait qu'aucun médicament ne soulagerait la souffrance de Luca. Il n'y avait rien qu'il puisse dire pour le faire se sentir mieux, rien qu'il puisse faire pour le guérir. La seule chose à faire, c'était de rester assis là, à côté de lui. Il regarda attentivement Luca quand celui-ci le dévisagea. Il porta son regard vers la fenêtre en même temps que lui, et ils poussèrent l'un après l'autre un soupir identique. Et ils ressentirent la même douleur.

Quand Cat arriva à l'hôpital une heure plus tard, elle trouva la porte de Luca fermée, store baissé. Une pancarte accrochée à la poignée interdisait l'accès de la chambre. Cat respecta l'interdiction. Elle s'assit sur le rebord d'une fenêtre et respira pensivement le bouquet de bleuets qu'elle lui avait apporté en se demandant si ce qu'elle avait écrit sur la carte qui accompagnait les fleurs convenait. Des infirmières tout de blanc vêtues allaient et venaient. Cat eut l'impression tout à coup d'être mal à l'aise dans ses vêtements.

Pas à cause de sa petite robe d'été. C'était le sentiment d'incapacité à faire quelque chose de constructif pour aider Luca qui la gênait aux entournures. Dans sa carte, elle lui parlait de l'article que *Pedal Power* lui avait commandé, mais finalement, elle se demandait si ce n'était pas plus pour se rendre service à elle-même que pour faire plaisir à Luca qu'elle avait cherché à le faire.

Je n'ai jamais été hospitalisée, se surprit-elle à penser en se remémorant les innombrables visites qu'elle avait faites à Pip qui se retrouvait régulièrement plâtrée après qu'une acrobatie mal calculée se soit terminée dans les larmes.

Je n'ai jamais eu besoin d'être prise en charge.

Il y a suffisamment de gens qui t'aiment et qui prennent soin de toi pour que ce que tu viens de penser soit totalement erroné.

Je n'ai pas besoin qu'on prenne soin de moi.

Plus maintenant.

Mais maintenant je n'en ai plus besoin.

Arrête d'ergoter.

Tiens, voilà Ben qui remonte le couloir. Habillé froissé-chic par la force des événements. Il ne s'est pas changé depuis hier. Il porte une tenue de ce genre avec une parfaite élégance. Les cheveux emmêlés, pas rasé, il est encore plus mignon que d'habitude.

— Bonjour, toi, dit-il en s'approchant de la fenêtre pour déposer un baiser sur chacun des genoux nus de Cat.

— Salut, répond Cat en posant sa main sur la joue de Ben et en plongeant son regard dans le sien pour se laisser prendre à son piège préféré.

— Tu as pu voir Luca ? demande Ben en regardant sa montre, notant mentalement que ça fait une demi-heure qu'il a laissé Luca pour aller prendre un petit déjeuner.

Il n'avait pas eu ni le temps ni l'envie de manger la veille.

— Non, dit Cat en indiquant la porte d'un coup d'œil, il est avec quelqu'un.

— Une infirmière ? demande Ben.

— J'ai entendu une voix d'homme, ça fait des heures qu'il est là.

— C'est sûrement le chirurgien, conclue Ben.

Il regarde par la fenêtre. Il sent la fatigue des dernières vingt-quatre heures lui tomber dessus. Et il a toujours faim.

La porte de Luca s'ouvrit. Ce ne fut pas un chirurgien qui en sortit. Ni un médecin, ni un infirmier. L'homme qui émergea de la chambre de Luca et qui adressa un signe de tête courtois à Ben et gratifia Cat d'un sourire charmeur, c'était Jules Le Grand. Vêtu d'un complet de soie crème, il s'éloigna d'un pas souple dans le couloir et ne vit pas la mâchoire de Ben dégringoler ni les yeux de Cat jaillir de leurs orbites.

— C'est une délicate attention de la part de Jules Le Grand de venir voir comment va Luca, parvint finalement à articuler Cat sans y croire vraiment.

Ben n'y croyait pas plus qu'elle. Ils entrèrent dans la chambre de Luca et Ben s'exclama :

— C'est pas possible un mec comme toi ! Je te laisse seul cinq minutes pour aller boire une tasse de café dégueulasse, et quand je reviens, tu es en train de comploter avec le sinueux Roi des Vipères !

Luca ne dit pas un mot et regarda Ben très posément. Cat brisa le silence pesant qui s'installait entre eux.

— Bonjour Luca, dit-elle en se hissant sur la pointe des pieds à côté de son lit, comment ça va ? Je t'ai apporté des fleurs et une carte bien nunuche. Je n'ai pas bien dormi par ta faute et du coup j'ai chopé une espèce de torticolis.

— Tic-tac, dit Luca en ébauchant un sourire qui anima fugitivement son regard, ma petite Tic-tac.

Cat tendit le bouquet de fleurs à Luca pour qu'il puisse le respirer, puis ouvrit l'enveloppe et la lui présenta avant de la déplier pour qu'il la lise. C'était la seule carte dans la chambre.

— Le Grand aussi est venu pour te présenter ses vœux de prompt rétablissement ? demanda Ben.

— Non, répondit Luca, il est venu me faire une proposition que je serais fou de refuser.

Ben regarda par la fenêtre. Il se détestait d'en vouloir à Luca. Il lui en voulait de trouver les propositions de Jules Le Grand alléchantes. Cat prit une chaise et s'assit à côté du lit. Elle adressa un regard enthousiaste à Luca.

— Et tu vas accepter son offre ? demanda-t-elle.

— Tic-tac, une fille tactique comme toi peut me comprendre. J'aime Mégapac de tout mon cœur. C'est l'équipe où j'ai tous mes potes. C'est ma deuxième famille.

— C'est vachement dur de prendre une décision, j'imagine, conclut Cat en jetant un coup d'œil à Ben qui leur tournait résolument le dos.

Elle aurait voulu qu'il donne son avis, son soutien. Ou qu'il participe à la conversation, au moins.

— C'est l'horreur, Tic-tac, crois-moi. L'horreur pure.

Ben se retourna. Il les regarda mais ne dit rien. Luca lui rendit son regard.

— Je devrais dire oui, lui dit-il, vraiment. Mais j'ai peur. Je ne sais pas si je serais aussi heureux.

Ben ne disait toujours rien.

— Qu'est-ce que je préfère ? Avoir des regrets ou des remords ?

Le visage de Ben était impassible.

— Je ne sais pas si je peux faire confiance à Jules Le Grand. Est-ce qu'il me croit vraiment assez bon pour courir aux côtés de Fabien Ducasse, Jesper Lomers et Carlos Jesu Velasquez ?

Pas un muscle du visage de Ben ne tressaillit.

— Ça me colle une migraine monstrueuse, gémit Luca.

Cat lui caressa doucement le front.

— Qu'est-ce que tu ferais à ma place ? lui demanda-t-il.

— Moi, tout ce que je veux, c'est que tu sois heureux et que tu coures dans les meilleures conditions possibles, lui dit-elle gentiment.

— Oui, mais qu'est-ce que tu ferais ? l'implora-t-il.

Cat se mordit la lèvre et implora Ben du regard pour qu'il lui vienne en aide. À elle et à Luca.

— Qu'est-ce que tu ferais à ma place, Ben ? demanda Luca.

Mais Ben conservait le silence et l'immobilité d'une statue.

— Qu'est-ce que tu me conseilles de faire, Ben ? reformula Luca.

Cat vit que Ben était sur le point de sortir de son mutisme. Son front se détendit légèrement.

— Je veux que tu sois heureux, dit Ben d'une voix enrouée, je veux que tu exploites à fond ton potentiel de cycliste professionnel.

— Alors qu'est-ce qu'il faut que je fasse ? chuchota Luca.

— Je pense que tu devrais saisir l'opportunité qui se présente. Tu as tout intérêt à rejoindre Système Vipère si tu veux t'entraîner et courir avec les meilleurs pros, lui chuchota Ben en retour.

L'entourage du Tour de France bénéficiait d'un deuxième repos. Ils devaient effectuer un transfert jusqu'à Paris. L'avant-dernière étape du Tour allait se tenir le lendemain à Euro Disney : la dernière course contre la montre. Un TGV avait été réservé pour toutes les équipes et les personnes dûment accréditées. Cat aurait adoré être de la partie. L'idée d'entendre annoncer par haut-parleurs que c'était le *maillot jaune** qui conduisait le train, puis d'entendre la somptueuse voix rauque de Vasily Jawlensky prendre le relais pour dire : « Mesdames et messieurs, bonjour. Ici Vasily Jawlensky. Je vous conduis jusqu'à Paris à une vitesse moyenne de 200 kilomètres/heure, et je vais prendre un virage — Maintenant ! » aurait constitué une expérience unique à ajouter à ses futurs souvenirs du Tour. Mais elle préféra se priver de l'événement pour faire le voyage seule avec Ben.

Alex et Josh faisaient le trajet en voiture et s'engueulaient sur le choix de l'itinéraire, sur la répartition des portions de conduite et sur les endroits où ils s'arrêteraient pour boire un coup. Ils savaient tous les deux que si Cat avait été avec eux, elle les aurait calmés par un « Ça suffit, maintenant les garçons ! Si vous n'arrêtez pas immédiatement, vous irez au lit sans manger ! ». Tout au long de la route, ils avaient l'impression de l'entendre délirer sur la beauté poétique du paysage. Ils réalisaient que c'était vachement plus drôle quand Cat était avec eux. Le Tour de France de cette année s'était trouvé enrichi de sa présence. Le temps avait passé plus vite. Les souvenirs qu'ils en conserveraient seraient impérissables. Elle allait leur manquer une fois qu'ils seraient rentrés en Angleterre. Ils espéraient qu'elle serait du voyage l'année suivante.

— Tu as loupé l'embranchement, corniaud ! s'écria Josh.

— N'importe quoi ! Je connais ce coin comme ma poche. Je prends un raccourci, rétorqua Alex.

— Raccourci, mon cul, oui !

— Arrête de faire chier, dit affectueusement Alex à Josh.

Rachel et André n'ont pas pu faire le trajet ensemble, mais ils communiquent tout le long du chemin. Rachel est au volant du van de Zucca MV et André conduit l'énorme camion de Système Vipère. Ils discutent aimablement au gré de la signalisation et des feux rouges. Ils se dépassent à tour de rôle pour pouvoir rouler côte à côte le temps d'échanger un sourire niais et un regard tout aussi guimauve. Ils ne peuvent exprimer leur désir qu'à travers des regards. Ils se disent avec les yeux des choses qu'ils se répéteront plus tard avec tout le corps. Rachel ne pouvait même pas appeler Cat sur son portable. Pas parce que c'était dangereux. Mais parce qu'elle s'en servait pour parler avec André. Ce n'était pas dangereux. C'était violemment agréable.

Quant à Cat et Ben, c'est ensemble qu'ils remontent vers le nord. Ils n'ont pas été très bavards jusqu'ici. Ben est encore comme pétrifié par la nouvelle de Luca et Cat est très fatiguée. S'ils parlaient, ce ne serait pas pour épiloguer sur ce qui se passe entre eux. Ce serait pour bavarder tout simplement. Avec une vigilance de tous les instants pour ne pas évoquer des sujets sensibles.

Ils s'arrêtent à une station-service pour faire le plein, se dégourdir les jambes et boire un café. Ben évoque les prévisions météo. Cat espère que le temps restera sec pour le contre-la-montre du lendemain. Chaque fois qu'elle le regarde, elle détourne rapidement les yeux. Elle a envie de faire l'amour avec lui et elle ne peut pas s'empêcher de sourire comme une bécasse si elle croise son regard. Pour elle, Ben est le plus bel homme du monde. Et ce qu'elle a découvert de sa personnalité depuis qu'ils se connaissent le rend encore plus attirant.

Amoureuse, Cat ?

Chut. Ne gâche pas ce moment.

En quoi l'amour gâcherait-il quoi que ce soit ?

Tais-toi. Tout ce que je veux, c'est goûter l'instant présent.

Ben achète un paquet de Petit Beurre pour le voyage et suggère de reprendre la route. Cat, qui a baissé les bretelles de sa robe pour laisser le soleil caresser ses épaules en fermant les yeux acquiesce. Ses joues et ses épaules ont pris une jolie teinte. Elle a la tête pleine de mots qui forment des phrases plus ou moins complètes qu'elle ne peut pas encore prononcer. Elle voudrait s'ancrer fermement ici et maintenant. Si elle ouvre les yeux, il va falloir qu'elle suive Ben jusqu'à la voiture, le voyage reprendra là où ils l'avaient interrompu. Ils vont avaler des kilomètres qui la rapprocheront de plus en plus de Camden Town.

Pourquoi le Tour de France ne dure-t-il pas éternellement ?

Tu dis des conneries, Catriona McCabe. Tu es *journaliste**. Tu sais pertinemment qu'aucun organisme humain ne pourrait endurer les pressions physiques et mentales du Tour de France plus de trois semaines.

— Hum, dit Ben.

Il tapote le volant du bout des doigts et vérifie le réglage de son rétroviseur à plusieurs reprises. Il n'a pas encore mis le contact. Cat se sent bizarrement envahie d'une paix intérieure absolue. Elle serre le poignet de Ben.

— Oui ? demande-t-elle calmement.

La voix apaisante et familière de Cat détend Ben. Il se tourne vers elle.

— J'ai quelque chose pour toi, dit-il en tordant le haut de son corps pour attraper sa veste sur la banquette arrière. Il farfouille dans la poche intérieure et lui tend quelque chose qui est emballé dans une feuille de Sopalin chiffonnée. À peine l'a-t-elle pris dans sa main qu'il met le contact et démarre brutalement.

Cat défait le paquet. C'est une montre. Une montre d'occasion tout ce qu'il y a de plus ordinaire. Elle n'est pas à l'heure. Le bracelet de cuir est très usé. Cat, qui n'a jamais porté que des Swatches en plastique trouve que c'est la plus jolie montre qu'elle ait jamais vue. Elle regarde Ben tout émue.

— Elle est belle, chuchote-t-elle.

Ben jette un coup d'œil aux rétroviseurs intérieur et extérieur, fait porter son regard loin devant lui, puis tourne la tête du côté opposé à Cat. Mais il ne la regarde pas directement. Il hoche nonchalamment la tête.

— Je l'ai trouvée à La Chaux-de-Fonds, la capitale de l'industrie horlogère. Désolé que ce ne soit pas une Rolex, marmonne-t-il, j'ai tout de suite pensé à toi quand je l'ai vue.

— Tu as raison, c'est tout moi, déclare Cat dans un souffle.

Elle défait le bracelet en plastique bleu de sa montre et met la nouvelle à son poignet.

— Je l'adore.

— Il faut la remonter et la mettre à l'heure, dit Ben en recommençant à vérifier tous ses rétroviseurs.

Cat lui obéit docilement. Et d'un seul coup, le contenu symbolique de ce cadeau lui apparaît. En même temps que Ben se laisse aller à parler, laissant les mots jaillir hors de sa bouche sans essayer de les censurer.

— Je vais compter les heures, Cat. Je vais les compter en espérant qu'elles vont passer à toute vitesse. Jusqu'à ce que je puisse te voir à nouveau. Tu me promets que tu t'arrangeras pour te faire embaucher sur la Vuelta ?

Cat ne peut pas répondre. Elle contemple intensément le paysage qui défile. Ce sont les Alpes et le Golfe du Lion qu'elle contemple. Et tous les endroits où elle est passée au cours des trois dernières semaines. Elle regarde sa montre. Elle voudrait revenir en arrière en faisant tourner les aiguilles en sens inverse. Personne ne lui a jamais parlé avec autant d'émotion. L'homme-qui-n'existe-plus était plutôt du genre à l'engueuler parce qu'elle était toujours en retard (c'est du moins ce qu'il prétendait) mais ne tolérait pas qu'elle lui fasse le moindre reproche s'il lui posait un lapin.

Et maintenant je suis avec un homme qui voudrait faire disparaître les heures qui vont nous séparer. Qui m'a donné une montre pour que je puisse faire le compte à rebours jusqu'à ce qu'on soit à nouveau ensemble. Je ne sais pas si je vais réussir à ne pas pleurer.

— J'aurais voulu ne jamais te rencontrer, dit Cat d'une voix étranglée.

— Moi aussi, répond calmement Ben, j'aurais préféré ne jamais te rencontrer.

— Cat McCabe, dit Ben en roulant sur la bande d'arrêt d'urgence et en coupant le contact, je suis amoureux de toi.

Putain, Ben !

C'était facile à dire. Mais maintenant je suis vanné. Si mes glandes adrénalines n'étaient pas en suractivité, je m'écroulerais de sommeil.

— Je suis complètement amoureux de toi, reprend Ben.

Cat n'arrive pas à parler. Elle ne peut que hocher la tête. Mais l'intensité de son regard et la larme qu'elle ne peut pas empêcher de rouler sur sa joue sont éloquents pour Ben.

Ils ne se disent pas grand chose. Juste des clichés qui ne leur paraissent pas le moins du monde éculés. Ils sont d'accord qu'il faut se donner les moyens d'obtenir ce qu'on veut vraiment. Que l'absence fera battre leurs cœurs plus fort. Qu'il y a toujours une raison pour expliquer les choses. Qu'il se passera ce qui se passera. Qu'il faut se donner les moyens de réaliser ses rêves. Ils sourient et s'embrassent. Cat éclate en sanglots et Ben boit ses larmes. Il pleure un peu lui aussi, pour la première fois de sa vie, parce que c'est la première fois qu'il est amoureux. De Cat McCabe, *journaliste**, qu'il a rencontrée il y a moins d'un mois, qu'il a l'impression de connaître depuis toujours, dont il ne supporte pas d'être séparé, pour qui il crève de désir et d'amour. Et qui partage ses sentiments.

La police leur demande de démarrer. Ils poursuivent leur voyage jusqu'à Paris. Plus que deux jours avant la fin du Tour de France.

DIX-NEUVIÈME ÉTAPE

Disneyland Paris, Course contre la montre : 63 kilomètres

— On ne peut pas lui demander ça, Alex, chuchota Josh en pouffant de rire comme un gamin.

— Mais si, on peut, assura Alex.

— Pauvre Cat, dit Josh en riant, elle préférera mourir.

— Seulement si elle refuse, raisonna Alex.

— C'est pas sympa, dit Josh qui ne parvenait toujours pas à reprendre son sérieux, on ne peut pas lui demander ça.

— Lui demander quoi ? demanda Ben qui sortait de la chambre de Cat devant laquelle Josh et Alex traînaient en ricanant et en se donnant des coups de coude depuis dix bonnes minutes.

— On ne peut pas demander à Cat de mettre ça, dit Josh en exhibant un déguisement de Minnie Mouse.

Ben observa le déguisement et les deux lascars avec une expression d'horreur qui ne dura que cinq secondes avant de céder la place à de la malice pure.

— Mais si, tout à fait, dit Ben en maintenant la porte de la chambre de Cat ouverte pour laisser entrer les deux garçons.

Cat portait un ensemble short bleu marine et crème qui lui allait merveilleusement bien. Elle finissait de boucler son sac et vérifiait la batterie de son portable quand elle se retourna et vit Ben accompagné de ses deux collègues qui la regardaient en silence. Alex était au milieu et tenait une minirobe rouge à pois blancs par les bretelles. De chaque côté, Ben et Josh tenaient un coin de la robe. Tous trois la regardaient d'un air de profond sérieux.

— Ah non ! dit-elle en secouant la tête avec véhémence, non et non. Mille fois non. Des clous. Pouett pouett. Jamais.

Les trois hommes hochèrent solennellement la tête.

— Oh que si, dit Ben.

— Si, si, si, dit Josh.

— En piste, mignonne, dit Alex.

Cat essaya de se réfugier dans un coin. Les trois hommes et la robe marchèrent sur elle.

— Tu le mettras, Catriona McCabe, ordonna Ben.

— Jamais, Benjamin York, gémit Cat.

— Si, dit Josh.

— C'est un ordre, dit Alex.

— C'est ridicule, fulmina Cat, toute cette américanisation du Tour de France. C'est un événement sportif sérieux. C'est un sacrilège de le laisser prendre en main par des clowns.

— Épargne-nous tes airs de grande duchesse du cyclisme et enfile ce costume immédiatement, répliqua Ben.

— Tout devient prétexte à faire du bizness, se plaignit Cat, il n'y a plus que le profit qui compte. Les vraies valeurs d'un pays sont traînées dans la boue. Il n'y en a plus que pour Coca-Cola, Disney et Nike.

— Cat, dit Josh d'un ton tellement paternaliste que Cat faillit avoir une crise d'urticaire, est-il besoin de rappeler que les véritables raisons qui ont donné naissance au Tour de France visaient un objectif strictement commercial ?

— Pour assurer la promotion du journal *L'Auto*, lui rappela sévèrement Alex.

— Pourquoi moi ? Et pourquoi vous, vous auriez le droit de ne pas vous déguiser ? demanda Cat, qui se demandait en fait si la robe lui irait et à quand remontait la dernière fois qu'elle s'était déguisée.

En guise de réponse solennelle, ils déposèrent précautionneusement la robe sur le lit et Cat se retrouva face à trois hommes dont les oreilles s'étaient transformées. Alex portait celles de Dumbo, Josh s'était transformé en Roi Lion et Ben, comme il fallait s'y attendre, en Mickey Mouse.

— Change-toi en vitesse, ordonna Ben en regardant sa montre.

— Et plus vite que ça, dit Alex en lui tendant la robe.

— On va être en retard, dit Josh en se regardant dans la glace.

Est-il vraiment nécessaire de dire que Cat était jolie comme un cœur dans sa robe à pois dont la jupe à volants dévoilait ses jambes bronzées. Elle était toute contente de s'être laissée convaincre et se mit à sautiller joyeusement. Elle avait placé une paire de grandes oreilles noires sur sa tête. Elle souriait. Elle s'était servie du cordon rouge de son sac à dos pour lacer ses tennis. Elle tourna sur elle-même pour présenter sa tenue à ses piégeurs. Au beau milieu du hall de l'hôtel ce qui lui valut de chaleureux applaudissements. Et des sifflements de la part du Grand Méchant Loup.

Tous les coureurs de Système Vipère, la seule équipe du Tour encore au complet, s'étaient déguisés. Même Fabien Ducasse qui affichait toujours le plus grand sérieux, à la limite de la suffisance, vint signer la feuille de présence avec un faux nez de Pinocchio. Le potentiel comique du déguisement n'altérait en rien son attitude digne et solennelle. Il remporta un vif succès auprès du public. Le minuscule Carlos Jesu Velasquez, resplendissant dans son maillot à pois était quand même un peu tassé sous sa casquette de Dingo. Les six domestiques incarnaient la quasi-totalité des nains de Blanche-Neige et Jesper Lomers s'était contenté d'une casquette à oreilles de Mickey qui paraissait très sobre par comparaison. Jules Le Grand n'avait bien évidemment pas voulu endommager le tissu ou le tombé de son costume Armani avec ne serait-ce qu'un badge et ses cheveux impeccablement coiffés ne pouvaient pas tolérer des oreilles en plastique ou une casquette de base-ball. Mais il avait fait une énorme concession en l'honneur de cette journée exceptionnelle. Il avait mis des chaussettes Pocahontas. Personne ne s'en rendit compte. Mais il se sentait transformé. Métamorphosé. Aussi, quand son regard tomba sur Anya Lomers marchant dans le *village* et dont la présence avait un côté incongru à ce stade de la course, l'accueillit-il à bras ouverts en lui déposant une paire d'oreilles de Mickey sur la tête.

Anya Lomers a causé bien des migraines à Jules Le Grand. Elle a brisé le cœur de Jesper. C'est une belle femme. Grande, les cheveux d'un blond laiteux, elle a l'air perdu. Elle n'est pas à sa place. Elle est trop élégante dans son chemisier crème, sa jupe crème et ses chaussures assorties. Elle se sent perdue. Elle ne s'est jamais sentie à l'aise sur la planète Tour, mais ça n'a jamais été aussi intense. Elle perçoit son mariage de la même façon que Jesper. L'homme qu'elle aime est indubitablement amoureux d'elle, mais leurs centres d'intérêt divergent. Elle veut retourner en Hollande et avoir des enfants. Elle se sent seule et désœuvrée dans sa situation présente, en France avec un mari qu'elle ne voit qu'épisodiquement. Jesper sait qu'il se définit basiquement par d'exceptionnelles aptitudes cyclistes. Il est obligé de vivre en France. Il court dans la meilleure équipe mondiale. Anya est une femme proche de la trentaine qui se retrouve coincée dans une situation où elle n'a rien à gagner. Et elle porte de stupides oreilles de Mickey alors qu'elle est sur le point de craquer émotionnellement. Elle sait que cette matinée va revêtir une signification décisive.

Stefano Sassetta ne portait pas de déguisement. Sa tenue de Zucca MV lui semblait suffisamment colorée. Il aimait se pavaner dans son *maillot vert**, un petit sourire satisfait flottant sur ses lèvres, les cuisses luisantes d'huile. Son port de tête, sa façon de rouler des mécaniques et de bomber le torse, le soin méticuleux qu'il prend pour centrer le renflement de son cuissard, tout en lui proclame sa fierté débordante. L'ensemble plaisait à la foule, faisait sourire les journalistes et était pain béni pour les photographes. Les photos de Stefano qui seraient prises ce jour-là ne tarderaient pas à orner les murs des maisons italiennes, depuis les chambres d'ados fans de cyclisme jusqu'à celles de femmes de tous âges, sans oublier celles des homos.

Sassetta se percevait comme une légende vivante. Il chérissait son image avec soin pour la postérité. Son apparence justifiait et excusait tout à la fois son comportement qui laissait parfois à désirer. Ce matin-là au *village**, il fit en sorte de passer devant Jesper Lomers au moment où le soleil illuminait son maillot vert. Son arrogance était tellement palpable, qu'il était bien plus ridicule que Jesper avec ses oreilles de Mickey.

De toute façon, Jesper remarqua à peine la présence de Stefano. Il avait aperçu Anya dans la foule et il était complètement bouleversé. Les coureurs hollandais avec qui il bavardait depuis un moment lui pardonnèrent son départ abrupt.

— Hello, Jesper, dit Anya après qu'ils soient restés face à face en silence un moment.

— Tu as de bien jolies oreilles, dit Jesper en donnant une petite tape à ses oreilles de Mickey.

— Toi aussi, lui répondit Anya avant de concentrer son regard sur les chaussures de son mari.

— Je suis désolé de ne pas t'accueillir avec le *maillot vert**, dit Jesper d'un ton d'excuse.

— Je suis désolée que ce ne soit plus toi qui l'aie, dit Anya avec conviction.

— Bah, Jesper haussa les épaules avec fatalisme, je l'avais l'année dernière. Et je suis sûr que je le décrocherai pour les Vipères l'année prochaine.

Ces derniers mots restèrent comme suspendus entre eux, comme s'ils avaient pris corps, inscrits sur de grandes pancartes accrochées aux nuages. D'un seul coup, Jesper savait exactement où il serait dans un an jour pour jour. Il savait même comment il serait habillé. C'était comme s'il avait eu un flash prémonitoire. Faire autre chose que ce que lui dictait cette vision serait un gâchis sacrilège. Et d'un seul coup, Anya sut avec précision où se trouverait son mari dans un an jour pour jour. Et elle ne tenterait rien pour empêcher que ça se produise. Il n'y avait rien qu'elle puisse faire, de toute façon. Elle ne savait pas quant à elle où elle se trouverait à ce moment-là, mais elle savait qu'elle ne serait pas dans un *village** du Tour de France.

Jesper resta seul, silencieux et immobile au milieu du *village**. Autour de lui, des journalistes, des invités, des officiels et une ribambelle de personnages Disney allaient et venaient, le cœur léger. Il regarda Anya, sa future ex-femme, s'éloigner, ses oreilles de Mickey toujours plantées au sommet de sa tête. C'est l'avant-dernier jour du Tour de France. Il est en parfaite santé et il sait exactement ce qu'il veut faire de sa vie. Il en est arrivé à un stade où ce qu'il perd en bonheur est remplacé par un profond sentiment de paix intérieure.

Fabien Ducasse a le sentiment d'être calme du fait que ses pensées sont concentrées. Mais il n'est pas en paix. Son corps est crispé dans une attitude déterminée qui anticipe les événements. Son organisme est envahi par des flots d'adrénaline. Il est à 1 minute 33 du maillot jaune de Jawlensky. Lui et son rival sont capables d'accomplir des prodiges dans un contre-la-montre. Fabien va courir avec le sursaut d'énergie qu'un désir impitoyable et une ambition dévorante peuvent instiller. Vasily dispose d'un atout supplémentaire : c'est lui qui détient la toison d'or. Fabien Ducasse est en mesure de dévorer les minutes des autres coureurs sur la course contre la montre d'aujourd'hui. Vassily Jawlensky est prêt à ne pas perdre une seule fraction de seconde.

Cat, Josh et Alex se dirigent vers la course au milieu d'un convoi de quatre voitures de presse. Ils gueulent : «*Allez !Allez !Allez !** » à David Millar, le coureur de Cofidis. Le jeune Britannique avait couru comme une fusée, et était classé en tête alors qu'il ne restait plus que deux coureurs à passer. Mais pas n'importe lesquels. Fabien Ducasse et Vasily Jawlensky. Parés pour l'action dans leurs combinaisons moulantes, prêts au combat sur leurs machines aérodynamiques, préparés à puiser au maximum dans leurs réserves physiques et émotionnelles.

Minnie Mouse McCabe était l'exception qui confirme la règle au sein du groupe de presse qui était hébergé aujourd'hui dans un hôtel de Disneyland. Au cours des trois précédentes semaines elle s'était fréquemment lavé les cheveux et avait pris un bain tous les jours. Son visage était aussi frais et dispos qu'au premier jour du Tour. Ses collègues journalistes, par contre, en étaient réduits à porter des vêtements plus très nets même s'ils n'étaient pas aussi crados que ceux qui fermentaient au fond de leurs valises. Au bout de trois semaines d'un régime quasi exclusivement composé de salami et de *Seize**, leurs brioches avaient considérablement gonflé. Leurs doigts et leurs dents étaient jaunis par la nicotine. Leurs mentons étaient bleus. (Leurs lames de rasoir avaient rendu l'âme aux alentours de la seizième étape.) La *salle de presse** dont l'attention s'était un peu relâchée au cours des dernières étapes avait maintenant les yeux rivés sur les écrans qui transmettaient la course contre la montre.

Ils virent Ducasse filer à une allure folle jusqu'au premier repère où il prenait déjà 34 secondes à David Millar. Au second repère, il avait 42 secondes d'avance sur Millar. Il dépassa Massimo Lipari qui était parti trois minutes avant lui avant de passer en trombe la ligne d'arrivée avec 1 minute et 11 secondes d'avance sur David Millar. Hunter Dean, qui avait démarré deux coureurs avant Fabien, n'en revint pas de se voir dépassé par Ducasse. Le grand coureur de Système Vipère filait droit sur la ligne. Il avait accompli la course en un temps record : 1 heure 15 minutes et 54 secondes. À l'arrivée, il avait l'air suffisamment frais pour recommencer les 63 kilomètres du contre-la-montre.

Vasily Jawlensky passa le premier repère avec une seconde d'avance sur Ducasse. Son rythme fluide, sa position confortable, ses jambes puissantes auraient pu lui permettre de prendre une seconde à chaque kilomètre. Mais il fut victime d'une crevaison juste avant d'arriver au second repère. C'était de la malchance monstrueuse et bien que le changement de roue ait été effectué avec une efficacité toute militaire, il redémarra avec 21 secondes de retard sur Fabien. Nul n'aurait pu prévoir ou empêcher la seconde crevaison 6 kilomètres plus loin. Cette fois, le changement de roue, bien que rapide, fut moins aisé. Quand Vasily remonta sur son vélo, une roue s'enraya et il dérapa. Il fut donc contraint d'abandonner sur le talus son super engin à plusieurs milliers de dollars pour se contenter d'un vélo de course ordinaire pour faire les 28 derniers kilomètres. Quand il dépassa le dernier repère 15 kilomètres avant la ligne, il avait 59 secondes de retard sur Ducasse. Il eut beau courir de toutes ses forces, maintenant son corps dans une position parfaitement aérodynamique pour minimiser les effets du vent contraire, ce n'est qu'1 minute et 2 secondes derrière Fabien Ducasse que Vasily franchit la ligne d'arrivée.

Un rugissement parcourut la *salle de presse** : expression mêlée de déception face à la défaite de Vasily et de joie face au triomphe de Fabien, il exprimait surtout le plaisir d'avoir assisté à un grand moment de cyclisme. Cat regardait pensivement l'écran. Elle savait que ses sœurs allaient l'appeler dans la minute qui suivait.

Bingo !

— Si tout se passe bien pour lui demain, Vasily Jawlensky est en mesure de gagner le Tour de France, leur dit-elle, s'il lui arrive encore une merde du style de celles d'aujourd'hui, c'est Fabien qui remportera le *maillot jaune**. Il faut toujours prendre en compte les impondérables.

— Tu vois qui, toi ? demanda Fen.

— Tu voudrais que ce soit qui ? intervint Pip avant que Cat ait eu le temps de répondre.

— Le problème c'est que je voudrais que ce soit aussi bien l'un que l'autre et que de toute façon je serai triste pour celui qui arrivera en deuxième position. Vous pouvez être sûres d'une seule chose, c'est que demain je vais pleurer comme une madeleine !

Pip et Fen avaient déjà prévu la boîte de Kleenex et la bouteille de champagne pour le lendemain.

— Je n'arrive pas à croire que demain tout se termine, gémit Cat quand elle fut de retour dans la *salle de presse**, et qu'après-demain je serai en Angleterre.

Tu n'as pas dit « chez moi ».

Je n'y arrive pas.

Tu essayes de te raconter des histoires ?

C'est ici que je me sens chez moi. Au milieu de ce mouvement perpétuel. Je suis complètement crevée. C'est vrai. Mais j'ai changé. Je me sens grandie par ces trois dernières semaines.

C'est bien ça, ma petite. Indiscutable signe de guérison.

C'est toi le *maillot jaune**. Je suis très fière de toi.

Vasily regarda son *soigneur** et ce que son regard capta fut la tendresse infinie de Rachel, cette tendresse qu'elle s'évertuait à dissimuler sous des dehors brusques, instinct de survie oblige. Rachel McEwen était la personne la plus importante de la vie de Vasily. Il ne pouvait pas concevoir un Tour de France sans elle. Ni aucune autre course en fait.

Rachel tendit à son coureur nu un pantalon de survêtement et des chaussettes propres. Quand il les attrapa, leurs mains se frôlèrent et leurs regards se croisèrent. Vasily se pencha pour l'embrasser, et pendant une fraction de seconde, Rachel sentit que ses lèvres étaient irrésistiblement attirées par les siennes. Mais elle détourna volontairement la tête et la bouche de Vasily ne rencontra que sa joue. Ses lèvres s'entrouvrirent et une expression de stupeur se peignit sur son visage. Rachel lui sourit du plus gentiment qu'elle pût. Une tristesse fugitive vint ternir son regard. Il pencha la tête sur le côté. Rachel secoua la tête. Le corps de Vasily parut rétrécir de quatre ou cinq centimètres.

— Merci Rachel, dit-il gauchement, pour tout ce que tu fais pour moi.

— Je ne fais que mon boulot, lui répondit-elle doucement.

Elle regarda son coureur qui s'éloignait. C'était la première fois qu'elle avait été témoin de la manifestation d'une vraie émotion chez cet homme.

Solide. Solitaire. Énigmatique.

— Ça me rend triste. Pour lui et pour toutes les femmes qu'il ne s'autorisera jamais à approcher.

Fabien s'estimait très satisfait des efforts qu'il avait accomplis. Il venait de réaliser son meilleur contre-la-montre. Mais il était frustré sur le plan émotionnel.

Ce n'est pas encore assez pour gagner le Tour de France.

Il n'arrivait pas à y croire. La chose était pourtant réelle et il avait l'impression d'être prisonnier d'un mauvais rêve.

L'année dernière, j'avais dit l'année prochaine. Cette année il faut encore que je dise l'année prochaine. Le Tour de France. Le maillot jaune*. *Fabien Ducasse.*

Depuis la fenêtre de sa chambre, il héla le mécanicien qui était sur le parking de l'hôtel.

— André !

André leva la tête et lui sourit. Fabien vit Jules Le Grand qui se dirigeait vers le parking.

— Quand tu iras baiser le *soigneur** de Zucca, n'oublie pas de saboter leurs vélos ! lança-t-il.

Jules Le Grand tourna vivement la tête vers eux. Il savait très bien que c'était une vanne. Mais avoir la confirmation de ses soupçons concernant la relation de son mécanicien avec le *soigneur** de l'équipe rivale ne le faisait pas du tout sourire.

Quand André fit tendrement et longuement l'amour à Rachel un peu plus tard, il prononça son nom en éjaculant. Au même moment, mais beaucoup plus rapidement, Fabien baisait une admiratrice qu'il avait ramassée dans le hall de l'hôtel où il était descendu chercher une proie de ce genre. Il ne dit rien en éjaculant. Il ne pouvait rien dire. Il n'avait pas demandé son nom à sa partenaire. Ou plutôt si, il le lui avait demandé. Mais il n'avait pas écouté ce qu'elle lui avait répondu.

VINGTIÈME ÉTAPE

Disneyland-Paris. 149,5 kilomètres

L'arrivée du Tour de France se déroule sur les Champs-Élysées depuis 1975.

Laissant Euro Disney derrière eux, les coureurs vont monter jusqu'à Barcy, tourner à gauche, redescendre, tourner à droite et continuer vers l'ouest jusqu'à atteindre la capitale.

Une fois qu'ils ont regagné le centre de Paris, le circuit débute avenue du Général Lemonnier pour longer le jardin des Tuileries, contourner la place de la Concorde et remonter les Champs-Élysées jusqu'à la place Charles de Gaulle. Là, les coureurs font le tour de la place pour redescendre la plus belle avenue du monde et revenir place de la Concorde longer le quai des Tuileries avant de recommencer ce parcours de 6,5 kilomètres neuf autres fois. Alors qu'ils ont déjà parcouru 86,5 kilomètres. Avec un total sur trois semaines de 3696,8 kilomètres dans les jambes.

Cat ne supportait pas le fait d'être sur le dernier *village**. Elle avait la gorge et l'estomac noués depuis le petit déj' pris en compagnie d'Alex et Josh. Une montgolfière Mickey souriait niaisement dans les airs au-dessus d'eux. Cat errait à travers le *village** en essayant de graver dans son cerveau des images 3D de tout ce qu'enregistraient ses yeux. Elle vit les ravissantes Miss Coca-Cola pleurer en serrant dans leurs bras tous les beaux *domestiques** italiens qui étaient venus les voir tous les matins ces trois dernières semaines. La population du Tour était augmentée par les femmes, les copines et la famille des coureurs. Cat les regardait avec envie. Mais aussi avec une certaine dose d'autosatisfaction.

Moi, j'ai suivi mes petits mecs pendant ces trois semaines. J'ai tout fait avec eux. De Vuillard au Cap d'Arp et de Valadon à Aix-les-Bains. J'ai suivi le Tour en temps réel depuis les premières loges.

Cat conduisit sur les trente kilomètres d'*itinéraire direct**. Josh était calme. Alex raplapla.

Paris. *L'arrivée**.

Il y avait un contraste surprenant et agaçant qui s'établissait d'un seul coup. Elle était habituée à ce que le peloton du Tour de France focalise toute l'attention sur son passage. Ils avaient été remarqués et traités jusque-là comme des hôtes de marque. À Paris, tout cela était balayé. Auparavant, ils avaient eu droit à des places de parking réservées aux voitures de presse juste à côté de l'entrée de la *salle de presse**. À Paris, ils devaient se contenter du sombre parking en sous-sol du gigantesque hôtel Concorde Lafayette. À l'intérieur de l'hôtel, tout l'entourage du Tour de France était réuni. Les équipes, les officiels, la presse, tout le monde devrait rester debout dans l'étouffante salle de conférence de l'hôtel.

On manquait de câbles. Il n'y avait pas de buffet. Pas d'accueil. Personne n'était aux petits soins pour eux. Le panneau même, qui indiquait la *salle de presse** était ridiculement petit comparé aux enseignes des boutiques et des restaurants ou même de ceux qui indiquaient les différentes conventions d'hommes d'affaires.

Quand elle jeta un coup d'œil dans sa chambre le temps de déposer ses affaires, Cat vit qu'elle était équipée d'un minibar et de la télé par satellite, mais elle avait la nostalgie de sa petite chambre de l'Auberge Claudette de Bordeaux. Elle se surprit même à regretter les motels sans âme et les deux étoiles pourris.

— Je vais faire un tour sur les Champs-Élysées, dit-elle à Alex et Josh dans la *salle** en leur apportant un Orangina et du chocolat de son minibar.

— Mais tu ne verras rien, la prévint Josh en se demandant où elle allait bien pouvoir brancher son écran.

— Tu ferais mieux de rester là jusqu'à ce que tu aies fini ton boulot, lui conseilla Alex, après tu pourras sortir faire la méga-teuf!

— Attends, je suis à Paris, moi, lui expliqua-t-elle comme s'il n'était pas au courant, et c'est le dernier jour du Tour de France. Je ne vais pas passer la journée coincée entre quatre murs. Je veux être en plein milieu du truc pour goûter l'ambiance. S'il y a une prise de courant qui se libère, vous voudrez bien me brancher ma bécane mes petits loulous ?

L'ambiance qui régnait sur les Champs la déboussola pour de bon. Elle se sentait perdue. Un peu dans le même état que le jour de son arrivée en France. La boucle était bouclée et ça la déprimait complètement. Le temps était couvert et du coup, la journée ensoleillée de la veille lui paraissait très lointaine. Elle eut un flash de toutes les journées si différentes les unes des autres qui s'étaient écoulées depuis son arrivée. C'était comme si elle essayait de se souvenir d'un rêve très agréable. Tellement réel et tellement flou en même temps. Quelque chose dont on n'est pas vraiment sûr de pouvoir se souvenir. Se souviendrait-elle de quoi que ce soit une fois qu'elle serait rentrée en Angleterre ?

C'est qui tous ces gens qui viennent assister à l'arrivée ? Ils étaient où pendant trois semaines ? Qu'est-ce qu'ils foutaient pendant que mes petits mecs se tapaient les cols des Pyrénées ? Et pendant les centaines de kilomètres de paysage désert où il n'y avait même pas un paysan sur son tracteur pour leur faire coucou ? Il y en a combien ici qui savent à quoi ça ressemble le Plateau de Boudin ? Il y en a combien parmi eux qui sont restés debout pendant des heures pour les encourager sur la course contre la montre à Ordiland ?

Pourquoi tu es agressive comme ça Cat ?

On estime qu'il y a un million de spectateurs ici aujourd'hui.

Tu devrais être contente. Ils sont venus acclamer tes héros.

Regarde-moi cette cohue ! L'Arc de Triomphe est envahi par des espèces de supporters de football. Non, c'est vrai, c'est de ça qu'ils ont l'air. Des hooligans. Des voyous de banlieue. Déchaînés.

C'est sympa pour les coureurs de recevoir un accueil comme ça.

Mais la majorité des gens qui sont ici les ont à peine entrevus à la télé.

Tu peux parler. Justement, aujourd'hui ils ont la chance de les voir enfin pour de vrai. Qu'est-ce que tu trouves à y redire ?

Je suis à cran, voilà. Je n'ai pas envie de rentrer demain.

C'est bon, on est au courant.

Je ne vois aucune tête connue. J'arrive à peine à circuler. Mon laissez-passer est un gadget inutile. Je ne sens plus l'ambiance familiale. C'est juste une ville immense dans laquelle il faut se battre pour avoir le droit de respirer. J'ai téléphoné à Ben. On est tombés d'accord qu'on n'allait jamais arriver à se retrouver dans cette foule. Je voudrais déjà être ce soir pour être avec lui. Et en même temps je n'ai pas envie. Ça sera notre dernière soirée ensemble.

— Ce n'est pas que je n'aime pas les adieux, dit Cat à voix haute, mais je ne sais pas exactement à quoi je vais dire adieu.

Pour éviter la foule, elle avait choisi de passer du côté des véhicules de radio et de télé en stationnement et elle fut obligée d'escalader des montagnes de câbles.

— Cat.

Cat McCabe reste figée sur place.

— Salut, Cat.

Elle reste bouche bée. Elle a l'impression que les trois dernières semaines rétrécissent pour former une balle minuscule qui va virtuellement disparaître si elle ne fait rien pour l'en empêcher.

Rattrape-la !

— Ça roule ?

Un homme se tient devant elle. Grand. Plutôt beau mec. L'homme-qui-n'existe-plus. Le seul problème c'est qu'il a l'air d'exister tel qu'il se présente. Debout. Devant elle. En chair et en os.

— Salut, répète-t-il.

Mais Cat n'arrive pas à parler. Et il n'y a personne pour venir la tirer de là. Josh, Alex, Rachel, Ben, au secours !

— Qu'est-ce que tu fous là ? finit-elle par lâcher.

Le son de sa voix lui fait horreur. Le moment présent lui fait horreur. Elle voudrait être restée dans la *salle de presse**, elle voudrait n'avoir jamais suivi le Tour de France, elle voudrait n'importe quoi pourvu qu'elle ne se retrouve pas en face de ce type.

— C'est moi qui t'ai branchée cyclisme, tu ne te souviens pas ? dit-il d'un ton tranquille, je suis venu voir l'arrivée du Tour. Je suis venu te voir.

— Moi ? dit Cat en se demandant s'il est vraiment là en face d'elle.

Et s'il est vraiment là, elle en vient à douter de la réalité de sa propre existence. Peut-être qu'en fait elle a rêvé qu'elle suivait le Tour de France.

— On peut discuter un moment ? est-il en train de lui demander.

— Discuter de quoi ? demande Cat dont le regard part dans tous les sens.

Elle n'arrive pas à se fixer sur quelque chose. Personne à l'horizon pour venir la tirer de ce guêpier (dans un moment comme celui-là, Jan Airie ressemblerait au Messie). Elle s'en veut de se sentir toute petite, sans défense. Elle a l'impression de régresser, de revenir des mois en arrière.

— Je suis vraiment content de te voir, tu sais, dit-il.

Et sa voix qu'elle ne connaît que trop bien lui donne la chair de poule. Ses yeux se posent sur un écran géant qui retransmet la course en direct.

Voilà Stefano, Carlos et Vasily, le maillot vert*, le maillot à pois* *et le* maillot jaune* *roulent tous les trois côte à côte en tête du peloton en bavardant avec Jean-Marie Leblanc, le* directeur* *du Tour de France qui leur tend des flûtes de champagne par la fenêtre de sa Fiat rouge. Dans les années 60, quand le Tour traversait une ville, les coureurs sautaient de leurs vélos pour rafler les verres et les assiettes des clients en terrasse sans se préoccuper de ce qu'il y avait dedans. Les gens considéraient comme un honneur de se faire faucher leurs consommations par un cycliste du Tour. Merde. Je suis en train de m'accrocher à n'importe quel délire pour fuir la réalité.*

— Cat ?

— Hmm ?

— Je voulais qu'on se rencontre comme ça. Je crois que ma présence ici vaut mieux que tout ce que je pourrais te dire.

Non. Ne t'approche pas de moi. Ne prends pas cet air langoureux. N'essaye pas de me ramener en arrière. Je n'ai pas envie qu'on vienne me dire : « Tu vois, tout ça c'était juste du délire. » Surtout pas toi.

— On pourrait tout recommencer à zéro tous les deux.

— Non !

Cat a crié tellement fort qu'ils en restent tous les deux pétrifiés.

— Tu t'es trouvé un autre mec, c'est ça ? lui demande-t-il en fixant sur elle ce regard qu'elle ne connaît que trop bien qui lui donne l'impression de redevenir une toute petite fille.

— Il faut que je retourne bosser, lui dit-elle d'une petite voix.

Il faut que je me sauve en courant. Retourner à toute vitesse dans le monde auquel j'appartiens. Je n'ai pas le droit de me mettre à marcher à reculons.

— Tu es descendue à quel hôtel ?

Mais pourquoi je lui ai dit ? Je suis la reine des connes. Va-t'en, maintenant.

— C'est là que tu bosses ?

Mais pourquoi je hoche la tête. Sauve-toi, je te dis.

— Je passerai un peu plus tard. On pourra discuter un moment. Tu me promets de réfléchir à ce que je t'ai dit, OK ?

Et il s'en va. La vue de Cat se brouille. Elle est incapable de retenir ses larmes. Elle les laisse couler en regardant l'écran géant comme si c'était le fait d'assister à un grand événement cycliste qui la mettait dans cet état.

— Dis donc ! s'exclama Alex quand Cat regagna la *salle de presse**, tu nous avais prévenus que tu étais émotive mais tu ne nous avais pas dit que ça te ravageait la gueule à ce point-là !

Josh pencha la tête et l'observa.

— Les cyclistes ne sont même pas encore arrivés sur les Champs, fit-il remarquer en se disant que Cat était sûrement dans la merde.

— Regarde, les voilà. Cool ! Chris Boardman est en tête.

Cat se mit à contempler l'écran, les lèvres entrouvertes. Ses deux collègues échangèrent des regards d'impuissance. Josh sentait que Cat allait s'effondrer s'il lui posait la main sur l'épaule comme il avait envie de le faire.

— Tu as vu le truc qu'ils ont mis dans le couloir ? demanda-t-il à la place l'air de rien.

Elle secoua la tête.

— Il faut absolument que tu voies ça. Viens, je vais te montrer.

Cat suivit Josh. Alex eut le tact de rester à sa place.

Josh marcha devant elle et s'arrêta après avoir dépassé le premier tournant du couloir. Il constata avec plaisir que l'endroit était désert. Il se tourna vers elle et pencha la tête sur le côté. Du regard, il lui fit comprendre qu'elle pouvait vider son sac. Elle craqua dans ses bras.

— Josh, coassa-t-elle.

— Là, là, dit Josh en lui tapotant le dos.

Il avait choisi ses mots avec soin.

— Mais qu'est-ce que je vais devenir, moi quand tout ça va se terminer ?

— Il y aura l'Espagne, l'encouragea Josh, la Vuelta.

— Mais *Maillot* ne m'a rien laissé entrevoir de concret, dit Cat qui était tout à fait consciente qu'elle restait prudemment à distance du véritable motif de son désespoir.

Elle renifla plusieurs fois et s'essuya les yeux. Josh ramena ses cheveux derrière ses oreilles, un geste touchant qui la mit en confiance.

— En fait, c'est pas à cause de *Maillot*, avoua-t-elle, c'est à cause de l'autre.

— De qui ? demanda Josh qui n'avait aucune raison d'imaginer que l'ex de Cat était à Paris.

— L'homme-qui-n'existe-plus, dit Cat tranquillement.

Josh pâlit. Il ne s'attendait pas du tout à ça et il se demandait en quoi il allait pouvoir aider Cat.

— Mais qu'est-ce qu'il te veut encore ce type ? demanda-t-il, ne sachant pas trop où il mettait les pieds.

— C'est moi qu'il veut, répondit Cat en haussant les épaules.

Tout ce que Josh savait du type en question, c'est qu'il n'avait vraiment pas été cool avec Cat.

— Et ça te fait quel effet ? demanda-t-il en avançant toujours sur des œufs.

— Je ne sais plus où j'en suis, admit Cat.

Josh l'observa un moment. Il savait en toute bonne logique quelle question venait ensuite.

— Tu as envie de retourner avec lui ?

Après un silence chargé, Cat secoua la tête.

— Non, mais il représente un obstacle.

Josh fronça les sourcils.

— Ce type symbolise une période de ma vie complètement pourrie, continua-t-elle, mais même si les derniers mois de notre histoire ont été affreux, j'ai quand même passé cinq ans de ma vie avec lui. Et je l'aimais vraiment.

Elle regarda par la fenêtre. Paris. Le Tour devait être sur les Champs-Élysées maintenant.

— Et alors ? demanda Josh.

— Un jour, reprit Cat en parlant posément, ce qui nous avait réunis au départ, tout ce qui faisait qu'on était amoureux a disparu. Il ne me supportait plus. Il est devenu odieux avec moi. Et moi je m'accrochais à tout ce qui avait existé entre nous, à tous les projets qu'on avait faits ensemble. Il voulait que notre histoire s'arrête. Et moi, j'étais devenue tellement molle que je préférais que ça se passe mal avec lui plutôt que de rester toute seule à affronter l'inconnu.

— Tu avais perdu toute ta confiance en toi, dit Josh.

Cat renifla. Après un moment de silence, elle hocha la tête.

— À force de t'entendre répéter que tu es nulle, tu finis par croire que c'est vrai.

— Et malgré tout ça, tu es dans tous tes états parce que tu viens de le voir ?

Cat haussa les épaules.

— Il a fait l'effort de venir me chercher. Je ne peux pas nier qu'il y a eu des bons moments.

— Tu l'aimes toujours ?

— J'aime des souvenirs que j'ai de lui.

— Et Ben ? demanda Josh qui commençait à se faire du souci pour son pote.

— Je suis amoureuse de Ben, dit Cat, pour moi il représente tout ce que je veux que soit ma vie à partir de maintenant. Je me retrouve à travers lui. Le passé ne me hante pas le moins du monde. Il est venu se mettre en travers de mon chemin. Ce n'est pas la même chose. Mais ça m'a bouffé toute mon énergie. Ça me prend la tête.

— C'est à toi de faire en sorte qu'il ne te mette pas dans cet état-là. Tu te le dois à toi-même et tu le dois à ceux qui t'aiment, lui dit Josh sévèrement.

Cat hocha la tête, puis elle se mit à froncer les sourcils.

— Ben, chuchota-t-elle, tu crois qu'il faut que je me décommande ?

— Que tu te décommandes ? dit Josh abasourdi, de Ben ? Pourquoi ?

— Je suis censée le voir ce soir.

— Ben ?

— Non. L'autre. Si je ne décommande pas, je prends un risque énorme. Celui de souffrir encore une fois. C'est une raison suffisante en soi, exposa Cat.

— Je ne comprends pas ton dilemme. Tu as le choix entre deux types. Un qui t'aime mais qui vit loin et un autre qui habite à côté de chez toi mais qui est un salaud de première. Envoie chier le salaud. Ça me paraît clair. Tu passes la soirée avec nous un point c'est marre, ordonna Josh, pour nous aussi c'est le dernier soir. Tu crois qu'on est contents de te quitter ?

— Il faut que j'aie la tête claire en ce qui concerne le passé pour pouvoir affronter sereinement l'avenir, dit Cat alors qu'ils se mettaient en route pour retourner dans la *salle de presse**, je ne peux pas faire l'autruche. Je suis terrifiée à l'idée de le rencontrer ce soir, mais c'est une case par laquelle je suis obligée de passer.

— Pour recevoir 20 000 francs et recommencer un tour de piste ? Ne t'inquiète pas, tes nouveaux camarades de jeu se feront une joie de te donner un coup de main s'il a le malheur de vouloir te mettre en prison, lui assura chaleureusement Josh, et maintenant *journaliste** McCabe, au boulot ! Tu as encore ton dernier reportage à pondre. Allez, mouche-toi.

Josh sortit un mouchoir de sa poche et Cat se moucha dedans.

Rachel McEwen se trouvait au milieu des voitures d'équipes de la place de la Concorde. Elle utilisait un de ses deux hémisphères cérébraux pour revérifier qu'elle disposait bien de tout ce dont elle allait avoir besoin, et l'autre pour faire mentalement l'inventaire des affaires à ranger et à emballer en vue des prochaines semaines de course. Elle sentait un regard peser sur elle, mais elle avait l'habitude des fans qui venaient la voir pour gratter un bidon ou une casquette en souvenir de la course. Mais celui qui la regardait prononça son nom. À l'accent, elle sut immédiatement de qui il s'agissait.

— Bonjour, monsieur Le Grand, lui dit-elle poliment, *ça va** ?

— *Bien**. Mais appelez-moi Jules, répondit-il en rabattant les pans de sa veste pour glisser les mains dans ses poches, j'ai quelque chose pour vous, Rachel, dit-il en prenant un air mystérieux.

D'une main, il sortit de sa poche un petit paquet qu'il remit à Rachel.

— Pour moi ? demanda-t-elle en se demandant ce que ça pouvait être et pourquoi il le lui donnait.

— Ouvrez-le, lui ordonna-t-il les yeux rivés sur le paquet, s'il vous plaît.

C'était un flacon d'Eau de Parfum de Chanel. Le grand modèle.

— Appelez ça un pot de vin si vous voulez, dit-il en haussant les épaules, mais je tiens à vous faire savoir que Système Vipère serait très honoré de vous compter parmi ses *soigneurs**. Je vous fais ce cadeau en témoignage de mon admiration pour votre savoir-faire professionnel et pour votre féminité.

Il faut toujours qu'il soit grandiloquent et pompeux, se dit Rachel tout en lui adressant un large sourire, *j'ai hâte de raconter ça à Cat.*

— Jules, dit-elle, je ne sais pas quoi dire.

— Chut, dit-il en plaçant son index sur les lèvres de Rachel, pensez-y seulement.

Et il avait disparu. Mais il s'était éloigné des véhicules de Système Vipère suffisamment longtemps pour que le *directeur** et le chef mécanicien de Zucca MV aient le temps de faire une petite visite à André Ferrette. Ils n'essayèrent pas de l'embobiner avec des bouteilles de parfum et des effets de voix. Ils lui exposèrent le plus posément du monde que si leur *soigneur** et lui formaient un couple, ce serait bien pour tout le monde s'il décidait de venir travailler pour Zucca MV.

La dernière portion des Champs-Élysées. Les dernières minutes de la course. Les derniers mètres du Tour de France. Le peloton fait un dernier tour de circuit sous les acclamations de la foule. Le rythme est rapide. C'est un grand moment pour les opportunistes de se faire remarquer en se plaçant en tête du peloton pour mettre la foule en délire. La durée de vie d'une victoire d'étape par ce genre de coureurs est infime, mais l'attention qu'ils attirent fait plaisir à leurs sponsors, parqués dans les aires réservées aux hôtes de marque.

Alors qu'il lui reste encore trois tours de circuit à faire, Hunter Dean de Mégapac distance le peloton, pas seulement pour se payer un moment de gloire ou pour faire plaisir à ses sponsors, mais pour se récompenser d'en être arrivé là. Sur les pavés des Champs-Élysées. En tête du Tour de France. Il y a trois semaines, la foule de Delaunay-Le-Beau lui a donné sa mesure : un coureur au meilleur de sa forme, bien bronzé, de l'espoir plein les guibolles et un but qui lui tenait à cœur. La foule de Paris l'accueille à bras ouverts. Il a beaucoup changé physiquement. Et il a atteint son but. Il aurait presque envie de pleurer. Il n'a plus qu'une hâte : s'agenouiller pour embrasser le sol. C'est une image mentale qui lui a permis de poursuivre l'effort dans les moments les plus difficiles de la course.

Si l'Alpe d'Huez est la Mecque des grimpeurs, les Champs-Élysées sont celle des sprinters. De fait, Carlos Jesu Velasquez est niché au milieu du peloton revêtu de son maillot à pois. Massimo Lipari n'est pas très éloigné de lui, perturbé par le fait qu'il est autant acclamé pour avoir été vaincu qu'il l'aurait été s'il avait porté le maillot à pois. Beaucoup de gens l'attendent chez lui et il y aura beaucoup de fêtes dans les bistrots de son quartier où les clients referont le monde et où ils se referont le Tour de France en lui donnant la fin qu'ils auraient préféré. Et il y aura des tas de *signorine** toutes prêtes à le réconforter et à se battre pour avoir le privilège de caresser son corps. Déjà ce matin avant de prendre le départ une femme est venue caresser amoureusement son menton glabre.

Sur l'avant-dernier tour de circuit, les équipes de sprinters commencent à se mettre en place. Stefano Sassetta cherche Jesper Lomers du regard et va se placer à côté de lui. Ils échangent un long regard. Jesper hoche la tête. Stefano aussi. Et le sourire communicatif de Jesper reçoit en réponse celui de Stefano, immense. Le Hollandais félicite l'Italien pour son *maillot vert**.

— Il va falloir que je me défende l'année prochaine si je veux le garder, non ? lui dit Stefano en secouant la tête par anticipation des efforts qu'il va devoir fournir.

— Il revient à celui qui le mérite, lui répond Jesper.

Stefano opine du bonnet et pose la main entre les omoplates de Jesper.

— J'aurai peut-être le maillot vert, dit-il, mais si on te décerne le prix des plus belles cuisses du peloton, je te bute !

Jesper se marre. Il adore cette ambiance. La camaraderie. L'esprit de famille. Cette euphorie et ce soulagement qui commencent à poindre au terme de trois semaines de folie.

— Allez, viens, on court, dit-il en laissant celui qui l'a cloué au poteau le conduire à travers le peloton.

Vasily Jawlensky et Fabien Ducasse courent côte à côte dans un profond respect mutuel. Vasily est sur le point de remporter le Tour de France avec 31 secondes d'avance. Il laisse Fabien le dépasser d'une roue et se met à ralentir le rythme. Fabien accepte de bon gré. Ils ne se battent pas pour la ligne. Ils la franchissent ensemble. Le gagnant sera désigné au photofinish. Leurs *soigneurs** respectifs sont tout de suite sur eux pour éponger leurs corps avec des flanelles humides, mais les coureurs ne pensent qu'à se serrer dans les bras l'un de l'autre, silencieusement, au beau milieu de la foule des médias. Vasily Jawlensky a gagné le Tour de France en parcourant 3761,8 kilomètres en 21 heures 27 minutes et 44 secondes. Fabien a mis 30 secondes et demie de plus. Il a fallu 3 heures 2 minutes et 39 secondes de plus à la lanterne rouge.

Cat pleura quand Stuart O'Grady franchit la ligne de la dernière étape juste avant Stefano Sassetta et Robbie McEwen. Elle pleura quand Vasily, Stefano et Carlos Jesu Velasquez montèrent sur le podium. Elle pleura aussi quand les coureurs firent un dernier tour d'honneur équipe par équipe. Elle pleura encore quand on démonta les écrans de télé de la *salle de presse** pour la dernière fois. Et aussi quand on lui remit la dernière feuille des résultats de la course. Et quand elle mit le point final à la fin de son dernier reportage pour le *Guardian*, elle éclata en sanglots.

Après avoir séché ses larmes, s'être mouchée et avoir caché ses yeux derrière des lunettes de soleil, elle va dans le hall de l'hôtel s'informer du numéro de la chambre de Ben. Mais elle n'a pas le temps d'atteindre le guichet d'accueil qu'elle le voit. Il est là avec Luca.

— Tic-tac ! s'exclame-t-il.

Le fait de le voir habillé d'un jeans et d'une chemise en jeans crée une impression encore plus surprenante que son bras en écharpe.

— On est venus t'inviter au dîner de Mégapac de la part de Mitch, lui annonce Ben.

— Je ne peux pas, ment Cat, je suis obligée de participer au dîner de mon équipe : le groupe de presse.

— On se retrouvera après, alors, dit Ben.

— Sans problème, répond Cat qui se sent fondre sous le regard de Ben et qui se rend compte que l'homme-qui-n'existe-plus n'a fait que la mettre mal à l'aise mais n'a pas éveillé le moindre désir en elle.

Et pourtant c'est lui qu'elle a décidé de voir ce soir à la place de Ben.

— Tu danseras avec moi, Tic-tac ? demande Luca.

— Jusqu'au bout de la nuit, lui assure Cat.

Il est 10 heures du soir. Josh et Alex la cherchent partout. Elle n'est pas dans sa chambre et elle a éteint son portable. Ben leur dit qu'il croyait qu'elle était avec eux. Ils lui répondent qu'ils pensaient, eux, que Cat était avec lui. Non, il ne l'a pas vue. Non, ils ne savent pas où elle est. Ils n'ont qu'à lui laisser un mot sur sa porte. Elle a dû aller faire un tour. Une promenade nostalgique et métaphysique sur les Champs-Élysées parmi les débris du Tour de France. Ça lui ressemblerait bien.

Mais Cat n'est pas sur les Champs. Elle n'est pas en train de se faire un plan nostalgique avant l'heure pour désamorcer la bombe des sentiments qui la feront pleurer de toute façon. Elle affronte pour la dernière fois celui sur qui elle a pleuré des rivières de larmes. Elle se débarrasse d'un gêneur en y mettant les formes.

— Où est-ce que tu étais encore fourrée ? lui demande Alex d'un ton jovial quand Cat réapparaît une heure plus tard au Pub James Joyce juste à côté de l'hôtel Concorde Lafayette.

Elle donne une tape amicale dans le dos d'Alex, mais conserve le silence. Elle atterrit après un douloureux voyage dans le temps. Elle prend une profonde inspiration.

— Je prendrais bien un verre, dit-elle.

Alex va au bar et Cat se tourne vers Josh.

— Je suis partie avant le dessert. Ça fait du bien de vous retrouver.

Josh hoche la tête. Alex revient et pendant qu'il se faufile entre les tables, Cat jette un coup d'œil autour d'elle. Phil Ligget et Paul Sherwen boivent un coup ensemble. Rachel et André sont assis sur des tabourets au bar. Leurs têtes se touchent, André a posé sa main sur la cuisse de Rachel. Ils vont bien ensemble. C'est comme s'ils tendaient un miroir à Cat.

Alex fait à Cat la surprise de la présenter à Greg LeMond. Il est tout content de lui faire rencontrer cet Américain légendaire trois fois vainqueur du Tour de France qui a toujours le même visage frais et les mêmes yeux bleus brillants que Cat a révéré pendant des années. Il y a beaucoup de bruit. Les conversations sont animées. La Guinness coule à flots. L'ambiance est chaleureuse. Luca et Ben font bientôt leur apparition et Cat préfère rester là pour passer la dernière nuit de son séjour en France.

Elle rentre se coucher avec Ben à 4 heures du matin, ivre de bruit, de bonheur et d'alcool. Ils ne font pas l'amour. Ils n'arrivent même plus à garder les yeux ouverts. Ils sont trop fatigués. Comme tous ceux qui ont participé à la grande aventure du Tour de France.

LUNDI 27.

Cat McCabe

Et voilà. Elle est à nouveau sur le ferry. Il y a trois semaines et demie, elle regardait les falaises de Douvres disparaître dans le lointain, l'estomac noué. Maintenant, elle voudrait que la côte française ne disparaisse jamais. Elle voudrait revenir en arrière. Revivre tout ça encore une fois.

Où sont Alex et Josh ?

Au bar. Quelle question !

Et Rachel ?

Elle doit être sur la route, au volant de son van impeccablement rangé.

Et Ben ?

Il vient d'appeler.

Où est-il ?

À l'aéroport. Il accompagne Luca chez un spécialiste du Colorado.

Et les autres coureurs ?

Il y en a qui vont passer quelques jours de répit avant la prochaine compétition en s'entraînant. D'autres vont directement courir des Criteriums super bien payés, vu que ce sont des héros du Tour de France. Il y a plein de courses classiques au mois d'août. Et après, il y aura l'Espagne, la Vuelta. C'est dans seulement cinq semaines, en fait.

Tu bosseras sur ce coup-là ?

J'espère.

Pour qui ?

Andy m'a proposé de faire un petit bilan. Il m'a donné rendez-vous demain. Je ne sais pas si je vais avoir la pêche. J'ai fait des dépenses monstrueuses. Ma facture de carte bleue risque d'être salée. Mais bon, Jeremy Whittle veut que je fasse un reportage sur la Vuelta pour le site web de Sportsworld. Ce qui couvrirait à peine mes frais. Mais d'ici là, j'aurai peut-être dégoté un ou deux jobs en freelance. Au fond, je m'estime déjà heureuse d'avoir pu approcher le peloton d'aussi près.

On vient te chercher à la gare ?

Je n'ai informé personne de mon heure d'arrivée. J'ai envie de me retrouver seule.

Je crois que ça serait bien que tu ailles regarder à l'autre bout du pont. Histoire d'affronter courageusement la vision des falaises de Douvres.

Ben York

Ben est assis dans le hall des départs de l'aéroport Charles-de-Gaulle. Luca fait un tour dans le coin, tout content quand quelqu'un s'approche de lui pour lui demander un autographe.

J'ai dit au revoir à Cat ce matin.

Ça s'est passé comment ?

Pas facile. Je viens de vivre un mois riche en découvertes émotionnelles.

Tu lui as dit à quel point tu l'aimes ?

Quand je me suis entendu, et même en y pensant après coup, je crois que c'était très émouvant.

— Ben, regarde ça ! C'est fabuleux !

Luca a acheté un briquet en forme de Tour Eiffel qui joue la Marseillaise quand on l'allume.

— Mais tu ne fumes pas, lui fait remarquer Ben en rigolant.

— Je m'en fous ! Regarde ! dit-il en brandissant son acquisition, écoute !

Luca s'assied à côté de son médecin. Il se sent frustré, alors qu'il ne ressent plus la moindre douleur, de devoir rester sur la touche. Il observe Ben qui lui retourne son regard.

— C'était un sacré Tour, hein ? dit Ben.

— Tic-tac Cat, dit Luca pensivement.

Il allume et éteint plusieurs fois de suite son briquet sans lui laisser le temps d'aller plus loin que les deux première mesures. Ben hoche la tête.

— Vous allez bien ensemble, dit Luca en fredonnant pensivement.

Le regard de Ben se perd dans le lointain.

— Tu la reverras ? demande Luca, j'espère que oui. Vous pourriez — Tu vois ce que je veux dire ? Ce serait dommage que vous ne soyez pas ensemble, quoi.

— Ouais, dit Ben (il jette un coup d'œil circulaire sur le hall des départs, avant d'examiner attentivement l'ourlet de son pantalon puis la main de Luca qui joue avec le briquet). C'est une super nana qui a le tort de vivre de l'autre côté de l'océan. Mais c'est elle que je veux.

— Et tu obtiens toujours ce que tu veux, c'est ça ? l'interroge Luca, mais tu crois que ça pourra tenir la route avec tes emplois du temps démentiels et les fuseaux horaires ?

Ben garde le silence.

— J'espère, dit-il finalement, vraiment.

— Le mois à venir va passer très vite, lui dit Luca pour lui redonner le moral, avant que tu t'en sois rendu compte, bam ! On en sera déjà à la Vuelta. Appelle-la, suggère-t-il en lui tendant son portable.

— Je viens de l'appeler, dit Ben qui crève d'envie d'entendre la voix de Cat.

Il se met à pratiquer l'autotorture mentale en essayant de se souvenir ce que ça fait de se réveiller à côté de Cat quand on a passé la nuit avec elle.

Josh Piper, Catriona McCabe et Alex Fletcher

Josh observe Cat qui s'accroche à la rambarde du ferry. On distingue à peine l'Angleterre dans le lointain.

— Salut, dit-il en plissant les yeux à cause du vent.

— Salut, dit Cat en tournant le dos à la mer pour faire face au pont.

— On se met à l'avant ou à l'arrière aujourd'hui, demande Josh.

— Je voudrais faire un tour au *village** avant qu'on se mette en route, lui répond Cat en entrant dans son jeu, je voudrais dire deux mots à Stuart O'Grady et à Jay Sweet.

— On va se mettre à l'arrière, alors, décrète Josh.

— OK, dit Cat d'un ton léger, je me demande si on va avoir droit au buffet de presse aujourd'hui.

— Si c'est trop dégueu, raisonne Josh, on pourra toujours se payer un gueuleton sur ma note de frais après le boulot. Après quelques bouteilles de *Seize**.

— OK, dit Cat.

— Qu'est-ce que tu fais le 7, demande Josh.

— C'est la course de San Sebastian, non ? demande Cat.

— En fait, je pensais plutôt à un dîner chez moi, histoire de te présenter ma femme.

— Pour passer la soirée à évoquer des souvenirs du Tour ? demande Cat.

— Exactement, confirme Josh.

— Ça marche, dit Cat.

Ils partagent un moment de silence qui constitue un véritable gage d'amitié. Cat se tourne vers Josh.

— C'était bizarre hier, tu ne trouves pas ?

— Ton article ne le laisse pas supposer le moins du monde, dit Josh qui a un exemplaire du *Guardian* roulé dans la poche arrière de son pantalon, il est vraiment excellent.

— C'était le dernier paragraphe que je rédigeais. Mon dernier point final, réfléchit Cat à voix haute, et au lieu de refermer des portes, il ouvrait en grand celles de mon avenir.

— Tu as encore tellement de choses à accomplir, acquiesce Josh.

— J'en suis intimement persuadée, maintenant. Mais ça n'aurait pas été si évident si je n'avais pas rencontré Ben. J'ai pu boucler un chapitre de ma vie. Mettre le point final là où il fallait qu'il soit. C'est agréable de se dire qu'on tourne une page définitivement.

— Il voulait se remettre avec toi ? lui demande Josh.

— Qu'est-ce que ça change ? répond Cat, je ne sais pas de quoi mon futur sera fait, mais je sais de quoi il ne sera pas fait. En bouclant mon sac à dos pour la dernière fois hier soir, j'en ai profité pour faire du tri. Il y a des choses dont je n'aurai plus jamais besoin. Des choses pesantes qui me tiraient vers le bas.

— C'est quand on se sent au top qu'on peut se permettre de prendre des risques, approuva Josh.

— Exactement. Je crois que j'ai la chance de me sentir comme ça en ce moment. Prête à faire face à tout ce qui peut arriver.

— J'ai le mal de mer, gémit Alex qui vient à leur rencontre. Géniale ta coiffure, Cat ! On est presque arrivés.

— Dans à peu près dix minutes, estime Josh en scrutant la terre ferme à l'horizon qui ressemble à une baleine échouée, tu as quelque chose de prévu le 7, Alex ?

— C'est le jour de la classique de San Sebastian, non ?

— Ou d'une invitation à dîner chez moi, dit Josh.

— Cool, dit Alex, tu en seras, Cat ?

— Très probablement, répond Cat.

— Cool, répète Alex.

Ils se prennent par la main tous les trois en souriant.

OCTOBRE

Paris. Lancement du prochain Tour de France

Cat prit l'Eurostar jusqu'à Paris la veille du lancement. Elle rentrerait le lendemain en Angleterre. Josh et Alex se mettaient en route le matin même du lancement pour rentrer le soir. Un voyage en train avec eux aurait été sympa, mais Cat était bien contente de se retrouver toute seule. Tant pis si le temps paraissait plus long. Ben devait venir l'attendre à la gare du Nord. Elle ne l'avait pas revu depuis la fin de la Vuelta, vingt-deux jours avant. Une course aussi longue et presque aussi difficile que le Tour de France. Elle était dans le tunnel sous la Manche, en route pour passer trois jours et deux nuits avec son chéri. Elle ne serait jamais assez tôt à Paris.

Cat et Ben, l'un vis-à-vis de l'autre, mais aussi vis-à-vis de leurs amis et de la famille faisaient comme si le fait de vivre à des milliers de kilomètres de distance n'avait pas la moindre importance. Leur relation s'était épanouie au rythme de lettres et des coups de téléphone quotidiens qu'ils s'étaient adressés. Ben s'était arrangé pour faire escale à l'aéroport d'Heathrow une semaine après la fin du Tour de France et ils avaient passé vingt-cinq jours ensemble en Espagne. La *salle de presse** de la Vuelta comptait à peine le quart de journalistes présents sur le Tour de France et l'ambiance était beaucoup plus détendue. Du coup, Cat et Ben avaient eu de longs moments ensemble. Luca avait adoré le portrait que Cat avait fait de lui dans *Pedal Power*. Mais c'était surtout à Jeremy Whittle qu'il avait plu. Il l'avait comblée d'éloges, l'avait payée royalement et chargée d'alimenter quotidiennement son site web pour la Vuelta. Par contre, il n'y a toujours rien de concret du côté de *Maillot*, mais elle allait savoir à quoi s'en tenir au cours du lancement du Tour le lendemain.

Sur la Vuelta, Luca avait remporté deux étapes. Toujours aussi cabotin et soucieux de plaire à ses fans, il n'avait pas résisté à la tentation de se masser théâtralement la clavicule quand il avait accordé des interviews de fin d'étape à la télévision. Il était devenu très populaire et son visage était maintenant familier au sein du peloton. La presse, les fans et les coureurs étaient tous intéressés par le fait qu'il allait courir pour Système Vipère au cours de la saison suivante. Fabien Ducasse avait remporté la victoire finale sur la Vuelta et le Championnat du Monde de course contre la montre. Vasily Jawlensky était arrivé second. La semaine précédente, Lance Armstrong avait gagné le Championnat du Monde de course cycliste. Mais à la fin de la saison, c'est le nom du Russe que tout le monde avait sur les lèvres et c'est de son visage que tout le monde se souvenait : le vainqueur du *maillot jaune**

Alors, Cat, on en est où ?

Ça va. Je suis heureuse. Je suis crevée. Fen et Pip m'ont offert mon billet de train en guise de cadeau d'anniversaire anticipé. Django s'est chargé de payer ma facture de téléphone. Dans vingt minutes je serai à la gare du Nord dans les bras de Ben York. Je suis excitée comme une ado qui vit sa première histoire d'amour. C'est super agréable et plus je connais Ben, plus cet effet s'intensifie. Trop bien !

Alors, ça y est, on en est à parler d'amour ?

Sans problème.

Le train arrive gare du Nord. Cat descend, l'estomac noué, l'adrénaline en hyperactivité et le cœur battant à tout rompre dans sa gorge. Elle remonte le quai. Le voilà. Il est plus beau que jamais. Tout ce que Ben voit d'abord, c'est que la fille qu'il aime lui sourit. Et puis il remarque qu'elle s'est fait couper les cheveux. Elle est merveilleusement belle. Féminine et robuste tout à la fois, le teint frais et les traits nettement dessinés. Il a hâte de l'embrasser et de l'emmener dans le petit hôtel qu'il a dégoté rue de Buci, en plein cœur du Quartier latin. Il est sur le point de lui dire bonjour, de prendre son sac et de lui dire qu'ils vont prendre un taxi, mais il n'a pas le temps de prononcer un mot : Cat lui a fermé la bouche en l'embrassant fougueusement.

C'est l'heure de pointe pour les Parisiens. Ils contemplent la ville par la fenêtre du taxi en se tenant par la main. Ils se plient au rituel d'une conversation polie, jugulant le désir qu'ils ont tous les deux d'arracher leurs vêtements pour pouvoir posséder le corps de l'autre.

— Comment va Luca ? demande Cat.

— Merde, dit Ben, j'allais oublier. Il m'a donné ça pour toi.

Il prend le visage de Cat entre ses mains et dépose un baiser sur ses deux joues.

— De la part de Luca pour Tic-tac Cat. Je t'ai dit qu'il porte un catogan et un bouc, maintenant ?

— Ça lui va bien ?

— À en juger par la quantité de lettres d'admiratrices qu'il reçoit, plutôt bien, oui. Comment va Rachel ? demande Ben.

— Ils sont venus, elle et André passer une nuit chez moi la semaine dernière, lui dit Cat, j'ai téléphoné à Jeremy Whittle pour lui proposer un portrait de Rachel. En fait c'est un prétexte pour passer un week-end tous frais payés avec elle !

— Et alors ?

— Jez adore l'idée.

— Elle est toujours avec André, alors ?

— Oui. Ils sont bien ensemble. Ils sont allés voir leurs *directeurs** pour les informer que s'ils ne pouvaient pas conserver leurs boulots respectifs sous prétexte qu'ils étaient ensemble, ils se verraient dans l'obligation de partir bosser pour Deutsche Telekom.

— Bel ultimatum, dit Ben en riant, ils ont bien fait. Je suis content que leur histoire dure. Je les aime autant pris séparément qu'en couple. Et Fen ? Elle a fini par se décider ? Est-elle devenue la femme d'un seul homme ?

— Elle va bien, dit Cat en souriant, et oui, elle a finalement tranché. Mais elle n'a révélé son choix qu'au tout dernier moment.

— Et Pip ?

— La vie de Pip est illuminée par une présence masculine, lui dit Cat, là, elle est partie dans une minuscule île des Caraïbes avec l'homme de sa vie. Mais c'est une longue histoire et — regarde ! On vient de traverser la Seine !

— Et Django, que je n'ai toujours pas rencontré ?

— Django, qui ne tient plus en place à l'idée de te rencontrer, va très bien. Tu auras le plaisir de faire sa connaissance au Nouvel An. On se fera un petit week-end tous ensemble dans le Derbyshire. Tu vas adorer. On est bientôt arrivés ?

— Voilà la rue de Buci. Et Josh et Alex ? demande Ben, quoi de neuf ?

— On en parlera plus tard, si ça ne te dérange pas, dit Cat qui se dirige déjà vers la réception.

Ben et Cat n'avaient survécu aux journées précédentes qu'au prix de fréquentes pauses au cours desquelles ils s'imaginaient en train d'accorder de longs regards énamourés à l'autre avant de se mettre à faire voluptueusement l'amour. Mais il s'était écoulé trois longues semaines où ils n'avaient subsisté que grâce aux réminiscences et aux projections de leurs accouplements, où ils étaient allés se coucher tout seuls en pensant à l'autre pour se masturber frénétiquement. Arrivés dans leur chambre d'hôtel, ils arrachèrent leurs vêtements et se laissèrent tomber sur le lit en s'embrassant sauvagement, fermant les yeux de plaisir. Le simple fait de passer les mains de haut en bas sur le corps de Cat fit bander Ben comme jamais. Cat ruisselait de désir.

— Attends, attends, dit Ben d'une voix étranglée en essayant d'empêcher les hanches de Cat d'onduler au risque de lui provoquer un orgasme anticipé.

Il l'attrapa pour la placer à califourchon au-dessus de lui. Mais il fut obligé de fermer les yeux. Le simple fait de regarder Cat risquait de le faire jouir. Ils changèrent plusieurs fois de position, n'en conservant aucune très longtemps. Ils étaient tous les deux dans l'urgence d'explorer le corps de l'autre sous tous les angles possibles et imaginables.

Quand ils furent allongés sur le côté, Ben prenant Cat par-derrière, ce fut Cat qui se mit à implorer Ben de ne pas précipiter les choses. Ils restèrent un instant immobiles. Ben sentait le sexe de Cat pulser autour de sa queue. Il était bouleversé par ses gémissements, par sa voix qui se brisait. Il la fit rouler sur le ventre et s'allongea au-dessus d'elle pour lui donner de profonds et violents coups de boutoir. Il passa la main sous son ventre, la fit glisser jusqu'à sa chatte et écarta ses lèvres pour lui titiller le clitoris. Cat était à nouveau au bord de l'orgasme et ils jouirent ensemble. Il était sur le point d'éjaculer depuis qu'il l'avait pénétrée et il sentit comme un flot d'énergie partir de son ventre, venir heurter ses couilles avant de remonter en flèche le long de sa bite pour jaillir dans les profondeurs moites et accueillantes de Cat. Ce moment-là lui procura des sensations olfactives et gustatives incroyables. Comme il se produit parfois après une explosion. Il se dit qu'après ça, il pouvait mourir. Mais ils préférèrent sortir faire un dîner léger arrosé de beaucoup de vin rouge avant de retourner dans leur chambre faire l'amour en prenant leur temps. Comme ils en avaient rêvé depuis trois semaines.

— Je t'aime vraiment, lui dit Ben qui tout comme elle avait gardé les yeux fermés pour la posséder.

— Moi aussi, répondit Cat.

— Ça me plaît qu'on apprécie autant tous les deux de faire l'amour tendrement que de baiser comme des malades. Je me sens vraiment bien avec toi.

— Moi ce qui me plaît, c'est qu'après l'orgasme, qu'on ait fait l'amour comme des anges ou comme des bêtes, on en arrive souvent à évoquer le cyclisme, dit Cat d'un ton de rêverie profonde.

Le lever du jour fut tout à la fois lumineux et glacial. Ben et Cat allèrent se balader au Louvre et dans les jardins des Tuileries avant d'attraper un taxi place de la Concorde pour rejoindre le Palais des Congrès de la Porte Maillot. Ils assistaient tous les deux au lancement du Tour de France de l'année suivante. Le hall était noir de monde. Cat avait l'impression d'assister à une réunion de famille. Elle se fraya un chemin, obligée de s'arrêter à chaque pas pour saluer, embrasser ou prendre dans ses bras tous ceux qu'elle croisait. Elle arborait un sourire resplendissant qui contrastait heureusement avec sa tenue sombre. Ben avait émis un sifflement appuyé et l'avait théâtralement saluée quand elle était apparue avec son tailleur jupe (en dessous du genou) noir, ses collants opaques noirs et ses escarpins noirs.

— Mais je vais bosser, moi, qu'est-ce que tu crois? avait-elle protesté, je suis *journaliste**, au cas où ça te serait sorti de la tête.

Il semblerait aussi qu'un membre du groupe de presse qui se respecte doive récolter une masse de babioles publicitaires allant du poster aux casquettes en passant par les autocollants et les autographes.

Ils le font tous. Regarde ! Josh est en train de demander un autographe à Vasily Jawlensky, et Alex a raflé une affiche en trois exemplaires. C'est vrai qu'on n'est rien d'autre que des fans déguisés en journalistes.

— Miss McCabe, hello !

C'était Jeremy Whittle de *Sportsworld*.

— Hello, répondit-elle en lui serrant la main.

— Salut, Ben, dit Jeremy en lui donnant une tape affectueuse dans le dos.

— Comment ça va Jez ? dit Ben.

— Très bien. Mais il faut que je parle business avec Cat avant le début de la présentation.

— J'ai parlé à Rachel McEwen de mon idée de portrait, dit Cat avec enthousiasme, et on a pensé le faire à Biarritz où sont basés beaucoup de jeunes coureurs. Et j'ai aussi un projet d'étude comparative physiologique de Fabien et de Vasily — rythme cardiaque, taille, poids, vitesse maximum. Ça pourrait vous intéresser ?

— Tout à fait. Et vous, vous seriez tentée par un job d'assistante de rédaction pour *Pedal Power* ? Vous auriez la possibilité d'écrire ce que vous voulez.

— J'aimerais bien couvrir Paris-Nice pour vous, continua Cat que la proposition de Jez faisait hurler de joie intérieurement, mais qui ne se sentait pas en mesure de répondre à chaud.

Elle préférait faire comme si elle n'avait pas entendu pour pouvoir y réfléchir tranquillement plus tard.

— Si vous êtes partante pour ce poste d'assistante, ça ne posera aucun problème, insista Jez de son côté.

Ben la prend par la taille et la pince discrètement. Cat sursaute et se met à considérer la proposition que Jez est en train de lui faire.

— Vous croyez que c'est possible ? demanda-t-elle sans réfléchir.

— Il faudrait que vous envisagiez de venir vivre aux États-Unis, évidemment, dit Jez en souriant, on discutera salaire et avantages en nature après la présentation. Ne dites rien pour le moment, Cat.

Et il s'éloigna.

— Bonjour Cat, dit Andy Sutcliffe de *Maillot*.

Cat ne put que hocher la tête. Elle s'efforçait de garder la tête froide et préférait ne pas ouvrir la bouche avant d'y être arrivée.

— Merci pour ton e-mail, continuait Andy, j'ai bien négocié le poste de rédacteur permanent pour toi. En plus d'un salaire intéressant, j'ai pu te décrocher des à-côtés qui te plairont. On en parle après la présentation, OK ?

Et il partit.

Trop top ! Deux propositions de boulot en cinq minutes ! La possibilité d'aller vivre dans le pays de Ben. Ça te la coupe, hein ? Alors qu'est-ce que tu choisis ? On connaît d'avance la réponse de Ben. Mais toi, tu penses à Pip, Fen et Django. Je sens que tu vas avoir une décision difficile à prendre. Tu auras le temps d'y réfléchir pendant que tu seras encore à Paris. Et tu sais que ceux qui t'aiment respecteront la décision que tu vas prendre.

Je ne peux penser à rien pour l'instant. Il faut que j'y aille. La présentation est sur le point de commencer.

On dévoile le prochain itinéraire du Tour de France. Dans le sens des aiguilles d'une montre cette fois, avec une petite incursion en Italie. Les Alpes en premier, les Pyrénées ensuite. 3850 kilomètres. Vingt et une équipes de neuf coureurs entreront en compétition pour le *maillot à pois**, le *maillot vert** et le *maillot jaune**. Sur l'ensemble du peloton, il n'y a que trois ou quatre concurrents sérieux pour la victoire finale. Mais ils seront 189 à prendre le départ et à se défoncer. Le Mont Ventoux. Une course contre la montre au Futuroscope. Une arrivée à Bordeaux. Cat chuchotte à l'oreille de Josh qu'il faut absolument qu'ils aient une chambre à l'Auberge Claudette. Elle est bien décidée à téléphoner dès aujourd'hui pour la retenir.

Jules Le Grand est en Armani de la tête aux pieds. Le bronzage impeccable même en octobre, il est assis parmi le public avec quelques-uns de ses coureurs et des représentants importants des sponsors de Système Vipère. Il jette un coup d'œil au *directeur** de Zucca MV. Qui lui rend son regard. Imperturbable. Le défi est lancé. Fabien Ducasse se prépare déjà pour le moment où il va annoncer qu'il a l'intention de s'approprier le maillot jaune. Pour lui, pour son équipe, pour son pays.

Après avoir vu l'itinéraire, Ben York discute des emplois du temps d'entraînement avec le *directeur** de Mégapac. Leur équipe est officiellement reconnue cette année. Ils ont fait une excellente saison et font partie des seize équipes qui seront automatiquement autorisées à participer à la course. Rachel McEwen a demandé qu'on lui faxe l'itinéraire du Tour le plus tôt possible dans les bureaux de Zucca MV. Toujours aussi consciencieuse, elle veut tout de suite commencer ses listes d'équipement et de matériel.

Cat McCabe se croit déjà en juillet. Elle s'y voit déjà. Elle sait bien que c'est épuisant, que le confort devient un donnée plus que relative et qu'on passe sans arrêt d'une chaleur torride à un froid de Sibérie. Qu'on bouffe mal. Mais si elle se tient à distance des sandwiches brie-baguette d'ici juillet, elle sera en mesure d'en ingurgiter à tous les repas pendant trois semaines.

Elle a hâte d'y être. Elle retrouvera de vrais amis. Elle pourra blablater avec Rachel. Elle se fera vanner par Alex. Josh sera aux petits soins pour elle. Peut-être que Fen et Pip viendront la rejoindre à nouveau. Avec Django cette fois. Et Ben sera là. Pour partager son lit chaque fois que ça sera possible. Ils feront peut-être une petite promenade souvenir du côté des dunes d'Arcachon. Où tout a commencé pour eux. Quand Cat a décidé de changer de vie. Radicalement. Pour le meilleur et seulement pour le meilleur.

Vive le Tour.

Achevé d'imprimer en septembre 2000 sur les presses
de **Bussière Camedan Imprimeries** à Saint-Amand-Montrond.
Dépôt légal : septembre 2000. — N° d'impression : 004331/1.